经典的诞生

叙事话语、文本发现及田野调查

裴春芳 著

THE BIRTH OF CLASSIC:
Narrative Discourse,
Text Discovering, and Field Study

社会科学文献出版社
SOCIAL SCIENCES ACADEMIC PRESS (CHINA)

十年辛苦不寻常

——《经典的诞生》序

解志熙

　　《经典的诞生——叙事话语、文本发现及田野调查》，是裴春芳的第一本书，书中所收的文献整理及考论文字，大都撰写于 2000～2012 年间。这其间除了在外工作的两年，春芳的主要任务就是在清华中文系攻读学位，这些文献整理及考论文字即是她在清华读硕士和博士期间的一些学术习作之结集——尚不包括她的博士论文。今日重读它们，勾起了我的许多亲切的回忆，因为作为春芳的指导老师，我可说是这些文章的第一个读者，因此也见证了她在学术上的逐步成长与成熟过程，此番重读，岂能无感？这里就聊书所忆所感，权且作为此书之序吧。

　　春芳是河南武陟人，1996 年在北大中文系本科毕业。据王中忱兄说，春芳在北大毕业后就曾经报考过清华中文系的硕士，并顺利进入复试，可是初试后她就回老家去过年了，浑然忘却还可能有复试，遂致耽误。直到 1999 年春芳再次报考清华中文系，得以在该年 9 月入学就读。其时我也刚到清华，给他们这一级硕士生上过两门课。那时的春芳给我的印象，是一个很有主见、个性颇倔的河南姑娘，同时也带着些北大学生常有的大胆和自信，所以在学习讨论中常常率先发表不同意见，即使对一些成名专家的看法，也敢于直率地表达不同见解。这和一般地方院校学生之"善于听话、怯于表达"是很不一样的，让我格外地欣喜和欣赏。也因此，稍后蓝棣之先生便对我说，"你既然很欣赏这个倔姑娘，她又是河南人，而且也毕业于北大，与你也算有缘，就交给你带吧！"所以，裴春芳是我在清华带的第一个硕士生。春芳到了我这里之后，倒也相安无事。其实，她的倔强性格体现在生活态度上，虽然有些认理不认人，但待人处事却是识大体的，有时甚至是颇能宽容的。记得她硕士即将毕业的时候，在人际关系上曾经遇到麻烦，我和王中忱兄不免担心以她的倔强性格，一定会针锋相对的，所以急忙找她谈话，力求纾解之，没想到春芳却显得出人意料地平和，坦然表示对方也是有才气的人，可惜撒野缠斗、糟蹋才华，自己是不会在意的，只想全心全意做好毕业论文。这让我和王中忱兄心中的一块石头落了地。而春芳倔强的性格体现在专业学习上，便是特别的执着和认真。比如她的硕士论文选题是沈从文小说研究，为此她不仅苦读沈从文的作品，而且为了获得切身的生活感受，曾只身远赴沈从文的家乡，深入当地农家体验生活，历时两月之久，既颇有收获，也不无惊险的遭遇，收入本书的《湘行日记》就是她那时的田野调查笔记。她稍后撰写的硕士论文《"互观"与"反复"的交织——论沈从文小说的叙事话语及其文化内涵》，即以自己的体验和观察对沈从文小说的叙事艺术及其文化纠结有所发明，因此获得清华大学 2002 年度优秀硕士论文奖，其主体部分的两章后来分刊于《中国现代文学研究丛刊》，现在收入本书第一编的数篇乃是其硕士论文的全文。春芳在这篇论文中所表现出的艺术敏感、分析能力和踏实的工作态度，曾得到一些专家如赵园先生和王中忱兄的好评。

春芳硕士毕业后，就到外地工作了。但老师们并没有忘记她。即如王中忱兄就因为对春芳性格和为人的赞赏，加上对她出色的硕士论文记忆犹在，所以当 2004 年清华中文系第一次招收博士研究生的时候，中忱兄颇为感念这个外放的学生，乃建议我把她重新招回清华。而春芳重回清华之初，正值新婚，不久就怀孕了，这不能不影响她的学业。几经考虑之后，她和丈夫还是决定保住孩子，这于理于情都是应该的，我自然同意了他们的要求。而孩子从孕育到诞生再到上幼儿园，是颇耗心力的，春芳的专业学习不得不停顿，直到 2008 年之后才重新开始，这也就是她的博士学位念了那么长的原因——单是照顾孩子就耗去了她整整三年时间。而当她重新拾起学术时，鉴于她在沈从文研究上基础不错，我曾经建议她顺势而为，继续研究沈从文。但好强的春芳却不愿意走这样一条顺风顺水的路，而期望在博士论文上有新的开拓，为此她选择了"中国现代散文的理论与实践"作为自己的博士论文题目，这是一个相当艰难的新课题。因为了解她的性格，我只好同意她的选择。此后四年间，春芳为此付出了艰辛的努力，一方面苦读了大量的原始文献，另一方面究心于历史与理论的思考，终于在 2012 年比较完满地完成了这个课题的研究，毕业论文也获得了当年清华大学的优秀博士论文奖。

我很感欣慰的是，春芳并没有因为对现代散文的研究而放弃对沈从文的关怀，而是将沈从文研究进一步拓展到对整个京派文学的关注，尤其注意对京派文学文献的发掘，在这方面取得了令人瞩目的成绩。收入本书并成为其主体的，就是关于沈从文、汪曾祺、芦焚和常风的文献发掘及相应的考释文章，加上第一辑论沈从文小说叙事话语诸篇和书末的《湘行日记》，本书直可谓是一部关于京派文学的考论专集。尤其值得推荐的乃是其中的文献发掘和考释文章——由于春芳发掘出来的并非一般的泛泛之作，而多是至关重要的文学文本，委实大大丰富了京派文学的内涵，有力地推动了京派文学研究的深入开展。近些年，现代文学文献的发掘，日益受到学界的重视，不断有可喜的收获，但就所发掘的文献之重要性而言，恐怕没有比裴春芳的发现更专精也更值得重视的了。"十年辛苦不寻常"，毫无疑问，裴春芳在京派文学文献上的诸多发现及其考释，乃是对京派文学以至中国现代文学研究的重要贡献。

　　说起来，春芳在北大读本科时期学的就是文献专业，她后来在现代文学文献的发掘与整理方面，就充分发挥了自己的这一优势，同时可能也多少受了我近年比较关注文献校读的研究趋向之感染。然而后生可畏，春芳在现代文学文献发掘方面的用力之勤、用心之细，常让我有喜出望外之感。犹记得2008年的一天，她给我发来一封函件，说是发现了沈从文的《看虹摘星录》，并在电子邮件里附上了新发现的两篇小说原文的录入稿，而我却因为《沈从文全集》已收录了《看虹录》和《摘星录》，误以为她发现的或者只是一个字句略有不同的刊本而已，所以我一开始有点掉以轻心，并没有细读她传来的录入稿。见我没有反应，春芳又来信强调她发现的两篇小说《梦与现实》和《摘星录》，原刊于1940～1941年香港的《大风》杂志，作者"李蔜周"乃是沈从文的一个不为人知的笔名，《梦与现实》后来被沈从文改名为《新摘星录》、《摘星录》，而真正的《摘星录》并未收入《沈从文全集》。这让我大吃一惊，细读一过，果然如此，乃立即转请北大中文系的方锡德先生鉴定，方先生看后也欣喜异常，说是多年前他就听吴组缃先生说过沈从文有此作，他为此寻觅二十多年而不得，没想到被裴春芳找到了，那无疑是沈从文研究的重大发现。鉴于这两部中篇小说的发现对沈从文研究的重要性，我嘱咐春芳校理了原文，并撰写了初步的考释文章《"虹影星光或可证"——沈从文四十年代小说的爱欲内涵发微》，将它们一同推荐给《十月》杂志，该刊乃于2009年第2期头条刊出，引起了学术界的热烈反应，而即使不全同意裴春芳考释的学者，也不能不赞誉她的文献发掘之功："这个重大的发现是近年来沈从文研究最可喜的收获，裴春芳挖掘史料的可贵精神着实令人钦敬。"（商金林：《关于〈摘星录〉考释的若干商榷》，《中国现代文学研究丛刊》2010年第2期）春芳后来又撰写发表了答辩文章，心气平和地提出了补充论证，而我自己在2011年撰写的长篇论文《爱欲抒写的"诗与真"——沈从文现代时期的文学行为叙论》，也多处参考了春芳在沈从文文献上的诸多发现。人言"教学相长",其是之谓乎!

　　在文献的发掘上,春芳表现出一般年轻学人少见的耐心、细心和大方。记得 2007 年年末,我曾整理发表汪曾祺早年的十篇作品,那其实都是我二十年前在北大读书时所得,并无新发现,不料春芳却告诉我,她发现了汪曾祺早年的另外八篇作品,此后她又陆续有所发现,累计竟达十六篇之多,大大超越了我的发现。而为了校订这些文本,她曾两次远赴昆明找原刊进行校对。可惜的是,正由于她发现的文献太多,而又不愿像别人那样为了多发文章而一一细数这些作品,只希望能一次集中发表、供读者和研究者参考即可,然而什么刊物能一次集中发表那么多作品呢?我也曾将她辑佚的汪曾祺作品推荐给一个刊物,却迟滞了四年之久也没有发表出来。可是当人民文学出版社和《新文学史料》编辑部 2011 年召开新编《汪曾祺全集》会议时,春芳却毫不迟疑地贡献出了自己的辛苦收获,这让负责编辑佚文的李光荣兄非常感叹。即使作为老师的我,也不能不为春芳惋惜,所以在编辑最近一期《中国现代文学研究丛刊》时,我也曾准备一次发表春芳发掘的这些佚文及其考释文章,然而临末又因篇幅所限而不得不割爱。幸好孙郁兄听说了,热情推荐给别的刊物,希望这次能够顺利刊布,庶几不没春芳发掘和整理的苦辛。不待说,由于裴春芳的这些重要发现,汪曾祺早期创作的风貌将大为改观,其丰富性和复杂性远非学界所以为的汪曾祺只是沈从文的模仿者那样简单。

　　让我特别开心的是,有时我们师生在文献发掘上竟然不谋而合。比如,芦焚(师陀)的长篇小说"一二·九"三部曲之一《争斗》,就是春芳和我分别发现的——大概是在 2007 年的冬天吧,春芳在阅读 1940 年的香港《大公报》时,发现了连载于那上面的芦焚长篇小说《争斗》七章,觉得可能是散佚集外之作,于是录呈给我看,而我稍前些时候也偶然发现了芦焚在 1941 年 7 月 15 日"孤岛"上海出版的《新文丛之二·破晓》上发表的小说《无题》,乃是一部无名长篇小说之两章。稍读这两个部分,即不难发现它们在主题上和情节上颇多关联,很可能是同一部长篇小说的两个部分,因此我嘱咐春芳抽空一并过录,仔细看看是不是同一部小说。随后,春芳对《争斗》和《无题》做了认真的校读,确证《无题》就是《争斗》的另外两章,而其另一部《雪原》,也由我找到了失收的半部,遂使芦焚精心结撰的这个"一二·九"三部曲的前两部重新进入读者和研究者的视野。应该说,这个发掘有可能使学界对芦焚的创作,尤其是小说艺术成就,做出新的判断。我和春芳也为此分别撰写了考释文字,我们的判断当然是初步的,容或有失,而重要的是文本找到了,学界进一步的讨论自会有恰当的结论,而定论不必一定出自发现者也。事实上，春芳对《争斗》的看法就和我有所不同，而对她的不盲从老师，我是很欣赏的——她的考释文章，其实就是我交付刊物发表的。

春芳跟我读书前后将近十年之久，乃是最为熟悉的学生了，而且我们在文献发掘和学术研究上也常有交集，相互支持、相互订正，可谓历有年所了，由此我也得以亲眼见证了她从一个年轻单纯的学子成长为一个学有所成的学者之过程。本书就是春芳十年苦心探索的一部分心血之结晶，无疑算得上收获不菲，如今看到它们结集出版，我是打心眼里高兴的。而可喜可贺之余，作为老师和同行的我，也想坦率地提醒春芳在今后注意改正自己的一些缺点和弱点。在学术上，春芳的优点是为学的踏实和解读的精细，但弱点也随之而来，那就是有时拘泥于文献史料并且似乎比较偏好在细节上做文章，理论的思考还不够深、历史的视野还不够广，倘能于此有所拓展，则取得更大的成绩是可以预期的。而由于春芳多年来几乎把全部心力都倾注到学术上，她在生活上有时就不免忽视了家庭和亲人，而尤其疏于学术社交，几乎不与学术界往来，只是一心埋头读自己的书，写自己的文章，这其实于她的发展是不利的。我当然很赞赏春芳"板凳须坐十年冷，文章不做半句空"的为学态度，但其奈如今已不是"两耳不闻窗外事，一心只读先贤书"就可以自了自足的时代了。算起来，从1991年考入北大本科，到2012年在清华博士毕业，春芳在为学上其实已经耗去了二十年的心力，一步一个脚印地成长为一个出色的研究者了。但是她在硕士毕业和博士毕业后，却都因为疏于学术交往和拙于社交应酬，而找不到能让她一展所长的工作，而同样疏于交往的我于此也无能为力，心里是很为她可惜和焦急的，而她又在北京成了家，不能到外地去工作，这就更自为难了。应该感谢的是，就在春芳最感为难之际，她的母校北大中文系的老师接纳她为博士后。我毫不怀疑春芳在学术上一定会好自为之、更进一步的，但也希望她能在生活和社交上有所改善，以期在博士后之后能够顺利地找到适合自己的工作，从而不负所学、一展所长。

新春之际，拉杂书此，祝福春芳，诸事顺利。

2014年2月11日
于清华园之聊寄堂

目　录

"互观"与"反复"的交织：
论沈从文小说的叙事话语及其文化内涵

"文本发现"的文学与文献学释读

湘西、文化展演与沈从文的文学文本：田野调查之一种

在真实与虚构之间：批评及随感

"互观"与"反复"的交织：
论沈从文小说的叙事话语及其文化内涵

文体的分裂与心态的游移

——沈从文作品的谱系学构成及文化困扰

一 问题的由来：沈从文"文体之谜"的释读纷争之回顾

众所周知，沈从文的作品数量庞大，形态繁多，他最负盛名的是小说，但对散文、戏剧、诗、评论和服饰文化研究等文类的尝试也颇有成就。其散文多沿袭中国古典"地志"与"游记"的体式，语言精练雅致，但突出"我"的视角，具有某些虚构化色彩，因而与古典地志和游记并不完全相同。其戏剧篇幅短小，混合着轻微的怜悯与嘲讽，"拟狂言体"① 的诙谐与放诞之外，多融入温和的人情，还带有淡淡的宗教意味。其诗歌多脱胎于古典诗词的"艳情体"和《圣经》的"雅歌体"，采用"白话诗"的体式，但借鉴中国古典诗词的词汇、句式和意境，自觉地修正初期白话诗的某

---

① 沈从文在创作早期也曾用浅近的文言、俗语与现代语汇杂糅的语言，改写《大唐西域记》中"狐兔猿三兄弟受佛法考验，三弟兔入火焚身"的故事。他采用的体式是"拟狂言体"。沈从文在此把日本狂言的"轻快诙谐"和佛教故事的"执着痴狂"融为一体，成为"近代城中人"的对比和参照。研究者大都了解周作人翻译的日本"狂言剧"对沈从文的戏剧作品体裁和风格的影响，这种戏剧具有结构简单、诙谐轻快的特点。但是，金介甫注意到沈从文的"拟狂言体"对周译日本狂言小剧的模仿，以及与湘西傩戏的关系。他借助凌纯声和芮逸夫的《湘西苗族调查报告》、卫聚贤的《傩》，分析傩戏的"演员与非演员的乡下人混淆"，以及1926年沈从文向外界介绍湘西酬神傩戏戏剧的做法，认为"拟狂言剧"也受到湘西傩戏和娱神仪式的启示（见金介甫《凤凰之子——沈从文传》，傅家钦译，北京：中国友谊出版公司，2000年1月版，第203页）。总而言之，沈从文创作初期的戏剧也可以分为三类：《蒙恩的孩子》、《盲人》与《母亲》为"都市轻喜剧"，《卖糖复卖蔗》、《赌徒》、《刽子手》、《野店》、《鸭子》、《过年》为"乡村轻喜剧"，《三兽窒堵坡》、《羊羔》属"经典戏拟剧"，分别与他小说的三种文体"都市讽刺写实"、"乡村抒情想象"、"经典戏拟重构"相呼应。

种粗率。20 世纪 30 年代的沈从文积极参与"京派"和"海派"的论争，并发起"反差不多运动"，其评论文章也颇为引人瞩目。1949 年后，他把对古典与民间的热情完全投入中国服饰史与文化史的研究，从另一个角度回答"新与旧"等问题。

　　一般认为，"五四"时期的"小说"、"散文"、"戏剧"、"诗歌"等文类很大程度上是源自对国外同类作品翻译体的模拟，借用异质文化因素以完成中国文学从古典形态到现代形态的转变，沈从文的诸种文学尝试也不能完全摆脱这种制约。但是，沈从文与"全盘西化派"论者和某些模拟外国翻译体作品为唯一旨归的作家不同，从创作初期他就着意避开上述文类（译自"novel"、"story"、"romance"、"fiction"的"小说"、译自"essay"的"散文"、译自"poetry"的诗歌、译自"drama"的"戏剧"）的刻板规范。沈从文借用中国古典文学和中国湘西苗族文化的多种资源，采用的创作策略是使中国固有的诗性因素向"文"和"小说"渗透，使"文"与"笔记小说"、"传奇小说"等文体边界模糊、相互交融；部分作品吸纳"苗歌"、"傩戏"、巫医混合的祭祀仪式等民族和地方文化元素，造成一种叙述和"展演"（performance）① 交错浑融、宁静欢欣的抒情风致。在小说创作中，沈从文放弃了元明清白话小说的"章回体"体式和"说书人"的叙述方式，采纳西方小说的"章节体"，并且常常把作者的笔名赋予小说人物，使"叙述者"、"人物"与"隐含作者"② 合一的"我"穿插在众多文本中，不断介

---

　① "展演"是文化人类学的术语 performance 的翻译，参见胡台丽的研究论文《文化真实与展演：赛夏、排湾经验》（Cultural Reality and Performance：Saisiat and Paiwan Experiences）："自从 Milton Singer（1972）提出'文化展演'（cultural performances）的概念并以之作为观察单位以来，不少学者企图透过'文化展演'进入所研究的文化的核心，触及该文化的基本价值与对真实的看法。无论是真实生活中的祭仪和舞台化的祭仪展演，都是文化展演的重要分析单位。Victor Turner 更进一步指出：'展演类型'不只是反映（reflect）社会体系或文化形貌，它也具有反射的（reflective）和交互的（reciprocal）作用，让人们意识到自身生存的性质与意义（1987：22）。R. Bauman 与 C. Briggs（1990）则认为展演提供一个对互动过程作批评性反射之框架（frame）。"《中研院民族学研究所集刊》第 84 期，1997 年秋季，第 63 页，台北。

　② 所谓"隐含作者"，是一个争议较多的叙事学和修辞学的术语，申丹曾经撰文辨析它的涵义，大致与 M. H. 艾布拉姆斯编《欧美文学术语词典》中的"隐遁的作者"（Implied author）（朱金鹏等译，北京：北京大学出版社，1990 年 11 月，第 241～242 页）概念相同，这个概念是 W. C. 布斯在《小说修辞学》中创造出来的，"布斯的论点是，这个隐遁的作者是由那个真实的人创造出来的一种理想化、文学化了的形式。与特定的'第一人称'叙述者一样，'隐遁的作者'也是虚构整体不可分割的一部分，其功能在于"劝使读者的想象力毫无保留地默认作品"。在《小说修辞学》"作为潜在作者的可靠叙述者"章节中"成为戏剧化人物的叙述者"和"作者的第二自我"；《汤姆·琼斯中的"菲尔丁"》章节中"菲尔丁的戏剧性替身"、"作者写这本书时创造的这个自我"，菲尔丁创作出来的 （转下页注）

入小说世界，形成以"我"为中心的叙述体式。另一方面，沈从文的小说又容纳了文言小说（"志怪"、"传奇"与"拟传奇"）对"艳情"主题和体式的钟爱，以及"诗经"、"晚唐诗"和"宋词"（婉约词）的意境情味、民歌乡谣的率真诙谐。①与上述形式试验相应，沈从文对古典与民间因素也重新进行了开掘，摒弃其禁欲主义说教，借助"五四""个人主义"思潮对"爱欲"重新做出阐释，并把它作为创作的核心。

当然，沈从文最有成就也最引人瞩目的还是他的小说。研究沈从文的小说，一个难以回避而又颇具挑战性的问题是：作为"文体家"的沈从文，其文体究竟有什么特质？综观以往研究成果，可以看出论者对此问题众说纷纭，未有最终定论，概而言之，可归纳为三类观点。第一类观点很有代表性，研究者们把沈从文的作品与其生活经历一一对应，在作品中寻求历史的"真实"或个人心理的"真实"；这种观点背后常常潜藏着"传记式阅读"的前提，"写实主义"、"现实主义"或"自叙传小说"、"精神分析学"的解释框架。②第二类观点影响也颇为深远，研究者们强调"想象"、"想象力"与

（接上页注②）"以他的名义说话的叙述者"，"菲尔丁的模仿者"章节中"隐含作者"的概念（"一个介入的作者必须以某种方式令人感到有趣，他必须象一个人物那样活着"），与该书对《特里斯特拉姆·香迪》形式统一性效果的获得——"似乎主要在于由讲故事人……戏剧化的叙述人所扮演的角色。他自己以某种方式成为把题材都结合在一起的中心主题"的论述（W. C. 布斯：《小说修辞学》，华明、胡苏晓、周宪译，北京：北京大学出版社，1987 年10 月中文版，第 239、243、245、248 页）。这些论述对我们理解"隐含作者"的概念很有帮助。一般而言，"隐含作者"与作品中的"我"（叙述者或人物）是不同的，但在众多沈从文的作品中，这三类范畴间的距离却非常微妙，常常会产生"同一"或"合一"的幻觉。

① 著名海外汉学家普实克（J. Prùšek）曾指出，"沈从文的小说如何受到唐人传奇的影响"，"传奇小说把幻想情节当作平常事来写，而又毫无说教意味，沈从文被这种写法深深吸引，也许沈更喜欢传奇小说把诗歌与叙事融为一体的写法"〔见《东方文学辞典》，第 152 页，转引自金介甫《凤凰之子——沈从文传》中译本第 172 页注释㉚〕，参见第 6 页注释①。关于对"乡歌民谣"及乡土文化的兴趣，沈从文深受 20 世纪 20 年代民俗学的影响，特别是受江绍原《端午节竞渡的本义》（《晨报副刊》，1926 年 2 月 21 ～ 23、25 ～ 27、29 ～ 31 日，北京）、《"盟"、"诅"》（《晨报副刊》，1926 年 4 月 12、14、19、21 日，北京）等研究的影响，并进而与他的"经典重构"结合起来，辑录《箅人谣曲》（《晨报副刊》1926 年 12 月 25、27、29日，1927 年 8 月 20、22、23、24、25、26 日，北京）、用湘西土语翻译《诗经》（《伐檀今译——用湘西镇箅土语试译》，《文艺风景》第 1 卷第 2 期，1934 年 7 月 1 日，上海）。"民歌乡谣"成分在他的"乡村抒情想象"体小说中也有重要地位，下文有进一步论述。

② 参阅署名"唯刚"的《大学与学生》，《晨报副刊》，1925 年 5 月 4 日，北京。凌宇先生的《从边城走向世界》（北京：三联书店，1985 年 12 月）和《沈从文传》（北京：十月文艺出版社，1988 年 10 月）与金介甫的《凤凰之子——沈从文传》是传记式阅读的代表，苏雪林的《沈从文论》发现了沈从文写实性作品的"讽刺露力"，另一些在沈从文小说中寻求"个人经历"与"心理真实"的研究者把这种视角进一步延伸到其后期"抽象的抒情"阶段——其时沈从文的"散文"、"诗"或"小说"的边界更加模糊。

"虚构"在沈从文的"笔触"、"叙述"方面的作用，认为它们导致了沈从文作品的"非真实性"；研究者们并注意到沈从文小说风格的"新奇优美"，因"释读话语"的差异分别将之纳入"传奇"（romance）、"田园诗"/"牧歌体"（idyllic）、"抒情诗小说"、"散文化抒情诗小说"、"叙事的诗化"与"抒情的故事化"、"小说的诗化与诗的小说化"等范畴。这类观念背后常常隐含着"浪漫主义"、"象征主义"、"寓言"等解释框架，其具体释读话语又可分为三种次级类型，其一是着眼对外来文体的模拟，其二是强调对中国传统抒情诗元素的吸纳，其三是关注与西方现代小说的呼应。① 虽然上述两类观点在沈从文的小说研究中影响均非常强大，但是第三类观点也隐约可辨。

---

① 徐志摩的《志摩的欣赏》，最早反映了批评家对沈从文作品"想象"与"梦"的特质的关注（《晨报副刊》，1925 年 11 月 11 日，北京）；苏雪林的《沈从文论》对"想象"也有充分的关注，苏雪林注意到"想象力"与沈从文小说的"新奇优美"的联系，"Romance"与"西洋情歌风味"的渗透，虽然她对其持否定态度（《文学》第 3 卷第 3 期，1934 年 9 月 1日，上海）；署名"刘西渭"的《〈边城〉与〈八骏图〉》同时注意到《边城》的"田园诗（idyllic）"风味与《八骏图》的"传奇式的性的追求"，又分别把它们归入"理想"、"自然"、"抒情诗"、"情歌"、"清中叶的传奇小说"与"嘲弄"、"绝句"的范畴，最后把它们的主旨统一为"人性"（《文学季刊》第 2 卷第 3 期，1935 年 9 月 16 日，上海）。夏志清先生写于 1952～1958 年、初版于 1961 年的《中国现代小说史》（英文版）（Hsia, Chih-tsing, *A History of Modern Chinese Fiction*：*1917 – 1957*, New Haven：Yale University Press, 1st Edition, 1961），着力于在西方"浪漫主义"的语境下比较沈从文的作品与华滋华斯、叶慈和福克纳对自然与乡土之关切的相似之处，把它归结为"田园视景"，同时也把它放置在"道家纯朴生活"、"自然与纯真的力量"等中国传统文化语境下加以考察，最后高度推崇沈从文"模仿西方的句法成功后的文体"——"具有玲珑剔透牧歌式的文体"。这是夏氏的主要观点，但是他也同样推崇沈从文的"写实的才华"、"印象派手法"与作品的"象征意味"（夏志清：《中国现代小说史》，刘绍铭译，台北：传记文学出版社，1979 年 9 月，第221、225、226 页）。严家炎先生在酝酿于 1980 年代初期的《中国现代小说流派史》中，通过 1929 年这个时间分界点，把沈从文的作品分为前后两个时期，分别对应"都市生活题材"的"自叙传"作品的"写实性"与"抒情诗笔调"作品的"传奇性"（北京：人民文学出版社，1989 年 8 月，第 215～217 页）。与此同时，一批年青学者开始在西方文学理论与文学创作背景之下的文体交叉融合，及与西方现代小说的呼应方面研究沈从文的小说。解志熙师的《创造性的综合——论中国现代散文化抒情诗小说》提出"中国现代散文化抒情诗小说"的范畴，用以取代"散文化小说"、"抒情诗小说"、"抒情小说"等概念，把沈从文的小说放置在小说发展的"抒情主导"—"抒情叙事文体"—"记实性"等进化序列之上，作为与茅盾的"社会历史史诗叙事"相对立的文学现象（解志熙：《风中芦苇在思索——中国现代文学的现代性片论》，郑州：河南人民出版社，1994 年 2 月，第 6～24 页；参见解志熙《新的审美感知与艺术表现方式——论中国现代散文化抒情小说的艺术特征》，《文学评论》1987年第 6 期，1987 年 12 月，第 66～75 页，北京）；吴晓东在 1990 年代发表的系列论文沿袭此思路作了进一步研究，与钱理群先生重新肯定在"现代抒情小说"（"诗化小说"）的谱系之内沈从文"叙事的诗化"、"抒情的故事化"、"抒情的客观化"、"抒情的抽象化"等试验的价值。而海外汉学家普实克（J. Prušek）的《抒情的与叙事的》（*The Lyrical and the*（转下页注）

一些研究者在尊重上述两种判断的同时，已经注意到沈从文自己申明的"存心模仿"：比如《月下小景》与《阿丽思中国游记》等作品，①可是由于忽略了"重写"与"重构"对沈从文"民族重组"与"文化重构"的意义，遂对此现象或加以简单否定，或者语焉不详。

　　沈从文小说的研究者们多在上述前两类观点中"二择其一"、各执一词，分别做出相当有力的论证，采纳第三类观点的研究者则较为少见。这种状况的形成，与 20 世纪中国文学中源自西方的"写实主义"、"现实主义"、"浪漫主义"、"象征主义"等"释读话语"相继传入、共时存在的独特状况有关。20 世纪中国文学中这种"释读话语的多重性"，为研究者们用不同的解释框架研究同一对象，提供了多种可能性。与之相应，沈从文小说的复杂性也是 20 世纪中国"文学创作的多重性"的集中体现，它们并非对单一外来文

（接上页注①）*Epic：Studies of Modern Chinese Literature*，Bloomington，Indiana University Press，1st edition，1980）充分肯定"中国传统文学的主观抒情传统深刻影响了中国现代文学的发展趋向"〔参见陈平原《新文学：传统文学的创造性转化》，"国外汉学家中，普实克（J. Prušek）是最为注重中国现代文学与古典文学的内在联系的，他关于古代中国文学的主观抒情传统深刻影响了中国现代文学的发展趋向这一论述，至今仍是这一学科最为精彩的论断之一"，《二十一世纪》第 10 期，第 94 页，1992 年 4 月，香港〕，并注意到"抒情诗传统"对沈从文小说文体特征的决定性制约（见普实克《东方文学辞典》，*Dictionary of Oriental Literatures：West Asia and North Aafrica*，London：George Allen & Unwin，1974）。王瑶先生在《中国现代文学与古典文学的历史联系》一文中，也肯定"鲁迅小说对中国'抒情诗'传统的自觉继承，开辟了中国现代小说与古典文学取得联系、从而获得民族特色的一条重要途径。在鲁迅之后，出现了一大批抒情诗小说的作者，如郁达夫、废名、艾芜、沈从文、萧红、孙犁等人……在对中国传统诗歌的继承这一方面，又显示出了共同的特色"〔《北京大学学报》（哲学社会科学版）1986 年第 5 期，第 6 页，1986 年 10 月，北京〕。

① 关于第三种谱系，陈平原先生在《新文学：传统的创造性转化》一文"转化的具体途径"一节对"五四"时代诸家对"传统"的"选择"与"重构"的分析颇有启发性，而这其实也是沈从文在许多场合的一种基本立场。由于缺乏对这一立场的理解，沈从文小说中的第三个谱系一直不能得到有效的阐释。虽然苏雪林的《沈从文论》与夏志清的《现代中国小说史》也注意到沈从文的《月下小景》对《十日谈》体裁的模拟与佛经故事的改写，以及沈从文的《阿丽思中国游记》对路易斯·卡罗尔的《阿丽思漫游奇境记》的模拟，但是苏氏只是把它们贬斥为"有时甚至捏造离奇古怪不合情理的故事来吸引读者的兴趣……简直成了一篇低级趣味的 Romance"，判定它们是"沈氏著作中最失败的作品，内容与形式都糟"，夏氏则把它们作为对佛教经典与西方游记体的不成功的模仿，仅是叙述技巧的操练。而旷新年在《京派：历史与想象》的最后一节"沈从文的小说世界"中对《阿丽斯中国游记》这个"由于它无法被纳入沈从文充满着诗意、风格恬淡的抒情小说系统之中去，所以长期以来被作为一种偶然性而被排除和忽略掉了"的介入姿态与讽刺风格进行考察，认为"《阿丽斯中国游记》表达了被殖民的现代化过程中少数民族知识分子的复杂立场与关怀"（见《现代文学与现代性》，上海：上海远东出版社，1998 年 6 月，第 114 页）。这引导着我对第三种谱系的文体之"纯形式意味"之外意义的关注。

学体式的模拟，而是对中国古典文学体式和外来文学体式的"双重模拟"之后、接受双重影响之后诞生的新形式。所以，如果不认真审视这种文学创作形态的复杂性，而只是简单套用既有的、单一的释读话语来解释沈从文的小说，所下断语必然是各执一词、难以切中肯綮的。

二 谱系学分类：沈从文三种小说文体的差异与交融

要想突破这种研究的困境，我认为对沈从文作品的内在谱系进行一番简要梳理是非常必要的前提。在此，我借用米歇尔·福柯的"谱系学方法"作为分析工具。福柯的"谱系学"概念直接源自尼采的《道德谱系学》。"谱系学"，尼采称之为"la généalogie"，注重对研究对象的"被构成的意义"及其"相互关系"（即"谱系关系"）的研究。尼采认为"历史只是'权力意志'的自由流变……'解构'与'重构'是它的双刃剑"；因此谱系学"不同于黑格尔式的辩证法，不主张抽象的综合，而是倡导差异以及差异之间的特定时空关系"，以"异质性"为研究对象。①

19世纪末20世纪初，正是中国文学的"解构"与"重构"时代：一方面是精致纯熟的中国古典文学体式的解体，另一方面是中外诸种文体元素的汇聚融合，一切都在"方死方生"之间。沈从文作品的"文体之谜"，亦为此时代之晦暗和复杂的一种体现。以往的研究者只关注沈从文文体的纯形式意义，使用"谱系学"方法揭示诸文体间隐匿的"权力机制"，则可使我们找到认识沈从文不同文体的异质性及其相互关系的新起点。我们知道，"谱系"的一种涵义是历史源流、发展渊源，它关注的是历时的、纵向的连续性问题，下面对沈从文小说三种谱系内部诸因素的分析中也容纳了这种意义；不过"谱系"在这里的主要涵义还是指研究对象的被构成意义及其相互关系，其关注的核心是常常被人们看成一个整体的沈从文作品的三个构成部分的具体特征，及其所形成的分合、对峙、交叉与融合的特定时空关系。因此，历史传承因素只有在融入文本肌体、作为汇聚的元素时才会被关注，这是在把谱系学融入文体分析时需要加以辨析的。

---

① 参见余碧平《性经验史·译者序》（上海：上海人民出版社，2000年3月版，第2~4、7~8页）关于"谱系学"方法的论述，如想进一步了解，请看福柯的《语言的话语》（阐明"话语"结构中的权力关系，*L'ordre du discours*，英译名为 *Discourse on Language*，1970）、《尼采、谱系学和历史》（*Nietzsche, Genealogy, History*，研究尼采的谱系学方法，1971），福柯晚年的著作《规训与惩罚》（*Surveiller et Punir*，英译名为 *Discipline and Punish*，1975）《性经验史》（*Historie de la Sexualité*，1976）对此方法有典范性运用。

我在此提出如下三个概念（"**都市讽刺写实**"、"**乡村抒情想象**"与"**经典戏拟重构**"），只是为了重新回答本文开头提出的问题：作为文体家的沈从文，其文体究竟有什么特质？在我看来，因为沈从文的作品不是某种单一的、同质的存在，所以其文体很难用一个简单的词来概括。因此，我的做法是把他的作品进行进一步细分，在"小说"、"散文"、"诗歌"、"戏剧"、"评论"与"学术研究"等文类之下，在"创作初期"（1924～1927 年）、"创作盛期"（1927～1937 年）和"创作后期"（1937～1949 年）的作品分期之中，尝试对沈从文各文体的异质性及其相互关系做出阐释。这样，一个问题就变成三个：沈从文的"都市讽刺写实"体小说有什么特质？沈从文的"乡村抒情想象"体小说有什么特质？沈从文的"经典戏拟重构"体小说有什么特质？这三种文体虽然各具明确的特征，也各有其代表性作品，但是它们并非相互隔绝，毫无关系。在沈从文的作品中，我们常常可以发现这三种文体内部的元素重新组合，相互交融，并且也不局限于小说。他的部分散文、白话诗、评论和戏剧等创作也可用这种概念来重新理解。这三种谱系穿越不同文类（小说、散文、诗歌和戏剧）、纵贯沈从文创作的三个时期：在"**创作初期**"已初见端倪，在"**创作盛期**"发展完备，在"**创作后期**"又交叉融合。比如以小说而论，在沈从文的创作后期，就出现了以"都市讽刺写实"体为主导、吸纳了"乡村抒情想象"和"经典戏拟重构"体式部分元素的一种可称为"**客厅传奇**"的变体。沈从文创作后期的《烛虚》、《七色魇》和《看虹摘星录》等作品，所呈现的正是"都市讽刺写实"、"乡村抒情想象"和"经典戏拟重构"三类文体的新的融合。

在后面的章节中，我会对此做出具体分析，并频繁使用"初期"、"盛期"、"后期"的分期，不再一一注明。

经过初步研究，我发现沈从文小说的三种文体（"文体"的通常涵义是指小说、诗歌、散文、戏剧等四种文学类型，或者是指作品的风格，本文所用的"文体"概念融合了文学类型和作品风格两种涵义，指某种次级文学类型和它的特殊风格）具有如下几种特征。这些特征表明沈从文的小说文体是"有分有合"、"分中有合"的。

"都市讽刺写实"体小说与"乡村抒情想象"体小说，多从当时颇为流行的"日记体小说"、"笔记体小说"和"书信体小说"① 的叙述方式入手，

---

① 参看发表于《晨报副刊》（1925～1927 年）的《遥夜》系列、《公寓中》系列、《篁君日记》系列，和发表于《京报副刊·民众文艺周刊》的《狂人书简》系列。

抒写一个初入城市的"乡下人"的紧张与惶惑。这类作品不断地通过"乡下"与"城里"两种空间和价值观的差异对峙，展示疏离错位的"叙述者"与"人物"当下在城市中的受挫感，而不胜感慨地反顾过去在乡村里的自由欢欣。这样，沈从文的作品就具有了一种别具一格的思维方式：在"城里"和"乡下"两种断裂的空间里，讲述童稚时代的自然天真、完满幸福和青春时代的漂泊无倚、追逐受挫两种截然相反的感觉。这种思维方式和写作策略，使其作品具备了一种独特的时间结构，通过"过去"与"现在"的断裂，为"过去"的自然圆满赋予一种宁静的永恒感，为"现在"的漂泊受挫注入焦灼的动荡感，却切断了时间维度向将来的延续——未来是搁置不论的。这样，就使故事和叙述封闭于"过去"和"现在"之内，很少具体叙述将来；甚至预感中的将来，也只是"过去"与"现在"、"旧"与"新"的交替和循环。这种倾向几乎贯穿沈从文的全部作品，成为一种决定性的潜在因素。有时，这两种对峙的时间结构、空间结构和价值观会相互渗透、相互侵入。研究者常常注意到沈从文作品中的"乡下人"立场和对乡村生活的抒情诗式的、田园诗般的叙述，十分重视沈从文以"边地"、"乡下"与"野性"的价值观对"城市"、"现代"与"知识"的质询或颠覆。这种研究自有其价值，但只注意到问题的一面，问题的另一面却被忽视了。事实上，在沈从文的作品中，"城市"与"现代"也会暗暗侵入乡村抒情诗般的回忆，成为一种辨析城乡差异的透镜。正是这种差异的透镜，为沈从文的"乡村抒情想象"类作品赋予迥然不同的色调。相对于"都市讽刺写实"类作品的焦虑不安，"乡村抒情想象"类作品却呈现一种宁静、永恒和美的超脱色彩。这种视角通常会化为一个兼具"写实性"与"虚构性"的人物进入文本，并成为具体文本的叙述视角。比如《三三》、《湘行散记》等作品中曾经出现过又反复出现在沈从文其他作品中的一个"白面长身的少年"的"我"或"他"。我们很容易辨认出，相对于乡村的价值观，这里的"我"或"他"是一种来自"城市"、"知识"的异质力量，但显然对乡村童稚而天真可爱的少女有着一种模糊的、无法抗拒的诱惑。有时这个"白面长身的少年"被设置成"我"，与叙述者的"我"重合；有时则变成一个具有特定身份的"城里人"，进入乡村。这就是在沈从文作品中的"隐含作者"①，他与"都市讽刺写实"类作品中进入都市的"乡下人"一样，是同一个人，都是沈从文作品的"人物"兼"叙述者"，或"人物"兼"隐含作者"。但是，这两种看似对立的身份——"城里的乡下人"和"乡下的城里

---

① 参照第 4 页注释②。

人"——如何协调呢？这两种看似相反的价值观——公开的乡下人的自卑、自傲，和隐蔽的城里人的自赏、自厌——如何统一呢？这个为众多研究者所忽视的现象，其实隐藏了沈从文作品的一个根本性矛盾：两种叙述者、人物与"隐含作者"合一的"我"——进入城里的受挫自卑的"我"，与在乡下的自由快乐的"我"——的相互冲突。这也是沈从文所反复标榜的"乡下人"立场的内在矛盾。① 总之，这种叙述策略，既深刻地影响到沈从文上述两类作品的成功，也决定了沈从文小说创作的最后终结。

　　"经典戏拟重构"在沈从文的小说创作中，有两种表现方式。一种方式是对基督教《圣经》、佛教故事、《诗经》与《楚辞》等中外古典文化经典的模拟，分别采纳基督教的悲悯意识、佛教的执着痴狂、《诗经》的天真无邪、《楚辞》的奔放绵丽等思想特质，通过对古典的"重释"与"重构"把古典叙述引入现代文化语境，作为"近代城市中人"的对比。其中，对基督教的"羔羊"意象、"上帝"视角与"雅歌"文体的吸纳和模拟，对佛教的"爱欲"核心、绵密比喻、叙述语言与模式的借用与戏仿，对《诗经》与《楚辞》的"俗语"化、"民俗"化的模仿与改作，都是卓有成效的。特别是五四新文化运动以来，周作人、江绍原等人对"俗语"与"民俗"的持续关注，为沈从文重新认识"湘西"边地的语言和文化，提供了新的可能性。② 沈从文用"国风"式的无邪天真来记录"苗歌俗曲"的婉转情态和奔放情欲（《篁人谣曲》、《伐檀今译》），用"楚辞"式的视角来观察叙述

---

① 鲁迅对沈从文的批评应该放在这个角度重新考虑。鲁迅对沈从文的误解最早见于 1925 年 4 月 30 日的鲁迅日记，对沈从文的批评最早见于 1925 年 7 月 12 日《致钱玄同》，其中最激烈的批评见于"京派"与"海派"的论争。

② 参见第 6 页注释①。关于沈从文在 1926 年前后直接受江绍原民俗学研究的影响，可以参看署名"小兵"的《通信》："绍原先生！志摩去了，闻你在帮忙，连日看龙船，也觉有趣。关于此，湘西地方，有个叫麻阳石羊哨，（湘西地方）有种极恶风俗，是每到五月五（是十五）划龙船时候，一些划手，必有所争斗寻仇生事，用河中包子石同桨片相互打死几个'命中该打死的'。大约因每年打，每打总死两个，人多了，官也不过问，结果就用钱和了事。……被抗竹木桨追急了的人，伏到屠桌下，在声息略静之后从桌下露一个头出来探望，像一匹——简直说不出像一匹什么鲁之类被追后喘息的神气！或者我那时是小孩子，看不出什么人间残杀迫害的印象来，然如今想来，还是依然觉得那种架打得天真，近于愚呆，并不比到大社会中用礼貌或别的手段骗诈诱惑来的可怕。就是那样子被石子打死，也死的有趣。在他一个时候我可以写一点关于那种打架，打前打后的详细情形给你个人看。不知道这中亦有什么书上获传说来的意义不？"（《晨报副刊》，1926 年 3 月 6 日，第 16 页，北京）。沈从文对"湘西"边地死亡形式的叙述，显然受到江氏研究的激发，但是他还是从自己的生存体验入手，为之赋予了与"大社会"对抗的意义。

"酬神还愿"的歌舞仪式（《还愿——广楚辞之一》）。① 在20世纪30年代，沈从文在《月下小景》等"经典戏拟重构"体作品中，对佛经故事进行以"爱欲"为核心的"改写"和"重写"，使"改写"和"重写"策略得到充分的展开。沈从文的这种尝试，有力地矫正了"五四"新文化运动中一部分人对"新"、"旧"两个范畴完全断裂、截然对立的偏激理解，通过"古"与"今"的相互观照（"互观"）和相互阐释，寻求其"爱欲精神"的相通之处，进而完成个人和民族的"重构"和"重造"。这虽然有些不合潮流，但也并非没有同调。鲁迅在《故事新编》中对中国上古神话传说的重写和重述，就表现出近似的意趣；虽然鲁迅的本意是为了"挖这些坏种的坟"，其"创世"、"复仇"与"爱欲"诸种话语的交织，也要更为复杂。但如果以"全盘西化派"移植西方文化到中国的主张为参照，沈从文与鲁迅的共同点便立刻显示出来。

不仅如此，"上帝"视角常常会进入"都市讽刺写实"体小说，成为对"近代城市中人"的道德价值进行质询的潜在视角。"雅歌"文体、"诗经化"与"楚辞化"的边地话语、"羔羊"、"鹿"与"猎人"的意象、"诱—拒"或"诱惑—追逐"结构，常常会进入"乡村抒情想象"体小说，赋予它韵散交织的文体、文白交替的语言和潜在的叙述模式。这种较为程式化的意象、行文和叙述结构常常反复出现，甚至会进入沈从文后期"都市写实"类作品的"客厅邂逅"情节中。

"经典戏拟重构"的另一种方式，是对西方小说家作品的戏拟与重构。研究者很容易辨别阿尔方斯·都德和霍桑的作品对《第二个狒狒》、《狒狒的悲哀》和《用A字记录下来的事》的影响，② 但沈从文只是借用了名称，叙述的却是乡民的淳朴野性和自己的耻辱体验。这种对外来经典的模拟与戏仿，在《阿丽思中国游记》中有进一步发展。"中国"和"西方"、"上海"

---

① 《箄人谣曲》分别刊载于《晨报副刊·诗镌》1926年5月6日，1926年12月25、27、29日，1927年8月20、22～26日，北京。沈从文辑录的本意，正如《箄人谣曲·前文》与文中所声称的那样，为的是显示"乡下的人"和"乡下女人"的"男女私情"，与"新式城中人"的"爱人的技俩"不同。《伐檀章今译——用湘西镇箄土语试译》（刊载于《文艺风景》第1卷第2号，第51～52页，光华书局"纯文学月刊"，1934年7月1日，上海）也属此类。《还愿——广楚辞之一》则是一种"拟楚辞体"，后来，这种"拟楚辞体"在《边城》的翠翠吟唱的"酬神还愿歌"中也有所表现："锣鼓喧阗苗子老庚醉傩神，／代帕阿妍花衣花裙正年青／舞若凌风一对奶子微微翘，／唱罢古歌对人独自微微笑。傩公傩母坐前唢呐呜呜哭，／在座百人举箸一吃两肥猪。师傅白头红衣绿帽刺公牛，／大缸小缸舀来舀去包谷酒。——3月28日"（刊载于《晨报副刊》，1926年5月，第16页，北京）

② 分别刊载于《晨报副刊》1925年8月22日、《现代评论》第3卷第61期（1926年2月6日）、《晨报副刊·文学旬刊》1925年9月5日，北京。

和"湘西"、"文言"和"白话"、"绅士"和"穷人"、"上帝"和"神"等诸多相互区别、相互对立因素,在《阿丽思中国游记》中交错呈现。研究者多认为这部作品风格混乱,作者沈从文也承认"讽刺"与"沉痛"并存,前者无法使后者化解消融。但是,沈从文创作最初阶段所呈现的"都市写实"、"乡村想象"与"经典重构"诸因素,在对《阿丽思漫游奇境记》的"戏仿"中,相互质疑、相互阐释,进行着艰难的"互观",从而获得新的意义。在《月下小景》中,我们也很容易辨认出沈从文对《十日谈》讲故事的体式和"爱欲"精神的模拟。正是在这样的叙述框架中,佛教经典《法苑珠林》中零散的寓言故事,在小说中才获得了某种统一性,佛教"说经体"禁欲主义道德训诫的例证,在小说中才会释放其执着爱欲的新义。所以,我们也可以把《月下小景》称作上述两种"经典戏拟重构"方式("古典经典戏拟"与"外来小说戏拟")的交融。此后,这种尴尬的"互观"就不再如此集中地呈现于一个作品内部,沈从文对西方经典的模仿,也不再以这样清晰可辨的方式出现,而是更加隐蔽,溶解在作品的内在肌理中。

因此,运用谱系学方法来揭示隐藏在"文体的纯形式意义"背后诸文体间的"权力机制",则可能使我们对沈从文文体的研究向前推进一步。考虑到沈从文文化心态和小说创作之间的关系,我认为沈从文的作品(散文、诗歌、小说、戏剧)基本上分属于三个不同的谱系:"都市讽刺写实"、"乡村抒情想象"和"经典戏拟重构",其中尤以小说最为典型。因此,我们可以把沈从文的小说分为三种文体:"都市讽刺写实"、"乡村抒情想象"和"经典戏拟重构",前两种文体的研究十分充分,第三种文体却始终被研究者忽视。实际上,三者鼎足而立,不可偏废,共同支撑着沈从文的小说世界。(一)所谓"都市讽刺写实",以"写实"为主,兼具讽刺与感伤两种色彩;从文学渊源看,其讽刺意味相当多地来自林纾的翻译小说和近代中国的讽世小说(如谴责小说),其感伤情绪部分延续了郁达夫的"自叙传小说"和明清"才子佳人"小说。这种小说体式的代表性作品是《第二个狒狒》、《八骏图》与《绅士的太太》等作品。①(二)所谓"乡村抒情想象",兼具浪漫

---

① 沈从文的"都市讽刺写实"与当时进入中国的以阶级分析为主旨的"左翼写实主义"不同,他一方面呈现人物的卑微境遇,另一方面又融入自恋与嘲讽。最初抒写"我"的"食"的匮乏与"性"的压抑,在故事和叙事两方面,深受郁达夫"自叙传小说"的影响。"新月派"批评家叶公超在《写实小说的命运》(《新月》月刊创刊号,上海:新月书店,1928年3月10日)中以嘲噱笔调对"现代的写实小说"用生物学的、心理学的方法来表达"性"和"桃花运"的判断,同样适于这类作品。另一位新月派批评家梁实秋在《浪漫的和古典的》中肯定"白话新文学"接受"外国影响",而排斥其接受"俗言俚语",(转下页注)

派小说的"想象"、中国古典诗词的"抒情"与中国文言小说的"传情传奇"成分。这种小说体式较为复杂，也最受研究者重视，历来为人肯定的沈从文的"抒情诗"或"牧歌"文体，大多属于这个范畴。一方面，它承袭中国古典传奇（唐代小说的"传奇"、元明戏曲的"传奇"）中"诗性意境"与"俗情谐趣"的参差并置；另一方面，又增加了诗性意境的分量，使之成为小说的主导风格；而"俗情谐趣"话语，则退至边缘，与诗性话语相异相和，成为丰富小说风格和内涵的底色。这种小说体式的代表性作品是《萧萧》、《三三》、《龙朱》、《阿黑小史》、《巧秀与冬生》与《边城》等作品。①（三）所谓"经典戏拟重构"，是借用异质力量消解经典的原初叙事，使其在新的视角、时空框架与叙事策略中，进行"重构"与"重释"，从而释放与经典相异的甚至相反的意义。这种小说体式的代表性作品是《阿丽思中国游记》与《月下小景》等作品，在中国现代文学史上与鲁迅的《故事新编》等作品有近似的意趣。②

（接上页注①）把它归入"浪漫的混乱"，"发为文学乃如疯人的狂语，乃如梦呓，如空中楼阁"，即隐含着对郁达夫和沈从文的这种倾向的激烈批评。同时，他还注意到中国现代文学"类型的混杂"和"抒情的小说"体式，并看到其叙事特征，虽然分析并不十分准确："抒情小说通常是以自己为主人公，专事抒发自己的情绪，至于布局与人物描绘则均为次要。所以近来小说之用第一位代名词——我的，几成惯例"（梁实秋：《浪漫的和古典的》，上海：新月书店，1927年8月，第35、39、40、42页）。郁达夫的"自叙传小说"与日本"私小说"的关系，许多研究者都十分重视，金介甫甚至推测其"日文风味的文体"影响到沈从文的风格。

① "抒情诗小说"等范畴对"乡村抒情想象"体小说的"诗性意境"和抒情性都有充分的论证，许多研究者将沈从文的小说与废名的"抒情诗小说"并置，关注周作人的思想对二者的共同影响。也有研究者从文化的角度寻求道家思想对此意境的影响。但是，却鲜有人论及"俗情谐趣"话语和"诗性意境"话语的交互呈现及功能。《〈边城〉版本与"反复的诗学"》一文对《边城》的分析，将会深入论述这个问题。

② 参见第11页注释②。《阿丽思中国游记》对"上帝"和"神"在中西社会的有效性进行了耐人寻味的比较。一些具有基督教背景的研究者往往据此夸大《圣经》、"上帝"与基督教在沈从文作品中的分量，甚至据此判定沈从文是一个基督徒。沈的确对基督教曾经产生过好奇和亲近，但他从来不曾有过真正的基督徒的感情和感觉方式。《蒙恩的孩子》表面是圣诞夜孤儿在期待上帝恩惠的降临，实际上还是沈从文惯常叙述的饥饿、寒冷等物质的匮乏和对亲情与爱的歆羡。沈从文在《八骏图》与《绅士的太太》中借用基督教道德审判的框架，对城市中绅士的情欲压抑和混乱进行了嘲讽和审视；在《平凡故事》中，对教会学校的学生义波的爱欲分离的叙写，也极有讽刺意味；在《建设》中一个湘西本地人打死"上帝在中国的使者"牧师的情景，更直接地表达了他对天主教、基督教和西方传教士在中国所扮演的角色的质疑。金介甫在《凤凰之子——沈从文传》对沈从文基督教思想的强调，无疑是有失偏颇的。

三　沈从文文体背后的"文心"

从这种分析看，沈从文小说文体之所以"有分有合"，与他文化心态上的游移和困扰有关。在"五四"文学革命前后，中国和西方相遇中久已呈现的关键难题——"古今之争"，部分地被置换成"中西之争"。① 一些人认为"中"即是"古"，"新"即是"西"，他们把"新与旧"这样的时间问题转化成"西与中"这种空间问题，为挽救民族危亡，"破旧立新"，遂主张"全盘西化"。另一些人则固守"中"，排斥"西"。与上述两种把"中"与"西"对立、"古"与"今"隔绝的观念不同，还有一些人既关注近代危局中西方对中国"变革"的强大压力，又对中国的固有价值有所留恋，担心简单地以"西"代"中"会导致中国文化彻底消亡。所以，他们致力于寻求维护中国传统文化连续性的"新"、"变"契机。这样，在文化"疑古"思潮与"守成"思潮之外，便有了"释古"思潮②。沈从文的作品从某种意义

① 在此问题上"全盘西化派"与"文化保守派"的论争众所周知，汪叔涵的《新旧问题》的观点颇为耐人寻味："吾为何讨论新旧问题乎？见夫国中问题，变幻离奇，靡无在不由新旧之说淘演而成。吾观夫全国之人心，无所归宿，又无不缘新旧之说荧惑而致。政有新政旧政，学有新学旧学，道德有所谓新道德旧道德，甚而至于交际应酬，亦有所谓新仪式旧仪式，上自国家，下自社会，无事无物不呈新旧之象。……吾国自发生新旧问题以来，今无人焉对于新旧二语下一明确之定义。在昔前清之季，国中明显分维新守旧二党，彼此排抵，各不相下，是为新旧交哄之时代。近则守旧党之名词，早已随前清帝号以俱去；人之视新，几若神荃，不可侵犯，即在倡言复古之人，亦往往假托新义，引以为重。……因此之故，一切现象，似新非新，似旧非旧，是为新旧混杂之时代。……新旧二者，绝对不能相容。……今日之弊，故在新旧之旗帜未能鲜明，而其原因，则在新旧之观念与界说，未能明了。……新，无他，即外来之西洋文化也；旧，即中国固有之文化也。……今日所当决定者，处此列族竞存时代，究新者与吾相适，抑旧者与吾相适？如以新者适也，则旧者在所排除。如以旧者适也，则新者在所废弃。"（《青年杂志》第 1 卷第 1 号，1915年 9 月 15 日，上海）。汪叔涵不露声色地把"是/非"问题（价值范畴）置换为"新/旧"问题（时间范畴），又将"新/旧"问题变换成"西洋/中国"问题（空间范畴），并且坚决地废旧立新，把中国的现在作为向西方进化与演进的过渡状态。他甚至判定"所谓新旧者，乃是时间的而非空间的，乃主观的而非客观的，乃比较的而非绝对的"，这种急躁心态，与"全盘西化派"也是相通的。梁实秋在《浪漫的与古典的》中把"新文学"等同于受外国文学影响产生的文学，把"旧文学"等同于"本国特有的文学"，同样是陷入这种思路（上海：新月书店，1927 年 8 月，第 33 页）。本尼迪克特·安德森的《想象的共同体——民族主义的起源与散布》第十一章"记忆与遗忘"中，对"新"与"旧"在东南亚的"历时性结合方式"和在 16～18 世纪的美洲的"共时性结合方式"的辨析，有助于我们对这个问题深入理解（吴叡人译，台北：时报文化出版社企业股份有限公司，1999 年 4 月，第 209 页）。

② 关于"疑古"与"释古"，在 20 世纪 20 年代有以顾颉刚为首的"疑古学派"（"古史辨"派），在 20 世纪 30 年代有以陈寅恪、冯友兰等为代表的"释古学派"。参见徐葆耕先生在《释古与清华学派》中的论述（北京：清华大学出版社，1997 年 5 月）。

上看正是对"疑古"思潮的一种反省，虽然他最初的作品也曾不自觉地受到"疑古"思潮的影响。一般而言，"释古"论者并非为了简单地解释古代文化经典，而是要通过对古代的重新理解——"重释"，来参与当下文化的构造——"重构"；他们对于外来文化也是这种态度，既不简单排斥，也不完全照搬，而是"重释"与"重构"。这样，"五四"文学革命前后所发生的"中与西/古与今"的时间问题和空间问题的奇特扭结，就呈现出某种缓释与舒展的可能性；"古代"与"西方"两套阐释话语，在当下的中国也就具有了新的意义。各不相同甚至相互对立的文化因素在这个时空连接点上，互相究诘，互相对话，形成"多元汇聚"的复杂景观，"重释"与"重构"的独特局面。沈从文的作品，只有在此背景上重新加以审视，才能有比较切合实际的理解。

谱系学的介入，为我们提供了一个把沈从文文体细分的工具，可以促使我们认识沈从文文体的复杂构成及其相互关系，也有助于矫正沈从文小说研究中文体形式和文化心态割裂的偏颇。在后面的章节中，我将对"都市讽刺写实"、"乡村抒情想象"与"经典戏拟重构"三种文体的具体作品进行分析，并尝试概括沈从文创作的诗学特征，我称之为"反复的诗学"。"反复的诗学"，由"互观"与"反复"两个范畴构成，后面两章将分别进行详细的论述。概而言之，"反复的诗学"的产生，本质上是由沈从文对新/旧文化和城/乡（西/中）价值的复杂观念和复杂体验决定的，而题材、文体和风格都围绕着这个核心。沈从文对都市文化的抵触与对乡村田园的怀恋，也是这种本质态度的外化。与其他同时代作家不同的是，沈从文较多地容纳与复活了中国文学固有的因素，从初期受西方文化冲击的新奇与困惑，到后来的"城乡互观"、"中外互观"、"古今互观"，再到日后重拾信心，创造出宁静的、永恒般的幻想空间，一种四季循环般的时间感觉和社会秩序，恢复了中国诗美的感知方式，从而获得了独特的价值。

（本文发表于《永远的从文——沈从文百年诞辰国际学术论坛文集》第449～458页，2002年12月，吉首）

异质元素的"互观"

—— 沈从文小说的叙事话语分析之一

你站在桥上看风景，

看风景人在桥上看你。

明月装饰了你的窗子，

你装饰了别人的梦。

——卞之琳《断章》

一　沈从文"叙事话语"的两个基本特征

对"叙事话语"的界定，叙事学家们各家观点存在诸多分歧。法国结构主义叙事学家热拉尔·热奈特 1972 年在《辞格之三》中首次提出"叙事话语/叙述话语"的概念。他以"故事"、"叙事"与"叙述"三个范畴为基础进行阐释："叙述话语"是一篇"叙述文本"，但包括对"文本"（话语）及所述"事件"（行动、情景及其关系）之间关系，以及"话语"（文本）与"叙述行为"之间关系的研究。[①] 中国叙述学和文体学研究者申丹对热奈特的"故事"（histoire）、"叙事话语"或"叙述话语"（recit）、"叙述行为"（narration）的三分法和里门－凯南（S. Rimmon-Kenan）的"故事"（story）、"文本"（text）与"叙述行为"（narration）的三分法提出质疑，坚持"话语"和"故事"的两分法，并且认识到"故事"和"话语"也会发生某种

---

① 〔法〕热拉尔·热奈特：《叙事话语·新叙事话语》，王文融译，北京：中国社会科学出版社，1990 年 11 月版，第 7 页。

程度的"重合"。①

如果对沈从文的"都市讽刺写实"、"乡村抒情想象"与"经典戏拟重构"三种体式的小说做出进一步研究，我们就会发现，**在这三种小说体式里存在着某种贯穿性的东西，它如血液般地流淌在沈从文数量庞大、类型繁多的小说里，使以短篇小说为主体的沈从文的小说世界具有某种松散而模糊的联系，这种纵横交错的模糊联系，如致密坚韧的丝线组成的隐秘经纬，把沈从文精美而又芜杂的作品编织在一起，使它们构成了一个独特的世界。我把这种"编织方法"，称为"叙事话语"。**从字面上看，"叙事"，就是讲述事情，而"话语"，则是指具体文本中所呈现的言说模式、机制。"沈从文的叙事话语"，指的则是沈从文文本中所呈现的某种独特的讲述故事（"叙事"）的方式、模式、机制。② 我把索绪尔《普通语言学教程》的"言语"和乔姆斯基《转换生成语法》中的"深层结构"两个概念糅合在一起，来确定"叙事话语"的涵义。

由于本文所感兴趣的并不是以沈从文的作品来证实叙事学理论，也不是简单地使用"叙事学"理论的锐利刀片来解剖沈从文的作品，而是从沈从文的具体作品出发，来探索沈从文作品中的叙事学问题和其他问题，因此并不严格遵循"叙事话语"的形式严谨性。由于我想要做的是对沈从文作品中几个重要现象进行研究，来尝试解决沈从文研究中某些争执已久的难题，因此**我对沈从文的"叙事话语"的探索主要集中在两个方面：一是"互观"，一是"反复"。它们分别是对"异"的处理和对"同"的处理。**前者通过"异质因素"的"互观"，使"城/乡"、"中/外"、"古/今"等对立因素在文本空间中形成某种共时性的存在。后者通过"同质因素"的"重现"，使"叙述者"、"人物"、"意象"、"主题"等反复因素在文本行进中形成某种内在节律、在同一作品内部形成循环或永恒的时间感觉、在不同作品之间形成某种内在的相互关联，使沈从文的作品与湘西边地文化、现代都市文化之间形成某种亲和或紧张，使沈从文的"叙事话语"在某种程度上成为中国古典小说叙事模式的再生，同时也吸纳了"五四"时期异域小说的新因素。因此，

---

① 申丹认为，区分"叙述话语"与"叙述行为"，是因为热奈特误解了"元小说"对叙述行为进行的滑稽模仿，其实第一人称叙事者在书中提到写作过程，也只是虚构的故事事件而已，见申丹《叙述学与小说文体学研究》，北京：北京大学出版社，1998 年 7 月，第 14～19 页。

② 这里的"叙事话语"的"话语"，并非指"讲述事件"的"话语"或"文本"，也不是指"产生话语或文本的叙述行为"：前者指的是呈现于读者面前的文本，后者指的是不可见、只可根据定型的文本推测的叙述过程，叙事学的研究者多将之与所讲述的"事情"进行区分（王文融：《叙事话语·新叙事话语》，北京：中国社会科学出版社，1990 年 11 月，"译者前言"第 4 页）。

"互观"和"反复"是"沈从文的叙事话语"中两个同等重要的范畴,是它们共同赋予了沈从文小说世界与众不同的经纬构造。

本文专门论述沈从文小说叙事的"互观"问题。

在"都市讽刺写实"、"乡村抒情想象"与"经典戏拟重构"体小说中,我们都可以发现一个颇有意味的共同现象:"城里"与"乡下"、"外"与"中"、"古"与"今"等几种对峙的时间结构、空间结构与价值观会相互渗透,相互侵入,形成一种辨析城乡差异、中外差异与古今差异的透镜。在"都市讽刺写实"与"乡村抒情想象"体作品中,这种侵入和渗透体现为一种"城乡互观"、"新旧互观"的视角,甚至会化身为一个"叙述者"、"人物"兼"隐含作者"的"我",成为具体文本的叙述视角。关于"城"与"乡",我已经在《文体的分裂与心态的游移——沈从文作品的谱系学构成及文化困扰》中做出简要分析。当时关心的问题是"以城观乡"和"以乡观城"这两种叙事视角和叙事策略所隐含的根本矛盾,"这两种看似对立的身份——'城里的乡下人'和'乡下的城里人'——如何协调呢?"在本文中我们的关注点则是在沈从文的"都市讽刺写实"体作品中,如何"以乡观城"?在沈从文的"乡村抒情想象"体作品中,如何"以城观乡"?

由于沈从文曾经反复申明自己"乡下人"的立场,所以研究者对他的"以乡观城"的研究相对比较深入,而对他的"以城观乡"的研究,则要薄弱得多。因此,我的论述重点放在"以城观乡",对"以乡观城"则论述得较为简单。

二　"城乡互观"

"以乡观城",最初只是沈从文对从乡下进入城里生活的本能反应,他开始只能以乡下人的眼光来观察城里人的生活。而真正值得关注的是,沈从文把自己生命体验中进入城里的乡下人眼光转变成作品中在城市感到疏离紧张的"乡下人视点",使之成为"都市讽刺写实"体小说的主导叙事视角。

在20世纪20年代的中国文坛上,虽然有从全国各地的乡村和城镇进入京城的青年知识者的"乡土文学"和"自叙传体小说",分别叙述在乡下的幸福童年和在京城的孤独寂寞,两类作品中也隐约可以发现"京城视角"对乡村回忆的渗透和"乡村视角"对都市流离的审视,但是局限于生活体验的自发表现,并未成为自觉的叙述视角。在沈从文"创作初期",这种以城市中"乡下人视点"为主导的叙事视角已经初具端倪。《狂人书简》、《棉鞋》、《用A字记录下来的事》、《一个晚会》等作品所表达的那种乡下来客在现代都市文明压力下愤怒屈辱的受挫感、那种对都市风行的自由恋爱、谈文说艺等金钱支撑下的文明儒雅的排斥力的审视与嘲讽，充分显露了其"乡下人"视角的内涵。这里的"乡下"并不是单纯的地域性概念，而是纠结着"古典"、"中国"、"边地"、"贫穷"、"落伍"等不同因素的混合体。"以乡观城"，也是用这样一种混合视角，对"现代"、"西方"、"都市"、"富有"、"先进"等混合范畴的审视和观照。所以"互观"这个概念对沈从文来说，包容着空间、时间、文明、经济等多种内容，它所处理的其实是古老的中国文明在含有敌意的西方现代文明为主导的世界中的尴尬和尊严问题。文化"拿来"或"送来"阶段之后，中国人在异质文化的对峙与冲突中，多感到左右为难，无所皈依。"以乡观城"视角，最初也与这种痛苦状态相应。沈从文创作初期的"以乡观城"，多是借助作品中叙事者、主人公及隐含作者的混合体的"我"或"他"来实现。例如，面对"新时代女性"，"我"或"他"常常是一个从乡下进入都市的怯懦、温和、头脑中却充满了爱欲幻想的窥视者。而其同期创作的《上城里来的人》，则与上面的情况稍有不同。"以乡观城"的叙事策略在这里由从乡下进入城里的"我们"来体现。沈从文以节制的沉痛来表述"乡下"的"我们"如牛羊一般无助的命运，这里的"我们"家中有"两头母牛，四头羊，二十匹白麻布，二十匹棉家机布，全副银首饰"，但——

　　我们是妇人，妇人是有"用处"的。

　　他们是斯斯文文的，这大致是明白附近无其余的他们。说声"来!"我们就过去一个，我忘了告你是在喊"来"以前我们妇人是如牛羊一样，另外编成一队的了。如今是指定叫谁谁就去。我赌咒，说我不害怕。这是平常事，是有过的事。

　　……不要怕。让他吃! 让他用! 衙门做官的既不负责，庙里菩萨又不保佑，听他去，不过一顿饭功夫就完事。

　　他们决不是土匪，不会把我们带去——带去只有累赘他们——所以我心稳稳的。

所以"我们"上城来帮人做工——

　　你们城里人真舒服。成天开会，说妇女解放，说经济独立，说……我明白，我懂。……"我们妇女也是人，有理由做男子做的一切事。"……这我可不明白了，我不知道是我们村子里妇人所害的病，有法子在革命以后就不害它不? 她们不能全搬进城来住。可乡下，他们比城里似乎多多了。

　　她们有牛，羊，棉布，他们就有刀，枪，小手枪，小手榴弹。他们

是这样多，衣服一色……①

这里复杂错综的人称代词的变换，有点令人眼花缭乱，但我们可以辨别出其间存在着"我们"、"他们"和"你们"的对立。"我们"是"乡下人"，"你们"是"城里人"，"他们"是穿行在城乡之间的革命暴力和性暴力的执行者；"我们"和"你们"是女性，"他们"是士兵一类的男子。一方面，沈从文借助人称代词的频繁变换，彰显"我们"乡下人和"你们"城里人之间的对立，以其精心构造的城乡对峙话语来质询和瓦解"五四"妇女解放话语和暴力革命话语的普适性；另一方面，作为妇女的"我们"、"你们"和作为男子的"他们"在社会动荡、秩序瓦解之悲剧命运前的不同位置，"她们"作为被动无助的性伤害承受者和"他们"作为有组织的性伤害施加者的角色，也不知不觉地动摇沈从文的城乡对峙话语，为性别对峙话语保留一定的空间。因此，城乡对峙话语和性别对峙话语一显一隐，并存于《上城里来的人》的叙述中。这里的"我们"还具有地域之外的涵义，可以使我们对沈从文的"乡下人"概念与其社会所指有新的理解，其"以乡观城"视角所包容的屈辱受挫与暧昧艳羡杂糅的情感意味，也可以由此得到阐释。

在沈从文的"创作盛期"，"以乡观城"的代表性作品是《焕乎先生》和《绅士的太太》。在《焕乎先生》中，基本上延续了"创作初期"的叙事者、主人公及隐含作者的混合体的"我"或"他"。面对"新时代女性"，"他"依然是一个从乡下进入都市的自卑、怯懦、温和、头脑中却充满了爱欲幻想的窥视者：

他愿意在假设中把自己的长处补足了不甚标致的短处，这长处总以为并不缺少。且将另外一个生得极丑的麻脸男子得好女子垂青的榜样保留，以为自己假使办得到，则自然是可以照例成功的事。然而那朋友，所补救的是一个剑桥的硕士头衔，与将近二十万元的遗产。他有什么呢？这时代，已经进化到了新的时代，所有旧时代的千金小姐怜才慕色私奔的事已不合于新女子型，若自认在标致上已失败落伍，还不死要爱新时代女子的心，则除了金钱就要名誉。他的名誉是什么？一个书铺可以利用他赚钱，一个女子则未见得有这样一个情人引以为幸福。②

① 《上城里来的人》，《沈从文文集》第 5 卷，广州：花城出版社、香港：三联书店，1982 年 9 月，第 300～303 页。此文的写作时间有争议，《沈从文文集》在此文的结束处，注明的时间是"一九二八年夏作于上海"，而邵华强编著的《沈从文年谱简编》则认为，作于 1927 年 8 月上旬，原名《老魏的梦》，刊载于《晨报副刊》1927 年 8 月 18～20、22～23 日，北京。

② 《焕乎先生》，《沈从文文集》第 2 卷，广州：花城出版社、香港：三联书店，1982 年 1 月，第 292 页。

对"他"来说，"新女性"有着不可抗拒的诱惑，"她们"使"他"沉溺于爱欲幻想，不可自拔。因为无力实现，所以"他"转而把爱欲幻想变成文字，形成一种生活的真实与文学的虚构交织的情形：

> 从窗中所见的女人，却不是全体。
> 一件青色毛呢旗袍把身子裹得很紧，是一个圆圆的肩膀，一个蓬蓬松松的头，一张白脸，一对小小的瘦长的脚干，两只黑色空花皮鞋。是一种羚羊的气质，胆小驯顺快乐的女人。是一个够得上给一个诗人做一些好诗来赞颂的女人，是一个能给他在另一时生许多烦恼的那种女人。①

在《绅士的太太》中，"以乡观城"的叙事策略有所变化。那个作为对新女性充满爱欲幻想的"窥视者"的"我"或"他"消失了，新出现一个高居于故事之上的叙述者"我"。这个"我"不再是故事进程中的人物，只是一个单纯的叙述者，因此其"自叙传体小说"式的感伤写实色彩淡化，嘲讽色彩增强。"都市讽刺写实"体小说中最初感伤色彩和讽刺色彩相混合的状态已经分裂，嘲讽成为凌驾都市写实故事的一种基调，因而叙事者"我"在作品人物面前扮演起一种类似"上帝"创造万物那样的角色："我不是写几个可以用你们石头打他的妇人，我是为你们高等人造一面镜子。"②

在更为著名的"都市讽刺写实"体作品《八骏图》中，"以乡观城"的叙事策略基本上已经消失，叙述者、主人公兼隐含作者的"达士先生"是一个身患爱欲"疾病"，却想治疗其他"病人"的人。"以乡观城"被提升为一种源于乡村的健康蛮野的爱欲血性，以对抗和嘲讽都市文明禁锢下孱弱无力的读书人"营养不足，睡眠不足和生殖力不足"的慵懒状态与"仿佛被阉割过的寺宦观念"。③

在"都市讽刺写实"体小说中，"外来话语"、"西化话语"对叙述者兼主人公"我"的冲击是主要力量。虽然沈从文反复坚持"乡下人"的立场，以不断对外来话语和西化话语保持批判，但最后结局是作者内心的"乡下人"立场与外界对他的"城里人"认同发生了不可调和的矛盾，沈从文自觉到坚持一种"乡下人"立场无异于自欺欺人，所以"以乡观城"这种叙

---

① 《焕乎先生》，《沈从文文集》第 2 卷，第 293～294 页。这种"羚羊"式的女人，和沈从文作品中常常出现的"小鹿"式的女人，构成了一种类型化人物模式，在《同质因素的"反复"——沈从文小说的叙事话语分析之二》一文中有详细分析。

② 《绅士的太太》，《沈从文文集》第 4 卷，广州：花城出版社、香港：三联书店，1982 年 6 月，第 88 页。

③ 《八骏图》题记，《沈从文文集》第 6 卷，广州：花城出版社、香港：三联书店，1983 年 1 月，第 166 页。

述话语也就不能延续下去。

而"以城观乡",则要复杂得多,并且与作者明言的"乡下人"立场所支撑的"以乡观城"策略相比,"以城观乡"也要隐晦得多。不过,我们仍可以在沈从文的"乡村抒情想象"体作品中,发现其"以城观乡"叙事策略的蛛丝马迹。

不错,在沈从文的"乡村抒情想象"体小说中,中国固有的自我观看方式在文本空间内得到展开:被传统礼仪道德所规范的人们在边地小城内浑然简单地活着,人们被各种情意的绳索牵引着,沉醉而节制;甚至歌妓风雅的腐化果实也同时在成长着,人们浑然无觉地品尝着它,认可它与天真的情愫是并列的两种情感方式。然而时代毕竟不同了,沈从文的乡村世界其实不可能保持完全封闭的纯粹性,其中也隐含着异质的事物以至于观点。例如,"女学生"的影子就不时进入这个世界,作为"西方化"、"现代化"的情感方式的代表。虽然"天真情愫"和"风雅艳情"在乡下世界中扎实活着,"女学生"在这个世界中只是飘忽而过,但仍然带来了不安与惊奇。

在《萧萧》中,"以城观乡"只是由从乡下飘然而过的女学生的影子和乡下祖父对她们的谈论来体现,但"女学生"作为一种话语的存在,在文中却起着非常重要的作用。"女学生"① 的生活与萧萧的生活恰成对照,这种对比进入萧萧的观念中,成为她接受长工花狗引诱的潜在原因,并且成为她反观自己生活的一种参照,进而成为俯瞰其一生的外在视角。只有在这种"城里人"的潜在参照中,童稚天真的女孩萧萧嫁给小丈夫的开始,和手抱新生的月毛毛在花树下看儿子牛儿娶童养媳的热闹终结,才具有一种命运循环的无言沉痛;虽然,在文中如季节轮回一般成长和展开的女性生命诸阶段的变化和痛苦,被强烈地自然化,如花开花落般静美无言。

在《夫妇》中,"以城观乡"的叙事策略是借助一个从城里来××村疗养神经衰弱症的年青男人"璜"的视角来体现。此文中的"看"与"被看"在下面三个视角之间交错进行:穿洋服衬衫、皮鞋、起稜薄绒裤的"城中客人",在南山新稻草积上撒野被捉的乡下夫妇,围观被捉夫妇的狂热的乡下人。三者之间的"互观",造成了文本空间的内在紧张。其中,"璜"的视点,拥有某种程度的自由和主动,这也意味着"城里人"对"乡下人"的观看占据主导地位,而乡下人的围观,和被围观者对璜的注视,都是被动的、带有仰视意味的。由于小说以在乡间拥有某种特权的"璜"的视角来表

① 《萧萧》,《沈从文文集》第6卷,关于"女学生"的段落见第222~225、228、231、233页。

现"乡下人"的有趣事情——在头上插有野花、脚上绣有双凤的被捉女人身上发现风雅，在围观的乡下人身上发现粗蠢，因此这种"乡村抒情想象"就同乡下人的"沉潭"、"送官"等道德审判脱离开来，具有一种自然单纯的爱欲所拥有的超脱的美感意义。但与其他圆满永恒的"乡村抒情想象"体作品不同，它呈现了这种迷人想象背后的裂痕——从城里来养病的年青男性"璜"，在发出"乡下人与城里人一样无味"的感慨之后，返回城里去了。①

在《三三》中，"以城观乡"的叙事策略，则由作品中的人物——一个来到乡下养病的白面长身的年青男人来承担。从这点看，它与上文分析过的《夫妇》很相似。罗钢先生在《叙事学导论》中曾经提及沈从文作品的"转喻结构"，认为沈从文的《边城》是通过空间上的邻近，建立起文本的内在联系。而在《三三》中，"杨家碾坊"与"堡子"之间的"转喻结构"，却为"以城观乡"的叙事策略提供了基点。当然在文本的叙述中，"以城观乡"视角侵入"乡村抒情想象"体作品，但并不排除"以乡观城"视角的出现。一方面是受"总爷"恭敬对待、"福音堂洋人还怕他"的、白裤白鞋、如唱戏的小生般白白面孔的年青男人，从城里来到"总爷"的堡子里养病；另一方面是聪明而美的乡下少女三三在杨家碾坊慢慢长大成人。文本内部的空间紧张感由这个肺病三期的病人与少女三三之间的"互观"构筑起来，叙事进程也由这种乡下人和城里人之间反复交错的"看"与"被看"慢慢展开。乍一看，这似乎与《夫妇》中的"璜"在文本中所占据的"看"的自由和主动不同，因为《三三》中这个白脸病人似乎是"被观看"和"被谈论"的中心，他以一种隐居般的神秘成为乡下人探询的对象，成为占据乡下人"话语"和"想象"的核心，但其实正是他唤醒乡下人心中对城里人的歆美、对城里的向往。这其实是一种被仰视的"展演"（performance）般的机制，城里人同样是一种主动和中心，乡下人则只是被动的、退居于边缘。在来到乡下的城里人"他"和乡下人"三三"的"互观"中，产生了朦胧中的爱欲幻觉，但城里人的权力和金钱却会侵蚀其间如火如花的至性真情。下文是一段三三在溪边看到总爷家管事和一个手持拐杖的年青男人的文字：

---

① 《夫妇》，《沈从文文集》第 8 卷，广州：花城出版社、香港：三联书店，1983 年 9 月。此文文末的"甲辰记"（甲辰是沈从文的笔名）提及自己抒情笔调与废名抒情笔调的异同，对"乡村抒情想象"体作品，颇有辨析源流的意义："自己有时常常觉得有两种笔调写文章，其一种，写乡下，则仿佛有与废名相似处。由自己说来，是受了废名先生的影响，但风致稍稍不同，因为用抒情诗的笔调写创作，是只有废名先生才能那种经济的。这一篇即又有痕迹。……1929 年 7 月 14 日毕。"

三三同管事先生说着，慢慢的把头抬起，望到那生人的脸目了，白白的脸好象在什么地方看到过，就估计莫非这人是唱戏的小生，忘了擦去脸上的粉，所以那么白……①

而在三三不久之后的白日梦中：

那个城里人，也象唱戏小生那么把手一扬，就说："你错了，要多少金子把多少金子。"……三三生气似的大声说："就算我小气也行。我把鸡蛋喂虾米，也不卖给人！我们不羡慕别人的金子宝贝。你同别人去说金子，恐吓别人吧。"②

虽然孩子气的美丽少女三三已隐约意识到了城里人文明和金钱的压力，但是年青男人的出现，也渐渐引起了三三和母亲对城里的幻想，她们不断看望堡子里的城里病人，也几次接受城里病人和白帽看护的回访，甚至她们在做着成为城里人的梦了。《三三》的"以城观乡"，由于城里年青男人的突然病死而中断，叙事也就此匆匆结束。

这个城里人其实是一个"人物"兼"隐含作者"的"他"，有作者沈从文自居的影子，作者在他身上投射了某种隐秘的优越感和焦虑。因此，尽管《三三》与其他"乡村抒情想象"体作品一样，具有"瞬间永恒"的平静、安宁和美的感觉，但外部都市世界浓重深长的阴影却不时在这个"桃花源"中闪现，引起其中一些人内心的骚动与向往。

即使在沈从文最为典型的"乡村抒情想象"体小说《边城》中，其实也有"城乡互观"的潜在痕迹。当然，在《边城》文中并没有出现一个带有"隐含作者"痕迹的"我"或"他"。不过，"渡口"和"茶峒"的关系，非常接近前面所分析过的"杨家碾坊"和"堡子"的关系。翠翠与天保、傩送的关系，也隐含着并不完全平等的"互观"，其间同样有权力和金钱所造成的被动和主动关系，这也很接近其他"乡村抒情想象"体作品中的"以乡观城"和"以城观乡"。只是这两种成分比较均衡，两种叙述视角的变换也要更为自然圆熟，被精致美丽的抒情笔致包裹得更加严密，所以其间的对立和紧张，被瞬间永恒的宁静与美缓和了而已。虽然"边城人"的至性真情抵御了金钱和权力的侵蚀，但不能抵御命运的力量，其死亡和分离的结局与《三三》是一样的。

在《湘行散记》中，"以城观乡"的叙事策略由叙事者、主人公兼"隐

① 《三三》，《沈从文文集》第4卷，第125页。
② 《三三》，《沈从文文集》第4卷，第132页。

含作者"的"我"来体现。这里最容易显示沈从文"乡下人"立场的脆弱和暧昧，以及他对"城里人"嘲讽与批判的不彻底。这正是"城里的乡下人"和"乡下的城里人"两种身份转换的关节点。这个关节点，也正是解读沈从文"都市讽刺写实"和"乡村抒情想象"两种体式作品的关键。在辰河上的小码头"杨家岨"，来自城里的"我"遇到了一个名为夭夭的小妇人。由于旅行记这种"流动的视点"是以"我"为核心，"城乡互观"中常有的"城"与"乡"的互相观看，在这里变成"城"对"乡"的单向观看；而"乡"对"城"的观看，则由"我"的推测和想象来补充：

> 门开处进来了一个年事极轻的妇人，头上裹着大格子花布手巾，身穿葱绿色土布袄子，胸前还绣了一朵小小白花……这个女人真使我惊讶。我似乎在什么地方另一时节见过这样一个人，眼目鼻子皆仿佛十分熟悉。若不是当真在某一处见过，那就必定在梦里了。公道一点说来，这妇人是个美丽得很的生物。……我几乎本能的就感到了这个小妇人是正在对我感到特别兴趣。不用惊奇，这不是希奇事情，我们若稍懂人情，就会明白一张为都市所折磨而成的白脸，同一件称身软料细毛衣服，在一个小家碧玉心中所能引起的是一种如何幻想，对目前的事情也不用多提了。①

到此，沈从文作品中的"城乡互观"策略也就走到了尽头，其"乡下人"的立场也开始松动，其作品根本性的嘲讽与奇幻魅力也消退了；曾经非常成功的两种叙述者的"分身"——（"乡下人"与"城里人"），也合而为一，并且"我"渐渐与作者等同。这标志着沈从文"创作盛期"的结束，以及以"客厅传奇"的叙述者、人物与隐含作者合一的"城里人的游移"的"我"为叙事视角的创作后期（以《烛虚》、《七色魔》和《看虹摘星录》等作品为代表）的来临。当都市的受挫感与乡村的回忆想象对爱欲的阐释动力都消失时，"创作后期"的沈从文想表述一种在性爱中的自由漂流，沉醉在"偶然"和"必然"两种抽象范畴之间，显示出一种内心分裂的征兆。这种用抽象哲理来填充性爱漂流的片断，已经丧失他所塑造的"乡下人的坚执"，滑向"城里人的游移"。表面上，身份的转换令人吃惊，但这只是早期隐匿的"城里人自我形象"的呈现与发展罢了。这样，"自我"依然是"内心的游记"的中心视

---

① 《湘行散记》，《沈从文文集》第 9 卷，广州：花城出版社、香港：三联书店，1984 年 3 月，第 266、267 页。并请参看金介甫《凤凰之子——沈从文传》第二章第 54 页："1917 年沈从文在开往辰州途中，与同宗兄弟沈万林、裁缝之子赵开明在泸溪绒线铺迷恋小女孩，赵开明发誓：'将来若作了副官，一定要回来讨那漂亮小姑娘做媳妇。'"又，该书第 84 页注释① 《湘行散记·老伴》（见《沈从文文集》第 9 卷，第 295 ~ 298 页）写的是 1934 年沈从文重回湘西所见。

点,"性别的不平衡"也依旧延续。在 1949 年之后写成的《新湘行记——张八寨二十分钟》中,沈从文的乡村抒情传奇也被现实生活解构了。沈从文"都市讽刺写实"和"乡村抒情想象"体小说中一贯的叙述者——在爱欲河流自由不滞的"我",也随着作者的老去、作者与"乡下人"身份的疏离隔膜,及自信的乡下女孩子的抵触,而不能延续下去了。沈从文的"乡下人"立场,在与新的"翠翠"的对峙中,全面溃败。这样,沈从文从"我"的游移,转向了自我的否定。虽然,在"乡下人"自我的否定之后又有另一个自我得以释放与确立,但沈从文不能完全认同这个"城里人"的自我。在无法确立叙事者和叙述立场的情况下,最聪明的策略就是停笔了。这是沈从文在新中国成立之后作品很少、转向文物古籍和民间艺术研究的内在原因。

三 "中外互观"

在沈从文的"经典戏拟重构"体作品中,"互观"主要表现为"中外互观"和"古今互观",但也有部分作品呈现"城乡互观"的色彩。简而言之,沈从文通过一种"互观"的策略,使"城/乡"、"中/外"、"古/今"等因素在一个"共时性的空间"里相互对峙、相互对话。这里不妨把"经典戏拟重构"体作品分为两类,一类是以"中外互观"为主导的《阿丽思中国游记》,另一类是以"古今互观"为主导的《月下小景》。

《阿丽思中国游记》是典型的"经典戏拟"体小说。从题目和结构上,我们知道它是对英国数学家兼作家路易斯·卡罗尔(Lewis Carroll)的童话《阿丽思漫游奇境记》(中国著名语言学家赵元任有中译本)的戏拟,但其天真童趣被分裂对立的中国现实焦灼所取代。沈从文以"上海"与"湘西"的中国现实情景来置换《阿丽思漫游奇境记》的童话虚构情景。《阿丽思中国游记》文中所出现的《中国旅行指南》[①],则对欧洲汉学家按图索骥了解

---

① 商务印书馆曾经编译过一本发行量很大的实用书籍《中国旅行指南》〔我只查到 1918 年第 6 版的《(增订)中国旅行指南》〕,它很可能就是《阿丽思中国游记》中的被欧洲汉学家奉为至宝,而受到叙述者抨击和嘲弄的"文本内的文本"的原型(见《沈从文文集》第 1 卷,广州:花城出版社,香港:三联书店,1982 年 1 月,第 227 页)。因为现在我还不知道它与汉学家话语的确切关系——它是根据汉学家的旅行经验编辑的吗?此问题存而不论。但很显然,《阿丽思中国游记》是把它作为汉学家的中国话语来对待的。它以地理省份为基本描述单位,其下再分"挑力"、"客寓"、"繁盛街市"、"饮食处"、"妓馆"、"报纸"、"祠庙庵观"、"教堂"、"慈善团"等子目,确实渗透着某种强烈的"西化中国"与"纯粹中国"分裂的奇观化色彩。我们可以推测,正是这种"旅行化"的和"奇观化"的中国景象刺激了沈从文,他要在作品中写出自己的"中国话语"。因此,沈从文的"创作盛期"也就来到了。不仅如此,这种"旅行化的视角"也被沈从文借用,我们很容易辨认出《中国旅行指南》的"常德"段落在沈从文其他作品中的影响。

中国、凭借差役阶层的讲述来建构"中国话语"的方式加以戏仿和嘲讽。因此，《阿丽思中国游记》可以被看作是对童话式的"游记"，和传教士汉学家等"想旅行中国的西洋白种人"的"旅行记"所进行的双重戏拟。

在《阿丽思中国游记》第一卷中兼具"叙述者"和"作者"的"我"虽未出现，却变形为一个具体的人物——上海边缘处的墙边一个饥饿的汉子——来撕裂殖民化的上海隐匿的伤口。在第二卷中，其他作品中常出现的"叙述者"、"人物"兼"隐含作者"形象又出现了，不过化身为一个第三人称的叙述者"仪彬的二哥"，带领外国小女孩阿丽思到"湘西"观看水车、神树、买卖苗人，故事终结于阿丽思回国。

《阿丽思中国游记》观看中国奇境的主导视点是天真的阿丽思与绅士的约翰·傩喜。约翰·傩喜"绅士"视角的介入，主要是为了呈现在殖民化的上海"绅士"和"穷人"的紧张关系："绅士的世界"与"穷人的世界"①的对比，"拟欧洲的中国"与所谓汉学家视角下"纯粹的中国"的对比。有猎奇心理的"绅士"只想看见停滞的、静止的、畸形的中国，如"矮房子、脏身上、赤膊赤脚，抽鸦片烟，推牌九过日子的中国地方"，和"中国人的悠遐的脸子"、中国上流阶级肩臂"特殊的曲线"②等等与欧洲迥然相异的漠然平和的地方和等级特征。同时，这种"互观"还揭示和嘲讽了殖民中国的外国人在中国的伪善形象，隐喻其与"中国穷人"的潜在的敌对关系。但最后的结局是一种延宕与和解，兔子绅士约翰·傩喜做了"人道主义"的施舍，饥饿的汉子依旧在"墙边"（都市与乡下的边界）苟延残喘。在《阿丽思中国游记》中以"蟑螂推粪车"的"中国起源说"的插话轻轻触及了中国人在往古文化的辉煌中寻求自豪感的民族心理，这其实是一种"老大中国"的自我观照。沈从文以外来绅士"约翰·傩喜的视点"与这种"老大中国"自我观照的视点互相对峙，互相阐释，嘲讽传统的"中国绅士"和"鸟的学会"中"西洋博士"的无聊，在"互观"中展现彼此的偏执与荒谬。但是，这个"苏格兰乡下的绅士"很快认同中国的"绅士规则"，与"中国的绅士"合流，非常和谐地在所谓中国上流社会的圈子内消磨时光，在拜会与演讲中强化着西方汉学家和殖民者的"纯粹中国"想象。（"傩喜"明显影射曾任过民国政府总理的熊希龄，尽管沈从文对他作品中的影射一般

---

① 《阿丽思中国游记》，《沈从文文集》第 1 卷，第 246、272 页。请注意，这里"墙边的汉子"、"饥饿的汉子"——"一个挨饿的正直平民"手持《给中国一切穷朋友一个方便的解决问题办法之商榷》，是沈从文的一个化身，而"灰鹳"是沈从文的另一个伪装的自我化身。

② 《阿丽思中国游记》，《沈从文文集》第 1 卷，第 252 页。

是否定的。)

　　"阿丽思的天真"在文中同样起着一种"观照"作用。"天真的视点"用在"八哥博士的欢迎会上"和"到乡下"两个地方。前者主要展示了中国绅士们"鸟语化"的演讲发言，认识他们争辩不休的滑稽可笑。这里阿丽思代表一种童稚天真的外国人的视角与形象，灰鹳是沈从文自我形象的另一种投射，而"八哥博士"则是"五四"白话诗人的漫画化表现。①在"乡下"，阿丽思的"天真的视角"呈现为一种西方"人性"与"人道"的观点。阿丽思以之审视中国内地（"湘西"）的种种与欧洲观念抵触的奇形怪状的景观。当这种景观展现在阿丽思眼前时，她原有的观念受到了致命冲击，同时也暴露了中国人被奴隶的现象的荒谬和残忍。但是，这种中国现象与欧洲观念的冲击与矛盾纠缠成一个死结，民族与个体的生存伤痛并不能用欧洲观念来轻易消解，欧洲化的"人的观念"的普遍化甚至还有让民族与个体特性加速消失的危险；②"中外互观"、"城乡互观"的视点与策略在不可解的沉痛情绪中纠结缠绕，难以理清。因此，阿丽思观看奇观后，快快返回殖民地的宗主国英国；欧洲"人性"的理想在逼近残酷矛盾的中国现象之际无奈退却。通过阿丽思"天真的视角"对野蛮风俗的审视，沉郁的民族命运和个人伤痛在异域目光下得到呈现，作品对"过去"与"未来"都表达了一种深刻的惶惑不解、留恋又反省的矛盾心态。③

　　上面的分析表明，《阿丽思中国游记》所展示的首先是西方两种视点（"绅士的"和"天真的"）对种种中国现象的观照，同时又是叙述者对西方人的中国话语（到中国游历的西方观察者对中国的观照）的观照。在这种"中外互观"中，西方和中国两种力量是不均衡的：前者是显在的、始终占据主导地位，具有强烈的主动性，一直从中国沿海深入到内地；后者是潜在的、被动的、受压抑的，始终被外来力量挤压到一个狭小的边地空间。这类

---

①　《阿丽思中国游记》，《沈从文文集》第 1 卷，第 275～277 页。

②　《阿丽思中国游记》，《沈从文文集》第 1 卷，第 345～346、404、458～461 页。沈从文在《第二卷的序》中声称："我把阿丽思变了一种性格，却在一种论理颠倒的幻想中找到我的创作力量了"（见《沈从文文集》第 1 卷，第 346 页）。阿丽思去湘西之前仪彬同仪彬二哥提到："野蛮风俗的遗留"、偏僻乡镇的"上流人"与"水上汉子"的生活，"给一个外国小姐看到，也是本国人对于文化足以自豪于白种人的一个极好机会"（见《沈从文文集》第 1 卷，第 404 页）。结尾部分"买卖苗人小孩作奴隶"的景象，其实隐含着作者对国民政府民族"同化"政策的深刻不满（见《沈从文文集》第 1 卷，第 458～461 页）。

③　这与沈对"革命"的矛盾心理也是相同的——"因为中国不能成俄国，是自然的事。即或说总有那么一天，这些唱歌拉纤的，忽然全体也发疯，也随便杀人，也起来手拿木棒竹竿同法律与执行法律的大小官以及所有太太小姐算帐，但不知道什么时候这一天才会到。"（见《沈从文文集》第 1 卷，第 401 页）

在中国现实语境下戏拟西方经典作品的"中外互观",有效地揭示了"中"与"外"两套话语与价值观在"城"与"乡"之间的相互冲突、相互阐释与相互消解。

四　"古今互观"

"经典戏拟重构"体小说的另一代表《月下小景》,则主要体现了"古今互观"的策略。沈从文在《月下小景》"题记"中说这本书是想让人明白"死去的"佛经故事如何变成"活的","简单的"故事如何变成"完全的"。这种"古今互观"的策略,在沈从文的《月下小景》中如何实现呢?

首先,沈从文从佛教"讲经体"的僵化体裁中抽取一系列短小精妙的寓言故事,模拟卜伽丘《十日谈》的体式设计了一个颇具弹性的叙事机制,让一群在金狼旅店过夜的商人、猎户、农夫、旅行者等各具现实身份的客人作为讲述者,把这些寓言故事作为自己的或听来的故事,来逐夜讲述。这样,沈从文就把佛经故事中的"古代"寓言故事放进一个成熟而灵活的小说框架中。在这过程中,沈从文以"五四"人性解放发展而来的"爱欲"主旨,来代替佛教故事的爱欲解脱说教,进而解构中国社会中深受佛教影响的禁欲主义思想和习俗。

其次,沈从文在讲述故事的开端和结束,设置了一个"为人类所遗忘为历史所疏忽的"残余种族聚集的山寨,作为与其他作品中多次出现的边地民族隐忍、节制、美丽的生活和惨痛的历史体验相关联的地域背景。这样,佛经的古典故事,就与边地现实建立了某种相互观照、相互阐释的关系。作者一方面对古典故事重述,另一方面对民族的历史进行重述,以图对民族性再审视之后,重新激发那个沉溺于老庄无为思想和佛学解脱理想的东方衰微民族的血性和活力,在革命和杀戮之外寻求"民族重构"、"民族重造"的新契机。①

再次,在《月下小景》的单篇故事讲述中,沈从文常常把与佛教经典无关的"罗马皇帝恺撒"、"上帝"、"成吉思汗"、"红叶题诗"等历史、文学

---

① 《月下小景》的篇目编次有过重大调整。较早的一个版本(上海:现代书局,1933 年 11 月版)目次如下:《题记——新十日谈之序曲》、《月下小景》、《扇陀》、《慷慨的王子》、《医生》、《一个农夫的故事》、《寻觅》、《猎人故事》、《女人》、《爱欲》。其结构以"爱欲"为核心,开篇之处是边地山寨,将近结束处是北京海淀,末篇终结于对女人的容貌易逝、爱欲难以永存的慨叹和对爱欲的疑问,脉络十分明晰。而《沈从文文集》的版本目次如下:《月下小景题记》、《月下小景》、《寻觅》、《女人》、《扇陀》、《爱欲》、《猎人故事》、《一个农夫的故事》、《医生》、《慷慨的王子》,则有一种从爱欲执着走向爱欲解脱的倾向。

与宗教语汇，"文学博士"、"上等清客"、"约翰·傩喜博士逻辑学的方法"等嘲讽知识分子的语汇嵌入现代民主政治话语，来讨论古典国王专制政体的合法性。① 通过现代中国语境内古典因素和西方因素的"互观"，以近现代中国向西方学习的体验来重释佛教"西天取经"故事的内涵，把当下中国人生存困境的体验融入对古典佛经故事的重述中，从而把冲突杂糅的近现代中国社会中衰败的中国文化与咄咄逼人的西方文化放在"古"与"今"的框架内进行着艰难的对话，睿智地寻求着自我确证的立足点。

最后，也是最值得关注的现象，是《月下小景》中古典佛经故事与其弹性叙事机制的"古"、"今"关系。这种关系体现在语言层面，则是叙述此"叙事机制"的语言是现代白话，而叙述古典佛经故事的语言却保留了较多的古典文言成分。这种文白交错的语言运用策略，一方面是由其讲述对象的古典和叙述机制的现代所决定，另一方面也反映了沈从文语言意识的自觉。"五四"白话文学革命为增强语言的现代活力和普及性，对"文言"与"白话"采取了断裂的态度，并且中国现代文学文体也存在着强烈的"翻译体"特征。沈从文对这种"语言革命"持一种冷静的审视态度，在创作中他非常重视探索容纳中国固有文化和语言因素的可能性。《月下小景》所呈现的这种白话与文言的并置，就是沈从文这种努力的具体体现。《月下小景》激活中国古汉语生命的尝试和其为中国现代小说寻求传统谱系、恢复中国小说传统根源的努力，更深刻地体现了"古"与"今"的相互渗透、异质元素间的相通、使断裂时间重获延续的可能性。这种体现，更为成功的是《湘行散记》对中国古典游记语言的处理，我们会在相关论文中详细讨论这个问题。从某种意义上说，现当代文学的"汉语诗性"问题，也与这个问题密切相关，在适当的时候我们也会重新探讨这里涉及的沈从文的语言自觉意识和另一些成功尝试。

要之，"城乡互观"、"中外互观"和"古今互观"的本质是叙述者在不同时空中的心灵旅行。进而言之，这种"互观"，既可以理解成一种"旅行视点"的流动不居、徘徊不定，也可以看作是在叙事过程中，对异质因素的处理方式。因此，它并不只是一种叙事学上的叙事技巧，而是和沈从文的生活经历、生命体验与价值观相融合的一种混合物，沈从文个人的独特经历及其对个人身份不断变幻的审视，则是"互观"的身份根源。他在作品中以"互观"的形式，使在"城"与"乡"、"旧"与"新"、"中"与"外"等

---

① 见《月下小景·女人》。它延续了《阿丽思中国游记》对绅士的嘲讽，甚至鸟类化的知识阶级白色鹦鹉也是"八哥博士"的化身，约翰·傩喜博士则作为西方知识话语直接进入古代语境。"其中呈现出都市讽刺写实"体作品对知识阶级的嘲讽，这也是沈从文的一贯立场。

范畴中分裂的体验与观念发生联系，以异质目光的"互观"，来补充和弥合他深感苦恼的"城里人"与"乡下人"立场上的分歧。这样，在沈从文的"都市讽刺写实"、"乡村抒情想象"与"经典戏拟重构"体小说中，就存在着一种内在的张力、含混和复杂性：在每一种主导性的叙事话语中，都有一个边缘性的叙事话语存在——在"都市讽刺写实"中，是自卑受挫压抑的"乡下人"视点；在"乡村抒情想象"中，是潜在的"城里人"的眼光；在"经典戏拟重构"中，是"当下"对"过去"的重释，和"过去"对"当下"的审视。这种"旅行视点"，非常有效地呈现沈从文叙事的执着与变通，也显示了他企图在种种异质因素、异质话语之间斟酌损益、取舍整合的微妙态度。应当说，这种"互观"的叙事策略归根结底是沈从文对西方元素"介入"近现代中国后所造成的"古典中国意识"解体的背景下如何建设"现代中国意识"这个民族文化难题的个人回应，这个"意识重构"过程迄今仍未完成，而沈从文所尝试的"多重视点"相互变换、相互阐释的思路，对我们仍不无启发意义。①

　　（本文发表于《中国现代文学研究丛刊》2007 年第 5 期，第 146～163 页，2007 年 10 月，北京）

---

① 福柯的"透视主义"可谓是"互观"的叙事策略的哲学基础。余碧平《性经验史·译者序》云："透视主义与传统哲学的系统论方法相反对，后者认为知识可以用系统的方法来把握现实。殊不知，任何知识都是对现实的一种透视，即从某一视点出发的观点，它本身并非是对现实的完全解释。相反，它只是唤起其他各种透视和观点去不断地解释现实，而且这个过程永远没有终结。"（福柯：《性经验史》，上海：上海人民出版社，2000 年 3 月，第 3 页。）

同质因素的"反复"

——沈从文小说的叙事话语分析之二

任何一部小说都是——关于反复、反复中的反复，或与别的反复形成的链环连接在一起的反复——的复合织物，每一种重复，都在其内部编造出作品的结构，重复也同样决定了与文本之外——作者的思想和生活、同一作者的其他作品、心理的、社会的和历史的真实、其他作者的其他作品、过去的神话和传说的主题、来自于祖先和人物过去的因素、在书的开始前发生的事情——的多种关系。

——J. H. 米勒《小说与重复》

一 "反复"的概念及其类型

法国结构主义叙事学家热拉尔·热奈特 1972 年在《辞格之三》中提出"重复叙事"与"反复叙事"两个概念——前者是"陈述的复现"、"叙述的重复"，意指发生一次的事情讲述多次；后者是一种集叙格式，是"时间的复现"、"故事的重复"，意指发生多次的事情讲述一次。① 这两个概念有所不同，但它们共同关注的是"类别的时间的反复性"、"在时间离散中的反复叙事"，即类同的时间在文本中的多次呈现。美国解构主义批评家 J. H. 米勒在《小说与重复》中，延续这种对小说文本中"类同时间的反复呈现"的关注，并对语言、事件、人物、主题等各个层面的"重复"进行分析，进而把这种"重复"推演到文学文本之外，认为任何小说都是关于"反复"

---

① "重复叙事"与"反复叙事"的范畴详见热拉尔·热奈特《叙事话语·新叙事话语》，王文融译，北京：中国社会科学出版社，1990 年 11 月，第 28～29、50、74～75 页。现在很少有中国学者对此关注，笔者仅见《现代文学研究丛刊》上有人发表一篇文章，论述《三国演义》的"三复"理论，"三事"说等。

或"重复"的复合织物。这样,"重复"这个范畴就成为封闭的文本向文本之外的世界敞开的连接点。J. H. 米勒还追溯了西方哲学史中重复的两种类型:"柏拉图式的重复"与"尼采式的重复"。前者坚持只有相似才会产生差异,以稳定的原型模式为基础,是清晰的、合逻辑的、透明的,像白日,对应文学的模仿概念与写实主义;后者认为只有差异才会形成相似,每件事物都是独特的,相似产生于不透明的相似事物的互相影响,浮现在"本质差异"的背景上,是某种"幻影"和"幻象",像梦与迷。这样,在重复的"相似"与"差异"的不断交织中,自我和心灵维持着现实更新、延续和重复往昔的能力。① 应该说 J. H. 米勒在《小说与重复》中非常成功地推进了人们对"重复"或"反复"的理解,这为我在下文中所使用的"反复"概念,提供了很好的基础。

不过,我在这里所使用的"反复"概念,虽然与米勒的"重复"颇为近似,但是也稍有不同——它兼具热奈特的"重复叙事"与"反复叙事"两种涵义,在某种意义可以被看作是热奈特两个概念的融合,兼及事件的反复和叙事的反复两个层面。我把它分为两种类型(下文称为**"反复"的第一种形式**和**"反复"的第二种形式**)。"反复"的第一种形式,指的是"同质因素"② 在同一文本中的多次出现,它与《诗经》中的"复沓"③ 比较接近——"复沓"是通过近似事物稍有变化的重复出现,使诗行得到平稳的延续和推进,造成一种瞬时永恒的时间感觉。这种情形的"反复",主要出现在单一文本内部。"反复"的第二种形式,指的是"同质因素"在不同文本之间的"反复"呈现,它与中国古典诗词中的"用典"非常接近——"用典"是在诗歌内部嵌入类同的史事、人物或诗文的片断,使不同时空的事物意象在一篇诗歌文本内部叠合,其功能除了大家公认的使语言精练雅致、诗

---

① J. Hillis Miller, *Fiction and Repetition*, Cambridge Mass, Havard University Press, 1982, Chapter 1: Two Forms of Repetition。参看王宏图《米勒:小说与重复》(见朱立元主编《西方名著提要》,南昌:江西人民出版社,2000 年 10 月,第 568 ~ 578 页)。

② 此处"同质因素"的复现,指"柏拉图式的重复"与"尼采式的重复"两种在"相似"与"差异"之间呈现出来的重复的类同因素。正如柏拉图与尼采对"重复"的阐释,这种类同因素的"相似"或"差异"只是对一种"相似"和"差异"交织的混合形态的各有侧重的强调。

③ 在苗歌中,也保留了"复沓"的诗歌结构形式。凌纯声和芮逸夫的《湘西苗族调查报告》"歌谣"部分提到"苗歌"的两个特点:(A)复沓(重沓),是"两句为一节,唱到两句后,即重唱一遍,上句全依原词,下句略更易一二字";(B)押韵(尾韵)则为"奇数句尾音与奇数句尾音相押,偶数句尾音与偶数句尾音相押,句句用韵,各句相押",台北:南天书局有限公司,1978 年 3 月,第 362 页。本书写成于 1939 年,上海:商务印书馆,1947年 7 月初版,列为国立中央研究院历史语言研究所"单刊甲种之十八"。

味意蕴丰厚外，更值得关注的是造成一种时空浑融的独特效果，以及在历史断裂中构造延续性的能力。沈从文借助后一种"反复"，在他的众多文本中构造出一种复杂的相关性。

如果说在"沈从文的叙事话语"中"互观"处理的是"异"，是"城/乡"、"中/外"、"古/今"等对立因素在文本空间中形成的某种共时性存在；"反复"处理的则是"同"，是"意象"、"人物"、"叙述者"、"主题"等不同层次的"同质因素"在文本行进中形成的某种内在节律、形成的某种**延时性重现**或**叠合性重现**。这种重现的**"同质因素"**，宛如文本网络中的一个个**隐秘的节点**——在单个文本内部，叙事时间围绕着这种隐秘的节点循环往复，呈现出一种当下的紧张焦灼，或瞬间永恒的宁静，或在历史寓言中巡行的无时间性（分别对应于"都市讽刺写实"、"乡村抒情想象"与"经典戏拟重构"三类作品）；**在各个相关文本构成的更大网络中，这种不断复现的隐秘节点，使一条条叙述的"河流"联系起来，组成一个相互交叉的精致的"河流之网"**。在我看来，这种"同质因素"的反复呈现，正是以短篇和中篇擅长的沈从文构筑其小说世界的独特方式，也是他与其他经典文本建立"互文性"关系的有效方式——沈从文的作品与中国古典诗文、中国古典小说之间也呈现一种"反复"现象，这种"反复"出现在文学革命所造成的"新旧断裂"之后，相当程度地恢复了"汉语诗性"的延续性。如果说，中国现当代文学具有极为明显的模拟和移植外来文学特点的话，那么沈从文这种为中国现代小说寻求中国谱系，恢复中国小说的传统根源的努力，就更显得弥足珍贵。

需要说明的是，我所谓的"反复"不是指沈从文小说的大量修改与重写现象。这种修改与重写造成了大量版本问题，已有研究者做扎实的研究，这里不再一一赘述①。对沈从文何以如此频繁地修改自己的作品，学术界的看法则有分歧：一些研究者采用"外在压力"说，认为政治压力是促使沈从文修改与重写自己作品的主要动机；另一些研究者采用"技巧完善"说，认为不断追求文字和风格的完美是沈从文修改与重写自己作品的主要动力。上面这两种观点各有可取之处，也各有其有效性。但是，它们并不能令人信服地解释版本问题之外的主题与叙事的重复现象——不是对字句的斟酌与完善，

---

① 据日本的沈从文研究者福家道信先生 2001 年 3 月 21 日在北京大学的报告，"日本的城谷武男先生发现，在中国 1980s 出版的几乎所有的作品，都不是原貌，所以他尽力做版本的研究，特别是对《萧萧》、《牛》、《边城》着力较深，新加坡的王润华先生在《王润华文集》也注意到这个问题"；2000 年 11 月 16 日，福家道信在清华大学报告中提到，"安徽的靡华菱先生第一次发表《长河》的版本调查工作"。

而是对同一主题的反复叙写。**这种"反复叙写"，似乎显示作者内心的某种持久焦虑和作者意识的某种持久关注。**① 刘洪涛先生的《〈边城〉与牧歌情调》，借用热奈特的"反复叙事"概念对沈从文的《边城》做出了精辟分析，但是他并未关注沈从文其他作品的"反复叙事"现象，更不曾把"反复叙事"作为一个总体性范畴，来概括"沈从文的叙事话语"。② 而这，正是本文论述的主旨。

二　"反复"的时间根源及"爱欲主题"

沈从文的作品，比较喜爱以时间命名：《春月》、《遥夜》、《残冬》、《薄暮》、《秋》、《曙》等早期白话诗，即以昼夜交替、四时轮回的时间命名；《阿黑小史·秋》及同一系列的《雨后》等小说扩展了依照时间来命名的方式。日夜四时、阴晴雨雪、节日民俗等循环流转的自然时间被赋予象征意义，与人的生命进程交织起来、相互呼应。这种命名方式其实潜藏着沈从文把人的生命诸阶段与自然现象等同的观念。这种与自然节律相应的生命时间的循环流逝，可以说是中国上古"天人相应"观念的延续，它与基督教背景

---

① 作家和学者格非在《塞壬的歌声》中写道："一个作家在写作某一部具体作品时，也许存在着某种'中心意向'，但是，这种意向有时并不仅仅存在于某一部（篇）作品。如果我们将一个作家较长时间的创作作一个系统的分析，我们便可以发现这样一个有趣的现象：某种'意向'在其某一部作品中出现之后，又在另一部作品中以'改头换面'的形式再度出现。有时它在作家的某一创作阶段频繁出现，它甚至贯穿了作家的一生。这就是说，作家讲述的所有故事从一个阶段的时间来看存在着共同的性质，或者说存在着一个作家关注的视线焦点，尽管在具体的每部作品里故事的形式有所不同……许多作家一生的写作都是围绕着一个基本的命题，一个意念的核心而展开的，除了卡夫卡之外，陀思妥耶夫斯基、加缪等等都是典型的例子，从广义的角度来看，还应当包括海明威，福克纳、格里耶、博尔赫斯等作家。这个核心的存在，有时不仅仅涉及作者的经历、学识和世界观，而是与作家的气质和感知方式关系密切。李陀在1988年给笔者的一封信中曾经指出：'不要害怕重复，重复在写作中有时是必须（需）的'。"上海：上海文艺出版社，2001年11月，第32~33页。这种"深刻的重复"（存在于故事中的某种内核、形式和主题），可以帮助我们理解沈从文的作品的重复现象。

② 刘洪涛：《〈边城〉与牧歌情调》，《中国现代文学研究丛刊》2001年第1期，2001年1月，北京。该文在"牧歌"的范畴下，讨论沈从文《边城》的"物景化"与"无时间性"等特征时，也使用了热奈特"反复叙事"的概念，并注意到其"类别化"处理所造成的效果："在频繁使用的反复叙事中，因追求概括性和整体途径，轻视了个体特征，造成沈从文小说中，句子主语的承担者通常变得游移不定，模糊或不确指。"

下的西方现代社会的"生命时间是两大黑暗之间短暂的直线延续"① 的时间观念完全不同。当混沌的时间以日影的变化被切割成"年"、"年"又被分为春夏秋冬"四时"后，循环往复、周而复始的"四时"便成为中国人感受"时间"的主要方式。随之而来的"节日"与"仪式"，又把人的行为编织进这种循环往复的时间体系中，使之形成近似的节律感；② 人的一生诸阶段与"一日"的"昼夜晨昏"、"一年"的"春夏秋冬"、自然的"花开花落"也逐渐建立起知觉上的类比联系。中国古典诗文中的"春花秋月"等生命感伤情绪就是这种知觉习惯的表现。在西方进化论"直线时间观"进入中国文化之后，由于中国整体的落后感和"追赶时间"、"模拟西方"的内在焦灼和冲动持久地存在，遂使久已存在的"过去"、"现在"与"未来"三个时间段落，出现了价值差异——"过去"和"现在"似乎只为"未来"而存在。因此，传统上与自然节律相应的时间感觉和生命感觉也就受到了压抑和排斥。在沈从文的"都市讽刺写实"体作品中，"当下的焦灼"的时间感觉对应外界压力而产生，但缺乏那种从过去奔向未来的此刻的过程感觉，也没有专注于个体当下生存的焦虑和痛苦感受；有的只是面目模糊的"白脸长身"少年的基本生理、心理欲望得不到满足的受挫感，或是其他飘忽不定的类型化人物的欲望受挫、欲望满足游戏。"当下的焦灼"的时间感觉，也常常进入"乡村抒情想象"体作品，成为潜伏在自由完满的瞬间永恒时间背后的隐蔽视点；而在"经典戏拟重构"体作品中，则是"无时间性的永恒"与"当下的焦灼"的并置杂糅，以前者为主导。沈从文的作品除"当下的焦灼"的时间感觉外，也较多地容纳了上述自然循环的时间感觉。这种在中国现代文学中相当特立独行的时间姿态，决定了沈从文小说的"反复叙事"的潜在脉络和总体格局。

---

① 西方近现代社会的时间观念深受进化论"直线时间观"的影响。关于基督教的时间观，本尼迪克特·安德森《想象的共同体》第二章"对时间的理解"认为，"中世纪的基督教心灵并没有历史是一条无尽的因果锁链的观念，也没有过去与现在断然二分的想法"，他引用奥尔巴哈（Auerbach）对"以撒的牺牲"和"基督的牺牲"两个没有时间或因果关联在"神谕"上的联系，指出过去、此时与未来的"同时性"（simultaneity）概念，认为它与本雅明所谓的"弥赛亚时间"（一种过去和未来汇聚于瞬息即逝的现在的同时性）十分类似。这种基督教的时间观念，是西方现代社会时间观中"执着于当下"的因素的宗教来源。

② 关于苗族的空间和时间观念，凌纯声和芮逸夫的《湘西苗族调查报告》认为：苗族没有相当于汉语的"东、南、西、北"及"春、夏、秋、冬"的语词。苗语表示方位的只有 [nfĩe ta]（日出之义，指东方）与 [nfĩe maŋ]（日晚之义，指西方）二词，表示季候只有 [ŋaŋ nfĩe]（太阳季之义，指春夏）与 [ŋaŋ noŋ]（冷季之义，指秋冬）二词（台北：南天书局有限公司，1978 年 3 月，第 467 页）。相应地，沈从文的作品对"端午"与"中秋"两个节日最为关注。

　　这种生命和自然循环流转的时间感觉，从根本上决定了沈从文"反复叙事"的特征，这种特征具体围绕两个主题——"爱欲"主题和"死亡"主题——来体现。

　　应该说，爱欲主题是沈从文创作的一个核心，它贯穿沈从文的"创作初期"、"创作盛期"和"创作后期"。许多研究者早已经注意到这个问题，但是对此问题的解释则存在重大分歧。著名作家、学者郭沫若先生曾撰文批评沈从文，认为沈从文的作品是"桃红色文艺"的代表，写的是"文字的春宫画"。① 现代中国文学上颇有影响的批评家刘西渭先生，则在对《边城》和《八骏图》的诗意化批评中，把它归为"人性"，虽然沈从文自己并不完全认可刘西渭先生的结论。由于沈从文的作品中多次出现与精神分析学和性心理学相关的词，也有人尝试用弗洛伊德精神分析学和蔼理士性心理学的理论框架来解释沈从文的创作。上述诸观点虽然评骘高下不一，但都承认"爱欲主题"是研究和评价沈从文作品不可回避的一个问题。因此，我们可以把"爱欲主题"的复现作为论述沈从文"反复叙事"的一个良好切入点。与"爱欲主题"相应，"死亡主题"在沈从文"创作初期"和"创作盛期"的重要性也不容忽视。不同于鲁迅《呐喊》等作品以启蒙者的视角对先觉者死亡的空虚阴冷、民众围观赏鉴死刑的麻木狂热的批判性叙述，沈从文常常借助兵士和刽子手的视角来叙述生命的愚蠢、脆弱和死亡的偶然、莫名，他的笔下对刽子手和被杀的"乡下人"注入了同等的温情。这样，死亡主题在沈从文的作品中以"尸体"、"头颅"和"蓝色野花"并置的形态出现，成为个体生命偶然结束的事件，它导向生命自身的美丽、脆弱与神秘，却与当时盛行的启蒙和革命话语分外隔膜。沈从文作品中的"死亡主题"还常常与"爱欲主题"在同一文本中交织并存，并常伴随着"疯狂"的元素。在沈从文的许多作品中，与自然生命节律相应的人之生命的循环往复、爱欲觉醒和实现，交替呈现着生与死、悲痛与欢欣、清醒与疯狂的繁复色泽。穿行在上述边界之间，我们常常可以看到这种爱欲、死亡和疯狂错综胶着的状态。

三　单一文本内的"延时性反复"——以《三个男人和一个女人》为例

　　在爱欲、死亡和疯狂诸因素错综胶着的单一文本之中，沈从文主要采用的

---

　　① 郭沫若：《斥反动文艺》，最初发表于邵荃麟主编的《大众文艺丛刊》第1期，生活书店，1948年3月，香港。

叙述策略是"反复"的第一种形式：同质因素在文本内部的延时性重现——类同的叙事元素在文本内部反复出现，造成一种叙述时间缓慢流动、情绪围绕某种关节点静静回旋的效果。这正是我在《文体的分裂与心态的游移》和《异质元素的"互观"》两篇论文中所论及的"时间的瞬间永恒感"。同时，其限制性人物视角在文本内部的交错呈现（也可以说是一种"互观"），从不同角度叙述深深隐匿的中心事件，在文本内部形成有节制的紧张。"类别化的主语"，近似的句式，几乎静止的、亘古不变的生活方式，洞察自然轮回和人事变化的某种隐秘联系的知觉方式，分别从句法、内容和知觉上为"反复叙事"奠定了基础。类别化主语的不动声色的变化、近似的行为在同一时空中进行，铺展开来，造成一种含蓄典雅的叙述效果。在下文中，我将以《三个男人和一个女人》为例，对沈从文小说中这种文本内部的"反复"，做出具体分析。

《三个男人和一个女人》是一个爱欲、死亡和疯狂诸因素错综胶着的文本，在沈从文的这类文本中具有典型性。叙述是这样开始的：

> 因为落雨，朋友逼我说落雨的故事，这是其中最平凡的一个。它若不大动人，只是因为它太真实，我们都知道，凡美丽的都常常是不真实的，天上的虹同睡眠的梦，便为我们作例。①

这里我们需要特别关注的是文本的叙述口吻：一个游离于文本的声音，它采用一些"最平凡"、"太真实"、"凡……，便……作例"等词语和句式，造成一种惯常的介于生活真实与文本虚构之间的叙述机制。紧接着叙述者又说：

> 我老不安定，因为我常常要记起那些过去的事情。一个人有一个人的命运，我知道。有些过去的事情永远咬着我的心，我说出来时，你们却以为是个故事，没有人能够了解一个人生活里被这上百种故事压住时，他用的是一种如何心情过日子。②

《三个男人和一个女人》的开端，非常巧妙地使用"我"和"我们"两个人称代词，不动声色地启动沈从文所惯用的叙述机制：以隐含作者、叙述者和人物合而为一的"我"作为生活的真实和小说的虚构之间的中介物。这里稍有不同的是"我们"的使用。"我们都知道"的"我们"，是把"拟想

---

① 《三个男人和一个女人》，《沈从文文集》第 6 卷，广州：花城出版社、香港：三联书店，1983 年 1 月，第 25 页。《三个男人和一个女人》作于 1930 年 8 月末，最初发表于《文艺月刊》第 1 卷第 3 期，1930 年 10 月 15 日，南京，原题为《三个男子和一个女人》。

② 《沈从文文集》第 6 卷，第 49 页。

读者"包含在内的一种指称，其功能是拉近叙述者和"拟想读者"之间的距离；与此相应的是小说最后一句："你们却以为是一个故事"的"你们"，"拟想读者"变成"你们"，叙述者和隐含作者却在"我"和"他"之间徘徊不定，叙述开始着意弥合的距离又被精心拉开。这种叙述口吻变换的背后，潜藏的是沈从文个人身份的变换。

与沈从文作品惯有的"我"或"我"的投射"他"乃是叙述者兼主要人物的叙述策略不同，《三个男人和一个女人》以兵士"我们"和"我"的视角来叙述"我们"与"豆腐老板"对商会会长女儿绝望的暗恋。其背景性人物是具有小兵身份的群体的"我们"，主要人物是落雨过后红霞满天的傍晚从杨家祠堂的石狮摔下受伤的瘸脚号兵，和那个总是微笑的年青豆腐老板。瘸脚号兵对商会会长美丽小女儿绝望的欲望和痴情成为小说叙述的主导动力，豆腐老板在商会会长女儿吞金而亡后把她的尸身从坟墓挖出带到山峒、期待在自己偎抱下复生的行动，则形成叙述的突转，从而把爱欲、死亡和疯狂相互纠缠的传奇般的美感，节制地呈现在人们面前。叙述者兼人物的"我"，在这里并不是主要人物，只是在痴恋故事的边缘徘徊，作为目击者和旁观者有限度地参与故事的进展。

在叙事的开端，痴恋故事的女主角最初以"清朗而脆弱"的声音，隐现于"我们"的耳边：一个十五岁的天真未泯的少女，她的淡白的或葱绿的衣角只是偶尔在二门里一闪，锐声叫着"大白"、"二白"两只狗。"狗"与"少女"如影随形，每次出现总带着强烈的神秘气息。少女与两只白狗的反复出现，形成一种颇有神秘意味的场景：

> 这时那个姑娘走出门来，站在她的大门前，两只白狗非常谄媚的在女人身边跳跃，绕着女人打圈，又伸出红红的舌头舔女人的小手。
>
> 我们暂时都不说话了，三个人望到对面。后来那女人似乎也注意到我们两人脸上有些蹊跷，完全不同往日，便望着我们微笑，似乎毫不害怕我们，也毫不怀疑我们对她有所不利。可是，那微笑，竟又俨然象知道我们昨晚上的胡闹，究竟是为了一些什么理由。
>
> ……至于豆腐老板呢，我不知道他是有意还是无意，这时节正露着强健如铁的一双臂膊，扳着那石磨，检察石磨的中轴有无损坏。这事情似乎第三次了。另一回，也是在这类机会发现时，这年青诚实单纯的男子，也如今天一样检察他的石磨。
>
> ……不到一会儿，人已经消失到那两扇绿色贴金的二门里不见了。如一颗星，如一道虹，一瞬之间消失了，留在各人心灵上的是一个光明

的符号。①

"我们"只能与白狗逐渐亲近，而默默地注视着意气扬扬的年轻军官傲然走进少女的家门。其实"我们"的暗恋和自由亲近少女的军官没有什么两样，他们二者的欲望是一样的，只是被外力所压抑；瘸脚号兵和什长"我"对少女的暗恋只有程度深浅不同；豆腐老板从"鲢鱼庄"墓中盗走了女尸，与瘸脚号兵的想法也没有什么本质差别，只是豆腐老板先行一步。

叙述视角在"我们"和"我"之间反复跳跃。"我"、瘸脚号兵、年轻豆腐老板、年轻军官们围绕商会会长美丽小女儿释放爱欲的目光，在军官的姨太太和娼妓、强壮有力的西化的"女学生"的对比中，商会会长小女儿呈现出至美的形象——"一个好花，一个仙人"，一种与《关关雎鸠》相似的窈窕淑女，一个中国固有美质的化身。在其他地方，沈从文用"观音"或"神"来表示同样的涵义，本文以"星"和"虹"与之类比，也是沈从文作品中的惯例。《三个男人和一个女人》叙述的变化、人物的交错和视角的转换，最终都指向一个核心：爱欲。一切变化，只是爱欲幻想和爱欲实现的变奏形式。

如果说"我"在《三个男人和一个女人》中只是爱欲场景的窥视者和有限度的参与者，"我们"则是杀人场景的行刑者和旁观者：

> 我们的日子可以说过得很快乐。因为我们除了到这里来同豆腐老板玩，喝豆浆看那个美人以外，还常常去到场坪看杀人。我们的团部，每五天逢场，总得将从各处乡村押解来到的匪犯，选择几个做坏事有凭据的，牵到场头大路上去砍头示众。从前驻扎在怀化，杀人时，若分派到本连护卫，派一排押犯人，号兵还得在队伍前面，在大街上吹号。到场坪时，队伍取步跑向前，吹冲锋号，使情形转为严重。杀过人以后，收队回营，从大街上慢慢通过，又得奏着得胜回营的曲子。如今这事情跛脚号兵已无分了。如今的护卫完全归卫队，就是平常时节团长下乡剿匪时保护团长平安的亲兵，属于杀人的权力也只有这些人占有了。我们只能看看那悲壮的行列，与流血的喜剧。我也不能再用班长资格，带队押解犯人游街了。我们既然不在场护卫，就随时可以走到那里去看那些杀过后的人头，以及灰僵僵的尸体，停顿在那地方很久，不必即时走开。……
>
> 号兵就问豆腐老板，对于这个东西害不害怕。这年青乡下人的回

---

① 《沈从文文集》第6卷，第38、39页。

答，却仍然是那永远神秘永远无恶意的微笑。①

　　这里的"死亡"，就是在士兵的操纵和观赏下的一种反复不已、司空见惯的仪式，杀人者和被杀者在这里只是反复扮演某种程序化的角色。这种仪式只是杀人者无聊时的一种赏鉴，被杀者所表现的也只有淡漠的悲哀，和宿命中淡漠的从容。在沈从文的"乡村抒情想象"类作品中，死亡主题多从行刑者的视角来表述，呈现的是死亡的偶然、轻易、残酷的美和淡淡的神秘。士兵是死亡的行刑者与欣赏者，而被杀者多是被动的、惶惑的或沉静的乡下人。在这种视角下，人如猪狗或牛羊一般的死去，毫无深意，毫无意义。沈从文在这里刻意把行刑作为一种常规的自然化的事物来处理。豆腐老板神秘的微笑，则为下面相关文本对死亡的别种阐释提供了一线可能。在《三个男人和一个女人》中，对商会会长女儿死亡的表述，哀伤中也渗透这种淡漠的、事不关己的、赏鉴的快乐——

　　　　为什么使我们这样快乐可说不分明。似乎皆知道女人正象一个花盆，不是自己分内的东西；这花盆一碎，先是免不了有小小惆怅，然而当大家讨论到许多花盆被一些混帐东西长久占据，凡是花盆终不免被有权势的独占，唯有这花盆却碎到地下，我们自然似乎就得到一点安慰了。②

　　具有爱欲意味的"死亡"在沈从文的笔下同样被处理成为一种偶然的、轻易的事情，女人被反复物化为"花盆"，女人的意外死亡被比喻成花盆的破碎。而观赏者无论是看美妙的花盆，还是看花盆的毁灭，都能得到一种快乐。在沈从文的作品中，以花盆或花瓶作为爱欲或女性隐喻，并不孤立，《绿的花瓶》和《主妇》中也有同样的用法，下文将会有详细分析。然而如果仅止于此，则《三个男人和一个女人》中的死亡具有的更多是这种观赏的乏味可厌，与爱欲导向死亡的悲哀。但《三个男人和一个女人》的死亡，给人印象更为深刻的是一种残酷的美和淡淡的神秘。这种神秘由谣传、山峒、野花和尸恋等因素构成。"商会会长女儿新坟刚埋好就被人抛掘，尸骸不知谁给盗了。……这少女尸骸有人在去坟墓半里的石洞里发现，赤光着个身子睡在洞中石床上，地下身上各处撒满了蓝色野菊花。"年轻豆腐老板对商会会长女儿的"尸恋"，其实是爱欲对死亡的一种超越，是"爱欲"的疯狂对"死亡"的常态的超越。这种异常的恋情，超越了死亡的日常化的、自然化

---

　　① 《沈从文文集》第6卷，第35、36页。
　　② 《沈从文文集》第6卷，第42页。

的观念，使文本具有一种惊惧和温馨交织的传奇色彩。

在《三个男人和一个女人》中"看"与"被看"的性别意味颇为明显——"看"的主体是男子，女子只是"被看"的对象。在沈从文的作品中"看"与"被看"，并不只是一个视点的选择问题，而是隐藏着一种不易觉察的权力机制。后面我们将从《清乡所见》和《医生》等作品对同一主题的处理，来具体分析这个问题。

> 没有什么人知道军队中开差要落雨的理由。
>
> 我们自己是找不出那个理由的。或者这事情团部的军需能够知道，因为没有落雨时候，开差的草鞋用得很少，落了雨，草鞋的耗费就多了。落雨开差对于军需也许有些好处。这些事我们并不清楚，照例非常复杂，照例团长也不大知道，因为团长是穿皮靴的。不过每次开拔总同落雨有一种密切关系，这是本年来我们的巧遇。①

这里把"落雨"的自然现象与军队"开差"的人事变化相联系，主要使用"反复叙事"的第一种形式：通过稍有变化的近似事物的重复出现，使叙述得到平稳的延续推进，造成一种瞬时永恒的时间感觉。② 随后出现的一系列"我们"，则是《三个男人和一个女人》中的一种集合性人物。"我们"是一个类别化的主语，是一个群体的指称，指在落雨中开差、穿草鞋走泥路的"兵士们"，而非副官、营长等军队长官。小说开端围绕"我们"这模糊的集合性主语和"落雨开差"这一中心事件，用大量"也许"、"照例"、"每次……总"等词语，对"开差"情形进行概括叙述。这种叙述技巧所造成的效果是近似的、类别化的主体和行为极为巧妙地同时呈现于一个简短的句式和段落中，显示"同"而淡化"异"。这样，附着于"变化"的时间流逝就被着意隐去，事件的反复呈现造成了一种浑融的永恒不变的感觉。在《边城》、《媚金、豹子与那羊》等文中也是这样：类别化的主语，近似的句式，几乎静止的、亘古不变的生活方式，分别从句法和内容上为"反复叙事"奠定了基础。类别化主语的变化、近似的行为在同一时空中进行，铺展开来，造成一种简洁疏朗的叙述。这是一种沈从文驾轻就熟的叙事技巧，在这里和《边城》中都获得了极大成功。这一点刘洪涛先生在《〈边城〉与牧歌情调》一文中已做出精辟分析："《边城》前三章普遍用反复叙事，反复

---

① 《沈从文文集》第6卷，第25页。
② 热奈特所概括的"反复叙事"（讲述一次N次发生的事情）和"重复叙事"（讲述N次发生过一次的事情）的区分在这里并不重要，本文所用的"反复叙事"概念，是热奈特两个概念的融合。

叙事由句型延伸开去，扩展成段落，单数的场景仅成了点缀。"不过，其句式的重复和表述的多重性依赖于知觉的多样性。沈从文作品的很大魅力，就在于这种知觉的变幻和叙事的反复之间的交错，它常常造成一种单纯的繁复。但是，这种技巧在不同篇章中的过分使用，也形成叙事的相对重复和过于概括，引起"抽象"和"模糊"的批评。

在这里，起主导作用的是沈从文的"反复"的第一种形式"延时性反复"——通过稍有变化的近似事物的重复出现，使叙述得到平稳延续和推进。但在具体文本中，又常常表现为不同的形式，我分别称之为"**延时性反复 I**"和"**延时性反复 II**"。"**延时性反复 I**"是在文本中设置两种相对的事物，使叙述围绕着这两种对峙的核心持续进行，形成一种永恒反复中的参差对照效果。《三个男人和一个女人》正是这样。天气的"雨"和"晴"的交替、人事的"开差"和"驻扎"的反复，为浑融永恒的反复叙事置入了对比和变化，叙述在"常"与"变"两种相反力量下维持着一种极为微妙的均衡。下面的引文非常准确地呈现了"无家可归的游民"般的兵士们在反复的"开差"、"驻扎"间隙对瞬间永恒的美的感动：

> 乘满天红霞夕阳照人时，我们有一营人留在此地了。
>
> ……我们全是走了一天长路的人，我们还看到许多兵士，在民房休息，用大木盆洗脚，提干鱼匆匆忙忙的向厨房走去。倦了饿了，都似乎有了着落，得到解决，只有我们还在这市镇上各处走动，象一队无家可归的游民。
>
> ……号兵爬到狮子上，一手扳着那为夕阳所照及的石狮，一手拿着那支紫铜短小喇叭，吹了一通问答的曲子，声音飘荡到这晚风中，极其抑扬动人。
>
> 其时满天是霞，各处人家皆起了白白的炊烟，在屋顶浮动。许多年青妇人带着惊讶好奇的神气，身穿新浆洗过的月蓝布衣裳，胸前挂着扣花围裙，抱了小孩子，远远的站在人家屋檐下看热闹。①

这里的"满天是霞"和后面的"天快晚了，满天红云"，与小说开端所出现的"天上的虹"、"睡眠的梦"一样，是美丽易逝的事物的瞬间永恒价值的象征，类同的还有随雨后的霞光一起出现在"我"和"号兵"的视线中的两只"有壮伟的身材，整齐的白毛、聪明的眼睛，如两个双生小孩子"的白狗和花朵般的少女。它们不留痕迹地反复出现在漫长而乏味的军旅长途，在黯淡平凡的生活中呈现出一丝动人的神秘色泽。

---

① 《沈从文文集》第 6 卷，第 26～27 页。

在小说终结处，当女人吞金而死、葬礼上凄凉的颤动的唢呐声响起后，又一次叙述了"雨后放晴"的夕阳、红云、炊烟：

> 我起身到大殿后面去小便，正是雨后放晴，夕阳斜挂屋角，留下一片黄色。天空有一片薄云，为落日烘成五彩。望到这个幕景，望到一片在人家屋上淡淡的炊烟，听到鸡声同狗声，军营中的喇叭声，我想起了我们初来此地那一天发生的一切事情。……过去的事重复侵入我的记忆……①

在小说开端和结束霞光和红云的复现，形成一种结构上的反复，可称之为"**延时性反复Ⅱ**"——叙事元素在文本开端和结束之处复现，形成首尾重叠，未来重复过去的"叙事的循环"。"美"在"过去"的显现和"现在"的隐匿，人事的成毁，具有近似色彩。因之形成了一种叙事的循环，叙述时间在结束时又流向开端。支配这种叙述结构的是贯穿沈从文作品的一个主导观念，这个观念如果用沈从文后期作品常常引用的《旧约·传道书》的话说，是"太阳下面无新事"，一切现在只是过去的重复。《边城》也是这样，"节日"和"歌声"与这里的霞光和红云有着相同的叙事功能，"渡船"和"白塔"则与人事的成毁间具有某种神秘的感应。《八骏图》中"神秘的海"，也有相同的功能，自命为"医治人类灵魂"的医生的达士先生，起初对海的抗拒，和最后在海边的滞留，正反映了这种"叙事的循环"。

四　诸文本之间的"叠合性反复"——爱欲主旨、象征性意象及类型化人物等复现的叙事功能举隅

在沈从文表现爱欲、死亡与疯狂交织的诸多文本之间，不同的叙述视角围绕着各个核心事件所展开的叙述，则主要体现了"反复"的第二种形式：同质因素在不同文本之间的叠合性重现。下文通过对沈从文围绕个人内心体验和民族传说构造的诸多文本的分析，来揭示这种以爱欲主题为核心的诸多叙述元素的叠合性重现，及其所造成的错综迷离、游移不定的整体效果。正是这种"叠合性重现"，在沈从文的一个个中篇或短篇的故事中形成一种独特的介于生活的真实与文本的虚构之间的叙述机制。沈从文"自我疗伤"的一个个故事正是借用这种叙述机制，断断续续讲述了其漫长的前半生。

（一）爱欲主旨的复现

在这里，首先引起我们注意的是，沈从文在其虚拟的"惯常"性叙述中，常常使用相同或近似的意象表征类同的意义，比如"天上的虹"和

---

① 《沈从文文集》第6卷，第44页。

"睡眠的梦"——意味着美丽而不真实的事物，几乎已成为沈从文作品中固定的语法，贯穿始终，随处可见。与此类似的还有晨起后眼前色泽形状不断变幻的"葵花"意象、"天上的云"和"流逝的星"，有时也包括"春天的花"、"秋天的月"、"河中的流水"和"潮涌的海"，它们均意味着一种美丽而不可捉摸的幻觉。这种具有微妙意味的类同意象在不同文本中反复出现，使其具有一种松散的相关和情意的相连，以其神奇而平易的细节感，令人无言感动。正是这种细节的复现，触摸了人们沉埋的集体记忆和隐秘而敏感的特殊神经。在沈从文的作品中这种美丽易逝的事物常常具有情欲意味，"天上起云云起花，苞谷田里种豆荚，豆荚缠坏苞谷树，娇妹缠坏后生家"。湘西民歌中景物和人事的爱欲的"比兴"，也许是沈从文小说中景物和人事的神秘联系的一个根源吧。

这种别具深意的意象，功能并不单一。《三个男人和一个女人》中的"虹"和"梦"只是在文本中一闪而过，但是在沈从文的叙事话语中它们却与"白日"和"真实"组成互相对应的两种不同价值体系，各自形成稳定的疆域。沈从文类同化的、带有浓厚抽象色彩的"男人"与"女人"、"城里人"与"乡下人"、"个人"与"民族"、"观音"与"魔鬼"等二元对立范畴的纷繁出演，始终徘徊在这两种疆域之间。不同于一般二元论者在对立范畴之间的各执一词、互不相容，沈从文所进行的是"越界的旅行"，以坚执与机智两种姿态在叙述的丛林中不断穿行。

与巴赫金所谓陀思妥耶夫斯基单一小说的"复调"性不同，沈从文小说中的多重视角更常见的表现，不是在一个文本中交织互诘，而是在分散的相关文本中交相呼应；因此尽管也存在那种文本内部的多视角的张力，但是文本间松散而隐秘的关联，一种变化之中的"反复"（叠合性重复），才是这种多视角的系列小说更为值得关注的特征。

在沈从文的作品中这种"叠合性反复"表现为：围绕爱欲、死亡与疯狂因素交织的主题，因叙述视角的差异，各个相关文本对各个核心事件展开同中有异的叙述，从而形成了文本间的多声复奏。

在沈从文的早期作品《占领渭城》中，我们可以发现《三个男人和一个女人》的士兵爱欲主题的最初形式。正如《边城》和《节日》，沈从文在《占领渭城》中也是以节日习俗——人事在自然时序变化中的相应作为开端，叙述兵士们在"开差"和"驻扎"交替循环中的爱欲故事："民国九年，过了中秋，月亮看过了，大家都说中秋以后是重阳，我们就登高吧。"这种舒缓的叙述口吻，使匆促的"开差"和"驻扎"，具有几分节日变化的从容。当然，相对于后来构思精巧的《三个男人和一个女人》，《占领渭城》只是一则草率的速写，不过同样展现了"开差"和"驻扎"的兵士们与人家腰门边的"粉白脸子"、"辫子货"们的"看"和"被看"的瞬间，以及那种独特的爱欲风流。插在士兵们枪头上随时会萎去又随时更新的黄色野菊花，正是他们对美丽事物感知的某种象征，这与他们关于女人和欲望的粗俗对话形成一种令人心惊的对比。这其实是"诗"的优雅质素和艳情小说的粗俗质素的交融，在沈从文的小说中这种对比和交融常常呈现一种纷繁参差的色调：

> ……正在包豆腐干的生意人，在听到号音以前就把手上的工作停搁下来在那里研究新来的军队了，豆腐作坊养的一只狗，赫得躲在主人胯下去窥觑。
>
> 弟兄们在一些半掩上门了的住户人家腰门边用眼睛去搜索得一两个隐藏在腰门格子里的粉白脸子以后，同伴中就低低嗤起牙来，互相照应着，放肆的说笑话。
>
> ……"辫子货""招架不来，我要昏了。"……
>
> "看，看！"以前碰过我的那个人，又触我一下。一个小小的白皙脸庞缩到掩护者的铺板下去了。我们从那铺子下过身时，见到铺子上贴的红纸小铺号招牌是："源茂钱庄"四个字。
>
> 心想着，如若是水浑，就可以大胆撞过去找那活的宝物！
>
> 感到水不浑不能乱有动作的失望的总还有许多人。我见到那个小小白脸孔后，同这群起野心的弟兄们也表同情了。①

与把类别特征赋予一个个体、一个中心人物的现实主义典型化和抽象化原则不同，沈从文这里的叙述是从"类别化的叙述"进入"个人"和"我"，时而是个人视角的闪现，时而又恢复为"类别化的叙述"。这种"类别"与"个体"的交错所造成的"反复"，是别具一格的。《三个男人和一个女人》阐释的是兵士绝望的爱欲，《占领渭城》展现的则是兵士这种具有特殊身份人群的爱欲所具备的狂暴意味——那是一种猎人看到猎物的狂喜感觉，伴随着不可遏制的占有欲望。我们不难发现，兵士们心中的爱欲对象，只是模糊的、具有白皙面孔和柔弱姿态特征的女子，兵士们"巡行的目光"，捕捉的只是她们的肢体被分割的断续影像。在同样类型的文本中，说士兵具有"猎物化的女人观"，应该是可以成立的。在后来的"城市讽刺写实"体小说中，这种"猎物化的女人观"又有进一步展现。

让我们来看一看与《三个男人和一个女人》有着共同母题的《从文自传·清乡所见》和《医生》对爱欲、疯狂和死亡的叙述。"清乡所见"这样

---

① 《晨报副刊》，1926 年 3 月 11 日，北京。

叙述偷盗女尸的豆腐老板临刑前与行刑的士兵的对话：

> ……商会会长年纪极轻的女儿，得病死去埋葬后，当夜便被本街一个卖豆腐的年轻男子从坟墓里挖出，背到山峒中去睡了三天，方又送回坟墓去。到后来这事为人发觉时，这打豆腐的男子，便押解过我们衙门来，随即就地正法了。临刑前一时，他头脑还清清楚楚，毫不胡涂，也不嚷吃嚷喝，也不乱骂，只沉默地注意到自己一只受伤的脚踝。我问他，"脚被谁打伤的？"他把头摇摇，仿佛记起一件极可笑的事情，微笑了一会儿，轻轻的说，"那天落雨，我送她回去，我也差点滚到棺材里去了。"我又问他，"为什么你做这件事？"他依然微笑，向我望了一眼，好象我是小孩子，不明白什么是爱的神气，不理会我。但过了一会儿，又自言自语的轻轻的说："美得很，美得很。"另外一个兵士就说："疯子，你怕不怕？"他就说："这有什么可怕的。你怕死吗？"那兵士被反问后有点害羞，就大声恐吓他说："癫狗入的。你不怕死吗？等一会儿就要杀你这癫子的头！"那男子于是又柔弱的笑笑，便不做声了。那微笑好象在说："不知道谁是癫子。"我记得这个微笑，十余年来在我印象中还异常明朗。①

这里依然是从观赏者和行刑者"我"的视角进行叙述，但是"我"脱去爱欲的窥视者和有限度的参与者的角色，因此呈现的是杀人者和被杀者直面相对的冲突隔膜。"我"对豆腐老板面对死亡时柔弱微笑和平静言辞的记忆，如一道夜空中的闪电，使这种冲突和隔膜的黑暗生硬得到某种程度的缓和。死亡的承受者在死亡的操纵者面前的微笑，使死亡获得了一种复杂涵义；爱欲的力量在这里似乎使得死亡的空无冷漠多了一点柔情色彩。这里显然存在着巨大的缝隙，沈从文并没有尝试从被杀者、爱欲的坚执者豆腐老板的视角进行叙述。"我"的简约节制的叙述隐藏着深深的震惊、无言和空白，而空白与神秘同在。在沈从文的笔下，对死亡形式的自然化表述中的确渗透着这种无言。这种无言，对并不能完全为人所知、更不能被人所控制的事物，显示了叙述者更多的宽容和谦卑。与以鲁迅《呐喊》为代表的对启蒙者就义和围观者麻木的死亡景观的强烈批判相比，沈从文这里的宽容和谦卑自有它的意义。

《医生》，则套上对绅士与教会讽刺的外壳，然而剥离这层外壳，文本呈现的依然是"爱欲"的内核，不过是从四川 R 市白医生的视角对这个"尸恋"的奇异故事重新叙述罢了。在故事开头以契诃夫讽刺小说的风格，对小

---

① 《从文自传·清乡所见》，《沈从文文集》第 9 卷，广州：花城出版社、香港：三联书店，1984 年 3 月，第 160 页。

城旧有的才子绅士、新来的教会医院相互攻击的现实进行了漫画式嘲讽，中间部分是医生所讲述的"一个新《聊斋》故事"，为小说本体找到一个中国渊源。这其实是沈从文小说叙述的习惯做法。在作品开始和结束的清醒之间嵌入一个"梦境"、一个"鬼"故事：医生在四川小镇的边缘与一个把死亡少女尸体拖入隐秘山峒中的"疯子"相遇。医生所代表的是理性的清醒，疯子所代表的是爱欲的疯狂。在峒中，通过医生的眼睛展现"疯子"面对女尸的偏执和柔情：

> 待我蹲身到那病人身边时，我才看清楚这是一个女人，身体似乎很长，乌青的头发，腊白的脸，静静的躺在那里不动，正象故事上说的为妖物所迷的什么公主。当我的手触着了那女人的额部时，象中了电一样，即刻就站起来了。因为这是一个死得冰冷的人，不知已经僵了多久，医生早已用不着，用得着的只是扛棺木的人了。……我略显出一点愤慨的神气，带嚷带骂的说：

> "不行，不行，这人已经无办法了，你应该早一点，如今可太迟了！"

> "怎么啦？"他说，奇怪的是他还很从容。"她不行吗？你不说过可以用水喷吗？"

> 我心里想这傻瓜，人的死活还没有知道，真是同我开玩笑！我说："她死了，你不知道吗？一个死人可以用水喷活，那是神仙的事！我只是个医生，可并不是什么神仙！"

> 他十分冷静的说："我知道她是死了的。"

> ……我有点奇怪我的眼睛了，因为细瞧那死人时，我发现这是个为我从没有看到过的长得体面整齐的美女人，女人的脸同身四肢都不象一个农庄人家的媳妇。……我抬头望望那个怪人，最先还是望到那一对有点失神却具有神秘性的眼睛。①

> ……

> 他独自出去时，从不忘记锁门，在峒里时，却守在尸身边，望到尸身目不转睛，又常常微笑，用手向尸身作一种为我所不懂的希奇姿势。若是我们相信催眠术和道术，我以为他一定可以使这个死尸复活的。

> ……当我默默的坐在一个角隅不做声时，我听到他自言自语，总是说那一句话，"她会活的。她会活的。"②

我在这里引用上面这段冗长的文字，只是为了展现山峒、石床、蓝色野

---

① 《沈从文文集》第 4 卷，广州：花城出版社、香港：三联书店，1982 年 6 月，第 190～191 页。
② 《沈从文文集》第 4 卷，第 195～196 页。

菊花，爱欲和死亡等因素重新组织的另一种形式，《三个男人和一个女人》和《清乡所见》等文本主题的另一种表现。在叙述这段"尸恋"的故事时，中国的汉武故事、王母成仙、东方朔偷桃挨打、唐明皇游月宫、西施浣纱、桃花源等经典神话传说，马玉龙和十三妹，皇帝、美人、剑仙、侠客等世俗爱欲故事，外国的白雪公主和王子的童话，上帝、天堂和撒旦、魔鬼等神话、传说与宗教词汇都被编织进文本，来精心营造一种神秘奇异的氛围。但是，这些在文本上空漂浮的词语，已经丧失了它们在原来文化体系中固有的价值，只是一系列空泛的修辞；真正起结构性作用的是"人死七天复生"的民间传说，和湘西山野间随处可见的山峒。

（二）象征性意象的复现

在沈从文的作品中，山峒常常是展现民族和个人爱欲与死亡激情的重要场所。山峒、石床和野花等意象在不同文本间的反复出现，已经形成了一个爱欲、疯狂和死亡相互交织的、微妙而隐秘的网络。沈从文的诸多同类文本，以此为中介，建立了一种"多音复奏"关系。从叙事效果上讲，它形成沈从文反复叙事的第二种形式——"叠合性复现"。

沈从文散文中"落峒"少女和峒神相恋的故事，也是"爱欲"受压抑的少女美丽如花的生命在幻觉中为峒神眷爱日渐消亡的悲剧。被称为 20 世纪 80 年代"中国寻根文学"先驱的《媚金、豹子与那羊》，更以菊花山白沙铺地、石头为床的山峒作为媚金和豹子成婚的新房。山峒意象和野花意象在《雨后》、《采蕨》、《山鬼》、《阿黑小史》与《巧秀和冬生》等文本中，也具有类似的作用，成为一个民族爱欲和死亡激情交织的特殊见证。《七个野人与最后一个迎春节》则从一个古老民族衰亡的角度，记述这种爱欲与死亡纠结的悲哀之美。"野人"世代相居的北溪村已经设官，一切旧有风俗和道义将要为汉族"新的习惯"取代的最后一个迎春节，七个人离开村子，搬到山峒：

> 他们几个人自从搬到山洞以后，生活仍然是打猎。……凡是年青的情人，都可以来此地借宿，因为另外还有几个小山洞，经过一番收拾，就是这野人特为年青情人预备的。洞中并且不单是有干稻草同皮褥，还有新鲜凉水与玫瑰花香的炜芋。到这些洞里过夜的男女，全无人来惊吵的乐了一阵，就抱得很紧舒舒服服睡到天明。……
>
> 他们自己呢，不消说也不是很清闲寂寞，……他们本分之一，就是用一些精彩嘹亮的歌声，把女人的心揪住，把那些只知唱歌取乐为生活的年青女人引到洞中来，兴趣好则不妨过夜，不然就在太阳下当天做一点快乐爽心的事，到后就陪女人转去，送女人下山。……他们的口除了

亲嘴就是唱赞美情欲与自然的歌，不象其余的中国人还要拿来说谎的。[1]

这是山洞生活的理想化呈现，猎人对待爱欲同打猎一样，靠的是征服，女人则是另一种猎物。这是沈从文固有女性观的一种显现，虽然深受有女权思想的批评家的抨击，却与古典时代"以女性为物"的观念非常一致。很显然，沈从文在上述"乡村抒情想象"类文本中，着意塑造一种与"中国女人"（意指与"苗族女人"相对的汉族女人）和"上海绅士"（意指 20 世纪二三十年代的西化绅士）不同的传奇形象——男人是会唱歌、会亲吻的猎人，女人是歌声和身体都很优美的痴情女子。虽然有个人死亡和集体毁灭的宿命，他们之间的爱欲却有着烈焰般的美感。山峒和野花，在沈从文的文本网络中具有令人目眩的神奇美感。本来，摘花、拾花、惜花是中国古代传递缱绻情愫的一种经典情景，而沈从文笔下山峒中的野花，则为这个传统意象置入了野性、自然的爱欲意味，使之获得了一种带有民族记忆的传奇般的神秘动人。山野、山峒、石床、野花与爱欲的同时出现，也许正是苗族那种正在消失的情爱习俗的顽强呈现，这其实也是人类远古记忆的复现。沈从文的小说中的野花和山峒故事，之所以如此神奇而平易地令人无言感动，在于他以这种细节的复现，触摸了人们沉埋的集体记忆和隐秘而敏感的特殊神经。沈从文文本中"落峒"的少女，则从人神相恋的角度，重复了山峒与石床的神秘力量。因此，沈从文作品中的蓝色野花和山峒具有一种非常丰厚隽永的意味，渐渐成为爱欲和死亡的神秘象征。

《夫妇》中的"野花"则稍有不同。一对在白日乡野撒野的夫妇被乡民们捉住：

> 男女皆为乡下人，皆年青，女的在众人无怜悯的目光下不作一声，静静的流泪。不知是谁把女人头上插了极可笑的一把野花，女人头略动时那花冠即在空中摇摆，如在另一时看来，当有非常优美的好印象。[2]

在村人们的愤慨和笑谑声中，患神经衰弱症在乡下疗养的城里人"璜"发现这个野花插在头上的女人自然动人的风致。这对乡下年轻夫妇因为"年青人才有的罪过"被缚在八道坡，当其他的乡下人为维护道德风俗主张"送官法办"时，"璜"解救了他们。女人拿着头上解下的那束野花，而"璜"则在星光中目送他们赶路：

> ……独立在山脚小桥边的璜，因微风送来花香，他忽觉得这件事可

① 《沈从文文集》第 8 卷，广州：花城出版社、香港：三联书店，1983 年 9 月，第 322～323 页。
② 《沈从文文集》第 8 卷，第 385、393 页。

　　留一种纪念，想到还拿在女人手中的一束花了，遥遥的说，

　　"慢点走，慢点走，把你们那一束花丢到地下，给了我。"

　　那女人笑着把花留在路旁，还在那里等候了璜一会，见璜不上来，那男子就自己往回走，把花送来了。

　　人的影子失落到小竹丛后了。得了一把半枯的不知名的花的璜先生，坐到桥边，嗅着这曾经在年青妇人头上留过很希奇过去的花束，不可理解的心也为一种暧昧欲望轻轻摇动着。①

　　此处的"野花"，与《聊斋志异·婴宁》的"婴宁弃花、公子拾花"情景非常相似，只不过沈从文借用古典的"因情惜花"典故，来表达"城里人"眼中"乡下人"爱欲冲动的优美风情。在沈从文创作后期的《七色魇》、《烛虚》和《看虹摘星录》等作品中，野花，特别是淡蓝色的野花，成为淡淡的混合着爱欲和疯狂情绪的象征，一个在"都市人"和"乡下人"的自我身份之间徘徊的爱欲漫游者的精神写照。

　　在沈从文的作品中，与野花意象相关的花盆或花瓶意象也有强烈的爱欲意味，相关文本如我们前面已经提及的《绿的花瓶》。沈从文用极为抒情化的笔调来叙述一只无法抵御"晚春的懊热"的"古雅美丽"的花瓶，讲述的其实是"我"的怀春。"怀春"当然是一个古典概念，古老的天人相应观念认为人的情欲和自然的生命季节一致，都在春天最为热烈。沈从文赋予它的新义是，在花瓶、野花、丁香、不知名的女人和"我"之间建立一种情景化的联系，注入新鲜强烈的青春爱欲气息。

　　天气近初夏了，各样的花都已谢去。这样古雅美丽的瓶子，适宜插丁香花。适宜插藤花，一枝两枝，或夹点草，只要是青的，或是不很老的柳枝，都极其可爱。但是，各样花都谢了，或者是不谢，我无从去找。

　　……看到二月兰同那株野花吸瓶子中的水，乘我到无力对我所憎的加以惩治的疲倦时，这些野花，得到不应得到的幸福了。

　　天气近初夏了，各样的花都已谢去，或者不谢，我也无从去找。

　　从窗子望过去，柏树的叶子，都已成了深绿，预备抵抗夏的热日，似乎绿也是不得已。能够抵抗，也算罢了。我能用什么来抵抗这晚春的懊恼呢？我不能拒绝一个极其无聊按时敲打的校钟，我不能……我不能再拒绝一点什么。……

　　心太疲倦了。

　　绿的花瓶还在眼前，若知道我的意思的田，换上了新从外面要来的

---

　　① 《沈从文文集》第8卷，第393页。

一枝有五穗的紫色藤花。淡淡的香气，想到昨日的那个女人。

看到新来的绿瓶，插着新鲜的藤花，呵，三月的梦，那么昏昏的做过！①

"花瓶"在"茶壶"和"墨水瓶"之间、爱欲在日常生活和写作行为之间建立了一种若隐若现的微妙联系。如果从主题和叙述口吻看，还有比较明显的郁达夫的痕迹，但是其中心意象已经有明晰的个人色彩。

在《主妇》中，叙述者把易碎的瓷花瓶放在"他"与"她"之间，作为婚姻关系之外的"偶然"的象征。"他"对爱欲关系是"偶然"还是"必然"的沉思，决定着叙述的主要流向。"他"试图通过收集易碎的瓷器，来缓解"爱欲的偶然"——它为爱欲的精神幻想赋予了自由气息——对婚姻事实的冲击。沉溺于爱欲自由的性格对一个"用社会作学校，用社会作家庭的男子"不可缺少，对婚姻中的爱欲生活却是一种离心力。因此，弥漫于文本之中的始终是淡淡的隔膜和惆怅。在"他"和"她"的结婚日，就出现了"花瓶"和"美人"的并置。"他"和"她"在小说中的对话非常奇特，"他"在开口，"她"只是反复着这样的姿态——"她依然微笑着，意思象是在说"，始终是一种静默无言的情态。如果说皮格马里翁的雕像美人在雕刻家爱欲的拥抱中复活、开口说话的话，沈从文的"主妇"在婚姻中却如花瓶一样闭口无言。文本中所谓的"对话"只是男性的独白：

新郎又忙匆匆地抱了那礼物到新房中来，"好个花瓶，好个美人。碧碧，你来看！"……当她把那件浅红绸子长袍着好，轻轻的开了那扇小门走出去时，新郎正在窗前安放一个花瓶。一回头见到了她，笑咪咪的上下望着。"多美丽的宝贝！简直是……"②

两人忙了一整天，都似乎十分疲累，需要休息。她一面整理衣物，一面默默的注意到那个朋友。朋友正把五斗橱上一对羊脂玉盒子挪开，把一个青花盘子移到上面去。

象是赞美盘子，又象是赞美她，"宝贝，你真好！你累了吗？一定累极了。"……

"宝贝，今天我们算是结婚了。"

她依然微笑着，意思象是在说，"我看你今天简直是同瓷器结婚，

---

① 《晨报副刊》，1926 年 5 月 3 日，北京，文末标注的写作时间为"四月末西山"，署名"懋林"；收入《沈从文文集》第 9 卷第 48～50 页的《生之记录（五）》，但写作时间标注为同年 2 月。

② 《沈从文文集》第 6 卷，第 326～327 页。

一时叫我宝贝，一时又叫那盘子罐子作宝贝。"

……

她依然微笑着，意思象在说："你说什么？人家不要的你来要……"

她依然笑着，意思象在说，"我以为你真正爱的，能给你幸福的，还是那些容易破碎的东西。"

他不再说什么了，只是莞尔而笑。话也许对。她可不知道他的嗜好原来别有深意。他似乎追想一件遗忘在记忆后的东西，……

过了三年。他从梦中摔碎了一个瓶子，醒来时数数所收集的小碟小碗，已将近三百件。那是压他性灵的沙袋，铰他幻想的剪子。……①

沈从文把话语权赋予男性，女性只是一些"精美的瓷器"，是值得从肢体和面容、神态和风情反复观赏或占有的"物品"，是男性目光"唯美的旅行"的好场所，但从来不可能与男性的"他"形成真正的对话，更遑论女性的独白了。这是沈从文后期大量的"客厅传奇"类作品的共同特征，那篇为一些研究者十分推崇的《看虹录》也是如此。那本现在很难寻找的《看虹摘星录》，也大致可以推测是这种体例的作品。从表面看，这与沈从文反复标榜的"记录女性青春和美"的写作主旨有一定距离，事实上却与他总体的女性观一致。虽然在部分"乡村抒情想象"体作品——比如《边城》中，少女的话语也非常出色，但那种麂子一样稚气、轻盈又惊惧的匆匆逃匿的姿态，却依然像极了沈从文其他作品中反复出现的男子爱欲的猎物形象。

作为一个对人事和自然之美有着极为丰富的想象力和感知力的作家，沈从文的一生也许始终在这种困境中徘徊。虽然他意识到"如今既不能超凡入圣，成一以自己为中心的人，就得克制自己，尊重一个事实。既无意高飞，就必须剪除翅翼"；但是他罕见的文学天才，也在这种矛盾和徘徊中消耗殆尽了。这也是其叙述者与人物的"我"合一的叙事策略的内在矛盾，在生命现实与作品想象之间距离缩小后的必然结果。

如上所述，"花"、"花瓶"和"花园"意象在沈从文的作品中，一般而言具有"爱欲"的意味，但有时它们却意味着死亡，生命如花，"花瓶"和"花园"是生命之花最终凋零的地方。在《节日》中，"花瓶"和"花园"就与死亡建立了一种奇特的关联。在"×城已失去中秋的意义"的落雨的中秋晚上：

围墙内就是被×城人长远以来称为"花园"的牢笼。往些年分地方还保留了一种习惯，把活人放在一个木笼里站死示众时，花园门前曾经安置过八个木笼。看被站死人有一个雅致的称号，名为"观花"。站笼

---

① 《沈从文文集》第6卷，第332～333页。

本身似乎也是一个花瓶，因此×城人就叫这地方为"花园"。现在这花园多年来已经有名无实，捉来的乡下人，要杀的，多数剥了衣服很潇洒方便的牵到城外去砍头，木笼因为无用，早已不知去向，故地方虽仍称为花园，渐渐的也无人明白这称呼的意义了。①

当"花园"成为牢狱的隐语，"花瓶"成为"站笼"的代名词，当爱欲与死亡紧紧相随，所呈现的景象无疑是相当恐怖的。但是这种残酷的折磨，却具有一分爱欲涂抹的温情。爱欲和死亡，生命的开端和终结，因之具备一种奇特的平等关系，生命在爱欲和死亡的叠合中形成一个循环。《泥涂》里"白墙的花园"的监牢②、《黄昏》中"出名公家建筑"的监狱也具有同样的意味。只有在这个意义上，沈从文对剑子手和老狱丁等死亡的执行者、生命的监禁者的爱欲故事的反复叙写，才能得到较为准确的理解。③

> 想起几个与生活有关的白脸长眉的女人，一道回忆的伏流，正流过那衰弱敝旧的心上，眼睛里燃烧了一种青春的湿光。……典狱官是一个在烟灯旁讨生活的人物，这时正赤脚短褂坐在床边，监督公丁蹲在地下煨菜，玄想到种种东方形式的幻梦……
>
> "天保，天保，叫你去，你就去，不要怕，一切是命"……
>
> 老狱卒走过那个先是不愿离开牢狱，被人迫出以后，满脸是血目露凶光的乡下人身边来，"天保，有什么事情没有?"犯人口角是血，喘息着，望到业已为落日烧红的天边，仿佛想得很远很远，一句话一个表示都没有。……天上一角全红了，典狱官望到天空，狱卒也望天空，一切全是那么美丽静穆。④

黄昏的天空飘浮着美丽的红云，狱卒和沉默无言地走向刑场的犯人同时抬头望着天边静穆美丽景象的姿态，令人难以忘怀。这也许是湘西那块爱欲和死亡错综纠缠的土地在沈从文心中的最终形象了。我们在前面曾提到湘西

---

① 《沈从文文集》第 5 卷，广州：花城出版社、香港：三联书店，1982 年 9 月，第 348～349 页。
② 《沈从文文集》第 5 卷，第 324 页。
③ 沈从文曾反复以同情的笔调来描绘一系列"剑子手"和"老战兵"形象，如《边城》中的"杨马兵"、《湘行散记》中的"滕四叔"、《菜园》中的"杨金标"、《第二个狒狒》中的"狒狒"、《赌道》中的"二哥"等。其实沈从文早期创作的戏剧《剑子手》（《东方杂志》第 24 卷第 9 号，第 71～75 页，1928 年 5 月 10 日，上海），正是这种人物的"类别叙事"的开端，该剧模拟说书人说唱的口吻，叙述年青武的将爷王金标"新补剑子手"的家庭轻喜剧。在这类人物的叙述中，同样隐含着沈从文喜欢的"新与旧"的时间对比——这类人物的命运在"宣统"与"民国"的纵向流转中呈现出"常"与"变"的循环。
④ 《沈从文文集》第 5 卷，第 380～383 页。

民歌"天上起云云起花"在沈从文作品中的爱欲意义,沈从文同样非常喜爱的另一则湘西民谣"天上起云云重云,地上起坟坟重坟"所展现的美丽和死亡同在的意蕴,在这里也是很恰切的。所以我们可以说,沈从文作品特有的爱欲和死亡交织的主题,除了与他自身的军旅生活经历密切相关外,还受到湘西和苗族生死观念的深刻影响。

在沈从文的作品中,死亡主题通常具有一种类型化的形式。他笔下的乡村死亡或军旅死亡一般只给人淡淡的哀伤、宁静与美,即使是被杀或自杀,也很少有可怖之感;而城市死亡则多为冻饿或爱欲受阻的产物,脱去了诗意色彩,没有悲剧感,乏味而可厌。在偶然的生死之间,沈从文始终坚持的是要"结实的活着"。

(三)类型化人物的复现

"叠合性反复"在沈从文作品中的另一种表现,是类型化的人物,他们往往以某种象征性的意象形态反复出现在不同文本中,其中出现频率最多的是"母鹿"意象和"羔羊"意象。

在沈从文的作品中,小鹿和小羊常常是美丽女性的象征。沈从文在"创作初期"曾模拟《旧约·雅歌》的语言和文体,创作了不少以"羔羊"和"母鹿"为核心意象的白话体新诗。① 署名"小兵"的白话体新诗《我欢喜你》,就已经出现了这种比喻:

---

① 沈从文最初受基督教《圣经》的影响,曾经写下了以"羔羊"为核心意象的系列习作,诗《失路的小羔羊》、杂感《旧约集句——引经据典读时事》、戏剧《羊羔》、戏剧《蒙恩的孩子》(分别刊载于《晨报副刊》1925年5月14日、1925年9月21日,北京;《现代评论》第4卷第88期,1926年8月14日;《〈现代评论〉第二周年纪念增刊》,1927年6月25日,北京)便属于此类作品。这些作品带有强烈的基督教色彩,以纯洁无辜的初生"小羔羊"为中心意象,融入个人被命运抛入都市生存的切身体验,并且部分地采用基督教"上帝"俯视人间的视角,来看待时事战乱与人事争端;但在叙述"羔羊"蒙受神恩的宗教情景时,却又暗中用人间情愫的温暖来取代神恩降临的超验和神秘。戏剧《蒙恩的孩子》表述的是圣诞夜孤儿在期待上帝恩惠的降临,实际上还是沈从文惯常叙述的饥饿、寒冷等物质匮乏,与对亲情和爱的欲羡。一些具有基督教背景的研究者往往据此夸大《圣经》、"上帝"与基督教在沈从文作品中的分量,甚至据此判定沈从文是一个基督徒。的确沈对基督教曾经产生过好奇和亲近,但他从来不曾有过真正基督徒的感情和感觉方式,他笔下对进入中国的基督教教会、教士和教会学校的描述,更是极具讽刺意味。比如在《平凡故事》中,对教会学校的学生匀波爱欲分离的叙写;在《建设》中对湘西本地人打死"上帝在中国的使者"牧师的情景,更直接地表达了他对天主教、基督教和西方传教士在中国所扮演的角色的质疑。金介甫在《凤凰之子——沈从文传》讲到沈从文"是否把《圣经》当作宗教经文来读"这个问题时,认为"既然沈懂基督教就意味着'博爱',这种思想后来就发展成更为抽象的泛神论,起码这是他最感兴趣的信仰中心"。这明显忽略了沈从文作品中对基督教信仰的质询。所以金介甫的这种判断,是失之偏颇的。

　　你的聪明象一只鹿，

　　你的别的许多德性又象一匹羊，

　　我愿意来仝羊温存，

　　又耽心鹿因此受了惊：

　　故在你面前只得学成如此沉默：

　　（几乎近于忧郁的沉默！）

　　你怎么能知？

　　……①

　　这首诗里"鹿"的意象与"羊"的意象显然来自《旧约·雅歌》"所罗门的歌"，如其第二章开端："耶路撒冷的众女子阿，我指着羚羊和田野的母鹿嘱咐你们，不要惊动，不要叫醒我所亲爱的，等他自己情愿。"和第二首："我的良人好像羚羊，或像小鹿。""我的良人哪，求你等到天起凉风，日影飞去的时候，你要转回，好像羚羊和小鹿在比特山上。"及第八章第六首："我的良人哪，求你快来！如羚羊或小鹿在香草山上。"②沈从文在"白话诗"中所惯用的"你"和"我"参差对比的叙述口吻，也来自《雅歌》。但是，《雅歌》的"鹿"和"羊"指"良人"（男性），而沈从文的"鹿"和"羊"指"女性"。这种喻象和喻体（"能指"和"所指"）关系的变化很可能受到《诗经·国风·野有死麕》篇的影响。因此，这里的"我"就指代男性的自我，其抑郁沉默既是沈从文性格的表现，也可能受《雅歌》文体"我"的被动口吻制约，因而没有《诗经》中"吉士诱之"的主动性。"羔羊"意象还进入"乡村抒情想象"体小说，比如《媚金、豹子与那羊》中，那个纯白可爱、具有某种神秘色彩和宿命色彩的小羊。在《月下小景》中，沈从文又着重发掘佛经故事中"母鹿"意象的诱惑意味和女性化内涵，最后化成后期"客厅传奇"（如《看虹录》）中象征年青女性的"梅花鹿"形象，③而作为叙述者和人物的"我"，与沈从文最初的尝试是一脉相承的。

---

① 《我欢喜你》，《晨报副刊》，1926 年 3 月 10 日，北京。

② 引自《新旧约全书》（和合本），教会缩印本，第 602、603、606 页。

③ 也有人认为哈代的诗《幽舍的麇鹿》影响了沈从文写出了小鹿般轻盈秀丽的女人形象。由于这首诗（闻一多译）最早发表于《新月》第 1 卷第 2 号，1928 年 4 月 10 日，上海，所以它对沈从文早期作品中的这种人物的写法不可能有什么影响，但《看虹录》所写冰雪季节的室内爱欲故事的确带有《幽舍的麇鹿》的影子，但也融合了《雅歌》、《诗经》和佛经中此类形象。参见《幽舍的麇鹿》如下译文："今晚有人从外边望进来，/从窗帘缝里直望，窗外亮晶晶的满地发白；/我们只坐着，/靠近那火炉旁。/我们看不见那一双眼睛，/在窗外的雪地上；/桃色的灯光辉映着我们，/我们看不见那一双眼睛，/直发楞，闪着光/四只脚，跂着望。"

　　我在写小说。情感荒唐而夸饰，文字艳佚而不庄。写一个荒唐而浪漫的故事，独自在大雪中猎鹿，简直是奇迹，居然就捉住了一只鹿。正好像一篇童话，因为只有小孩子相信这是可能的一件真实事情，且将超越真实和虚饰这类名词，去欣赏故事中所提及的一切，分享那个故事中人物的悲欢心境。①

　　这是一种伪装的叙述，在大雪中猎鹿，其实是在雪天的小屋中猎捕女人，用目光的巡行和肢体的接触满足"我"的爱欲。事实和叙述交织，真实和虚构杂糅，但是其爱欲主旨还是很清晰的。这正是沈从文"创作后期"文体交融的"客厅传奇"的一篇典型文本。

　　不过，类似《诗经》中"吉士诱之"的主动与天真，在沈从文小说中往往由另一个具有原始情欲的蒙昧野性的人物来承担。比如《萧萧》中的"花狗"、《阿黑小史》中的"五明"、《雨后》中的"四狗"。上述叙事元素的重新组合，相互交融，为部分"乡村抒情想象"体作品（比如《龙朱》与《神巫之爱》）的对话和对歌准备了典雅的语言，赋予了神性的色彩。这类作品韵散交织的文体、文白交替的语言常常令研究者迷惑不解，由于它们远离日常生活对话，甚至被指斥为"虚假"（苏雪林语）。②

　　沈从文"创作初期"的《重君》继承了《雅歌》以"羔羊"来比喻女子双乳的惯例，并对其进行了相当色欲化的描写。在公寓中独居的青年男子"重君"，看见相邻房间中有一对恋人同居，自己也做起了《雅歌》词句支撑的白日梦，以一条青花薄被模拟白日梦中的爱欲对象，一个有着羔羊般双乳的女子：

　　　　……啊啊，一个软软的身体，身体光光的什么也无！顶着自己胸脯

①　《看虹录》："我知道你另外一时，曾经用目光吻过我的一身……如今又正在作这种行旅的温习。……你能够做的就只是这种漫游，仿佛第一个旅行家进到了另外一个种族宗教大庙里，无目的的游览，因此而彼，带着一点惶恐敬惧之忧，因为你同时还有犯罪不净感在心上占绝大势力。"见《新文学》第1卷第1期，第81、82页，1943年7月15日，桂林。
②　苏雪林：《沈从文论》，载《文学》第3卷第3期，1934年9月1日，上海。虽然苏雪林对沈从文《龙朱》、《神巫之爱》等作品有"好莱坞式的虚构"的批评，但这种神话进入现代小说的问题在沈从文的小说中要更为复杂。马林诺夫斯基：《巫术、科学、宗教与神话》的有关论述可以增进我们对"真实"与"虚构"问题的理解："存在野蛮社会里的神话，以原始的诗的形式出现的神话，不只是说一说的故事，乃是要活下去的实体。那不是我们在近代小说中所见到的虚构，乃是认为在荒古的时候发生的实事，而在那以后便继续影响世界影响人类命运的……神话是含有宗教性的。它既不是虚构的故事，也不是死去的过去的记录或传述，乃是说来使人崇敬，使人信仰的。"（李安宅译《巫术、科学、宗教与神话》，上海：上海文艺出版社，1987年12月影印本，第121~122页）

的，是一对未出胎羊羔样跳动着的乳。而自己两只手围扰去的结果，就有段比棉花还软的温温的肉体在搂箍中伏贴着！

摹拟着那女子的形声，自己就像是那个男子，那女子就成了自己的妇人了。……（又复将旧梦重温一道。）

"怎么你这样肥！"以手摩摩之，由颊至颈至肩至胸，停在那一对羊羔上面。……①

在叙述结束处，"重君"对这种因"性的饥饿"倾听与模拟他人爱欲生活的变态发泄感到羞耻、无奈和沮丧。到沈从文"创作盛期"的"都市讽刺写实"体作品中，具有诱惑力的都市女性常常也具有一种"羚羊的气质"，只是其时髦的衣饰抑制了窥视者爱欲激情的实现。如作家"焕乎先生"在窗前这样窥视一个女人：

从窗中所见的女人，却不是全体。

一件青色毛呢旗袍把身子裹得很紧，是一个圆圆的肩膀，一个蓬蓬松松的头，一张白脸，一对小小的瘦长的脚干，两只黑色空花皮鞋。是一种羚羊的气质，胆小驯顺快乐的女人。是一个够得上给一个诗人做一些好诗来赞颂的女人，是一个能给他在另一时生许多烦恼的那种女人。②

沈从文对此类男子爱欲受阻情形的处理方式是把时髦而美丽的女子与"娼妇"等同，在"他"因金钱的帮助与暗娼相遇而得到爱欲满足的情景中，又常常称赞娼妓和卖淫的"神性"，非常体恤这种金钱和性之交易的温情。③ 由此可见，沈从文对女子的观念，其实隐含着非常危险、非常陈腐的东西。虽然他常常把女子比作能引起幻想中无限美感或巨大恐惧的"神"与"魔"，但具体到都市的女人，他把神性赋予娼妓，认为"绅士的太太"并不比娼妓高贵。沈从文描写女人，似乎只是把女人的服饰、面貌、肢体分解描绘，如他自称的是"在女人身上的旅行"④ 记录，而归根到底，这时在他笔下女人只是"物"：

---

① 《重君》，《晨报副刊》，1926 年 4 月 7 日，北京。

② 《焕乎先生》，《沈从文文集》第 2 卷，广州：花城出版社、香港：三联书店，1982 年 1 月版，第 293 ~ 294 页。

③ 参见《第一次做男子的那个人》，又《十四夜间》，见《沈从文文集》第 2 卷，第 108 ~ 109、182 页。

④ 参看《采蕨》片断："这是既无胆量又无学问的人吃亏处了。若五明知书识字，就知道这时最好的处置方法，是手再撒点野，到各处生疏地方去旅行，当可以发现一些奇迹。"见《沈从文文集》第 8 卷，第 190 页；并请参看第 58 页注释①所引《看虹录》中"目光的行旅"云云。

　　所谓女子思想正确者，在各样意义上说话，不过是更方便在男人生活中讨生活而已。用贞洁，或智慧，保护了自己地位，女人在某些情形下，仍不免是为男人所有的东西。

　　使女人活着方便，女人是不妨随了时代作着哄自己的各样事业。雄辩能掩饰事实，然而事实上的女人永远是男子所有物。①

　　所谓"娼的高贵"，在作者、主人公兼隐含作者的"他"看来，不过是"女人是救了他，使他证实了生活的真与情欲的美"。在沈从文"创作初期"的白话长诗《曙》中，也是这种观点。可见这种态度在沈从文的创作中是一以贯之的。②

　　"类型化的人物"的复现，是沈从文的"叠合性反复"的一种基本的表现方式，沈从文笔下的男人和女人均有一种类同的面貌。沈从文作品中的"男人"（怯懦的读书人／恣肆的士兵／风趣的老人）和"女人"（"观音型"的天真少女／魔性的、肉欲的"娼妓"／慈爱的母亲）等类型化人物分属于不同的系列。在"乡村抒情想象"体作品中，青年男女的爱欲与自然的春天相应，是一种自然化的爱欲行为，源自古老的"怀春"③情绪。我们知道，《阿黑小史》、《媚金、豹子与那羊》、《黑凤》、《三三》、《边城》等作品中都反复出现一个皮肤黑黑、神情娇憨的天真少女，她们在男人的情欲目光下十分羞怯，有着易"受惊的麂子"随时逃往山中的情态，常常被描绘为美如"观音"、"神"和"仙人"。与此相对的是沈从文的"乡村抒情想象"体作品中常常出现的"大臀大奶"的乡下妇人——"娼妓"，她们是世俗肉欲的

---

① 《第一次做男子的那个人》，见《沈从文文集》第 2 卷，第 109 页。其实中国女性文学研究的开拓者谭正璧《中国女性文学史》（上海：光明书局，1935 年 7 月）已经注意到"女性的物化"问题："在唐人诗中，虽然也有人在写下层女性的痛苦，象白居易一流人的作品。但在同时，女性却写成了物品，'一枝红艳露凝香'，'芙蓉如面柳如眉'……粗看好像尊重女性，其实早把女性物品化了。但这个历史也很久长，像宋玉的《登徒子好色赋》，曹植的《洛神赋》，都已特别写出女性美，而用物品作象征。宋人词中，这情形尤为显著。至于唐人传奇中所写女性，象红拂妓及聂隐娘一流人物，都是理想中人物，因为传奇本来十九是理想。但从这个理想中，却反映了当时女性的柔弱……"引自《中国女性文学史》，天津：百花文艺出版社，2001 年 1 月，第 10 页。

② 《曙》，"我的妹子"已经对"做女人的事业"和"你们是神圣，倘若神也有工作"做了否定，叙述者"我"依然奉劝"她"，"我的意思是愿你这样混下去"，并把学校内都市化的少男少女斥为"魔鬼"，见《〈现代评论〉第二周年纪念增刊》，第 240～250 页，北京。

③ 在中国语境中，这种"怀春"情绪可以追溯至《诗经》。《诗经·野有死麕》的"野有死麕，白茅包之，有女怀春，吉士诱之。林有朴樕，野有死鹿，白茅纯束，有女如玉。舒而脱脱兮，无感我帨兮，无使尨也吠"，可以看作是沈从文诸多文本的原始母题。沈从文的《看虹录》很大程度上就是这个古老母题的重写，《采蕨》、《阿黑小史》、《边城》等作品也有此母题的强烈影响。

承担者，是粗野情欲的象征。在"都市讽刺写实"体作品中，"绅士的太太"和娼妓的边界变得模糊，均具有"小鹿"般轻捷纤柔的形体，"观音"般的神性；同时，其羞怯而情欲的目光常常引起都市男性的爱欲冲动，具有肉欲的魔力。在"经典戏拟重构"体作品中，也常常出现这种"神性"和"魔性"混合的女子形象，有时甚至是"女性化的母鹿"，或"母鹿化的女人"，比如《扇陀》中的"母鹿"和《爱欲》中"母鹿所生的女孩"。

概而言之，沈从文作品中作为爱欲对象的女性可分为泾渭分明的两种基本类型。一种类型往往"有一个黑黑的脸，一双黑黑的手……是有这样一个人，象黑夜一样，黑夜来时，她也仿佛和我接近了"，[①] 可归结为"夜"，是"爱欲"之魔性的、肉欲的一面的化身，其代表者是娼妓，她们可以使男性肉体的紧张得以舒展；与之相对的另一种类型主要出现在《月下小景》、《神巫之爱》、《自传》等作品中，则可被归结为"昼"，是"爱欲"之神性的、精神的一面的化身，近似于美丽的、白衣飘飘的"观音"[②]，可以使男性灵魂飞扬上升。在这两种基本类型之间，也有转换和过渡型的世俗人物，如《自传》和《一个大王》中出现的那个"押寨夫人"，最后走向天主堂。她们的形貌与神情基本上也是类型化的，换句话说，是有限的几种人物类型在不同文本中反复出现。

在沈从文的作品中作为爱欲主体的青年男子，也具有两种基本类型：一种类型有着自然的、野性的、兽性般的"性"欲望，行动直接爽快，其代表为粗野的水手和士兵；另一种类型文雅节制，或抑郁胆怯，内心充满了"爱"的柔情，其代表为反复出现在诸多文本中的一个"白面长身的少年"。但是，更值得研究者注意的却是这两种基本类型混合而成的一个中间类型。在《阿黑小史》和《采蕨》中的"五明"、《雨后》中的"四狗"和《萧

---

① 沈从文：《新废邮存底（二）》，《沈从文文集》第 12 卷，广州：花城出版社、香港：三联书店，1984 年 7 月，第 13 页。文末标注："这个信，给留在美国的《山花集》作者。"参见沈从文《〈山花集〉介绍》，《山花集》是刘廷蔚的诗集。沈从文称赞它"能以明慧的心，在自然里凝眸，轻轻的歌唱爱和美"，"用透明的情感，略带忧郁，写出病的朦胧的美"，"皆有一种东方的秀气惊人的美，以及地丁翠菊的扑鼻的香"。（《沈从文文集》第 11 卷，广州：花城出版社、香港：三联书店，1984 年 7 月，第 187～188 页）。

② 沈从文笔下的美好女子，潜隐着一个"观音"的原型，但不是性情慈悲而是像观音般美丽多情。从湘西地观音像前至今繁盛的香火，可以推测出沈从文笔下的"观音原型"有一种浓烈的地域、宗教与心理根源。但是，在古典中国的文学谱系内，是否早已把这种观音与美丽妖冶的女性连接在一起呢？《古本董解元西厢记》已经存在这种现象，参阅该书卷第一《仙吕调·昔黄花》"莫推辞　休解劝　你道是有人家眷，我甚才见水月观音现"，"何观音之有，此乃崔相幼女也"，及卷第三《中吕调·迎仙客》"宜淡玉称梅妆，一个脸儿堪供养，做为挣百事铨，只少天衣便是捻塑来的观音像"。

萧》中的"花狗",都以"狗"作为情欲化的、胆怯的男子的隐喻。《边城》中翠翠和黄狗的如影随形,《三个男人和一个女人》中少女和两只白狗的时刻相伴,都似乎别有深意。也许和苗族的起源故事(神犬和少女婚配生子)相关吧。

顺便言及而无法展开的是,由于小说家在小说中可以自我分身,化为不同的人物,以不同的方式接近他的爱欲对象,而不必像现实中那样固定在有限的一个或几个人身上,所以作为作者、叙述者与人物重叠的一种叙述方式,沈从文的小说中反复出现的"我"——一个白脸、长身、纤弱、多病或压抑而敏感的年轻男子的复现,也是"反复的诗学"一个值得考察的元素。它贯穿了沈从文的众多作品,有时披上一层客观人物的外衣,化身为稍有变化的一系列人物。这不仅是作者自身的投射,更是一种有意识的叙事策略。**这种作者、叙述者兼人物的复现**不但在真实与虚构、模仿与独创之间造成一种难以归类的特殊性,而且使以"短篇小说"闻名的沈从文的诸多作品形成一种内在的"整一性"。在一种强烈的焦灼中,由"乡"而"城"、由"兵"而"士"的漫游中,沈从文以写作进行自我疗伤,使伤痛的情绪转化为或狂乱或精美的文字。这也许就是"病蚌成珠"吧!

"反复叙事"与爱欲变奏。说穿了,沈从文**"反复叙事"**的真正主旨是**"爱欲"**,是爱欲的各种形式。沈从文小说的主题是"爱欲","反复叙事"出现的原因也在于此。一切形式的欲望变奏中,不变的是对欲望的执着。沈从文对"人性的形式"的关注,其实是以"爱欲"为核心的。不论"都市讽刺写实"体小说还是"乡村抒情想象"体小说皆是如此,"拟十日谈"等"经典戏拟重构"体小说也不例外。只不过"都市讽刺写实"多了一种贴身的焦灼感、紧迫感与压抑感,融入嘲讽——嘲讽"爱"对"欲"的压抑,或展现二者分离的可悲可笑(这与"五四"的"爱的解放,人的自觉"有较大差异);或嘲讽"欲"的伪装与变相的满足,揭露都市人物体面面具下的"虚伪"。"乡村抒情想象"体作品悠缓的乡土抒情和梦幻营造相对较为自由、较少拘谨,融入诗的抒情质素和古典的女性化的"怀春",男子一般而言更带野性与兽性的力量,更易受到爱欲冲动的支配。"经典戏拟重构"则被放置在古远的时间框架里,展示爱欲在神仙与凡人、王族和贱民之间的流转粘附。在具体文本中,爱欲主题常常呈现为三种模式:爱欲的压抑受挫、爱欲的舒展满足和爱欲的流转迁延。

要之,**"反复叙事"的真正主旨是"爱欲",是爱欲的各种形式。**唯有从此着眼,沈从文的"模式化"和"单调"的写法,才可以得到较为妥当地解释。唯有从此入手,沈从文对妓院之爱欲的温情脉脉的展现才可以理解。在种种“爱欲的变奏”中，沈从文从赋予“民族”与“个人”以血性和生命力的角度来处理“爱欲”主题，部分延续中国古典诗词传奇对歌妓的歆羡赏玩，对诗酒风流的向往，从而形成现代文学内部的“艳情文学”。这种展现，一方面上承中国传统文人对歌妓歆羡的余绪，另一方面接过“五四”反禁欲主义的旗帜，以爱欲的张扬作为民族重塑与重造的根本，和个人生命力的体现。这种观念当然自有它不可替代的价值，但是加以绝对化，则不免走向其初衷的反面。

（本文发表于《中国现代文学研究丛刊》2004年第2期，第162～185页，2004年4月，北京）

余论："汉语诗性"的复归与重建

——沈从文小说的历史回响

一　沈从文"叙事话语"的形成与解体

综上所述，沈从文最初的文学尝试以日记体、笔记体和书信体为中心，他在 1924～1927 年写作发表的《公寓中》系列、《遥夜》系列、《篁君日记》系列、《怯步者笔记》系列与《狂人书简》系列，即从此类当时颇为流行的文体入手，来抒写一个初入城中的"乡下人"的紧张与惶惑。他同时接受当时的"乡土文学"、"自传式小说"与民俗歌谣研究的影响，向个人、民族与乡土的深处大胆探索，又对被动地从西方引入的现代都市文化和基督教文化保持敏锐的感知和审慎的关注。由此而进，在对"乡下人"身份的自我坚执中，沈从文在"创作盛期"创造出了三种文体："都市讽刺写实"、"乡村抒情想象"与"经典戏拟重构"，三者均获得了令人瞩目的成就。这样，沈从文的叙事话语也基本成形。沈从文的"叙事话语"以"爱欲主题"为核心，采用叙事者和人物不断分身变换的手段，通过异质因素的"互观"（视点问题）与同质因素的"反复"（分"延时性反复"与"叠合性反复"两种形式，分别是文本内部的节奏和相关文本之间的交织互释问题），使文本空间获得了内在的张力，和纷繁错综中的整体感。沈从文的个人伤痛记忆，也在写作的自我疗伤过程中得到了某种程度的释放。

但是上述特征的形成，也隐伏着自我禁锢的开始。沈从文"创作后期"较为著名的《烛虚》、《七色魇》和《看虹摘星录》等作品实际是"创作盛期"三种类型的糅合，它们保持了对"爱欲主题"的探索，延续了初期和盛期常常出现的"叙述者"的"我"、"人物"的"我"与"隐含作者"的"我"合一的叙事策略，但是，各种因素只是松散地并置在文本中，成为一种模糊的碎片，代表着俯视人间万物渺小生命的或冷漠或仁慈的超验视角，对外在故事和具体生命形式的叙述也大大简化，不同生存体验中的内在紧张与断裂消失不见，叙述退缩到内心，完全倚重精神分析学对生命与爱欲的解释，只是“追逐－诱惑－逃避”和“隔膜－宽容”结构所支配的“客厅传奇”的反复与放大。表面上，这与 20 世纪 20 年代郁达夫的“自渎小说”一脉相承，但其叙述角度实际已经从自我与外界的紧张对峙及其所隐含的对社会的叛逆，转变成自我在时间之流中的性漫游——追逐与逃避，外在的冲突力量蜕变为自我在时间中的分裂，而“女人”或“偶然”，不论在 20 年代还是在 40 年代，都只是被猎捕的对象，而无多少改观。当都市的受挫与乡村的怀想对“爱欲”的阐释动力都消失时，沈从文想表述一种在性爱中的自由漂流，沉醉在“偶然”与“必然”两种抽象范畴之间，显示出一种内心分裂的征兆。这种用抽象哲理来填充性爱漂流的片断，已经丧失了他所塑造的“乡下人的坚执”，而滑向“城里人的游移”。表面上身份的转换令人吃惊，但这只是早期隐匿的“城里人自我形象”的呈现与延续罢了。这样，沈从文作品根本性的嘲讽与奇幻魅力也消退了，曾经非常成功的两种叙述者的“分身”——（“乡下人”与“城里人”）也合而为一，并且文本中的“我”渐渐与作者等同。牢不可破的“自我”依然是“流动的视点”的中心视点，只是文本变成了“内心的游记”。“我”或“他”与“猎物”的性别的不平衡也依旧延续。虽说语言与叙述技巧炉火纯青，但是整体框架并没有得到突破。沈从文创作盛期的“都市讽刺写实”、“乡村抒情想象”与“经典戏拟重构”在相互消解融合中取消了自身。20 世纪 50 年代，沈从文试图有所突破，但未能成功。在《新湘行记——张八寨二十分钟》里，沈从文的“乡村抒情想象”（亦称为“乡村传奇”）被现实生活无情地解构了。他一贯的叙述者“我”——在爱欲河流中自由不滞的我，也随着作者的老去、作者与“乡下人”身份的隔膜疏离和自信的乡下女孩子的抵触，不能延续下去了。沈从文的“乡下人”立场，在与新的“翠翠”的对峙中，全面溃败。这样，沈从文的“我”的游移，转向了自我的否定。这种否定虽然本质上是另一个自我的释放与稳固确立，但是沈从文不能完全认同这个“城里人”的自我。在无法确立叙事者的情况下，最聪明的策略就是停笔了。我认为这是沈从文在新中国成立之后作品很少、转向文物古籍与民间艺术研究的内在原因。

二 复活"汉语诗性"的启示

沈从文作品的叙事话语与汉语文学特质("汉语诗性"①)有着不可分割的血肉联系,这也是沈从文小说"复活"并发生影响的最基本原因。

以表现爱欲主旨为核心的"反复"和以展现不同文化"异质视点的互释"为根本的"互观",不仅使人们对沈从文作品内部诸多叙事元素有一个整体性的把握,而且有助于理解沈从文作品对经典的模仿与个人的独创性两种对立因素的糅合。由于这种叙事策略,许多被"五四文学"口头否定的中国古典文学元素,在沈从文的作品中得到承袭和复现,从而获得了新生。《边城》的成功,有一个原因是对"白话"和"文言"的巧妙兼容,诗质抒情和传统白话小说俚俗情绪的对比错综。其实,在宋元戏曲、明清传奇与古典小说的系统内,诗性抒情的典雅意境和笑话俚语的粗俗诙谐一直并存,雅言和俗语也一直交替呈现。② 沈从文的作品,从某种意义上延续了这种特点,并且有新的发展。这也是沈从文在创作《边城》等作品时,所追求的"民族性"。沈从文以他的"湘西世界"为支点与资源,重建了虚构性文本与现实的关系。

这也是影响研究③关心的问题,但是单从影响的角度不足以解释这种"复现"和"反复"的魅力。在沈从文的意识和实践中,这种复现是去除拘

---

① "汉语诗性"这个概念最初为诗人任洪渊和郑敏等人在 20 世纪 80 年代末提出,他们从语言本体论层面关注现代汉语的特质,倡导从"五四"白话文的"浅白窒桎"中恢复汉语的多样性、丰富性,增强汉语的内在活力。其实 20 世纪 80 年代的"寻根小说",除受拉美"魔幻现实主义"文学的外来刺激外,其内在动力也是重新寻找中国文学(特别是小说)的"根",有不少小说家(比如汪曾祺、阿城、莫言等人)在小说写作中探索"汉语特质",把目光投向现代汉语的"质地"。

② 沈从文作品所表现的叙事机制和"汉语诗性"的关系问题,在中国虚构叙事文的萌芽期已初见端倪。如果追溯,《古本董解元西厢记》是一个不可忽视的个案。它最初是金元诸宫调的底本。诸宫调为边说边唱,以一说唱人为中心,说唱人时时变换口吻与身份,说近念白,唱有乐器伴奏。"说辞"是白话,是简洁的、接近史传体和小说体的口语叙事,"唱辞"是文言,是模拟或引用诗歌辞赋等体裁的诗语抒情。诗语,有即时性意味,舒展在唱词所造幻景中的,是诸宫调中人物所处的时空,人物在特定时空之一点沉迷,同时展着一种诗语叙事的努力;口说,有追叙的意味,是说唱人在自我时空中对唱词中人物所处时空的回溯,带有审视的意味,并有知前解后之智慧。这里最值得关注的是说唱人的视点、话语和诸宫调中人物的关系。说唱人之转叙和评论说唱中人的语言行为,在虚构和真实之间,在诸宫调时空与说唱人自我历史时空之间自由出入。这种"说唱人"角色和类似的"说书人"口吻,是中国白话小说的重要叙事特征之一。

③ "影响研究"是比较文学研究的基本方法之一。

执、吸纳新鲜血液，使传统文言文和新语体文二者"重新融会、重新组织"的过程。这归根结蒂，是民族"思想情绪重铸重范"的一种方式。这样，沈从文的作品就从五四新文化的"破旧立新"冲动，最终走向对新旧边界的超越。20 世纪 40 年代中期，两种政治文化①夹缝之间夭折的"文艺复兴"运动，就是这种思想在现实中的一种表现。

1936 年艾米丽·哈恩和辛墨雷在《边城》英译本的《序言》里，盛赞沈从文小说的风格是"简洁、明澈、富于音乐性的"，具有内在的"散文性韵律"，"他的作品具有很好的质地，敏感而纯粹。事实上，他已经比任何现代中国作家做了更多，以建立一种新的通俗文学流派"，并且非常敏锐地发现了"沈从文先生文体的特征正是具有大量的解释性文字"。针对中国小说的复杂历史和西方现代虚构作品和观念的传入，艾米莉·哈恩和辛墨雷认为，"中国的新小说可以被称为对中外所有经典的精心漠视的结果。就是说尽管在英语中没有翠翠（Green Jade and Green Jade）的精确对应物，沈从文先生也不得不在有权力漠视它们之前谙熟所有的经典"。②

这两位《边城》最早的英译者对沈从文文体与风格的评价是准确的，他们对中国新小说与中外文学经典的关系的判断，也非常有助于我们重新理解中国现当代文学与中外文学传统的关系。其实，与其说中国现当代文学承受着两大传统的沉重压力，不如说两大传统的撞击也给中国现当代文学留下了独特的成长空间。在中外两个传统的"互观"和"互释"中，在中国现当代社会要求"赋形"的强烈呼吁中，"汉语诗性"终将得到复归与重建。沈从文小说的文体和风格，为我们深入思考这个问题，提供了一个难得的契机。

三　"寻根小说"与"个人化写作"的源头

沈从文的作品具有强烈的"当代性"。其"自我意象"与"民族认同"，叙事时间的"返溯性的近乎永恒的静止感"与"动荡的难以延宕的当下感"，叙事空间的"自足的完满"或"逼仄的压抑与紧张"分别在当代文学的不同时期得到了强有力的复现。

如果说，20 世纪 80 年代"寻根"文学吸取拉美"魔幻现实主义"之力在中国文学中引起震动的话，那么沈从文的小说则是这种文学"寻根"冲动

---

① 指携手御外而又逐鹿中国的国民党的政治文化和共产党的政治文化。

② Green Jade and Green Jade, Preface, *T'ien Hsia Monthly*, Vol. 2, 1936, Jan. 15, 上海。原文为英文，此段所引中文文字为笔者所译。

的先驱。沈从文的部分"乡村抒情想象"体作品（比如《龙朱》等作品）以"衰落的子孙追述先祖的光荣"的叙事姿态，为"寻根小说"的叙事做了铺垫，以"反溯性的时间"、"乡野性的空间"使"民族认同"在"城/乡"、"文/野"、"古/今"等范畴中得到"重建"和"重构"。我们知道，沈从文一向主张以"爱欲"来恢复衰微民族的野性和活力，进行民族的"重造"。这其实也是"寻根小说"的一个基本主题。另一方面，沈从文的作品对"汉语诗性"的容纳和开掘，也为汪曾祺、阿城、莫言等"寻根"小说家的语言和文体尝试建立了典范。其中，汪曾祺的"大淖记事"类作品的"乡村艳情"主题和"笔记体"趣味，阿城"棋王/树王/孩子王"类作品对"汉语诗性"与"道"的复归，甚至莫言的"通感"式叙述，在沈从文的作品中都可找到先声。由于汪曾祺是沈从文在西南联大的弟子，他对中国古典笔记和传奇体小说产生持久兴趣，受沈从文影响的痕迹非常明显，所以这里存而不论。阿城与沈从文的类似之处，一方面在于他小说的语言——简洁凝练，融合方言和文言成分，质地坚实有力，又散发着一种古奥典雅意味；另一方面在于他的小说对简单平实的生活细节中"道"的呈现。阿城过滤掉日常生活的艰辛无奈，专注于发掘其自然自在意韵。这在沈从文的作品中非常多见，比如沈从文的短章《赌道》就是表述在"赌博"的娱乐方式中寄托生命尊严和意义的体验。莫言的小说以"通感"的技巧著名，他充分发展了现代汉语传达人的多种知觉体验的能力，使一度干瘪空洞的现代汉语恢复了内在活力，但是这种语言"通感"在沈从文《从文自传》、《湘行散记》等灵动有致的行文中已有精彩表现。莫言的长篇小说《檀香刑》更是在主题和结构上深受沈从文的小说《刽子手》的影响，当然，后出能精，《檀香刑》的内涵更为丰富。

沈从文的创作对"寻根文学"的影响不可忽视，但是我们也要注意到他对民族的历史和性格"缺乏批判力"，使其创作对异域"奇观化"的猎奇视角常常不自觉地迎合，这也是文学"寻根"的警戒。

如果说沈从文以"爱欲"为主旨的民族"重构"和"重造"思想不期然地为"寻根小说"预埋下了思想基础的话，那么，沈从文以"爱欲"为核心的个人"重构"和"重造"思想同样为20世纪90年代的"个人化写作"和"身体写作"① 开了先声。

---

① 所谓"个人化写作"和"身体写作"，是中国当代文学中20世纪90年代以来延续至今的两种创作倾向。它们拒绝表达个人生活以外的世界，专注于发掘"个人的世界"的欢欣和伤痛，文笔细腻深邃，或追求一种浅表化的宣泄快感。部分男性作家的作品也具有这种特征，但是最有影响的作家还是女性作家，所以我在本文中不惜以偏概全，得出上述断语。

　　从某种意义上说，20 世纪 90 年代的"个人化写作"可以被认为是沈从文作品的"自我意象"的延伸，沈从文小说的都市叙事力量和"爱欲"主题在 90 年代的新发展。虽然"个人化写作"与他的"民族寓言"相反动，却与沈从文"单独的、个体的立场"有相应之处，与宏大政治叙事有着根本的内在异质性。沈从文的"都市讽刺写实"体小说及其变体"都市艳情"体小说，可以被看作"个人化写作"的前奏。一方面，因为沈从文的小说中叙述者、人物与隐含作者合一的"我"，为"个人化写作"树立了叙述惯例；另一方面，沈从文对爱欲主题的关注也是"个人化写作"反复表现的中心主题。如沈从文在《都市一妇人》、《楼居》、《女剧员的生活》等作品中，就以审视和歆羡并存的眼光描述"我"的"爱欲旅行"和有趣的都市艳情故事，并注入个人经历的挫折和内心的伤痛。不过"个人化写作"相对于沈从文的"都市艳情"也有改变：叙述者由"男性的我"转变为"女性自叙的我"（比如在陈染、林白、海南和卫慧等人的小说中），叙述视角由男性的"猎艳"、"炫奇"或自曝伤痛，转为女性的展演情欲或自我申述。这样，在沈从文"都市艳情"体小说中沉默无言、常常是爱欲对象的被言说者"她"，在"个人化写作"中开口说话了。作为男性爱欲旅行之景观的女人——物化的女人，成为"我"，成为自我生命和爱欲的主体。"身体写作"则进一步呈现了女性的"我"自成一体的生命和爱欲知觉。因此，我们可以说"个人化写作"和"身体写作"是女性主义作家对沈从文的"客厅传奇"和"都市艳情"体作品的颠覆与重构；但反过来看，这种策略仍然是"都市艳情"的一种延续和发展（沈从文和丁玲的部分作品，即这样相反相成）。同样，沈从文"都市艳情"体作品和"客厅传奇"体作品的缺陷，其实也成为"个人化写作"和"身体写作"难以回避的内在弱点。

　　所以，沈从文给我们所留下的既是难以企及的文学丰碑，也是易于沉溺的爱欲潭水。也许，这正是小说家的复杂性和多面性的一种表现吧！

（本文为硕士论文《"互观"与"反复"的交织——论沈从文小说的叙事话语及其文化内涵》的第四章）

《边城》版本与"反复的诗学"

沈从文的《边城》有三类版本值得研究者关注：A. 1934 年北京初版本（A1.《国闻周报》初刊本与 A2. 1934 年 10 月上海生活书店初版本），B. 1941 年昆明"重校本"〔凌宇 B1. 1982 年《沈从文文集》第 6 卷与 B2. 1995 年《沈从文小说选（下）》均属于这一系统〕，C. 1957 年北京"校正本"（1957 年 10 月人民文学本）。后来的一系列版本都是在这个基础上有所取舍而成。因此，下面首先要对这三类版本作一简单的对比。

1. A1 第 11 卷第 1 期第 7 页：由四川过湖南去，靠西有一条官路。

B、C：由四川过湖南去，靠东有一条官路。

2. A1 第 11 卷第 1 期第 7 页：渡船头树了一枝小小竹竿，挂着一个可以活动的铁环，溪岸两端水面牵了一段废缆，有人过渡时，就把铁环挂在废缆上，船上人则引手攀缘那条横缆，慢慢的牵船过对岸去。

B1 第 74 页：渡船头树了一枝小小竹竿，挂着一个可以活动的铁环，溪岸两端水槽牵了一段废缆，有人过渡时，把铁环挂在废缆上，船上人就引手攀缘那条缆索，慢慢的牵船过对岸去。

B2、C 第 208 页：渡船头树了一根小小竹竿，挂着一个可以活动的铁环，溪岸两端水面横牵了一段竹缆，有人过渡时，就把铁环挂在竹缆上，船上人就引手攀缘那条缆索，慢慢的牵船过对岸去。

3. A1 第 7 页：但不成，不管如何还是有人要把钱的，管船人也为了心安起见，便把钱托人带到茶峒去买茶叶和草烟，把茶峒出产的上等草烟，挂在自己腰边，过渡的谁需要这东西皆慷慨奉赠。估计那远路人对于身边草烟引起了相当注意，便把一小束草烟扎到那人包袱上去，一面说："不吸这个吗？这好的，这妙的，送人也很合适。"茶叶则在六月里放进大缸里去，用开水泡好，给过路人解渴。

B1 第 74 页：但不成，凡事求个心安理得，出气力不受酬谁好意思，不管如何还是有人把钱的。管船人却情不过，也为了心安起见，便把这些钱托人到茶峒去买茶叶和草烟，将茶峒出产的上等草烟，一扎一扎挂在自己腰边，过渡的谁需要这东西必慷慨奉赠。有时从神气上估计那远路人对于身边草烟引起了相当注意时，便把一小束草烟扎到那人包袱上去，一面说："这好的，这妙的，味道蛮好，送人也很合适。"茶叶则在六月里放进大缸里去，用开水泡好，给过路人解渴。

B2 第 208 页、C 第 227 页：但是，凡事求个心安理得，出气力不受酬谁好意思，不管如何还是有人把钱的。管船人却情不过，也为了心安起见，便把这些钱托人到茶峒去买茶叶和草烟，将茶峒出产的上等草烟，一扎一扎挂在自己腰边，过渡的谁需要这东西必慷慨奉赠。有时从神气上估计那远路人对于身边草烟引起了相当注意时，便把一小束草烟扎到那人包袱上去，一面说："这好的，这妙的，看样子不成材，巴掌大叶子，味道蛮好，送人也很合适。"茶叶则在六月里放进大缸里去，用开水泡好，给过路人随意解渴。

4. A1 第 7 页：年纪虽那么老了，本来应当休息了，但天不许他休息，他仿佛便不能同这一分生活离开，他从不思索职务对于本人的意义，只是静静的在那里很忠实的生存下去。……是那个伴在他身旁的女孩子。他唯一的朋友是渡船与黄狗，唯一的亲人便只那个女孩子。

B1 第 74 页：年纪虽那么老了，本来应当休息了，但天不许他休息，他仿佛便不能同这一分生活离开，他从不思索职务对于本人的意义，只是静静的很忠实的在那里活下去。……是那个伴在他身旁的女孩子。他唯一的朋友为一只渡船和一只黄狗，唯一的亲人便只那个女孩子。

B2、C 第 227 页：年纪虽那么老了，骨头硬硬的，本来应当休息了，但天不许他休息，他仿佛便不能同这一份生活离开，他从不思索职务对于本人的意义，只是静静的很忠实的在那里活下去。……是那个近在他身旁的女孩子。他唯一的伙伴是一只渡船和一只黄狗，唯一的亲人便只那个女孩子。

文字上的修饰与雕琢，在下面比比皆是，不再一一列举。这种修饰，使语言更为精致、文雅、谐趣，特别是有的行文间增加"用典意味"的书面语与当地口语，使语言典奥古雅而贴近土地，有时则向白话文体的通行文体进行有限度的归附。作者在这三种向度中，造成了一种微妙的平衡。

5. A1 第 7 页：女孩子的母亲，老船夫的独生女，十五年前同一个茶峒军人很秘密的背着那忠厚爸爸发生了暧昧关系。有了小孩子后，圆成军士便想约了她一同向下游逃去。……军人见她无远走勇气，自己也不便毁去作军人的名誉，就心想一同去生既无法聚首，一同去死当无人可以阻拦，首先服了毒。女的却关心腹中的一块肉，不忍心，拿不出主张。事情业已为作渡船夫的父亲知道，父亲却不加上一个有分量的字，只作为并不听到过这事情一样，仍然把日子过下去。女儿一面怀了羞惭一面却怀了怜悯，仍旧守在父亲身边，把腹中小孩生下后，却喝了许多冷水死去了。在一种奇迹中这遗孤居然已长大成人，一转眼便十三岁了。为了住处两山多篁竹，翠色逼人而来，故老船夫随便为这可怜的孤雏拾取了一个近身的名字，叫作"翠翠"。

B1 第 75 页：……就心想：一同去生既无法聚首，一同去死应当无人可以阻拦，首先服了毒。……父亲却不加上一个有分量的字眼儿……仍然把日子很平静的过下去。……仍守在父亲身边，待到腹中小孩生下后，却到溪边故意喝了许多冷水死去了。在一种近于奇迹中，这遗孤居然已长大成人，一转眼便十三岁了。……翠色逼人而来，老船夫随便为这可怜的孤雏拾取了一个近身的名字，叫作"翠翠"。

B2 第 208 页：女孩子的母亲，老船夫的独生女，十五年前同一个茶峒囤防军人唱歌相熟后，很秘密的背着那忠厚爸爸发生了暧昧关系。有了小孩子后，结婚不成，这囤戍军士便想约了她一同向下游逃去。……囤戍军见她无远走勇气，仍然把日子很平静的过下去。……依旧守在父亲身边，等待腹中小孩生下后，却到溪边故意喝了许多冷水死去了。在一种近于奇迹中，这遗孤居然已长大成人，一转眼便十五岁了。为了住处两山多竹篁，老船夫随便给这可怜的孤雏，拾取了一个近身的名字，叫作"翠翠"。

C 第 227 页：女孩子的母亲，老船夫的独生女，十七年前同一个茶峒囤防军人唱歌相熟后，很秘密的背着那忠厚爸爸发生了暧昧关系，有了小孩子后，结婚不成……就心想一同去生既无法聚首，一同去死应当无人可以阻拦……在一场偶然来到的急病中就死了。（下文与 B2 同）

A、B 版本的差异多在文字的修饰与雕琢，意韵的充实与丰满，而改动情节，则是 C 版本与 A、B 版本的显著区别。C 版本通过改动故事的"时间"，与茶峒军人的死因，而勉力使《边城》与新的社会语境（乐观、向上）相协调。与大多数有成就的作家进入人民共和国以后忙于修改旧作，以符合新的意识形态规范一样，沈从文也感到了他过去的作品与当下语境的触目的牴牾。但他这种生硬的修改，只是把这种牴牾置入其文本内部，破坏了文本的内在和谐罢了。

6. A1 第 7 页：翠翠在风日里长养着，故把皮肤变得黑黑的，触目为青山绿水，故眸子清明如水晶，自然既长养她且教育她，故天真活泼处处如一只小兽物。人又那么乖，如山头黄麂一样，从不想到残忍事情，从不发愁，从不动气，在遇陌生人对她有所注意时，把光光的眼睛瞅着那陌生人，作成随时皆可举步逃入深山的神气，但明白了人无机心后，就又从从容容在水边玩耍。

B1 第 75 页：翠翠平日在风日里长养着，把皮肤变得黑黑的，触目为青山绿水，一对眸子清明如水晶，自然既长养她且教育她，为人天真活泼，处处俨然如一只小兽物。人又那么乖，如山头黄麂一样，从不发愁，从不动气。平时在渡船上遇陌生人对她有所注意时，便把光光的眼睛瞅着那陌生人，作成随时皆可举步逃入深山的神气，但明白了人无机心后，就又从从容容的在水边玩耍了。

B2 第 209 页，C 第 228 页：……眸子清明如水晶……。天真活泼，处处俨然如一只小兽物。人又那么乖，和山头黄麂一样，从不发愁，从不动气。平时在渡船上遇陌生人对她有所注意时，便把光光的眼睛瞅着那陌生人，作成随时都可举步逃入深山的神气，但明白了面前的人无机心后，就又从从容容的在水边玩耍了。

7. A1 第 8 页：有时过渡的是从川东过茶峒的小牛，是羊群，是新娘子的花轿……牛羊花轿上岸后，翠翠必跟着走站到小山头，目送这些东西走很远了，方回到船上，把船牵回近家的岸边；且独自低低的学小羊叫着，学母牛叫着。

B1 第 76 页：……目送这些东西走去很远了，方回转船上，把船牵靠近家的岸边。且独自低低的学母牛叫着，学小羊叫着，或采一把野花缚在头上，独自装扮新娘子。

B2 第 209 页，C 第 229 页：牛、羊、花轿上岸后，翠翠必跟着走，送队伍上山，把船牵回近家的岸边；且独自低低的学小羊叫着，学母牛叫着，或采一把野花缚在头上，独自装扮新娘子。

8. A1 第 9 页，B1 第 78 页：那条河水便是历史上知名的酉水，新名字叫作白河。……一个对于诗歌图画稍有兴味的旅客，在这小河中，蜷伏于一只小船上，作三十天的旅行，必不至于感到厌烦，正因为处处有奇迹，自然的大胆处与精巧处，无一处不使人神往倾心。

B2 第 210 页，C 第 231 页：……一个对于诗歌、图画稍有兴味的旅客，在这小河中，蜷伏于一只小船上，作三十天的旅行，必不至于感到厌烦。正因为处处有奇迹可以发现，人的劳动的成果，自然的大胆处与精巧处，无一时无一地不使人神往倾心。

沈从文在游记、古诗与民歌、地志等体裁中汲取养分，把它们的意境与笔法融入小说。翠翠既取法了《聊斋》写娇憨女子、天真女子的笔意，也化用了翠竹修篁在唐人诗歌中的意韵，山水的简洁传神笔调，又与郦道元的《水经注》的轻灵流丽有着明晰的传承关系。

9. A1 第 9 页：这地方只一营由昔年绿营囤丁改编而成的戍兵，及五百家左右的住户。地方还有个厘金局，办事机关在城外河街下面小庙里，局长则住在城里。一营兵士驻在老参将衙门，除了号兵每天上城吹号玩使人知道这里驻有军队以外，兵士皆仿佛并不存在。

B1 第 79 页，B2 第 211 页，C 第 231 页：这地方只一营由昔年绿营囤丁改编而成的戍兵，及五百家左右的住户。（这些住户中，除了一部分拥有了些山田同油坊，或放账囤油、囤米、囤棉纱的小资本家外，其余多数皆为当年囤戍来此有军籍的人家。）地方还有个厘金局，办事机关在城外河街下面小庙里，经常挂着一面长长的幡信。局长则住在城中。营兵士驻扎老参将衙门，除了号兵每天上城吹号玩，使人知道这里驻有军队以外，其余兵士皆仿佛并不存在。

用阶级分析的方式对山城茶峒的风俗人家进行阶级的分类，这与《边城》的整体并不协调，而是十分突兀的附加元素。乡城中的兵士闲暇间的驻扎，一向是沈从文沉迷的，《三个男人和一个女人》、《吹箫的二哥》等对此有充分的表现，文字上的修饰，改变了几个硬伤，"信幡"增加了风俗情调。

10. A1 第 9 页：又或可以见到几个妇人，穿了浆洗得极硬的蓝布衣裳，挂着白布围裙，在日光下一面说话一面做事，一切总永远那么静寂，所有人民每个日子仿佛皆在这种寂寞里过去。一份安静增加了人对于"人事"的思索力。

B1 第 79 页：又或可以见到几个中年妇人，穿了浆洗得极硬的蓝布衣裳，胸前挂着白布扣花围裙，躬着腰在日光下一面说话一面做事，一切总永远那么静寂，所有人民每个日子皆在这种单纯寂寞里过去。一份安静增加了人对于"人事"的思索力，增加了梦。

B2 第 211 页，C 第 232 页：又或可以见到几个中年妇人，穿了浆洗得极硬的蓝布衣裳，胸前挂着白布扣花围裙，躬着腰在日光下一面说话一面做事。一切总永远那么静寂，所有的人每个日子都在这种不可形容的单纯寂寞里过去。一份安静增加了人对于"人事"的思索力，增加了梦。

文字的变动，使风景与人物具有精雕细刻的浮雕感。把"人民"改为"人"，似乎有意地与当时的意识形态话语保持距离。

11. A1 第 9 页：小饭店门前，常有煎得焦黄的鲤鱼豆腐，身上装饰了红辣椒丝，卧在钵头里，钵旁大竹筒里插着大把红筷子……抽出一双筷子到手上，那边一个眉毛扯得极细，脸上插了白粉的妇人，就走过来问："要甜酒？要烧酒？"男子火焰高的，对内掌柜有点意思的，必装成生气似的说："吃甜酒，又不是小孩，还问人吃甜酒？"那么，酽冽的烧酒，从大瓮里竹筒舀出，倒进土碗里，即刻就来到身边案桌上了。

B1 第80页：小饭店门前，常有煎得焦黄的鲤鱼豆腐，身上装饰了红辣椒丝，卧在浅口钵头里，钵旁大竹筒里插着大把红筷子……抽出一双筷子到手上，那边一个眉毛扯得极细脸上插了白粉的妇人，就走过来问："大哥，副爷，要甜酒？要烧酒？"男子火焰高的，对内掌柜有点意思的，必装成生气似的说："吃甜酒，又不是小孩，还问人吃甜酒？"那么，酽冽的烧酒，从大瓮里竹筒舀出，倒进土碗里，即刻就来到身边案桌上了。

B2 第212页，C 第232页：小饭店门前，常有煎得焦黄的鲤鱼豆腐，身上装饰了红辣椒丝，卧在浅口钵头里，钵旁大竹筒里插着大把朱红筷子……抽出一双筷子捏到手上，那边一个眉毛扯得极细，脸上插了白粉的妇人，就走过来问："大哥，副爷，要甜酒？要烧酒？"男子火焰高的，对内掌柜有点意思的，必装成生气似的说："吃甜酒，又不是小孩，还问人吃甜酒？"那么，酽冽的烧酒，从大瓮里竹筒舀出，倒进土碗里，即刻就来到身边案桌上了。这烧酒自然是浓而且香的，能醉倒一个汉子的，所以也照例不会多吃。

这种两性间若有若无的调情，也是沈从文风俗画式的小说中所习见的。

12. A1 第10页：大都市随了商务发达而产生的某种寄食者，因为商人的需要，水手的需要，这小小边城的河街，也居然有那么一群人，聚集在一些有吊脚楼的人家里。这种妇人不是从附近乡下弄来，便是随同川军来湘后流落的妇人穿了假洋绸的衣服，印花标布的裤子，把眉毛扯得成一条细线，大大的发髻上敷了香味极浓俗的油类。白日里无事，便坐在门口做鞋子，或靠在临河窗口上看水手起货，听水手爬桅子唱歌。到了晚上，则轮流的接待商人同水手，切切实实尽一个妓女的义务。

B1 第8页：……聚集在一些有吊脚楼的人家。……白日里无事，就坐在门口做鞋子，在鞋尖上用红绿丝线挑绣双凤，或为情人水手挑绣花抱兜，一面看过往行人，消磨长日。或靠在临河窗口上看水手起货，听水手爬桅子唱歌。到了晚间，则轮流的接待商人同水手，切切实实尽一个妓女应尽的义务。

B2 第212页，C 第233页：聚集在一些有吊脚楼的人家。……这种小妇人不是从附近乡下弄来，便是……白日里无事，就坐在门口做鞋子，在鞋尖上用红绿丝线挑绣双凤，或为情人水手挑绣花抱兜，一面看过往行人，消磨长日。或靠在临河窗口上看水手起货，听水手爬桅子唱歌。到了晚间，则轮流的接待商人同水手，切切实实尽一个妓女应尽的义务。

这种对妓女生活的理想化叙述也是沈从文作品的一种特质，《柏子》、《丈夫》、《第一次做男子的那个人》，还有一则文字写妓女色衰时拿着一条官人嫖客赠予的绣花腰带自赏沉醉，而她的后继者在进行金钱与性的交易。沈从文同时注意到妓女生活的金钱与性的交易的乏味，和这种交易中残存的人性，但却沉醉于对这种交易的温情的开掘，而忽略对它的残酷与乏味的审视。在郭沫若的《斥反动文艺》中，沈从文受到诟病的也是这类作品。这种对妓女生活的赞赏与沉醉，决定了沈从文"肉欲化的女性观"的形成，虽然他同时存在有"神性化的女性观"，但是，这两种观念始终是分离的。纵然有时他采用"肉欲的即是神性的"，特别是在"爱欲"的血液被寄托于苍白衰弱的民族肢体上时，但更多的时候，在个体的情景中，这种"肉欲化的女性观"更易从人性的歌咏滑向色欲的展演与释放。这也是赵园先生曾经提出要用"女性主义"的视角重新审视沈从文的小说的人性、美等范畴的原因。

　　另一点需要注意的是：沈从文的"乡下人"立场，在这里，在这些真正来自乡下的妓女们面前却退却了。在谈论这些乡下来的妓女时，沈从文并未像他写一个"乡下人"（男性）在都市文化压迫下的苦闷与压抑，反是以赞赏的笔触描述她们的命运与"义务"，并且使这种景况具有一种自然风景般的无动于衷。鲁迅所扶持的萧红的《呼兰河传》在写"金枝进城沦落"时的策略是不同的，虽然同样与民族主义/国家主义的女性立场保持了距离（刘禾在她的论著《语际书写》中对此有精辟分析）。这样，不得不使人怀疑沈从文的"人性"的脆弱与限度了。下文可为代表，这种观念，完全归附在他的"乡下人"与"城市人"的建构之下，《八骏图》和《都市一妇人》可作参照。

　　　　由于边地的风俗淳朴，便是做妓女，也永远那么浑厚，遇不相熟的人，做生意时得先关门再撒野，人既相熟后，钱便在可有可无之间了。妓女多靠四川商人维持生活，但恩情所结，则多在水手方面。感情好的，相互咬着嘴唇咬着脖颈发了誓，约好了"分手后各人不许胡闹"，四十天或五十天，在船上浮着的那一个，同留在岸上的这一个，倒皆呆着打发这一堆日子，尽把自己的心紧紧缚定远远的一个人。尤其是妇人感情真挚，痴到无可形容，男子过了约定时间不回来，做梦时，就总常常梦拢了岸，一个人摇摇荡荡的从船板跳到了岸上，直向身边跑来。或日中有了疑心，则梦里必见男子在桅上向另一方面唱歌，却不理会自己。性格弱一点儿的，接着就在梦里投河吞鸦片烟，性格强一点儿的便手持菜刀，直向那水手奔去。他们生活虽那么同一般社会疏远，但是眼泪与欢乐，在一种爱憎得失间，揉进了这些人生活里时，也便同另外一片土地另外一些年轻生命相似，全个身心为那点爱憎所浸透，见寒作热，忘了一切。若有多少不同处，不过是这些人更真切一点，也更近于糊涂一点罢了。短期的包定，长期的嫁娶，一时间的关门，这些关于女人身体上的交易，由于民情的淳朴，身当其事的不觉得如何下流可耻，旁观者也就从不用读书人的观念，加以指责与轻视。这些人既重义轻利，又能守信自约，即便是娼妓，也常常较之讲道德知羞耻的城市中人还更可信任。

13. A1 第 11 页：掌水码头的名叫顺顺，一个前清时便在营伍中混过日子来的人物……买了一条六桨白木船，租给一个穷船主，代人装货在茶峒与辰州之间来往。气运好，半年之内船皆不坏事，于是他从所赚的钱上，又讨了一个略有产业的白脸黑发小寡妇。数年后这河上他就有了八只船，一个妻子两个儿子了。……

到十九年，他的儿子大的已十六岁，小的已十四岁。两个年青人皆结实如小公牛……

A1 第 11 卷第 2 期第 7 页：顺顺年青时便是一个泅水的高手……但一到次子傩送年过十二岁时，已能入水闭气氽着到鸭子身边，再忽然冒水而出，把鸭子捉到，这作爸爸的边解嘲似的说："好，这种事情有你们来做，我不必再下水了。"

B1 第 82～83 页：……数年后，在这条河上，他就有了大小四只船，一个妻子，两个儿子了。到如今，他的儿子大的已十八岁，小的已十六岁。两个年青人皆结实如小公牛……

B2 第 214 页、C 第 234 页：……气运好，两年之内船皆不坏事……因此一来，这河上他就有了大小四只船，一个妻子，两个儿子了。

到如今，他的儿子大的已十八岁，小的已十六岁。两个年青人皆结实如小公牛……

顺顺年青时便是一个泅水的高手……但一到次子傩送年过十岁时，已能入水闭气氽着到鸭子身边，再忽然冒水而出，把鸭子捉到，这作爸爸的边解嘲似的说："好，这种事情有你们来做，我不必再下水和你们争本领了。"

此处的修改，是时间，小说是时间的艺术，而沈从文所执意营造的"非进化的"、"近乎永恒的瞬间"的时间感觉，也从他有意抹去"历史具体时间"的努力而来。这样时间的模糊化，为"田园诗"与"牧歌情调"的说法提供了可能，而与"写实"与"新闻"等叙述方式拉开了距离，作家的注意力，也从外部事件等"骨干"，转向"情绪与时序流转中的景物相契合"的细节，"景语"与"情语"融合为一的境界。（王国维《人间词话》）沈从文的"抒情诗小说"、"诗化小说"的说法都充分地注意到这一点。它的根源在诗歌，是诗性传统在小说中的复活。沈从文将翠翠、天保与傩送的年龄均增大两岁，应与婚姻法规定的年龄有关。

14. A1 第 11 卷第 1 期 11 页：向上行从旱路走去，则跟了川东客货，过秀山龙潭酉阳作生意，不论寒暑雨雪，必穿了草鞋按站赶路。且佩了短刀……帮里的风气既为对付仇敌必须用刀，联结朋友也必须用刀，故从不让它失去那点机会。学贸易，学应酬，学习到一个新地方去生活，且学习用刀保护身体同名誉……一分教育的结果，弄得两个人皆结实如老虎，却又和气亲人，不骄奢，不浮华，故杨家父子在茶峒边境上，为人提及时，人人对这个名姓无不加以一种尊敬。

B1 第 83 页：……过秀山、龙潭、酉阳作生意……帮里的风气既为"对付仇敌必须用刀，联结朋友也必须用刀"，故需要用刀时，他们也就从不让它失去那点机会。学贸易，学应酬，学习到一个新地方去生活……一分教育的结果，弄得两个人皆结实如老虎，却又和气亲人，不骄奢，不浮华，不倚势凌人，故父子三人在茶峒边境上，为人提及时，人人对这个名姓无不加以一种尊敬。

B2 第 214 页，C 第 236 页：……过秀山、龙潭、酉阳作生意……地方的风气既为"对付仇敌必须用刀，联结朋友也必须用刀"，故从不让它失去那点机会。学贸易，学应酬，学习到一个新地方去适应各种生活……一分教育的结果，弄得两个人皆结实如老虎，却又和气亲人，不骄奢，不浮华，不倚势凌人，故父子三人在茶峒边境上，为人提及时，人人对这个名姓无不加以一种尊敬。

此处有两处改动不可忽略，初稿的"帮里"被改成"地方"，"杨家父子"被改成"父子三人"，并且增"不倚势凌人"，使杨家父子身上潜藏的行帮色彩被地方色彩与风土民俗所取代，取消姓氏的人物仅有小名，增加其亲切感与模糊化，褪去其残存的"写实色彩"。

15. A1 第 11 卷第 2 期第 9 页：那人就问："是谁人？""是翠翠！""翠翠又是谁？""是碧溪岨撑渡船的孙女。""你在这儿做什么？""我等我爷爷，我等他来。""等他来他可不会来。你爷爷一定到城里军营里喝了酒醉倒后被人抬回去了！""他不会这样子，他答应了找我，他就一定会来的。""这里等也不成，到我家里那边去，那边点了灯的楼上去，等爷爷来找你好不好？"……"悖时砍脑壳的！""怎么，你骂人！……要耽在这里，回头水里大鱼来咬了你，可不要叫喊"翠翠说："鱼咬了我也不关你的事。"……但男的听去却使另外一种好意，放肆的笑着，不见了。

B1 第 90 页：那人问：……"我等我爷爷，我等他来好回家去"……"他不会，他答应了来，他就一定会来的。""这里等也不成，到我家里去，到那边点了灯的楼上去，等爷爷来找你好不好？"……"你个悖时砍脑壳的！""怎么，你骂人！要呆在这儿，回头水里大鱼来咬了你，可不要叫喊！"翠翠说"鱼咬了我也不管你的事。"……但男的听去却使另外一种好意，男的以为是她要狗莫向好人叫，放肆的笑着，不见了。

B2第221页，C第242页："是谁人？""我是翠翠！""翠翠又是谁？""是碧溪岨撑渡船的孙女。""这里又没有人过渡，你在这儿做什么？""我等我爷爷，我等他来。""等他来他可不会来。你爷爷一定到城里军营里喝了酒醉倒后被人抬回去了！""他不会，他答应来找我，就一定会来的。""这里等也不成，到我家里去，到那边点了灯的楼上去，等爷爷来找你好不好？"……"你个悖时砍脑壳的！""怎么，你那么小小的还会骂人！……要呆在这里，回头水里大鱼来咬了你，你可不要叫喊救命"翠翠说："鱼咬了我，也不关你的事。"……但男的听去却使另外一种好意，男的以为是她要狗莫向好人乱叫，放肆的笑着，不见了。

16. A1第11卷第2期第9页，B1第92页："你还骂过他！"翠翠带了点惊讶轻轻的问："二老是谁？"……"二老你还不知道？！就是傩送二老！就是他要我送你回去！"

B2第223页，C第244页："你还骂过他！你那只狗不识吕洞宾，只是叫！"……"二老你还不知道？就是我们河街上的傩送二老！就是岳云！他要我送你回去！"傩送二老在茶峒不是一个生疏的名字。

17. A1第9页：翻过了那小山岨，望得见对溪家中的火光时……祖父牵着船问："翠翠，你怎么不答应我，生我的气了吗？"翠翠还是不作声。

B1第92页，B2第223页，C第244页：翻过了小山岨，望得见对溪家中火光时……祖父牵着船问："翠翠，你怎么不答应我，生我的气了吗？"翠翠站在船头还是不作声。

沈从文小说语言的特质的古雅与贴近土地，在这里可以看出，除了他在情趣上对它们的天然亲近外，还有有意为之的痕迹，这种更改，并非单纯是文字上的修饰，而是使细微的意象延展与凸现，此外比如"初刊本"的第三节：两省接壤处，三十余年来因为主持地方军事的，注重安辑保守，处置得法，并无变故发生，水陆商务……一切莫不极有秩序，故人民亦莫不安份乐生。……划船的形式，与平常木船皆不相同……船身绘着朱红色的长线，平常时节多搁在河边干燥洞穴里，要用它时，拖下水去。……便使人想起梁红玉水战擂鼓，水擒杨幺时也是水战擂鼓。在B1第84～85页改为：两省接壤处，十余年来主持地方军事的，注重在安辑保守，处置极其得法，并无特别变故发生。……一切莫不极有秩序，人民也莫不安分乐生。……船的形式，与平常木船大不相同……船身绘着朱红颜色长线，平常时节多搁在河边干燥洞穴里，要用它时，拖下水去。……便使人想起梁红玉老鹳河上水战擂鼓种种情形，牛皋水擒杨幺时也是水战擂鼓。

在 B2 第 226 页改为：两省接壤处，十余年来主持地方军事的，知道注重安辑保守，处置还得法，并无变故发生。……一切莫不极有秩序，人民也莫不安分乐生。……船的形式，和平常木船大不相同……船身绘着朱红颜色长线，平常时节多搁在河边干燥洞穴里，要用它时，才拖下水去。……便使人想起小说故事上梁红玉老鹳河上水战擂鼓种种情形。也是同样效果，一方面使句式从长变短，众多由逗号隔开的子句、变为独立的句子；另一方面去掉子句之间的连接词，把子句内过文的连接词"与"、"亦"换成"和"、"也"，向现代白话文语气靠拢。同时，在现代白话文通行的"的"、"地"、"得"等助词中，沈从文几乎从不使用"地"，总是用"的"取代，也尽量取消"朱红色的长线"这样的"形容词 + 的 + 名词"的偏正式话词连接结构，而是喜欢用"朱红颜色长线"这种近于古典的无粘合词的语词连接方式（意合），所以才有简洁、精致而古雅的效果。不局限于句子层面上，沈从文从"戏文"与"话本小说"、"演义小说"中捻出情趣近似的细节，来使自己的小说从谱系上与这个传统接续上，从意蕴上变得丰满醇厚。这种写法，极近于中国古典诗文中的"用典"。在上文所引的段落之外，介绍二老出场的一段话也有异曲同工之妙。

A1 第 11 卷第 1 期第 11 页：傩送美丽得很，拙于赞颂这种美丽处的茶峒船家人，只知道为他取出一个诨名为"岳云"，并无什么人亲眼看到过岳云，一般上的印象却从戏台上小生岳云得来这个相近的神气。

在 B1 第 84 页改为：傩送美丽得很，茶峒船家人拙于赞扬这种美丽，只知道为他取出一个诨名为"岳云"。虽无什么人亲眼看到过岳云，一般的印象，却从戏台上小生岳云，得来一个相近的神气。

在 B2 第 226 页改为：傩送美丽得很，茶峒船家人拙于赞扬这种美丽，只知道为他取出一个诨名叫"岳云"。虽无什么人亲眼看到过岳云，一般的印象，却从戏台上穿白盔白甲的岳云，得来一个相近的神气。

与鲁迅在《阿 Q 正传》对阿 Q 头脑中"白盔白甲"的戏文式革命党的想象的嘲讽不同，沈从文在这里完全以温和同情的姿态来写，来引入这种形象，在使小说变得接续上传统、丰满醇厚之外，通过对傩送的富有魅力的叙写，从而使"白盔白甲的小生"，在《边城》中，在现代中国文学的语境中又恢复了动人的情韵。

18. A1 第 11 卷第 4 期第 7 页：在小校场里迎春，锣鼓喧阗很热闹。到了十五夜晚……好勇取乐的光身军士，玩着灯打着鼓来了，小鞭炮如落雨的样子，从悬到长竿尖端的空中落动玩灯的肩背上，锣鼓催动急促的拍子，大家皆为这事情十分兴奋。鞭炮放过一阵后，用长凳绑着的大筒灯火，在敞坪一端燃起了引线……白光向上空冲去，散着满天花雨。玩灯的兵士，在火花中绕着圈子，俨然毫不在意的样子。……但这印象不知为什么原因，总不如那个端午节所经过的事情美。

B1 第 93 页：在小校场里迎春，锣鼓喧阗很热闹。到了十五夜晚……好勇取乐的军士，光赤着个上身，玩着灯打着鼓来了……白光向上空冲去，下落时便洒散着满天花雨。……但这印象不知为什么原因，总不如那个端午节所经过的事情甜而美。

B2 第 224 页：在小校场里迎春，锣鼓喧阗大热闹。……好勇取乐的军士，光赤个上身，玩着灯打着鼓来了……白光向上空冲去，下落时便洒散着满天花雨。……小鞭炮如落雨的样子，从悬到长竿尖端的空中落动玩灯的光赤赤肩背上，锣鼓催动急促的拍子，大家情绪都为这事情十分兴奋。鞭炮放过一阵后，用长凳脚绑着的大筒烟火，在敞坪一端燃起了引线……白光向上空冲去，散着满天花雨。人人把脖颈缩着，又怕又欢喜。玩灯的兵士，却在火花中绕着圈子，俨然毫不在意的样子。……但这印象不知为什么原因，总不如那个端午节所经过的事情甜而美。

C 第 245 页：在小校场里迎春，锣鼓喧阗大热闹……好勇取乐的军士，光赤着个上身，玩着灯打着鼓来了……（余同 B2）

19. A1 第 11 卷第 4 期第 8 页：老船夫正在渡船上……送钱的气派，使老船夫受了点压迫……一手铜钱向船舱里一撒，却笑眯眯的匆匆忙忙走了。……那人笑着说："不要拦我！"……翠翠明白了，更拉着卖纸人衣服不放，只说："不成，你不能走！"黄狗为了表示同主人的意见一致，也便在翠翠身边汪汪的吠着。其余商人皆笑着，一时不能走路。

B1 第 96 页：白日里，老船夫正在渡船上……翠翠明白了，更拉着卖纸人衣服不放，只说："不许走！不许走"……（余同 A1）

B2 第 228 页：白日里，老船夫正在渡船上……送钱的气派有些强横，使老船夫受了点压迫……把那一手铜钱向船舱里一撒，却笑眯眯的匆匆忙忙走了。……那人笑着说："请不要拦我！"……翠翠明白了，更拉着卖纸人衣服不放，只说："不成，你不能走！"黄狗为了表示同主人的意见一致，也便在翠翠身边汪汪的吠着。其余商人都笑着，一时不能走路。

C 第 248 页：白日里，老船夫正在渡船上……送钱的气派有些强横，使老船夫受了点压迫……一手铜钱向船舱里一撒，却笑眯眯的匆匆忙忙走了。……那人笑着说："请不要拦我！"……翠翠明白了，更拉着卖纸人衣服不放，只说："不许走！不许走！"黄狗为了表示同主人的意见一致，也便在翠翠身边汪汪的吠着。其余商人都笑着，一时不能走路。

20. A1 第 11 卷第 4 期第 8 页，B1 第 97 页：祖父……且说："他得了我们那把烟叶，可以吃到镇筸城。"

B2 第 228 页，C 第 248 页：祖父……且说："礼轻仁义重，我留下一个。他得了我们那把烟叶，可以吃到镇筸城。"

此处的修饰，凸现祖父坚守被"五四"批判的传统"仁义道德"等价值体系。

21. A1 第 11 卷第 4 期第 8 页：翠翠睨着腰背微驼的祖父，不说什么话。远处有吹唢呐的声音，她知道那是什么声音，且知道唢呐方向，要祖父同她下了船，把船拉到家中那边岸旁去。为了想早早的看到那迎婚送亲的喜轿，翠翠还爬到屋后塔下去眺望。……一伙人上了渡船后，翠翠同祖父也上了渡船，祖父拉船，翠翠却傍花轿站着，去欣赏每一个人的脸色与花轿上的流苏。……吹唢呐的一上岸后又把唢呐呜呜喇喇吹起来，一行人便翻山走了。祖父同翠翠留在船上，感情仿佛皆追着那唢呐声音走去，走了很远的路方回到自己身边来。祖父掂着那红纸包封的分量说："翠翠，宋家堡子里新嫁娘只十五岁。"……到了家边，翠翠回家去取小小竹子做的双管唢呐，请祖父坐在船头吹"娘送女"曲子给她听，她却同黄狗躺到门前大岩石上荫处看天上的云。白日渐长，祖父睡着了，翠翠同黄狗也睡着了。

B1 第 98～99 页：翠翠睨着腰背微驼白发满头的祖父……翠翠却傍花轿站定……（余同 A1）

B2 第 229 页：翠翠睨着腰背微驼白发满头的祖父……祖父拉船，翠翠却傍花轿站定……"翠翠，宋家堡子里新嫁娘还只十五岁。"……白日渐长，不知什么时节，守在船头的祖父睡着了，躺在岸上的翠翠同黄狗也睡着了。

此处值得注意的是"白发满头"的垂老者的影响，杜甫晚年"近体诗"中的"白发意象"和"故园情结"，使得这种"白发"和青山绿水不仅在色泽上映衬，非常和谐动人，而且在白发之人易老、绿水青山长在的对照中延续了古典诗歌中常见的时间流逝与生命短促的感觉。而时间在小说的内在进程中也起着决定性的作用，"新娘子还只十五岁"，《边城》正围绕着四时循环的时间节律和小女孩翠翠生命成长的时间进程来构造叙述时间，这两种都是传统的自然时间，人的生命似乎被编织进这种时间框架中，完全依照它来决定人生的进程。这恰是传统的历法与礼法规范的特质，沈从文采取这种视角来观察女孩的青春期自然的到来与性意识的觉醒。在《萧萧》中，决定叙述框架的依然是时间，是萧萧的稚气渐去、青春期到来与性意识觉醒，和小丈夫的童稚蒙昧的对比，生命时间错位的对比，以及这种社会制度对此的调和与应变；《三三》也是写这种女孩稚气的褪去，青春期到来的微妙状态，只不过设置了碾坊与山寨、城里的对比，把这种觉醒放在"城/乡"隔绝的情形下的新奇与倾慕中去；《金凤》则写了乡间自然情愫的倾慕破灭，与"城里"新奇感之余的掠夺，以及"乡间"的毁灭。《阿黑小史》同样写了油坊内外的乡间小儿女的青春、性觉醒形式与倾慕情愫（在《雨后》中"她"与"四狗"，《采蕨》中"阿黑"与"五明"，书写的是同样的情绪），在写到这种情绪向婚姻的规范转变的时刻，忽然莫名地停滞，再也不提阿黑的下落，而五明却疯了，也可能是乡间情愫受到"城里"新奇与倾慕的掠夺而发生破碎。

　　而沈从文笔下，更多的是这种"城/乡"隔绝与隔膜中的新奇与倾慕，一种静观中的风流蕴藉的情思的展示。而乡间淳朴情愫，到"城里"，被放置在"花船"上时，比如《丈夫》，那种情思依然存在，但"乡间"被侮辱被损害的影子也始终存在，沈从文当设计这个"秦淮余韵"的题材时，受到古典诗词小说中"歌妓"的抒写与形象的制约，另一方面又贴近了她们风雅之后的悲哀，但是沈从文始终在这两种情绪与视角之间摇摆不定。可以说，他一方面在续写"歌妓"的传统形象，另一方面在这种继承中对传统视角作了质疑，标志着"诗酒风雅"与"情/欲"交缚的歌妓传奇的终结。在这里，沈从文习惯于将"情/欲"分离，以"水手"和"商人"分别来代表。在一些特殊文本中，沈从文会歌咏这种"欲中之情"，如《柏子》、《第一次做男子的那个人》，这也是让许多人诟病与不解的。郭沫若《斥反动文艺》就持这种观点。丁玲写于相同的时间内，同样发表于《红黑》杂志的《庆云里的一间小房子》，就与此有别，丁玲以女性的敏锐感触与写实的笔调，深入"阿毛姑娘"为妓的内心体验，传达了做妓女的快感，一般女子有一个丈夫，她每夜同样有一个男子，只是夜夜不同罢了，有什么区别呢？这里传达的却是女性对娼妓制度与婚姻制度的本质异同的一种模糊体验和不明确的思索，对两种制度都是一种质询。女性主义的思考方式清晰可辨。这也就是沈从文与丁玲有共鸣之处，但也明显各有主张的地方。沈从文《主妇》等文章，写受女性主义与五四思想解放影响很深的"女学生"，收起羽翼，蜕变成家庭主妇，以及丈夫的游移，感情流荡，与主妇的坚定宽容，更是女性主义有异议的地方，也是他对"女学生"的隔膜之处。他始终无法真正接受这种"西化"与"现代化"的女性。在《萧萧》中，"女学生"对萧萧的世界，也始终是一种心向往之的模糊形象，萧萧向往成为"女学生"，要为儿子娶一个"女学生",而花狗,则只对进城存有恐惧。

22. A2 第 61 页:翠翠把眉毛拢去苦笑着:"船陪你,嗨,嗨,船陪你。"……"好,翠翠,你不去我去,我还得带了朵红花,装老太婆去见识面!"

B1 第 99 页:翠翠把眉毛拢去苦笑着,"船陪你,嗨,嗨,船陪你。爷爷,你真是……"……"好,翠翠,你不去我去,我还得带了朵红花,装刘老老进城去见世面!"

B2 第 229 页,C 第 251 页:翠翠把一双眉毛拢去苦笑着,"船陪你,嗨,嗨,船陪你。爷爷,你真是,只有这只宝贝船!"……"好,翠翠,你不去我去,我还得带了朵红花,装刘姥姥进城去见世面!"

沈从文修改了个别的别字,又通过把"刘姥姥进城"的典故引入,使古典世情小说的集大成者《红楼梦》的情韵成为《边城》的一种底色。这与上面相关段落的分析是相同的。

23. A2 第 62 页:祖父有点心事。……祖父若问"翠翠,想什么,"她便带着点害羞情绪,轻轻的说,"翠翠不想什么。"……这女孩子身体既发育得很完全,在本身上因年龄自然而来的一件"奇事",也使她多了些思索。

B1 第 100 页:祖父有点心事,心事重重的,翠翠长大了。……祖父若问"翠翠,想什么?"她便带着点害羞情绪,轻轻的说,"在看水鸭子打架!"照当地习惯意思就是"翠翠不想什么"。……这女孩子身体既发育得很完全,在本身上因年龄自然而来的一件"奇事",到月就来,也使她多了些思索,多了些梦。

B2 第 230 页,C 第 251 页:祖父有点心事,心子重重的,翠翠长大了。(余同 B1)

此处亦是在白话口语同当地俗语之间的取舍和平衡,有意摒弃平白的书面白话,而选择当地生动的土语。《边城》的贴近土地也由此而来。上文有近似的分析。同时,也初现了"梦"——心理分析视角的朴素运用的效力,对翠翠的身体成熟与心理成长的描写含蓄而细腻。这只是初现端倪,后来的《七色魇》对"梦"与静思的元素有更多的发展尝试。

24. A2 第 64~65 页:因为翠翠的长成使祖父记起了些旧事,从掩埋在一大堆时间里的故事中,重新找回了些东西。翠翠的母亲,某一时节原同翠翠一个样子,眉毛长,眼睛大,皮肤红红的,也乖得使人怜爱——也懂得在一些小处,使家中长辈快乐。也仿佛永远不会同家中这一个分开。但一点不幸来了。她认识了那个兵。……并且那时还有个翠翠。如今假若翠翠又同妈妈一样,老船夫的年龄,还能把小雏儿再抚育下去吗?人愿意神却不同意!

人太老了，应当休息了凡是一个良善的乡下人，所应得到的劳苦与不幸，全得到了。假若另外高处真有一个上帝，这上帝且有一双手支配一切，很明显的事，十分公道的办法，是应把祖父先收回去，再来让那个年青的在新的生活上得到应分接受那一分的。

B1第111页：……翠翠的母亲……也懂得在一些小处，起眼动眉毛，使家中长辈快乐。……但一点不幸来了，她认识了那个兵，到末了丢开老的和小的，却陪那个兵死了。……再来让那个年青的在新的生活上得到应分接受那幸或不幸，才合道理。

B2第231页，C第253页：……翠翠的母亲……也照例在一些小处，起眼动眉毛，使家中长辈快乐。……但一点不幸来了，她认识了那个兵，到末了丢开老的和小的，却陪那个兵死了。……可是终究还有个翠翠。如今假若翠翠又同妈妈一样，老船夫的年龄，还能把下一代小雏儿再抚育下去吗？人愿意的事天却不同意！人太老了，应当休息了凡是一个良善的中国乡下人，一生中活下来所应得到的劳苦与不幸，业已全得到了。假若另外高处真有一个玉皇上帝，这上帝且有一双巧手能支配一切，很明显的事，十分公道的办法，是应把祖父先收回去，再来让那个年青的在新的生活上得到应分接受那一分幸或不幸，才合道理。

此处有两点值得注意，一是修订本多了翠翠母亲"起眼动眉毛"的娇憨情态的描述，二是初刊本中的"神"与"上帝"，在修订本中被改为"天"和"玉皇上帝"。在翠翠与母亲相近的影子中，似乎可以窥见二者悲剧命运的重叠，而把价值参照系由文化归属亦东亦西的"神"与"上帝"置换成明确的道教的"玉皇"与上古的"上帝"和中国涵义丰富的"天"，同样是在中国文化脉络之内，寻找自己的价值归属。《阿丽斯中国游记》中对这个问题有更复杂的展示。这与上文所分析的对"演义小说"与"戏文"传统的继承，有着相同的方向。《边城》中翠翠情态近于"麂鹿"与"小兽物"的印象，与《诗经·野有死麕》和《月下小景》中的佛经故事，还有写客厅中的被男人"我"捕获的有着梅花鹿般纤细脚踝的女人的原型，猎人与被追捕的小鹿，反映了沈从文对性别关系的一种独特观察，三篇虽然风格各异：乡村诗性抒情、经典戏拟重构与都市写实或象征，分别体现了他作品的三种不同向度。

25. A2第66页："老伯伯，你翠翠长得真标致，再过两年，若我有空能留在茶峒照料事情，不必象老鸦到处飞，我一定每夜到这溪边来为翠翠唱歌。"祖父用微笑奖励这种自白，一面把船拉动，一面把那双小眼睛瞅着大老。……"翠翠太娇了，我担心她只适宜于听点茶峒人的歌声，不能做茶峒女子作媳妇的一切正经事。我要个能听我唱歌的情人，却更不能缺少个照料家务的媳妇。'又要马儿不吃草，又要马儿走得好，'唉，这两句话古人为我说的！"……"大老，也有这种事！你瞧着吧。"

B1 第 102 页："老伯伯，你翠翠长得真标致，象个观音样子……""唉，这两句话恰是古人为我说的！"……"大老，也有这种事！你瞧着吧。"究竟是什么事，祖父可并不明白说下去。

B2 第 232 页："老伯伯，你翠翠长得真标致，象个观音样子……再过两年，若我有空能留在茶峒照料家事，不必象老鸦成天到处飞，我一定每夜到这溪边来为翠翠唱歌。"祖父用微笑奖励这种自白，一面把船拉动，一面把那双饱经风日的小眼睛瞅着大老。意思好象说，好小子，你的傻话我全明白，我不生气。你尽管说下去，看你还有什么要说。"……我要个能听我唱歌的有情人，却更不能缺少个照料家务的好媳妇。我这个人就是这么打算……""大老，也有这种事！你瞧着吧。"究竟是什么事，祖父可并不明白说下去。

此处引入了沈从文一向喜爱的一种女子类型"象个观音样子"，这是他的作品中的神性女子的共同形象，另一种是"象黑夜般的"肉欲的女子。很奇怪，二者常是分离的。这种"反复"，与不同文本间的"互文性"，的确是值得进一步研究的。以"观音"喻美貌女子，在汉传佛教中"观音"女性化之时就开始了，在金元诸宫调、元杂剧、明清小说和戏文中也比比皆是。在这种文化的传统归附外，还有沈从文的个人体验的影子以及他少年时的地域文化氛围。

26. A2 第 77~78 页："白鸡关出老虎不咬别人，团总的小姐派第一。……大姐带副金簪子，二姐带副银钏子，只有我三妹莫得什么带，耳朵上长年带条豆芽菜。"

福禄绵绵是神恩，
和风和雨神好心，
好酒好饭当前陈，
肥猪肥羊火上烹！

洪秀全，李鸿章，
你们在生是霸王，
杀人放火尽节全忠各有道，
今来坐席又何妨！

慢慢吃，慢慢喝，

月白风清好过河！

醉时携手同归去，

我当为你再唱歌！

B1 第 106～108 页、B2、C：……只有我三妹没得什么带，耳朵上长年带条豆芽菜。

你大仙，你大神，睁眼看着我们这里人！

他们既诚实，又年青，又身无疾病。

他们大人会喝酒，会作事，会睡觉；

他们孩子能长大，能耐饥，能耐冷；

他们牯牛肯耕田，山羊肯生仔，鸡鸭肯孵卵；；

他们女人会养儿子，会唱歌，会找她心中欢喜的情人！

你大神，你大仙，排架前来站两边。

关夫子身跨赤兔马，

尉迟公手拿大铁鞭！

你大仙，你大神，云端下降慢慢行！

张果老驴上得坐稳，

铁拐李脚下要小心！

福禄绵绵是神恩，

和风和雨神好心，

好酒好饭当前陈，

肥猪肥羊火上烹！

洪秀全，李鸿章，

你们在生是霸王，

杀人放火尽节全忠各有道，

今来坐席又何妨！

慢慢吃，慢慢喝，

月白风清好过河！

醉时携手同归去，

我当为你再唱歌！

1941 年修订本增改，应参照《篁人谣曲》，分析苗巫还愿酬神与古老傩戏的体式。这可能是沈从文作品中保留苗巫文化最深的一处，颇有苗歌的洒脱坚实意味。其余的受土家族歌谣的影响要深于苗族。但是，沈从文以小说的方式化用了"筸人谣曲"与晚唐诗境。以带古朴神秘色彩的苗歌，作为翠翠的内心语言，为《边城》保留一种奇异的质素；以晚唐诗境［A2 第 79 页：那首歌既极柔和，快乐中又微带忧郁，翠翠觉得有一丝儿凄凉（1941 年修订本作：翠翠心上觉得浸入了一丝儿凄凉。）她想起秋末"酬神"还愿时田坪中的火燎同鼓角。远处鼓声已起来了，她知道绘有朱红长线的龙船这时节已下河了，细雨还依然落个不停，溪面一片烟。］作为小说的内在意境，融入小说的叙述语言中，使《边城》保持一种薄凉、清丽而蕴藉的整体情味。这是"散文化抒情诗小说"和"诗化小说"的范畴所要注意到的，并使之成为小说文体上的标记的质素。

27. A1《国闻周报》第 11 卷第 11 期第 8 页，B1 第 109 页："那里，那里，我那葫芦被顺顺大哥扣下了，他见我在河街上请人喝酒，就说：'喂，摆渡的张横，这不成的。你不开糟坊，如何这样子！把你那个放下来，请我全喝了罢。'"……

B2 第 240 页、C 第 160 页："……'喂，摆渡的张横，这不成的。你不开糟坊，如何这样子！你要作仁义大哥梁山好汉，把你那个放下来，请我全喝了罢。'……"

同样是以"演义小说"中的人物引入小说，与这种古典白话小说的体制、趣味都有深切的契合。这是沈从文着力把传统质素、传统的道德价值框架纳入"章节体"的现代白话小说的形式中，虽然只是吉光片羽，但是在接续母胎的血脉上极为有效。

28. A1 第 11 卷第 11 期第 9 页："我听船上人说，你上次押船，船到三门下面白鸡关滩口出了事，从急浪中你援救过三个人。你们在滩上过夜，被村子里女人见着了，人家在你棚子边唱歌一夜，是不是真有其事？""不是女人唱歌一夜，是狼嗥。那地方著名多狼，只想得机会吃我们！"老船夫笑了，"那更妙！人家说的话还是对的。狼只是吃姑娘，吃小孩，吃标致青年吧，象我这种老骨头，它不会要的。"

B1 第 110 页，B2 第 241 页，C 第 262 页："……你们在滩上过夜，被村子里女人见着了，人家在你棚子边唱歌一整夜，是不是真有其事？""不是女人唱歌一夜，是狼嗥。那地方著名多狼，只想得机会吃我们！我们烧了一大堆火，吓住了它们，才不不被吃！""……狼只是吃姑娘，吃小孩，吃十八岁标致青年的，象我这种老骨头，它不要吃，只嗅一嗅就走会走开的！"

此处，老船夫与二老谈话颇多风趣，和二老与翠翠之间的静默与单纯恰成对比，这是《边城》中两种情调的不同，前者是人事的淳朴、谐趣，后者近于青春自然的蒙昧与觉醒，有诗的柔情。前者近于古典白话小说的切近人情，后者融入古典诗歌的蕴藉忧郁。这种和谐与交织是以前的研究者未曾注意到的。即使"散文化抒情诗小说"与"诗化小说"的范畴也未注意到这点。

29. A2 第 11 卷第 11 期第 10 页：翠翠明白了却仍然装不明白问："他是谁？"

B1 第 113 页、B2 第 244 页、C 第 264 页：翠翠明白了却仍然装不明白问："他是谁？""你想想看，你猜猜看。""一本百家姓，我猜不着他是张三李四。"

分析同上，这种淳朴与谐趣亦是加深它的传统平话小说般的通俗近人处，摆脱"五四白话"的翻译体与"欧化腔调"。这种努力是成功的。但是"章节体"的采用，与"晚唐诗境"的融汇，又使它摆脱了平话小说易有的粗糙，具有精雕细琢的美感，当之无愧地处在时代文学的前列。

30. A1《国闻周报》第 11 卷第 12 期第 1 页："是王乡绅大姑娘……人家有本领坐那好地方！"……"你还不明白，那乡绅同顺顺想成为亲家呢。"……又有人轻轻的说："二老已说过了，这不必看，第一件事我就不想作那个碾坊的主人！"……"他不要碾坊，要渡船吗？""那谁知道。横顺人是'牛肉炒韭菜，只看各人心里爱什么就做什么'，渡船不会不如碾坊！"

B1 第 118 页，B2 第 249 页，C 第 269 页："是寨子上王乡绅家大姑娘……人家命好，有福分坐那好地方！"……"你还不明白，王乡绅想同顺顺打亲家呢。"……"他又不是傻小二，不要碾坊，要渡船吗？"……'牛肉炒韭菜，各人心里爱'只看各人心里爱什么就做什么，渡船不会不如碾坊！"

此处众人在端午节划龙舟时的议论，有意褪去"五四白话腔"，贴近土地，加入地方俗语的句子与当地人的情绪。分析同上。

31. A1 第 11 卷第 12 期第 3 页：掌水码头的顺顺，当真请了媒人为儿子向划渡船的认亲戚来了。老船夫慌慌张张把这个人渡过溪口……老船夫笑着不说什么，只看翠翠。看了许久。翠翠低下头去剥豌豆……祖父看见那个情形，明白翠翠的心事了，便把眼睛向远处望去，在空雾里望见了十五年前翠翠的母亲，老船夫心中异常柔和了。……"……你若欢喜走马路，我相信人家会为你在日头下唱热情的歌，在月光下唱温柔的歌，一直唱到吐血喉咙烂！"

B1 第 121 ~ 123 页：掌水码头的顺顺，当真请了媒人为儿子向驾渡船的攀亲戚来了。老船夫看见杨马兵手中提了红纸封的点心，慌慌张张把这个人渡过溪口……老船夫笑着不说什么，只偏着个白发盈颠的头看着翠翠。看了许久。翠翠低下头去剥豌豆……祖父看见那个情形，明白翠翠的心事了，便把眼睛向远处望去，在空雾里望见了十六年前翠翠的母亲，老船夫心中异常柔和了。……"……你若欢喜走马路，我相信人家会为你在日头下唱热情的歌，在月光下唱温柔的歌，一直唱到吐血喉咙烂！"

B2 第 261 页，C 第 274 页：……"我相信人家会为你在日头下唱热情的歌，在月光下唱温柔的歌，象只杜鹃一样，一直唱到吐血喉咙烂！"（余同 B1）

这里一方面引入了当地提亲的细节，带着"红纸封的点心"，另一方面用"白发盈颠的头"，"象只杜鹃一样，一直唱到吐血喉咙烂"，又引入了古典诗文中对白发老人的特有感动，使"杜鹃啼血"的典故获得新生，同时又为当地山歌与苗歌的非演出性吟唱，注入了难以言喻的深情，与中国古典"相思"与"多情"融会在一起。山歌与苗歌的吟唱，在沈从文的小说中，常常是感情发展的结构性因素，也几乎是感情表述的唯一手段，这不能不使研究者的视角转向地域与民族习俗中山歌和苗歌的功能。除《边城》外，《龙朱》、《神巫之爱》如果缺乏歌吟，则同样会黯然失色。《边城》的前六节是一个段落，后面从第七节到第二十一节，第十二、十三、十四、十五节完全是写"歌声"，在睡梦里把灵魂轻轻浮起的"歌声"，是《边城》独特魅力的一个来源。从第十六节开始，急转直下，宁静的近乎瞬间的永恒被破坏了，时间的进展加快，最后是大老死亡，二老出走，祖父死去，翠翠怀着旧梦在孤寂地等待，一个延宕的结局。而要阐释沈从文文本间的"互文性"，与"反复的诗学"，歌声可以作为一个重要的切入点。

32. A1 第 11 卷第 13 期第 2 页：兄弟二人一方面是不至于动刀的，但也不作兴有"情人奉让"，如大都市怯懦男子爱与仇对面时作出的可笑行为。……"大老，你信不信这女子早已有了个人？"……二老说："你不必——大老，我再问你，假若我不想得这座碾坊，却打量要那只渡船，而且这念头还是三年前的事，你信不信呢？"那大哥真着了一惊。……"那老的说若走马路，我得在碧溪岨对溪高崖上唱三年六个月的歌。"……"这是你的拿手好戏，你要去做竹雀你就去吧，我不会拾马粪塞你嘴巴的。"

B1 第 126～129 页："……大老，你信不信这女子心上早已有了个人？"……二老说："你不必——大老，我再问你，假若我不想得这座碾坊，却打量要那只渡船，而且这念头还是两年前的事，你信不信呢？"那大哥听来真着了一惊。……"那老的说若走马路，我得在碧溪岨对溪高崖上唱三年六个月的歌。把翠翠心唱软，翠翠就归我了。"……"这是你的拿手好戏，你要去做竹雀你就去吧，我不会拾马粪塞你嘴巴的。"

B2 第 265～268 页，C 第 278 页："……把翠翠心子唱软，翠翠就归我了。"……"二老，这是你的拿手好戏，你要去做竹雀，你就赶快去吧，我不会拾马粪塞你嘴巴的。"

兄弟二人摊牌，"走马路"，唱歌竞争翠翠，改定时间，照应修改本，但造成修订本内部时间的混乱。

33. B1 第 129 页：黄昏来时翠翠坐在家中屋后白塔下，看天空为夕阳烘成桃花色的薄云。十四中寨逢场，城中生意人过中寨收买山货的很多，过渡人也特别多，祖父在渡船上忙个不息。天快夜了，别的雀子似乎都在休息了，只杜鹃叫个不息。石头泥土为白日晒了一整天，草木为白日晒了一整天，到这时节皆放散着一种热气。空气中有泥土气味，有草木气味。翠翠看着天上的红云，听着渡口漂乡生意人的杂乱声音，心中有点薄薄的凄凉。

从第十一节开始，那种宁静的瞬间般的永恒的气氛消失了，淡淡的凄凉和忧愁成为主调。这段文字，写黄昏渡口的色彩气味、声音与情绪，莫言在《檀香刑》中有直接的模拟句式，只是句子更多，更繁复。

34. A1 第 11 卷第 13 期第 4 页：祖父又说："不许哭，做一个大人，不管有什么事皆不许哭。要硬扎一点，结实一点，方配或到这块土地上！"

沈从文式的坚强，反复出现。

35. A1 第 11 卷第 13 期：月光如银子，无处不可照及，山上篁竹在月光下皆成为黑色。身边虫声繁密如落雨。间或不知从什么地方，忽然会有一只草莺"落落落落嘘！"啭着她的歌喉，不久之间，这只小鸟又好象明白这是半夜，不应当那么吵闹，便仍然闭着那小眼儿安睡了。

祖父回忆翠翠父母对歌的情景："在白日里对歌，一个在半山上竹篁里砍竹子，一个在溪面渡船上拉船。"宁静中的悲剧，与翠翠的心绪与成长相对应，父亲与母亲"对歌的爱"也渐次显现，与翠翠的悲剧命运即将重合。

36. A1 第 11 卷第 13 期第 4 页：老船夫做事累了，睡了，翠翠哭倦了，也睡了。翠翠仿佛不能忘记祖父所说的事情，梦中灵魂为一种美妙歌声浮起来了，仿佛轻轻的各处飘着，上了白塔，下了菜园，到了船上，又复飞窜过悬崖半腰——去作什么呢？摘虎耳草！白日里拉船，她仰头望着崖上那些肥大虎耳草已极熟悉。

B1 第 133 页：老船夫做事累了睡了，翠翠哭倦了也睡了。……摘虎耳草！白日里拉船，她仰头望着崖上那些肥大虎耳草已极熟悉。崖壁三五丈高，平时攀折不到手，这时节却可以选顶大的叶子作伞。

"虎耳草"在《边城》中是一个奇异的意象，也许是庇护与安全的所在，是日常生活中无法得到的（第 130 页：于是这日子成为痛苦的东西了。翠翠觉得好象缺少了什么。好象眼见到这个日子过去了，想在一件新的人事上攀住它，但不成。好象生活太平凡了，忍受不住。"我要坐船下桃源县过洞庭湖，让爷爷满城打锣去叫我，点了灯笼火把去找我。"），是一种新的、渴望的、仰慕的变化，是痛苦的反面，到底是什么呢？B1 第 133 页：翠翠早晨说梦："爷爷，你说唱歌，我昨天就在梦里听到一种顶好的歌声，又软又缠绵，我象跟了这声音各处飞，飞到对溪悬崖半腰，摘了一大把虎耳草，得到了虎耳草，我可不知道把这个东西交给谁去了。"B1 第 138 页：翠翠忽然说："爷爷，你唱个歌给我听，好不好？"祖父唱了十个歌，翠翠傍在祖父身边，闭着眼睛听下去，等到祖父不做声时，翠翠自言自语说："我又摘了一把虎耳草。"祖父所唱的歌便是那晚上听来的歌。B1 第 145 页：翠翠想起适间从竹林里无意间听来的话，脸红了，半天不说话。老船夫问："翠翠，你得到了多少鞭笋？"翠翠把竹篮向地下一倒，除了十来根小小鞭笋外，只是一大把虎耳草。老船夫望了翠翠一眼，翠翠两颊绯红跑了。但究竟是什么呢？一种含糊的象征意蕴。

37. A1 第 11 卷第 13 期第 4 页："算了吧，你把宝贝女儿送给二老吧。"

A2 第 138 页："算了吧，你把宝贝女儿送给了竹雀吧。"

B1 第 134 页，B2 第 273 页，C 第 284 页："算了吧，你把宝贝女儿送给了会唱歌的竹雀吧。"

大老唱歌竞争失败，乘船下行。

38. A2 第 149 页，B1 第 139 页：二老有机会唱歌却从此不再到碧溪岨唱歌，十五过去了，十六也过去了，到了十七，老船夫实在忍不住了，进城往河街去寻找那个年青小伙子……这个消息同有力巴掌一样重重的掴了他那么一下……

B2 第 278 页，C 第 288 页：二老有机会唱歌，却从此不再到碧溪岨唱歌，十五过去了，十六也过去了，到了二十六，老船夫实在忍不住了，进城往河街去寻找那个年青小伙子……

沈从文式的长句。最典型的是 A1 第 11 卷第 13 期第 4 页：这句话使老船夫完全不明白它的意思。大老从一个吊脚楼甬道走下河去了，老船夫也跟着下去，到了河边，见那只新船正在装货，许多油篓子搁到岸边，一个水手正在用茅草扎成长束，预备作船舷上挡浪用的茅把，还有人在河边用脂油油桨板。在修订本中变成 4 个短句。

39. A2 第 162 页："……我想弄渡船是很好的，只是老家伙坏，大老是他弄死的。"

B1 第 145 页："……我想弄渡船是很好的，只是老家伙为人弯弯曲曲，不利索，大老是他弄死的。"

C 第 294 页："……我想弄渡船是很好的，只是老的为人弯弯曲曲，不利索，大老是他弄死的。"

二老的心声，翠翠的命运已定。

40. A2 第 166 页：翠翠每天到白塔下背太阳的一面去午睡，高处既极凉快，两山竹篁里叫得使人发松的竹雀与其他鸟类又如此之多，致使她在睡梦里尽为山鸟歌声所浮着，做的梦也便是顶荒唐的梦。这不是人的罪过。诗人们会在一件小事上写出整本整部的诗，雕刻家在一块石头上雕出骨血如生的人像，画家一撇儿绿，一撇儿灰，画得出一幅一幅带有魔力的彩画，谁不是为了惦着一个微笑的影子，或是一个皱眉的记号，方弄出那么些古怪成绩？翠翠不能用文字，不能用石头，不能用颜色，把那点心头上的爱憎转移到别一件东西上去，却只让她的心，在一切顶荒唐事情上驰骋。她从这份隐秘里，常常得到又惊又喜的兴奋。一点不可知的未来，摇撼她的感情极厉害，她无从完全把那种痴处不让祖父知道。

文学艺术是"心头上的爱憎"的转移，因而诗歌小说及其他艺术品也是制作者生命的永生，沈从文许多小说中均有此意蕴，在 20 世纪 40 年代的《摘星录（绿的梦）》有更加清晰透彻的表述。

41. A2 第 192 页：住在城中的老道士，还带了法宝，提了一只公鸡，来尽义务办理念经起水诸事，也从筏上渡过来了。

B1 第 157 页：住在城中的老道士，还带了许多法器，一件旧麻布道袍，并提了一只大公鸡，来尽义务办理念经起水诸事，也从筏上渡过来了。

B2 第 286 页，C 第 306 页：住在城中的老道士，还带了许多法器，一件旧麻布道袍，并提了一只大公鸡，来尽义务办理念经起水招魂绕棺诸事，也从筏上渡过来了。

地方丧葬仪式，引入道教葬仪，与"招魂"的古老风习，分析与上述贴近土地、传统相同。

42. A2 第 193 页，B1 第 158 页："翠翠，爷爷死了我知道了，老年人是必需死的，不要发愁，一切有我！"

B2 第 287 页，C 第 306 页："翠翠，爷爷死去我知道了，老年人是必须死的。劳苦了一辈子，也应当休息了。你不要发愁，一切有我！"

43. A2 第 193～194 页：晚上便只剩下了那老道士，杨马兵，同顺顺家派来的两个年青长年。黄昏以前老道士用红绿纸剪了一些花朵，用黄泥作了一些烛台。天断黑后，棺木前小桌上点起黄色九品蜡，燃了香，棺木周围也点了小蜡烛，老道士披上那件蓝麻布道袍，开始了丧事中的绕棺仪式。老道士在前拿着个小小纸幡引路，孝子第二，马兵殿后，绕着那具寂寞棺木慢慢转着圈子。两个长年则站在灶边空处，不成节奏胡乱的打着锣钹。老道士一面闭了眼睛走去，一面且唱且哼，安慰亡魂。提到关于亡魂所到西方极乐世界花香四季时，老道士就把木盘里的纸花，向棺木上高高撒去。象征西方极乐世界情形。……剩下几个人还得照规矩在棺木前守夜。老马兵为大家唱丧堂歌取乐，用个空的量米木升子，当作小鼓，把手剥剥剥的一面敲着，一面唱下去——唱"王祥卧冰"的事情，唱"黄香枕扇"的事情。

44. A2 第 194 页：老马兵接着就说了一个做新嫁娘的人哭泣的笑话，话语中夹杂了三个粗野字眼，因此引起两个长年咕咕的笑了许久。

B1 第 159 页，B2 第 288 页，C 第 307 页：秃头陈四四接着就说了一个做新嫁娘的人哭泣的笑话，话语中夹杂了三个粗野字眼，因此引起两个长年咕咕的笑了许久。

在《边城》中，杨马兵在祖父死后，成为翠翠的保护人，因此修订本有意增加他的年龄"五十岁"改为"六十岁"，也将初刊本和初版本中他的色情笑话，加到一个捏造人物"秃头陈四四"身上。

45. A2 第 196 页，B1 第 159 页："你进屋里睡去吧，不要胡思乱想！"

B2 第 289 页，C 第 308 页："你进屋里睡去吧，不要胡思乱想！老人是入土为安，不要让他牵挂你。"

46. A2 第 197 页，B1 第 160 页：远处不知什么地方鸡叫了，老道士在那边床上胡胡涂涂的自言自语："天亮了么？早咧！"

B2 第 289 页，C 第 308 页：远处不知什么地方鸡叫了，老道士原是个童生，辛亥革命后才改业，在那边床上胡胡涂涂的自言自语："天子重英豪，文章教尔曹，万般皆下品，惟有读书高……天亮了么？早咧！"

47. A2 第 200 页，B1 第 161 页：杨马兵是个上五十岁了的人，说故事的本领比翠翠祖父高一筹加之凡事特别关心，做事又勤快又干净……

B2 第 290 页，C 第 309 页：杨马兵是个近六十岁了的人，原本和翠翠的父亲同营当差，说故事的本领比翠翠祖父还高一筹，做事又勤快又干净……

48. A2 第 200~201 页，B1 第 161 页：又说到翠翠的父亲，那个又要爱情又惜名誉的军人，在当时按照绿营军勇的装束，如何使女孩子动心……皇帝已不再坐江山，平常人还消说？

B2 第 291 页，C 第 310 页：又说到翠翠的父亲，那个又要爱情又惜名誉的军人，在当时按照绿营军勇的装束，穿起绿盘云得胜卦，包青绉绸帕头，如何使乡下女孩子动心……皇帝已被掀下了金銮宝殿，不再坐江山，平常人还消说?

49. A2 第 202 页，B1 第 163 页：过渡人一看老船夫不见了，翠翠辫子上扎了白线，就明白那老的已作完了自己分上的工作，安安静静躺到土坑里去了……

B2 第 293 页，C 第 311 页：过渡人一看老船夫不见了，翠翠辫子上扎了白绒，就明白那老的已作完了自己分上的工作，安安静静躺到土坑里给小蛆吃掉了……

沈从文式的死亡观。《黔小景》中，一个老人的死。

"互观"与"反复"的交织：论沈从文小说的叙事话语及其文化内涵参考文献

（一）沈从文作品编目（包括专著、单篇，依发表和出版年代排列）

（1）专著

《中国古代服饰研究》，香港：商务印书馆，1982 年 10 月初版本；上海：上海书店，1997 年增订本。

《沈从文文集》（凌宇主编）（第 1~12 卷），广州：花城出版社、香港：三联书店，其各卷出版时间依次为：第 1 卷 1982 年 1 月第 1 版，第 2 卷 1982 年 1 月第 1 版，第 3 卷 1982 年 5 月第 1 版，第 4 卷 1982 年 6 月第 1 版，第 5 卷 1982 年 9 月第 1 版，第 6 卷 1983 年 1 月第 1 版，第 7 卷 1983 年 5 月第 1 版，第 8 卷 1983 年 9 月第 1 版，第 9 卷 1984 年 3 月第 1 版，第 10 卷 1984 年 2 月第 1 版，第 11 卷 1984 年 7 月第 1 版，第 12 卷 1984 年 7 月第 1 版。《沈从文文集》，本文所引各卷次版本均据此，只在首次出现时进行标注，不一一注明。

《沈从文小说选》（凌宇主编）（上、下），北京：人民文学出版社，1982 年 10 月。

《沈从文别集》（1~20 册），长沙：岳麓书社，1992 年 12 月。

（2）重要单行本、单篇散见作品及相关作品（创作、文本内部谱系及翻译、改编）

《鸭子》（无须社丛书），北京：北新书局，1926 年 11 月版。

《阿丽思中国游记》（第 1 卷），《新月》月刊第 1 卷第 1~4 期，1928 年 3 月 10 日~6 月 10 日，上海：新月书店，1928 年 7 月初版本；《阿丽思中国游记》（第 2 卷），《新月》月刊，第 2 卷第 5~8 期，1928 年 7 月 10 日~10 月 10 日，上海：新月书店，1928 年 12 月初版本。

Lewis Carroll：《阿丽思漫游奇境记》（*Alice's Adventures in Wonderland*），赵元任译，上海：商务印书馆，1922 年 1 月初版本，1988 年 5 月再版。

《柏子》，《小说月报》第 19 卷第 8 号，1928 年 8 月 10 日，上海；1935 年修改。收入 Edgar Snow 编译《活的中国：现代中国短篇小说》，雷纳尔和希契科克公司，1936 年，纽约。

《傩》，《人间》月刊第 4 期，1929 年 4 月 20 日，上海。

《萧萧》，《小说月报》第 21 卷第 1 号，1930 年 1 月 10 日，上海。李宜燮（Lee Yi - Hsieh）译为英文，*T'ien Hsia Monthly* 第 7 卷第 3 期，第 295~309 页，1938 年 10 月 15 日，上海。李如绵（Li Ru-mien）翻译为 Little Flute，美国 *Life and Letters* 第 6 卷第 137 期，1949。

《丈夫》，《小说月报》第 21 卷第 4 号，1930 年 5 月 10 日，上海；辛墨雷（Shing Mo-lei）译，《亚洲》杂志，1937 年 7 月，上海。

《三三》，《文艺月刊》第 2 卷第 9 期，1931 年 9 月 30 日，南京。

《贤贤》，《文艺月刊》第 3 卷第 3 期，1932 年 3 月 28 日，南京。

《玲玲》（《白日》，《沈从文文集》第 5 卷），《文艺月刊》第 2 卷第 5～6 期合刊，1932 年 6 月 30 日，南京。

《边城》，《国闻周报》第 11 卷第 1～4 期、10～16 期，1934 年 1 月 1～21 日、3 月 12 日～4 月 23 日，天津。《边城》，上海：文化生活出版社，1934 年（"文学丛刊"之一种，为"十城记"之一）。《边城》，上海：生活书店，1934 年 10 月（"创作文库"之九）。《边城》（改订本），上海：开明书店，1946 年第 3 版（"沈从文著作集"之一）。

Emily Hahn 与辛墨雷（Shing Mo-lei）译，Green Jade and Green Jade，*T'ien Hsia Monthly*（《天下月刊》）第 2 卷第 1～4 期，1936 年 1 月 15 日～4 月 15 日，第 87～107、174～196、271～299、360～390 页，上海。

《翠翠》（电影剧本）香港励力出版社，1952；香港长城电影公司改拍为电影《翠翠》，林黛（程月如）主演，严俊导演并担任主要配角。

《八骏图》，《文学》第 5 卷第 2 期，1935 年 8 月 1 日，上海；《八骏图》，上海：文化生活出版社，1935 年 12 月（"文学丛刊"之一种）。

《烛虚》，《战国策》第 1 期，1940 年 4 月 1 日，昆明。

《烛虚》，上海：文化生活出版社，1941 年 8 月（文季社编，"文学丛书"之十四）。

《从文自传》，上海：上海第一出版社（自传丛书），1934 年 7 月；《从文自传》（改订本），上海：开明书店，1946 年再版（铅印本）。

《湘行散记》，1934～1935 年分别刊于《文学》第 2 卷第 4 号、第 3 卷第 1 号，1934 年 4 月 1 日、7 月 1 日，上海；《大公报·文艺副刊》6 月 30 日、7 月 7 日，天津；《学文》第 1 卷第 4 期，1934 年 8 月 23 日，北平；《水星》第 1 卷第 1 期、第 2 卷第 1～2 期，1934 年 10 月 10 日，1935 年 4 月 10 日、5 月 10 日，北平；《国闻周报》第 11 卷第 29 期、第 12 卷第 2 期、第 12 卷第 11 期，1934 年 7 月 23 日，1935 年 2 月 25 日、3 月 25 日，天津。《湘行散记》，上海：商务印书馆，1936 年 3 月（文学研究会创作丛书，"湖南地志及旅行"）。《湘行散记》（改订本），上海：开明书店，1946 年 10 月再版（"沈从文著作集"之一）。

《山鬼》，《现代评论》第 136 号，1927 年 7 月 16 日，北京。

《雨后》，《小说月报》第 19 卷第 9 号，1928 年 9 月 10 日，上海。

《采蕨》，《中央日报》副刊"红与黑"第 39 号，1928 年 10 月 9 日，南京。

《雨》，《新月》月刊第 1 卷第 9 期，1928 年 11 月 10 日，上海。

《结婚之前》，《新月》月刊第 2 卷第 1 期，1929 年 2 月 10 日，上海。

《秋》，《新时代》月刊第 3 卷第 1 期，1932 年 9 月 1 日，上海。

《雨》，《新时代》月刊第 3 卷第 2 期，1932 年 10 月 1 日，上海。

《病》，《新时代》月刊第 3 卷第 3 期，1932 年 11 月 1 日，上海。

《婚前》，《新时代》月刊第 3 卷第 4 期，1932 年 12 月 1 日，上海。

《油坊》，《新时代》月刊第 3 卷第 5～6 期合刊，1933 年 1 月 1 日，上海。

《阿黑小史》，上海：新时代书局，1933 年 3 月（包括《油坊》、《秋》、《病》、《婚前》、《雨》）。

《月下小景》（又名《黄罗寨故事》），《东方杂志》第 30 卷第 3 号，1933 年 2 月 1

日，上海。

《月下小景》，上海：现代书局，1933 年 11 月。

《长河》（第 1 卷），原分 67 次刊行于《星岛日报》"星座"副刊第 7～111 期，1938 年 8 月 7 日～11 月 19 日，香港；1941 年重作；1945 年修订全部书稿，《秋收与社戏》，《自由中国》第 1 卷第 1～2 期合刊，1945 年 5 月 1 日，桂林；《长河》，昆明：文聚出版社，1945；1947 年修订全书，单篇发表《大邦船拢码头时》，《知识与生活》第 5 期，1947 年 6 月 16 日，北平；《人与地——一个小地方人事叙述》，《益世报·文学周刊》，1947 年 6 月 18 日，天津；《枫木坳》，《平明日报·星期艺文》，1947 年 8 月 18 日，北平；《摘橘子》，《文学杂志》第 2 卷第 4 期，1947 年 9 月 1 日，上海；《长河》（改订本），上海：开明书店，1948 年 8 月。

《新摘星录》，《当代评论》第 2 卷第 2、9 期，第 3 卷第 4、5、6 期，1942 年 11 月 22 日～12 月 20 日，昆明。

《看虹摘星录》（？）。

《记胡也频》，上海：光华书局，1932 年 6 月。

《丁玲女士失踪》，《大公报·文艺副刊》，1933 年 6 月 12 日，天津。

《记丁玲女士》，《国闻周报》第 10 卷第 27～50 期，1933 年 7 月 20 日～12 月 18 日，上海。

《记丁玲》，《记丁玲续集》，上海：良友复兴图书印刷公司，1934 年 9 月初版；良友普及本再版，1940 年 5 月。

《新与旧》，上海：良友图书印刷公司，1936 年 11 月初版。

《乡城》，香港《大公报·文艺》，1940 年 6 月 24 日；Old Mrs. Wang's Chicken，石敏（Shih Ming）译为英文本，刊载于 T'ien Hsia Monthly 第 11 卷第 3 期，第 274～280 页，1940 年 12 月～1941 年 1 月，香港。

The Chinese Earth：Stories by Shen Ts'eng-wen，London，George Allen and Unwin Ltd.，1947；收入《柏子》、《灯》、《丈夫》、《会明》、《三三》、《月下小景》、《媚金、豹子与那羊》、《龙朱》、《夫妇》、《十四夜间》、《一个大王》（自传）、《看虹录》、《边城》。

（3）论文及其他作品（戏剧诗歌等）

《篁人谣曲》（懋琳、远桂），《晨报副刊》，1926 年 12 月 25、27、29 日，1927 年 8 月 20、22、23、24、25、26 日，北京。

《三兽窣堵坡》（戏剧），《晨报副刊》，1926 年 7 月 20 日，北京。

《疯妇之歌》，《现代评论》第 5 卷第 123 期，1927 年 4 月 16 日，北京。

《刽子手》（戏剧），《东方杂志》第 24 卷第 9 号，1927 年 5 月 1 日，上海。

《蒙恩的孩子》（戏剧），《〈现代评论〉第二周年纪念增刊》，1927 年 6 月 25 日，北京。

《颂》，《新月》第 1 卷第 9 期，1928 年 11 月 10 日，收入陈梦家编《新月诗选》，上海：新月书店，1931 年 9 月；哈罗德·阿克顿（Harold Acton）与陈世骧合译英译本收入《中国现代诗歌集》，伦敦：杜克华滋出版社，1936 年。

《上海作家》（论文），《小说月刊》第 1 卷第 3 期，1932 年 12 月 15 日，杭州。

《鲁迅的战斗》，收入《沫沫集》，上海：大东书局，1934 年 4 月版。

《伐檀今译——用湘西镇筸土语试译》，《文艺风景》第 1 卷第 2 期，1934 年 7 月 1 日，上海。

《中国的病》，《水星》第 2 卷第 3 期，1935 年 6 月 10 日，北平。

《〈八骏图〉题记》，《八骏图》，上海：文化生活出版社，1935 年 12 月。

《作家间需要一种新运动》，《大公报·文艺》，1936 年 10 月 25 日，天津。

《一般或特殊》，《今日评论》第 1 卷第 4 期，1939 年 1 月 22 日，昆明。

《小说作者和读者》（西南联大国文学会 1940 年 8 月 3 日演讲稿），刊于《战国策》第 10 期，1940 年 8 月 15 日，昆明。

《短篇小说》（1941 年 5 月 2 日在西南联大国文学会讲），原刊于《国文月刊》第 18 期，1942 年 2 月 16 日，昆明；见《沈从文文集》第 12 卷，广州：花城出版社，1984 年 7 月。

《看虹》（诗），《大公报·文艺》，1940 年 11 月 5 日，香港；署名"雍羽"。

《新的文学运动和新的文学观》，《战国策》第 9 期，1940 年 8 月 5 日，昆明。

《习作举例——从周作人鲁迅等习抒情》，《国文月刊》第 2 期，1940 年 9 月 16 日，昆明。

《男女平等》，《中央日报》，1940 年 10 月 27 日，昆明。

《见微斋笔谈——小说上吃人肉之记载》，《文学创作》第 2 卷第 2 期，1943 年 6 月 1 月，桂林。

《雪晴》，《当代文艺》创刊号，1944 年 1 月 1 日，桂林；1946 年重作，《经世日报》，1946 年 10 月 20 日，北平。

《虹桥》，《文艺复兴》第 1 卷第 5 期，1946 年 6 月 1 日，上海。

《新烛虚》，《经世日报·文艺》，1946 年 9 月 22 日，北平。

《新书业和作家》，《论语》半月刊，第 120～121 期，1947 年 1 月，上海。

《性与政治》，《知识与生活》第 1 期，1947 年 6 月 10 日，北平。

《怀塔塔木林——北平通信一》《知识与生活》半月刊第 17～18 期合刊，1948 年 1 月 1 日，北平。《苏格拉底谈北平所需——北平通信二》，《论语》半月刊第 147～148 期，1948 年 2 月 16 日～3 月 1 日，上海；《知识与生活》第 21 期，1948 年 2 月 16 日，北平；《故都新样——北平通信》，《知识与生活》第 21 期，1948 年 2 月 16 日，北平；《试谈艺术与文化——北平通信四》，《知识与生活》半月刊，1948 年 2 月 21 日，北平，署名"巴鲁爵士"。

《新党中一个湖南人朋友——我所知道的熊希龄》，《益世报·文学周刊》，1948 年 2 月 21 日，天津。

《中国往何处去》，《论语》半月刊第 160 期，1948 年 9 月 1 日"集权"。1948 年 11 月 7 日，北大"方向社"第一次座谈，"我的意见是文学是否在接受政治的影响以外，还可以修正政治，是否只是单方面的守规矩而已"。《大公报》，1948 年 11 月 10 日，天津。

《我的学习》，《大公报》，1951 年 11 月 14 日，香港《大公报》19～22 日转载；《从现实学习》，《大公报·星期文艺》，1946 年 11 月 3 日、10 日，天津。

《中国古代的陶瓷》，《新观察》第 19 期，1953 年 10 月，上海。被开明书店和台湾当局焚毁和禁止发表作品。1960 年 7 月 22 日至 8 月 13 日，中国文艺工作者第三次代表大会，毛泽东、周恩来"要求他们恢复创作"。

（4）沈从文主编或参与编辑的文学刊物

《红黑》月刊（第 1～8 期），成立红黑出版处，出版"红黑丛书"，1929 年 1 月至 1929 年 6 月，上海。编辑人：沈从文、丁玲、胡也频。

《人间》（月刊）（第 1～4 期），1929 年 1 月 20 日～4 月 20 日，上海：人间书店。作者：丁玲、胡也频、沈从文、姚蓬子、陈梦家。

《小说月刊》（第 1 卷第 1～5 期），1932 年 10 月～1933 年 2 月，苍山书店，杭州。编辑人：沈从文、高植、程一戎。

《大公报·文艺》（沈从文主编），每周一、周四出版，1933 年 9 月 23 日～1935 年 9 月 1 日，天津；1935 年 9 月 1 日～1936 年 3 月 27 日，与萧乾合编。与朱光潜等人编辑的《文学杂志》（商务印书馆）共同造就了"京派"文人。

《水星》（月刊）（第 1 卷第 1 期～第 2 卷第 3 期），1934 年 10 月 10 日～1935 年 6 月（1934～1935），北平：文华书局出版社。主编：卞之琳、巴金、沈从文、李健吾。致力于对新人的发现和培养。

《现代文录》（月刊），第 1 期，1946 年 12 月，北平：新文化书局出版社。编辑者：沈从文、朱光潜、冯至、徐盈。发行人：谢质如。宗旨：致力于打破新旧文学壁垒，打通中外文艺理论，沟通文艺与哲学及科学，力创现代新文艺。

（二）有关沈从文的研究文献（包括专著和单篇论文）

（1）专著

孙陵：《浮世小品》，台北：正中书局，1969 年 1 月。

夏志清：《中国现代小说史》（中文版），刘绍铭译，台北：传记文学出版社，1979 年 9 月初版。英文版，纽黑文：耶鲁大学出版社，1961 年。

凌宇：《从边城走向世界》，北京：三联书店，1985 年 12 月；《沈从文传》，北京：十月文艺出版社，1988 年 10 月。

凌宇主编《从文自传》，南京：江苏文艺出版社，1995 年 9 月。

严家炎：《中国现代小说流派史》，北京：人民文学出版社，1989 年 8 月。

邵华强主编《沈从文研究资料》（上、下），广州：花城出版社，1991 年 12 月，附《沈从文年谱简编》。

李书磊：《都市的迁徙——现代小说与城市文化》，长春：时代文艺出版社，1993 年 6 月。

王德威：《小说中国：晚清到当代的中文小说》，台北：麦田出版有限公司，1993 年 6 月。

解志熙：《风中芦苇在思索》，郑州：河南人民出版社，1994 年 2 月。

旷新年：《现代文学与现代性》，上海：上海远东出版社，1998 年 6 月。

蓝棣之：《现代文学经典：征候式分析》，北京：清华大学出版社，1998 年 8 月。

王德威：《想象中国的方法：历史、小说、叙事》，北京：三联书店，1998 年 9 月。

Leo Ou-fan, Lee, *Shanghai Modern：The Flowering of a New Urban Culture in China*,

1930 – 1945，Harvard University Press，Cambridge，Massachusetts，1999.

金介甫：《凤凰之子——沈从文传》（*The Odessey of Shen Congwen*），傅家钦译，北京：中国友谊出版公司，2000 年 1 月。

（2）单篇论文

胡适：《论短篇小说》，原刊于《北京大学日刊》1918 年 3 月 15 日，北京，为北京大学国文研究所小说科讲演的材料，有傅斯年研究员记，收入俞吾金编选《疑古与开新：胡适文选》，上海：上海远东出版社，1995 年 12 月。

苏雪林：《沈从文论》，《文学》第 3 卷第 3 期，1934 年 9 月 1 日，上海。

金岳霖：《真小说中的真概念》（Truth in True Novels），罗筱筱、李小武译，原刊于 *T'ien Hsia Monthly* 第 4 卷第 4 期，第 342 – 366 页，1937 年 4 月 15 日，上海。

凌宇：《沈从文研究的回顾和前瞻》，《中国现代文学研究丛刊》1995 年第 2 期，1995 年 5 月，北京。

凌宇：《沈从文小说的叙事模式及其文化意蕴》，《重建楚文学的神话系统》，长沙：湖南文艺出版社，1995 年 3 月。

王学富：《沈从文与基督教文化》，《中国现代文学研究丛刊》1996 年第 1 期，1996 年 2 月，北京。

贺桂梅、钱理群等：《沈从文〈看虹录〉研读》，《中国现代文学研究丛刊》，1997 年第 2 期，1997 年 5 月，北京。

旷新年：《中国现代文学的发生》，1999 年 12 月，清华大学"传统文学的现代性转化"研讨会会议论文，北京。

（三）研究参考文献

W.C. 布斯：《小说修辞学》，华明、胡苏晓、周宪译，北京：北京大学出版社，1987 年 10 月。

陈平原：《中国小说叙事模式的转变》，上海：上海人民出版社，1988 年 3 月。

陈平原：《小说史：理论与实践》，北京：北京大学出版社，1993 年 3 月。

张寅德编选《叙述学研究》，北京：中国社会科学出版社，1989 年 5 月。

热拉尔·热奈特：《叙事话语.新叙事话语》，王文融译，北京：中国社会科学出版社，1990 年 11 月。

施洛米丝·雷蒙 – 凯南：《叙事虚构作品：当代诗学》，赖干坚译，厦门：厦门大学出版社，1991 年 8 月。

米兰·昆德拉：《被背叛的遗嘱》，孟湄译，上海：上海人民出版社，1995 年 12 月。

M. 巴赫金：《巴赫金文论选》，佟景韩译，北京：中国社会科学出版社，1996 年 4 月。

本尼迪克特·安德森：《想像的共同体》，吴叡人译，台北：时报出版社企业股份有限公司，1999 年 4 月。

J. Hillis Miller, *Fiction and Repetition*, Two Forms of Repetition, Havard University Press, 1982. 英文版第一章。

凌纯声、芮逸夫：《湘西苗族调查报告》，台北：南天书局有限公司，1978 年 3 月；上海：商务印书馆，1947 年 7 月初版。

"文本发现"的文学与文献学释读

沈从文集外诗文四篇

一种境界[①]

小瓶口剪春罗还是去年红，
这黄昏显得格外静，格外静。
黄昏中细数人事变迁，
见青草向池塘边沿延展。
我问你，"这应当惆怅，还应当欢欣"？
小窗间有夕阳薄媚微明。

青草铺敷如一片绿云，
绿云相接处是天涯。
诗人说"芳草碧如丝人远天涯近"[②]；
这比拟你觉得"近情"？"不真"？
世界全变了！变了！是的，一切都得变，——

---

① 本诗刊载于1940年6月16日《今日评论》第3卷第24期，作者署名"雍羽"，这是公认的沈从文笔名之一，如同年1月26日刊发于香港《大公报·文艺》第775期的诗歌《一个人的自述》、8月19日刊发于香港《大公报·文艺》第907期的《莲花》、1941年11月5日刊发于香港《大公报·文艺》第1219期的《看虹》（1941年3月31日作），均署名"雍羽"。本诗与《看虹录》、《摘星录》及《七色魇》有情绪上的相关性，为作者在昆明时期代表性的诗作之一。

② 朱淑贞《生查子》云："遥想楚云深，人远天涯近"；王实甫《西厢记》云："系春心情短柳丝长，隔花阴人远天涯近。"

心上虹霓雨后还依然会出现。

溶解了人格和灵魂，叫做"爱"。

人格和灵魂需几回溶解？

爱是一个古怪的字眼儿，燃烧人的心。

正因为爱，天上方悬挂万千颗星（和长庚星）。

你在静中眼里有微笑轻漾，

你黑发同苍白的脸儿转成抽象。

饭桶——见微斋笔谈[①]

《抱朴子》引弥衡语云："孔融荀彧，强可与语，余人酒瓮饭囊。"同一句话也有作"酒囊饭袋"的。装酒用囊，用瓮，用葫芦，扁提[②]，不是我这个小文预备讨论的问题。近人常说"饭桶"，多用在什么情形下什么东西最合适，对于有名位无才能的官僚，近于滥竽充数的公务员，或泛指社会上一般无用傢伙统称。就中的嘲讽意味，似即本于"酒瓮饭囊""酒囊饭袋"而来。大凡一个稍有自尊心的人，总不愿意得到这个称呼。不过"饭桶"本来的意思，和"饭囊""饭袋"似乎不大相同。"饭桶"的来源与食大量大的福气有关，被人敬重，以为有异常人。事本宋初张齐贤。《归田录》说：

> 张齐贤仆射，体质丰大，饮啖过人。尤嗜肥猪肉，每食数斤。天寿院风药黑神丸，常所服不过一弹丸，公常以五七两为大剂，夹胡饼而顿食。淳化间知安陆州，安陆山部，未尝识达官，见公饮啖不类常人，举郡惊骇。尝与宾客会食，厨吏置一金漆大桶于厅前，窥公所食，如其物投桶内。至暮，酒浆浸渍，涨溢满桶，郡人嗟愕，以为享富贵者有异于人也。

正因为这种有真本领的饭桶，在当时不仅为乡下人平生少见，即见多识广的帝王，也常常当作一种新奇人物款待，所以还有机会被帝王请去当面表演。《癸辛杂志》载赵温叔被皇帝请吃"小点心"事情，正是一个好例。

---

① 本篇刊载于 1943 年 9 月 24 日重庆《大公报·战线》第 991 号，作者署名"上官碧"，查《沈从文全集》第 14 卷"见微斋杂文"未收此文。

② "扁提"，一种有提梁，可以随身携带的壶。

赵温叔丞相，形体魁梧，进趋甚伟，阜陵甚①喜之。且闻其饮啖数倍常人，会史忠惠进玉海，可容酒三升，一日招对便殿，从容问之曰："闻卿健啖，朕欲作小点心相请，何如②？"赵悚然起谢。遂命进玉海，赐酒至六七，皆饮釂③。继以金柈棒④笼炊百枚，遂食其半。上笑曰："卿可尽之。"于是复尽其余，上为之一笑。

不过皇帝请吃小点心的事，不是一般人能作到的。即身为宰相，机会也少。所以张齐贤虽说是太祖给太宗特意留下的宰相，大吃大喝的故事，就还是谪至安陆时传下的。因之这种伟人即身为宰相，平时吃喝就相当寂寞，无对手可得，近于孤立。至若小官，就简直只有将腰带束紧一法了。同一笔记说赵温叔事，就提起这一点。

其后□□⑤荆南，暇日欲求一客伴食不可得。偶以本县兵马监押某人为荐，遂召之谯饮。自朝至暮，宾主各饮酒三斗，猪羊肉各五斤，蒸糊五十事。公已醉饱摩腹，而监押屹不为动。公笑曰："君尚能饮否？"对曰："领钧旨。"于是再饮数杓，复问之，其对如初。凡又饮斗余乃罢。临行，忽闻其人腰腹间耆然有声，公惊曰："是必过饱，肠裂无疑，吾本善意，乃以饮食杀人。"终夕不自安。黎明，亟遣铃下⑥老兵往问，而典客已持谒白："某监押见留客次谢筵。"公愕然。延之，扣以夜来所闻。踧踖对曰："某不幸抱饥疾，小官俸薄，终岁未尝一饱，未免以革带束之。昨蒙赐宴，不觉果然。革条为之迸绝，故有声也。"

这倒真所谓"强中更有强中手"！不过或者因食多量大而做大官，或又因官小俸薄而紧束皮带，从不一饱，照唐宋人说来，就是"命"了。唐兴科举，一生荣辱虽若以考试决定，制度上既不大健全，加上帝王兴趣，权臣意旨，其实偶然机会转多。锺辂《前定录》说到这件事情时，竟若与学问财⑦知全不相关。《本事诗》叙王维登第的故事，出于岐王引带到公主面前弹了一曲琵琶，"郁轮袍"，还算是有意安排，费了点儿心事才成功的。此外有多少人中状元都可说全出于偶然！宋蔡齐的及第，即见出不是与帝王做梦有

---

① "甚"字似误，《癸辛杂识》（北京：中华书局，1991 年 1 月，第 44 页。下面注此书者版次皆相同，不再注明）"健啖"条作"素"。

② 《癸辛杂识》，作"如何"。

③ 《说文解字》："釂，饮酒尽也。"

④ 《癸辛杂识》，作"捧"字。

⑤ 此处原文漫漶不清，或为"于役"二字。

⑥ 旧指侍卫、门卒或仆役。

⑦ "财"当作"才"。

关，就是与姓寇的宰相乡土成见有关。《谈苑》称：

> 真宗临轩策士，夜梦床下一苗甚盛，与殿基相齐。及折①第一卷，乃蔡齐。上见其容貌，曰："得人矣。"特诏执金吾七人清道，自齐始。

又《邻畿杂志》却说：

> 莱公恶南方轻巧，萧贯当作状元，莱公进曰："南方下国，不宜冠多士。"遂用蔡齐。出院顾同列曰："又与中原夺得一状元。"

若我们明白佛道二教在唐代社会所培养成的浪漫空气，上至帝王下至平民，如何浸透了每一个人的心，或每一件事，到宋真宗时，君臣假作天书封禅玩意儿，又玩得如何俨然如真，宋人对人的成见，影响到政治方面且如何大，就不至于觉得唐宋对于富贵荣辱相信命运为可笑，《谈苑》所载为不实了。

自唐有科举，"状头"即成为读书人梦寐不忘之物，同时也就成为未嫁名门闺秀所歆羡之名词。元明戏曲传奇，男主角大部分作状元，正反映这点愿望如何普及人心。唐代状元不尽入相，宋代状元却少不入相，惟状元之所以为状元，则唐宋无异，非尽以才学为准。《涑水纪闻》记王嗣宗作状元，更有趣味，原来这个文状元，是在皇帝面前与人比武取巧得来的。

> 王嗣宗，汾州人，太祖时举进士，与赵昌言争状元于殿前。太祖乃命二人手搏，约胜者与之。昌言髪秃，嗣宗殴其，②头坠地，趋前谢曰："臣胜之！"太祖大笑，即以嗣宗为状元，昌言次之。

虽《玉照新志》以为《涑水纪闻》有误，与王嗣宗在开宝八年争状元的是陈识齐，并非赵昌言。惟王嗣宗因为角力得状元，则大约是事实，"终南处士"种放③之不再起用，也就和这个手搏状元一场争吵有关。

饭桶事虽本于蔡齐，惟《归田录》记此事时，却只说"酒浆浸渍，涨溢满桶"，似无饭粒发现。吃黑神丸，夹在"胡饼"中，情形和我们现代人用什么鹿茸精维他命或白塔起司夹在面包烧饼中大略相似。赵温叔谦饮被皇帝请去吃小点心，吃的是"笼炊"。兵马监押与赵温叔谦饮，除猪羊肉外，是"蒸糊"五十事。胡饼、笼炊，或蒸糊，顾名思义都使人疑心是面食，必捣烂调和，做法也与米饭不同。实在说，这些"饭桶"吃的都与米饭无关！

---

① "折"应为"拆"。
② ","当为"襟"，参看《涑水纪闻》，《宋元笔记小说大观》第 1 卷，上海：上海古籍出版社，2001 年 12 月，第 801 页。
③ 种放（955～1015 年），字明逸，河南洛阳人，自号"云溪醉侯"。

语谓"巧妇难为无米炊"，在宋人说此谚时，却为"巧媳妇做不得没面怀饦①"。面食嗜好在南中国成为习惯，或在晋室渡江时代，惟直到北宋时，种麦还是淮河流域以北比较普遍，长江以南大规模种麦，实在南渡以后。庄季裕《鸡肋》称：

> 建炎之后，江浙湖湘闽广，西北流寓之人遍满，绍兴府，麦一斛至万二千钱，农获其利，倍于种稻。而佃户输租，只有秋课，而种麦之利，独归客户。于是竞种。春稼极目，不减淮北。

又从《鸡肋》上所载张浚等军所支粮秣数目看来，也可见出当时大兵吃的是米麦间杂。东西出产一多，价值自然下来，不吃它的也只好吃了。帝王请客吃点心，虽已极奇，还有平民请帝王吃点心，而且吃一个"蒸饼"，事亦见于《鸡肋》：

> 楚州卖鱼人孙姓，颇知人灾福，时呼"孙卖鱼"，宣和间，上皇闻之，召至京师，馆于宝箓宫道院。一日，怀蒸饼一枚，坐一小殿中，已而上皇驾至……即出怀中蒸饼，云"可以点心"。

据记载说当时徽宗虽觉微馁，亦不肯吃。请客的孙卖鱼就说，这时不吃将来想吃怕也不成功，到后徽宗为金人掳去，狼狈张皇，果然想吃那么一枚小点心也办不到。

宋人有很多故事和"饭"发生关系，试举四个不相同的说说，《钱塘遗事》记宁宗元夜事：

> 宁宗上元夜，尝褰烛清坐。小黄门奏曰："官家何不开宴？"上愀然曰："尔何知？外间百姓无饭吃，朕饮酒何安？"

《鹤林玉露》称：

> 范文正公玉②："常调官好做，家常饭好吃。"

又《高斋漫录》，记苏东坡和钱穆父各自设宴请客事：东坡尝谓钱穆父曰："寻常往来心知，称家有无，草草相聚，不必过为具。"穆父一日折简召东坡食"皛饭"，及至，乃设饭一盂，萝卜一碟，白汤一盏而已。盖以三白

---

① 北宋王辟之《渑水燕谈录》卷九：士大夫筵馔，率以怀饦，或在水饭之前。……"世谓怀饦为头食，宜为群品之先可知矣。意其唐末、五代乱离之际，失其次第，久抑下列，颇郁，舆论牵复"。宋庄季裕《鸡肋编》卷中："谚有'巧媳妇做不得没面怀饦'与'远井不救近渴'之语。"南宋陈亮《又答朱熹书》有"巧新妇做不得无面怀饦"。

② 当为"云"。

为晶也。后数日，坡复召穆父食"毳饭"。穆父意坡必有毛物相报。比至，日宴，并不设食，穆父馁腹。坡曰："萝卜，汤，饭，俱毛也。"穆父叹曰："子瞻可为善戏谑者也！"

《三朝北盟会编》，记范琼当金人入城时向民众宣布关于吃饭意见：

> 上皇以下出郊，人情忧惧。京城四壁都弹压范琼大呼曰："自家懑只是少个主人，东也是吃饭，西也是吃饭。譬如营里长行健儿，姓张的来管著，是张司空，姓李的来管著，是李司空"。军民闻之，骂不绝声。

四个故事正代表四种身份，四种人生态度。第一种是好帝王态度，因为想着百姓没饭吃，自己也无心吃喝。意思正像"推己及人"。第二种是纯粹儒家谨严态度，淡泊以明志，不为物欲所役，所以对于"家常饭"特别赞美。意思正像"要吃饭，只有这种饭好吃"。第三种是艺术家潇洒幽默态度，萝卜白饭，随随便便，亦可美其名曰"晶饭"。再不然，把客请来，什么都不预备，还可解嘲名为"毳饭"。意思正像"吃饭并不是人生中顶重要的事情，客人风雅，相对谈天也成！"第四种是混饭吃的卑鄙态度，北宋末有这种人，任何时代也不缺少这种人，每一个国家遭遇困难，社会解体，或外患内乱，改朝易代时，具有这种无所谓态度的人，照例就相当多。不过情形相同，表现有异，读书人喜用知识自饰自文，就变成刘歆谯周，以为天命有归，逆天不祥。或如冯道，则不声不响作五朝元老，成为历史上无耻官僚典型。或如李昊，世修降表，也算是一个专家。北宋末只有一个范琼，脑子单纯，说得出口，所以军民还可骂这种人。其实当时只闻一个李若水尽忠死难，还有多少不声不响的范琼，在那里拖混！并且此外时代，照例也就是人数太多，那些人们只是不声不响的混下去，社会既不许骂，亦无从骂它罢了。若"饭桶"二字的训诂，有混饭吃的抽象意思，这位会做官的范琼，所表现的混饭吃态度，倒真是名副其实。为用这种坦白卑鄙态度去吃饭，做人，过日子，无往不宜，且以为骂者自骂，好官我自为之。历史上这种人就不断的产生，存在，各以不同面目，不同身份地位，在社会上活动。国运荣枯，从这种人的数目上，以及他们所占据的社会地位上，亦可以推测得出。《曲洧旧闻》记蔡京评吴伯举曰："既作好官，又要作好人，两者岂可得兼耶？"可见当时作好官者，都并无意作好人，亦必不容易作好人。

今古相似而不同，弥①衡可说是被"酒瓮饭囊"压死的，因为话语中损害了这种人的尊严。所以先在曹公筵席上打了一阵子板，到后终不免被黄祖派人缚好沉到大江里喂鱼吃。现在筵席中，已不用鼓吏，也不能如刘桢那么

---

① "弥"或为"祢"之误排。

被罚去作坊磨石头，倒不是言论宽容。只像是"酒瓮饭囊"已无尊严可伤。若说从历史考察，可见出社会一切进步的痕迹，那么，这也许就是这种人的进步处了。

八月廿呈贡重写

逛厂甸①

我初到北平时，距蔡子民先生谈美育已六七年，国立美术专门学校也早成立。但学校圈中多数人对美术爱好，似乎还和传统习惯相差不多。会玩的都玩玩四部板本，金石拓片，或三五件字画，一点小件陶瓷，几方端砚，一二匣墨，即已近于风雅。办美术教育的，也还是用绘画作主体，其余系类都近于点缀。最大毛病即有教师而少设备，直到如今还是这样。记得最初过年，是在一个表亲家中。去到那里时，有两桌麻雀牌正在进行，热闹得真像"过年"。客人既多，自己生活情况正极劣，实在又羞又怕又无聊，所以就只装着微笑，勉强在玩牌的主客身后看了一会儿，便走到客屋佛堂中去观光。描金佛像面前罩着红缎面围桌的供桌上，焚了一炉香，有点水果供品，还有些点缀主人生活情绪的经文。桌前放有一片小小方地毯，预备主人玩牌厌倦，或因别的什么事兴奋以后，来念念经磕磕头。一切都像是很完备调和。但给我印象最深的却是墙壁上一幅字画，瘿瓢子黄慎画的"琵琶行"，并用草书把"浔阳江头夜送客"一诗全部写上。字体如酒杯大，已写满半纸，却留出一点空间，画了个老妇人把卷读诗，大约用心在"妇孺都解"意思上。瘿瓢画本不甚高，字又有格无笔，惟这一幅墨色淡淡的，设计却相当巧妙，字也特别好。近三十年了，留在我记忆中印象还十分鲜明动人。那亲戚来佛堂上香时，见我在画前发呆，就告我画是逛厂甸六元钱买来的。欢喜看画厂甸画棚里还有些东西可看。过三天，我当真就成为画棚中观光者一员了。

厂甸全盛时代，当在清季乾嘉之际，和灯市相同，前人笔记虽常提到，真实情形已不可知。正如东京梦华录梦梁录等书记宋代开封临安生活景象，及大相国寺买书访画情形，都已成隔世事，只可想像仿佛，不仅玄览篇②记明代灯市买小米钱选画已无可望，即晚清庚子以前画棚灯市所见，我们生来

---

① 本篇刊载于《世纪评论》第 3 卷第 17 期，1948 年 2 月 24 日，南京，作者署名"上官碧"。
② 明代詹景风著有《詹氏玄览篇》，内记载宋代李公麟的《西园雅集图》，为后来诸多"雅集图"模本之祖。

太晚，也无福气享受了。

我看画棚既然是民十以后事，所见到的当然可说已不成样子，但是这种画棚从铁道线前起始，却一直延长到路底。看画的一钻进去，跟随个什么不相识老人身后走着曲曲折折路线，一路听他指指说说，有时还停下来接受相熟掌柜的一枉①热茶，（那些茶大多数还是从带棉套旧式保温壶中倾出的！）沿路稍稍停顿，就要花费两点钟时间，才到尽头。此外还有路两旁的书画杂物摊，古物杂会，只除了"南京沈万三的聚宝盆"此外似乎什么怪东西都还可发现。琉璃厂每家古玩铺，从掌柜到小伙计，新年中照例都换上了新衣，在门前迎送主顾，或相互串门打千拱手拜年。虽已不如邓叔存先生②所说光景，民初元二两银子可买宋元黑片花鸟故事，令人歆羡，然而也还保留一点旧习惯，铺门前触目处，尚可看到些带故事性或象征新年吉祥多福的玩意儿，明清人仿苏汉臣或钱舜举的货郎担，婴戏图，普通苏州人仿仇英仕女游春图，秋千图，龙舟图，廿来元成交的货，还很看得去。至于清邹一桂的天竹如意，金廷标的八骏马，唐岱拟赵千里的青绿小幅山水，画棚中十元八元作品，货色已极整齐。明清之际名头不大的扇面，二三元随手可得。从乾隆到慈禧，新年赐福的二尺大御笔福字，二三元也可听主顾随意挑选。旧纸贡笺还是整卷出手，色色具备。海王村的货摊上，瓷漆杂器精美丰富，更触目惊人。即出于商人仿制，一切也还保存本来制作材料制度，全不像近日为美国洋兵预备的摹仿品恶劣！火神庙珠玉象牙摊子，且多分类排列。珠玉是达官豪富，老爷阔人，媚悦家中，如夫人或名娼名伶的东西，我这个乡巴老可说不出什么印象。以十来专卖象牙摊子而言，堆积于各层次的器物，其宋明款式的旧器，就触目可见，半立雕尺大件五百罗汉，或群仙献寿，牙色透红，莹洁如玉，呼价二百元，七十元即可成交，全份牙制镂花刻胡人骑猎的双陆图，全份线刻水浒三国人物故事酒令牙牌，全部西厢故事牙牌，百元以下都可到手。……一尺大明永乐刻漆椀，莹如紫玉，二十元钱即可买到。凡有工业艺术，或美术考古价值，尚少商业价值的古器物，几几乎都可以用不易设想的低价收购。

游人中则还可看见不少有发辫的逊清遗老，穿绛缎团花大袍，绵缎背心，带有荷包挂件的大烟管，携儿带女于画棚货摊边徘徊。有着旗装的王公旧族贵妇，长袍小袖，高髻粉面，点缀于珠玉宝货摊子边。海王村公园中部，还搭一临时茶台，许多人一面喝茶一面看热闹，保存庙市旧风。

---

① 应为"杯"字，或形近而误排。

② 即历史学家邓以蛰，是20世纪30年代北京文人雅士的"星六集团"中最雅的一个（金岳霖语）。

　　若到前外或东西四牌楼挂货铺及大①桥旧货棚观光，则这个二②百年名城大都另外一种储蓄及毁坏，将更加惊人，有关旧朝代服制器用，刺绣……工艺品，都如垃圾堆，随意处理，彩色鲜明花样文巧材质讲究的库缎，湖绉，以及绫绵罗纱，千百匹堆积在席上，五色缤纷，无人过问。（直到民国二十五六年，在东华门挂货铺中，乾隆宫纱就还只到二三元一匹，大家买来作窗纱用。）各挂货铺的杂器物，价值之贱，门类之丰富，糟塌之多，就更不用提了。

　　至于社会一般艺术兴趣呢，每日报纸戏评栏正为金少梅琴雪芳或什么名花老五捧场，竞选伶国大总统，或花国大总统，许多名流用极讲究四六文写劝进表。三尺大相片，正和黎元洪、徐世昌、张作霖、吴佩孚、③相片同在照相馆门前可以发现。北平六国饭店外交性的跳舞会，已起始有名媛交际花参加。陶然亭于秋冬之际，照例虽还有遗老看芦花赏雪分韵赋诗，也有新派少年，在荒塚前学少年维特，吊古伤今，痛哭赋诗，即景抒情。中央公园茶座前，却坐了无数游人，有军人，官僚，议员，部员，教育界中大小书呆子，或一家老幼，或独自一人，坐在那里剥瓜子，吃肉末绕饼冰忌淋④，让人看并看人。

　　一般大学生的艺术嗜好，似集中于马连良、余叔岩、梅兰芳、孟小冬。蔡先生的美育代宗教学说，似因过于伟大，不免显得异常荒谬。所以北大出版部，虽印行过孑民言行录，每个毕业学生回家时，都有机会带了那么一部书回家，事很奇怪，似乎竟没一个人想到在学校来用一小笔款项，找几个好事教授，收集点东西，在本校来证实一下这个美育学说。如果当时居然有那么三五人，又有一笔小小款项，来办这件事，专收集工艺品，和民俗生活有关艺术品，三十年来的聚集，在世界上必然也可称为一个重要宝藏。至于主持美术专门学校的人，如知道绘画，雕刻，戏剧以外还有术艺，且在北平还有些什么不同学校习惯的绘画，雕刻，戏剧，办学校学生需要教育，教员更如何需要教育能有计划，有魄力，把经费中小部分，用在收藏各部门美术品，则三十年来将更是如何洋洋大观！

　　但事实上社会眼光和学人眼光都似乎还无人想到这件事有何重要意义。官吏中少数人虽知于做寿办喜事时，买古董送礼，多数则不仅不知好好保

① 应为"天"字，形近而误。天桥是旧京各种戏棚及艺人卖艺的地方，不过最初出现的是旧货市场。
② 用"二百年"来定义名城北京，颇为难解，下文"有清二百年"同样令人费解；或指所谓"康乾盛世"以来的二百年。
③ 此处"、"或为"之"之误排。
④ 应为"烧"字，形近而误，肉末烧饼又叫圆梦烧饼，是清宫名点；冰忌淋今通作冰淇淋。

持，还在破坏上作了不知道许多坏事蠢事，当时政府一切都若脱了节，财政部靠借外债弄回扣，包税收发薪。内政部靠借开辟马路繁荣市面，撤卖皇城砍伐风景树木发薪。教育部某一时也居然把京师图书馆的善本书抵押给银行，借钱发薪过年。总之，凡典守的都似乎即可自由处分，不以为奇，所以雍和宫一类地方二百年来保存的美术品法物乐器，也就大都在莫明其妙情形中，陆续成为私人收藏或送出国外。驻西苑的部队，把圆明园的剩余建筑石材和铺道石卖给附近大学时，一部分一部分抬去，及把颐和园墙外一带大柏树砍伐出售给某寿材铺，一大车一大车装进城时，大家看来也都以为十分自然。报纸上虽提过一二次，一切事还是照样进行。

　　然而更大更重要的毁坏处分，还是故宫开放后那一阵，由于典守主持人之无知而自私，在一种极胡涂草率情形中，毁坏了不知多少有关历史文化工艺品！一个故宫售品所，主持人不知把重要美术品中铜玉瓷漆缂丝锦缎及其他种类有计划分门别类印成专集图录，并把字书中重要作品，分别复印。却一面零零碎碎，一切还不脱办画报形式，印点小东西点缀，另一面更借口有些物品不易保存，或无多意义，作价一律出卖。举例言，一海龙袍子或貂皮大套，当时作价不过二三百元，普通乾隆锦缎仅一元一尺。且照当时规矩，院中办事人作价后，还得先由院长选购，次由院中高级职员选购，次由低级职员，最后方轮到外人。所以东西越讲究难得作价也越贱，处分之滑稽，荒唐，真到①不像是真有其事。后来虽因某某事，进而为某要人弹劾戳穿成为故宫盗宝案，然主事者在通缉令下以前，连亲带眷一跑，还是一切无事。这种大毁坏别的不提，即以明清四百年，几几乎代表五个世纪带花着色丝织物数千种，作价一元八毛计尺出售给人作旗袍椅垫，得来的钱却为的是发职员的薪水，这些典守人对中国艺术作的孽，算来就有多大！

　　二十三到二十六年前后，我又在北平过了四个年，看了四年的厂甸。前后相去已十余年，自然什么都不同了。显著的是字画古器物已日少，但有清二百年名公巨宦学人才子的墨迹，如曾文正、左文襄、刘墉、张照、翁同龢、潘祖荫、伊墨卿、祁隽藻等字幅，四元五元还可带回家中。明代几个书家如邢同、王宠、王铎、倪元璐、张瑞图，②字条，一二十元已可得真的好货。四王吴恽作品，较多商业价值，虽不易得。然不著名还看得去的明清之际画幅，一二十元左右还可得小幅精品。金冬心查士标逸品，出至五六十元，已称高价。至于高且园，郑板桥，十元二十元只小军官照顾。晚清赵之

---

① 通作"倒"。
② 此处"、"或为"之"之误排。

谦任伯年，且远不及当时萧屋泉，汤定之，萧谦中引人注意！画棚中虽已不成样子，冷门中就还随时随处可发现宝物。记得某回美展，① 北方出品中周养庵一幅明宪，② 王朱由燉的一幅诸葛武侯画相，上载出师表，当时在画棚曾见过三次，最初即只索价四元。某古玩铺一明永乐款径尺大雕漆椀③，只索价二十元，十六元即为人买去。有人抱了尺长牙雕，五十元即出手。至东西弓箭大营看制弓时，还见到一二百雕弓排列架上，老弓手一面叹息一面工作，为的是旧弓劲强无人过问，必须改造才有洋人购买！……经改造的弓还只值四五元一张。

北平沦陷九年和平胜利后，我又回到了这个地方，成为逛厂甸在人丛中挤在书籍货摊边呆的一员了。一切都似乎还"有"，一切其实都已"无"了。去年新正半月都极冷，厂甸中生意不好做，熟人中每去一次，总还是抱一大堆书回来。书籍中尤以近二十年日本人印的有关美术考古图籍，随处可以发现。瓷漆二录索价二万时即不容易找寻售主。南画大成全套不过数万元。日本精美漆器，及高丽李王朝陶瓷，且随处可得。东单地摊上，这种东西更多精品。设有好事者或公家机构，如北平图书馆，中央博物院，艺术专门学校，以及什么特派员张三李四，知注意到这分器物如何难得，收集在一处，对于中国现代工艺又具有何等意义，用很少一笔费用，二三人到处留心，即可接收保存多少好东西！但这工作像不是任何一个机构分内的事，就无一个人过问，机会还是在习惯上错过了。到今年逛厂甸，几个公家机构，几个学校，起始想在这问题上花点钱作点事情时，人丛中挤来挤去的故宫博物院长，北平图书馆长，和几个大学校动员收购字画百物的教授，一定将保留一个相似印象，即厂甸中最多的是大串糖葫芦，风筝，玩具，和买④吃食的，此外什么都没有了。虽然卖字画的和摆摊子的，还是有不少字画古董，却只是像为两种人预备的货色，洋兵及休假回国的女传教师。一看到这个人和头发半白的铺掌柜办交涉讲生意，总令人感到一种悽怆印象。文化，艺术，轮到这些人来赏玩，支持，自然什么都完了。

大家都说厂甸今年格外热闹。别的不提，只要站在和平门里面，数一数进城的三轮车自行车上颠巍巍长串糖葫芦和迎风咯咯的麦杆小风车一共有多少，即可知海王村游人如何拥挤。再过三五年，海王村那一圈古董铺，也许都应当改作糖果铺或玩具店，才够供给游人的需要，因为到那时节，军人或

---

① "某回美展"或指1936年在中山公园来今雨轩为黄河决堤举行的义赈画展。

② 此处"，"似衍，"明宪王朱由燉"应连读；周养庵时任古物陈列所所长，中山公园董事。

③ 通作"碗"。

④ "买"或为"卖"之误排。

洋人，可能也只为买卖糖葫芦和空竹来逛厂甸了。

从这个小小地方的兴衰和变迁，也可以看出这个国家的其他方面，是从什么情形下在逐渐毁灭或变质。知识分子都只在等待政治来抢救他，可不知自己也还可以在某一时抢救点别的什么。到目前，说是来抢救，似乎已太迟了。毁的已毁去，掣走的都掣走，剩下的只是一群会买糖葫芦，被日本奴役灵魂八年，又被内战蹂躏情绪二年，在人丛中挤来挤去得乐且乐的小市民，什么努力都太迟了。唯一还可以做的，也许应当是来抢救一下自己的灵魂，倘若他当真还有灵魂！

巴鲁爵士北平通讯（第七号）①

余之通信于国内刊物仅发表数次，即得各方赐教甚多。且有附寄图表计划至若干种，误以为余于美援分配或能所主张者。有殷勤商讨诸问题，拟约余加入一有力政团学会，许以名誉顾问头衔者。鼓励多于批评，实令余兴奋。余通信所谈多中国文化与现代思想问题，作为一洋人观点谈中国事，其实正像隔山打虎，内行人看来，未免空空洞洞，外行人看来，又莫测高深；然犹有此结果，可见现实苦闷对于中国学人如何深刻；陷泥沉渊，绝望中犹盼援手有人也。近日故都宗教空气忽然特别浓厚，无线电播音，除明星唱歌，伟人讲演，大倭瓜对口相声经常节目外，忽添加福音一项。到时传教师努力作成慈悲腔调，苦口婆心，劝人为善，适当市面粮食绝迹定价失效之时，方法之不切实际，即上帝听来亦必皱眉。有一知名教授，因惠书询余感想，且盼余能公开答复。意若"洋人之至中国，本与传教有关，时代多变，今者似对中国内战特感关心之军事代表团，始肯来中国传教。诚对中国人民发生兴趣，新旧传教方法恐均得变更，始有意义也"。此教授所提问题，惟司徒雷登氏答复始能得体，因基督福音与军火接济本相互水火，大使身预其事不觉矛盾必有原因也。余对此事则沉思三日，得一庄重结语：宗教因迷信结集而产生，后因迷信游离而毁废。宗教亦可能再生，与传教师却无关，将由一种"人的科学"发展，对于迷信本质加以有效控制起始。科学家和诗人，必同为此庄严工作而携手服务。试为诠释因果，小作预言，作通信七。

---

① 本篇刊载于《世纪评论》第 4 卷第 17 期，1948 年 10 月 23 日，南京，作者署名"巴鲁爵士"，为沈从文的笔名之一。本文与收入《沈从文全集》第 14 卷的《北平通信》六篇属于同一系列，为该系列的第七篇。

　　"迷信"是个可诅咒的名词，含有历史性的血腥气和霉腐味，种种罪恶寄生于其间，如苍蝇之群集于臭肉。"去除迷信"因之亦成为一个永远明朗动人口号；从事其役的科学家或思想家，于旗纛下沉默而前，记录上有血迹斑斑。

　　然而试从人性深处发掘，迷信实和生命同在。是一种生命青春期的势能。这种势能有效管制，在人类历史中犹未著手。时复泛滥忘归，兼易自然结集；一切宗教由是而产生，各以地域、气候、和民族品质不同，作种种不同发展。恰如一群蜗牛，沿井爬墙，行进缓速不齐，却各自留下一道曲折蜿蜒痕迹于身后。鸟瞰其经行处宜名为"道"。惟一个具概括性"道"字可以含容。道不可道，世人必习惯以虚喻实，始能有会于心。

　　由于近代科学的精细分工，和纯理性抽象知识堆积，社会生活又复杂多方，迷信附于过去宗教产生的神权尊严，自然逐渐解体，分化凋零，若存若亡，颜色闇黣，左黑右炎。但人类对于神的迷信，虽已消失无余，迷信本质实并未消失。本质永存，道可变易而不毁灭。迷信曾产生宗教，使之具强烈光辉，照耀历史，照耀人生；余光反映于文学艺术中，犹能使种族或个体生命丰富润泽，并具更大弹性，于前进中能承受挫折，战胜困难，增益幻想；沙漠之干枯，海洋之深广，以及生死契阔隔绝，均不能阻碍其人对天国或乐园向往。即世所谓"科学精神"，究其实，亦无不由于挹取沾润余芬剩馥而来。迷信至近代而解体，于宗教关系游离，另有所附丽；换言之，此本质已为另外一种强大引力所吸收，这引力名为"政治"。

　　政治通常本是一种实际人事的综合，需要技术多于艺术，社交多于思想。然世界在变动中，自帝王诸侯封建，各以不同方式转入现代，东方或西方，都有一共同事实，即宗教情绪重要部分由庙宇教堂逸出，一例渗入社会，政治于是进入一崭新时代。发展至最近，"无定向"与"褊持狂"①，恰恰形成世界两极！

　　如对迷信取"适应"方式，由拒绝、否定、而又苦于无从束缚降服此浸润于有生具原始性之充沛剩余精力，因极力适应，求中和平衡，自然即见出缺少定向。如迷信取"把握"方式，比适应前进一步，企图与政治作大胆的混合，揉成一团，打成一片，终极且变成一个整体。既反复琢磨，不能自休，当然慢慢的即形成褊持狂。前者使"民主政治"摇摇欲坠，附属于此名词下社会组织，亦失效脱节，弱点暴露。后者在尝试过程中，也不免有矛盾，有消耗，有选择上的偏差。过程中能使一国家一民族文化圮塌衰败，也

---

　　① 通作"偏执狂"。

能使世界组织人类关系焕然一新。唯容易变质，即为进步而集权，由集权使体制疆枯，思想停滞，人民窒息；如人身恶瘤，某一部分细胞过度生长，与其他部分失去调协，终于促成总体死亡。

此不同两极相激相荡，相反相承，已共同形成一不可抵御无从控制之巨大势能，如黄河解冻，浊流汤汤，挟碎冰残雪奔赴而前，当之者如摧枯拉朽。惟载舟之物亦能覆舟。从当前操舟人技术观察欣赏，应付此新的未来，求从容不迫，措置裕如，实大不容易。纵不相挨相撞，亦易搁浅触礁。最脆弱一环，民族流血由之而生。

也就因此，一个原则，一堆名辞，在若干年后人看来，或将认为毫无意义，毫无作用，然而在当前，却把年青灵魂和陈旧世界完全置于风雨飘摇不定局势中。近世纪科学或纯理性知识，放到这个现实中加以比照，本身都不免失去应有稳定性。燕雀翔而风雨至，"知识分子"之对现世所作成迎拒态度，二而一，即显明象徵科学与理性在时代风雨中完全迷途。"天下大同"或"天下一家"伟大理想，早失去引导人类向前而进指标作用，虽头巾气极重书呆子，和个性特强政治家，都怀疑名词实空洞迂腐，不欲言，不敢言。褊持狂则由个体到集团，彼此传染，彼此浸润，彼此粘合，终结则如旅鼠，如候鸟，并肩比翼，齐向不可知遥遥远方长征；或溺死于茫茫大洋中，或终达绿幽幽彼岸……一切若偶然亦若宿命。中国古贤有言："观天之变，察地之时，体悟人事及代谢之因果，不免悲天而悯人"。这悲悯感慨，或者就是对于历史上相似而不同现象，有所接触有所启发时而来。

物极则反，其中即寓有宗教"再生"机因。因为如有人能体会及"迷信"之为物，即是生命青春时一种活动或发酵机能，尚可望用一种更新原则加以驾驭，诱导，使之入轨就"道"。宗教情绪即有重新被捕捉就范可能。雉媒集雉，鹿鸣引鹿，猎获一禽一兽，犹相当费事。对此生命重要成分之完全把握，自然言易而行难。

宗教"复兴"与"再生"是两件事。复兴只是老式传教师好梦，一切努力犹如用毫无粘性既陈且腐之老教条作浆糊，来弥缝一迎风逆浪载重方舟漏罅，无效果可以想像得之。又恰恰如一平庸而无识医师，企图把灯草蝉蜕治愈一心腐肺烂病人，医师本人早已失去此奇迹自信，尚希望他人相信，由愚众呈献得暂时维持神堂香火和道袍威严。即有结果，实亦非宗教之福。再生是人类认识自己、完成自己、信心之重新觉醒，向"理想"有所寻觅，追求，步骤方式一新而阵列整齐不乱。此事实有待一种新兴独立思想观念的建立，一种"人的科学"的建立。由驾驭此不驯服、具原始性、且多变易的势能起始，目前的自然科学和人文科学，统将为此伟大企图而虔诚服役。这种"人的科学"之深入与推进，如与日俱进，必使天下一家观念由一新途径寻觅试探，而逐渐完全证实。发展范围之广大，则目下犹无人能想像领会。

这种科学待产生，也必然会产生；在世界两极火花迸发中慢慢成形，孕育于旧式迷信所形成的猜忌、仇恨、恐怖中，生长于汨汨鲜血与熊熊烈火里。

主要工作将为生命本质之被有效控制，游离，转移于旧宗教或新政治以外。旧宗教本无可希望，铅由放射分裂而成，铅当然不复能成为铋。新政治亦受一因果律支配，凡事物本身若具有一过于强大之力量，同时即有一不可否认之惰性；物动速则难止。譬如下坡转丸，速度越增加，控制性即越少。既缺少平衡机能，终不免因跃进过速膨胀过甚而出事。迷信本质必继续分解，管制性特强政治成功国家，分解且愈益加剧。一切分解均非复旧，乃一更新的道路开辟。任何真理原则，必为时间所补充修正。

原子能的发现、认识、及运用，见出近代科学的进步，和科学家精细而大胆处。虽若为人类奇迹，亦同时将世界引入类似梦魇中。科学家辛勤成就，反若为狡诈政客与刚愎武人作卑屈服务。这个悲痛现实，已使得全世界第一流科学家，同感到深刻矛盾。由此也必然引伸出另一相同观念和小异结论：此世间宜尚有一种新能力，在原子观以外，亦从阳光雨露而来。虽早已明白的"存在"，尚无人注意它的"可能"。这种新能力有一特性，并非呆定蕴藏土地岩石里，实浸润繁育于生命长流中；无所不到，不可分割，有生命处即可发现。生命个体必有成熟、衰老、与死亡，此能力却永远活泼而年青。……沿袭旧称叫它作"迷信"，真正名词实为"生命本体"。它的特性业经分析清楚，一面包含无知而具有强烈冲动性，一面又即为现世界组织骨架，和历史文化重要成因。照过去情形看来，出于个人蒸溜①演化可成为"艺术"，纯粹结晶便名为"哲学"。然仅仅从旧艺术与哲学中提精挈华，似只能作实验室用，公言应付现代，迎接现代，重造现代，则深感不足。因此新的"人的科学"，将为新艺术新哲学更多方面的促进，而从事于此二者，必为所有真正觉醒灵魂一种庄严而沉重工作。……目下在中国各地举行之科学年会，虽于沉默中闭幕，如需要一宣言，将余此文节录应用，实省事而得体。

这种新观念或新信仰于东方或西方将同时生长，有生命处即必然有相似觉醒。由于民族性与土地接近，此观念与信仰，或更易于在东方发荣。日头出自东方，若并非仅仅一种象徵；生命本源所在，即宜有更多储藏，由于

---

① 此处"溜"或为"馏"之误排。

爱，将其他多数生命燃烧、融化、提炼，以及重铸成形。一切过程将如音乐与诗，亦将产生更新的音乐与诗。新的宗教情绪必再生，由热情无私的科学家和思想家共同努力，在"血"与"火"中再生，至发育完成时，却将血与火两者完全扑灭。

"人生需要爱甚于恨，需要瞭解甚于隔离，需要生甚于死"。信你所深知，由此出发，使之在生命中如疟疾，发生高热，如伤寒，普遍传染，如水和阳光，取之不尽，用之不竭，万物同得滋润与繁荣。

冰原犹能生长苔类，为麋鹿所喜食，有阳光处即有生命，有生命处即能扩大生命界线。建康雄伟之人生进步信念，亦必然能于建康生命中生长。惟懦弱苍白之灵魂，则惟知于当前风雨中游移徘徊，为自全计逃避或阿谀，浪费有涯之生。对此未来宏壮远景的瞻瞩，全不感觉兴趣。……

将此陌生问题拈在手中，保育于生命里，推衍成为一种不可抗拒吸引力或亲和力，余之读者中宜有其人。

卅七年双十节

（本文发表于《中国现代文学研究丛刊》2008 年第 1 期，第 36～48 页，2008 年 1 月，北京）

"看虹摘星复论政"

——沈从文集外诗文四篇校读札记

　　《一种境界》、《饭桶——见微斋笔谈》、《逛厂甸》、《巴鲁爵士北平通讯（第七号）》这几篇诗文，是我在阅读杂志的时候偶然发现的。因为过去对沈从文略有所知，从它们的作者署名"雍羽"、"上官碧"和"巴鲁爵士"及其行文风格上，初步判断这几篇诗文是沈从文的作品。经查阅《沈从文全集》和沈从文的年谱，发现它们并未收入现在通行的沈从文作品集中，可以大体认定是沈从文的集外佚文。

　　倘若把沈从文的这几篇散佚诗文与他在抗战及四十年代的相关文本联系起来，进行"文本互证"式的对读，则不难发现，《一种境界》颇为扼要地表达了沈从文创作《看虹录》、《摘星录》和《七色魇》等作品时那种在万物和情愫的溶解和变迁中，以"爱欲"为救赎的迷离情致。《饭桶——见微斋笔谈》呈现了作者从细微之处看政治的独特视角，以及对借政治而混饭吃之人的深切反感，笔下有对抗战中某些积极为官之人行为的尖锐讽刺。《逛厂甸》以一种类似于《东京梦华录》般的缅怀笔调，来描绘作者近三十年逛厂甸的感触，有一种历史转折关头对文人士大夫精致文化即将消逝的殷忧，以及对北京小市民文化的抵触。《巴鲁爵士北平通讯（第七号）》，延续前六篇"北平通信"，为沈从文对玄黄未定的时局的判断和展望，有柏拉图《理想国》般的光彩。企图将人性中"迷信"情绪与科学结合，与政治剥离，有一种社会解体、大厦将倾前极力挽救的救世热忱。

一　《一种境界》：沈从文"爱欲叙事"的钥匙

　　刊发于1940年6月16日昆明《今日评论》上的诗《一种境界》，是迄今发现的沈从文以笔名"雍羽"刊发的第二首诗，在时间上仅次于《一个人的自述》，先于《莲花》和《看虹》，上述作品，均署名"雍羽"①。《沈从文笔名和曾用名》云："雍羽，1940 年 1 月 26 日发表新诗《一个人的自述》时的署名，1940～1941 年间多用于发表诗或散文诗作品。"② 查阅《沈从文全集》、《沈从文文集》和《沈从文别集》，并未发现它们收录《一种境界》，现存的几种沈从文年谱，也未见记载此诗。因此，判断《一种境界》为沈从文的一首佚诗，应该是没有疑问的。

　　《一种境界》虽然未曾收入现存沈从文作品集中，可是却被引入《新摘星录》和《摘星录》中，成为这两篇内容大略相同的小说文本的一部分，构成小说内在情绪的核心，甚至敷衍出部分情节。反过来看，《一种境界》的意义，恰在于它为沈从文的小说集《看虹摘星录》提供了一个情绪上的起点。虽然沈从文在《一个人的自述》中已经提及自己喜爱"一种希奇的旅行"，在"攀援登临"追逐"一夥"星子，"走进天堂"，表达一种对爱欲的抽象沉迷，不过这种对异性身体"转弯抹角，小阜平冈"的旅行兴趣，上承早期诗歌《颂》③，下启后来的小说《看虹录》，成为沈从文笔下一种爱欲事件隐喻化的惯常策略。可是，《一种境界》中却呈现了明确的时间"去年"，和具体的对象"你"，与一种名字古雅的花"剪春罗"，并且雨后"虹霓"和天上"万千颗星"同时并存。宋代翁广元在《剪春罗》中云："谁把风刀剪薄罗，极知造化著功多。飘零易逐春光老，公子樽前奈若何。"传达的是一种春光易逝、珍惜哀婉的情致；沈从文使用这个意象，同样表达了一种脆弱难久的美好情愫。或许《一种境界》所述的是沈从文一次具体的爱欲体验，它发生于抗战初期的昆明，有一个不同于"主妇"的特定对象"你"，并且引发了作者关于世界正在变动不居，人格和灵魂需要在"爱"中多次溶解的感触。在沈从文的同期诗歌中，与《一种境界》相近，虹和星同时作为主要意象出现的诗，此外仅有 1941 年底的诗《看虹》，诗中在沉迷于爱欲中时看见"有长虹挂在天上"，即将别离时祈求"摘一颗星子把我"。不过，《一种境界》表达的是对爱欲本身的体味和思索，《看虹》表达的是一场爱欲正在进行和即将结束的感觉。在沈从文的小说《看虹录》和《摘星录》中，沈从文把这次特定的爱欲体验，分别从"我"和"她"的角度，着力进行了抽象集中的或散漫隐晦的叙述。《摘星录》和《新摘星录》写的是一个二十六岁青春将逝的美丽温雅女子，处身于一个老在变化的古怪世界中，

---

① 《一个人的自述》、《莲花》和《看虹》分别刊载于香港《大公报·文艺》第 775、907、1219 期，1940 年 1 月 26 日、8 月 19 日，1941 年 11 月 5 日，香港。
② 沈虎雏编，见《沈从文全集·附卷》，太原：北岳文艺出版社，2003 年 5 月，第 234 页。
③ 刊载于《新月》第 1 卷第 9 号，1928 年 11 月 10 日，上海，署名"甲辰"。

在一个"良辰美景奈何天"的时节，在古典爱中的诗与火和现代爱中的具体而庸俗之间，在有地位有身份的老朋友和年青的又穷又无用的大学生之间徘徊瞻顾、游移不定的心态。这个"老朋友"在文中说："其实生命何尝无用处，一切纯诗即由此产生，反映生命光影神奇与美丽。任何肉体生来虽不可免受自然限制，有新陈代谢，到某一时必完全失去意义，诗中生命却百年长青！"① 这段话在沈从文作品中反复出现，可以看出这个"老朋友"身上清晰地留有沈从文自己的印记。下文在叙述这个"老朋友"三个月前离开她时留下了一首有点古怪的小诗，即是这首《一种境界》。不过，在《新摘星录》和《摘星录》中隐去了诗的标题，除了标点符号和划分章节稍有不同外，文字则完全相同。② 在《一种境界》中，隐含作者"我"和作为爱欲对象的"你"，处于一种对偶关系中，尽管叙述视点聚焦于"我"，言说者是"我"，"你"是被凝视的和被询问的，二者共处于一个碧草连天、夕阳微明有着小窗的房间，一种惆怅欢欣兼有的悒郁沉迷气氛在房间中流淌。在《摘星录》和《新摘星录》中，则是从"她"的视点来叙述对《一种境界》所呈现爱欲氛围的追念和怀想。从即将萎悴的蓝色的抱春花，转向萎悴多日的红色的剪春罗。"小瓶中的剪春罗已萎悴多日。池塘边青草这时节虽未见，却知道它照例是在繁芜中向高处延展，迷目一望绿。小窗口长庚星还未到露面时。……这一切都像完全是别人事情，与她渺不相涉。自己房中仿佛什么都没有，心上也虚廓无边，填满了黄昏前的寂静。"③ 下文"她"阅读不同时期不同情人的编号清晰的情书时，尽管情人的身份名称不同，均留下了这个"老朋友"的影子，甚至可以说，他们都是作者沈从文的不同化身。

刘洪涛在《沈从文与张兆和》④ 一文中认同金介甫的观点，《看虹录》是沈从文与高青子的恋情产物；他在《沈从文与九妹》中认为《摘星录》是九妹爱欲体验的产物。《一种境界》的发现，可以证实《摘星录》同样是沈从文爱欲体验的记录。至于故事中的"她"，究竟是高青子还是其他未知的女性，现在还难以确定。

《新摘星录》写于 1940 年 7 月 18 日，距离《一种境界》的发表时间不到一个月。1943 年 6 月 30 日，沈从文特别看好的，并且在昆明常与之同住

---

① 见《新摘星录》第四节，《当代评论》第 3 卷第 3 期，第 15 页，1942 年 11 月 29 日，昆明。
② 见《新摘星录》第四节，《当代评论》第 3 卷第 3 期，第 15 页，1942 年 11 月 29 日，昆明；《摘星录》，《新文学》第 1 卷第 2 期，1944 年 1 月 1 日，桂林。文末注明重写于 1943 年 5 月。
③ 见《新摘星录》第四节，《当代评论》第 3 卷第 3 期，第 15 页，1942 年 11 月 29 日，昆明。
④ 见刘洪涛《沈从文与张兆和》，《新文学史料》2003 年第 4 期。

的诗人卞之琳，写了一篇似小说而又似散文的作品《巧笑记：说礼》，记述了爱慕者"神经病"和一位"温柔朋友"在一场轻颦浅笑的谈话中，和对男女交际礼仪不经意的展演中，在昆明的匆匆相遇及转瞬分离。这里的"神经病"有卞之琳自身的影子，"温柔朋友"则以张兆和的妹妹张充和为原型。但是表示"神经病"的白日梦的一段话似乎别有用意。"即使做了丈夫也无有丈夫的义务，责任，丈夫把太太的好处享受够了，还可以向外发展，在当今这个开通时代，大家都知道女子的青春比男子的易逝，大家会原谅一个丈夫到一个时候会感到寂寞的苦衷，如果他是一匹种马式的天之骄子。于是他可以虽然偷偷摸摸，也实在堂堂正正的另外找一个年轻的女子。……因为天生是情种啊：也就因为天生是情种，在社会上的责任就是讲恋爱……整个心机就都可以化在诱引女子。而且太太总该讲礼，爱的表现，认为应该使丈夫快乐，就可以代为勾引。……另一方面自己也可以告诉最善感的生物说，他过去实在没有经验过真正的爱，人家就更不由的同情。不错，既如此，再加以随年龄俱进的老练手腕，准可以打倒一切那怕是漂亮小伙子的敌手。……然而，天，他自己也会有小妹妹的，他自己也会有小女儿的！"①"神经病"的身上又似乎投射了卞之琳对某类情场老手的深切怨怼的情绪。这是非常耐人寻味的。最后"温柔朋友"坐汽车回昆明乡下朋友家里（指沈从文和张兆和的家里）去了，留下了"神经病"死心塌地长久守望的身影。接着，沈从文在1943年底1944年初发表了《绿黑灰》②，该篇后来又衍化为《绿魇》③，成为沈从文以魇字开头的第一篇作品。在《绿黑灰》中，涉及卞之琳的失恋和沈从文的偶然，二者很可能交织于一个善于唱歌吹笛的聪敏女孩子——即张充和身上。"一些人的生命，虽若受一种来自时代的大力所转动，无从自主，然而这个院子中，却又迁来一个寄居者，一个失恋中产生伟大感和伟大自觉的诗人，住在那个善于唱歌吹笛的聪敏女孩子原来所住的小房中，想从窗口间一霎微光，或书本中一点偶然留下的花朵微香，以及一个消失在时间后业已多日的微笑影子，返回过去稳定目前，创造未来。或在绝对孤寂中，用少量精美文字，来排比个人梦的形式与联想的微妙发展。"诗人两年来，完成了一部五十万字的小说（指卞之琳的小说《山山水水》），并希望藉此获得女孩子的爱情。不过叙述者说，这是无关紧要的。

---

① 见《新文学》第 1 卷第 2 期，第 70 页，1944 年 1 月 1 日，桂林。

② 连载于《当代评论》第 4 卷第 3～5 期，1943 年 12 月 21 日，1944 年 1 月 1 日、11 日，昆明。未标注写作时间。

③ 初发表时标题为《绿魇》，见《当代文艺》第 1 卷第 2 期，1944 年 2 月，桂林。文末注明 1943 年 12 月 10 日重写。

"就因为他还完全不明白他所爱慕的女孩子几年来正如何生存在另外一个风雨飘摇事实巨浪中。怨爱交缚之际，生命的新生复消失，人我间情感与负气做成的无奈环境，所受的压力更如何沉重。一切变故都若完全在一种离奇宿命中，对于她加以种种试验。这个试验到最近，且更加离奇，使之对于生命的存在发展，幸或不幸，都若不是个人能有所取舍。为希望从这个梦魇似的人生中逃出，得到稍稍休息，过不久或且居然又回到这个梦魇初起的旧居来。"① "梦魇似的人生"看来就是沈从文《七色魇》集的本义，因此这段文字是相当重要的。更何况，这里的"女孩子"，与《新摘星录》中的"她"，有着非常明晰的相似性。在《绿黑灰》和《新摘星录》之间，似乎有着不易觉察的一座桥梁，指向沈从文在《水云》中反复叙说的"偶然"，在三年前，1940 年的春夏间。

沈从文的《黑魇》同样隐约其辞地涉及张充和的这次来访，及诗人卞之琳和张充和的阴晴不定的情事。"孩子们取水的溪沟边，另外一时，必有个善于弹琴唱歌聪明活泼的女子，带了他到那个松柏成行的长堤上去散步，看滇池上空一带如焚如烧的晚云，如镶嵌于明净天空中梳子形淡泊新月，共同笑乐。这亲戚走后，过不久又来了一个生活孤独性情纯厚的朋友，依然每天带了他到那里去散步。"诗人和孩子把野花和石子放在小船上顺水漂流，将一种痴愿寄托于不可知的远方。对于他们这些事情，隐含作者插话道："生命愿望凡从星光虹影中取决方向的，正若随同一去不复返的时间，渐去渐远，纵想从星光虹影中寻觅归路，已不可能。在另一方面，过不久，孩子们或许又可以和那个远行归来的姨姨，共同到溪边提水了。玩味这种人事倏忽光景，不由得人不轻轻的叹一口气。"把张充和与沈从文作品中象征爱欲的"星光虹影"联系在一起，颇为难解。是仅仅指卞之琳和张充和二人之间扑朔迷离难有定局的情事么？似乎并非这么简单。《黑魇》随后又涉及这件事："虎虎还想有所自见，'我也做了个怪梦，梦见四姨坐只大船从溪里回来，划船的是个顶熟的人。船比小河大。诗人舅舅在堤上，拍拍手，就走开了。……'"② "四姨"张充和与虎虎"顶熟的人"乘船归来，爱慕四姨的诗人舅舅卞之琳为什么要无言离开呢？这个"顶熟的人"究竟是谁呢？这里边似乎暗含着某种外人不易觉察的玄机。

关于沈从文的小说集《看虹摘星录》，似乎始终笼罩着一层神秘氛围。《沈从文全集》的编者将之列为"有待证实的作品"类，认为大约是 1945

① 见《当代评论》第 4 卷第 4 期，第 19 页，1944 年 1 月 1 日，昆明。
② 见《黑魇》，《时与潮文艺》第 3 卷第 3 期，第 67、68 页，1944 年 5 月 15 日，重庆。文末标注写于 1943 年 12 月末一天云南呈贡。

年江西某书店出版的；并在第 16 卷注明《〈看虹摘星录〉后记》初次发表
于 1945 年 12 月 8 日和 12 月 10 日天津《大公报·综合》副刊，署名从文。
不过，早在 1944 年 5 月 21 日，《大公报·文艺》第 29 期的重庆版和桂林版
就分别刊载了署名"从文"的《看虹摘星录后记》，文字与全集本《〈看虹
摘星录〉后记》略有出入。而 1945 年底《大公报》天津版所刊载的《看虹
摘星录后记》，署名是"徇文"不是"从文"。在这篇后记中，作者写道：
"天气阴沉得很。房中真闷人，我从早上五点起始，就守在这个桌边，不吃
不喝，到这时为止，已将近十一点钟，买了一小束剪春罗花，来纪念我这个
工作，并纪念这一天。"下面并提到女主人送走客人后独自在庭院中看天上
星子的情形，可知这篇后记是紧随着《摘星录》的重写稿而成的。这样，虽
然沈从文《看虹摘星录》的内容我们还不大了解，综合《看虹摘星录后记》
发表的时间、《看虹录》和《摘星录》的写作时间和修改时间，我们可以知
道，在 1944 年上半年以前，1943 年 5 月以后，《看虹摘星录》已经编辑成书
了。

　　在抗战期间，沈从文在文学上的收获主要是《看虹摘星录》和《七色
魇》两个集子。在这两个集子中，沈从文延续"乡村抒情想象"体小说和
"都市讽刺写实"体小说中对男女爱欲的关注，并使之获得了一种更加抽象
的、更加唯美化的形式。《看虹录》和《摘星录》以精雅的小说体式，沉醉
而微带悒郁的抒情笔调，分别从男女两性的角度，叙述一种绅士和仕女的艳
而不庄的传奇。《七色魇》则在《水云》、《绿魇》、《黑魇》、《白魇》、《赤
魇》、《橙魇》、《青色魇》等七则颇具文体试验性质的篇章中，若断若续地
逐一呈现"我"的不同形式的爱欲体验。由于作者将他在昆明时期的日常生
活也作为一种贯穿性的结构编织进这个叙事体式中，《七色魇》呈现出一种
真幻交织的特殊色泽。这里的叙述者"我"，被认为是一个居住在乡下的
"城里绅士"，可是内心依然有不同于一般城里绅士的对自然和人性的认识。

二　"以美育改造政治"与"重造"的补天热诚

　　抗战前后沈从文另外写了一些兼有政论性的作品，期望将自己对人性和
自然的理解，注入"社会重造"和"国家重造"的理想中去。抗战初期，
沈从文的"反差不多论"，即已判然界画出其深微精雅的创作取向与浅白平
实的抗战文艺主流的分歧；他在其后诸多杂文中对文艺宣传功能的抨击，更
进一步加重了他与抗战文艺阵营主体的疏离，固然沈从文所执着的文艺相对
于政治的独立性，对当时粗疏浮泛的文艺创作不无纠偏补蔽之效。在抗战结

束后，沈从文呼应蔡元培的"以美育代宗教"说，并婉转而果决地提出了"以美育改造政治"的主张。乍然看来，这似乎与他所一贯坚持的文学独立于政治和商业的姿态大不相同，其所关注焦点也从文学转向美术，不过，这种变化也是沈从文文艺自尊自重思想在政局动荡情势下的合理发展，和他以文学"社会重造"、"国家重造"、"民族重造"思路实异曲而同工。《饭桶——见微斋笔谈》、《逛厂甸》和《巴鲁爵士北平通讯（第七号）》三篇文章均为表达沈从文这方面思索的重要文献。

收入《沈从文全集》第 14 卷的《见微斋笔谈——小说上吃人肉记载》、《宋人演剧的讽刺性》、《吃大饼》、《应声虫》和《宋人谐趣》五篇文章，编辑者拟定的题目是《见微斋杂文》。此处发现的《饭桶——见微斋笔谈》一文，应属于这一系列的第二篇。这组文章沈从文的自拟题目应是"见微斋笔谈"。沈从文从浩如烟海的中国野史笔记中选取一些与时弊有关联的细节，将其栉次鳞比地编织在一起，使之生气贯注的是沈从文自身对时局的深忧和暗讽。在酣畅淋漓地发掘历史细节中的诙谐可怖感觉时，沈从文的敏锐而节制的笔锋，同时指向抗战阵营中的某种伪道学习气。比如《见微斋笔谈——小说上吃人肉记载》："庄季裕《鸡肋》，却叙述到靖康山东各种吃人时情形，被吃的且有各种美好切题名称，使千载后人犹感觉恐怖，恐怖中见出悲悯。因时移世乱，历史所常在，这类事也难免不发生于不可想象情形中……脍炙人口的，是张巡许远守睢阳，杀爱妾享士情。因一面为其所私爱，一面为保国土，激励士气，因之虽情形残忍，却仿佛有悲剧的庄严性。"① 在这里，沈从文对借好名词吃人现象的抨击，既承袭了"五四"时期批判"礼教杀人"的思路，又与周作人沦陷前反抗宋人道学习气的姿态吻合，其意味也是双重的，既反映了沈从文对抗战阵营中某类混乱粗暴现象的无情讥刺和深切担忧，同时也表达出沈从文对于抗战中逐渐抬头的"新理学"思想的疏远和抗拒。《饭桶——见微斋笔谈》所嘲讽的则是抗战文艺阵营中积极为官者的混饭吃习气，同时隐含着沈从文对自己与群体疏离、被群体漠视的读书人自我身份和处境的体认和坚执："四个故事正代表四种身份，四种人生态度"，"第四种是混饭吃的卑鄙态度，北宋末有这种人，任何时代也不缺少这种人，每一个国家遭遇困难，社会解体，或外患内乱，改朝易代时，具有这种无所谓态度的人，照例就相当多"；"今古相似而不同，弥（祢）衡可说是被'酒瓮饭囊'压死的，因为话语中损害了这种人的尊严。……现在筵席

---

① 见《见微斋笔谈——小说上吃人肉记载》，《文学创作》第 2 卷第 2 期，第 62、84 页，1943 年 6 月 1 日，桂林。

中，已不用鼓吹……倒不是言论宽容。只像是'酒瓮饭囊'已无尊严可伤。"①与稍后发表的《〈七色魇〉题记》等文对照阅读，可知沈从文当时早已被以老舍为首的抗战文艺主流阵营指认为思想落伍。的确，沈从文那种深具庄子和道家习气的自在超脱姿态，与老舍等抗战文艺主流阵营同人秉承儒家汲汲救世的热诚担当精神，有着根本的不同。沈从文少量的精雅作品固然没有老舍诸人投身抗战通俗文艺创作的切于时用，可是沈从文超然而开阔的视野也使他从动荡混沌的时局中察觉出了已然开始的触目惊心的国家、民族和社会的腐烂和分解，即使众人期盼的抗战胜利，也未能使这种腐烂和分解终止。

《逛厂甸》一文是北平文物美术市场三十年的缩影。它传达了北平乃至整个中国文物美术方面精雅文化品的渐渐消失，传统读书人优游闲适地位的逐渐丧失，和中国人雅文化鉴赏趣味的日趋萎缩。虽然这些是社会平民化和文化通俗化的共同伴生物，也是五四新文化运动和文艺大众化运动的潜在结果，不过在沈从文看来，这象征着中国古典文化的全面沦落，结果是相当凄楚的。因此，他要只身拯救。《逛厂甸》一文也正预示着沈从文即将放弃其内外交困的文学事业，转入他始终流连不已的中国文物美术事业。

此外，此时沈从文的思想变化，也是促使他完成从文学向文物美术转变的重要因素。《巴鲁爵士北平通讯（第七号）》与收入《沈从文全集》第14卷的《北平通信》六篇文章属于同一系列，发表时间是1946年9月~1948年10月。在这组文章中，沈从文或拟古希腊哲人苏格拉底，或化身为来自西洋、精通中国文化且与中国上层文人交游密切的巴鲁爵士，对陷于国共交战漩涡悬而未决的中国时局、建筑古雅庄严美丽的故都北平的存亡，以及性情纯良、在血与火中辗转死亡的中国人的前途命运，以一个局外人的口吻，发抒着一个目睹了过多杀戮而心怀悲悯的自由主义文人的深切忧虑和超迈理想。沈从文选择颇具迷惑色彩的巴鲁爵士作为笔名，乃深感事态危急，言路崎岖，事有难言，又不能已于言，因此文章风格庄谐融会，文意晦涩，正如沈从文自己在《故都新样》中所言："作者既于国事有深忧，文章难为有信而不忧之士所懂。"沈从文所忧者何？非仅关城池古物，乃在"人心趋向"，因为"中国上层，分解圮坍，蛆腐溃烂，自心起始"。②可见"杞国无事忧天倾"的沈从文，企图在抗战后千疮百孔的政局中，通过"美育重造政治"，为上层统治者进行渺茫的补天工作，其着眼点同样是人的改造。

<hr />

① 见《饭桶——见微斋笔谈》，《大公报·战线》第991号，1943年9月24日，重庆。
② 见《苏格拉底谈北平所需》与《试谈艺术与文化——北平通讯之四》，《沈从文全集》第14卷，太原：北岳文艺出版社，2002年12月，第372、383页。

这组《北平通信》文章，是典型的论政文章，沈从文与此相关的文章还有《政治与文学》、《性与政治》、《一种新希望》、《中国往何处去》等文，发表时期与《北平通信》大略相同，可一并来看。对于国共两党间事关中国前途命运生死存亡的最后斗争，沈从文认为似"一种民族集团在歇司迭里亚之痉挛中挣扎，人人作悍恶困顿状，虽痛苦异常，实无意义，少结果，此起彼伏，如连环之无端"①。"余意以为在政治中无妥协，在战争中又无结果，均属事实……"沈从文认为，要突破这种困局，就应该寄希望于音乐和美术。他提出用音乐来溶解战乱中普通人们苦闷情绪，与调和以人民国运作赌注的伟人英雄的坚硬神经，可以使社会国家发展，"稍柔和而具弹性"。②并且认为美术作为全人类心智与热情的产物，负有丰饶人民情感，增加其生命深度，消除因宗教情感隔阂和现代政治偏见所引起的战争的责任，通过美术应形成一种新世界观，对人类关系重新修正。③沈从文对于音乐和美术的这种殷切期望，实乃其来有自。20世纪初蔡元培就已经提出了"以美育代宗教"说，希望美育负起维系世道人心的重任。在《苏格拉底谈北平所需》中，沈从文已经提到以"美育代宗教并改造政治"④；在《故都新样》中，沈从文明确提出了以"美育重造政治"的观点⑤。在《试谈艺术与文化——北平通讯之四》中，沈从文表明自己多年前即已立志做"美育代宗教之真实信徒"，自己二十年前已有"艺术重造政治"的思想，现在有志于进而言"美育重造政治"，作为蔡元培学说的补充。这里沈氏所谓的政治，"实为用'美育'与'诗教'重造政治头脑之政治进步理想政治"。言及此，沈从文的目光已投向遥远的未来，由美育培养下一代领袖，下一代标准公民。⑥

在《迎接秋天——北平通信》中，沈从文有感于当时徘徊于国共两派间无所适从的部分学者文人热衷于为孔夫子祝寿，独辟蹊径，回到孔夫子的平常心和人性上来。他提出："余意以为研究'人'出发之'人性科学'，在最近将来必成为一种世界所关心学问，其重要发现引人注意处，必不下于原子弹。"并畅想一种专家积极参加政治的理想政府。面对现实中与自由主义学人日益疏远的青年学生和不断分化的学术界文化界本身，沈从文对于一种崭新的人生哲学寄予厚望，希望藉此使分崩离析的各阶层"移情忘我"，

---

① 《苏格拉底谈北平所需》，见《沈从文全集》第14卷，第377页。
② 《北平通信——第一》，见《沈从文全集》第14卷，第356、358、360页。
③ 《苏格拉底谈北平所需》，见《沈从文全集》第14卷，第372、375~376页。
④ 《苏格拉底谈北平所需》，见《沈从文全集》第14卷，第375页。
⑤ 《故都新样——北平通信第三》，见《沈从文全集》第14卷，第369页。
⑥ 《试谈艺术与文化——北平通讯之四》，见《沈从文全集》第14卷，第383、389、384、385页。

"使此多数得重新分工合作，各就地位，各执乐器，各按曲谱，合奏一新中国进行曲"。① 他深信中国历史不会完全用战争点缀，因此，阶级斗争的哲学也有被阶级间和谐的哲学所取代的可能。

在《巴鲁爵士北平通讯（第七号）》中，尽管沈从文对政治和迷信结盟的忧虑，似有历史的预感；可是他对"迷信"依然有所期待，期待着融合爱与生命本源的新的宗教情绪扑灭血与火交融的矛盾与战争。沈从文将"迷信"重新定义为："试从人性深处发掘，迷信实和生命同在。是一种生命青春期的势能"；将自己的工作明确定位为：致力于创造一种"人的科学"，"将为生命本质之被有效控制，游离，转移于旧宗教或新政治以外"。

简而言之，沈从文在抗战期间是以"文学独立于政治"的姿态，对抗抗战文艺阵营主流对政治的归附；在抗战后则转而以"美术重造政治"的立场，通过对"人性科学"的探求，企图改造在冲突和矛盾的社会环境中产生诸多对立分歧的人性，达到人性的和谐，和国家远景的繁盛。这在当时虽然不可能实现，现在看来，则具有独特的启示意义。至于沈从文个人，在重重殷忧中抛开时贤，忍痛放弃了自己以"诗教"重造政治的企图，只是孤独地守护着自己以"美育重造政治"的信念，以美术作为"人性重造"的支点，度过了三十余年的寂寞长途。

（本文发表于《中国现代文学研究丛刊》2008 年第 1 期，第 49～57 页，2008 年 1 月，北京；转载于中国人民大学报刊书报资料中心所编《中国现代、当代文学研究》2008 年第 5 期，第 30～35 页，2008 年 5 月，北京）

---

① 《迎接秋天——北平通信》，见《沈从文全集》第 14 卷，第 395、397 页。

沈从文小说诗歌拾遗①

读书随笔②

读佐拉小说 *Madame Noilgoon*，东亚病夫译《乃雄夫人》，写一"乡下老"③青年，对巴黎社会毫无经验，心怀幻想，初初接近社交时，就碰着几个女人。对佩德与罗薏尤倾心。两女人视之为小雏儿，各利用其青年人对于女子情感上的弱点，代为丈夫运动议员。于是处处给以小便宜，奖励其向前，煽发其心中火焰。罗薏丈夫当选议员后，这乡下老不明轻重，对罗薏有

---

① 本文中的《梦与现实》和《摘星录（绿的梦）》，曾以《沈从文小说拾遗》为名刊发于《十月》2009 年第 2 期，北京。时有编者按语："沈从文先生是 20 世纪中国文学的大家，一生著述宏富。2002 年北岳文艺出版社推出的《沈从文全集》就达 32 卷之多，但仍有不少文字散佚在外。如沈从文 20 世纪 40 年代最重要的一部小说集《看虹摘星录》就至今未能找到原书。这里的《梦与现实》、《摘星录》很显然是曾经收入《看虹摘星录》中的两篇。这两篇小说原刊于 1940～1941 年香港的《大风》杂志，作者署名"李綦周"。清华大学裴春芳先生，对小说文本做了仔细的校注，本刊限于篇幅略去了大部分校注，只保留了题注。附发的裴春芳文章则对沈先生这两篇作品的文体特点、爱欲内涵等作了一些分析和考证。本刊去年曾推出《汪曾祺早期作品拾遗》，在读者中引起较大反响，这里我们再推出《沈从文小说拾遗》以飨读者。"

② 本文刊载于《星岛日报·星座》第 57 期，1938 年 9 月 26 日，香港，作者署名"朱张"。按：沈从文于 1938 年 9 月，分别在香港《星岛日报·星座》和《大公报·文艺》上以"朱张"的笔名，发表两则短文，分别题为《读书随笔》与《梦和呓》。这两则短文，是沈从文写作《看虹摘星录》前后的佚文，堪称为其长期以来存废未明的集子《看虹摘星录》的先声，已录入《沈从文佚文废邮再拾》，刊于《中国现代文学研究丛刊》2010 年第 3 期，第 176～179 页，2010 年 5 月，北京。

③ "乡下老"，是沈从文文中所谓"乡下人"的变称，今通作"乡下佬"，下同不另出校。

所表示，却被所倾心之巴黎妇人，貌作庄重，加以拒绝。并好好教训一顿。正所谓"乡下老"与"老巴黎"对面，一场自然悲剧是也。

故事虽是法国人写给法国人看的，其实放在当前中国场所，倒有许多相合。贵妇人的荒淫无耻处，事情极多，难于记载。某种有教养的中产阶级女子，对于具有乡下老精神之男子，用"老巴黎"方式卖弄风情时，更多极相似地方。

具有乃雄夫人（罗蕙）风格的女子既随处可见，乡下老吃亏之事，因此书不胜书。间或有一二人不肯吃亏，自然也有恼及中国产的乃雄夫人。此即所谓"战争"。人世中无处无时无战争。可惜的是大多数人都注意到另外一种战争去了，这种战争极少注意。

读法郎士《红百合》，俨然看到一些法郎士所说的"开花似的微笑，燃烧似的眼光"女子。这些女子且真"洁净如同冰①壶"。这里那里，无处不存在。肉体的造形，艳丽同完整，精妙之处，不胜形容。然而这些肉体中的灵魂，却很少是有光辉的。大多数所有的是一百磅左右的一具肉体罢了。因为中国的社会，适宜于生产这种女子。

分量一百磅左右的一具肉体，此外，加上一件褒衣，一件衬衣，一件罩衣，一个钱箧，一双鞋子，一枚约指，合拢来就是一个名媛。不拘属谁，从言笑中与呻吟中，灵魂终是黯然无光的。不拘有如何教养，表②有多少不同，内容是一样的。

肉体也依然极可珍贵，造形的完整即可崇拜与赞赏。精美的肉体，犹如芳春及时的花，新从树枝上采摘的果。大多数时髦妇女，却什么都说不上。肉体照例是不完整的，有毛病的，歪的，扁的，不成形的。

这种妇人能够在社会中称为"名媛"，只为的是父亲或丈夫在社会上有钱或有权。《旧约》上《耶米利书》中，诅詈这种名媛的话语，极有意思，

> 你虽穿上朱红衣服，佩带黄金装饰，用颜料修饰眼目，这样标致，是枉然的。
>
> 你还是有娼妓之脸，不顾羞耻。
>
> 并且你的衣襟上有无辜的穷人的血。你杀他们，并不是遇见他们挖

---

① 初刊本此处一字漫漶不清，疑似"氷"（即"冰"）字，录以待考。按：汉代已有以冰比拟人格的说法，如司马迁《与挚伯陵书》："伏唯伯陵材能绝人，高尚其志，冰清玉洁，不能细行。"刘宋诗人鲍照用"清如玉壶冰"（《代白头吟》）来比喻高洁清白的品格，唐宰相姚崇因《冰壶诫》，盛唐诗人王维、崔颢、李白、王昌龄等均曾以"冰壶"自喻或喻人，如王昌龄《芙蓉楼送辛渐》"一片冰心在玉壶"是也。但本文之"冰壶"乃反语，是对某类女性的讽喻。

② 此处"表"乃表面、外表之意。

窀窆，乃是因这一切事。

许多名媛若将上述诅咒相加，转而成为颂歌。因为这些名媛纵极端修饰，却并不标致。即属娼妇型，却伪作贞洁，如不可干犯。虽做过许多不顾羞耻之事，却并不认识情欲之美，如《红百合》一书中女主角海德司其人。

梦和呓①

夜梦极可怪。见一淡绿白合花②，颈弱而花柔，花身略有斑点青渍，倚立门边动摇。好像有什么人说：

"你看看好，应当有一粒星子在花中。仔细看看。"

于是伸手触之。花微抖，如有所怯。上复微叹，如有所恃。因轻轻摇触那个花柄，花蒂，花瓣。近花处几片叶子全落了。

……

雷雨刚过，醒来后闻远处有狗吠。吠声如豹。若真将这个白合花折来，人间一定会多有一只咬人疯狗，和无数吠人疯狗。半迷胡中卧床子所想，十分可叹。因白合花在门边动摇，被触时微抖或微笑，事实上均不可能！狗类虽多，疯的并不多。

起身时因将经过记下，用半浮雕手法，琢刻割磨，完成时犹如一壁炉上小装饰。精美如磁器，素朴如竹器。

一般人喜用教育，身分，来测量这个人道德程度。尤其是有关乎性的道德。事实上这方面的事情，正复难言，有些人我们应当嘲笑的，社会却常常给以尊敬（如阉寺）。有些人我们应当赞美的，社会却认为罪恶（如诚实）。多数人所表现的观念，照例是与真理相反的。多数人都乐于在一种虚伪中保持安全或自足心境，因此我焚了那个稿件。我并不畏惧社会，我厌恶社会，厌恶伪君子，不想将这个完美诗篇，被伪君子与无性感的女子眼目所污渎。

---

① 本文刊载于《大公报·文艺》第417期，1938年9月29日，香港，作者署名"朱张"。沈从文在《潜渊》（刊发于《中央日报·平明》第104期，1939年10月18日，昆明）中提到《红百合》"读《人与技术》《红百合》二书各数章"，并在《生命》（刊发于《大公报·文艺》第905期，1940年8月17日，香港）中表明他有意模仿法郎士之《红百合》而写一《绿百合》；沈从文的《烛虚》（刊发于《大公报·文艺》第925期，1940年9月14日，香港），同样是沈从文1939年的日记摘抄，其第二则，亦述"爱与死为邻"之旨。

② 此处"白合花"，与《梦与现实》、《摘星录·绿的梦》中"白合花"相呼应，是沈从文四十年代小说中的重要爱欲意象。此处"白合花"，当同于"百合花"。

白合花极静。在意象中尤静。

山谷中应当有白中微带浅蓝色的白合花，弱颈长蒂，无语如语，香清而淡，躯干秀拔。花粉作黄色，小叶如翠珰。

法郎士曾写一《红白合》故事，述爱欲在生命中所占地位，所有形式，以及其细微变化。我想写一《绿白合》①，用形式表现意象。

有什么人能用绿竹作弓矢，射入云空，永不落下。人想像犹如长箭，向云空射去，去即不返。长箭所注，在碧蓝而明静之广大虚空。

明智者若善用其明智，即可从此云空中，读示一小文，文中有微叹与沉默，色与香，爱和怨。无著者姓名。无年月。无故事。无……。然而内容极美。虚空静寂，读者灵魂中如有音乐。虚空明蓝，读者灵魂上却光明净洁。

门前石板路上有一个斜坡，坡上有绿树成行，长干弱枝，翠叶积叠，如翠翠，如羽葆，如旗帜。常有山灵，秀腰白齿，往来其间。遇之者即喑哑。爱能使人喑哑——一种语言歌呼之死亡。"爱与死为邻"。

然抽象的爱，亦可使人超生。爱国也需要生命，生命力充溢者方能爱国。至为阉寺性的人，实无所爱，对国家，貌作热诚，对事，妈妈虎虎，对人，毫无情感，对理想，异常嚇怕。也娶妻生子，治学问教书，做官开会，然而精神上始终是个阉人。与阉人说此，当然无从瞭解。

文　字②

人生脆弱如一支芦苇
在秋风中一阵摇就"完事"
也许比芦苇不大"像"

---

① 沈从文所谓《绿百合》，即沈从文的爱欲传奇香港本《摘星录》，副题为"绿的梦"，连载于《大风》第 92～94 期，1941 年 6 月 20 日、7 月 5 日与 7 月 20 日，香港，作者署名"李綦周"。按：刊载于《大风》的是《摘星录》原本，《沈从文全集》中的《摘星录》其实是沈从文的另一篇爱欲传奇《梦与现实》，也首刊于《大风》。参阅裴春芳《沈从文小说拾遗——〈梦与现实〉、〈摘星录〉》，《十月》2009 年第 2 期，2009 年 3 月，北京。

② 本诗刊载于《中央日报·平明》第 140 期"诗之页"，1939 年 12 月 9 日，昆明，作者署名"雍羽"。该诗可能是署名"雍羽"的最早诗篇，早于 1940 年 1 月 26 日刊发于香港《大公报·文艺》第 775 期的诗歌《一个人的自述》，实为探索《看虹摘星录》的隐秘锁匙，笔者发现于 2008 年，本拟与《梦与现实》、《摘星录》一同发表而未竟，遂纳入解志熙、裴春芳、陈越辑校之《沈从文佚文废邮再拾》，《中国现代文学研究丛刊》2010 年第 3 期，2010 年 5 月，第178～179 页。

日月流注，芦苇年年"长"

相同的春天不易得

美在风光中难"静止"

生命虽这般脆弱这般娇

却能够做梦能够"想"

（万里长城由双手造成

百丈崇楼还靠同样两只手）

用力量堆积石头和钢铁

这事情平常又"平常"

一弯虹一簇星光"一个梦"

美丽的原来全在"虚空"

三五十个小小符号

几句随随便便的家常话

令你感到生死的"庄严"

刻骨铭心的爱和"怨"

你不相信试"想一想"

试另外来说个更美丽的"谎"。

梦与现实①

②

五点三十分。③ 她下了办公室，预备回家休息。要走十分钟路，进一个

---

① 本篇小说连载于《大风》第 73～76 期，1940 年 8 月 20 日、9 月 5 日、1940 年 9 月 20 日、10 月 5 日，香港，作者署名"李綦周"。该文首刊时，文前有编者按语："李綦周先生，是国内一位素负盛名的作家笔名，读者们不难从他的笔调上，来推测他的真姓名。本篇文字有两万左右，分期发表，望读者不要忽略。"此篇后以《新摘星录》之名，重刊于《当代评论》第 3 卷第 2～6 期，1942 年 11 月 22 日、29 日，12 月 6 日、13 日、20 日，昆明；复以《摘星录》之名，再刊于《新文学》第 1 卷第 2 期，第 39～56 页，1944 年 1 月 1 日，桂林；以下分别简称为"香港本"、"昆明本"和"桂林本"。虽然桂林本已收入《沈从文全集》第 10 卷，但香港本是最早刊发的原初本，文字也与后两种本子略有不同，因此以香港本为底本，将三者加以比勘，随文校注于下。
② 昆明本与桂林本，此处有"第一"，做出章节区分。
③ 桂林本改"。"为"，"。

城①，经过两条弯弯曲曲的小街，方能回到住处。进城以前得上一个小小山坡，② 凭高远眺，可望见五里外几个绿色山头，南方特有的楠木林③使山头④胖圆圆的，如一座一座大坟。近身全是一片田圃，种了各样菜蔬，⑤ 正有⑥老妇人躬腰在畦町间工作。她若有所思，在城墙边⑦站了一会⑧儿。其时⑨天上白云和乌云相间处有空隙正⑩在慢慢扩大。⑪ 天底一碧长青，异常温静。傍公路那一列热带树林，树身高而长，在微风中摇曳生姿，树叶子被雨洗过后，绿浪翻银，俨然如敷上一层绿银粉。入眼风物清佳，一切如诗如画。⑫她有点疲倦，有点渴。心境不大好。⑬ 和这种素朴自然对面，⑭ 好像心中撞触着⑮了什么，轻轻的叹了一口气。与她一同行走的一个双辫儿女孩子说⑯：

　　"大姐，天气多好！时间还早，我们又不是⑰充军，忙个什么？这时⑱不用回家，⑲ 到公路近边坟堆子上坐坐去。到那里看看⑳天上的云，㉑ 要落雨了，再回家去不迟。风景好，应当学雅人做做诗！"

　　"做诗要诗人！我可㉒是个俗人。是无章句无㉓韵节的散文。还是回家喝点水好些，口渴得很！"

　　双辫儿不让她走，故意说笑话，"你这个人本身就像一首诗，不必选字

---

　　① 昆明本与桂林本此处增"门"字。
　　② 昆明本与桂林本此处增"到坡顶时，"。
　　③ 昆明本与桂林本此处增"，"。
　　④ 昆明本与桂林本此处增"显得"。
　　⑤ 昆明本与桂林本此处增"其时"。
　　⑥ 昆明本与桂林本此处增"个"字。
　　⑦ 昆明本与桂林本改"边"为"前山坡上"。
　　⑧ 昆明本与桂林本改"会"为"忽"。
　　⑨ 昆明本与桂林本删"其时"。
　　⑩ 昆明本与桂林本此处删"正"字。
　　⑪ 昆明本与桂林本改"。"为"，"。
　　⑫ 桂林本改"。"为"，"。
　　⑬ 昆明本与桂林本改"。"为"，"。
　　⑭ 桂林本此处增"便"。
　　⑮ 昆明本与桂林本此处删"着"。
　　⑯ 昆明本此处改"一个双辫儿女孩子说"为"是个双辫儿女孩，为人天真而憨，向她说"；桂林本此处改为"是个双辫儿女孩为人天真而憨，向她说"。
　　⑰ 昆明本与桂林本此处增"被赶去"。
　　⑱ 昆明本与桂林本此处增"节"。
　　⑲ 昆明本与桂林本此处增"我们"。
　　⑳ 桂林本改"看"为"着"。
　　㉑ 昆明本与桂林本此处增"等到"。
　　㉒ 桂林本改"可"为"们"。
　　㉓ 昆明本与桂林本删"无"。

押韵，也完完整整。还是同我去好！那里有几座坟，地势高高的，到坟头①坐坐，吹吹风，使人②心里爽快，比喝水强多了。倒真像□□先生说的，也是一种教育③！"

"像一首诗终不是诗！"她想起另外一件事，另外一种属于灵魂或情感的教育，就说，"什么人的坟？"

双辫儿说："不知道什么人的坟"。又说，"这世界古怪④，老在变，明天要变成一个什么样子，就只有天知道！这些百年前的人究竟好运气，死了有孝子贤孙，花⑤一大笔钱来请阴阳先生看风水，找到好地方就请工匠来堆凿石头保坟⑥。我们这辈子人，既不曾孝顺老的，也不能望小的孝顺，将来死后，恐怕连一个小小土堆子都占不上！"

"你死后要土堆子有什么用？"

"当然有用处！有个土堆子做坟，⑦ 不太偏僻，好让后来人同我们一样⑧坐到上面谈天说地，死了也不太寂寞！"因为话说得极可笑，双辫儿话说完后⑨便哈哈笑将起来。她年纪还只二十一岁，环境身世都很好，从不知"寂寞"为何物。只不过欢喜读红楼梦，有些想像愿望，便不知不觉与书中人差不多罢了。"坟"与"生命"的意义，事实⑩都不大明白，也不⑪需明白的。

"人人都有一座坟，都需要一座坟？"她可想得远一点，深一点，⑫轻轻吁了一口气。她已经二十六岁。她说的意义双辫儿不会懂得，自己却明明白白。她明白自己那座坟将埋葬些什么；一种不可言说的"过去"，一点生存的疲倦，一个梦，一些些儿怨和恨，一星一米理想或幻想……⑬但这时节实在并不是思索这些⑭问题时节。⑮

---

① 昆明本与桂林本此处增"上"。

② 昆明本与桂林本改"使人"为"一定"。

③ "倒真像□□先生说的，也是一种教育"，昆明本删"倒真像"与"的"四字，"也是"前增"这"字。桂林本改"倒真像□□先生说的，"为"看风景"。

④ 昆明本与桂林本改"世界古怪"为"古怪世界"。

⑤ 昆明本与桂林本此处增"了"。

⑥ 昆明本与桂林本此处增"，还在坟前空地上种树。树长大了让我们在下面歇凉吹风"。

⑦ 昆明本与桂林本此处增"地方"。

⑧ 昆明本与桂林本此处增"，"。

⑨ 昆明本与桂林本此处增"，觉得十分快乐，自己"。

⑩ 昆明本与桂林本此处曾"上她"。

⑪ 昆明本与桂林本此处增"必"。

⑫ 桂林本此处改"，"为"？"。

⑬ 昆明本与桂林本改"……"为"——"。

⑭ 桂林本此处增"抽象"。

⑮ 昆明本与桂林本此处增"天气异常爽朗，容易令人想起良辰美景奈何天。"

她愿意即早回家，向①同伴说，"我不要到别人坟头②上去，那没③意思。我得回去喝点水，口渴极了。④"

双辫儿知道她急于回去另外还有理由，住处说不定⑤正有个大学生，⑥等待她已半点钟。⑦ 就笑着说，"你去休息休息⑧。到处都有诗。我可⑨还得跑一跑路！"恰好远处有个人招呼，于是匆匆走去了。留下她一人站在城墙边，对天上云影发了一会儿痴。她心中有点扰乱⑩与⑪往常⑫不大相同。好像有两种力量⑬在生命中⑭争持，"过去"或"当前"，"古典"和"现代"，"自然"与"活人"，正在她情感上相互对峙，⑮ 她处身其间，⑯ 不知如何是好。

恰在此时有几个年青女子出城，样子都健康而快乐，⑰ 从她身边走过时，其中之一看了她又看，走过身边⑱还⑲回头来望着⑳她。她不大好意思，低下了头。只听那人向另一㉑同伴说，"那不是□□㉒，怎么会到四川㉓来？前年看她在北平南海划船，㉔ 神气多美㉕！"话听得十分清楚，心中实在很高兴，

---

① 昆明本与桂林本此处增"那双辫儿"。
② 桂林本改"头"为"堆"。
③ 昆明本与桂林本此处增"有什么"。
④ 昆明本与桂林本此处增"我是只水鸭子！"
⑤ 此处"定"，桂林本误排为"走"。
⑥ 昆明本与桂林本此处增"呆着"。
⑦ 昆明本与桂林本此处增"那才真是成天喝水的丑小鸭！"
⑧ 昆明本与桂林本此处增"罢"。
⑨ 昆明本与桂林本此处增"要野一野，"。
⑩ 昆明本与桂林本此处增"，"。
⑪ 桂林本改"与"为"似乎和"。
⑫ 昆明本与桂林本此处增"情形"。
⑬ 昆明本与桂林本此处增"正"。
⑭ 昆明本与桂林本此处增"发生"。
⑮ 昆明本与桂林本改"，"为"。"。
⑯ 昆明本与桂林本此处增"做人"。
⑰ 昆明本与桂林本此处增"头发松松的，脸庞红红的，"。
⑱ 昆明本与桂林本此处增"后"。
⑲ 昆明本与桂林本此处增"一再"。
⑳ 昆明本与桂林本此处删"着"。
㉑ 昆明本与桂林本改"另一"为"另外一个"。
㉒ 昆明本与桂林本改"□□"为"××"。
㉓ 昆明本与桂林本此处改"四川"为"这里"。
㉔ 昆明本与桂林本此处增"两把桨前后推扳，"。
㉕ 桂林本改"美"为"潇洒"。

却皱了皱眉毛。① 她轻轻的②说，"什么美不美，不过是一篇③散文罢了"。④路沟边有一丛小小蓝花，高原地坟头上特有的产物，在过去某一时，曾与她生命有过一种希奇的联合。她记起这种"过去"，摘了一小束花拏在手上。其时城边⑤树丛中⑥正有一只郭公鸟啼唤，声音低鬰而闷人。⑦ 雨季未来以前，城外荒地上遍地开的抱春花，朵朵⑧那么蓝，那么小巧完美，孤芳自赏似的自开自落。却有个好事人，每天⑨採来，把它聚成一小簇，当成她生命的装饰。⑩ 数数日子，不知不觉已过了三个月。⑪ 这些⑫人事好像除了在当事者以⑬上还保留下一种印象，便已⑭别无剩余⑮！她因此把那一束小蓝花捏得紧紧的，放在胸膛前贴着好一会。"过去的，都让它成为过去！"那么想着，且追想着⑯先前一时说的散文和诗的意义，便⑰进了城。

郭公鸟还在啼唤，像逗引人思索些不必要无结果的问题。她觉得好笑⑱，偏不去想什么。俨然一切已成定局，过去如此，当前如此，⑲ 未来还将如此。⑳ 人应放聪明与达观一点，㉑ 都不值得执着㉒。城里同样有一个小小斜坡，沿大路种了些杂树木，经过半月的落㉓雨，枝叶如沐如洗，分外绿得动

---

① 昆明本与桂林本改"。"为"，只"。
② 昆明本与桂林本此处增"自言自语"。
③ 桂林本此处增"无章无韵的"。
④ 昆明本与桂林本此处分段。
⑤ 昆明本与桂林本此处增"白杨"。
⑥ 昆明本与桂林本此处增"，"。
⑦ 昆明本与桂林本此处改"。"为"，"。
⑧ 昆明本与桂林本此处改"朵朵"为"花朵"。
⑨ 昆明本与桂林本此处增"必带露"。
⑩ 昆明本与桂林本此处增"礼物分量轻意义却不轻！"
⑪ 昆明本与桂林本此处增"如今说来，"。
⑫ 桂林本此处增"景物"。
⑬ "以"似为"心"之误排，昆明本和桂林本此处均为"心"。
⑭ 昆明本与桂林本此处增"消失净尽"。
⑮ 昆明本与桂林本此处增"了"。
⑯ 桂林本此处改"着"为"起"。
⑰ 昆明本改"便"为"慢慢的"，桂林本改"便"为"勉强的笑笑，慢慢的"。
⑱ 桂林本改"好笑"为"这是一种有意的挑逗"。
⑲ 昆明本改"，"为"。"。
⑳ 昆明本改"。"为"，"。
㉑ 昆明本与桂林本此处增"凡事"。
㉒ 桂林本此处改"执着"为"固执"。
㉓ 昆明本与桂林本此处改"落"为"长"。

人。路旁芦谷苦蒿都已高过人头。① 满目是生命的长成。老冬青树正在开花，② 香气辛而浓。她走得很慢，什么都不想，只觉得奇异，郭公鸟叫的声音，为什么与③月前一天雨后情形完全一样。过去的似乎尚未完全成为过去；④ 这自然很好，她或许正需要从过去搜寻一点东西⑤一点属于纯诗的东西，方能得到生存的意义。这种愿望很明显与当前疲倦大有关系。

⑥

有人说她长得很美，这是十五年前的旧事了。从十四五岁起始，她便对于这种称誉感到⑦快乐。到十六岁转入一个高级中学读书，能够在大镜子前敷粉施朱时，她已觉得美丽使她幸福与⑧小小麻烦，⑨ 举凡学校有何种仪式⑩需要用美丽女孩作为仪式装饰时，她必在场有分。⑪ 一面有点害羞，有点不安，一面却实在乐意在⑫公众中露面，接受⑬人带点阿谀的赞颂。为人性格既温柔，眉发手足又长得很完美，结果自然便如一般有美丽自觉女孩子共通命运，⑭ 得到很多人的关心。在学校⑮一个⑯教员为了她，⑰ 职务便被开除了，⑱ 这是第一次使她明白人生关系的不可解。其次是在学校得了一个带男性的女友，随后假期一来，便成为这个女友家中的客人，得到女友方面的各种殷勤，恰与从一个情人方面所能得到的爱情差不多。⑲ 待到父母一死，且⑳长远成为㉑女友家中

---

① 昆明本与桂林本改"。"为"，"。
② 昆明本此处增"花朵细碎而白，聚成一丛丛的，"，桂林本此处增"花朵细碎而淡白，聚成一丛丛的，"。
③ 昆明本与桂林本此处增"三"。
④ 桂林本改"；"为"，"。
⑤ 昆明本与桂林本此处增"，"。
⑥ 昆明本与桂林本此处有"第二"，做出章节区分。
⑦ 昆明本与桂林本此处增"秘密的"。
⑧ 昆明本与桂林本此处改"与"为"，也能给她"。
⑨ 昆明本与桂林本此处改"，"为"。"。
⑩ 昆明本与桂林本此处增"，"。
⑪ 昆明本此处改"。"为"，"，桂林本此处增"在那个情形中，她必"。
⑫ 桂林本此处改"在"为"从"。
⑬ 昆明本与桂林本此处增"多数"。
⑭ 桂林本此处增"于一种希奇方式中，"。
⑮ 昆明本与桂林本此处增"时"。
⑯ 昆明本与桂林本此处增"中年"。
⑰ 昆明本与桂林本此处增"发生了问题，"。
⑱ 昆明本与桂林本改"，"为"。"。
⑲ 桂林本此处改"。"为"；"。
⑳ 桂林本此处增"即"。
㉑ 昆明本与桂林本此处改"为"为"了"。

的客人了。① 二十岁时在②生活中又加入另外一个男子，③ 为人不甚聪明，性格却刚劲而自重，能爱人不甚会爱人。过不④久，又在另外机会接受了两分关心，出自⑤兄弟两人。过不久⑥又来了一个美国留学生，在当地著名大学教了一点⑦书，为人诚实而忠厚，⑧ 只是美国式生活训练害了他，热情富余而用不得体。过不久⑨又来了一个新鲜⑩朋友，年纪较大，社会上有点地位，为人机智而热诚，可是已结了婚⑪。这一来，⑫ 在她生活上自然就有了些变化，发生了许多问题。爱和怨，欢乐和⑬失望，一切情形如通常社会所见，也如小说故事中所叙述。⑭ 既成为⑮小小一群的主角，于是她就在一种崭新的情感下，经验了一些新的⑯事情。轻微的妒嫉，有分际的关心，使人不安的传说，以及在此⑰情形中不可免的情感纠纠纷纷，滑稽或丑陋⑱种种印象。三年中使她接受了一分新的人生教育，生命同时也增加了一点儿深度。来到身边的年青⑲人，既各有所企图，人太年青，控制个人情感的能力有限，独占情绪且⑳特别强，到末后，自然就各以因缘一一离开了她。最先的一个㉑大学生，因热情不能控制，为妒嫉中伤而走开了。其次是两㉒兄弟各不相下，她想有所取舍，为人性格弱，势不可能，因此把关系一同割断。美国留学生

---

① 昆明本改"了。"为"，"，桂林本改为"。"。
② 桂林本此处改"在"为"，"。
③ 昆明本与桂林本此处增"一个大学一年级，"。
④ 昆明本与桂林本此处增"多"。
⑤ 桂林本此处增"友人亲戚"。
⑥ 昆明本与桂林本此处改"过不久"为"一年后，"。
⑦ 昆明本与桂林本此处删"了一点"。
⑧ 昆明本与桂林本此处增"显然是个好丈夫，"。
⑨ 昆明本与桂林本此处增"，"。
⑩ 桂林本此处删"新鲜"。
⑪ 昆明本与桂林本此处改"结了婚"为"和别人订了婚"。
⑫ 昆明本此处增"这些各各分际的友谊，"，桂林本此处增"这些各有分际的友谊，"。
⑬ 昆明本与桂林本此处改"和"为"与"。
⑭ 昆明本此处改"。"为"，一一逐渐发生。人人"；桂林本此处改"。"为"，一一逐渐发生。个人"。
⑮ 昆明本与桂林本此处增"这个社会"。
⑯ 昆明本与桂林本此处改"新的"为"新鲜"。
⑰ 昆明本与桂林本此处增"复杂"。
⑱ 昆明本此处改"丑陋"为"粗恶"，桂林本此处改"丑陋"为"误解"。
⑲ 昆明本与桂林本此处改"年青"为"青年"。
⑳ 昆明本与桂林本此处删"且"。
㉑ 昆明本与桂林本此处改"的一个"为"是那个"。
㉒ 昆明本与桂林本此处增"个"。

见三五面即想结婚，结婚不成便以为整个失败，① 却用一个简便办法，与别的女子结了婚，② 也算是救了自己③。

　　年青④男孩子既各以因缘——⑤走开了，对于她，虽减少了些麻烦，当然就积压了⑥些情感，觉得生命的⑦无聊，一个⑧带点神经质女孩子，⑨ 必然应有的现象。但因此也增加了她一⑩点知识。"爱"，同样一个字眼儿，男女各有诠释，且感觉男子对于这个字⑪，都不免包含了一些可怕的自私观念。好在那个年长⑫朋友的"友谊"，⑬ 在这时节正扩大了她生存的幻想，作人⑭的自信心和自尊心有了抬头机会。且读了些书，书本与友谊同时使她⑮生命重新得到一种稳定。也明知这友谊不大平常，然而看清楚事不可能，⑯ 因此她就小心又小心缩敛自己，把⑰幻想几⑱几乎缩成为一个"零"。虽成为一个零，用客气限制到⑲欲望的范围，心中却意识到⑳生命并不白费。她于从是㉑这种谨慎而纯挚㉒友谊中，又经验了些事情，㉓ 另外一种㉔关心，熨帖，由此而来的轻微得失忧愁，㉕ 以及人为的淡漠。一切由具体转入象徵，并各种行

---

① 昆明本与桂林本此处增"生命必然崩溃，"。

② 昆明本与桂林本此处增"减去了她的困难，"。

③ 昆明本与桂林本此处改"自己"为"他自己的失恋"。

④ 昆明本此处改"青"为"轻"。

⑤ 昆明本与桂林本此处改"各以因缘——"为"陆续各自"。

⑥ 昆明本与桂林本此处改"了"为"一"。

⑦ 昆明本与桂林本此处改"的"为"空虚"。

⑧ 桂林本此处删"一个"。

⑨ 昆明本此处删"，"。

⑩ 桂林本此处删"一"。

⑪ 昆明本与桂林本此处"字"为"名词"。

⑫ 昆明本与桂林本此处改"年长"为"年纪较长"。

⑬ 昆明本此处改"，"为"。却因不自私，桂林本此处增"却因不自私"。

⑭ 昆明本与桂林本此处改"作人"为"使她做人"。

⑮ 昆明本与桂林本此处删"她"。

⑯ 桂林本此处增"想把问题简单化，"。

⑰ 桂林本此处增"属于生命某种"。

⑱ 昆明本与桂林本此处删"几"。

⑲ 昆明本与桂林本此处删"到"。

⑳ 桂林本此处改"到"为"却"，"却"或为误排。

㉑ 此处"于从是"应为"于是从"之误排，昆明本与桂林本此处均为"于是从"。

㉒ 昆明本与桂林本此处增"的"。

㉓ 昆明本与桂林本改"，"为"。"。

㉔ 昆明本与桂林本此处增"有分际的"。

㉕ 昆明本与桂林本此处删"熨贴，"，将"由此而来的轻微得失忧愁"与"人为的淡漠"交换次序。

为上都找寻得出象徵此友谊的深挚，① 一分真正的教育，培养她的情感也挫折她的情感。生活虽感觉有点压抑，倒与当时环境还能相合②。不过幻想同实际③有了相左处，她渐渐感到挣扎的必要，性情同习惯，④ 把她缚住在原有⑤生活上，不能挣扎。她有点无可奈何，⑥ 就想⑦，这是"命运"。⑧ 然而实不甘心长远在这种命运下低头。

战争改变一切，世界秩序在顽固的心与坚硬的钢铁摧毁变动中，个人当然⑨要受它的影响。多数人因此一来，把生活完全改了，也正因此，她却解决了一个好像无可奈何的问题。战争一来，唯一的老朋友⑩离开了。⑪ 她想，这样子很好，什么都完了，生命正可以重新开始。⑫ 因为⑬年纪长大一点，心深了点，明白对于某一事恐不能用自己性格自救，倒似乎需要一个如此自然而⑭简截的结局。可是中国地面尽管宽广，人与人在这个广大世界中碰头的机会⑮依然极多。许多事她都想⑯不到，⑰ 这些事凑和到她生活上时，便成为她新的命运。

战事缩短了中国⑱对于空间的观念，万千人都冒险越海⑲向内地流，转移到一个⑳陌生地方。她同许多人一样，先是以为战事不久就会结束，认定留下不动为得计。到后㉑看看战事结束遥遥无期，留到㉒原来地方毫无希望

---

① 昆明本与桂林本此处删"并各种行为上都找寻得出象徵此友谊的深挚，"。
② 桂林本此处改"相合"为"配合"。
③ 昆明本与桂林本此处增"既"。
④ 昆明本与桂林本此处增"却"。
⑤ 昆明本与桂林本此处增"的"。
⑥ 昆明本与桂林本此处增"有点不知如何是好。"
⑦ 桂林本此处改"想"为"便自慰自解"。
⑧ 昆明本此处增"用命运聊以自解，"，桂林本此处增"用命运聊以自释，"。
⑨ 桂林本此处增"也"。
⑩ 昆明本与桂林本此处增"亦"。
⑪ 昆明本与桂林本此处分段。
⑫ 昆明本与桂林本在"这样子"之前和"开始。"后增双引号。
⑬ 桂林本此处改"为"为"此"。
⑭ 昆明本与桂林本此处删"而"。
⑮ 昆明本与桂林本此处增"还"。
⑯ 昆明本与桂林本此处改"都想"为"事先都料想"。
⑰ 昆明本与桂林本此处增"要来的还是会来。"
⑱ 昆明本与桂林本此处增"人"。
⑲ 桂林本此处删"越海"。
⑳ 桂林本此处增"完全"。
㉑ 昆明本与桂林本此处增"来"。
㉒ 昆明本与桂林本此处改"到"为"在"。

可言，便设法向内地走。老同学北方本来有个家，① 当然先是② 不赞成走。后来③反而随同上了路。内地各事正需要人，因此到地不久两人都在一个文化机关得到了④一分工作。初来时自然与许多人一样，生活过得单纯而沉闷。但不多久，情形便不同了。许多旧同学都到了这个新地方，且因为别的机会又多了些新朋友，生活便忽然显得热闹而活泼起来。生活有了新的变化，正与老同学好客本性相合，与她理想倒不甚相合。⑤ 一切"事实"都与"理想"有冲突，她有点恐惧。年龄长大了，从年龄堆积与经验堆积上，她性情似乎端重了⑥些，生活也就需要安静一些。然而新的生活却使她身心两方面都不能⑦静。她愿意有一⑧点时间读读书，或思索消化一下从十八岁起始九⑨年来的种种人事，日常生活方式恰正相反。她还有点"理想"，在"爱情"或"友谊"以外有所见自立的理想，事实⑩倒照例只有一些"麻烦"。这麻烦虽新而实旧，与本人性情多少有点关系。为人性格弱，无选择性⑪，过于想作好人，就容易令人误会，招来麻烦。最大弱点还是作好人的愿望⑫又恰与那点美丽自觉需要人赞赏崇拜情绪相混合，因此在这方面⑬增加了情感上的被动性。麻烦也就由此而增加。⑭

老同学新同事中来了一些年青男女，"友谊"或"爱情"⑮ 在日常生活日常思想中都重新有了位置。一面是如此一堆事实，一面是⑯微弱理想，一面是新，一面是旧，生活过得那么复杂⑰累人，她自然身心都感到十分疲倦。"战争"二字在她个人生命上有了新的意义，她似乎就从情分得失战争中，

---

① 昆明本与桂林本此处增"生活过得很平稳有秩序，"。
② 昆明本与桂林本此处删"先是"。
③ 昆明本此处增"看看维持不过了，"，桂林本此处增"看看争持不过了，"。
④ 昆明本与桂林本此处删"了"。
⑤ 昆明本与桂林本改"。"为"，"。
⑥ 昆明本与桂林本改"了"为"一"。
⑦ 昆明本与桂林本此处改"能"为"安"。
⑧ 昆明本与桂林本此处删"一"。
⑨ 昆明本与桂林本均改"九"为"七"，此处"九"或为误排。
⑩ 昆明本与桂林本此处增"日常生活"。
⑪ 昆明本与桂林本此处改"选择性，"为"选择自主能力，凡事"。
⑫ 昆明本与桂林本此处增"，"。
⑬ 昆明本与桂林本此处增"特别"。
⑭ 昆明本与桂林本此处删"麻烦也就由此而增加。"
⑮ 昆明本与桂林本此处增"，"。
⑯ 昆明本与桂林本此处增"那点"。
⑰ 昆明本与桂林本此处增"而"。

度过每一个日子。① 持久下去自然是应付不了的。② 本来已经好像很懂得"友谊"和"爱情"，这一来，倒反而糊涂了。一面得承认习惯，即与老同学相处的习惯，一面要否认当前，即毫无前途的当前。③ 她不知道如何一来方可自救。一个女子在生理上就④不能使思索向更深抽象方面⑤走去，自然便⑥忍受，忍受，到忍受不了时便想⑦，"我为什么不自杀？"当然无理由作⑧这种蠢事！⑨"我能忘了一切多好！"事实⑩这一切也⑪都忘不了。

　　幸好老朋友还近在身边，但也令人痛苦。由于她⑫需要重新将"友谊"作一度诠释，从各方面加以思索，⑬观点有了小小错误。她需要的好像已⑭全得到了，便觉得稍稍烦琐。⑮ 事实上却得到了⑯极不重要那一分，⑰诗与火倒因观点不正确⑱给毁去了。因此造成一种情绪状态，他不特不能帮助她，鼓励地⑲向上作人，反而因⑳流行着㉑的不相干传说，与别方面的忌讳，使他在精神上好像与她越离越远，谈甚㉒么都不大接头。过去一时因抖气离开了她的那个刚直自重的朋友呢，虽重新从通信上取得了一些信托，一点希望，来信总还是盼望她能重新作人，不说别的事情。㉓ 意思也就正对于她能否

---

① 昆明本与桂林本改"。"为"，"。

② 昆明本此处删"是"与"的"，桂林本此处删"持久下去自然是应付不了的。"

③ 桂林本此处增"持久下去自然应付不了，"。

④ 昆明本与桂林本此处改"就"为"既"。

⑤ 昆明本与桂林本此处删"方面"。

⑥ 昆明本与桂林本改"自然便"为"应付目前自然便是"。

⑦ 桂林本此处改"想"为"打量"。

⑧ 昆明本与桂林本此处改"作"为"实现"。

⑨ 桂林本此处改"！"为"。"。

⑩ 昆明本与桂林本此处增"上"。

⑪ 昆明本此处删"也"，桂林本此处改"也"为"全"。

⑫ 昆明本与桂林本此处增"年龄已"。

⑬ 桂林本改"，"为"；"。

⑭ 昆明本与桂林本此处增"经完"。

⑮ 昆明本与桂林本此处删"便觉得稍稍烦琐。"

⑯ 昆明本改"却得到了"为"感觉到所得的是"，桂林本改为"感觉到所得到的却是"。

⑰ 昆明本与桂林本此处改"那一分，"为"的一份。她明白，由于某种性情上的弱点，被朋友认识得太多，友谊中那点"。

⑱ 昆明本与桂林本此处删"因观点不正确"。

⑲ 此处"地"应为"她"，可能因形近而误排，昆明本与桂林本此处均为"她"。

⑳ 桂林本此处改"因"为"会从"。

㉑ 桂林本此处删"着"。

㉒ 昆明本与桂林本此处为"什"。

㉓ 桂林本改"。"为"，"。

"重新作人"还感到怀疑。疑与妬还①未因相隔六年②而有所改变。事情显明③，这个人若肯来看看她，即可使她得到很大的帮助。但那人却因负气或别的事务在身，不能照她愿望行事。那两兄弟呢，各④已从大学毕了业，各在千里外做事，哥哥还⑤常来信，在信上见出十分关心，希望时间会帮他⑥忙，改变一些人的态度。事实上她却把⑦兴趣放在给弟弟的信上。那弟弟明白这个事情，⑧因此来信照例有意⑨保留了一点客气的距离。她需要缩短一点这种有意作成的距离，竟无法可想。另外一种机缘，却来了一个陌生人，一个公务员，正想用求婚方式自荐。她⑩需要一个家庭，但人既陌生，生活又相去那么远，这问题真不知将从何说起。另外又有一个朋友，习工科的，来到她身边，到把花同糕饼送了十来次后，人还不甚相熟，也就想用同样方式改变生活。两件事以及其他类似问题，⑪作成同居十年老同学一种特殊情绪，因妬生疑，总以为大家或分工或合作，都在有所计谋，⑫如不是已经与这个要好，就是准备与那个结婚，敌对对象因时而变，因之⑬亦喜怒无常。独占情绪既受了损害，因爱成恨，⑭举凡一个女人在相似情形中⑮所能作出的行为，所能产生的幻想⑯，无不依次陆续发生，⑰就因这么一来，却不明白恰好反而促成身边一⑱个造成一种离奇心理状态。⑲使她⑳以为一切人对她都十分苛刻。因疑成惧，也以为这人必然听朋友说的㉑，相信事实如此，那人必

---

① 昆明本与桂林本改"还"为"并"。

② 昆明本与桂林本此处增"相去七千里"。

③ 昆明本改"事情"为"事实"，桂林本删"事情显明，"。

④ 桂林本此处增"自"。

⑤ 桂林本此处增"时"。

⑥ 昆明本与桂林本此处增"点"。

⑦ 昆明本与桂林本此处增"希望"。

⑧ 昆明本与桂林本此处增"且明白她的性情，"。

⑨ 桂林本此处删"有意"。

⑩ 昆明本与桂林本此处增"虽"。

⑪ 桂林本此处增"便"。

⑫ 昆明本与桂林本此处改"，"为"。以为她"。

⑬ 昆明本与桂林本此处改"因之"为"所以"。

⑭ 昆明本改"，"为"。"。

⑮ 昆明本此处增"，"。

⑯ 昆明本与桂林本此处为"所成产生的幻想，所能作出的行为"。

⑰ 昆明本与桂林本改"，"为"。"。

⑱ 昆明本与桂林本此处改"一"为"那"。

⑲ 昆明本与桂林本改"。"为"，"。

⑳ 桂林本此处改"她"为"他"，或为误排。

㉑ 昆明本与桂林本此处改"说的"为"所说"。

将听她①所说，以为事实又或如彼。一切过去自己的小小过失②与③不端谨处，留下的④一些故事，都有被老同学在人前扩大可能，⑤这各种"可能"，⑥便搅扰得她极不安宁，竟似乎想逃避无可逃避。⑦这种离奇⑧心理状态，使她十分需要一个人，而且需要在方便情形她⑨那么一个人，⑩来⑪抵补自己的空虚。也就因此，生活上⑫来了一个平常大学生。⑬为人极端平常，⑭然而外表好像很⑮老实，完全可靠，⑯正因为人无用也便无害，倒正好在她生活中产生一点新的友谊。然而⑰这结果自然是更多麻烦的。⑱先是为抵制老同学加于本身的疑妩，有一个髣髴⑲可以保护自己情绪安定的忠厚可靠朋友在身边，自然凡事都觉得很好。随后是性情上的弱点，不知不觉间已给了这个大学生不应有的过多亲近机会。且⑳在一个比较长的时期中，还㉑看出大学生毫无特长可以自见，生活观念与所学所好都庸俗得出奇，如此混下去，与老朋友过去一时给她引起那点向上作人理想必日益离远。㉒且更有可怕处㉓，是习惯移人，许多事取舍竟不由己。老同学虽在过去一时事事控制她，却也帮助了她幻想的生长。这大学生在目前，竟从一个随事听候使唤的忠仆神

---

① 昆明本与桂林本此处改"她"为"朋友"。
② 昆明本与桂林本此处增"，"。
③ 昆明本与桂林本此处增"行为"。
④ 昆明本与桂林本此处删"的"。
⑤ 昆明本与桂林本改"，"为"。"。
⑥ 昆明本与桂林本此处删"，"。
⑦ 昆明本此处改"。"为"，"。
⑧ 桂林本此处改"离奇"为"反常"。
⑨ 昆明本与桂林本均改"她"为"下有"。
⑩ 昆明本此处为"第一点也无妨，只要可以信托，"，桂林本此处为"笨一点也无妨，只要可以信托，"。
⑪ 昆明本与桂林本此处改"来"为"就可"。
⑫ 桂林本此处增"即"。
⑬ 桂林本改"。"为"，"。
⑭ 昆明本与桂林本此处增"衣服干干净净，脑子简简单单，"。
⑮ 桂林本此处删"好像很"。
⑯ 桂林本此处改"，"为"。"。
⑰ 昆明本与桂林本删"然而"。
⑱ 昆明本与桂林本此处改"的。"为"！"。桂林本此处分段。
⑲ 昆明本与桂林本此处为"仿佛"。
⑳ 昆明本与桂林本此处删"且"。
㉑ 昆明本与桂林本此处删"还"，增"且"。
㉒ 昆明本与桂林本此处增"而"。
㉓ 昆明本与桂林本此处改"处"为"地方"。

气，渐渐变而为①主子样子。大学生②无事可作③，只能看看电影，要她去就不好不去。一些未来可能预感，使她有点害怕。觉得这个人④的麻烦处，也许可能比七年前旧情人的妒嫉，老⑤朋友的灰心，以及老同学的歇斯迭里亚种种表现，综合起来，⑥ 还有势力。新的觉醒使她不知这生活如何是好。⑦要摆脱这个人，由于习惯便摆不脱。⑧ 尤其是老同学的疑妒，反而无形帮助了那大学生⑨。

　　她就⑩在这种无可奈何情形中活下去，接受⑪一切必然要来的节目，俨然毫无自主能力来改变这种环境。在⑫痛苦⑬与厌倦中，需要一点新的力量鼓起她做人的精神，⑭ 得不到所需要时，到⑮末后反而还是照习惯跟了那个大学生走去，吃吃喝喝，也说说笑笑，接受一点无意义的恭维⑯。

　　这自然是不成的！正因为生活中一时间虽已有些新的习惯很⑰不大好，情感中实依然还保留了许多别的⑱印象和幻想。这印象和幻想，无不如诗的美丽与崇高，⑲ 与当前事实对比的⑳，不免使她对当前厌恶难受。看看"过去"和"未来"，都㉑将离远了，当前㉒留下那么一个人。在老同学发作时，

----

① 昆明本与桂林本此处增"独断独行"。
② 昆明本与桂林本此处改"大学生"为"既如许多平常大学生一般生活无目的，无理想，读书也并无何种兴趣，"，桂林本改为"既如许多平常大学生一般生活无目的，无理想，读书也并无何种兴趣。"
③ 昆明本与桂林本此处增"时"。
④ 昆明本与桂林本此处增"将来"。
⑤ 昆明本此处删"老"。
⑥ 昆明本与桂林本此处删"，"。
⑦ 桂林本此处删"不知这生活如何是好。"，增"不免害怕担心，"。
⑧ 桂林本改"。"为"，"。
⑨ 昆明本与桂林本此处增"，使她不能不从大学生取得较多的信托，稳定自己的情感"。
⑩ 昆明本与桂林本此处改"就"为"于是"。
⑪ 桂林本此处增"每天"。
⑫ 昆明本与桂林本此处删"在"。
⑬ 桂林本此处改"痛苦"为"苦痛"。
⑭ 昆明本与桂林本此处增"从朋友方面，"。
⑮ 昆明本与桂林本此处删"到"。
⑯ 昆明本与桂林本此处增"，与不甚得体的殷勤"。
⑰ 桂林本此处删"很"。
⑱ 桂林本此处删"美丽"。
⑲ 桂林本此处删"无不如诗的美丽与崇高，"。
⑳ 昆明本改"对比的"为"对比时"，桂林本改"比时"，或漏排"对"。
㉑ 昆明本与桂林本此处增"好像"。
㉒ 桂林本此处增"却"。

骂大学生为一个庸俗无用的典型，还可激起她反抗情绪，产生自负自尊心。①
对大学生反而更好②一点。但当老同学一沉默，什么都不提及，听她与大学
生玩到半夜回转住处时③，理性在生命中有了势力，她觉得不免④惭愧。

　　然而她既是一个女子，环境又限人，习惯而⑤不易变，自然还是只能那
么想，"我死了好"，当然不会死，⑥ 又想"我要走开"，一个人往那里走？
又想"我要单独，方能自救"，可是同住一个就离不开。⑦ 同住既有人，每
天做⑧事且有人作伴同行，在办事处两丈见方斗室中，还有同事在一张桌子
上办公⑨。这世界竟⑩恰像是早已充满了人，只是互相妨碍，互相牵制，单
独简直是不可能的梦想！单独⑪不可能，老同学误会⑫多，都委之于她的不
是，只觉这也不成，那也不对，于是⑬反抗埋怨老同学的情绪随之生长，⑭
先一刻的惭愧消失了。于是默默的上了床，默默的想，"人生不过如此"。这
自然就⑮在不知觉间失去不少重新作人气概，⑯ 因为当前生活固然无快乐可
言，似乎也不很苦。日子过下去，如不向深处思索，虽不大见出什么长进，
竟可说是很幸福的。⑰

　　可是世界当真还在变动中，人事也必然还有变迁。精神上唯一可以帮忙
的老⑱朋友，看看近来情形不大对，许多话都说来⑲无意义，似乎在她自己
放弃向上理想以前，先对她已放弃⑳了理想，而且由正面劝说她"应当自

---

① 昆明本与桂林本此处改"。"为"，"。
② 昆明本与桂林本此处改"更好"为"宽容"。
③ 昆明本与桂林本此处改"时"为"也不理会"。
④ 桂林本此处改"觉得不免"为"不免觉得"。
⑤ 昆明本与桂林本此处删"而"。
⑥ 桂林本改"，"为"。"。
⑦ 昆明本改"。"为"，"，桂林本改为"；"。
⑧ 昆明本改"做"为"作"。
⑨ 昆明本与桂林本此处增"，回到住处，说不定大学生已等得气闷许久了"。
⑩ 昆明本与桂林本此处删"竟"。
⑪ 桂林本此处增"既"。
⑫ 桂林本此处增"又"。
⑬ 桂林本此处删"于是"。
⑭ 昆明本与桂林本此处改"，"为"。"。
⑮ 昆明本与桂林本改"这自然就"为"就自然"。
⑯ 昆明本与桂林本改"，"为"。"。
⑰ 昆明本与桂林本此处改"。"为"！"，且有"第三"，作章节区分。
⑱ 昆明本此处删"老"。
⑲ 昆明本与桂林本此处改"都说来"为"说来都"。
⑳ 桂林本此处改"弃"为"望"，或为误排。

重"，到①恶作剧似的，反而②要她去同明明白白配不上她的一个人③去好好做爱，④ 好好使用那点剩余青春了。⑤ 求婚者，⑥ 相熟一个出了国，陌生一个又因事无结果再无勇气来信。⑦ 至于留在五千里外那个朋友，则因时间空间都相去太远，来信总不十分温柔，引不起她对未来的幸福幻想，保护她抵抗当前自弃倾向。……更重要的是那个十年相处的老⑧同学，在一种也常见也不常有情绪中，个人受尽了折磨，也痛苦够了她，对于新的情况实在⑨不能习惯。虽好像凡事极力让步，勉强适应，终于还是因为独占情绪受了太大打击，只想远远一走，方能挽救自己情感的崩溃，从新生活中得到平衡。到把一切近于歇斯的里的表现，一一都反应到日常生活后，于是怀了一脑子爱与恨，当真有一天⑩就忽然走开了。⑪

起始是她生活上起了点变化，仿佛⑫一切"过去"讨厌事全离开了，显得轻松而自由。老同学因爱而恨产生的各式各样诅咒，因诅咒在她脑子中引起种种可怕联想，也⑬离远了。老朋友为了别的原因，不常见面了。大学生初初也⑭像是生疏了许多。可是不久放了暑假，她有了⑮些空闲，大学生⑯毕业后无事可作，自然更多空闲。由空闲与小小隔离，于是大学生更像是热烈了许多。这热烈不管用的是如何形式⑰，既可增加一个女人对于美丽的自信，当然也就引起她一点反应。因此在生活上还是继续一种过去方式，恰如她⑱所谓，活得像一篇无章无韵的散文⑲。不过生命究竟是种古怪东西，正

---

① 昆明本与桂林本此处改"到"为"反而"。
② 昆明本与桂林本此处删"反而"。
③ 桂林本此处改"同明明白白配不上她的一个人"为"和大学生"。
④ 昆明本与桂林本此处删"，"，将"好好做爱"加双引号。
⑤ 昆明本此处增"几个"，桂林本此处增"几个自作多情的"。
⑥ 昆明本与桂林本此处改"，"为"？"。
⑦ 昆明本与桂林本改"。"为"，"。
⑧ 昆明本与桂林本此处改"老"为"女"。
⑨ 昆明本此处删"实在"，桂林本改"实在"为"始终"。
⑩ 昆明本与桂林本改"当真有一天"为"有一天当真"。
⑪ 似指张兆和在1940年夏拟离家出走，即所谓去昭通任国立西南师范中学部教员一事。
⑫ 昆明本与桂林本此处增"因老同学一走，"。
⑬ 昆明本与桂林本此处增"一起"。
⑭ 昆明本与桂林本此处删"也"。
⑮ 昆明本与桂林本此处删"了"。
⑯ 昆明本此处删"大学生"。
⑰ 昆明本与桂林本此处删"表现"。
⑱ 昆明本与桂林本此处增"自己"。
⑲ 昆明本与桂林本将"无章无韵的散文"加双引号。

因为生活中的实际，平凡而闷人，倒也正①培养了她灵魂上的幻想。生活既有了变化，空闲较多，自然也②多有了些单独思索"生活"的机会。当她能够单独拈起"爱"字来追究追究③时，不免引起"古典"和"现代"的感想，就经验上即可辨别出它的轻重得失意义④。什么是诗与火混成一片，好好保留了古典的美丽与温雅？什么是只不过⑤从⑥通俗电影场面学来的方式，做作处只使人感到虚伪，粗俗处已渐渐把人生丑化？因此一面尽管因⑦习惯与大学生经过⑧，一面也就想得很远很远，⑨ 经过去⑩发现了许多东西。⑪ 即平时所疏忽，然而在生命中十分庄严的东西。所思所想虽抽象而不具体，然而⑫生命竟似乎当真重新得到了一种稳定，恢复了已失去的⑬作人信心，感到生活有向上需要。只因为向上，方能使那种古典爱中的诗与火⑭，见出新的光和热。这比起大学生那点具体⑮的爱⑯时，实在重要得多了。

　　然而她依旧有点乱，有点动摇。她明白时间是一去不返的，凡是保存在印象中的诗，使它重现并不困难。只是当前所谓具体，⑰ 却正在把生命中一切属于"诗"的部分⑱尽其可能加以摧残毁灭。要挣扎，⑲ 反抗，似乎⑳还得依赖一种别的力量，本身似乎不大济事。当前是性格同环境两样东西形成的生活式样，要打破它，只靠心中一点点理想或幻念，相形之下，实在显得过于薄弱无力了。

---

① 昆明本与桂林本此处删"也正"。

② 昆明本与桂林本此处删"也"。

③ 桂林本此处删"追究"。

④ 昆明本与桂林本此处删"意义"。

⑤ 昆明本与桂林本此处删"只不过"。

⑥ 桂林本此处增"现代"。

⑦ 桂林本此处删"因"。

⑧ 昆明本与桂林本此处改"经过"为"生活混得很近"。

⑨ 昆明本与桂林本此处改"，"为"。"。

⑩ 昆明本改"经过去"为"由于这种思索，却"，桂林本此处改"经过去"为"且由于这种思索，却"。

⑪ 昆明本与桂林本此处改"。"为"，"。

⑫ 昆明本与桂林本此处删"然而"。

⑬ 桂林本此处删"的"。

⑭ 桂林本此处改"古典爱中的诗与火"为"古典的素朴友谊与有分际有节制的爱"。

⑮ 昆明本与桂林本此处增"而庸俗"。

⑯ 桂林本改"爱"为"关系"。

⑰ 昆明本此处删"，"。

⑱ 昆明本与桂林本此处增"，"。

⑲ 昆明本与桂林本此处删"，"。

⑳ 昆明本与桂林本此处删"似乎"。

她愿意从老朋友老同学①方面得到一点助力，重新来回想老②同学临行前给她那点诅咒，③ 在当时，这些话语实在十分伤害她的自尊心，激起她对大学生的负短心。这时节已稍稍不同了一些。

老同学临行前说："□□④，我们⑤居然当真离开了，你明白我为什么走，⑥ 你口上尽管说舍不得我走，其实凭良心说，你倒希望我走得越远越好。你以为一离开我就可以重新做人，幸福而自由在等着⑦你。好，我照你意思走开！从明天起你就幸福自由了！可是我到底是你一个⑧朋友，明白你，为你性格担心。你同⑨我离开容易，我一走了，要你同那个又穷又无用的⑩大学生离开恐不容易。这个人正因为无什么学问，可有的是时间，你一定就会吃亏到这上头。你要爱人或要人爱，也找个稍微像样子的人，不是没有这种人！你现在是⑪堕落，我说来你不承认，因为你只觉得我是在妒嫉⑫，算是⑬损⑭害了你⑮自尊心。⑯ 到你明白真正什么叫作自尊心时，你完了。末了你还可以说，只要我们相爱，就很好！好，这么想你⑰可以快乐一点，就这么想。⑱"

老⑲同学自然不会明白她并不爱大学生，其所以同⑳大学生来往㉑，还只

---

① 昆明本与桂林本此处改"老同学"为"或女同学"。

② 昆明本与桂林本此处改"老"为"女"。

③ 昆明本与桂林本改","为"。"。

④ 昆明本与桂林本改"□□"为"××"。

⑤ 桂林本此处增"今天"。

⑥ 昆明本与桂林本此处改","为"。"。

⑦ 桂林本此处改"着"为"待"。

⑧ 桂林本此处增"好"。

⑨ 桂林本此处改"同"为"和"。

⑩ 桂林本此处改"又穷又无用的"为"平凡坏子"。

⑪ 昆明本与桂林本此处改"现在是"为"目前是在"。

⑫ 桂林本此处改"在妒嫉"为"被妒嫉中伤了"。

⑬ 昆明本与桂林本此处增"再不会想到别的事情。我一提及就"，删"算是"。

⑭ 昆明本改"损"为"伤"。

⑮ 昆明本与桂林本此处增"的"。

⑯ 昆明本与桂林本改"。"为","。

⑰ 昆明本与桂林本此处增"如果当真"。

⑱ 桂林本此处增"我讨厌这种生活，所以要走了。"

⑲ 昆明本与桂林本此处改"老"为"女"。

⑳ 昆明本与桂林本此处改"同"为"和"。

㉑ 桂林本此处增"亲密"。

是激成的，① 老朋友呢，友谊中还有点误会，忌讳又多②，见面也少起来，以为是对她好，其实近于对她不好。

　　什么是"爱"？事情想来不免重新又觉③令人迷糊④。她以为能作点事⑤或可从工作的专注上静一静心，⑥ 大学生当然不会给她这点安静的。事实上她应当休息休息，把一颗心从当前人事纠纷⑦解放出来，方可望恢复心境的平衡与⑧常态。但是这"解放"竟像是一种徒然希望，自己既无可为力，他人也不易帮忙。

　　过去一时她⑨对那老朋友说，"人实在太可怕了，到我身边来的⑩都只想独占我的身心，⑪ 都显得⑫专制而自私，一到期望受了小小挫折，便充满妒和恨。实在可怕。"然而那⑬老朋友⑭回答得很妙，"人并不可怕。倘若自己情绪同生活两方面都站⑮得住，友谊或爱情都并无什么可怕处，⑯ 你最可担心的事⑰是你⑱关心肉体比关心灵魂兴趣浓厚得多。梳一个头费去一点钟，不以为意，多读一⑲点钟书，便以为太累。⑳ 这对你前途，㉑ 真是一件最可怕的事！"

　　可是，这是谁的过失？爱她，瞭解她，说到末了，还㉒是因妒嫉或㉓别

---

① 昆明本与桂林本此处改"，"为"。"。
② 桂林本此处删"还有点误会"，改"又"为"太"。
③ 昆明本此处改"又觉"为"又觉得"，桂林本此处改"又觉"为"觉得"。
④ 桂林本此处改"糊"为"胡"。
⑤ 昆明本与桂林本此处增"，"。
⑥ 昆明本此处改"，"为"。"。
⑦ 昆明本与桂林本此处增"中"。
⑧ 桂林本此处删"与"。
⑨ 昆明本与桂林本此处增"曾"。
⑩ 昆明本与桂林本此处增"，"。
⑪ 昆明本与桂林本此处改"，"为"。"。
⑫ 昆明本与桂林本此处增"无比"。
⑬ 桂林本此处删"然而那"。
⑭ 昆明本与桂林本此处增"对于这个问题却"。
⑮ 昆明本与桂林本此处改"站"为"稳"。
⑯ 昆明本与桂林本此处改"，"为"。"。
⑰ 昆明本与桂林本此处增"，"。
⑱ 桂林本此处删"你"。
⑲ 昆明本与桂林本此处改"一"为"半"。
⑳ 昆明本与桂林本此处增"且永远借故把日子混下去，毫无勇气好好做个人，"。
㉑ 昆明本与桂林本此处增"才"。
㉒ 昆明本与桂林本此处改"还"为"不"。
㉓ 昆明本与桂林本改"或"为"就是因"。

的忌讳，带着不愉快痛苦失望神情①远远走开。② 死的死去，陌生的③又从无勇气④来关心她，同情她。⑤ 只让她孤单单无望无助的，活到这个虚伪与俗气的世界中。一个女人，年纪已二十七⑥岁，在这种情形下她除了听机会许可，怀着宽容与怜悯，来把那个大学生收容在身边，差遣使唤，⑦ 同时也为这人敷粉施朱，调理眉发，得到生命的意义，此外还有什么方法，可以满足一个女人那点本性？

所以提到这点时，她⑧还同老朋友说，"这不能怪我，我是个女人，你明白女人是有的⑨天生弱点，要人爱她。那怕是做作的热情，无价值极庸俗⑩的倾心，总不能无动于衷：⑪ 总不忍过而不问！姐姐⑫不明白。⑬ 总以为我会嫁给那一个平平常常的大学生⑭。就是你，你不是有时也还不明白，不相信吗？我其实永远是真实的，无负于人的！"

老朋友说，"可是这忠实并⑮不能作你不专一⑯的辩护⑰。若忠实只在证明你做爱兴趣浓于做人兴趣，目前这生活，对你有些什么前途⑱你想像得出！第一件事，我将因此同你离开！⑲ 到⑳你真真实实感到这个老朋友㉑为你不大

---

① 昆明本此处增"，"，桂林本此处增"，或装作谨慎自重样子，"。

② 昆明本改"。"为"，"。

③ 桂林本此处增"知情知趣的"。

④ 昆明本与桂林本此处增"无机会"。

⑤ 桂林本此处改"。"为"，"。

⑥ 昆明本与桂林本均为"二十六"。

⑦ 昆明本与桂林本此处增"做点小小事情，"。

⑧ 昆明本与桂林本此处增"不愿意老朋友误解，"。

⑨ 昆明本与桂林本此处改"是有的"为"有的是"。

⑩ 桂林本此处删"极庸俗"。

⑪ 昆明本与桂林本改"衷；"为"中，"。

⑫ 前面一直称"老同学"，此处忽然点明"姐姐"，从这里说，《梦与现实》女主角蓝本应是张充和，"老同学"可能是张兆和，而"老朋友"则指"沈从文"自己。

⑬ 昆明本与桂林本改"。"为"，"。

⑭ 昆明本此处增"，所以就走开了"，桂林本此处增"，所以就怀着一腔悲恨走开了"。

⑮ 昆明本与桂林本此处删"并"，增"有什么用？既"。

⑯ 桂林本此处改"专一"为"自重"。

⑰ 昆明本此处增"，也不能引起你做人的勇气，你明白的"，桂林本此处增"，也不能引起你重新做人的勇气，你明白的"。

⑱ 桂林本此处增"，"。

⑲ 昆明本与桂林本此处删"第一件事，我将因此同你离开！"

⑳ 桂林本此处改"到"为"待"。

㉑ 桂林本此处改"这个老朋友"为"几个朋友"。

自重，同①你已当真疏远时，你应当会有点痛苦的，② 尤其是你若体会得出将来是什么，对你实在十分可怕③！"

④"大家都看不起我，也很好⑤我希望单独。"

⑥"是的，这么办你当然觉得好。因为可以使你单独享受大学生的殷勤，这对你目前不是一件坏事⑦！可是⑧一个人是⑨不能完全放下'过去'，也无法拒绝'将来'的⑩，一时不自重的结果，对于一个女人，将来会悔恨终生的⑪。你自己去好好想三五天，再决定你应作的事。"

于是老朋友沉默了。日月流转不息，这⑫自然一切过去的⑬仿佛都要成为一种"过去"，⑭ 不会再来了。来到身边的果然就只是那个大学生。不是以她⑮思索的结果，只是习惯的必然。⑯

她回⑰到住处后，一些回忆咬实⑱她的心子。把那束高原蓝花插到窗前一个小小瓠形瓶中去。⑲ 换了点养花水，⑳ 便坐下来欣赏这一㉑丛小花。同住的同事㉒还不回㉓来，又还不到上灯吃饭时候，㉔ 黄昏前天气闷热而多云。

---

① 桂林本此处改"同"为"对"。

② 昆明本与桂林本改"，"为"。"。

③ 桂林本此处改"对你实在十分可怕"为"你尤其不能不痛苦"。

④ 昆明本与桂林本此处增"她觉得有点伤心，就抖气说："。

⑤ 昆明本改此处"很好"为"恨我。什么我都不需要，"，桂林本此处增"。什么我都不需要，"。

⑥ 昆明本此处增"老朋友明白那是一句反话，所以说："，桂林本此处增"老朋友明白那是一句反话。所以说："。

⑦ 昆明本此处改"事"为"打算"。

⑧ 桂林本此处删"因为可以使你单独享受大学生的殷勤，这对你目前不是一件坏事！可是"，增"只是得到单独也不容易！"

⑨ 昆明本与桂林本此处改"是"为"决"。

⑩ 昆明本与桂林本此处改"的，"为"，你比别人更理会这一点。"

⑪ 昆明本此处删"的"，桂林本此处改"将来会悔恨终生的。"为"可能有什么结果，"。

⑫ 昆明本与桂林本此处改"，这"为"；一切过去的，"。

⑬ 昆明本与桂林本此处删"一切过去的"。

⑭ 桂林本改"，"为"。"。

⑮ 桂林本此处改"不是她"为"这件事说来却又像并非"。

⑯ 昆明本与桂林本此处增"第四"，作章节区分。

⑰ 桂林本此处改"她回"为"转"。

⑱ 昆明本与桂林本均改"咬实"为"咬着"。

⑲ 桂林本改"。"为"，"。

⑳ 昆明本与桂林本此处增"无事可作，"。

㉑ 桂林本此处删"一"。

㉒ 昆明本与桂林本此处删"同事"。

㉓ 桂林本改"回"为"归"。

㉔ 桂林本此处改"，"为"。"。

她①知道②身心两方面若果都能得到一个较长时期的休息，对于她必大有帮助。

过了一阵，窗口边那束蓝花，看来竟似乎已经萎悴了，她心想，"这东西留③到这里有什么用处。④"可是并不去掉它。她想到的正像是对于个人生命的感喟，与瓶花⑤全不相干。因此联想及老朋友⑥对于⑦生命的一点意见，⑧"其实生命何尝无用处，一切纯诗即由此产生，反映生命光影神奇与美丽。任何肉体生来虽不可免受自然限制，有新陈代谢，到某一时必完全失去意义，诗中生命却将百年长青！"⑨生命虽能产生诗，如果肉体已到毫无意义，不能引起的⑩疯狂时，诗⑪纵百年长青，对于生命又有何等意义？一个人总不能用诗来活下去，⑫尤其是一个女人⑬不能如此。⑭

不过这时节她倒不讨厌诗。老朋友俨然知道她会单独，在单独就会思索，在思索中就会寂寞，特意给了他⑮一个小小礼物，一首小诗。是上一月临向百里外旅行时⑯留下的。与诗同时还留下一个令人难忘的印象。她把诗保留到一个文件套里，在印象中，却保留了一种温暖感觉；⑰

> 小瓶口剪春罗还是去年红，
> 这黄昏显得格外静，格外静。
> 黄昏中细数人事变迁，
> 见青草向池塘边沿延展。

---

① 桂林本此处增"不"。
② 昆明本与桂林本此处增"她实在太累，"。
③ 桂林本改"留"为"摆"。
④ 桂林本此处改"。"为"？"。
⑤ 昆明本与桂林本此处增"又"。
⑥ 桂林本此处增"十余年来给她在情感上的教育，"。
⑦ 桂林本删"于"。
⑧ 昆明本与桂林本此处增"玩味这种抽象观念，等待黄昏。"
⑨ 桂林本此处增"她好像在询问自己，"。
⑩ 昆明本与桂林本此处删"的"。
⑪ 昆明本与桂林本此处增"歌"。
⑫ 桂林本此处改"，"为"。"。
⑬ 桂林本此处增"，"。
⑭ 昆明本与桂林本此处增"尤其是她，她自以为不宜如此。"
⑮ 应为"她"，可能为原刊误排，昆明本和桂林本此处均为"她"。
⑯ 昆明本此处改"上一月临向百里外旅行时"为"上三个月前临离开她时"，桂林本此处改为"上三个月前"。
⑰ 昆明本此处改"温暖感觉；"为"温暖而微带悲伤的感觉。那诗在一般说来有点怪。"桂林本改为"温暖而微带悲伤的感觉。"此处"；"或为"："之误排，桂林本此诗删标点符号。

我问你，这应当"惆怅"，还应当"欢欣"？①

小窗间有夕阳薄媚微明。

青草铺敷如一片绿云，

绿云②相接处是天涯。

诗人说"芳草碧如丝，人远天涯近，"

这比拟你觉得"近情"，"不真"？

世界全变了，世界全变了，是的，一切都得变，③

心上虹霓雨后还依然会出现。

溶解了人格和灵魂，叫做"爱"，

人格和灵魂需几回溶解？

爱是一个古怪的④字眼儿，燃烧人的心，正因为爱，天上方悬挂万千⑤颗星（和长庚星）。⑥

你在静中眼里有微笑轻漾，

你黑发同苍白的脸儿转成抽象。⑦

　　温暖的⑧文字温暖了她的心。⑨　她觉得快乐也觉得惆怅。还似乎有一⑩点怜悯与爱之⑪情绪⑫在心上⑬生长。可是弄不清楚是爱自己的过去，还是怜悯朋友的当前？又似乎有一种模糊的欲念生长，然而这友谊⑭却已超过了官能的接近，成为另外一种抽象契合多日⑮了。为了对于友谊印象与意象的捕捉，写成为诗歌，这诗歌本身，其实即近于一种抽象，与当前她日常实际生活⑯，

---

① 昆明本与桂林本此行接上行末尾，为一行。
② 桂林本此处"云"为"雪"，当为误排。
③ 昆明本与桂林本此行接上行末尾，为一行。
④ 昆明本与桂林本此处删"的"。
⑤ 昆明本与桂林本此处改"万千"为"千万"。
⑥ 昆明本与桂林本此行接上行末尾，为一行。
⑦ 本诗曾以《一种境界》为题，刊载于《今日评论》第3卷第24期，1940年6月16日，昆明，作者署名"雍羽"；可参见笔者辑校的《沈从文集外诗文四篇》及《看虹摘星复论政——沈从文集外诗文四篇校读札记》。
⑧ 桂林本此处删"的"。
⑨ 桂林本此处改"。"为"，"。
⑩ 昆明本与桂林本此处删"一"。
⑪ 昆明本与桂林本此处改"之"为"的"。
⑫ 昆明本和桂林本此处增"，"。
⑬ 昆明本和桂林本此处增"慢慢"。
⑭ 桂林本此处增"印象"。
⑮ 桂林本此处删"多日"。
⑯ 昆明本与桂林本此处增"所能得到的"。

相隔好像太远了。她欣赏到这种友谊的细微感觉时①有点怨望，有点②乱，有点不知所主。

小瓶中的剪春罗业已萎悴多日。池塘边青草③虽未见到④，却知道它照例是在繁芜中向高处延展，迷目一望绿。小窗口长庚星还未到露面时。……这一切都像完全是别人事情，与她渺不相涉。自己房中仿佛⑤什么都没有，⑥心上也虚廓无边，填满了黄昏前⑦的寂静。

日头已将落尽，院子外阔大楠木树叶在微风中轻轻动摇，恰如有所招邀，⑧她独自倚靠在窗边前⑨，看天云流彩，细数诗中的人事，不觉自言自语起来，"多美丽的黄昏，多可怕的光景！"正因为人到这种光景中，便不免为一堆过去或梦境身心都感到十分软弱，好像什么人都可以把她带走。只要有一个人来说，我要你，你跟我走，⑩就⑪会随这个人走去。她要的人既不会在这时走来，便预感到她，⑫并不要的那个大学生会要来。只好坐下来写点什么，意思⑬像是希望⑭文字可⑮固定她的愿望。带她追想"过去"，方能转向"未来"，抵抗那个实际到不可忍受的"当前"。她⑯试来给老朋友写一个信，告他一点生活情形。

　　□□⑰，我办公回来，一个人坐在窗边发痴。心里不受用。重新来读你那首小诗，实在很感动。但是你知道，也不可免有一点痛苦。这一点你似⑱乎是有意如此，用文字虐待一个朋友的感情，尤其是当她对生

---

① 昆明本与桂林本此处增"，不免"。
② 昆明本与桂林本此处增"烦"。
③ 昆明本与桂林本此处增"这时节"。
④ 昆明本与桂林本此处删"到"。
⑤ 昆明本与桂林本此处改"仿佛"为"髣髴"，余同，不一一注明。
⑥ 桂林本此处改"，"为"。"。
⑦ 桂林本此处删"前"。
⑧ 昆明本与桂林本此处改"，"为"。"。
⑨ 昆明本与桂林本此处改"窗边前"为"窗口边"。
⑩ 昆明本与桂林本此处在"我要你，你跟我走，"前后加以双引号。
⑪ 昆明本与桂林本此处增"不知不觉"。
⑫ 昆明本与桂林本此处删"她，"。
⑬ 桂林本此处删"意思"。
⑭ 昆明本与桂林本此处删"希望"。
⑮ 桂林本此处增"即"。
⑯ 昆明本与桂林本此处增"取出纸笔，"。
⑰ 昆明本与桂林本此处改"□□"为"××"。
⑱ 桂林本此处改"似"为"次"，似为误排。

活有一点儿厌倦时！天气转好了，我知道你一定还留在□□□，① 你留下的意思是不见我，② 好个聪明的老师，聪明到用隔离来教育人，③ 我搬来已十五天，快有二十天④不见你了，你应当明白这种试验对于我的意义。我当真是在受一种很可怕的教育。⑤ 我⑥忍受下去。⑦ 这是我应分得到的？同住处一位是红楼梦的崇拜者，为人很⑧可爱，⑨ 只担心大观园被空袭，性格可爱⑩处可想而知，⑪ 你一定能欣赏。从我们住处窗口望出去，穿过树林的罅隙，每天都可望到你说的那颗长庚星。我们想你，⑫ 为甚么心那么硬。⑬ 知道我的寂寞，却不肯来看看我⑭。我有时⑮总那么傻想，应当有个人，来到我这里，⑯ 用同样心跳，在窗边看看蓝空中这颗阅尽沧桑的黄昏星，也让这颗星子看看我们！那怕一分一秒钟也成，一生都可以温习这种黄昏光景，不会感到无聊，⑰ 我实⑱很寂寞，心需要真正贴近一颗温柔而真挚的心。你尽管为我最近的行为生我的⑲气，你明白，我是需要你原谅⑳也永远值得你原谅的！㉑ 我是一个女人！一个女人是照例无力抵抗别人给她的㉒关心的，糊涂处不是不明白。但

---

① 所谓"□□□"，或即《梦与现实》的篇末写作自注地"峨眉山"，此处"□□□,"，昆明本为"桂林。"，桂林本为"××。"。

② 昆明本与桂林本此处改","为"。"。

③ 昆明本与桂林本此处改","为"！"。

④ 昆明本与桂林本此处改"二十天"为"三个月"。

⑤ 昆明本与桂林本此处增"我实在忍受不了，但"。

⑥ 昆明本与桂林本此处增"沉默"。

⑦ 昆明本此处增"这是我应分得到的。可是，你公平一点说，"，桂林本此处"这是我应分得到的。可是，公平一点说，"。

⑧ 昆明本与桂林本此处增"天真"。

⑨ 昆明本与桂林本此处增"警报在她想像中尽响，她"。

⑩ 昆明本与桂林本此处改"可爱"为"爱娇"。

⑪ 昆明本与桂林本改","为"。这就是你常说希有的性格，"。

⑫ 昆明本与桂林本此处改"我们想你，"为"我不明白你"。

⑬ 桂林本此处改"。"为"，"。

⑭ 桂林本此处增"，也从不写信给我"。

⑮ 桂林本此处删"有时"。

⑯ 昆明本与桂林本此处增"陪陪我，"。

⑰ 昆明本此处改","为"！"，桂林本此处改","为"的！"。

⑱ 昆明本与桂林本此处增"在"。

⑲ 桂林本此处删"的"。

⑳ 桂林本此处增"，"。

㉑ 昆明本与桂林本此处增"写到这里不知不觉又要向你说，"。

㉒ 昆明本与桂林本此处删"的"。

并不会长远如此，① 情谊分量②她有个分量在心中。说这是③小气也成。总之她是懂好歹的，只要时间稍长一点，她情绪稳定一点。负心不是她的本性。④ 负气也只是一时的⑤。你明白，我当前是在为事实与理想忍受两种磨折。理想与我日益离远，事实与我日益相近。我很讨厌当前的自己。我并不如你所想像的⑥能在一种轻浮中过日子下去的人。⑦ 我要的并未得到，来到我生活上，紧附在我⑧生活上的⑨，我看得清清楚楚，实在庸俗而平凡。可是这是我的过失？⑩ 你明白事情，这命运是谁作主？……我要挣扎，你应当对于我像过去一样，相信我能向上。这种信托对我帮助太大了。⑪

信写成后看看，情绪与事实似乎不大相⑫合。正好像是一个十九世纪多情善怀女子，带点福楼拜笔下马丹波娃利风格，来写这么一封信。个人生活正在这种古典风格与现代实际两种⑬矛盾中，灵魂需要与生活需要互相冲突。信保留下来即多忌讳，多误会。寄给⑭老朋友只增多可怕的流言，⑮ 因此写成后看看就⑯烧掉了。信烧过后又觉得有点惋惜，可惜自己这时节充满青春幻想的生命，⑰ 无个安排处。

稍过一时，又觉得十九世纪的热情形式，对当前说来，已经不大时髦，然而若能留到二十世纪末叶的人看看，也未尝不可以变成一种动人的传奇！

---

① 昆明本与桂林本此处改"，"为"。"。
② 昆明本与桂林本此处改"分量"为"轻重"。
③ 昆明本与桂林本此处增"女人的"。
④ 桂林本此处改"。"为"，"。
⑤ 昆明本与桂林本此处改"一时的"为"一时间的糊涂"。
⑥ 昆明本与桂林本此处增"是一个"。
⑦ 昆明本与桂林本此处增"我盼望安静，孤独一点也无妨。我只要一个……"。
⑧ 昆明本与桂林本此处删"我"。
⑨ 昆明本与桂林本此处增"是一堆"。
⑩ 昆明本与桂林本此处增"别的人笑我，你不应当那么残忍待我。"
⑪ 昆明本此处增"而且也只有这种信托能唤回我的做人信心。"桂林本此处增"而且也只有这种完全信托能唤回我的做人勇气和信心。"
⑫ 桂林本此处改"相"为"符"。
⑬ 桂林本此处删"两种"。
⑭ 桂林本此处增"乡下"。
⑮ 昆明本与桂林本此处增"和许多不必要的牵连，"，且将"保留……误会"与"寄给……留言"改换位置。
⑯ 昆明本与桂林本此处改"就"为"，便"。
⑰ 昆明本与桂林本此处增"竟"。

同时说不定到那时节还是①少数"古典"欣赏者，对这种生命形式感到赞美与惊奇！因此重新从灰烬中去搜寻，想②发现一点残余。搜寻结果，只是一堆灰烬。但③试从记忆中去搜寻时，却得到了一④些另外东西。⑤ 同样保留了些十九世纪爱情的传奇风格。这是六年前另外一个朋友⑥留下的,⑦ 这朋友真如自己所预言，目下已经腐了⑧烂了，这世界上俨然只在她心中留下一些印像，一些断句，以及两人分张前一⑨天最后一次拌嘴，别的一切全⑩消灭了。

　　她把这次最后拌嘴，用老朋友写诗的方式，当成一首小诗⑪那么写下来：

　　　　"我需要从你眼波中看到春天，

　　　　看到素馨兰花朵上那点细碎白；

　　　　我欢喜，我爱。

　　　　我人离你远⑫心并不远。"

　　　　⑬"你说'爱'或'不爱'全是空话，

　　　　该相信。也不用信不信。

　　　　你瞧，天上一共是⑭多少颗星？

　　　　我们只合沉默，只合哑。"

　　　　"谁挂上那天上的虹霓，又⑮剪断？

　　　　那不是我，不是我，

　　　　你明白这⑯应当是风的罪过。

　　　　天空雨越落越大了，怎么办？"⑰

---

① 昆明本与桂林本改"是"为"有"。

② 昆明本与桂林本此处删"想"。

③ 昆明本与桂林本此处改"。但"为","。

④ 昆明本与桂林本此处删"了一"。

⑤ 昆明本与桂林本改"。"为","。

⑥ 昆明本与桂林本改"朋友"为"大学生"。

⑦ 昆明本与桂林本改","为"。"。

⑧ 昆明本与桂林本此处增","。

⑨ 昆明本与桂林本此处改"一"为"两"。

⑩ 昆明本与桂林本此处增"都"。

⑪ 桂林本此诗删标点符号。

⑫ 桂林本此处有空格。

⑬ 桂林本此处有空行。

⑭ 桂林本此处改"是"为"有"。

⑮ 昆明本与桂林本此处增"把它"。

⑯ 桂林本改"这"为"那"。

⑰ 昆明本与桂林本此处分段。

①

"天气冷②我心中实在热烘烘，

一③炉火闷在心里燃烧。

把血管里的血烧个焦，好。

我好像做了个梦④。"

"能烧掉一把火烧掉，

爱和怨，妒嫉和疑心，微笑的影子，

无意义⑤叹息，⑥

都⑦给它烧个无踪无迹；

⑧人就清净了，多好。"

"你要清静我明天就走开，⑨

向顶远处走，

让梦和回想也迷路，

⑩永远不再回来。"

　　这个人⑪，当真就像梦和回想也迷了路，永⑫远不再回到她身边来了。可是她并不清静。试温习温习过去共同印象中的瓦沟绿苔，在雨中绿得如一片翡翠玉。⑬ 天边一条长虹，隐了又重现。秋风在疑嫉的想像中吹起时，虹霓不见了，那一片绿苔在这种情形中已枯萎得如一片泥草，颜色黄黄的；⑭"让它燃烧，在记忆中燃烧个净尽。"她觉得有点痛苦，但也正是一种享受。她心想，"活的作孽，死的安静，⑮"眼睛⑯潮湿了。⑰

――――――――――――――

① 昆明本与桂林本此处有空行。

② 桂林本此处有空格。

③ 昆明本与桂林本此处改"一"为"有"。

④ 昆明本此处增"，还在做梦"，桂林本此处增"还在做梦"。

⑤ 桂林本此处增"的"。

⑥ 昆明本与桂林本此行接上行末尾，为一行。

⑦ 桂林本此处删"都"。

⑧ 昆明本此处增"烧完后，"桂林本此处增"都烧完后"。

⑨ 昆明本此处改"，"为"。"。

⑩ 昆明本此处增"我走了，"，桂林本此处增"我走了"。

⑪ 昆明本与桂林本此处增"一走开后"。

⑫ 桂林本此处改"永"为"久"。

⑬ 桂林本改"。"为"，"。

⑭ 桂林本改"；"为"："。

⑮ 昆明本与桂林本改"，"为"。"。

⑯ 昆明本与桂林本此处增"业已"。

⑰ 昆明本与桂林本此处无分段。

过去的一场可怕景象重复回到记忆中。

"为什么你要走①?"

"为了妬嫉?"

"为什么要妬嫉?"

"这点情绪是男子②本性。你爱不真心，不专一，不忠实，所③以我……④"

"你不瞭解我，⑤我永远是忠实的。我的问题也许正为的⑥是为人太忠实，不大知道作伪，有些行为容易与你自私独占情绪不合。"

"是的，你真实，只要有人说你美丽可爱，你就很忠实的发生反应。一个荡妇也可以如此说，因为都是忠实的。"

"这也可说是我一种弱点。可是……"

"这就够了! 既承认是弱点，便自然有悲剧。"

她想，⑦是的，悲剧，你忍受不了，你要走，远远的走，走到一个生疏地方，倒下去，死了，腐了，一切都完事了。让我这么活下来，怎么不是悲剧? 一个女子怕孤独的天性，应当不是罪过! 你们男子在社会一切事业⑧上，都照例以为女子与男子决不能凡事并提，只是一到了⑨爱情上，就忘了⑩我们是一个女子。⑪忘了男女情绪上有个更大的差别。而且还忘了社会对于女子在这方面多少不公平待遇! 假如是悲剧，男子也应当负一半责任，至少负一半责任!

每个朋友从她⑫身边走开时，都必然留下一分小小⑬礼物，连同一个由于失望而灰心的痛苦印象。她愿意忘了这一切人事，反而有更多可怕的过去追踪而来。来到脑子后，便如大群蠹子，嗡嗡营营，搅成一团，不可开交。"好，要来的都来，试试看，总结算一下看。"忽然觉得有了一种兴趣，即从

---

① 桂林本改"走"为"离开我"。

② 昆明本与桂林本此处增"的"。

③ 桂林本改"所"为"我"，当为误排。

④ 昆明本与桂林本此处增"。"。

⑤ 昆明本与桂林本改"，"为"。"。

⑥ 昆明本与桂林本此处删"为的"。

⑦ 昆明本与桂林本此处至段末文字加双引号。

⑧ 昆明本与桂林本此处改"业"为"实"。

⑨ 昆明本与桂林本此处删"了"。

⑩ 昆明本与桂林本此处改"了"为"却"。

⑪ 桂林本此处改"。"为"，"。

⑫ 昆明本与桂林本此处增"的"。

⑬ 昆明本与桂林本此处增"的"。

他人行为上反照一下自己，人生究竟是怎么一回事的兴趣。[1]

小手提箱中还留下另外几个朋友一些文件，想找寻出[2]一份特别的信看看。却在一本小说中，得到那[3]几张纸。她记得茶花女故事，人死时拍卖书籍，有一本漫郎摄实戈[4]，她苦笑了一下。[5] 这时代，一切都近于实际，也近于散文，与浪漫小说或诗歌抒写的情境相去太远了。然而在[6]一些过去遇合中，却无一不保存了一点诗与生命的火焰，也有热，有光，且不缺少美丽的[7]形式。虽有时不免见出做作处，性格相左处，不甚诚实处，与"真"相去稍远，然而与"美"却十分接近。虽令人痛苦，同时也令人悦乐。[8] 即受虐与虐待他人的秘密悦乐。这固然需要资本，但她却早已在过去生命上支付了。

她那这[9]些信一一看下去。第一个是那个习英国文学的留学生[10]写的。[11]编号三十一，日子一九三三年七月[12]。

世界都有春天和秋天，人事也免不了。当我从你眼波中看出春天时，我感觉个人在这种春光中生息，生命充实洋溢，只想唱歌，想欢呼，俨然到处有芳草如[13]我就坐在这个上面，看红白茵[14]繁花在微风中静静谢落。我应当感谢你，感谢那个造物的上帝，更感谢使我能傍近你的那个命运。当我从你眼睛中发现秋天时，你纵理我敷衍我，我心子还是重重的，生命显得萎悴而无力，同一片得秋独早的木叶差不多，好像只要小小的一阵风，就可以把我括跑！括跑了，离开了我的本[15]根，也离开了你，到一个不可知的水沟边躺下。我死了，我心还不死。我似乎

---

[1] 昆明本与桂林本此处增"第五"，区分章节。

[2] 桂林本此处删"出"。

[3] 桂林本此处删"那"。

[4] 《漫郎摄实戈》为林纾翻译的"言情小说"，列入"说部丛书2集第42编"，上海：商务印书馆，1907年5月13日；后有成绍宗译本，上海：光华书局，1929年7月。

[5] 桂林本此处改"。"为"，"。

[6] 桂林本此处删"在"。

[7] 昆明本此处删"的"，桂林本此处改"的"为"而离奇的"。

[8] 昆明本此处改"。"为"，"。

[9] 昆明本与桂林本此处改"那这"为"把那"。

[10] 昆明本与桂林本此处改"习英国文学的留学生"为"和她拌嘴走开的大学生"。

[11] 桂林本改"。"为"，"。

[12] 昆明本与桂林本为"第一个是那个和她拌嘴走开的大学生写的，编号三十一，日子一九三五八月。"

[13] 昆明本此处增"茵"，桂林本此处改"草如"为"茵，"。

[14] 昆明本与桂林本此处删"茵"。

[15] 昆明本此处改"本"为"木"。

听到沟中细碎流水声音，想随它流去，① 烂了，完事。但是你在另外一种情形中，一定却正用春天的温暖，燃烧② 一些人的心，③ 也折磨人的心！④……

⑤简直是一种可怕的预言，她不敢看⑥下去了。取出了另外一个稍长的，编号第七，⑦ 日子为四月十九。

　　黄昏来时你走了，电灯不放亮，天地一片黑。我站在窗前，面对这种光景十分感动。正因为我手上仿佛⑧也有一片黑，心上仿佛也有一片黑。这黑色同我那么相近，完全包围住我，浸透了我这时节的生命。□□，你想想看，多动人的光景！

　　我今天真到了⑨一个崭新境界中⑩，是真实还是梦里？完全分不清楚，也不希望十分清楚。散步的花园⑪中景致实在希有少见。葡萄园果实成熟了，草地上有浅红色和淡蓝色小小花朵点缀，一切那么美好那么静。你眉发手足正与景色相称，同样十分柔静⑫。在你眼睛中我看出一种微妙之火。⑬ 在你脚踵和膝部我看到荷花红与玉兰白的交溶颜色。在另外一部分我还发现了丝绸的光泽，热带果的芳香。一切都近于抽象，比音乐还抽象。⑭ 我有点迷胡，只觉得生命中什么东西在静悄悄中溶解。溶解的也许⑮只是感觉。……已近黄昏，一切寂静。唉，上帝。有一个轻到不可形容的叹息，掉落到我或你喉咙中去了。

---

① 昆明本与桂林本此处增 "可办不到。我于是慢慢的腐了，"。
② 桂林本此处增 "另外"。
③ 昆明本此处改 "，" 为 "！"。
④ 昆明本此处删 "！"。
⑤ 昆明本此处不分段，接前段文字末尾，双引号加前段文字以区分。
⑥ 桂林本此处删 "看"，似为漏排。
⑦ 昆明本改 "第七，" 为 "第七十一，三年前那个老朋友写给她的。" 桂林本改为 "第七十一，三年前那个朋友写给她的。" 此处显然借用卞张之故事外壳，注入沈从文自己（即文中的 "老朋友"）的情绪体验，香港本、昆明本与桂林本，各有其刻露与模糊之处。
⑧ 昆明本与桂林本此处改 "彷佛" 为 "髣髴"，下同。
⑨ 桂林本此处删 "了"。
⑩ 桂林本此处改 "中" 为 "里"。
⑪ 昆明本为 "散步花园"，桂林本为 "散在花园"，"散步" 在沈从文诗文中，有着独特的喻指。
⑫ 桂林本此处改 "柔静" 为 "平静"。
⑬ 桂林本此处改 "。" 为 "，"。
⑭ 桂林本此处改 "。" 为 "，"。
⑮ 桂林本此处删 "许"。

这一切似乎完全是梦，比梦还飘渺①不留迹象。

黄昏来了，② 先是一阵黑。等不久，天上星子出现了，正如一个人湿莹莹的眼睛。从微弱星光中我重新看到春天。这些星光那么微弱，便恰像是从你眼睛中反照发生的。（然而这些星光也许要在太空中走一千年！）

有什么花果很香，在微热夜气中发散。我眼前好像有一条路③那么④生疏又那么熟习，我想散散步。我沿了一行不知名果树走去，连过两个小小山头，向坦坦平原走去。经过一道斜岭，几个干涸的水池，我慢慢的走着⑤，道旁一草一木都加以留心。……⑥一切我都认识得清清楚楚。路旁有白合花白中带青，在微风中轻轻摇动，十分轻盈，十分静。山谷边一片高原蓝花，颜色那么蓝，竟俨然这小小草卉是有意摹仿天空颜色作成的。触目那么美，类⑦语言文字到此情形中显得贫弱而无力，失去了它应有的意义。我摘了一朵带露白合花，正不知用何种方式⑧称颂这自然之神奇，方为得体。⑨ 忽然望到⑩一种恐惧，恰与故事中修道士对于肉体幻影诱惑感到的⑪恐惧相似，便觉醒了。我事实上生活⑫在完全孤独中，⑬ 你已离开我很久了。事实上你也许就⑭不曾傍近过我。

当我感觉到这也算得是一种真实⑮经验时，我眼睛已湿；当我觉得这不过是一种抽象时，我如同听到自己的呜咽；当我明白这不过是一个梦⑯时，我低了头。这也就叫做"人生"！

---

① 昆明本与桂林本此处增"，"。
② 昆明本与桂林本此处改"来了，"为"来时"。
③ 桂林本此处增"又"。
④ 昆明本此处增"又"。
⑤ 桂林本改"着"为"去"。
⑥ 昆明本与桂林本改"。……"为"——。"
⑦ 此处应为"人类"，可能为原刊脱排。昆明本与桂林本此处均为"人类"。
⑧ 桂林本此处改"方式"为"形式"。
⑨ 桂林本此处改"。"为"，"。
⑩ 昆明本与桂林本均改"望到"为"感到"。
⑪ 昆明本与桂林本此处均删"的"。
⑫ 昆明本与桂林本此处删"活"。
⑬ 昆明本与桂林本此处改"，"为"。"。
⑭ 昆明本与桂林本此处增"从"。
⑮ 昆明本与桂林本改"真实"为"生命"。
⑯ 桂林本此处删"；当我明白这不过是一个梦"。

　　我心①想，灵魂同肉体一样，都必然会在时间下失去光泽与弹性，唯一不老长青，② 只有"记忆"，③ 有些人生活中无春天也无记忆，便只好记下个人的梦。雅歌或楚辞也④不过是一种⑤梦的形式而已。⑥

一切美好诗歌当然都是梦的一种形式，但梦由人作，也就正是生命形式。这是一个诗人三年前⑦一种抒情的记载，古典的抒情实不大切合于现代需要。她把信看完后，勉强笑笑⑧意思相⑨用这种不关心的笑把心上⑩痛苦挪开。可是办不到。在笑中，眼泪便已挂到脸上了。一千个日子，人事变了多少！⑪

她还想用"过去"来虐待自己，取了一个纸张顶多的信翻看。编号二十九，五年前三月十六的日子⑫。

　　露水湿了青草，一片春。我看见一对斑鸠从屋脊头⑬上飞过去，落到竹园里去了。听它的叫声，才明白我鞋子和⑭裤管已完全湿透，衣袖上的黄泥也快干了。我原来已到田中走了大半夜，现在天亮又回到住处了。我不用说它，你应当明白我为什么这样⑮挫磨自己。

　　我到这小⑯地方来，就正是希望单独寂寞把身心同⑰现实社会一切隔绝起来。我将用反省教育我自己。这教育自然是无终结的。现在已五个月了，还不见出什么大进步。我意思是说，自从你所作的一件可怕事情，给我明白后，我在各方面找寻一种可以重新使生命得到稳定的碇

---

① 昆明本与桂林本此处增"里"。

② 昆明本与桂林本此处增"实"。

③ 昆明本与桂林本此处改","为"。"。

④ 昆明本与桂林本改"也"为","。

⑤ 昆明本与桂林本此处增"痛苦的"。

⑥ 桂林本此处增"'一切美好诗歌当然都是梦的一种形式而已。'"

⑦ 昆明本与桂林本此处改"一个诗人三年前"为"数年前"。

⑧ 昆明本与桂林本此处增","。

⑨ "相"当为"想"之误排。昆明本与桂林本此处为"想"。

⑩ 昆明本与桂林本此处增"的"。

⑪ 昆明本与桂林本此处增"当前黄昏如何不同！"

⑫ 昆明本和桂林本均改"编号二十九，五年前三月十六的日子。"为"编号四十九，五年前三月十六的日子。那个大学二年级学生，因为发现她和那两兄弟中一个较小的情感时写的。"

⑬ 昆明本与桂林本此处删"头"。

⑭ 昆明本与桂林本此处删"和"。

⑮ 昆明本改"样"为"种"。

⑯ 昆明本与桂林本此处删"小"。

⑰ 桂林本此处改"同"为"和"。

石，竟得不到，① 可是我相信会有进步，因为时间可以治疗或改正一切。对人狂热，既然真，就无不善，② 使用谨慎而得体，本可以作为一个人生命的华鬘，正③因为它必同时反映他人青春的美丽。这点狂热的印象，若好好保留下来，还可以在另外一时温暖人半冷的心，恢复青春的光影，唤回童年④痴梦！可是我这几⑤年来的狂热，用到什么些地方，产生了什么结果？我问你。正因为这事太痛苦我，所以想对自己沉静，从沉静中正可看守自己心上这一炉火，如何在血中燃烧，让他慢慢的燃烧，到死为止！人虽不当真死去，燃烧结果，心上种种到末了只剩余一堆灰烬，这是可以想像得出的！

　　我有许多天整夜都⑥不曾合眼，思索人我之间情分的得失，或近于受人虐待，或近于虐待他人。总像是这世界上既有男女，不是这个心被人践踏蹂躏，当作果核，便是那个心被人抛来掷去，⑦ 当作碁子。我想从虚空中证出实在，似乎经验了一种十分可怕的经验，终于把生命稳住了。我把⑧自杀当成一件愚蠢而益⑨懦怯的行为，战胜了自己，嫉与恨全在脑子中消失⑩要好好活下来了。

　　我目下也可以说一切已很好了。谢谢你来信给了⑪我关心和同情。至于流露在字里行间的⑫意思，我很懂得。你的歉仄与忏悔都近于多余，实在不必要。你更不用在这方面对我作客气的敷衍，因为我们关系已超过了需用虚伪来维持友谊或爱情⑬。你是诚实的，我很相信。由于你过分诚实⑭便不可免发生悲剧，我也相信⑮。总之，一切我现在都完全相信，但同样也相信我对于两人事情的预感，还是要离开你！⑯ 来信说，

---

① 桂林本此处改"，"为"。"。
② 昆明本与桂林本此处改"，"为"。"。
③ 桂林本此处改"正"为"同"。
④ 昆明本与桂林本此处增"的"。
⑤ 桂林本改"这几"为"近"。
⑥ 昆明本与桂林本改"整夜都"为"都整夜"。
⑦ 昆明本改"。"为"，"，桂林本此处删"。"。
⑧ 桂林本此处增"为你"。
⑨ 昆明本与桂林本改"益"为"又"。
⑩ 昆明本与桂林本此处增"，"。
⑪ 昆明本与桂林本此处删"了"。
⑫ 昆明本此处增"是"。
⑬ 桂林本此处删"，因为我们关系已超过了需用虚伪来维持友谊或爱情"。
⑭ 昆明本此处增"，"。
⑮ 桂林本此处删"，我也相信"。
⑯ 桂林本此处分段。

你还希望听听我说的梦。我现在当真就还在作梦，这算是最后一次，①在这黯黯灯光下，用你所熟习的这支笔捕捉梦境。我照你所说，将依然让这些字一个一个吻着你美丽的眼睛。你欢喜这件事，把这个②信留下，③你厌烦了这件事，④尤其是那个人⑤到每天有机会傍近你身边，来用各种你所爱听的谄媚话语赞美你过后，再将那张善于说谎的嘴唇吻你美丽⑥眼睛时，⑦你最好是烧了它好。我并不希望它在你生活上占一个位置。我不必需，我这种耗废生命⑧的方式，这应当算是最后一次了。

　　世界为什么那么安静？好像都已死去了，不死的只有我这一⑨颗心。我这颗心很显然为你而跳已多日，你却并不如何珍重它，倒乐意不管有心还是无意，⑩践踏它后再抛弃它。是的，说到抛弃时你会否认，你从不曾抛弃过谁。不，我不必要再同你说话⑪这些话，这事⑫说来实在是毫无⑬意义。还是说说我的梦好。⑭
　　· · · · · · · ·
　　我好像在一个海边，正是梦寐求之的那个海边，住在一个⑮绝对孤僻的小村落一间小房中，只要我愿意，我可以从小窗口望到海上，海上正如一片宝石蓝，一点白帆和天末一线紫烟。房中异常素朴，别无装饰。⑯我似乎坐在窗口边，听海波轻轻的啮咬岸边岩壁和沙滩。这个小房应⑰当是你熟习的地方，⑱因为恰好是你⑲数年来也曾⑳梦想到的海边！

---

① 桂林本此处改"，这算是最后一次，"为"。"。
② 昆明本与桂林本此处删"个"。
③ 昆明本此处删"，"。
④ 昆明本此处删"，"。
⑤ 昆明本此处改"那个人"为"那个税专学生"，桂林本改为"税里（当为'专'之误排）学生"。
⑥ 昆明本与桂林本此处增"的"。
⑦ 昆明本与桂林本此处增"这个信"。
⑧ 昆明本此处改"生命"为"生活"。
⑨ 桂林本此处删"一"。
⑩ 昆明本与桂林本此处以"（）"加之于"不管有心还是无意"，桂林本且删此句后之"，"。
⑪ 昆明本此处增"，"，桂林本此处改"话"为"，"。
⑫ 桂林本此处删"这事"。
⑬ 桂林本改"实在毫无"为"实无"。
⑭ 昆明本与桂林本均删此句。
⑮ 桂林本改"个"为"间"。
⑯ 桂林本改"。"为"，"。
⑰ 桂林本改"应"为"间"。
⑱ 桂林本改"，"为"。"。
⑲ 昆明本与桂林本此处增"和我"。
⑳ 昆明本与桂林本此处删"来也曾"。

可是目下情形实在大不相同，与你所想像的大不相同。

"什么人刚刚从这①小房中走出，留下一点不可形容的脂粉余香？究竟是什么人②"没有回答。"也许不止一个人，③"我自己作答了。

这一定不会是一个皮肤晒得黑黑的女人。我摹想有那么一个女人，先前一刻即正④在这个小房中，留下了许久，与另外一个男子作了些很动人的事情。我望着嵌在衣柜门那一面⑤狭长镜子，镜子中似乎还保留一个秀发如云长颈弱肩的柔美影子，手足精美而稚弱，在被爱中有微笑和轻颦。还看到一堆米黄色丝质物衣裳在她脚边。⑥ 床前有一束小小红花，已将枯萎，象微先一刻一个人灵魂在狂热中溶解的情形。⑦ 我明白那香味了，那正是这个具有精美而稚弱手足的女子，⑧ 肉体散放出的香味。我心中⑨乱起来了，忽然间便引起一种可怕的骚扰，我实在受不住这种扰乱，⑩ 小房中耽不住了，只好向屋外走去。

走出⑪那个小房子后，经过一堆大小不一的黛色石头，还看见岩石上有些小小蚌壳粘附在上面发白。又经过一片豆田，枝叶间缀满了白花紫花。到海滩边我坐了下来。慢慢的就夜了，夜潮正在静中上长，海面渐渐完全⑫消失于一片⑬紫雾中。这紫雾占领了海面同地面，什么也看不见。我感到绝对的孤独，生命俨然在向深海下沉，可是并不如何恐怖。心想你若在我身边，这世界只剩下我和你，多好的事！过不久，星子在天中出现了，细细碎碎⑭藉微弱星光，看得出那小房子轮廓。砂子中还保留一点白日的余热，我把手掌贴到上面许久。海水与我的心都在轻轻的跳跃，我需要爱情，来到这个海滩上就正为的是爱。我预感到这⑮砂滩上应当有那么一个人，就是在小房中留下一

---

① 昆明本与桂林本此处删"这"。
② 昆明本与桂林本此处增"？"。
③ 昆明本与桂林本改"，"为"。"。
④ 昆明本与桂林本此处删"正"。
⑤ 昆明本与桂林本此处改"面"为"个"。
⑥ 桂林本改"。"为"，"。
⑦ 桂林本改"。"为"，"。
⑧ 桂林本改"，"为"。"。
⑨ 昆明本与桂林本此处增"混"。
⑩ 昆明本与桂林本此处改"，我实在受不住这种扰乱，"为"。"。
⑪ 昆明本此处增"的"。
⑫ 昆明本与桂林本此处删"完全"。
⑬ 昆明本改"片"为"牛"，或为误排。
⑭ 昆明本与桂林本此处增"，"。
⑮ 桂林本此处删"这"。

些肉体余香，在镜子中依稀还保留一个秀发如云小腰白齿微笑影子的人，① 她必然正躺在这个砂地上某一处休息，她应当有所等待！我于是信步走去，砂滩狭而长，我预备走一整夜。天② 中星光晦弱下去了，我心中却有一颗火星子③ 照耀、④ 是的，当真有一颗星子的光耀⑤，为是的五个月前⑥ 我曾经有过你。⑦ 可是你同星子一样，⑧ 离我已很远很远了。

　　我问你，一个人能不能用这种梦活下去，却让另一个人在另外一个地方，⑨ 同你去证实那种梦境？忘掉我这个人，也忘掉我这最后一个荒唐梦，因为你需要的原不是这些。我几年来实在当真如同与上帝争斗，总想把你改造过来，以为纵生活在一种不可堪的庸俗社会里，精神必尚有力向上轻举，使"生命"成为一章诗歌，⑩ 可是到末了我已完全失败。上帝虽⑪ 关心你的肉体，制作时见出精心着意，却把创造你灵魂的工作，交给了社会习惯。你如同许多女子一样，极端近于一个生物，⑫ 从小说诗歌上认识了"爱"字，都⑬ 颂扬赞美这个字眼儿，可是对于这个字的解释便简单得可怕。都以为"你爱我，好，你就爱吧，⑭ 我年纪小。⑮ 一切不负责！（连教育好好认识一下这个字的责任也不负！）到后来再说。"感觉这个字的意义，都是依傍了肉体的。⑯ 用胃与肢体来证实的⑰，与神经几乎全无关系。神经既不需要，⑱ 一种融金铄石的热情，

---

① 昆明本与桂林本此处改"，"为"。"。

② 昆明本与桂林本此处增"空"。

③ 昆明本与桂林本均为"大星子"。

④ 昆明本改"耀、"为"曜。"，下文"光耀"同。

⑤ 桂林本此处改"耀"为"曜"。

⑥ 昆明本与桂林本此处增"在这海边"。

⑦ 桂林本此处改"。"为"，"。

⑧ 昆明本此处增"三个月以来，"，桂林本此处增"如今"。

⑨ 昆明本与桂林本此处删"，"。

⑩ 昆明本与桂林本此处改"，"为"。"；"精神必有力向上轻举"或即沈从文此时笔名"朱张"或"章甍"的涵义。汪曾祺《匹夫》似亦关涉时人对"爱"和"爱情"的假借义或滥用，与沈从文这篇小说遥相呼应。

⑪ 桂林本此处删"虽"。

⑫ 昆明本与桂林本改"，"为"。"。

⑬ 桂林本改"都"为"且"。

⑭ 昆明本与桂林本改"，"为"。"。

⑮ 昆明本与桂林本此处改"。"为"，"。

⑯ 昆明本与桂林本改"的。"为"，"。

⑰ 昆明本与桂林本此处删"的"。

⑱ 昆明本此处改"，"为"。"，桂林本删"，"。

生命便无深度可言，也不要美，不要音乐和诗歌——要的只是照社会习惯所安排的一个人，一种婚姻，① 以及一分无可无不可的生活！生存无理想，生活无幻想，为的是好精力集中生儿②育女！虽有一点幻想或理想，来到都市中③，使用在头发形式和衣服长短的关心上④也就差不多了。这就是我所谓女子更生物的一面。从此事可见出自然之巧，因为"社会""家庭"便由此而来，世界上好像缺少它不得。至于爱情或诗歌，本身照例就是非生物的，如果在⑤人类生活上真正有了势力，能装点少数人生活，却将破坏大多数人习惯！你属于肉体的美丽，自然更证明你是个女人，适宜于凡事"照常"。我想同上帝争斗，在你生命中输入一种⑥诗或音乐的激情，使你得到一种力量，战胜一个女子通常的弱点，因之生命有向上机会。我的结果只作成一件事，我已失败。你的需要十分正常，在爱情上永远是被动，企图用最少的⑦力量，得到一个家庭，再储蓄了最多力量，准情⑧抚育孩子。柔弱的性情即见出宜于为母的标帜。一个女子在生物本性上专一不是⑨婚前的本性，必到为母后方能情感集中，所以卖弄风情也并非罪恶。从行为上说来⑩你是一株真正的"寄生草"，无论在情感上还是生活上，都永远不用希望向上自振。星空虽十分壮丽，不是女性生物所宜住。你虽然觉到⑪一切超越世俗的抽象观念美丽与崇高，其实你却⑫适宜于生活在一种单⑬陋实际中。任何高尚理想在你生命中都不能⑭如男子一般植根发芽，繁荣生长。我已承认这种失败，所以只有永远同你离开。⑮ 你还年青，至少还可⑯说有

---

① 昆明本改"，"为"。"。
② 桂林本此处改"儿"为"男"。
③ 桂林本改"中"为"上"。
④ 昆明本与桂林本此处增"，"。
⑤ 昆明本与桂林本均删去"从此事……如果在"之句。
⑥ 昆明本此处改"一种"为"，"，桂林本此处删"一种"。
⑦ 昆明本与桂林本此处删"的"。
⑧ 昆明本与桂林本均为"准备"。
⑨ 昆明本与桂林本此处改"生物本性上专一不是"为"生物学观点上卖弄风情正是"。
⑩ 昆明本与桂林本此处增"，"。
⑪ 昆明本与桂林本此处改"到"为"得"。
⑫ 桂林本此处删"却"。
⑬ "单"应为"卑"之误排。昆明本与桂林本此处均为"卑"。
⑭ 昆明本与桂林本此处改"在你生命中都不能"为"都不能在你生命中"。
⑮ 昆明本改"。"为"，"。
⑯ 昆明本此处增"以"。

些剩余青春①适宜于②同一些男子用一种最合社会③习惯的方式耗费它。前途不会④很难堪，尤其是我离开了你决不会很难堪。⑤ 凡吝啬一文钱的⑥，也许可以保留到明天作别的使用，凡吝啬生命给予的，这流动不居一⑦去不返的⑧生命，你留不住，像待遇我那么方式更留不住。真想留住青春，只有好好使用⑨青春。爱惜生命不是拒绝爱，是与一个人贴骨贴心的爱，到将来寂寞时在⑩温习过去，忍受应有的寂寞：⑪

不，这些事是不用我说的！你明白的已经够多了。你按照一个生物学上⑫女性说来，就不会"寂寞"的⑬。诗人都想像女子到三十岁后，肉体受自然限制，柔美与温雅动人处再不能吸引男子关心时，必然十分寂寞。这可说完全出于男子荒唐的想像！上帝到那时已为她安排一群孩子，她已足够了！⑭ 文学作品中的闺怨诗⑮大都是男子手笔，少数女子作品意识范围也只表示"不能为母"的愿望。我虽⑯你轻浮而走，再也不会妒嫉你的轻浮了。正因为这五⑰个月的单独，读⑱了几本大书⑲使我明白轻浮原来⑳是一个㉑女子的本性。不过我㉒稍稍为你担心，忧虑你这点性情必然使生活烦累而疲倦，尤其是在那么性情中加上㉓一点理想，

---

① 桂林本此处删"至少还可说有些剩余青春"。
② 昆明本与桂林本此处增"去"。
③ 昆明本此处改"会"为"是"，或为误排。
④ 昆明本此处改"会"为"是"。
⑤ 桂林本此处改"。"为"，"。
⑥ 昆明本此处增"人"，桂林本此处增"人"，删"，"。
⑦ 桂林本此处改"一"为"不"。
⑧ 昆明本与桂林本此处删"的"。
⑨ 昆明本与桂林本此处增"这点"。
⑩ 昆明本与桂林本改"在"为"再"。
⑪ 昆明本与桂林本此处改"："为"！"。
⑫ 昆明本与桂林本此处增"的"。
⑬ 桂林本此处删"的"。
⑭ 昆明本此句为"上帝到那时已为你安排一群孩子足够你幸福满意活下去。"桂林本此句为"上帝到那时已为你安排一群孩子，足够你幸福满意活下去。"
⑮ 昆明本与桂林本此处增"，"。
⑯ 昆明本改"为"为"知"。
⑰ 昆明本与桂林本改"五"为"几"。
⑱ 昆明本与桂林本此处增"过"。
⑲ 昆明本与桂林本此处增"，"。
⑳ 昆明本与桂林本此处删"来"。
㉑ 昆明本与桂林本此处改"一个"为"每个"。
㉒ 桂林本此处删"我"。
㉓ 桂林本此处删"上"。

性格既使你乐意接受①多方面轻浮的爱情，理想又使你不肯马马虎虎与一个人结婚，因此一来必然在生活中有不少纠纠纷纷。② 年青人在这方面有教养的实在不多，机会又只允许你同一些大学生发生友谊或爱情。③好在你常常喜说"一切有命"，我也就用不着在此事上饶舌了。我应当祝你幸运。④

信看完后，这个刚直朋友，⑤ 留下的⑥一些过去印象把她心变软了。她自言自语说，"是的，因为我的为人，一切朋友就如⑦很残忍的离开了我。我不会寂寞，因为⑧一个女人，当然不懂得甚么叫做寂寞！可是你们男子懂些甚么？自以为那么深刻认识女人，知道女人都有一种属于生物的弱点。从类型看个体，发掘女人灵魂如此多，为什么却还要凡事责备女人，用这种⑨信来虐待朋友⑩，明知女人都有天生的弱点，又明白环境限人，社会待女人特别不公平，为自卫计女人都习惯于把说谎掩饰一部分过失，为什么总还诅咒女人虚伪？既明白女人都相当胆小怕事，⑪ 可无一不需要个忠诚的爱人和安定的家庭，为什么有求于女人时，稍稍失望，就失去了做人自信心，远远的一走，以为省事？不能完全，便想一死，这是上帝的意思，还是人类的不良⑫习惯？在女人，爱情固不能把灵魂淘深，在男子，究竟是为⑬什么，许许多多灵魂淘深以后，反而把心腔子变得如此狭小？⑭一个人懂别人那么多，为什么懂自己反而那么少？⑮对生命如此明白，对女子，⑯ 为什么反而还是不能相谅？是的，不管是懂不懂寂寞，轻浮是天生还是人为，要爱情还是要婚姻，我自己的事当然自己可以处理。不管将来是幸福还是不幸，我要活下去，我就照

---

① 昆明本与桂林本此处改"接受"为"授受"。

② 桂林本此处改"。"为"，"。

③ 昆明本与桂林本均去此句"年青人在这方面有教养的实在不多，机会又只允许你同一些大学生发生友谊或爱情。"

④ 昆明本与桂林本此处有""。

⑤ 昆明本与桂林本此处均删"这个刚直朋友，"。

⑥ 桂林本此处删"的"。

⑦ 昆明本与桂林本此处改"就如"为"都差不多用同一理由，如此"。

⑧ 昆明本与桂林本此处增"我是"。

⑨ 昆明本此处删"种"，桂林本此处删"这种"。

⑩ 昆明本与桂林本此处改"朋友，"为"我！"。

⑪ 昆明本此处改"，"为"。"。

⑫ 昆明本与桂林本改"的不良"为"不良的"。

⑬ 昆明本与桂林本此处删"为"。

⑭ 昆明本此处改"？"为"："。

⑮ 桂林本此处改"？"为"！"。

⑯ 桂林本此处删"，"。

我方式活下去。社会不要我，我也就不用管社会……①想来越走越与本题离远，她觉得这不成。她有点伤心起来。似乎还预备同这②个朋友拌嘴，但如果这时节③朋友如来到她身边。④ 她一定什么话都不说。她实在需要他⑤爱她，也需要她⑥更多一点认识她。⑦ 信中不温柔处，她实在受不了。⑧

本意⑨正想用"过去"来抵制"目前"，谁知一堆"过去"事情丛集到脑中后，反而更像是不易处理。她实在不知道应当怎么办。她把几封信重新一一摺好，依然夹到那本《爱眉小札》书中去。随意看了几页书，又好像从书中⑩看出一线做人希望。作者是⑪个善于从一堆抽象发疯的诗人，死去已⑫快近十年了。时间腐烂了这个人壮美的身体，且把他留在情人友好记忆中的美丽印象也给弄模糊了。这本书所表现的狂热，以及在略有装点做作中的爱娇，寂寞与欢乐的形式，⑬ 二十岁左右的青年人已看不大懂。她看过后却似乎明白了些他人不明白⑭的事情。

她想，我要振作，一定要振作。正准备把一本看过大半的马丹波娃荔⑮翻开，院中有个胡娄⑯声音。那个⑰大学生换了一套新洋服，头上光油油的，脸刚刮过，站在门边⑱笑着。她⑲也笑着。两人情绪自然完全不同。⑳ 这一

---

① 昆明本与桂林本此处改"……"为"！"，并增""""，且分段处理。

② 桂林本此处增"几"。

③ 桂林本此处增"任何一个"。

④ 昆明本与桂林本此处改"。"为"，"。

⑤ 桂林本此处增"们"。

⑥ "她"应为"他"之误排，昆明本此处即为"他"，桂林本此处删"她"。

⑦ 桂林本此处改"。"为"，"。

⑧ 桂林本增"尤其是她需要那个为忌讳与误会沉默不响离开了她的老朋友，她以为最能理解她，原谅她，真正还会挽救她，唯有这个对她不太苛刻的老朋友。"昆明本与桂林本于此段后增"第六"，区分章节。

⑨ 昆明本与桂林本改"本意"为"本来意思"。

⑩ 桂林本此处增"居然"。

⑪ 桂林本此处增"一"。

⑫ 桂林本此处删"已"。

⑬ 昆明本与桂林本此处增"目下"。

⑭ 桂林本此处改"白"为"明"，或为误排。

⑮ 昆明本与桂林本此处改"马丹波娃荔"为"小说"。

⑯ 桂林本此处改"胡娄"为"胡卢"。

⑰ 昆明本此处增"日常贴在身边的"，桂林本此处增"日常贴在身傍的"。

⑱ 昆明本与桂林本此处增"诌媚的"。

⑲ 桂林本此处为"他"，当为"她"之误排。

⑳ 桂林本此处改"。"为"，"。

来，面前的人把她带回到二十世纪世界中了。好像耳朵中有个声音，① "典型的俗物"，她觉得这是一种妒嫉的回声。因为说这话的已离开她多久了②。她镇静③了一下，双眉微皱问大学生。④

"衣服是刚作⑤的？"

那二十世纪的典型，⑥ 把两只⑦手插在裤袋里，作成美丽⑧电影中有情郎的诮媚⑨神气，口中胡胡卢卢的说：

"我衣服好看吗？香港新样子。你前天那件衣服才真好看！我请你去看电影，看七点那场，魂归离恨天。"

"你家里来了钱，是不是？"心里却想，"看电影是你唯一的教育。"

他⑩憨笑着不做声，似乎口上说的心中想的全明白。因为他刚好从一个同乡处借了⑪十块钱，并不说明，只作出"大爷有钱"样子。过一会⑫又说，"我有钱呐！我要买中等票。⑬ 换你那件顶好看的衣服去。我们俩都穿新衣。"话说得实在无多趣味。可是又随随便便的说，"他们都说你美！⑭"

她高兴听人对她的称赞，却装⑮成不在意相信不过⑯神气，随随便便的问大学生，"他们是谁？不是你那些朋友吧。"

大学生不曾注意这种询问，因为视线已转移到桌上一小朵白兰花上去了。把花拈到手中一会儿，闻嗅了一下，就预备放到⑰洋服小口袋中去。

她看到这件事⑱，记起前不久看日出戏剧中的胡四抹粉洒香水情形，心

---

① 昆明本与桂林本此处删"，"。
② 昆明本为"因为说这话的人已离开她很远很久了"；桂林本为"因为说这话的不是一个是一群人，已离开她很远很久了"。
③ 昆明本此处"她镇静"为"镇她静"，当为误排。
④ 桂林本此处改"。"为"，"。
⑤ 昆明本与桂林本改"作"为"做"。
⑥ 昆明本此处改"，"为"。"。
⑦ 昆明本与桂林本此处增"只知玩扑克牌的"。
⑧ 桂林本此处改"美丽"为"美国"。
⑨ 昆明本与桂林本此处删"的诮媚"。
⑩ 桂林本此处删"他"。
⑪ 昆明本与桂林本此处增"五"。
⑫ 昆明本与桂林本此处增"用手拍拍裤腰边"。
⑬ 昆明本与桂林本此处改"中等票"为"楼上票"，桂林本且改"。"为"，"。
⑭ 桂林本此处增"长得真美！"
⑮ 昆明本与桂林本此处改"装"为"作"。
⑯ 昆明本与桂林本此处增"且略带点抵抗性"。
⑰ 昆明本与桂林本此处改"到"为"进"。
⑱ 昆明本与桂林本此处改"这件事"为"大学生这种行动"。

中不大①愉快，把花夺到手中，"你不要拿②这个，我要戴它。"

"那不成，③ 我欢喜的，④ 把找好了。"

"我⑤不欢喜。一个男人怎么用这种花？又不是唱戏的。"

"什么，什么，⑥ 我偏要它！"大学生作娇⑦样子，说话时含忽中还带点腻。她觉得很不高兴，可是大学生却不明白。到来来，还是把花抢去了，偏着个大蒜头⑧，诏而娇的笑着，好像一秒钟以前⑨打了一次极大胜仗⑩。声音在喉与鼻间抑出，　"同⑪我看电影去，我要你去，换了那件顶好看的衣服去！"

她⑫不快乐摇摇头，"我今天不想去。你就只会要我作这些事情⑬。我们坐下来谈谈不好吗？为什么只想出去玩？"

"我爱你，……"他不可再⑭说下去了，因为已感到今天空气情形稍微和往常不同。想缓和缓和自己，⑮ 口中学电影上爱情主角，哼了一支失望的短歌，声音⑯含含忽忽，反而使她觉得好笑。在笑里⑰语气温和了好些。

"⑱你要看你自己去看，我今天不高兴⑲出去。⑳"

他㉑作成小家子㉒女人妒嫉㉓时咬一咬嘴唇，"约了别人？"

---

① 桂林本此处改"不大"为"大不"。

② 桂林本此处改"拿"为"拿"。

③ 昆明本与桂林本此处改"，"为"。"。

④ 昆明本与桂林本此处改"，"为"。"。

⑤ 昆明本与桂林本此处删"我"。

⑥ 昆明本与桂林本此处增"我不演戏！"

⑦ 昆明本与桂林本此处改"作娇"为"作成撒娇的"。

⑧ 昆明本改"大蒜头"为"扁胡芦头"，桂林本此处改为"梨子头"。

⑨ 桂林本此处增"和日本人"。

⑩ 昆明本改"极大胜仗"为"胜仗，又光荣又勇敢"，桂林本此处改为"胜仗，争夺了一个堡垒，又光荣又勇敢"。

⑪ 桂林本此处改"同"为"宝贝，和"。

⑫ 桂林本改"她"为"他"，当为误排。

⑬ 昆明本此处增"别的什么都不成"，桂林本此处改"。"为"，别的什么都不成，"。

⑭ 桂林本此处删"可再"。

⑮ 昆明本与桂林本此处增"于是"。

⑯ 昆明本此处增"同说话一样。"，桂林本此处增"声音同说话一样，"。

⑰ 昆明本与桂林本此处增"她"。

⑱ 桂林本此处"××，"。

⑲ 昆明本与桂林本此处增"同你"。

⑳ 桂林本此处增"我还不曾要魂归离恨天。"

㉑ 昆明本与桂林本改"他"为"大学生"。

㉒ 昆明本此处增"，"。

㉓ 昆明本与桂林本此处改"妒嫉"为"被妒嫉中伤"。

她随口答应说："是的，别人约了我。我要一个人留在这里等他。"

大学生受了伤似的，颈子本来短短的①，于是缩得更短了②，腮帮子胀得通红，很生气的说："那我就走了，"又稍转口气说："为什么不高兴？"又趋③激昂的说："你变了心。好，好，好。"④ 她⑤不作声。

大学生带着讽刺口吻⑥悻悻的说："你不去，好。"

她于是认真生气说：⑦"你走好，⑧ 越快越好。⑨ 我⑩不要你到我这里来。⑪"

可是大学生明白她的弱点，风雨只一会儿⑫。他依然谄媚的⑬笑着，⑭ 叫着他特意为她取的一个洋文名字，向她说，"□□□，我到那里等着⑮你，我买两张票子。⑯"

"我不来的。"

"你一定要⑰来。"⑱

大学生走去后，她好像身心⑲轻松了许多，且对自己今天的行为态度有点诧异，为什么居然能把这个人遣开。

二十世纪现实，离开了这个小房间后，过了一会，窗上的夕阳黄光重新把她带回到另外一种生活抽象里去。事情显然，"十九世纪今天胜利了。"她想了担⑳

---

① 昆明本此处改"颈子本来短短的"为"身材本来短短的"，桂林本此处改为"颈膊（或为'脖'之误排）本来长长的"。

② 桂林本此处改"更短了"为"短了一半"。

③ 桂林本此处改"趋"为"转"。

④ 桂林本此处分段。

⑤ 昆明本与桂林本此处增"只是"。

⑥ 昆明本与桂林本此处增"又"。

⑦ 桂林本此处增"××，"。

⑧ 桂林本此处增"离开这个房子，"。

⑨ 桂林本此处改"。"为"，"。

⑩ 昆明本与桂林本此处增"以后"。

⑪ 桂林本此处增"我实在够厌烦你了！"

⑫ 昆明本与桂林本此处增"暴雨不终日，飘风不终朝，都只是一会儿"。

⑬ 昆明本与桂林本此处增"微"。

⑭ 昆明本此处删"，"。

⑮ 桂林本此处删"着"。

⑯ 桂林本此处改"。"为"，在楼上第×排，今天是世界上有名的悲剧！"

⑰ 昆明本与桂林本此处改"要"为"会"。

⑱ 昆明本此处增（分段）"我决对不来。"（分段）"那我也不敢怨你！"桂林本此处增（分段）"我绝对不来。"（分段）"那我也不敢怨你！"

⑲ 桂林本此处增"都"。

⑳ "担"应为"想"之误排，昆明本与桂林本此处改"担"为"想"。

不觉笑将起来。记起老朋友说的眼睛中永远有春天，笑中永远有春天①，便自言自语说②，"唉，上帝，你让我在一天中看到天堂，也贴近地面，难道这就叫做人生？"停了一会儿，静寂中却仿佛有个含含胡胡的声音回答，"我买了票子等你，你来了，我很快乐，你不来，我就要生气失望，喝酒，失眠，③你怕不怕？"④

这自然毫无什么可怕，可怕的是那一会儿时间，⑤时间过去了，她总得想！她想到大学生，那点装模作样神气，⑥为的是爱她。她的情绪不同了。忘了那点做作⑦可笑处，也忘了诗与火，忘了"现代"与"古典"在生命中的⑧不相容，觉得刚才不应当使大学生扫兴。赶忙把镜子移到桌子边，开了灯，开了粉盒，对镜⑨匀抹脂粉。一⑩点钟后，⑪两人已并排坐在电影院里柔软椅子上，享受那种现代生活，觉得是一对现代人了。⑫到散场时，⑬两人都好像从⑭电影上得到一点教育。两人在附近咖啡馆子⑮吃了一点东西，又一同溜街。⑯大学生只能⑰就他脑子所能想到的默默的想，"我要走，连发了财多好⑱。"她呢，心中实在受了点刺激，不大愉快。两人本来并排走着⑲，不知不觉同⑳他

---

① 昆明本与桂林本以双引号加于"眼睛中永远有春天，笑中永远有春天"之前后，且改为"眼睛中有久远春天，笑中有永远春天"。
② 昆明本与桂林本此处删"说"。
③ 昆明本此处增"神经失常"。桂林本此处增"神经失常，到后我还会自杀，"。
④ 昆明本与桂林本此处增（分段）"你可有神经？你也会害神经病？"（分段）"我走了，让你那个女同学回到身边来，你怕不怕？"
⑤ 昆明本此处改"，"为"。"。
⑥ 昆明本与桂林本此处增"和委曲小心处二而一，全"。
⑦ 桂林本此处改"作"为"事"。
⑧ 昆明本与桂林本此处增"两"。
⑨ 桂林本此处增"台"。
⑩ 昆明本与桂林本此处改"一"为"两"。
⑪ 昆明本与桂林本此处删"，"。
⑫ 昆明本此处改"。"为"，"，桂林本此处增"不然，魂归离根天不过是一个故事，和自己渺不相涉了。"
⑬ 昆明本此处改"，"为"。"。
⑭ 昆明本此处增"'魂归离根天'"。
⑮ 桂林本改"子"为"内"。
⑯ 昆明本此处改"溜街。"为"在大街，年青男女队伍中慢慢散步，"，桂林本此处改"溜街。"为"在大街上年青男女队伍中慢慢散步，"。
⑰ 昆明本与桂林本此处删"能"。
⑱ 昆明本与桂林本此处改"我要走，连发了财多好"为"我要走运，发了十万块钱财多好"。
⑲ 桂林本此处改"着"为"去"。
⑳ 桂林本此处改"同"为"就和"。

离开了些。忽然①开口问大学生。②

"□□，③ 你毕了业怎么办？"

"我正找事做。这世界④有工作方有饭吃。"

"是的，有工作方有饭吃。⑤ 你做什么事？是不是托你干爹找事？"

大学生有点发急，话说得越加含糊，⑥ "□□⑦，这简直是……⑧口气，取笑我。谁是我的干爹？⑨ 我托同乡某⑩先生帮我忙，找个事做。得不到工作，我就再读两年书。⑪"

她心想，"你能读书？⑫"记起老同学的诅咒，因此口中却说，"你要抖⑬气，努努力才好。一个男子，⑭ 总得有⑮男子气！⑯"

"我一定要……⑰有人帮我说话！"

"为什么要人帮忙，不自己努力？你这是在做人，做一个男子！做男子是不要人帮忙⑱的。"⑲

因为语气中对大学生有一点轻视意思，一点不愉快意思，大学生感到不平，⑳ 把嘴兜着不再作㉑声，话不曾说出口。意㉒以为世界㉓不公平事情很多，

---

① 昆明本此处增"受了点"，当为衍文。

② 桂林本此处改"。"为"："。

③ 桂林本此处删"□□，"。

④ 桂林本此处改"界"为"间"。

⑤ 昆明本与桂林本此处增"可是"。

⑥ 昆明本与桂林本此处分段。

⑦ 昆明本与桂林本此处改"□□"为"××"。

⑧ 昆明本与桂林本此处改"……"为"——"。

⑨ 昆明本此处增"我不做人干儿子！"，桂林本此处增"我不做人乾儿子乾舅子！"

⑩ 昆明本与桂林本此处改"某"为"周"。

⑪ 昆明本与桂林本此处增"我要研究学问。"

⑫ 昆明本与桂林本此处改"读书？"为"读什么书？研究什么学问？"

⑬ 昆明本与桂林本此处增"点"。

⑭ 昆明本与桂林本此处删"，"。

⑮ 昆明本与桂林本此处增"点"。

⑯ 桂林本此处增"，不能混混混！在学校混毕业，到社会又混职业，不长进被人笑话。"

⑰ 昆明本与桂林本此处改"……"为"——"。

⑱ 桂林本此处增"，凭能力自己找饭吃"。

⑲ 昆明本与桂林本此处分段，且增"运气不好，所以——"，分段，"什么叫运气？我觉得你做人观念实在不大高明。"

⑳ 昆明本此处删"，"。

㉑ 昆明本与桂林本此处改"作"为"做"。

㉒ 桂林本此处增"思"。

㉓ 桂林本此处增"上"。

大家都不规矩，顶坏的人顶有办法。① 我②努力，读死书到读书死，有什么用？我也要做人，也要做爱！我现在是在③做爱，爱情一有了着落，我就可以起始做人了。但怎④么样做人，做什么样的人？⑤ 在他脑子里却并无什么概念。恰如同⑥许多事情一样，无结果的⑦。

　　大学生对于生活作"最近代"的想像计算时，她也想着，一种古典的情绪在脑子里生长中，⑧ 她想，我为什么⑨会同这么一⑩个人混下去？读书毫无成就，头脑糊糊涂涂，就只是老实。⑪ 这算是什么⑫生活？⑬ 她说⑭，我头有点痛，我要坐车回去。⑮

　　上车后⑯回头还看到⑰这个穿新衣便觉快乐的大学生，把手放在嘴边抹抹，仿照电影上爱人抛了一个吻给她。她习惯的笑了一笑。⑱ 回到住处时，头当真有一点儿痛⑲。诗与火离开生活都很远很远了，从回想中也找不回来。重新看了看⑳那儿封信，想给五千里外十年老友㉑写一个信，到下笔时竟不知写什㉒么好。心里实在乱糟糟的，末了却写上㉓那么一行字㉔在日记

---

① 桂林本此处改"。"为"，"。

② 昆明本此处增"姓□的纵"，桂林本此处增"姓蒋的纵"。

③ 昆明本与桂林本此处删"在"。

④ 昆明本此处改"怎"为"甚"。

⑤ 昆明本此处改"？"为"。"；桂林本改为"，"。

⑥ 桂林本此处改"同"为"应付"。

⑦ 昆明本与桂林本此处改"无结果的"为"想了一下，无结果，也就罢了。"

⑧ 昆明本与桂林本此处改"，"为"。"。

⑨ 桂林本此处增"居然"。

⑩ 桂林本此处删"一"。

⑪ 昆明本与桂林本此处增"这老实另一面也就正是无用。"

⑫ 昆明本此处改"么"为"怎"，当为误排。

⑬ 昆明本与桂林本于此处"我为……生活？"之句加双引号。

⑭ 桂林本此处改"她说"为"于是她向大学生说"。

⑮ 昆明本与桂林本于此处"我头……回去。"之句加双引号。

⑯ 桂林本此处增"，"。

⑰ 桂林本此处改"到"为"见"。

⑱ 桂林本此处删"。"。

⑲ 昆明本此处改"有一点儿痛"为"了一点儿病"，"了"当为"有"之误排；桂林本此处改为"有了一点儿痛"。

⑳ 昆明本此处改"看了看"为"看有看"，"有"或为"了"之误排；桂林本改为"看看"。

㉑ 桂林本增"各"。

㉒ 昆明本与桂林本此处改"什"为"甚"。

㉓ 昆明本与桂林本此处改"上"为"下"。

㉔ 昆明本此处改"一行字"为"几个字个字"，后"个字"当为衍文；桂林本此处删"那么一行字"。

本上。①

一个人有一个人的命运，这所谓命运②又③正是过去一时的习惯，加上自己性格上的弱点而形成的。④

当⑤搜寻什么是自己⑥弱点时，似乎第一次方⑦发现自己原来是一个"女人"。这就很够了。老朋友说过的⑧，一个女人受自然安排，在生理组织上，是不宜于向生命深处思索，不然，会沉陷到思索泥淖里的。

她觉得身心都很疲累了，得休息休息。⑨ 明天还是今天的继续，一切都将继续⑩下去，并且必然还负带那个长长的"过去"，一串回忆，也正是一串累赘，⑪ 能装饰青春，却丝毫无助于生活的调处。她心想，"我为什么不自杀？是强项还是懦怯？"她不明白自己⑫为什么会有这种想像。虽想起这事却并不可怕，因为同时还想起大学生，⑬ 爱她的⑭神气。便自言自语，"一切人不原谅我也好"，那意思就是我有人⑮瞭解，不必要更多人瞭解。单独瞭解有什么用？一切关心都成麻烦，增加纷乱。真的瞭解应当⑯是一点信托，忠诚无二，与无求报偿的作奴当差，完全没有自己。⑰ 不过她这时实在已经累了，需要的还是安静。可是安静同寂寞恰正是邻居，她明白的。她什么都似乎很明白，只不知道自己有什么方法可以将生活重造。

她⑱想要哭一哭，但是把个美丽的头俯伏在⑲枕头⑳上去，过不多久，却

---

① 桂林本此处改"。"为"，"。
② 桂林本此处增"，"。
③ 桂林本此处删"又"。
④ 此段文字昆明本与桂林本均加双引号。
⑤ 昆明本与桂林本此处增"她"。
⑥ 昆明本与桂林本此处增"的"。
⑦ 桂林本此处增"真正"。
⑧ 桂林本此处改"说过的"为"曾经说过"。
⑨ 桂林本此处改"。"为"，"。
⑩ 桂林本此处增"存在"。
⑪ 昆明本与桂林本此处增"虽"。
⑫ 桂林本此处删"自己"。
⑬ 昆明本与桂林本此处删"，"。
⑭ 昆明本与桂林本此处增"种种"。
⑮ 昆明本与桂林本此处删"人"。
⑯ 桂林本此处改"当"为"该"。
⑰ 桂林本此处增"……"。
⑱ 昆明本与桂林本此处增"实在"。
⑲ 桂林本此处增"雪白"。
⑳ 昆明本与桂林本此处删"头"。

已睡著①了。

廿九年七月十八四川峨眉山（完）②

摘星录③

绿的梦

　　天气暑热。夜静以后，宅院中围墙过高，大空中虽有点微风，梳理着院中槐树杨柳的枝梢，院中依然有白日余热未尽褪去。廊下玉簪花香而闷人。院北小客厅窗帷是绿色，灯光也是绿色。客厅角有个白色冰箱，上面放一小方白纱巾，绣了三朵小绿花。有一个绿色罐头。（一把崭新的启罐头用白钢器具；把子也是绿的。）近临窗前一个小小桌子，米色桌布上有个小小银色绿漆盘，画有金漆彩画，颜色华丽悦目。桌旁有四把小小靠椅，单纯的靠背，轻俏而美观。椅上米色绢绸垫子绣绿花，一串绿色长管形花，配置得非常雅致。房中绿色，显出主人对于这个颜色的特殊爱好，犹如一个欧洲人对东方黄和紫色的爱好。

　　主人是个长眉弱肩的女子，年龄从灯光下看来，似乎在二十五六岁左右，因为在窗内的风度，显得轻盈快乐中还有一分沉静，出于成熟女子习惯上的矜持。若从野外阳光下看来，便像是只有二十三四岁了。这时节正若有所等待，心不大安定，在这个小客室中小椅上坐下来复站起，拉拉窗帘，又看看屋角隅那个冰箱，整理一下椅垫。又用一方小小白手巾抹抹那个金漆盘子。熄了一个浅绿灯光，又开了另外一个带米色罩子的小灯。一切髣髴业已安排就绪后，才忽然记起一件事情，即自己得整理整理，赶忙从客厅左侧走进里间套房去。对墙边长镜把脸上敷了一点黄粉，颊辅间匀了薄薄一点朱。且从一个小小银盒中取出一朵小小银梗翠花钿，斜簪在耳后卷发间。对镜子照了一会，觉得镜中人影秀雅而温柔，艳美而媚，眉毛长，眼睛光，一切都天生布置得那么合适，那么妥贴，便情不自禁的笑了一笑，用手指对自己影子指着像是轻轻的说："你今天生日？"又把手指拨着下唇，如一个顽皮女孩

---

① 昆明本与桂林本此处改"著"为"着"。
② 昆明本改此句为"廿九年七月十八写　卅一年十月末改写"，桂林本复改为"廿九年七月十八写　卅一年十月末改写　三十二年五月重写"。
③ 本篇小说连载于《大风》第92～94期，1941年6月20日、7月5日与7月20日，香港；作者署名"李絮周"。

子神气。复觉得手指长了点，还需要戴个什么方能调和，又从另外一个较大银盒里许多戒指中，挑选出一个翡翠绿戒指，约在中手指上。手白而柔，骨节长，伸齐时关节处便现出有若干微妙之小小窝漩，轻盈而流动。指甲上不涂油，却淡红而有真珠光泽，如一列小小贝克。腕白略瘦，青筋潜伏于皮下，隐约可见。天气热，房中窗口背风，空气不大流畅觉微有汗湿。因此将纱衣掀扣解去，将颈部所系的小小白金练缀有个小小翠玉坠子轻轻拉出，再将贴胸纱背心小扣子解去，用小毛巾拭擦着胸部，轻轻的拭擦，好像在某种憧憬中，开了一串白合花，她想笑笑。瞻顾镜中身影，颈白而长，肩部微凹，两个乳房坟起，如削玉刻脂而成，上面两粒小红点子，如两粒香美果子。记起圣经中所说的葡萄园，不禁失笑。又复侧身望着自己肩背，用大粉扑轻轻扑上一点粉。正对镜恋爱着自己身影，作着一些不大端重的痴想，闻前院侧门边铃子响，知道有人来了，匆忙将玉坠子放入。扣好衣扣，理了理发边那个鬓髻点翠花钿，在嘴上轻微涂了一点红，便匆匆走出去。拉开小客厅帘子时，客人原来已进到前院侧门海棠树下。中心微怯，一切好像不大自然。客人似乎也有相同情形。为的是这种约会前，一时各有一个信，信中多使用了抒情句子，天气或者又太热了点，因此大家都不免有点矜持，在不甚自然中笑笑，微笑中主人和客人轻轻握了一下手，表示欢迎。主人看看手表，去约定时候相差约四分钟。想起昨天客人来信上写的一些话语，脸重新觉得稍稍有点发热。且似乎预感到今天空气不大相同，在这种接待下，一定还有些新鲜事情发生。但主人很自信，以为自己十分镇静，礼貌原是使人安全的东西。她一切完全如平时，以礼自持。与客人互相保持在一种不可言说的敬畏之忱中。这点尊敬处即可使她处境十分平安，不至于有何意外。

　　她觉得这么接待这个客人，正如同把客人和自己放在诗歌和音乐中，温柔而高尚。不过，事实上她还是有点怯场，有点慌张。行为中见得比平时矜持得多。

　　让客人进到客厅后，不即请客人坐下，就去取冰箱中的饮料。客人在灯光下微笑着。互相都说了一句"天气真热，"用作自解。因为两人都感觉在信中话说多了一点，对面时，反而有点忸怩。客人年龄还不到三十岁，在经验中只是读了许多书，知道许多恋爱故事，可并曾不如此受一个女人款待过。

　　客人微笑着，瞅着灯光下绿纱裹定的风度幽雅的身子，秀弱的颈肩，略略收束的腰身，线极柔和清雅的双腿，以及一双白足，穿着草鞋式露趾鞋子，只觉得入目无不异常妥贴，恰到好处。头上一望即知为新近收拾过的，发际那朵小翠花，还是特意在今晚上为欢迎客人而戴上的。想起信中所写的话语，转觉文字粗俗，不免有点唐突西子。想找一句话救救自己，苦无聪明得体话可说，因此说：

"不要费事，我口不渴的。"

主人回身时，恰恰如明白客人的意思，也是在自救。因此嫣然一笑。正是客人所期待的一笑。大家都似乎轻松得多了。

主人说，"天气真热，白天这房子简直受不了。一大片冰都融化了!"

"北方的七月，就是这个样子。我不渴，不要忙。我喝点白水就行了。不加什么好——加点葡萄汁也好——"客人同时却又自言自语的说，"花开了。"什么花? 他不大知道，也不追问下去，反而问主人。

"你不出门?"

"天气太热，出门也受罪。害你远远的从东城跑来，夜里路上会有点风吧。"

"天安门马缨花①开得很好。很香。"

"马缨花叫夜合，夜间开吗?"

"我说白天开得好，"客人似乎有点窘，怕主人知道他等不及天夜就已经过西城，等来等去天夜了，才敢来见她。因此额上略有一点汗。

主人注意到时便说，"要擦擦手罢，天太热了。"

"不要不要，这时好多了。你这里院子真静，好得很。"话说到这里时，其时正听到□□街口的电车声和□□一带市声。声音远远的，虽挟有强烈的街市灯光和热气，和这个院子竟究离得很远。

客人心上拘束得到解除时，游目四瞩，小小房子中无一不绿。主人体会到客人的目光正注意到自己身上，由上而下，停顿在胸部一会儿，以为是自己忘了将衣扣扣好，即忙用手整理了一下衣襟。客人目光向下一点，又停顿到另一处时，主人稍稍有点不大自然，把腿并拢去一点，拉了拉一下衣角。"喝杯水罢，天气热，这两天我就一天只想喝水!"于是为客人倒了一玻璃杯水，自己也倒了半杯。客人不即喝，自己倒很快的把水喝完了。喝过水后，用小手绢拭拭嘴唇，端端整整坐在客人对面，意思像是说，"准备好了，我们谈天罢。"两人当真就开始谈天起来。

房中闷热而香。可不是花香。客人以为是白合花。"你这里花真香，淡

---

①　俞平伯《忆往事十章》其三首句"马缨花发半城红"，自注："京师道树旧多马缨花俗称绒花，天安门前尤盛。"张充和在《三姐夫沈二哥》一文记载："在龙街还有查阜西一家、杨荫浏一家，呈贡城内有吴文藻、冰心一家。我们自题的名胜有：'白鹭林'、'画眉坪'、'马樱桥'等。"

淡的，使我想到海边一种小蓝花，不知名称，长在崖石上。"又说："周先生他们一家到北戴河去，什么时候才回来？有信来吗？你不欢喜到海边，怎么不上山去住住？西山好；——其实海边也好。黄昏时，到海边听细浪咬着砂滩，带咸味的风吹到脸上头发上，使人发生幻想。若有座小小白木房子，孤单单的在海边岩石上，一个人日子过下去，一定可以受到一种很好的教育……不过一个人也许比两个人好。"本来意思是说两个人，话有了矛盾，说的不是所要说的，因此举起杯子来也喝了一口水，"好得很。"称赞的是水还是人？主人心里明白。

一切素朴而清雅，在灯光下令客人想起一些故事，又荒唐又美丽，只有一个故事或一个神话才会有的情节。可是这不比写信，可以大胆的写去，谨慎的修辞。客人要说的还是海，以及海边那个白木房子，房中简单而清洁，毫无装饰。只近窗口一个扁扁瓶子，插了一把蓝色无忘我草或是一把淡红色剪秋罗，床上白被单上却撒满了野花，为的是好给一个美丽的肉体躺在上面，一树果子，一片青草，一个梦；一种荒唐到不可想像艳丽温柔的梦！客人有点乱起来了，话说不下去，又喝了一点水，转口来赞美当前事实上的客厅中布置。"你这里收拾得太雅了，人到了这里，会觉得自己的俗气。你看这个窗子就恰到好处，——一切都恰到好处。颜色那么单纯，那么调和，华贵中见出素朴，如一首诗，一首陶诗。然而所咏的倒是春天，草木荣长，水流潺湲，很容易想起阳春二三月，草与花同色①……"这诗末了是"攀条折香花，言是欢气息"，说下去怕唐突主人，所以不再称引。却说："怎么，你这里花真香，是什么花？"希望主人不懂，主人却清清楚楚，因为房中并没有什么花，香的是粉和发上香水被热气所蒸发时味道。主人笑了。

"你倒像在作诗。有什么美？东西都不值钱，一切将就。都是我自己做的，为省钱，不是天生爱朴素！我倒喜欢那个窗纱，是去年故宫买来的。②还是乾隆年织造姓曹的进贡的，说不定就是做红楼梦那个曹雪芹的父

---

① 晋乐府古辞《孟珠》一曰《丹阳孟珠歌》：《古今乐录》曰：《孟珠》十曲，二曲，倚歌八曲。旧舞十六人，梁八人。"人言孟珠富，信实金满堂。龙头衔九花，玉钗明月珰。阳春二三月，草与水同色。攀条折香花，言是欢气息。"（上二曲）"人言春复著，我言渠未央。暂出后湖看，蒲茄如许长。扬州石榴花，摘插双襟中。蔽藂当忆我，莫持艳他侬。阳春二三月，草与水同色。道逢游冶郎，恨不早相识。望欢四五年，实情将懊恼。原得无人处，回身与郎抱。阳春二三月，正是养蚕时。那得不相怨，其再许依来。将欢期三更，合冥欢如何。走马放苍鹰，飞驰赴郎期。适闻梅作花，花落已成子。杜鹃绕林啼，思从心下起。可怜景阳山，迢迢百尺楼。上有明天子，麟凤戏中游。"（上八曲）

② 沈从文在《逛厂甸》一文中说"直到民国二十五六年，在东华门挂货铺中，乾隆宫纱就还只到二三元一匹，大家买来作窗纱用"，张充和亦似有从故宫买绿纱作窗纱之事。

亲，——书上的贾政。真的倒有意思！"

"绿色调子强，本来难配合。你会调度，绿上加点黑，就软多了。"

"周家老太笑我是个蛤蟆投胎，她大小姐是蒸螃蟹投胎，因为我欢喜绿。她欢喜红，螃蟹要蒸熟才红。可惜这里得不到芭蕉，有芭蕉我要在窗下种十颗，荫得房中更绿。过一过蛤蟆精的瘾。"

"那当然好。"

"好就不像陶诗了！"

"管他桃子李子，总之是诗。这个色调使人联想起青梅如豆，绿肥红瘦①。……记得绿罗裙，处处怜芳草②。"

"你倒真像个诗人！联想生着翅膀，到处可飞去。"

"你外边院子是不是有一树梅花？我记得到一个地方，看过一大树绿萼梅，总想不起是在什么地方。记忆力真遭。"

"法源寺庙里有大树梅花，你一定看过，不然就是做梦了。"

"不是梦，不是梦。我记得很清楚，又似乎很远，又像很近。"

主人嗤的笑了。怎么想不起来？因为半年前在这个客厅里就看到一盆绿萼梅，还将花比人说了两句不大得体的话。③ 事情远在天边，也就近在眼前，何尝会善忘到这种样子？

主人起身去屋角小楠木柜子里取点糖果。客人于是依然用目光抚着那个优美的后身，只觉得异常舒适。然而同时也有点不安。纱衣极薄，极贴身。糖果到桌上时，是绿银色纸包裹的。各自喫了一粒糖，很好喫，各自喝了点水，水冰凉，各自看了对方一眼，眼中都有笑意。

"读书吗？看什么书？"客人见椅旁长条子花梨琴桌上有两本书，顺手取

---

① 《诗经·召南·摽有梅》："摽有梅，其实七兮！求我庶士，迨其吉兮！摽有梅，其实三兮！求我庶士，迨其今兮！摽有梅，顷筐塈之！求我庶士，迨其谓之！"李清照《如梦令》有"应是绿肥红瘦"之句。

② 唐代诗人牛希济《生查子》："春山烟欲收，天澹星稀小。残月脸边明，别泪临清晓。语已多，情未了，回首犹重道：记得绿罗裙，处处怜芳草。"

③ 沈从文的小说《看虹录》有"忽闻嗅到梅花清香，引我向虚空'凝眸'。慢慢的走向那个'空虚'，于是我便进到了一个小小的庭院，一间素朴的房子中，傍近一个火炉旁。在那个小小房子中，正散溢梅花芳馥。""仿佛这些东西在奔跃，因为重新在单独中。梅花很香。""这衣够厚了。还是七年前逢好，秋天从箱底里翻出，以为穿不得，想送给人。想想看，送谁？自己试试穿看吧，末后还是送给了自己。""房中炉火旁其时也就同样有一片白，单纯而素净，象征道德的极致。""这本书成为一片蓝色火焰，在空虚中消失了。……保留在我生命中，似乎就只是那一片蓝焰。保留到另外一个什么地方，应当是小小的一撮灰。一朵枯干的梅花，在想象的时间下失去了色和香的生命残余。我只记得那本书上第一句话：神在我们生命里。"等句，与此处的《摘星录》句子意象均若有关联。

来一看，温飞卿集子。另外有两本银红色封面杂志，拿来顺手一翻，一九三〇年摄影年选，一个意大利人摄的一个女子的全身相，光明洁净，如星如虹，肩腰以下柔和如春云，双乳如花，手足如大自然巧匠用玉粉和奶酥所捏塑而成。客人有点惊讶样子。情不自禁自言自语：

"真美丽，美到这种样子，不愧杰作。看起来令人引起崇高感觉。"所赞美的对象是摄影者还是造物主？是那个图像还是另外一个东西？客人自己也像是不大明白。

主人却懂得那个意思，有点存心不良。然而这是男孩子的好处，虽近于冒失，并不十分讨厌。

她觉得不便回答客人，又不便离开，因此拿着那个玻璃杯喝水，用杯子遮掩着自己的脸，好像如此一来就不用理会当前问题。

客人说："你看看，多美！"

不得已装作在艺术家面前凡事毫不在乎神气，来同看那摄影。且装作毫无所谓的说："外国人实在会照相，照人照风景都美得很。这女孩子长得好看，年纪像是很青，不会过二十岁。"玻璃杯又上了口。

"中国人也好看！"

客人望着主人的脸侧面，知道脸有点发烧。望着胸部，知道气紧了一点。话似乎不曾听到，因此客人又赞美那个影子，"太美了。"又说："你看也觉得美吗？"

"怎么不觉得美？"

客人放下了那个，"我还以为自己很美的人，照例不大知道自己的美，且再也不会觉得另外的美。因为'美'对于她已不必外求，便无意义可言。"

"那些自命为美人的，也许是这个样子。"

"你呢？"

"我又不是个美人，所以——不同一点。"

"你不是很美吗？有人称你是……"

"那倒是一种新闻，先前从不听谁说过。"

"不听人说的事情多着，你总以为是有意阿谀，带点防卫情感，不相信。不相信似乎人就安全一点。是不是？我不说你听也好。"

"不。不说我也知道。一定有一半是骂我骄傲和虚浮。"

"恰恰相反。"

"那一定就是说我像个傻子。因为骄傲相反常常是傻子。"

客人不好说下去了，只是笑，等待主人自己接下去。

主人却觉得这么谈下去不成，赶快给倒了一点凉水到杯子里。"口不渴吗？我一天老想喝水，一个人可喝两大瓶。一连那么三个月，我会变成一只水獭！"

客人重新拏①起那本摄影杂志，翻了一页，又是一个女子的照相，法国人摄的，身体比前一个略胖，眉目中微有羞怯意思，羞怯中见出妩媚和贞洁的混和。"你瞧，这个，简直……"

不得不装作大方样子再来瞧瞧，且装作一个大方男子的神气，对那人相加以批判，"好看，就是胖了一点，是不是？"

"南方春天的雪，很丰满，随时都可溶解到一种暖热中，或是在阳光中，或是在热情中。取光真巧妙，好像是灯光下照的。"

"你怎么知道是灯光下照的？我倒看不出。"

"你看，不但是灯光下照的，而且羞怯处还是第一回似的神气也照出来了。你看那神气。羞怯是同生疏有关系的。"

主人不知如何回答下去，因此又起身取水，自己觉得有点轻微的扰乱。但依然很自信。想用话岔开，苦无话可说。一面倒水一面便问，"到公园去坐船吗？你不是欢喜游泳吗？欢喜水吗？"

"我欢喜到海边去，可怕到公园那个游泳池去游泳。上礼拜有一天我陪个朋友去看看，上百人挤在一处打架似的。可是倒看到一种奇迹，有个女人在那里，跳水游水姿势都极优美，像受过很好训练的。穿了件橘红浴衣，离水时，身材和你一个样子，好看得很，我还以为是你，想照个相，又不熟识。"

主人不便说什么好，为的是这种阿谀是在每一句话中都看得出所称赞的不是游泳池那个人。因此只是笑笑，不作声。心想："熟识了也不成！"为掩饰自己弱点起见，却把那册摄影杂志拏在手上，翻出另外一幅来。照的是一对小小白色山羊，神情柔驯而生机洋溢，并排站在草地上。"这一对小羊，才真有诗意！"

客人望望却转望着另外一对立在利巴嫩平冈上的小白羊，轻轻的说"的确，真是诗。"眼睛里柔和而忧郁。"多美丽！"且轻轻的叹息，大多数人在称赞某物某事，感觉语言被噤，无可形容时所惯用的叹息。

主人轻轻的说："你欢喜它吗？"

"好得很。"

"这一个本子里我也顶欢喜这一幅。羊本身就讨人欢喜。"

"所以圣经上用羊来形容人身体最美部分。"

---

① "拏"即"拿"，下同，不一一出校。

主人感觉到却装作不曾听清楚，把杂志合拢了。

轻轻松了一口气，如已经从一个不大安全境地中脱逃而出，"羊实在可爱，柔驯而乖觉，给人印象是稚弱，然却又富有生命。沉默，然而什么都懂。"

客人笑了，点点头，"是的，因此东方诗人用羊比女子，西方诗人也用羊比女子，为的是世界上女人的好处，美德或美貌，风度都同羊差不多！"而且说到这个的，客人正把那意大利的杰作重新翻出，手指有心无意似的恰恰压在那人相的乳房上。"两只白羊，在草地上放牧，——是诗，诗就是从这个地方来的，不只像诗。"眼睛对主人望着，仿佛目光正爱抚着主人的目光。沉静中微感纷乱。

主人却避开了这种接触，转望着桌上漆盘中的糖果，思量如何脱出这种不大安全的空气。请客人喫颗糖，拈起那个盘子。

"喫颗糖，选那圆的好。味道不太甜，软一点，你不欢喜软一点吗？"

客人把糖衣除去后，糖作淡红色，客人轻轻的把那粒糖投到嘴里去，轻轻吮着嚼着，髣髴保存在口中的并不是一粒糖，只是另外一个什么东西。一切感觉中最纤细处，象徵与意义，主人似乎都明白，心中有点不大自在。

预备把杯中剩余的水倒去时，手起始被捉住了，有一点儿抖。客人完全无心似的说，"谢谢，不用费事。我自己来。"捏着那只手时，客人的大手也有一点儿抖。又说，"谢谢你。"为感觉主人的手很柔和，很暖，微微有一点汗，似乎不甚挣扎，客人反而把手移开了。

主人因此起身向冰箱边走去，预备取点水果。客人跟着起了身。然而主人却俨然预感到这么不大妥当，即刻将果子取出，放到桌上，自己就坐下了。"请坐，喫一点，杨莓还好，是燕京送来的。我用药水洗了三次，喫了，不会出毛病。"很显然的，她开始有了点窘迫，想把话岔开到普通问题上去，谈谈故宫的古物或别的事情。可是不成。盘中没有刀，不能切橘子。为寻找刀子第二次到柜边拉开那小门时，客人已站在她身后了，一转身，手即触着了客人宽阔胸部，脸发了烧，还想装作自然神气，好像说"不用开玩笑，还是坐下来谈谈天好，"可办不到。想说话，开口不得。

客人声音很柔和，"我有刀子，不用找了！"

不理会他，想再回身去找刀子时，客人由背后伸出了两只手，把手搁在那个柜子上，围住了主人。"我不要喫橘子，不用找罢。"意思却像是"不用逃脱罢，你看已经捉住了。"

灯光很柔和很静。

主人觉得这变化稍微快了一点。有点粗暴。至少在手续上比预想到的简略了些，事情很陌生。然而她并不如何惊懼，至少在客人面前她还能努力把那点惊懼情绪压抑下去，作成泰然坦然样子，"坐下来谈谈好"。可是不成，客人即同意坐下谈谈，也不知如何坐下了。面已对面，互相都有点窘迫，都知道空气变了，行将有些甚么事发生。一切行将发生的事，即或不是命令的，至少也近于人为而必然如此或如彼的。

客人说，"看到我的信了吗？"

"看见了，谢谢你使用的辞藻，诗人的话总是一天花雨。"

"一天花雨，也不常开，也不常落！你以为不是我诚实的感觉吗？"

"不。我应当相信是诚实的。我不惑疑过朋友，只是用到称赞我的地方时，我明白我还不够那么完美。"

"那我应当谢谢你。"

"应当谢谢你，因为写了那么多。"

在客人纤细感觉中，从主人微笑里，似乎看出一点"美言不信"的神气，因此就说。"本来文字是个拙笨工具，要表现一个美丽的印象，以及这美丽印象反映到另一个人心中，所引起的珍贵感觉，保留下来的一个青春不老的影子，这种种情形文字是无用处的。有时节甚至于诗歌也无用。这件事只有音乐办得到。可是，像你今夜那么美丽，把我放到这种空气中，就是音乐，也不成功！"

"我们坐下来说好吗？"

客人听到这个要求，手并不移开，继续说，"今夜你太美了。"嘴唇微抖，"不好赞美，因为语言是多余的。"客人为自己一句话弄软弱了，手下垂了。

主人摇摇头，苦笑了一笑，眼睛不即离开客人的眼睛。从客人眼光中她看出了一点风暴的朕兆，风暴前期暂时的平静，以及随同这短期平静继之而来的沸腾。她有点害怕起来。重复摇摇头，意思好像说，"不成，不成，"随即忽然向侧面溜开了身子，走向通后房的甬道去了。稍去又即回身站在甬道门边，轻轻的说，"请坐一坐，喝杯水，我洗个手就来。对不起。"

去了一回。客人先是慢慢的坐下来，自嘲似的做了一个苦笑，拍打着自己两只柔软大手掌，像是一个赌徒下注以后输尽了袋中所有时情形，"完了，什么都完了！"可是脑子似乎倒反而先前一时静了许多比下注以前安静而简单。而且他知道最后一颗骰子还在椀中旋转，他且不急急于看到这骰子固定后的结果，把温柔乡①集子翻了翻。其实并不久，却已耐不住了。心上翻腾

---

① 史达祖《换巢鸾凤·春情》有句云："人若梅娇……换巢鸾凤教偕老。温柔乡，醉芙蓉、一帐春晓。"曾觌《生查子》云："温柔乡内人，翠微合中女。颜笑洛阳花，肌莹荆山玉。东君深有情，解与花为主。移傍楚峰居，容易为云雨。"清代有香艳小说《温柔乡记》一卷，梁国正撰。其序云："余读文苑滑稽龚肇权、赵圣伊二先生《温柔乡记》，一则软玉温香，庄而不冶；一则幻情绮语，切于觉世，心窃慕之。而世俗往往溺情饫欲，乐死温柔乡，余甚悯焉。戏作一篇，聊以效颦，辞近靡曼，意深垂戒，中温柔乡癖者，当奉为药石。"

起来了。情绪起了漩涡，脑子很重，喝了一杯水，还是不成，小客厅向后院走去时，还得经过一个小小甬道。客人觉得必须把这一粒旋转不定的骰子固定在碗里，最后一张牌早早翻出，因此整了整衣领，随即向甬道走去。在甬道转角处正见主人带了一个小小包袱走来，迎面时不免显得著了一惊，惶遽将手中物交给客人，且惶遽的说，"这是个画册，有几个明人扇面，还不坏。你请坐坐我就来。"本思是取画册出来看看，转变空气，见客人神色大不对，就即刻回身向后院洗手间走去，砰然一声门已关上了。

客人呆了一会，旋即挟着画册依然走去，好像为一种命定的方式走尽甬道，转入后院。廊下一个方形罩子小电灯，照着院中的瓜棚，几个拳大金瓜下垂着，一排三个房间，只其中一个房间有灯光。客人向有灯光那个洗手间走去，将门轻轻推开，见主人正对墙上那个大圆镜匀粉。镜台边有一个丝织物的堆积。主人回过身来，口微微动着，意思有点嗔恼，却因气促说不出话来。客人的侵入显然出于她意想以外，所以努力作气的说，"请外面坐坐！"

然而客人却沉默的走近了镜台边，放下画册，拥着了主人，望了约一秒钟后，即开始很猛烈的吻起主人那个颊边，鬓边，以及露出衣领外的颈子。末后，且想要吻那薄薄的嘴唇时，主人却左右闪避，因之复低下头隔着纱衣吻那个起伏剧烈的胸脯。

主人又恼又急，不知如何是好，气息迫促的说，"不成，不成，先生，这是不成的！规矩一点，我不要你这个。我要生气了！……你出去！"

客人还是紧紧的拥着她的身子，从那两座葡萄园中，感觉果子的丰满与成熟。随即如一个宗教徒在神座前疯狂以后，支撑身心的力量一切解体，便静静的软弱无力的松了手，且蹲在主人脚边了。手抱着那一双脆弱的小腿时，叹了一口气，"唉，上帝，你使我变成一个什么样子的人！"

主人用手抚着她自己额角，觉得全是汗，不知怎样办。

稍静一会儿后，客人脸荡着主人的膝部，于是发抖的嘴唇开始从膝头吻下去，到脚踵边，且举起那个美观的脚来吻着，又随即变更那个方向，逐渐上升，从膝以上而上升，髣髴一个虔诚教徒对于偶像所表示的恐慌与狂热。主人觉得事情陌生，有点害怕起来，极力挣扎脱了身，走到屋角一个白木椅登上坐下。"你去了吧，离开我吧，你不能留在这里的！我生气了，你使人生气，你真是个疯子。……咦，不成的！"

客人说；①"生我的气吗？好，不妨事。我怎么不是疯子？你使人接迎你时变疯子，离开你时变傻子，你还是毫不在意。你生气，有你的理由，因为

---

　　① 此处"；"当为"："之误排。

我冒犯了你。你尽管生气，骂我，轻视我，到末了你还是得承认，这只是出于爱。你使人血在心子里燃烧，你却安静得很。"

主人笑笑着。"唉，够了，你可以走了。我不想你再来我这里，我怕你，不愿再见你。"话似乎说得重了点，又改口说："你外面坐坐静一静，喝杯水，冷冷你的脑子罢。我就来的。"

"不想见我，我明天就会离开这个地方，你可自己过清静日子，接待有礼貌的朋友。"

"也是为了你自己，同你的身分相称！"

"我有什么身分？为了自己？我没有什么是自己。我只知道我如焚如烧的是为了你，为了你的爱。"

"爱应当使人聪明和体贴，不像你这个卤莽样子。"

"我是疯子。一生中只这一回，我是傻子，有多少事由一个聪明女人看来，都是傻人作的傻事！"

"自以为说是傻子或疯子，就可以这么待朋友不讲礼貌吗？够了，你出去坐坐，我希望你对人温和点。我头痛。"

主人觉得自己并无甚么生气理由，客人且明白这事不会使她如何生气，因此当客人重新跪在主人身边，吻着那个净白的圆圆的膝盖时，主人只是很悲悯的望着客人的肩背苦笑，竟不再说什么。好像那么打量着，"你疯罢，让你疯这一次罢。这是你的事，不是我。"

那双秀美的脚，实在长得完整而有式样，脚掌约束在镂空白鞋里，每个脚趾每一细部分，都像是由巧匠所精心美意雕琢而成的。足踝以上腿骨匀称，腿圆而脆弱，肌肤细致而润腻。膝以上尤近于一种神迹，刻玉筑脂，弱骨丰肌，文字言语，通通不足形容。因形体虽可规范，寓于形体中一种流动而不凝固的神韵，刻画与表现，恐唯有神妙美妙的音乐，可以作到。因音乐本身，即流动而永远不凝固。

冒犯由暴风狂雨的愤激，转而为淡月微云的鉴赏。迨客人将头抬起时，见主人眼波中如水湿，莹然有光。因此嘴唇与手，都如被这种莹然之光所鼓励，所奖誉，要求更多了一点。

然而不成，有了阻碍，手被另一只手制止着。凝睇摇头，示以限制，绝不许再有所进取。双腿并拢甚紧。惟即在这种争持中，加上时间，主人气息转促起来了。

久之，忽若有所不堪，亟起立想向外屋走去，以为一到客厅，这窘人情形我①可望稍稍变更。惟无从由客人身旁走过，只得临镜台边站定，整理发际花钿，长眉微蹙，不知何所自处。客人因此由其身后拥抱着主人，两只暖烘烘的大手轻轻的搁在主人胸前，轻轻的隔着纱衣拢抚着。

"唉，上帝，那么柔和，那么乖，这一对羊！"

主人见镜中情形，愠恼纠缪，默不作声，又似乎十分冷静，还看得很清楚客人大手背上那些毫毛。客人向之微笑，不知不觉也报以微笑。意识中祇感觉到这个夜里生命有点变化，变化虽大，亦无所谓。既无哀怨，也不能说是快乐。总之有点糊涂，有点昏，说不定疯狂是可以从催眠方式转移于另外一个人的，面前客人的疯狂，很显然便在慢慢的浸入到主人灵魂里，生命里。

然而她笑不下去，双眉微蹙，如有怨意。

客人因怀着谨慎敬畏之忧，试为理了理鬓角乱发，且试为……镜中长眉益蹙，眼睑下垂如不能举起。手下行旅行着各处地方，都十分生疏。主人只觉得这只手很大，很热，很软和，主人重复摇头示意，这么下去，事情太生疏了，神经支持不住。可是已无力从客人拥抱中挣扎脱身。当客人把个暖烘烘的脸更靠近鬓边时，主人头已软软的偎着了客人。嘴唇接触着了。这其间，那只暖烘烘的大手，已谨谨慎慎停顿在一个更生疏处所。一切虽生疏却极合适。具体或抽象都柔和得很。

"我不要的！"话虽那么说，意思却已含糊，因不要的还是得到了。而且还有更多的生疏事情，在逐渐中发现。

"天堂！"

"疯子！"

"疯子到了天堂！"

"就变成魔鬼了。"

"一个人到过了天堂时，变成魔鬼，随即向地狱中深处掉下去，也心甘情愿，再不必活在这个庸俗小气势利浅薄乏味的世界上做人。"

事情还在变。

主人觉得头有点昏迷，实在再也支持不下去。

"吱，你出去了吧，我不要这个。这不大好，我不高兴你这么对我。……"

"可是人疯了，你知道。这一生不会有两个相同的今天。我心里在燃烧。"

"喝杯冷水脑子就会好的。"

---

① "我"应为"或"，可能因形近而误排。

"应当让它燃烧成一片火焰，剩一堆灰烬。生命应分这么样。吝惜，明天什么也保留不住。不如今天照这么燃烧，烧完死去。"

"吱，上帝。"

"上帝就在我身边！在我手边！"

"吱，天！"

"天在头上，很高，很远。可是天堂却就近在我面前，我不仅看见，而且触着。天堂中的树林，果子，一片青草地，一道溪流，这一切，……"

"够了，我们不要这样子。你到客厅里去坐坐，等我换件衣服，洗个脸，出去玩玩吹吹风好不好？"话中带着哄求的神情。

"让那些大学生①去吹风好了。"

"吱。"

"你自己瞧瞧，你今夜多美丽，多神圣！天气热，一切花都开放了。"

"我渴得很，想喝杯水。"

"我还一身都在燃烧！"

"我不要的。"

"上帝，你告我什么是生命，什么是美，什么是你上帝清心着意安排的杰作？"

主人笑了，"是的，上帝，你也告诉我什么是杰作，一个活疯子，一个魔鬼。"

"真的，两人都是上帝的杰作，一个神，一个魔鬼，一个从天上掉下，一个从地里钻出，今天恰恰放在一处，便产生人生。七月十二日，好个吉利日子！"

"你真缠死人，你这算是什么？"

"算是罪过，由于你的美，扇起另一人的疯狂，真是人生。"

重坂着眉，轻轻的叹息，心想，"天知道！"心实在软软的。"这就是生命？"生命一部分仿佛已浸进到一种无形流质里，沉下又浮起，可是无从自拔。"这是命里注定的？"欲动不大自主然而却又身不由己正在向一个"不可知"的漩涡中流去。"怎么办？"她想，可并不曾想要怎么办。"讨厌，"这意思是指过去，当前，还是未来？她自己也不清楚。女人情感原是那么混乱的？

九点半过了，她无章无次的想着"药水棉花，……婴孩自己药片，……医院……糟。"

---

① 沈从文《梦与现实》结尾处的"大学生"或可与此"大学生"相互映照。

客人呢，应当说，已经当真疯了。那么完整，那么柔软，那么香，心跳得那么紧。眉毛头发和别的地方那么一把黑，一线黑，一片黑，……七重天并不太远，天宫中景物已依稀在望。看看主人手脚更柔软了，眼睛湿了，嘴唇冷了，梦呓似的反复说着，"我不要的，我不要！"便同样梦呓似的回答说，"是的，不要离开我，我不会离开你的！"

唱一个歌吧？有节拍无声音之歌曲，正在起始。主人轻轻的低低的叹息，连同津液跌向喉中去了，就是这歌声的节奏。主人在叹息里俨然望到虹霓和春天，繁花压枝的三月，蜂子在花上面营营嗡嗡，有所经营，微显浑浊带牛乳色的流水，在长满青草的小小田沟草际间轻轻流过，草根于无声无息中吸取水分，营养自己。某一个泽地边，是不是青草迷目，正作着无边际的延展？另外一个什么地方，是不是幽谷流泉，正润湿着溪涧边小草，开遍了小小蓝花？

水仙花花心是不是有一点黄？

水仙花神是不是完全裸体？

绿华窈窕，清香宜人，冬天在暖热的房间里才能开放的水仙花，移栽到一个人的生命中，感觉中，也许祗是一个梦？

一切自然还在变。

"唉，上帝。"

"吱，不许。我不能的。我不要的。——这一定不成的。"

"什么都成，因为生命背后有庄严和美。我要接近神，从生命中来发现神。"

"我不要发现魔鬼。"

手极温柔，虽生疏却不卤莽。

向镜中人觑望时，目已微闭。头已毫无气力，倚在客人肩上。

心忡忡跳不止。

灯光下主人美发微乱，翠花钿掉到地上去了。眼睑下垂，秀靥翻红。仿佛有轻微叹息起于喉间，随即又跌下去了。气息迫促，耳后稍微有一片汗湿。

葡萄园的果子已成熟了，不採摘，会干枯。

雅歌说：脐圆如杯，永远不缺少调和的美酒。

波斯诗人说：腹微凸出如精美之瓷器，色白而温润，覆有一层极细茸毛。腹敛下处，小阜平冈间，有秀草丛生，作三角形，整齐而细柔，如云如丝。腿微瘦而长，有极合理想之线，从秀草间展开，一直到脚踝，式样完整。股白而微带青渍，有粒小小黑痣，有若干美妙之漩涡，如小儿脸颊边和手指关节间所有，即诗人所谓藏吻之窝巢。主人颈弱而秀，托着那个美妙头颅，微向后仰，恰如一朵白合花。胸前那个绿玉坠子，正悬垂在中间，举体皓洁，一身祇那么一些点饰，更加显得神奇而艳美，不可形容。

客人目中所见，实在极其感动，因此跪到这个奇迹面前，主人不可堪这种爱抚，用两只手把他的头托起，向之苦笑，如哀其人，亦以自哀，心中似乎很觉悲伤，似乎无可奈何，软弱而无望无助，亟有待于一个人的援手。一面又似乎十分冷静，自以为始终十分冷静，眼看到这个有极好教养的年青绅士，在面前如狂如痴，可悯可笑。

客人从主人眼睛中看到春天和夏天，春天的花和云的笑，夏天草木蒙茸鱼鸟跃飞的生机。且从那莹然欲泪的眼光中，看到爱怨交缚。不可分解。

当主人微曲着身子去捡拾跌落地上那个翠花钿时，发已散乱，客人从她趾吻起，一直吻到那个簪有翠花的鬓边。

主人除了默然的摇摇头，别无一语，祇是听其所为。

心亦从狂跳中转趋沉静，祇余微怯，混合在一种不习惯的羞耻本能中，然而去掉这种羞与怯，又似乎并不在远离此魔鬼，倒是更其接近这个魔鬼。因之不知如何是好，祇有苦笑。

也同时用这种苦笑，表示一切行为并不能完全融解自己的灵魂，一切行为都近于肉体勉强参加，并不十分热心，一切行为都可以当作被迫参加，等于游戏，事一终了，即可当成"过去"，不必保留在印象中。还自以为是个旁观者，始终保持旁观者那分冷静，静静的注意对面一个人的疯处，傻处，以及夸张处。做作的轻浮，在不甚真实情形中如何勉强保持外表，也看得清清楚楚。还自以为如此控制自己，操纵他人，有点自负。即那点女性自尊心虽在完全裸体中，也并未因当前亵渎冒犯而完全丧失。默然无语即近于这种自尊心的表现。

然而时间在重造一切，变换一切，十分钟后便不同了。

稍过，微有呻吟，且低低叹息起来，髣髴生命中有什么看不见的东西已跌落了，消失了，随同一去不复返的时间，向虚无中跌落消失了。面前一切茫然。落到什么地方为止，消失去是否还有踪迹可寻？完全无法想像。痛苦与快乐，以及加上那一点轻微鸣咽，混合在一种崭新情境中。一切应当不是梦，却完全近于一个梦。

先是似乎十分谦虚，随后是一阵子迷胡。眼前转成一片黑色口中似乎想说。

"朋友走路慢一点，太陌生了，你要把我的生命或情爱带到什么地方去呢？告给我，让我知道！我应当知道这件事！"

　　却衹变成一片轻微的呜咽，因为到这时，两人的灵魂全迷了路。好像天上正挂起一条虹，两个灵魂各从一端在这个虹桥上度过，随即混合而为一，共同消失在迷茫云影后①。

　　……

　　沉静，生命一阵子燃烧烟焰尽后必然的沉静。在默然无语中客人跪在主人的身旁小心而微带敬懼之忱的吻其柔软四肢和全身，在每一部分嘴唇都停顿了一会儿，如一个朝谒圣地游客旅行圣地时情形一样。并为整理衣发，行为略显笨拙。主人回到镜台旁坐下，举起无力而下垂的手，轻轻搥打着自己那个白额。好像得到了什么，但十分抽象。又好像失去了什么，也极抽象。理性在时间中渐渐恢复心中软弱得很，想哭哭，又似乎不必需。心境衹是空空的，空空的看着在身边整理领袖的客人。

　　"请你出去！你不能再到这里来。"

　　"我的神，这是起始，不是终结！"客人只是嘴角微微蠕动着，似乎那么说，可并未说出口。却把主人手抓近嘴边，温柔的吻着，"感谢你。"意思却像在询问：你不高兴吗？以为不该，觉得后悔吗？

　　主人把两只长眉毛蹙拢，摇摇头，表示这种事决不想追究得失。衹此一回，下不为例。这事已成"过去"，同别的一切事差不多，一经过去，就算完了。可是当客人走出这个小房中以后，主人却想起"谢谢你"三个字的意义，头伏到桌上了。心里空虚得很，无可依傍。

　　……

　　庭院极静，天空星子极多。客人已走。快要十一点钟。晚风收拾了余热，白日的炎威全部退尽。主人独自站立在院中廊下，痴望天空星子。心髣髴同天空一样，寥阔而无边，不觉得快乐也不觉得悲哀，不得亦无失。然而感觉到生命却变了。回到小客厅时，掌起那本世界摄影年选，翻了一会，大部分都是人体摄影。觉得世界上事似乎都差不多同样有点好笑，许多事都近乎可笑。生命的遇合，友谊情分的取与，知识或美丽，文学或艺术，都只是在习惯下产生意义。不在习惯下去思索，都是一盘砂子，一堆名辞，并无多大意义。什么是美？美有什么用处？真不大懂。但她这时节事实上也并不需懂。她只记起这些名辞，并不思索这些名辞。

　　她想："什么叫做诗？文字或感觉？幻想或真实？女子或妇人？爱而不能见面那一点烦，得而不能保有那一点怨？……"

──────────

　　① 署名"雍羽"的《看虹》（《大公报·文艺》第1219期，1941年11月5日，香港）的某些意境与此相通。

　　她需要休息。客厅中沙发前只剩下一盏小小灯，颜色绿而静。她坐下来轻轻的喊了一声"上帝，"意思像是另外一个地方，当真还有个上帝，在主宰一切。即她所能主宰一个人和自己本身，也还是被这个另外不可知的近于"偶然"的神一双手在调动。她所能作的，还是人的事情。至于人呢，究竟太渺小了。

　　……

　　后记：这个作品的读者，应当是一个医生，一个性心理分析专科医生，因为这或许可以作为他要知道的一分报告。可哀的欲念，转成梦境，也正是生命一种形式；且即生命一部分。能严峻而诚实来处理它时，自然可望成为一个艺术品。然而人类更可哀的，却是道德的偏见使艺术品都得先在"道德"的筛孔中一筛，于是多数作品都是虚伪的混合物，多数人都生活在不可思议的平凡脏污关系里，认为十分自然，看到这个作品时，恐不免反要说一声"罪过"。好像生活本身的平常丑陋，不是罪过，这个作品美而有毒，且将教坏了人。唉，人生，多可哀的人生。今天天气实在阴沉得很，房中闷闷的，我从早点五点起始，就守在这个桌边，到这时为止，已经将近十一点钟，什么东西都不喫。买了一小束剪春罗红花，来纪念我这个工作，并纪念这一天。现在好了，我要写的已完成了。可是到抄毕时身心都如崩如毁，正同我所写的主人送走客人以后，情形差不多，一切似乎都无什么意义，心境空虚得很。祇看到对窗口破尾①瓦沟中有白了头的狗尾草在风中摇动，知道梦已成为过去了，也许再过五十年，在我笔下还保留一个活鲜的影子，年青读者还可从这个作品中，产生一个崇高优美然而疯狂的印象。但是作者呢，却在完成这个工作时，即俨然已死去了。唉，人生。时民国三十年五月十五日黄昏，李蔈周记于云南。

　　（本文的《梦与现实》与《摘星录（绿的梦）》部分，以《沈从文小说拾遗》之名发表于《十月》2009 年第 2 期，第 5～29 页，2009 年 3 月 10 日，北京。该文被《光明日报》2009 年 2 月 20 日"我的头题"栏目推荐，"沈从文：小说佚文两篇载《十月》2009 年第 2 期推荐辞：《梦与现实》与《摘星录》这两篇小说当年初刊时作者署名为'李蔈周'，经清华大学中文系博士研究生裴春芳考证，'李蔈周'即是沈从文先生的一个笔名。进入 20 世纪 40 年代，沈从文的文化情怀与生命体验产生了深刻的变化，小说创作也随之发生了重大的转型：一方面，他此前作为一个自学成才的'乡下人'

---

　　① "尾"，或为"屋"之误排，或为衍文。

所擅长和偏好的乡土抒情小说写作明显地减少了，甚至陷入了停滞状态；另一方面，'学做现代人'的他终于获得了相当的成功并且积累了丰富的生命体验，所以从 40 年代开始他在小说创作上特别着意于现代女性生命体验的抒写，《梦与现实》、《摘星录》即突出表现了现代女性复杂微妙的生命感怀和非同寻常的爱欲体验。"其中《摘星录·绿的梦》一篇转载于《新华文摘》2009 年第 20 期（总第 440 期），第 79~85 页，2009 年 10 月 20 日，北京；《新华文摘》且有编者按："据清华大学裴春芳先生考证，《梦与现实》、《摘星录》是曾经收入《看虹摘星录》中的两篇。这两篇小说原刊于 1940~1941 年香港《大风》杂志，作者署名'李鹄周'。《十月》杂志将这两篇以《沈从文小说拾遗》为题予以刊发。其中《梦与现实》一文的桂林本已收入《沈从文全集》第 10 卷，但文字与香港版有所不同。而香港《大风》所刊的《摘星录》（1941 年 6 月 20 日、7 月 5 日、7 月 20 日分三次连载于香港《大风》第 92~94 期），则真正是沈的一篇重要佚文，各种选集均未收入。本刊特选《摘星录》以飨读者，并将裴春芳先生对《看虹录》的考证作为'相关链接'，以使读者对 20 世纪 40 年代沈从文的创作情况及特点有所了解。"）

"虹影星光或可证"

——沈从文四十年代小说的爱欲内涵发微

一 《看虹摘星录》之存废疑云

迄今为止，沈从文的小说集《看虹摘星录》依然笼罩着一层神秘色彩，研究者尽管偶然提及，却未曾言明此书真相。十多年前，糜华菱撰文交代了他发现《看虹录》一篇小说的过程，不过他对《看虹摘星录》一书存在与否及详细面貌未有论定。① 金介甫也对《看虹摘星录》一书持存疑态度，他基本接受金隄的观点"关于《看云录》、《摘星录》，是吹毛求疵的评论家把两书混为一谈"，又有保留地披露："据程应镠对邵华强说，的确出过一本《看虹摘星录》，时间大约在1945年，沈曾送过程应镠一本"。② 《沈从文全集》将《看虹摘星录》列为"有待证实的作品"类，认为此书"约于1945年江西某书店出版"，③ 《沈从文全集·附卷》所列《沈从文年表简编》说："程应镠说沈从文的《看虹摘星录》曾赠给他一本"。④ 关于此书，沈从文也

---

① 见沈从文《看虹录》（旧作新发），刊载于《吉首大学学报》第13卷第3期，第45~52页，1992年9月，吉首；糜华菱：《沈从文两篇佚文复出记》，刊载于《吉首大学学报》1995年第3期，第137~139页，1995年9月，吉首。据巨文教《张兆和、汪曾祺谈沈从文——访张兆和、汪曾祺两位先生谈话笔录》披露，1992年10月24日，对"沈先生创作的《看虹录》、《摘星录》现在很难找到吗？"的问题，张兆和女士回答是："《看虹录》英译本能看到，《摘星录》在广西发现了有人存有孤本。"见《中国现代文学研究丛刊》1994年第2期，第278页，北京。

② 金介甫：《沈从文传》，符家钦译，北京：国际文化出版公司，2005年10月，第270页。

③ 见沈虎雏编《沈从文著作中文总数目》附录《有待证实的书》，《沈从文全集·附卷》，太原：北岳文艺出版社，2003年5月，第166页。

④ 《沈从文全集·附卷》，第30~31页。

曾约略言及，"此书约抗战后期在西南出版"。① 他在写于 1947 年 2 月的
《政治与文学》中提到自己拟出版之书被禁毁一事时说，"怕就是三十四年，
我的三本短篇小说交开明印行，在桂林被党检查机构禁止付印，随后在金城
江毁去，也即毁去我重要作品四分之一。另一《长河》被扣，由高植交涉方
收回付印"，此处所言的三本短篇小说，大概即包括《看虹摘星录》和《七
色魇》② 在内；在《题〈黑魇〉校样》中，沈从文谈到自己在云南时期所写
的作品除《七色魇》外，"还有另外三篇拟共成一集，出个小集"，那个
"小集"大概即指《看虹摘星录》一书。③

　　好在即使《看虹摘星录》未曾出版，作者原拟收入其中的各篇小说大抵
都在 40 年代的刊物上发表过。去年春初，我翻阅旧刊，发现了《梦与现实》
和《摘星录》两篇小说，很可能就是沈从文拟收入《看虹摘星录》一书中
的两篇作品。按：这两篇小说均刊载于香港《大风》半月刊，作者署名为
"李綦周"。前者在 1940 年 8 月 20 日、9 月 5 日、9 月 20 日、10 月 5 日分四
次连载于《大风》第 73～76 期，文末标记写于"廿九年七月十八四川峨眉
山"；后者在 1941 年 6 月 20 日、7 月 5 日与 7 月 20 日分三次连载于《大风》
第 92～94 期，文末标记"时民国三十年五月十五日黄昏，李綦周记于云
南"。柳存仁较早在随笔中谈到这两篇小说："（1940 年）九月五日　老丹赠
我新刊两册，有李綦周著小说《梦与现实》，疑是现居昆明之某作家笔名，
询之果然"，"我想起了沈从文的小说《绿的梦》，那里面的情境，正和我这
时的心灵仿佛"。④ 柳存仁这里所谓的"老丹"指陆丹林，当时为香港《大
风》的主编，《绿的梦》即香港本《摘星录》，柳存仁时隔两年的这两段话
对照起来，可以表明所谓"李綦周"，即在文坛上"素负盛名"的、抗战时
长期居住于昆明的沈从文。据沈虎雏所编《沈从文笔名和曾用名》亦披露，

① 邵华强：《沈从文研究资料》，广州：花城出版社、香港：三联书店，1991 年 12 月，第 1029
　页。
② 《七色魇》编辑成集早在 1944 年双十节，有解志熙先生发现的《〈七色魇〉题记》为据，
　内容基本已收入《沈从文全集》。
③ 《沈从文全集》第 14 卷，太原：北岳文艺出版社，2002 年 12 月，第 256、471～472 页。此
　文据《沈从文全集》注者推测，写于 1947 年 8 月之后，不过《黑魇》初刊于《时与潮文
　艺》第 3 卷第 3 期，第 64～69 页，1944 年 5 月 15 日，重庆；复刊载于《知识与生活》第 8
　期，第 22～24 页，1947 年 8 月 1 日，北平。此文初刊与复刊时，均于文末注明写于"卅二
　年十二月末一天云南呈贡"，因此，沈从文写作《题〈黑魇〉校样》的时间最早亦可为
　1944 年 5 月前后，这时《看虹摘星录》集子已经编好待刊，可参看沈从文《看虹摘星录后
　记》，《大公报·文艺》第 29 期，1944 年 5 月 21 日，桂林和重庆。
④ 见柳存仁《我从上海回来了》，《大风》半月刊第 77 期，第 2474 页，1941 年 2 月 15 日，香
　港；见柳雨生《北平三日》，《杂志》第 11 卷第 2 期，第 65 页，1943 年 5 月 10 日，上海。

沈从文 50 年代政治审查历史残稿上曾用过李綦周之名，且在 40 年代用此笔名发表过文章。据此，认为此处《梦与现实》和《摘星录》是沈从文的作品，李綦周是沈从文的一个笔名，应该是可信的。

一个更有力的证据是，《梦与现实》其实就是《沈从文全集》所收《摘星录》一篇的初刊本。《梦与现实》在香港《大风》半月刊初刊，后来又被沈从文改名为《新摘星录》刊发于昆明《当代评论》，复改名为《摘星录》刊发于桂林《新文学》。《梦与现实》通过这种改动，逐渐取代最初的《摘星录》，从而隐去了昆明桂林等地文学界对沈从文此类"类色情"文本批评的主要目标。① 从目前掌握的情况来看，《梦与现实》乃是沈从文"看虹摘星录"系列作品的第一篇，沈从文在四十年代似乎以"梦与现实"为总题，拟写一系列具有文体试验性质的文章。至于《大风》所刊《摘星录》一篇，现有沈从文各种作品集均失收，应是沈从文的一篇重要佚文。该文幻美而写实，既具有沈从文文体特具的幻异抒情色彩，复笔触刻露，近于作者人生爱欲经验的写实。问世较晚的《看虹录》则笔致较为隐晦，写实的色彩淡化，典喻的色彩更浓，叙述方式亦更为唯美化象征化。究其实，创作于同一时期的《梦与现实》、《摘星录》和《看虹录》，三者均是截取作者人生爱欲经验的一部分，从"她"或"他"、"主人"或"客人"的不同角度入手，以典喻化、唯美化或象征化的方法进行呈现的产物。也就是说，其原型和细节多是写实的，其语言和表述方式多是梦幻化的、象征化的。这种化"实"为"虚"，变"真"成"梦"，以"一己"见"人类"，应该是沈从文此时在文学上的自觉追求。

将《梦与现实》、《摘星录》两篇作品与前引沈从文自己的相关言论放在一起来看，即可推断出《看虹摘星录》一书的大概面貌。也就是说，《看虹摘星录》一集的基本内容应该包括刊发于香港的《梦与现实》和《摘星录》，以及刊发于桂林的《看虹录》三篇小说，加上《看虹摘星录后记》一文，此书编辑成集大概在 1944 年 5 月。②

《看虹摘星录》和《七色魇》两个集子，是沈从文 40 年代小说创作的

---

① 如王西彦《宽厚的人，并非孤寂的作家》一文即提到沈从文在桂林《新文学》上发表《看虹录》和《摘星录》后，即被人责难为"描写有色情倾向"，许杰也在桂林《力报·新垦地》副刊的"现代小说过眼录"栏目里中发表《上官碧的〈看虹录〉》和《沈从文的〈摘星录〉》两文，称之为"色情文学"，此处据吴世勇《沈从文年谱》，天津：天津人民出版社，2006 年 6 月，第 253 页。此外，桂林版《看虹录》和《摘星录》发表时，身在桂林文学界且深悉内情的孙陵，后来在《浮世小品》（台北：正中书局，1961 年 1 月）一书中也有《沈从文〈看虹摘星〉》一文，对沈从文此类作品颇有微词。郭沫若的《斥反动文艺》中所谓"桃红色文艺"，"文字的春宫画"，看来也与沈从文的这些昆明时期的作品，特别是香港版《摘星录》不无关系。

② 从文《看虹摘星录后记》，重庆《大公报·文艺》第 29 期，1944 年 5 月 21 日，桂林、重庆。

代表性成果。这两部小说均致力于表现作者在"梦与现实"错综迷离中的奇特境遇。两集中各篇的主角不再是淳朴的"乡下人",而是现代知识男女,或者说现代士女之类。分而言之,《看虹摘星录》,主要是叙述现代士女"我"或"他"与"她"在平淡日常生活中所经历的爱欲奇遇,那种美妙的迷离恍惚感觉,与李商隐"无题诗"的隐微情致颇为接近;《七色魇》则主要是叙述那个善于唱歌吹笛的女孩子飘然远走、短暂易逝的爱欲奇遇消失之后,"我"所面对的种种日常生活:对主妇关爱和审视的隔膜,对衰老预感和战争屠杀的抗拒,对人事之分歧丑陋的抵触,对自然之静默而美的沉湎。可见,所谓"梦"与"现实",是沈从文对生命体验的一种分类,"梦"常语涉个人私密爱欲,是古典的、传奇的、令人迷恋的,"现实"多意指作家日常生活,是平实的、乏味的、带有重压的,二者均基于作者个人生命的真实体验。无论是"梦"还是"现实",作者均截取"真"中之美的瞬间以对抗"真"的平庸乏味,以期借典雅唯美的文字风格和叙述方式,完成个人生命的文学经典化,从而实现作家个体生命及所叙人物生命永生的冲动。

二 "梦与现实"的错综迷离——沈从文
四十年代的文体变革

尽管沈从文在《看虹摘星录后记》中,引用《水云》里关于文学上"美显然就是善的一种形式,文化的向上也就是追求善或美一种象徵"的陈述,来回避叙述真实与否的问题,并声称"免得好事读者从我作品中去努力找寻本来缺少的人事背景,强充解事。因为这种索隐很显然是无助于作品的欣赏的",似乎预先切断了作者爱欲体验与作品叙述之间的联系。不过在《看虹摘星录后记》的另一段文字中,作者又说:"时间流注,生命亦随之而动与变,作者与书中角色,二而一,或在想像的继续中,或在事件的继续中,由极端纷乱终于得到完全宁静。"① 而《水云》一文,正展现了作者抒写自己"心和梦的历史"(内部情绪生活)的创作初衷——在理性的节制矜持中充满青春狂热气息的情感奔放疯狂,在一系列如虹如星的"偶然"所造成的"梦想的幻异境界"里,"绝对的皈依,从皈依中见到神"②。沈从文更

---

① 《大公报·文艺》第 29 期,1944 年 5 月 21 日,桂林和重庆;本文收入《沈从文全集》第 16 卷,太原:北岳文艺出版社,2002 年 12 月,第 342~348 页,但对写作与刊出时间的标注所据重刊本。

② 见《文学创作》第 1 卷第 4 期,第 49、52 页;第 1 卷第 5 期,第 57 页;1943 年 1 月 15 日、2 月 15 日,桂林。

在《〈七色魇〉题记》中一语道破玄机："（本书）完全近于抒情诗，一种人生观照，将经验与联想混揉，透过热情的兴奋和理性的爬梳，因而写成的。"① 沈从文在晚年《题〈黑魇〉校样》中复回忆道，《七色魇》和《看虹摘星录》是"四十年前在昆明乡居琐事和无章次感想"，"在云南用这个方法写的约计七篇，总名《七色魇》，还另有三篇拟共成一集，出个小集"，"都近于自传中一部分内部生命的活动形式"。② 那"另有三篇拟共成一集"当即是《看虹摘星录》。

这样看来，沈从文对其昆明时期所谓"文体试验"类作品，早有自我判定，无论是"自传中内部生命的活动形式"，还是"作者与书中角色，二而一"，都暗示了沈从文四十年代此类带有文体试验性作品的最重要特征，它们带有相当强烈的自传性，作者、叙述者与作品中某些角色几乎合一。作者、叙述者和书中角色合一的叙事方式本是沈从文作品最为显著的特征之一，在《看虹摘星录》为代表的"客厅传奇"类作品中，又获得新的表现形式——而"我"或"她"常处于"梦幻"或"现实"互相断裂分歧的境遇中，正反映了作者和书中角色本身人生经验及自我内部生命的断裂破碎。作者在其间回避和直面的潜抑身影，是令人印象深刻的，诸种分裂和破碎中，实埋藏着沈从文四十年代个人精神危机乃至疯狂的潜因。

因为文献不足，《七色魇》和《看虹摘星录》的自传性特征及其与沈从文四十年代文体变革之间的关系，似还未得到充分研究。此前，已有不少研究者关注到沈从文这一时期作品的文体与内容特征，及其对"抽象"、"象征"或"诗化"的追求与对自我情感状态的记录。早在十多年前，刘洪涛发掘了沈从文昆明时期作品的象征意味，"象征主义对沈从文来说，成了他把握世界的方式"，"《看虹录》是一篇典型的象征主义小说"，"《看虹录》可以看成是沈从文走出湘西——城市格局，探索新的创作方向，并取得极大成功的标志性作品"③；吴晓东认为《看虹录》、《摘星录》与《烛虚》是对"美的抽象"的领悟，是"对抽象人生形式的探究"，是一种纯粹的抽象冥想，"沈从文的这种转向标志着一个沉潜的时代的来临"④；贺桂梅和钱理群

---

① 原刊于《自由论坛》第 3 卷第 3 期，1944 年 11 月 1 日，昆明；转引自解志熙《沈从文佚文废邮钩沉》，《中国现代文学研究丛刊》2008 年第 1 期，第 7 页，2008 年 1 月，北京。

② 见《沈从文全集》第 14 卷，第 471～472 页。

③ 见《沈从文与象征主义》，《吉首大学学报》1995 年第 3 期，第 38～39、42、43 页，1995 年 9 月，吉首。

④ 见《现代"诗化小说"探索》，《文学评论》1997 年第 1 期，第 123 页，1997 年 1 月，北京。

亦称《看虹录》是代表沈从文"一个时期思想追求和创作实验的诗化小说"①。用"象征"、"抽象"或"诗化"等范畴来概括沈从文昆明时期作品，非常敏锐地领悟到沈从文四十年代此类作品的整体风格变化，可惜切断了"象征"、"抽象"或"诗化"与作者自身内部自传经验的联系，失之于空泛无归。此后，研究者在承认沈从文作品文体创新的同时，逐渐注意到沈从文的"理想"、"想象"与作者个人情感经验的联系。范智红基本认可沈从文四十年代作品文体的创新，认为"这种想像以互文形式反复呈现，甚至模糊了小说与散文、散文与论文的边界"，既注意到此类作品的形式象征性，"与其强调它的现实本事性质，实际上更象是一种关于理想生命形式的象征"，同时注意到沈从文对这一时期小说自传性特点的说明，"即是对于情感的一种'过程记录'。意思是说，小说的描写与叙述是完全实录的，故事有它原始状态下的真实性"②。张新颖注意到沈从文在四十年代精神危机中日常生活、个人生命情状与时代之间的裂痕及其将个人经验抽象化的叙述方式，"《看虹录》试图找到把个人经验上升为抽象抒情的方式。小说中处理的生命体验其实是相当个人化的，但作家同时又极力隐去个人化的外在标记和痕迹，把个人的具体性进行抽象化"，沈从文作品的抽象世界"表面看来只是观念的世界与实际生活相分隔，其实却因现实经验而生，是思想应对现实危机和个人困惑的场所"③。解志熙先生也认为《七色魇》是作者的"跨文体实验的结晶"，是"情感错综的心理叙事试验"④。

　　概而言之，《烛虚》、《看虹摘星录》和《七色魇》这一批沈从文创作后期的作品，集中展现了这一时期沈从文所着力进行的新的文体试验——融合诗、散文和小说诸文体因素，形成一种真幻交织、梦与现实错综迷离的独特效果。这样，沈从文创作前期的"都市讽刺写实"、"乡村抒情想像"与"经典戏拟重构"三种标志性文体乃出现了新的融合，讽喻、抒情与拟典诸文体元素以隐蔽的方式溶解在同一作品的内在肌理中。这一批作品，其叙事依然围绕着爱欲主旨和死亡主旨，不过叙述者却是一个居住于乡下的对自然

① 见《〈看虹录〉研读》，《中国现代文学研究丛刊》1997 年第 2 期，第 243 页，1997 年 5 月，北京。

② 《"向虚空凝眸"——1940 年代沈从文的小说》，"98 国际沈从文研究学术讨论会论文"（1998 年 9 月 29 日～10 月 4 日，吉首），引自《永远的从文——沈从文百年诞辰国际学术论坛文集》，2002 年 12 月，第 888 页，吉首。

③ 《从抽象的抒情到呓语狂言——沈从文的四十年代》，《当代作家评论》2001 年第 5 期，第 41、42 页，2001 年 9 月，沈阳。

④ 《"乡下人"的经验与"自由派"的立场之困窘——沈从文佚文废邮校读札记》，《中国现代文学研究丛刊》2008 年第 1 期，第 24、27 页，2008 年 1 月，北京。

和人性别有会心的"城里绅士",其对青春永远逝去、衰老即将降临的切己感印,对空袭昆明时惨烈而绮丽的现实生死的及身目遇,与对平凡质实的日常家庭生活的承受与抗拒,共同凝结成一种微妙的"中年情绪"。因而,这批作品所选择的叙述策略就是在对日常现实生活微含讽喻或抗拒之意中,寻求日常现实生活之中的奇幻抒情——以昆明时期的日常生活作为贯穿性结构,作为整体的时空坐标,造成一种真切现实的感觉;同时,又不断嵌入类日记或书信性质的拟私人文本,展示出梦幻般的抒情、典喻的空间。在这两种时空感觉的错综穿插之中,"爱欲"作为梦幻游离、作为对战争与衰老两种死亡方式的抗拒,承担着叙述者和作品人物永生的意义,作者在此采用了类经典的笔法,使相关叙述具有精致、抽象、唯美的效果。这样,《烛虚》、《看虹摘星录》、《七色魇》等作品,显然与沈从文30年代的《边城》、《八骏图》等标志性作品大为不同,堪称为沈从文创作的又一新变。

三 沈从文新"客厅传奇"的爱欲内涵之辨析

由于沈从文四十年代此类作品的自传性特征和真幻交织的风格,有必要对《梦与现实》、《摘星录》和《看虹录》所包裹的作者爱欲经验(或内部情绪生活)略加探索。其实,金介甫和刘洪涛在阐释《看虹录》的意蕴时,已经对此进行过初步的探索。金介甫认为《看虹录》中"她"的原型是高青子,并详细交待,"40年代沈从文在昆明时期有过一位'女友',即青年诗人高青子(韵秀),她在西南联大图书馆工作,人们以为沈曾把她写进《看虹录》","我同意邵华强的看法,即高青子正是《看虹录》中再度出现的那一位,说明是一个综合性人物,我曾写信问过沈夫妇,打听《水云》中的偶然到底是谁?沈在1985年3月9日回信中只简单说了一句'的确有过这样的人'。据作家金隄说,《看虹录》里写的那个房间他很熟悉,写的正是昆明的沈家。沈夫人说,这篇小说可能一半是真情,一半纯属幻想。我也有这种看法。"① 刘洪涛认同金介甫对《看虹录》的观点,以为"沈从文婚外恋的对象是诗人高韵秀,笔名高青子","《看虹录》就是(沈从文和高青子)放纵情感的产物","根据金介甫的考证,《看虹录》是沈从文昆明时期感情经历的产物";刘洪涛并据张兆和对九妹美貌和恋情的叙述,进一步推

① 金介甫:《沈从文传》,符家钦译,北京:国际文化出版公司,2005年10月,第270~271页。

测桂林本《摘星录》是九妹爱欲体验的产物。①

金介甫和刘洪涛二人的研究以访问作者及其亲友的第一手资料为基础，切实有据。不过，将沈从文婚外爱欲经验主要落实到高青子身上，则并不能与沈从文的相关叙述完全吻合。沈从文对此的说法一向是真幻交织，仅在恍惚迷离中偶然吐露半言只句，泄露其隐秘难言的个人情事。我们倘若将各种相关文本综合来看，也可找到沈从文婚外爱欲体验的另一条线索。

我曾在《看虹摘星复论政》一文中，推断《摘星录》②同样是沈从文爱欲体验的记录。现在《梦与现实》和香港版《摘星录》二文的发现，进一步证实了香港本《摘星录》和桂林本《摘星录》中的"她"，主要不是指九妹，而是指沈从文《水云》中所说的一个"偶然"——即沈从文爱欲漫游中的一个女性，这个"偶然"与《看虹录》中的"她"很可能是同一人，但并非一般所谓的高青子，而实另有其人。

关于《看虹录》，沈从文在创作自述《水云》中曾经提及。按：《水云》有三个版本。其中《文学创作》本对"第三个偶然"的叙述，是这样说的，"因此在我沉默中，为除去了这些人为的技巧，看出自然所给予一个年青肉体完美处和精细处。最奇异的是这里并没有情欲，竟可说毫无情欲，只有艺术。我所处的地位完全是一个艺术鉴赏家的地位。我理会的只是一种生命的形式，以及一种自然道德的形式。没有冲突，超越得失，我从一个人的肉体认识了神和美。"《时与潮文艺》本改"沉默"为"极端谨慎情形中"，改"神与美"为"神"，1947 年 8 月校正本增"除了在《看虹录》一个短短故事上作小小叙述"，则点明《看虹录》中的"她"即是沈从文爱欲漫游中的第三个偶然。③此处的"第三个偶然"显然不同于作为熊希龄家庭教师的第一个偶然"高青子"。《文学创作》本《水云》中对此人的叙述，表明她是沈从文爱欲中神性的代表。这种爱欲中的神性，在桂林本《看虹录》和香港本《摘星录》是一致的，虽不排除可能保留有作者与其他"偶然"交往的某些细节，其叙述中心和情感凝聚点却是同一个身份未明的特定女性。在言及这个人时，不同于谈论"第一个偶然"高青子时的无所顾忌，作者的语调显得欲言又止，忌讳颇多。此段《文学创作》本的结尾"这个传奇是……

① 刘洪涛：《沈从文与张兆和》，《新文学史料》2003 年第 4 期，第 57、59 页，2003 年 11 月，北京；刘洪涛：《沈从文与九妹》，《报刊荟萃》2003 年第 5 期，第 15 页，2003 年 5 月，西安。此文原刊于南京《都市文化报》。
② 指桂林版《摘星录》，《沈从文文集》、《沈从文全集》所收《摘星录》均据此版本。
③ 此处引文分别参见《文学创作》第 1 卷第 5 期，第 58 页，1943 年 2 月 15 日，桂林；《时与潮文艺》第 4 卷第 1 期，第 34 页，1944 年 9 月 15 日，重庆；《沈从文全集》第 12 卷，太原：北岳文艺出版社，2002 年 12 月，第 117 页。

（此处省略号为原文所有）"一语即是明证。在《时与潮文艺》本中，则改为"这个传奇是结束于偶然返回上海去作时装表演为止的。若说故事离奇而华美，比我记忆中世界上任何作品还温雅动人多了。"① 意味深长、悬置延宕的第三个偶然就被这句话轻描淡写地交代了其去向，很可能是别有隐衷的。

联想到《梦与现实》中的的一段话："这不能怪我，我是个女人，你明白女人是有的天生弱点，要人爱她。那怕是做作的热情，无价值极庸俗的倾心，总不能无动于衷：总不忍过而不问！姐姐不明白。总以为我会嫁给那一个平平常常的大学生。就是你，你不是有时也还不明白，不相信吗？我其实永远是真实的，无负于人的！"② 这里的"她"对"老朋友"倾诉时提到"姐姐"，非常突兀，在此前后她所谈论的一直只是"老同学"，这里的"姐姐"一定别有深意。考虑到沈从文昆明时期的生活工作格局，以及《黑魇》中的"四姨"，则大致可以推定《梦与现实》和桂林本《摘星录》中作为"老朋友"（隐指沈从文）和"大学生"爱欲对象的"她"，很可能即是沈从文的姨妹张充和，而"姐姐"当然指的是张充和的姐姐、沈从文的夫人张兆和，"老同学"则是张兆和的变身。也就是说，这两篇小说，所涉及的实乃作者爱欲漫游中的同一桩情事，作为"老朋友"或"他"的爱欲对象的女主角蓝本——"她"，应该是同一个"偶然"，即经常在文人雅集诗酒风流之际抚琴吹笛的张充和。当然，也不排除融入摽梅待嫁的九妹和高青子的某种影子。这使得作品的主旨更为深微隐曲，难以捉摸。

香港本《摘星录》，在叙述客人与主人绮艳幻美的"客厅爱欲传奇"时，对女主人公的身份，也隐约有所涉及。

> ……客人有点乱起来了，话说不下去，又喝了一点水，转口来赞美当前事实上的客厅中布置。"你这里收拾得太雅了，人到了这里，会觉得自己的俗气。你看这个窗子就恰到好处，——一切都恰到好处。颜色那么单纯，那么调和，华贵中见出素朴，如一首诗，一首陶诗。然而所咏的倒是春天，草木荣长，水流潺湲，很容易想起阳春二三月，草与花同色……"这诗末了是'攀条折香花，言是欢气息'，说下去怕唐突主人，所以不再称引。③

沈从文在这段文字中，不露痕迹地引用了一首乐府古辞《孟珠》，用以比拟来访男子与那个秀雅而温柔、艳美而妩媚的二十五六岁女子之间的荒唐

---

① 刊载于《时与潮文艺》第 4 卷第 1 期，第 35 页，1944 年 9 月 15 日，重庆。
② 《梦与现实（二）》，《大风》第 74 期，第 2353 页，1940 年 9 月 5 日，香港。
③ 李蟇周：《摘星录》（上），《大风》第 92 期，第 3082 页，1941 年 6 月 20 日，香港。

艳情。《孟珠》又名《丹阳孟珠歌》，是一组南朝民歌，与《子夜歌》之类南朝民歌同样语涉爱欲，不过沉醉于游冶郎欢情的不是平常的草芥女子，而是一位坐拥金玉、发饰龙形的美丽而又慵懒的富贵女子。"人言孟珠富，信实金满堂。龙头衔九花，玉钗明月珰。阳春二三月，草与水同色。攀条折香花，言是欢气息"，正有南朝宫廷艳诗的绮丽冶荡，也不乏几分《子夜歌》中的素朴清新。香港本《摘星录》中女主人"华贵中见出素朴"的客厅印象，实际上也是来访客人眼中的女主人形象。显然，这样一位富而美的女主人，其身份地位与高青子的形象是相去甚远的。

香港本《摘星录》虽然文字精美雅致，但笔触实际上最为刻露，其中女主人公的生日亦是一个可以探究的重要信息。此篇开头，叙述一个长眉弱肩的女子，当自己生日那天的黄昏，在一个以绿色为主调的小客厅中等待"客人"来临：

> 一切仿佛业已安排就绪后，才忽然记起一件事情，即自己得整理整理，赶忙从客厅左侧走进里间套房去。对墙边长镜把脸上敷了一点黄粉，颊辅间匀了薄薄一点朱。且从一个小小银盒中取出一朵小小银梗翠花钿，斜簪在耳后卷发间。对镜子照了一会，觉得镜中人影秀雅而温柔，艳美而媚，眉毛长，眼睛光，一切都天生布置得那么合适，那么妥贴，便情不自禁的笑了一笑，用手指对自己影子指着像是轻轻的说："你今天生日？"又把手指拨着下唇，如一个顽皮女孩子神气。
> ……
> "真的，两人都是上帝的杰作，一个神，一个魔鬼，一个从天上掉下，一个从地里钻出，今天恰恰放在一处，便产生人生。七月十二日，好个吉利日子！"[①]

作品在叙述女主人在半推半就中接受"客人"的疯狂爱欲之际，特意点出这位"女主人"的生日是七月十二日。按：张充和生于1914年，据傅汉思《我和沈从文的初次相识》透露，张充和生日应该是5月20日[②]。查1914年农历闰五月二十，正是阳历7月12日。这一小说中的细节，与张充和的生日如此若合符契，看来绝非偶然，应该是有意为之的。

类似于香港版《摘星录》中的"七月十二日"这种作为真幻之间中介的时间参照，虽然最为触目，但并非绝无仅有。比如，在《梦与现实》，记

---

① 李綦周：《摘星录》（上、下），《大风》第92期，第3080页；第94期，第3153页，1941年6月20日、7月20日，香港。
② 据《我所认识的沈从文》，长沙：岳麓书社，1986年7月，第14页。

叙女主人公"她"阅读某年四月十九某位情人寄来的第七封信，信中写道：

> 我今天真到了一个崭新境界中，是真实还是梦里，完全分不清楚，也不希望十分清楚……我有点迷胡，只觉得生命中什么东西在静悄悄中溶解。溶解的也许只是感觉。……已近黄昏，一切寂静。唉，上帝。有一个轻到不可形容的叹息，掉落到我或你喉咙中去了。①

张充和 1933 年下半年开始，在北平与三姐一家交往密切，并且曾暂住于三姐家中，直至 1935 年下半年或 1936 年初因肺病离开北平返回苏州。查 1935 年农历四月十八，是阳历的 5 月 20 日，这一小说中的细节，似亦围绕着小说中女主角的主要原型张充和的生日而着意设置的，亦非无关紧要的闲笔。前文已经证明，《梦与现实》中的"她"主要原型是张充和，"老朋友"的原型主要是沈从文自己，从这封写于四月十九的信推测，"她"与"老朋友"在 1935 年的四月十八，可能已开始进入某种秘密的爱欲花园。或许，这与张充和的退学也不无关系，而此时，沈从文结婚仅一两年，与高青子的风流情事，也正沸沸扬扬。

此外，沈从文的《一种境界》一诗的开头，"小瓶口剪春罗还是去年红，/这黄昏显得格外静，格外静"，也为沈从文与张充和的恋情提供了相关的时间参照。该诗发表于 1940 年 6 月 16 日出版的《今日评论》周刊第 3 卷第 4 期，而沈从文对张充和爱欲的炽烈化大概发生在 1939 年 5、6 月间。按：张充和 1938 年 12 月到达昆明，稍后参与杨振声、朱自清、沈从文主持的教科书编辑事宜，1939 年 3 月教科书编辑工作渐近尾声，其后张充和开始在呈贡乡下养病，1939 年 5 月沈从文一家与张充和开始在呈贡杨家大院居住，1941 年 2 月份之前，张充和离开昆明前往四川重庆，任职于教育部音教会下属的国立礼乐馆。② 张充和在昆明时期，常依托姐姐兆和居住，其独擅一时的昆曲演剧才能，已渐为昆明喜好拍曲之人所知，但流传不广，沈从文为之叹惋曰："昆曲当行，应以张四小姐为首屈一指，惜知音者少，有英雄无用武之感。"③至 1940 年夏，沈从文的恋情有变，张兆和此时拟携龙朱、虎雏二子离家赴昭通任中学教员一事，似亦与此有关。现存这一年的沈从文唯一一封信是《致张充和》，在信中沈说："三姐到今天为止，还住在铁路饭店，说是月底可走，走到威宁，再坐三天轿子，方可到昭通。我因得送三姐上

① 李赟周：《梦与现实》（三），《大风》第 75 期，第 2389 页，1940 年 9 月 20 日，香港。

② 《沈从文全集》第 18 卷，太原：北岳文艺出版社，2002 年 12 月，第 320、340、348、365～367、390、418 页。

③ 见 1939 年 3 月 2 日《复沈云麓》，《沈从文全集》第 18 卷，第 340、348 页。

车，恐得在月初方能下乡"，① 此时张充和虽还住在呈贡杨家大院，可能因为忌讳和流言，沈从文的爱欲似有所冷却。而很可能经此变故之后，张充和即离开昆明，远赴重庆，事情遂告一段落。张充和后来在重庆开始另一阶段的人生传奇，沈从文则默默写下《摘星录》、《看虹录》、《绿魇》、《黑魇》等篇章，以文学的方式对这一段感情作出深挚的祭悼。

如前所述，关于沈从文小说《看虹录》、《摘星录》中的女主角原型，研究者多认为是高青子，甚至把高青子视为沈从文中年爱欲漫游时期最主要的人物。不过，细读高青子的相关作品，则可推测出沈从文与高青子之恋情的基调及发展脉络，与《看虹录》、《摘星录》（特别是香港版《摘星录》）中的爱欲情绪颇有出入，而沈从文上述作品中女主角的形象，与高青子作品中的自我形象，也难于完全吻合。在高青子的作品集《虹霓集》中，有些篇章对考察沈高之间的情事和高青子的容貌身份情性提供了难得的参照。在写于 1935 年末的《紫》中，被认为高青子自我化身的"璕青"，是一位有着西班牙风的脸的"美人"，炎与珊订婚后在青岛又与璕青相遇，三人且常共同观海玩月，卧石看星，情感颇似融洽，二人在青岛的山上似乎已经越过了身体边界，而《紫》结尾的延宕未决，正是璕青对于自己处境尴尬、前路未明的某种反省，这是高青子与沈从文相处时难以抑制的基本情绪。② 此文中曾炎、珊与柳璕青三人之间的情形，可以看作是沈从文、张兆和、高青子三人关系的写照。《黄》对这种情感间入者的感受，有更为明确的刻画，"她"的身份是一个软弱娇脆、小姐气十足的女诗人，有着净白而又秀美的小脸，渴望完全征服一个有点矜持的男子，且与一个穿蓝衣的年纪很轻女孩子，构成妒嫉与怜悯兼具的微妙情感，依然是处在一个情感三角形之中。不过结局是，"她"最后决然远去，离开那个矜持、贪得而自私的情人。③ 《黑》、《白》、《灰》、《毕业与就业》诸篇中均写女孩失去父亲、家庭破碎的悲辛，以及独自在社会上谋生的不易，虽含有上流社会淫逸放荡的影子，却深蕴作者无所归属的人生悲凉体验。由此可知，高青子很可能少年失怙，身世飘零，美则美矣，富却未必。香港版《摘星录》中客厅艳情传奇中那个堪与孟珠比拟的女主人，与高青子显然并非一人。

因此，我们推测，高青子与沈从文在抗战前即已经历了接近和分离的爱欲诸阶段。至于她抗战时期到昆明，因沈从文介绍任职于西南联大图书馆，

---

① 见 1940 年 8 月 28 日《致张充和》，《沈从文全集》第 18 卷，第 385 页。
② 见青子《紫》，《国闻周报》第 13 卷第 4 期"文艺"栏，1936 年 1 月 20 日，天津。
③ 见青子《黄》，《虹霓集》，上海：商务印书馆，1937 年 12 月，上海；原载于《大公报·文艺》第 202 期，1936 年 8 月 23 日，天津。

可以说是这种情感的延续，但其情感的炽热程度应该有所减弱。而其未收入《虹霓集》的《拜访》和《诗人》诸篇作品，为这种推测提供了难得的佐证。《诗人》中的古典派诗人的"他"在被爱中对女人缺少温柔，缺少忠诚，常在一种周期性的疯狂爱欲中，赏玩爱火从燃烧到枯竭难以凝定的美感，在新旧情人"玉"和"周蕊"之间，颇有一种徜徉于"偶然"间、识新弃旧的意味。此处的周蕊，为二十五六岁的迟暮美人，具有一种性情的弱点，略具游戏爱情态度，享受男人们的殷勤献媚，与《梦与现实》中的女主人公形象颇为接近；特别是其肤色微带棕色的一个细节，更是若有深意，与抗战时期寓居的重庆文人对于对张充和的描述，倒有几分接近。

近代诗坛大家汪辟疆有诗"此时幽事那复得，尽日闲情欲付谁？北体偶临张黑女，新词合和比红儿。"[1] 此处的"张黑女"字面上意指魏碑晚期作品《张黑女墓志铭》，又名《张玄墓志》，有遒厚精古、神妙兼备之称，实隐指张兆和的四妹张充和。与张充和同时在重庆礼乐馆供职、且多所往还的卢冀野，曾以"绿腰长袖舞婆娑"之句勾勒出其软舞轻盈的繁姿曼态，他对张充和的性情容貌和身份，也有记录："她们的父亲在苏州王废基办益乐女子中学……她用'张玄'这名字进了北大中文系，……'张玄'就是'张黑女'，她也许因为皮肤有一些黑，所以她袭了黑女之名。……一切生活方式都属于'闺阁式'的，爱梳双鬟，爱焚香，爱品茗，常常生病，多少有些'林黛玉'的样儿。"[2]

张充和本来就出生于名门，又从养祖母那里继承了一笔遗产，所以她战时在昆明重庆，经济独立、生活优裕，且在当时文人、曲人雅集中相当活跃，其风貌才情，也备受新旧文人的赏识和钟爱；与本文前述的一系列问题综合来看，实有可能为香港本《摘星录》中的富而美的女主人形象的主要原型。

四　沈从文"爱欲奇迷"的参照
——《潜渊》与《白玉兰花引》

恋上自己的姨妹，对诗人气质的沈从文来或许说是情不自禁的事，可能是感到这种爱欲不会有什么结果并且会受到社会的非议，沈从文便用"情绪

---

①　见汪辟疆《于髯书余旧句〈北体偶临张黑女新词〉，合和比红儿，为楹帖见贻，或有询其全者，了不省记，为足成之》，《星期评论》第 21 期，第 17 页，1941 年 4 月 25 日，重庆。

②　见卢前《柴室小品·记张玄》，《卢前笔记杂钞》，北京：中华书局，2006 年 4 月，第 19～20 页。

的发炎"的写作来表现它、升华它，可写出来、发表了，又不免担心其影响和后果。所以，在一个时期里他为此陷于既想表露又欲遮掩的矛盾境地。这种矛盾的心情在一些诗文中留下了痕迹。

如《沈从文全集》第12卷收录的《潜渊》，初刊于1939年10月18日昆明版《中央日报·平明》第104期，署名上官碧，与本卷所收录的《烛虚（五）》，同样是沈从文1939年的日记摘抄。这一系列的文章，对研究沈从文当时的文学基本情绪，是非常重要的。其中第二则：

> （十月××）
>
> 读《人与技术》、《红百合》二书各数章。小楼上阳光甚美，心中茫然，如一战败武士，受伤后独卧荒草间，武器与武力已全失。午后秋阳照铜甲上炙热。手边有小小甲虫爬行，耳畔闻远处尚有落荒战马狂奔，不觉眼湿。心中实充满作战雄心，又似觉一切已成过去，生命中仅残余一种幻念，一种陈迹的温习。
>
> 心若翻腾，渴想海边，及海边可能见到的一切。沙滩上为浪潮漂白的一些螺蚌残壳，泥路上一朵小小蓝花，天末一片白帆，一片紫。①

《红百合》是法郎士以文字建造的肉感爱情的享乐园，最终毁于马耳丹伯爵夫人的诸情人相互嫉妒所引起的占有性狂热。沈从文在《潜渊》中提到《红百合》，并在《生命》中表示他有意模仿法郎士之《红百合》而写一《绿百合》，可能是怀有近似的人生感触，已陷入相近的情感困局。随后所写的《摘星录》恰有一个副题"绿的梦"，它很可能就是沈从文原来拟议中的《绿百合》。或许是预感到这个最初的《摘星录》中所述爱欲情事有可能给作者的家庭以及作者自己都招来某些烦扰吧，所以沈从文曾两度焚稿：据作者在《月下小景》后的附记，他1941年1月7日在昆明重校《月下小景》时，"是日焚去文稿一万五千字"，② 后来又在徐志摩的《爱眉小札》上写道"卅年四月十四夜，烧去文章约一万四千字。只觉人生可悯。"③ 这两次被焚的"文稿"或"文章"，最有可能的就是以不为人熟悉的笔名"李綦周"发表在香港《大风》上的这篇《摘星录》。此后，拟议出版的小说集《看虹摘星录》长期以来出版与否难以确证，以至于连《沈从文全集》也未曾收录，

---

① 见《潜渊》，《沈从文全集》第12卷，第30~31页。

② 这个附记见于最近出版的张兆和作品集《与二哥书》所附录的沈从文作品《月下小景》后面，参见该书第172页，北京：中国妇女出版社，2007年6月；但在《沈从文全集》第9卷所收《月下小景》后则没有这个附记。

③ 《题〈爱眉小札〉》，《沈从文全集》第14卷，第475页。

最大的原因当是《摘星录》一篇涉及的实在是非同一般的艳遇吧。

然而正因为这段隐秘的情感对沈从文具有非同寻常的意味，所以他要完全忘怀是很难的，尤其是 1962 年 4 月意外地得到张充和的来信，显然让沈从文非常激动。1962 年 4 月 11 日《复张充和》云——

> 四妹：

> 四月十日得到你的来信，一小时前还正和阜西谈到你，早上则和孟实谈到你，得知有公子二人，为你和汉思道贺。……我们都好，只是多是年轻的已过六十，年长的且过七十，照老话说即古稀之年了。但是你们料想不到即是大家都似乎还相当年青，即形象上也还比在云南那些年头为好！……

> ……

> 新诗似在这里写几首下来，有意思还在长长的序跋，字太多，就不抄了。如另有机会见到《中国文学》，还可看到一些。

> ……

> 限于纸面，和其他忌讳，可惜不能将序跋写上。有些地方似乎得有序跋才好懂！

> 北京日来已开玉兰，中南海边杨柳如丝，公园中有玉兰花也极好……①

此信特别提到一些诗和诗的序跋，语含暗示，然则它们到底指的是什么呢？查《沈从文全集》收录的《青岛诗存》如《残诗》、《白玉兰花引——书永玉木兰卷》、《〈白玉兰花引〉跋》与《忆崂山》诸作品，这些诗作虽然不是"新体诗"而是"旧体诗"，但却是离写《复张充和》最近的新作，也可以称为"新诗"即"新作的诗"——这些诗可能是沈从文 1961 年初夏的青岛之游时新作的。可是不知为什么，沈虎雏编辑的《沈从文年表简编》，只记 1961 年 6 月末到 8 月初，沈从文到青岛海滨休养，并未提及 1962 年夏初复去青岛，仅注明 1962 年 7～8 月在大连休养一月，而在《青岛诗存》中的各篇《残诗》、《白玉兰花引——书永玉木兰卷》、《〈白玉兰花引〉跋》与《忆崂山》诸作品，却都注明初写于 1962 年初夏的青岛。是的，1961 年初夏，沈从文确曾有青岛之游，并撰有《青岛游记》，至于 1962 年初夏沈从文是否重游青岛，则实难定论，因此《青岛诗存》诸作的最初写作时间究竟是 1961 年还是 1962 年，也有待考证。但无论如何，这组《青岛诗存》与上引

---

① 见《复张充和》，《沈从文全集》第 21 卷，太原：北岳文艺出版社，2002 年 12 月，第 193～194 页。

的《复张充和》的写作时间最为接近，只是作者信中语言隐约其辞，编者复加以删削，因此有必要对此信稍加分析。此信编者原注 4 云："此处删节信中抄录的一组旧体诗，均为《匡庐诗草》和《井冈山诗草》中作品，已编入全集第 15 卷。"可是，《匡庐诗草》和《井冈山诗草》都是一般性诗作，并没有长篇序跋。事实上沈从文这一时期所做的有序跋的诗，乃是《青岛诗草》中的《白玉兰花引》及《〈白玉兰花引〉跋》及《残诗》等诗文，它们才是沈从文《复张充和》所指的有序跋的诗，信中所谓"北京日来已开玉兰，中南海边杨柳如丝，公园中有玉兰花也极好……"，绝不是随便叙说春景的，而是暗示风怀的。

《青岛诗存》中的《残诗》，核心意象是三十年前良夜晚会上那个"红白如花脸，绰约小腰身"的青春女子令人歆羡的清歌妙舞中不停旋转的姿态。这个清歌妙舞的女子最有可能是约三十年前在青岛昆曲界的曲会上一展歌喉舞姿的四妹张充和。或许就在那个时候，沈从文对她已经产生了暗恋之情。《白玉兰花引》和《〈白玉兰花引〉跋》则一诗一文，互文共述了沈从文三十年前在青岛白玉兰花下与一位美丽女子的"偶然"遇合。诗中有句云：

> 虹影星光或可证，
> 生命青春流转永不停。
> 曹植仿佛若有遇，
> 千载因之赋洛神
> 梦里红楼情倍深，
> 林薛犹近血缘亲。①

此处的"星光""虹影"恰可与《看虹录》和《摘星录》联系起来，作者似乎为后人暗示出一条隐微晦茫的小径。特别是"梦里红楼情倍深，林薛犹近血缘亲"一句，更具有强烈的暗示意义，暗示出诗人当年在两位"犹近血缘亲"的女性之间难于抉择的苦恼，所谓比"林薛"更近血缘亲的，不就是姐妹么？而从性格上说，三小姐张兆和平实性近于薛，四小姐张充和飘忽情近于林。由于语言的有意含糊隐约，真幻兼有，加以诗文中的具体情事现今难以确考，但作者在遮掩之余又似乎想有所表露甚至给读者提示，如《白玉兰花引》的"跋二"云：

---

① 见《白玉兰花引》，《沈从文全集》第 15 卷，太原：北岳文艺出版社，2002 年 12 月，第 298～299 页。

星光虹影，虽相去遥远，海市蜃楼，世难重遇。公园路上之玉兰，玉立亭亭，又堪合抱。此人间细小变故，哀乐，乘除，岁月淘洗，不仅并未失去固有香色，反而使生命时感润泽。正若燐火微光，始终并未消失。人之有情，亦复可悯！适发现此旧稿于乱稿之中，因略有增删，作为永玉大画卷题词。文字迷蒙，势难索解，略作题解，转近蛇足，亦无可奈何也。或人将说此时此世，风怀诗有市场？其实屈宋二曹，由古至今又何尝有"市场"？①

这里的"风怀诗"就是一个提示。按：清初著名学者兼诗人的朱彝尊（一号竹垞），曾将他的一段隐秘的感情写成《风怀诗二百韵》，并坦然收进他的《曝书亭集》，有位友人看了，劝他删去为宜。可是朱彝尊却说："吾宁不食两庑豚，不删风怀二百韵！"为什么有人要劝朱彝尊删掉《风怀诗二百韵》呢？因为该诗写的不是文人学者一般的风流韵事，而是当时社会公认为特别不宜公开的私情。据冒广生《小三吾亭词话》卷三："世传竹垞风怀二百韵，为其妻妹作。其实《静志居琴趣》一卷，皆风怀注脚也。"② 自朱彝尊以后，"风怀诗"成了这一类特殊爱情诗的专有名词。③ 沈从文自认他的《白玉兰花引》是"风怀诗"，其实也就是对读者的一个提示或者说暗示。

当然，小说毕竟是小说，也不能看得过于死板。而沈从文三四十年代的婚外恋又不止一桩，它们都是其生命中难忘的存在，都有可能在其创作中变

---

① 《〈白玉兰花引〉跋》，《沈从文全集》第 15 卷，第 303 页。另，沈从文《致臧克家》，复道出《白玉兰花引》的写作初衷，是因为到青岛观看玉兰花，而怀想起 1932 年的个人情事："不妨试用玉溪生诗体，把'叙事写实和幻想抒情相混合'，写一首别人看来近乎天书不可解，我自己读来却每一句每一字都具有十分明确的含义，代表生命过程中思想情绪生活经验的符号的篇章，也可说近于个人童心的回复……说它是一种毫无思想性的'旧体庸俗香艳诗'，倒也差不多少。"《沈从文全集》第 24 卷，太原：北岳文艺出版社，2002 年 12 月，第 319 ~ 320 页。

② 冒广生：《小三吾亭词话》，《冒鹤亭词曲论文集》，上海：上海古籍出版社，1992 年 8 月，第 45 页。

③ 黄裳《风怀诗案》和杨绛《事实—故事—真实》均有专论"风怀诗"之文，可参看。黄裳《风怀诗案》："朱彝尊有《风怀诗》百韵，记少年情事，艳秘无俦。晚岁手订全集，时已得重名，苟去此诗，则必入国史儒林传无疑。中夜徘徊，终不忍删。此事多人知之，亦竹垞平生一大关目，身后毁誉亦不一。然今日视之，则竹垞信不同凡俗，非同时道学家所可并论者也"，"其所以使竹垞，中夜徬徨，踌躇莫定者，以其人为小姨也"，"不删风怀者，不能忘怀于旧欢也。必珍惜此一段少年恋情，使附《曝书亭集》而常留天壤，不计人间之笑骂"（黄裳：《翠墨集》，合肥：安徽教育出版社，2006 年 6 月，第 68、72 页）。杨绛《事实—故事—真实》："朱彝尊……风怀五言排律"（《杨绛作品集》第 3 卷，北京：中国社会科学出版社，1993 年 10 月，第 143 页）。

形地出现、交织地呈现。例如，约在 1969～1975 年前后①，年近古稀的沈从文就写了《题旧书元稹〈赠双文〉诗》一文，用小说化的笔法再次叙述了一个爱情的"奇迷"，说是 1939 年元旦作者曾受一女子的"先一爱人"即情人之托，为其书写元稹《赠双文》一诗，作者与此女子也足够熟悉；后来这个女子与别人成婚并生有二女且于数年前故去，而她的两个女儿在高中行将毕业的时候——即作者书写《赠双文》诗约三十年后——将来北京，"肯定将来特别看看我，叙叙旧事，也问问旧事。或许还留得一点什么给我，将由二女儿亲手交我又或从我留的什么，给一点给二女儿，作为纪念品。还听老亲戚说，曾告过二孤女，有些事情，在世界上或许只有从我处可以明白地更清楚，更多，也更对女孩子有用"。文中并特别记述那个老亲戚对两个即将来访的女孩子说了这样的话：

> ……因为不仅是母亲的历史最重要一部分，同时还是女孩子本身的历史一部分。和她们自己如何就活到这世界上密切相关。还说："最好是能从某伯伯处，得到一篇小说，卅年前发表过，可不曾在集子里找得到。去北京也未必还有希望能得到，但这是唯一的希望。估计到将是唯一的，还相信必然留得在手边。"
>
> 回到家里，我试从没收已近十年新近始退还的，特别经过整理，另纸列有目录一大包已发表未曾集印的稿件中，发现了几页用绿色土纸某年某文学刊物上，果然发现了个题名《摘星录》的故事。②

这个《摘星录》大概即是香港本《摘星录》。此"奇迷"实关沈从文一生中婚姻之外最重要的情事，沈从文对此"奇迷"的叙述，也是真幻交织，颇使用了一些小说的笔法。这里的叙述者"我"和已经故去卅年的"某人"，实是一人，均是作者沈从文的分身。与后以崔莺莺之名存在于《西厢记》中的艳情女主人公查可比拟的"双文"，很显然即是香港版《摘星录》中的"女主人"原型。《题旧书元稹〈赠双文〉诗》说故事的"女主人"原型已死，应该是用小说化的笔法来遮掩，有可能就隐指的是张充和，因为擅长昆曲的张充和最拿手的曲目之一就是《南西厢记·佳期》一段，所出演的角色正是崔相国之女莺莺，亦即是元稹笔下的"双文"——1933 年在张允和的婚礼上，四妹张充和就表演过这一精彩段落。但也不能排除是另一个女

---

① 《沈从文全集》第 14 卷，第 512 页编者注"这篇文字估计题于 1975 年"，但从此文"廿八年元旦"及"近三十年内"字样可以推测其最初写作时间应该是 1969 年前后，大概在其后又作修改、重写，因此文本内的时间也不一致。

② 《题旧书元稹〈赠双文〉诗》，《沈从文全集》第 14 卷，第 509～510 页。

性。事情究竟如何，还有待相关资料的发现和进一步的考证。

考证这些，当然无意揭人隐私，而是因为沈从文把男女爱欲视为创作的基本动力，所以将自己的爱欲经历与想象写进了小说，也因此要理解他的这些小说，就不能不与他的一些恋情相参证。沈从文在《题旧书元稹〈赠双文〉诗》末尾曾经感慨"年青一代"对此"无从理解"：

> 即从这个永远成为文学艺术的基本动力，同时又受社会旧意识制约的限制，永远不许可更真实的反映的两性关系而言，我们所处的时代，即大大不同于新社会。在种种制约中的不同意义的开明解放，即容许或包含了引人生命向上升举的抒情气氛，浸透到生命中，以至于行动中，把财物权势放在一个不足道的位置上。我生命动力的大部分，可说［是在］这种热忱、敏感、智慧、知识在社会中的位置，大大超过了权势、财富的风气中形成、生长，得到应有的发展的。这既是文学艺术的动力，同时也是革命动力的基础。这种超越现实的抒情，恰恰是取得目下社会现实的源泉。年青一代是无从理解的。①

《题旧书元稹〈赠双文〉诗》据说写于 1975 年，从那以来，又是三十多年了，现在应该是可以理解沈从文被压抑的热情的时候了。本文之所以斗胆考证，正是为了更准确、更深入地理解沈从文的人与文。当然，倘若因为我的考证之粗疏而不幸唐突了贤者，还请谅解和指正。

〔本文发表于发表于《十月》2009 年第 2 期，第 30～38 页，2009 年 3 月 10 日，北京；摘录于《新华文摘》2009 年第 20 期（总第 440 期），第 86 页，2009 年 10 月 20 日，北京〕

---

① 《题旧书元稹〈赠双文〉诗》，《沈从文全集》第 14 卷，第 512 页。

汪曾祺早期佚文拾零

裴春芳辑校

消息——童话的解说之一①

亲爱的，你别这样，
别用含泪的眼睛对我，
我不愿意从静水里
看久已沉积的悲哀②，
你看我如叙述一篇论文，
删去一般不必要的符号，
告诉你，我老了……
如江南轻轻的有了秋天，

二月天在一朵淡白的杜鹃上谢落了，
又飘向何方。我还未看清自己的颜色。

只是，我是个老人，
而你，你依旧年青，

① 本诗刊载于《中央日报·文艺》第 62 期，1941 年 6 月 12 日，昆明，作者署名"汪曾祺"。
② 汪曾祺的诗句"我不愿意从静水里/看久已沉积的悲哀"，可参照卞之琳《水成岩》一诗末节："古代人的感情像流水，/积下了层叠的悲哀。"二诗均传达了时光流转、年华逝去的悲哀，但处理这种情绪的方式有别，卞沉溺而汪审视。

我能想起第一回
在我的嘴角里有衰老的名字，
又甚么时候遗忘了诧异，
我也能在青灯前
为你说每一根白发的故事，
可是，我不能，
因为你有黑而大的眼睛。
当我辞退了形容词，
忙碌于解剖一具历史的标本

是的，我也年青过，
那是你记得的，
我浪费了又尊敬了的。
而现在，我遥望它微笑。
玻璃瓦下的砖缝里种一棵燕麦，
不经摇曳便熟了，
一种萎弱的年华
挂几片瘰死的希望，
交付一把不说故事的竹帚
更向自己学会了原谅。

我年青过，
那多半是因为你。
但是衰老是无情的，
因为人们以无情对衰老。
我仍将干了的花朵还你，
再为你破例的说我自己。

在那边，在那边，……
哦，你别这样。

慢慢的，慢慢的……
我还能在心里

找出一点风化的温柔，
如破烂的调色板上
有变了色的颜色。
忘了你，也忘了我，
听我说一个笑话：

一个年青人
依照自己的意思，
（虽然仍得感谢上帝。）
在深黑的纸上画过自己，
一次，又一次，
说着崇高，说着美丽，
为一切好看的声音
校正了定义，
像一只北极的萤虫，
在嘶鸣的水上
记下了素洁。

为怕翻搅的浓腻的彩色，
给灵魂涂一层香油，
（永远柔润的滋液）
透明外有幽幻的虹光①了，
可是，"防火水中"——
生于玉泉的香草也烂了根叶，
看严冰②也开出了紫焰呢，亲爱的……

你看过一滴深蓝
在清水里幻想
大理石的天空，
又怎样淡了记忆，

---

① 汪曾祺《文明街》里有"虹色的泪"，《疗养院》中有"虹色"，《结婚》中有"虹彩"，与
  沈从文笔下"虹"的意象，适可参看。
② 原刊此处为"水"左上角多一点，当为"冰"。

你看过沙胡桃
怎样结成了硬壳，
为自己摘下之后
在壳与肉之间
有多么奇异的空隙，

你看见过么，亲爱的，
一只秋蝇用昏晕的复眼
在黏湿的白热灯前
画成了迂回的航线，

破落的世第的女墙里
常常排开辉煌的夜宴，
折脚的螃蟹拼命挤出
镡口陈年的酒花，
落了香色的树木
绿照了不卷帘的窗子，

我老了，但我为我的疲倦
工作，而我的疲倦为我的
休息。所有的诳话
说得自己相信了
便成了别人崇服的真理。
我学会宗教家可敬的卑劣。

我老了，你听我的声音，
平静得太可怕么，
你还很年青，不要
教眼角的神经太酸痛，
走，我们到幽邃的林子①里
去散步，虽然你来的时候
已经经过艰苦的跋涉，

---

① "幽邃的林子"，是汪曾祺《飞的·猎斑鸠》中的核心场景。

你，朝山的行客，亲爱的，

连失望也不要带走。

像从前一样，

我伸给你一只手臂，

这是你的头巾，

这是你的斗篷，

像一个病愈的人

我再递给一根手杖。

我再也不会对无恒有恒，

你再来看我，当你

失去了所有的镜子①的时候，

你来看我心上衰老的须根。

　　这是从日记里，从偶然留下的信札里，从读书时的眉批里，从一些没有名字的字片里集起来的破碎的句子，算是一个平凡人的文献，给一些常常问我为甚么不修剪头发的人，并谢谢他们。

卅年，昆明雨季的开始时候。

封泥——童话的解说之二②

姐姐带着钥匙吧，

最长的季节来了，

去看看我们的园子，

虽然我记得

最初一次离开的时候

---

①　此处"镜子"当有隐喻义，为"你"的倾慕者们；汪曾祺《小贝编》亦有关于"镜子"的文句："假若世上甚么也没有，除了镜子，这些镜子是甚么，它有甚么？"，初刊于《大国民报·艺苑》第9、10期，1943年4月28日、5月1日，昆明；参见王鹏程辑校《小贝编·汪曾祺》及《人间存一角，聊放侧枝花——汪曾祺小贝编钩沉札记》，《人民文学》2010年第7期。

②　本诗刊载于《中央日报·文艺》第76期，1941年8月16日，昆明，作者署名"汪曾祺"，本诗初刊时有部分字迹漫漶不清，难以辨识，暂代之以"□"，以待后考，下同。

并未一动虚掩的园门，
可是有风呢，
动的风和静的风。

甚么也别带
连记忆和遗忘，
姐姊，我要那块
石碑上的字也
教目光摩平了，
我们的园子最好
连荒芜也没有。

秋天常是又高又大的
它将在一切旧址上
平铺了明蓝的荫：

溶①净净满园空间与时间，
把幻想压成一叠水成岩②，
让它作不伤舟客的暗礁③，
怀想也像蒲公英的轻絮④，
在睫毛⑤飘忽的天涯
在⑥一个空白里，散⑦开了，
不给影子以重量。

这是最深的一点，
从开端来的，又

---

① 国图胶片此处似"明"，查云南省图胶片此处似"溶"，云南大学图书馆藏原刊此处为
"溶"
② 此节开首二句，脱胎于卞之琳的组诗《水成岩》，见《水星》第 1 卷第 5 期，1935 年 2 月，
文华书局，北平。
③ 此行国图胶片和云南省图胶片漫漶不清，据云南大学图书馆藏原刊辨识。
④ 此行国图胶片和云南省图胶片漫漶不清，据云南大学图书馆藏原刊辨识。
⑤ 此处国图胶片和云南省图胶片漫漶不清，据云南大学图书馆藏原刊辨识。
⑥ 此处国图胶片似"寄"，据云南大学图书馆藏原刊辨识。
⑦ 此处国图胶片漫漶不清，据云南大学图书馆藏原刊辨识。

引向最后去。
是淡的，还是淡的，
并且也不必计算
那个总和，姊姊，
我们说，即使苦，
即使苦，…………

冷水上流着的
是无主的梦么，
不去理那些铭记的
日月，用最大的
勇气与恒心
去嬾吧，姊姊。
更温和一点，
你知道这园子的邻近
有许多用希望栽花的。

不要漏出一点消息，
可是，我怕我是个
多话的孩子，姊姊，
我说着牧羊人的
谎话，好不好，我说：
我们园里的树上
开满淡白的蝴蝶，
（还有红的，还有金的。
还有颜色以外的！）
青的虔诚的梦
有水红色①的嫩根，
我们的柳丝是，是，
流着醉的睇视的
柔发，流着许多

① 汪曾祺《花园·茱萸小集二》亦有"水红色"之文句："当然我嘴里是含着一根草了。草根的甜味和它的似有若无的水红色是一种自然的巧合。"见《汪曾祺全集》第5卷，北京：北京师范大学出版社，1998年8月，第2页。

甜的热度，
我说得不美丽时，
我们的园子会帮助我。

我有更多的祝福，施给
自己过的，该施给别人了，现在。
我们教那些
等待的去追求，
教那些沉默的
去唱歌，教薄待
青春的去学学
秋天以前的风。

我们以别人的欢乐
来娱悦自己吧，姊姊。

怎么，姊姊不说话了，
看露水湿了你的趾尖。
很凉呢，尤其是秋天。
回去了，轻轻的，
让虚掩的门仍旧
虚掩着，陌生的
孩子不会来的，
他们从没见过
一座不锁门的①□□②
轻轻的走，并告诉自己③
我们没有又来过一次。

六月十八④日天雨⑤

---

① 此处二字国图胶片漫漶不清，据云南大学图书馆藏原刊辨识
② 此处二字国图胶片漫漶不清，云南大学图书馆藏原刊为空白，据语意推测，或为"园子"。
③ 此处六字国图胶片为空白，据云南大学图书馆藏原刊辨识。
④ 此处一字国图胶片漫漶不清，据云南大学图书馆藏原刊辨识。
⑤ 此处一字国图胶片漫漶不清，据云南大学图书馆藏原刊辨识。

河　上①

在乡下住了这些日子，甚么都惯了。在先有些不便，②　住原谅说这是乡下，将就着过去，住了些时，连这些不便都觉不到了对于乡下的爱慕则未稍减一分，而且变得更固执，他不断在掘发一些更美丽的。

清晨真好，小小的风吹进鲜嫩的叶子里，在里面休息一下，又吹了出来，拂到人脸上，那么顽皮的，要想绷起脸，那简直是不可能，他把嘴唇这么舐了舐有点无可奈何的望着它们。

田埂上干干净净的，但两旁的草常想伸头到另一边去看看，带了累累的露珠，脚一碰到，便纷纷的落下来，那么嫩，沾到鞋上不肯再离身，他的脚全湿了，但他毫不注意，还有意去撩拨撩拨。

"山外青山楼外楼"

他笑了不知是为了这声音，还是因为这声音所唱出的歌，还是低着头也照样用假嗓子接唱下句：

"情郎哥哥住在村后头"

"哈哈，李大爹，好嗓子，教你儿媳妇听见不怕笑话吗?"

"城里人还唱这个呢。早，少爷，恁早，敢是"

"一早上麻雀打架就醒了。下田？小秧子都绿得要滴了，今年年成好，该替你娶二媳妇了。"

"我那二小子才十五哩。噢！取笑取笑，嚇嚇，回见，少爷。昨晚上在秧池里又弄到两尾鲫鱼，过会儿跟你送来吧?"

"今儿我上城去一趟，你养在水缸里吧，晚上我自己来拿。你要点甚么我给带来，怎么样，还是酒我知道!"

"不敢领，不敢领，谢谢了。"

他回头看看，老头子笑着走了，还拾起一块石头往河里一丢，又撮起嘴吹起嘹亮的哨子，逗那歇在柳梢上逞能的画眉。

"老东西，你当心跌进河里去，水凉着哪。"

"你!"

---

① 本文刊载于《中央日报·文艺》第71、72期，1941年7月27、29日，昆明；作者署名"西门鱼"。

② 此处"，"应在"住"后。

他放过老头子，在老头子笑着回头时转了湾。

……

"是什么时候来的现在连那个瘫子王八都认识我了。要不是医生说我神经衰弱我怎么会来呢，这一住真不知到甚么时候才回去，我现在才知道乡下人为甚么那么看重他们的家。可是他们还一直叫我城里人，城里人城里人！"

"蛇，蛇，蛇，一条大土谷蛇①！"

他猛地吓了一跳，但很快的辨出这是谁的声音，便不怕了。

"你才是蛇，蛇会变个好看的女人迷人，三儿。"

"城里人怕蛇，喝喝。……"

三儿不理他，跳蹦着家去了。

迎出来的是王大妈。

"早，少爷，我们马上就要下田了。早饭这就好了，吃了跟我们一块车水去。"

"谁跟他踩，笨手笨脚的，乡下生活他甚么也干不好，就学会了唱歌！"

三儿在里面摆着碗筷，大着声音说。

"不给你们□②了白做了一天，工钱也不给，还硬逼人吃豆油炒鸡蛋！王大妈我今儿要上城去一趟呢。"

早饭摆在桌上，两碗汤饭，一碗清汤蛋。三儿一听他说完那句话，便把鸡蛋抢过来吃。

"不吃蛋，我吃！"

"这死丫头，看噎住了。"

"王大妈，你藏着这么个大姑娘在家里，家神灶神都不得安宁。也不怕人恨你。"

王大妈笑着坐下了，她心里脸上有许多话。

"王大妈，我上城去，问你借两样东西，你把那条双舞剑借给我！"

"不借，不借，船是妈的，妈是我的，我不借！"

"不借，我划了就走。"

"我叫乡长拿你。"

"乡长替你做媒呢。"

"呸！"三儿捧了筷子进她自己的房里去了。妈的早饭还没吃完，她又

---

① "土谷蛇"别名土球子、土布袋、草上飞、七寸子等，即蝮蛇。陶弘景《名医别录》："黄黑色，黄颔尖口，毒最烈：虺形短而扁，毒不异于虫，中人不即疗，多死。蛇类甚众，惟此二种及青蜂为猛，疗之并别有方。"

② 此处国图胶片、云南省图胶片及云南大学馆藏原刊均为空白，或漏排"做"字。

出来。

"妈，我先下田去了。"

"下田干吗要换身新衣裳，嗨。"

不理，一溜烟走了。

王大妈到屋后浅湾头找船，船不在了，岸上还有新渍的水。

"死丫头，把船划到哪儿去了。三儿——三——儿——"

"三儿。"

转过村头，三儿在哩，一个人，把船摇在河中央，自由自在一身轻，头也不扭，只当什么也没听见。

"我要到越娃沟①去采野蔷薇去，不等到船上装不下时不回来！"

"三儿，再不划回来妈要生气了。"

三儿知道妈不会生气，如果妈会生气，三儿就不会把船划了走。

岸上人互相笑笑。

他一直由岸上赶着，赶到快到越娃沟，才找个地方跳上了船。三儿托地把桨往下一搁，坐到船头上去了。他拾起荡在船尾的两只桨，嘻着笑划起来，船渐渐平稳的前进了。

两岸的柳树交拱着，在疏稀的地方漏出蓝天，都一桨一桨落到船后去了。野花的香气烟一样的飘过来飘过去，像烟一样的飞升，又沉入草里，溶进水里。水里有长长的发藻，不时缠住桨叶，轻轻一抖又散开了。

"三儿，你再不理我，我要跳河了。"

"跳河，跳河，你跳河我就理你。"

他真的跳了。

三儿惊了一下，但记起他游水游得很好，便又安安稳稳的坐着，本来也并未生甚么气，不过略有点不高兴，像小小的雾一样，叫风一吹早没有了，可是经他一说出生气，倒真不能不生气了，她装得不理他。他知道女孩子在这些事情上不必守信用。

她本想坐到后稍来划桨，但觉得船仍旧行着，知道有人在水里推着呢，于是又不动身。

水轻轻的向东流，可是靠边的地方有一小股却被激得向西流，乡下人说那是"迴溜"。三儿想着一些好笑的事情，她知道自己笑了。一些歌泛在她的心上，不自觉的，她竟轻轻的唱出声了。

---

① "越娃"指西施，晚唐于濆《里中女》有"徒惜越娃貌，亦蕴韩娥音。珠玉不到眼，遂无奢侈心"之句，乃"三儿"般天真娇憨的乡下女子的写照。

"三儿，让我上船吧，你唱的那么低，不靠近你的嘴简直就听不见。我浑身都湿透了，再不上来到城都晒不干。"

"我唱么了，我唱了么？不许上来，上来我拿桨打你。"

她不免回头看看，他已经爬上船舷了，船身侧了过来，赶紧到后面来抵住他。

小船很调皮的翻了，两个人都落在水里。

再把船翻正了，谁也不上船。

在水里的人就忘了水上面的事情，三儿咬着嘴唇笑了。

"你看"！

"你看"！

"我们到那边草滩上把衣服晒干了再走吧。"

"你把船拴在草窝里人家认得那是我家的船。"

滩上的草长得齐齐的，脚踏下去惊起几只虫八蚱，格格的飞了，露出绿翅里红的颜色。

衣裳都贴在身上了，三儿很着恼的用手挤出衣上的水，又抹平了。

"不行，你背过脸去，不许看我。"

"好"。

他折下一根蟋蟀草，把根儿咬在嘴唇里，有点甜，他知道嚼到完全绿的地方便有点苦但是不嚼到那儿。一根一根的换着嚼，只嚼白里带红的地方。①

"喂，你在那儿干甚么？"

"我？吃草。"

"吃草，哈，你有什么病，大概是吃草吃出来的，那么粗的胳膊，夹得人直叫妈，脸也晒得跟乡下人一般黑，舞起锄头来比谁也不弱，还成天唱不长进的歌，你，你有病！"

"我今②来没有什么病。可是在乡下住了这些时倒真害上一些病，三儿，你不信摸摸我的胸脯，我的心跳得厉害呢。喝，一条大鱼，好大一个水花儿。"

"不早了罢，锣鼓声都找不到了，是午饭时候了。你饿不饿？我不饿。"

"我也不饿，因为你不饿。三儿，你说我这回上城干什么，我几乎为③点

---

① 汪曾祺《花园·茱萸小集二》亦有"吃草"和"水红色"之文句："当然我嘴里是含着一根草了。草根的甜味和它的似有若无的水红色是一种自然的巧合。"《汪曾祺全集》第5卷，北京：北京师范大学出版社，1998年8月，第2页。

② "今"或为"本"之误排。

③ "为"或为"有"之误排。

厌恶城里，既然？"

"我哪知道！"

"你知道！"

"你，哼，你是去看有没有信，那个人的！"

"谁的？"

"那个相信你那些傻话和谎话的人的！"

"谁？"

"谁！谁！谁！那个挂在你桌子前面的那个大照片的人的！"

"随你说罢！"

三儿看见那□平板板的脸像腌过一般，忍不住笑了，她的身子随转过的头转过来，用手指往他鼻子上一戳。又笑了。

"衣服都快干了，那一点湿也不要紧了。五月的太阳真够厉害的，上船罢，一会儿叉蛤蟆的该来了。再迟就赶不到城了，还有一半路呢。"

两个人都坐向船尾，互相望了望，坐在左边的用左手划右边的桨，坐在右边的用右手划左边的桨。桨的快慢随着大家呼吸的快慢。一路上非常安稳平静除了谁的头发拂上谁的脸，谁瞪一瞪眼，用自己的身体推一推别人的身体，推不开别人，却推近了自己。

他们互相量着自己和旁人凸出的胸部的起伏也量着自己的。

绿柳，蓝天，锣鼓，歌声，风，云船，桨，都知趣的让人忽视它们的存在。

嚇，城楼的影子展开了，青色。平凡又微丑的。

"三儿，到我家，我掐许多花给你。现在能开的花我家的园里都有。"

"我不要，你家那条大黄狗也看不起乡下人我不去。小姐们会说我要是换上旗袍多好，我不愿而且你家里知道你成天跟我们乡下女孩儿玩，一定要骂你，他们会马上要你搬回去。啊，到码头了，你到前面去插上船椿。我的脸红不红？"

"不，不要插上船椿，划回去，我不要回家了。"

"唔？"

"你等等，我跳上去买一点吃的来。"

"唔？"

码头上有各色的颜面与计谋，有各种声音与手势，城里的阴沟汇集起来，成了不小的数股流入河里。一会儿是屠宰户的灰红色，一会是染布坊的紫色，还有许多夹杂物，这么，源远深长的流着使其出口处不断堆积起白色的泡沫。三儿看着想这些污水会渐渐带到乡下去的，是的会带去……

"这是甜瓜，这不是你喜欢的牛角酥么，你是①船，我替你剥去瓜子，剥了瓜皮。三儿，你看月亮已经上来。浮萍上有萤火虫在住家了。"

小船刺破了流银的梦。

"三儿，我将永远不回城里。"

"永远住在乡下。妈会煮了新剥的茆②豆等我们，还有茄子，还有虾，还有豆油炒鸡蛋哈哈。"

纳凉的扇子下有安逸。

拴上船，三儿奔向妈的怀里。

"三儿，你的新衣裳怎么皱成这样子?"

"李老爹来过一趟，送来两条鲫鱼我给你们清炖了。"

"哦酒忘了。——"

"王大妈，我明儿不再教三儿认字了。认了字要变坏的，变得和城里女人一样坏。她已经会逼人，逼得人差点儿想哭——啊，你看柳条，拖在水里，直扫得浮萍们不得安身呢。"

七月二十日

匹　夫③

一、④ 太重的序跋

橙黄 – 深褐 – 新锻的生钢的颜色。

星星，那些随意喷洒的淡白点子，如一个教早晨弄得有点晕晕的人刷牙的时候忽然想到一件甚么事（并没有想到甚么事，只是似乎想了一下）把正要送进嘴里的牙刷停住，或是手臂微慵的一颤动，或是从什么方向吹来一点

---

① 此处似漏"划"字。

② "茆"，《诗经·鲁颂》有"思乐泮水，薄采其茆。"吴陆玑《毛诗草木鸟兽虫鱼疏》云："茆与荇菜相似，叶大如手，赤圆有肥者，著手滑不得停，茎大如匕柄，叶可以生食，又可鬻，滑美。江南人谓之蓴菜，或谓之水葵，诸陂泽中皆有。"

③ 本文连载于《中央日报·文艺》第 85、87、88、89、90、91 期，1941 年 8 月 31 日、9 月 6 日、9 月 7 日、9 月 8 日、9 月 10 日、9 月 25 日，昆明；作者署名"西门鱼"。《匹夫》是汪曾祺创作的一篇独特的小说，共六节。

④ 此处似漏排"、"。

风，而牙刷上的牙粉飘落在潮湿的阶砌间了。①

"我这一步踏进夜了，黄昏早已熟透，变了质，几乎全不承受遗传。但是时间的另一支脉。唔，但是清冷的，不同白天。白天，白天！"

今天晚上应该有点雾才好。有雾，可不是有雾么？

"——我？怎么像那些使用极旧的手法与小说家一样，最先想点明的是时间，那，索兴我再投效于懒的力口②吧，让我想想境地。——夜，古怪的啊，如此清醒，自觉。但有精灵活动我独自行在这样的路上，恰是一个。我与夜都像是清池里升起的水泡一样破了的梦的外面。"

脚下是路。路的定义必须借脚来说明。细而有棱角的石子，沉默的，忍耐的，万变中依旧③故我的神色。藏蕴着饱满的风尘的铺到很远的远方，为拱起如古中国的楼一样的地方垂落到人的视野以外去。可怜的，初先受到再一个白天的蹂躏的还是它们。

辅助着说明路的是树，若是没有人，你可以从树来说明。两排有着怪癖的阔叶杨树笑着。

"树————"

这一个字在他的思想上画了一条很长的延长虚线，渐渐淡，如一颗流星后面的光，如石板道上摔了一交的人的鞋钉留下的痕迹，直到他走了卅步才又记起他刚才想过树，于是觉得很抱歉——又继续想下去。

（卅步够我们来认清一个人了，你可千万别看不起星光，他④比你我的眼睛更该歌颂哩。）

他走在路的脊梁骨上（你可以想像一条钉在木板上的解剖了一半的灰色的无毒蛇。），步履教白天一些凡俗的人的嚣闹弄得愈懈了，于是他的影子在足够的黑阴中一上，一下，秒⑤秘有如像猫一样的侦探长，装腔作势也正如之。装作给人看，如果有人看；没人看，装给自己看。影子比人懂得享受的诀窍。（这一段敬献给时常烧掉新稿的诗人朋友某先生。）这种享受也许是自觉的，不过在道德上并无被说闲话的情由。

他脸上有如挨了一个不能不挨的嘴巴的样子，但不久便转成一副笑脸，一个在笑的范围以外的笑，我的意思是说那个笑其实不能算是笑，我简直无

---

① 参见汪曾祺《短篇小说的本质——在解鞋带和刷牙的时候之四》，《汪曾祺全集》第 5 卷，北京：北京师范大学出版社，1998 年 8 月；初刊于《益世报·文学周刊》第 43 期，1947 年 5 月 30、31 日，天津。

② 此处漫漶不清，或为"量"。

③ 云南大学图书馆藏原刊此处为"蒨"。

④ 此处"他"当为"它"之误排。

⑤ 此处国图胶片漫漶不清，似为"秒"，据云南大学图书馆藏原刊辨识。

从形容了，于是我乃糊里糊涂的说他笑得很神秘，对，很神秘。

他为甚么笑：

"我从那里归来，那个城，那个荫覆在淡白的光雾底下的城，那边，那就是我毫不计代价的出租了一天的地方。——我这么想，如果教每日市民思想检查官看见，岂不要误会我是个包身上①？——如果给每人的脑子里装一付机器，这机器能自动记录下思想，如滚动气压计的涂黑油烟的纸表上的线纹，岂不好玩？——不，那定复杂紊乱得无从辨识恐怕辨识这线纹比发明那机器须要更多的聪明，——我不是说我做了一天工，是说与那些人厮混了一天。

"那些人，那些人，说话做事都那么可笑可笑可笑？我的朋友中有一个姓巫的②曾慨乎言之'万事万物都要具庄严感令人失笑便不抄③。而今的人活着大都像一群非常下流的丑角一样，实在令人痛心'若是过后想想好笑比当时失笑为④为何呢；只怕也不好，然而谈笑的可能太多时间会变了一切具体与抽象的东西谁也不能设计一秒钟乃至千万年以后的事情。——毫无作用，然而每一次筋肉与神经的运动都有其注定的意义（我决非宿命论者。）何从追问起，真是！

且说风吹草动，叶落惊秋谁能解其奥秘我刚才想起那树来看么，那树！总是哗啦的响真令我莫明其妙。要说风是向一个方向吹，叶子应当向一个方向动。哦，叶子承风有先后，而动得快慢之间受极复杂的意念的支配，于是手⑤摇摆碰击，许多原因构成一个事实，于是乎悉里哗拉。然而——

"然而我算懂了么？我这才是自讨苦吃。我认得一个可尊敬的人，他常常喜欢在看过的书上写'某日，校读一遍，天如何，云如何，树如何，如有所悟'，这一悟真是可贵，我毕竟年事尚小，知识不够，曾记得写信给一个女孩子，也假装着说'如有所悟，'回信来，骂下来了：'悟些甚么，原来宝二哥哥一双大呆雁！'，实在该骂。

"思想会使人古怪，我孤独的时候便是个疯子，我常说过人的最大用处在使别人不疯，不论疯是好是坏⑥

"思想多半是浪费生命。你越是想推解，越觉得事实瞻之尚远。没有一

---

①　此处"上"应为"工"之误排。

②　此处"姓巫的"或为与汪曾祺同在西南联大就学的巫宁坤。

③　此处"抄"似为"妙"之误排。

④　此处或有缺文或衍文。

⑤　此处"手"应为"乎"之误排。

⑥　此处似漏排"。"。

件事实可以由人来找出一个最近的原因，虽然原因是存在的，循环小数九与整数一定间的距离简直不可以道里计。"

他的脑子有点疼了，他忽吝啬起来，不再想了。

——然而他还是要想的，生之行役啊！

路。细而有棱角的石子。

他的眼睛由醉而怒了。

二、反刍的灵魂

他继续走他的路。

路总还是那一条，并且天下的路的分类也很简单，归纳起来开不了一篇流水帐，这是不容捏造的事。而致成这些路的性格的无非是人，人惯于相同中现出不同，使纷歧复杂以填塞大而无外的日子。现在他是回去，于是这路在他的名下是短暂的归途了。

——说到归途，你我便生出许多联想。而一些好言语便在记忆里流出一片鲜明的颜色！甚至使人动了感情，欲仙欲死。然而这很妨碍我的叙述，且一一搁过。你只须记着这是归途，留一个不生不灭完整的印象，待晚上没事睡到床上想着玩去，此刻请先听故事。不过我告诉你，你之所想者一定与事实无关，与归途二字亦非直系亲属，此亦犹山上白云，只堪自娱悦而已。我说句老实话，所谓联想也者多半归于制造，由于自然之势者甚少。（唉，你瞧我够多贫气！）

他，——我忽然觉得"他"字用得太多，得给我们这位主人公一个较为客气的称呼。于是我乃想了一想。我派定他姓荀，得他姓荀了。我居然能随便派定人家姓氏这不免是太大的恣意。文章千古事，得失寸心知，你似乎没有理由来查问一个写写文章的为甚么拣这么一个姓来送给他灵府间的朋友吧。他就是姓荀了吗！而且，你大概也不反对这个荀字，山鸟自唤名，荀字的鸣声并不难听。唔，你有点鬼聪明，你会撇撇嘴，说我喜欢一个姓荀的女孩子，那实在是令人难以置答的一封信了。

在这里顺便表一表姓荀的身份：

姓荀的是个年青人，而且是个学生。（一个相当令人伤感的名词）他是吴越一带的人，却莫名其来源的染上一点北方气质，能说好几种方言，而自己又单独有一部辞源，所以说话时每令人费解，但那本辞源尚未到可以印刷的每①候，有几个想到他的精神领域里去旅行的人也不难懂得说得。

---

① 此处"每"令人费解，待查，或为"时"之误排。

在五年前他被人一口诬定是聪明人，这个罪名一直到如今还未洗刷干净，且有被投井下石，添枷落锁的危险，聪明大概也跟美一样，须得到老了，谢了，然后可得脱于籍中。

说了半天，姓荀的学生真有点遗世而独立的丰采了，他可以去做和尚。然而不然，他是一个非常入世的。

现在他就想到他这一天的交往酬酢了。

他已经不容易记得他今天点过多少头，每一次点头垂到多深的感情里却大概知道。他未读过交际大全之类的书，但他几乎对这方面有很好的天才，他能在大商店里当一个得体的店员，若是他高兴。一般朋友都喜欢他，他们恭维他有调节客厅里的空气的本领，因为他以为和一个朋友在一块时至多只能留三分之一的自己给自己，和两个朋友在一块至多只能留下四分之一。用牺牲自己来制造友情，这是一句很值钱的话。诸位记得：

"我又出租了一天。"

你不要怀疑他这句话里有话，他只是叙述，并无批评的意思，恰如一个人说"我今天吃过三餐饭"的态度一样。

风吹得很有意思，一个久未晤面的朋友称赞过姓荀的一句甚么"动的风，静的风①"的诗，他忽然想起，觉得这事很有趣味，又自己叹赏了一阵子，认为诗其实泛②有甚么奥妙。作这句诗的一定不比发明甚么定理的科学家值钱。

一片树叶打在他的额上，逗起他的沉呻。他沉呻的与树叶子，与打，与额，与什么也没有关系，这其实在化学作用的公式书找不出来的。正如一个人忽然为了一桩什么事烦疼，也许是屋角一根蛛丝飘到他的脑膜上，也许是一个人鼻子上的一点麻子闪的光苦了他的睫毛，于是乎烦了，但这些外在原因与烦的事实并没有逻辑因果关系，既烦之后则只有烦而已矣。即使自己说出，或者别人说出这个原因，甚或除去了这原因，烦疼的人仍是烦，决不像小孩子跌了跟头随便打了附近的石头几下就完事的。而想像也大半是这样的。虽然这么就是要遭百科全书派的心理学家的不好看的眼色的，然而这实是透过经验的良心话。

他现在想的大概是个人主义这个名词。

于是起先我们看见这四个字在他的眼睛里排开八卦了，转了又转，太极无极，弄得他晕了。他想：

---

① 此处"荀"即汪曾祺自己的化身，"动的风，静的风"诗句，即汪曾祺《封泥——童话的解说之二》之"动的风和静的风"。

② 此处"泛"似为"没"之误排。

"个人主义真也跟一切主义一样，是个带有妖性的呼唤，智者见智，愚者见愚，否认天才者见出沉闷的解释。一个姓耳①的大学教授曾大声疾呼的说自从五四以来个人主义毒害了中国的文化，有是乎，有是乎。诸子百家，各有千秋，王尔德话与纪德的话最有意思：

"——朋友，你可千万不要再写'我'了。

"风，你吹罢，只要是吹的，不论甚么风。"

人家没有把你的心接受了去之前，费尽千言万语来证明也还是徒然，写文章者其庶几乎。然而写文章也大是没有办法的办法，某外国批评家曾说过不是文章赶不上你，就是你落在文章的后面，读者作者很少有站在一条水平线上的。自然这是抽象的水平，要像寒暑表一样的刻下度数则要坑杀万把人。甚者，写文章不令人了解必会造成很大的误会。呜呼。而我们可敬的朋友荀遂深叙其眉了，他窘得比教员演不出算题立在黑板前面还难看。

"我还是看看风景吧，这夜，啊——"

当星光浸透；小草的红根。

一只粉蝶飞起太淡的影子，

夜棲息在我的肩上，它已经

冻冷了自己，又轻抖着薄翅，

两排杨树栽成了道道小河，

蒲公英分散出深情的白絮…………

他又在做甚么诗了么，正是。底下想也想不出来，他又明明记得下面应该是甚么，只是想也想不上来，如一个小孩子在水缸里模②一尾鱼，模也模不到，而且越是模不到越知道这缸里一定有一尾鱼的。

他心里感到空棲棲的，有从一个翻得老高鞦韆上飞下来的感觉。像一个沉溺人想抓住一点东西得救。

三、不成文法的名义

"十七八，杀双鸭，十八九，且得走……唔，不对！"

荀的故乡的小儿们对于月亮有很好的感情，十七八也者是他们在等月亮上来时拍着手唱的。不过十八九底下的词儿似乎不太靠得住，此地此时，无故乡人在，也无从对证，奈何他不得。其实也难怪，他离家不少年了，小时候的事情越是情切就越是辽远，令人愈是常想回去，但也许真的回去了，那

---

① 此处"姓耳的教授"，或为时任西南联大教授的诗人、学者闻一多，曾与"大江"派诸人提倡"国家主义"，对当时昆明喧腾一时的"战国策"派，也有自己的态度。

② 此段"模"当为"摸"之误排。

些事又一古脑儿忘了，人真不乏许多令自己悲哀的材料，幸而会排遣，不然这世界上的林姑娘就太多了。且慢，方才说到月亮。为甚么说到月亮呢，因为现在月亮升上来了，他抬头望明月，大有即兴吟诗之恶兆了，苟先生说不定将来是个文学家哩。

自从阴历废去原名改称农历，他①的身份也只有从农人来证明，念书人没法断定今儿格是什么日子，不过月亮上来这么迟，大概总是月半以后了。月半以后，月亮自然不圆，而且很不圆了，是个月牙儿。

月牙儿真像一般俗人们说是挂着的呢，你入神一看，真不能不相信那两个尖儿上吊着一根线，不过那线如大晴天放得太高的风筝的线一样，明知是有，而越看越没有。（我们近来惯用这种语法，斯为抄习自己，没出息其实与不脱他人窠臼一般。甚是可叹。）

——嗐，真菇蘑②，你看有就是有，你看没有，就没有，谁也没有权利来干涉你呀。你说，你说。

月亮像风筝，我一提起风筝，就觉得它是个风筝，而且不许像别的。诸位几乎要怀疑我与姓苟的是个十七八岁的大姑娘，爱撒娇，这叫我们没法否认，不其然乎，男子汉大丈夫不免有时脱出甚么看不见的绳捆，爱撒个娇，不过大都在没人的时候。

月亮照出他的影子，很淡，又长得太不像话，他每走一步路，他的影子好像就伸长一点，如一小股水湿着平铺的沙一样，可是又似乎长了之后还缩回来，这么一伸一缩，犹如尺蠖毛毛虫走路一样。不太好看。

毛毛虫走路是先紧收身体后段的环节，次第向前，然后放开，慢慢挪动，那样子比一个唱不准音阶可又偏偏爱唱电影歌曲的学生一样令人没法喜欢。这个城里今年毛毛虫特多简直比做官做生意的还多，住的房子里满处都是，一踩一包汁，还颤动或下，难怪年青小姐们见了要尖气怪气的叫，这叫，一半是表明"我是个女孩子呢"，一半到确是真怕，这东西会掉到颈脖里，痒得令人寒噤。

"嗨"

他真觉有一条毛毛虫掉到脖子里了。用手摸了又摸，掸了又掸，弄得一身鸡皮疙瘩，一个恐怖钻进他的静脉管里了。

毛毛虫的风暴差不多已经过去了，他在衬衫领子上摸到一根头发，便不论青红皂白赶紧说"原来是这个！"这时又忽然前面有两条黑影闪过，尚未辨清

---

① "他"当为"它"之误排。

② "菇蘑"或为"蘑菇"之误排，或为方言词。

是人是鬼，头上嗖嗖一冷，再定睛一看，摆摆手，摇摇头，"没有甚么，没有甚么，"再不自觉恐怕连"莫怕莫怕"都要说出来了。他想嘲笑嘲笑自己。

"这路也实上①够荒凉的。半年前这儿有的是野狗啃骷髅，晚上谁上这儿来呀，再有深秋凉夜往上②一处，下点毛雨子，——"

说到这儿，他又不禁摇摇头，回头看看。

"是的，人常常越是怕就越是不断给自己再加点怕的材料，吓死自己的多半是自己。这条要命的路，若是冬天，下了雪，比夜还黑的黄昏，远近不时有大树倒下来，一个人握着一根铁棍子等着他的仇人从这里过，愈等愈不来，酒也完了，火又不能烧，雪有埋死人的恶意，大风。他倒宁愿他的仇人来大家一同走，忽然甚么声音，甚么影子重重的挑一下他的神经，他大叫，死了，——

"这到③真是一篇写小说的好材料。"④

他想到我得这个材料犹如拾得一般，觉得很高兴。这一高兴叫他不怕了，而且学校大门口的灯已经迎接着他了。

时候还不太晚，学校的灯还没有灭呢，而且那边，一个人走进校门口。这人他是颇熟识的，但此时没有招呼他的必要，看他进去了，他有欣赏他一下的心情。

上下动着的是一个油头，唔，一天总得梳拢不少回。一面假做的方肩膀，笔挺三件头的西服，西服领子上别一个甚么章，左上角小口袋里有一条小花手绢，脸虽不合格，但刮得很勤，不失为一个小生，走路非常不"帅"，可是也瞒得过女孩子，单靠脚上那双鞋。自然，浑身的乡气是洗不了的。

"没有问题，是送你那位所谓爱人的回女生宿舍的了。"

他想到时嘴角没法抑止的浮上一点轻蔑的笑。

"这算爱上！不是你需要他，不是他不能没有你，是她需要一个男的，你需要一个女的，不，不，连这个需要也没有，是你们觉得在学校好像要成双作对的一个朦胧而近乎糊涂的意识塞住你们的耳朵，于是你们，你们这些混蛋，来做侮辱爱字的工作了，写两封自甚么萧伯纳的情书之类的纸上抄来的信，偷偷摸摸的一同吃吃饭，看看电影，慢慢地小家小气的成双作对的了，你们去暗就明，嗳赫！

"你们爱着的人必需每人想一想，我这是不是爱，雷雨里的周萍还有进天堂的资格。

---

① 此处"上"或为"在"之误排。

② "往上"或为"住在"之误排。

③ "到"或为"倒"之误排。

④ 此段话里面似乎有《复仇》最初的影子。

"维系你们的是甚么？"

"你们随时都可以拆散，而且应该拆散。"

"你说，你们的所谓爱是不是懒？懒！任何事情你们不往深处去，是可耻的下流！"

"维系你们的是一个不成文法的名义，这名义担住你们这些糊涂的罪犯。"

"你们必须知道，你们沾污了这个字令别人多么伤心？哼！"

姓荀的莫明其妙的动了肝火，不择词句的向自己数说一通，那位小生早已进了房间算他今天用了多少钱去了。

四、方寸之木高于城楼——谨以此章献与常以破落的贵族的心情娱乐自己（即别人）的郎化廊①先生

记得小时候在一张包花生米的外国杂志上看见过一幅照像②照像的样式于今已大不记得起来，只见那人是躺着的，头在远处，脚在近处，那脚掌全部看见，简直比整个身体还大，觉得非常奇怪。长大了些，中学时有美术课，看见先生画一张静物，一个板儿栗居然比一个花瓶大，盖前者在前而后者在后，忠实则有训练的眼睛便见出如此情景。见怪不怪，其怪自败。我似乎也经领会得，比读到庄子上的话也竟然与科学方法触类旁通起来，虽然知道庄生的意思大概不必与我所见略同。郎化廊先生是个颇有意思的人物，常画莫明其妙的画，总不外一个头发极长的人，那人不说话，于是让他嘴里有一只烟斗，免得他太寂寞。画来画去，只在头发的曲直，烟斗的方圆上来翻花样。③ 说句良心话，画实在没有甚么奥妙，不过能令主客快乐，倒是人生里闪光的一点东西。郎化廊先生的功夫大半花在画题上，画只是可有可无的。画题真有好的，我那天陪荀先生到朗先生的残象的雅缎的画室里去看郎先生的画展，我不明白他二人相识不，礼多人不怪，替他们介绍一番，大家似乎有点宿缘，一见就很投机，郎先生当场画了一张画送给荀先生，题曰"方寸之木，高于城楼"④，不知是甚么道理，就一直记着。他咀嚼这两句话

---

① "郎化廊"亦是作者汪曾祺的一个化身，与叙述者"我"并列。

② 此处似漏排"，"。

③ 汪曾祺在《自画像》有"用绿色画成头发，再带点鹭儿黄，/好到故乡小溪的雾里摇摇，/听许多欲言又止的梦话，/也许有几丝被季候染白了的，摇摇欲坠，坠落波心，/更随流水流落天涯！"，可对照来看，《大公报·文艺》第1184期，1941年9月17日，香港，本诗解志熙先生已于2011年4月20日向《汪曾祺全集》编委会提交。

④ 《孟子·告子下》有："方寸之木，可使高于岑楼"句，但汪曾祺这句话乃表示了《庄子·齐物论》"天下莫大于秋毫之末"般的意思。

的声音简直如别人吃口香糖一样。并且一记起这两句话，就想起咫尺天涯的友人，就记起他吞食波特莱尔的样子。

"波特莱尔，一头披着黑毛的狮子。"

诸位将说我有点神情恍惚，把南头的线索忘了，随便撩几句，又引到一条支流了，不然，苟现在的确又想到草木城楼了，这是眼前实物，是他走进校门后看见的。

他们的学校在域①外，每当夕阳无限好，北门的望京楼像一幅剪影的站在彩云上，气概犹如曹孟德。现在城楼不大看得见，摩擦化②的知觉的是护城河的涛声。护城河老了，早就干枯了感情，如一个僵木的老人了。若是有一点流活的，那是园工郝老老浇的：这城河如今改成农业改良所的苗圃了，下面种了不少树子秧，尤加利与马尾松都有，虽然年事不大感慨可特别多，一有风吹，便作涛吟，颇能振撼脆弱的人的心魂。

说到草，他是随便想起，至于他为何想起，不知。

这学校的草比甚么都多，青赭黄绿宣传着更递的季节。蓊蓊郁郁，生意盎茂得非常荒凉。"城春草木深，"这句好诗写在这里。狗尾草，竹节草，顽固得毫不在情理的巴根草，流浪天涯的王孙草，以不同的姓名籍贯在这里现形。一种没有悲哀与记忆的无枝无叶的草开着淡蓝的小星一样的花，令人想起小寡妇的发蓝耳环。秋蓼在子孑的家乡栖侧，开了花，放了叶，全□③营养不足的人失眠后的眼白与眼窝，叫一个假渔人放不下无钩的钓竿。紫藕在劣等遗传的蜘蛛的乱网间无望的等待自己的叶子发红。紫地丁，黄地丁，全是痨病。喇叭花永远也吹不出甚么希望。一个像糊涂打手的无礼貌的三尺高的植物的花简直是一些充脓的痂疤。还有一种叶片上有毒刺的蜂螫草，晨晚都发散一种怪气味。……

多着呢，说也说不清，这里像个收容所，不拒绝任何品性的来寄居。

这里的草一小时以前与一小时之后不改甚么样子，但如果一个人离开这儿三天，再回来一看，你会记起一句沧桑的古话。旧的去了，新的来了，也总还是那个样子，他们盘踞了这么些日子了，想澈底芟夷又似乎不可能，管这片草的园工又是一个爱说空话毫无气力的人，他除了弄几个钱把自己打扮打扮（他的年纪并不大）外，甚么道理也不懂。其实真要这些草像样，必需草儿们自己来，它们似乎要记得这么一块广地不能让它们来平白糟塌，连一朵像样的花都不生长！

---

①　"域"似为"城"之误排。

②　此处"化"即指"郎化廊"。

③　"□"似为"如"。

苟停立于一座木桥上想了不少时候，自己忽然觉得非常惭愧。

"临表涕泣，不知所云。"①

他走上那条在明明德②的路了。

五、图案生活

四堵长墙围住一块大地。八尺宽的大门开在两棵活了十年左右的大树下面。那门就是苟刚进去的了，门是极菲的木板钉成的，推敲的次数太多了，常有破滥摧散的情事发生："关上，比开着看见的太多"在这门上写得非常自然现实。墙是土墙，砌法至为原始就地取泥，倒在四块活动的木板夹起来的方匣儿里捶压而成的，不淋雨，不吹风，而晒太阳就是天衣无缝，否则一倒四五丈。但是你打量打量进出其间的人脸，都染有点书香剑气，在战国时代当得起"士"的称呼！不是你重行看看那块黑地白字的招牌就不得不觉得黑的愈黑，白的愈白了。

苟走进大门，看过那样"小生"，踏上正路，觉得心里有点甚么，小立半响③，令人无从会心，他自己也不明白了。回头看看那两棵树，很□④不起的想：不开花，不结实，不能为栋梁□□□幅，倒长得扶疏挺拔的。生命给你们生存的理由。当下他似乎悲天悯人的原谅它们了。觉得自己平素气量太窄，很过意不去了。

眼前一黑，并非头晕，是熄灯号之后关灯之前的警号，再有明文上的十五分钟，表现上的卅分钟的时候便该真黑了。不过他用不着赶忙。现在距离他的床至多也没有三十步，而每步怎样也用不了一分钟是他不用想就知道的。

刚打开被窝，一想，我今天有没有信，在尚未寻找与询问之前先想，还是先想没有的好若真没有是意中事，若是有，岂不出乎意料之外。人常作如是想便免了许多失望的苦恼。想完了这一段话，着手找了。

"你没有信。"

说话的人竟不知道自己比一个报丧的更不讨喜。

"唔。"

摆摆两手，还耸耸肩，这一唔的含意数不清了。足见免得失望的方法不是放开希望，在这一唔的声音尚未完全播出窗子的时候，一个笑脸后面堆上

---

① 见诸葛亮《出师表》。

② 《大学》开篇为"大学之道，在明明德，在亲民，在止于至善。"此处用字面义，仅指通往西南联大的路。

③ "响"，或为"晌"之误排。

④ "□"疑为"了"。

许多笑脸了：

"荀，麻烦，大笔一挥。哪儿？就这儿，我给研墨，纸。"

"麻烦了，嚇。"

荀一皱眉。笑着的脸视而不见，不理会。

这几副笑脸的主人将于暑假中找事，现在已是暑假的前夜了。谁都知道，需要最多，薪津最多，事务最无支蔓的是会计人员。诸同学都有志会计，但学校里不发"该生已修会计，可以发卖"的证件，这是疏忽的地方。但他们都很聪明，有人找到四年前某上海私立会计学校的肄业证件，找熟铺子镌个印，照样发他几十张好了，而缮写证件是早就看上了荀的，荀的字不坏，且在他们眼里他是个极随和的人。

"放着，等下写。"

"蜡烛，谁有，捐一两根？火柴。你喝水？"

又皱一皱眉。抓起笔，在砚台上蘸了蘸又滚了滚，看看。

"还好？还好。还好。"笑脸其一自说自答。

"好！是有一手，这字，唉。""唉，这字，好！""大方。""唉"。"唉"。

"谢谢。""谢谢。""明天请客，一人一块钱。""等我们找到事，请客，请客，没有问题。主任。股长。""主任，主任吗！""……""……""……"。……

荀铺了床，想看点书，找了一本，是一本关于古墓的发掘的。这书是他喜欢的，但拿上手一会，巴——一下摔了。在没有觉得生气之前已经生气了。

他立在床前，两手叉腰，气势俨然，闭起上下唇，呼了几口气之后，用力一摔手，像在一个恐怖之前的镇静的跨开步子，很快的走出宿舍的门，他的步子又重又大，像是让人知道。

踏着踏不乱的树影，（校舍里也有树，半是松树，当是昔日植在石马翁仲间的；半是榆槐，是新近栽的。）踢着踢不破的草上风，一路上没有理智情感只有动作的到了图书馆前的那片广坪上，往萋萋①绿草上这么一睡，曲肱而枕之：并不颓唐。

他闭上眼睛又睁开，也可能是睁开了又闭上，这周期很难结算，就像一个大雷②

③泻进他的袜子里，跟我们把小麦粒收进仓一样。

---

① 此处原刊有三字空白。

② 此处国图胶片和云南省图胶片漫漶不清，据云南大学图书馆藏原刊辨识，"大雷"后或有缺文。

③ 此处或有缺文。

"唉图案呀。

"我们这校舍，五六十个等量面积，日月星斗，三辰之光，投射一片等量的阴阳，马牛鸡犬乱不了角度方寸，它们只是一两滴不知趣的颜色而已。不依规矩，自成方圆。

我倒想掇拾一点昨天的呼哨，隔宿鞭声，不管是鞭石鞭羊。你说，难道是我扯①且拍在电影上不是一个美国牧场么？风吹草动见牛羊，平凡的人不禁有胡风塞马之思，然而眼前没有，有，有也是令人伤心的事：被牧的是猪，牧之者其为牧猪奴？

"图案，图案，不是续在布上的图案，不是印在纸上的图案，是一张刚着了第一遍颜色的成稿，匠心工具都不精良，图案之不美原是难怪的。

"现在，灯黑了，煤炉的烟囱飞出些无人理睬的神秘了。有人点蜡烛，日暮汉宫传蜡，清烟散入五侯家，呸——

"谈生意经的该收拾起满口行话了。那些上海人。

"姓徐的与姓卜的两个人的政论该急转直下的归于一点才好，不然他们要彼此难堪了。

"考会计员的诸兄也停止计算一百八加五十减六十元伙食尚余多少吧，真辛苦了。你们该在尚未来得及说'我要睡了'之前便钻进梦里去。

"还有鲁先生，你年高书厚的，别人②费灯油哇。我告诉你一个故事：从前有家农户，兄弟两个，一般谨慎，长大了各娶了妻子，也一样懂得尊敬钱钞，后来他们分了家，当然一切都上天平称过，公平得没法再公平了。几年之后，老大比老二多买了一条牛，为甚么，因为老大每晚点灯只用一根灯草，而老二则用二根。你想想吧，一根灯草，一条牛哩！

"鲁先生，你该把你存的鸡蛋一个一个，仔仔细细的检验一遍，再一个一个，仔仔细细放入镡子里，封好，藏好。你也该拿镜子照照脸，照照牙证明牙用盐刷的确比用牙粉更会白的快。而最后你该在床头下拿出一个罐子，端详端详，揭开盖子，用筷子在里拣了又拣，拣出一块方方正正的红烧肉，很惋惜的吞入口里，你煮了这肉是想吃进一块长出两块的。你该安排被褥睡了吧，哦，哦，我哪能忘了，你有件大事没做哩，你得出去，到四处走一遭，把墙上的日报，旧布告，一切可撕的纸撕下来，裁成小方块儿，用铁丝穿起来，挂在桌角，起草，揩鼻涕，都甚方便。鲁先生，我那位自命老牛皮条子（榨不出一点油水）的大伯父如果见了你也一定会佩服。你也该睡了

---

① 此处令人费解，待查。
② 此处"人"或为"又"之误排。

吧。你梦到一条航空奖券捏在你手里我祝你。

"嗯。一个五颜六色奇臭奇薰的池子不断发酵了，你们的鼾声煮熟你们的志气了，煮，煮，一锅腐肉，一甕陈糟，阿门！"

一只知更鸟衔来一声汽笛的嘶叫，枕木，钢轨咬着牙等待着，火车过去了，却又留给他们一片迴首。

"火车，火车，火车过去了，沙宁，勇敢地，英雄，你跳下月台！

"可是，天还是黑朦濛，月亮只使它更黑了。

"天亮了，天亮了又怎么样，更坏，更坏，①

"没有一片金黄的草原来迎接我。我想点起火，一篝圣火，然而没有，没有，火在零下卅度的地方发不出光，火，在遥远的地方！"

苟疲倦了，他抓住一把野株兰阖上了眼睛，一群小仙女用吻给他蓋了，从明天起，他只有一半活在时间与空间里了。②

六、故事的主人公致作者的信

敬爱的朋友西门鱼先生：

我仿佛是注定了要写这封信给你。不过在写下第一个字时便已知道我这封信一定把我要说的话走了样，不论是较好或较坏，都不是原来的样子。有些话起初想说而没有说，有些话本不想说却又墙头草一样□不知是怎么风带来了种子，有些话想说，也说出来，而且生理上起了变化令人有见了别离了二三十年的儿子的母亲的心情。这是动笔人的常事，我相信，先生写完了匹夫不能不与我有同感。

我们谢谢你，你用我来做这个故事的连锁关节，虽然你无心为我作起居言行录，我也正不希望你那样。所以我不送我的日记给你作参考就无庸遗憾了。

前两月我认识一位"新诗"时代的老年青诗人③，我们真有点一见如故，我很喜欢他的脾气。我们大家都会聊天，一聊就忘了时间的生灭。一回他谈起我的一位先生④，说他人极可爱，却有一点不好，每每把相熟的人写到他的小说里去，一写进小说，虽然态度很好，总不免有点褒贬存在其间，令人不感快活。诗人的话我不同意。当时却也没有跟他辩论。

我也感谢你不用太史公夹叙夹议的笔法，但如果你真这样，我并不反对。

---

① 此处或有缺文，或"，"为"。"之误排。

② 此段国图胶片和云南省图胶片漫漶不清，据云南大学图书馆藏原刊辨识。

③ 此"'新诗'时代的老青年时任"，似指闻一多。

④ "我的一位先生"，似指沈从文。

　　第一，你动手描画那个人，必须对他了解，即使并不了解，也至少具有了解的勇气与诚心。这，这不值得感谢吗，对于一个人性的探险者我们必需慰问，因此写小说实在是个高贵的职业，如果写小说也算得是职业。我们这个国度的气候真不佳，了解的温情开不了花，多有几个想写小说的，那怕①写小说的呢，我们的国度将会美丽些。

　　再说，写小说不在熟人里讨材料，难道倒去随便拉两个陌生人来吗！这一点起巧是我们应该给一个作家的。

　　写得像，是你，忠实。写得不像，不是你，算他本领差。

　　恭维得当，聪明，奚落几句能洽②到好处，大家应相视一笑方算得朋友。叫拍照的不要拍出脸上的麻疤那不免是乡下大姑娘的小气，不足取法。而且，对不起，正因为要使他像你，那个麻疤或许要夸大一点渲染一下。你要是计较这些，那是寻找错了人。

　　被写的人通常最怕人讽刺。关于讽刺，鲁宾孙的心理的改造上有一段说得极好，原文记不清，不具引，现在但说我一点意思。

　　有人说一切小说都是自传，这是真话，没有一个人物是不经过作者的自己的揉掺而会活在纸上的。作者愈尖刻，愈表示作者了解的深精，作者必先寄以同情，甚至喜欢，然后人物方会有人间烟火气，甚至，没有人间烟火气。字典上所以同时有骂人与讽刺两个词彙是不难明白的。

　　再者，若是有些人一直是以被讽刺为生活的，那更该感谢讽刺的人，因为你们必须依赖别人的讽刺才能活下来，他给你们一个生活的口实。不然你们必须自杀以谢人类的理由更大了。我教给你们，如果下次有人问你们就你们凭甚么也以人类的名份来吃这份粮食，"没有你们世界不更好些吗?"你们可以说"我们没③可以给人讽刺"。

　　好了，我好像是知道你要将我的信发表。④乘机来宣教了，我知道这事瞒不过先生慧眼，⑤

　　已经糟榻⑥了不少篇幅，有话也不能再说，何况没有话，所有的话都在题目里了。再见。

茍三年八月底

---

①　此处国图胶片和云大图原刊均有一空白，或有缺文。
②　"洽"当为"恰"之误排。
③　此处"没"似为衍文。
④　"。"似为"，"之误排。
⑤　"，"似为"。"之误排。
⑥　"榻"似为"蹋"之误排。

文明街①

先生，你从来没有看见过一条河吗？　莫洛亚
到文明街去吧？
　　　到文明街去！
流浪汉　单身汉
用业余游历家的眼睛
一颗不设防的心
（撤退了的荒街或者被占领了又）
去看自己的晚晌。

在城市的中心
在乡村的边缘
在许多向心与离心的
圆弧交切的一点上
文明街铺开了，依照着
人的假想，又给假想
以迂回的路线。

这里是一个定期风暴的
根据与发源，像一个
苍白的酒徒又被
春洒②灌溉了神经
稀薄的感情（激起）浪花。
过饱和的碳酸翻搅着，
四方的空气又向这里流换。
每天晚上，灯光
把黑阴压积在

---

① 本诗刊载于《中央日报·文艺》第95期，1941年11月16日，昆明，作者署名"汪若园"。
② "洒"似为"酒"之误排。

柜台底下，
桌子底下，
木箱底下，
和残忍的脚步底下
（老鼠洞里有丰收的季节了。）
文明街在有人看星的地方，
——有水，有树，有蛤蟆叫的地方，
升起了烧炽的，
透明的梦。

一盏灯比一盏灯更亮，
一块招牌比一块招牌更胡闹，
一个窗子比一个窗子更能
汲出眼睛的惊呼，
压倒了别人，
又压倒了自己，
通过沮丧的喜悦后面
幌动着预言家惨碧的呓语。
而古老的铺子
（满饰着残象的）
古老得更新奇了。
建设着破坏，
荒唐的统计数表
不断的产生
未立名称的职业。

有人笑了，
噙着两眼虹色的泪。
            紫色的虹
            酱色的虹
            苍绿色的红
            深灰色的虹
            闪烁着懔抖着的
            虹的水灾啊！

过分诚实的脸
（训练了一生的）
太多的苦衷与术语，
每个人装点着自己
与别人的身份。
手握任①袋内
轻微的本钱——失望，眼睛钉在
有生殖能力的满足，

　　　喨下了欢呼
　　　藏起了狼狈
　　　（政治家的修养啊）
　　　狂□□②：
（你为甚么不慷慨一点）
顾客与商人
草拟着
新世纪的道德。
火烧着三月
分泌着油脂的松林的
大的声音
寂灭了，
一盏盏光与影子
放弃了自己的封□③，暂时
有一个互不侵犯的和平。

　　　埋在古典时代的废墟的蛇，
　　　寂寞使主妇在客散的
　　　筵前咬着手指的时空。

　　一对毫不动心的狗
　　并着肩由巡警的
　　生活的边上踩过了。

---

① "任"似为"住"之误排。
② 此处二字国图胶片和云南省图胶片漫漶不清，云南大学图书馆藏原刊或为"叫着"。
③ 此处一字漫漶不清，待查。

浮肿的河，街，贫空的
职业荡妇一样的睡死了，
慈善的清道□①
红着红的□②睛
洗涤她浑身
兽性与无耻的重伤。
而一辆牛车
载满沉重的木石
又吱吱的碾过来了。

好一趟辽远的旅行啊！
喝，这算得了甚么。
归去，窗前有一本
历史地图打开了
随你愿意画几条线。

落叶松（昆虫书简之二）③

树叶子落在下个斑斓的谎，
在浓夏树荫瞒过的旧处。
谁曾命永远的绿谷作主，
又殷勤延纳早秋的晚凉。

要鳞瓣藏好秘密的馨香：
严阖着眼皮，风吹着白露。
如庙宇湮圮于落成之初，
无一人礼拜昨天的法相。

---

① 此处似漏排"夫"字。
② 似为"眼"。
③ 本诗刊载于《中央日报·文艺》第 101 期"十四行特辑"，1941 年 11 月 24 日，昆明，作者署名"汪若园"。

倦了鹰的翅野鸽的红爪。

一天，被静冷烧枯的枝柄，

如修道女扔下斜插的花，

落下了松实累累如蜂巢，

藏入层层自设的谎，作①听

深谷里有巨石风化成沙。

　　昆虫书简②之二

　　十月四日拟作。

　　十一月十日抄六稿。

疗养院③

"啊，你来，快把窗户帘给我放下，我眼睛简直要给太阳光刺瞎了！嚇，你看，我的眼之毛像是张开的孔雀尾巴：虹色，紫色，宝石蓝，金色……七色！还有！好看极了，我永远也别张开眼睛罢，一辈子看，一辈子不张开眼睛……你来呀，你把窗户帘打开一下，快点呀！……金色，红色……啊，太阳把我的眼睛刺瞎了！……"

田宝田用手蒙着脸，眼泪自指间流出。

我每次看她时都是要把那些又厚又重的绒布帘拉开来又关上去。白日总是关闭着，夜间反倒打开：她怕强烈的阳光，爱青的月光和微弱的星光。后来，自从有一次眼含着泪见了光，他④像发现了宝藏一般，说她看见了充满了红宝石的屋子，和今天他⑤发现了眼毛是孔雀尾巴制成的。于是，我平心

---

① "作"似为"你"之误排。

② 汪曾祺《〈烧花集〉题记》有言："去年雨季写了一点，集为《昆虫书简》，今年雨季又写了《雨季书简》及《蒲桃与钵》"，转引自解志熙《出色的起点》，《十月》2008年第1期，2008年1月，北京；即此可以推测"汪若园"是汪曾祺的一个笔名。

③ 本文连载于《中央日报·文艺》第108、109期，1941年12月8日、12月21日，昆明，作者署名"郎画廊"。据《匹夫》第四节"方寸之木，高于城楼——谨以此章献与常以破落的贵族的心情娱乐自己（即别人）的郎化廊先生"，可以推测"郎画廊"是汪曾祺的一个笔名。

④ "他"似为"她"之误排。

⑤ "他"似为"她"之误排。

静气的坐下来，说那些好看的东西不过是水和微尘在眼毛上光中的闪烁而已。她发怒了，于是便大声的哭起来，可是她又从泪里看见了那间充满了宝石的房屋。

田宝田患了很重的难于□①疗的病。她的家在南方。在医院入院手续上我是以保护人资格出现的。因之，我隔一天就要来看望。我每次来皆□②田宝田和上官令几乎载了一车子花来。田宝田需要花同需要眼泪一样，她的床上堆满了花，五色缤纷的，像装饰了一架停尸床；她从不把花供养起来，任其枯死在床上，她糟塌③花如同糟塌她自己。

"你们外头已经很冷了吧？"他④坐到妆台前了，用一个大粉扑傅粉，"你下回来的时候带些毛线来，我织一件毛衣给你。我想起那年大学看化妆溜冰，我们给冻成的样儿，冷了真叫人没法。一冷了，我就跟小虫儿一样，动也不能动了。告诉我，冬天竟有什没⑤花？我不要你一大盆，大盆的什么迎春啦，香圆啦，又是水仙啦，我要那一朵儿一朵儿的，不拘什么，你能给我办到吗？"

我没有答应她，她拟想了半天，又继续说：

"假若实在买不着，我又有什么办法呢。要是那样，你就到纸花铺买来给我罢！只要你说它是真的，香，我会相信。你说什么我都信以为真，你要真能把我骗过就和对我真诚一样。尤其对一个有病的人，应该骗得他信了才对；还要不使他厌烦他自己和其他一切。⑥

我走过去，把我特为他⑦买来的小银叶别针扣到她的胸前，她也没有注意，搜索着他⑧要表达他⑨此时此刻思想的语言：

"真的，常常，我们自己厌烦起自己来，到了那时候，自己也无能为力了。自己怨怼自己，觉得走进了一间屋子，屋子里什么也没有只有诅咒自己不该来这趟。凡事有个理，有个自己全信的理，什么都能继续了。爱情，伤了我的心，我现在就是一只小鹿，受了伤，总逃向有绿叶荫庇的地方。我们总觉得做了件大事，整个生活都给它支配了。我倒愿意住在疗养院里，天天

---

① 似为"医"或"治"。
② 似为"为"。
③ "糟塌"似为"糟蹋"之误排，下同。
④ "他"当为"她"之误排。
⑤ "没"当为"么"之误排。
⑥ 似漏排""。
⑦ "他"当为"她"。
⑧ "他"当为"她"。
⑨ "他"当为"她"。

听护士们的鞋丁丁的门外走过，像入了修道院，就是少了点虔诚。让我听窗口下的鞋匠把钉子一个一个钉进鞋底里去。我躺在床上计算，那么大个数目使我很难说，很难记，你应该告诉我，那鞋匠每天要修多少双鞋，什么样的，大皮鞋？农家姑娘的花鞋？护士们的高跟鞋？哦，鞋，我很少可能再穿了，我只有拖鞋了。……"

他①垂下头去看脚上的拖鞋。眼圈里镶着泪。

"我想起我们的昔日，我们不是不到一个月便要把鞋拿出去修理么？一双，又一双，各式各样的，鞋愈结实我们愈费，样子愈多我们就穿的愈多。我们住在西城的时候，我们拿一大堆旧鞋破鞋卖给打鼓的不是也卖了不少钱吗？那些不中用的小钉子，好看的小钉子，往我们鞋底里钉了多少！走啊，跑啊，跳啊，疯了一样。我时常想拿一个人的穿鞋经过算为一个人的传说。我可只知道自己的传记，不知自己尽穿过怎样的鞋，有好多人的脚，小时候因为穿不合脚的鞋，把脚弄得歪曲了。"

我们都低头看脚，回忆一些往事。窗外，鞋匠的锤又重重的把一枚钉子钉进了鞋底，□②着有一群小孩的清脆的笑声。田宝田躺在床上，他③的瘦小的身体使他④的衣衫过于肥大，她的赢弱的手腕像是萧风中芦荻的茎。

"不让你为我担心，我现在不是很好的么，不是快乐的么？我流的眼泪全是为了快乐流的，也为了宝石的屋子流的。担心别人比担心自己还要受苦呢，我们都是担不起满满的两桶水的，是啊，顶好一桶也不担。偶然，我从窗户看见外边的田地，我一样也是高兴的啊，我的心就像迎接谁，跑出去了，一去不复还。一个人应该有两颗心，一颗离开胸口，一个留在胸口里。你得让我笑，全世界人得让我笑⑤，因为我离开了我们，不是他们离间了我。我随时随地都在垂泪，一只小麻雀也能叫我想起家，我的妈妈还不知道她的孩子在千山万水外疯了呢！我离开了妈妈，明明是打着灯笼还迷了路，我丢去了一件宝贝：纵然因了一匹羊我放跑了九十九匹也甘心。你看外面太阳多好，羊在草地上吃草，小孩跑来跑去。"

隐隐的，外面大钟打了。下午无限的寂静使鸟鸣小孩呼喊也成了空灵的回声。大大的一座被封闭在绿树丛中的疗养院，像是个山谷，里面只静静的

---

① "他"当为"她"之误排。

② 此处脱一字，或为"伴"。

③ "他"当为"她"。

④ "他"当为"她"。

⑤ 周幽王沉迷于"褒姒"的"笑"，但褒姒本身并无这种"笑"的自觉，相形之下田宝田爱的意识要更为冷酷。

垂挂了些果实。

一种极其茫然的心情使我像个瘫痪者一样坐在椅凹中。阳光一直从窗下爬到我的脚边来了，又爬上我的膝，烘着我。我的毛质的裤子上的毛的纤维秉着它们被染的颜色互相交映，在光线下，丝毫不苟的分析出它们的本质来。

我们该觉得什么都有点改变，有点凉意了，任何皆得在记忆中方可成为可以谈说的资料。我们不敢也不愿触动那激动的强烈的部份，怕一下自己受了伤，我们的素质原是纤弱的，只让一些懒散，舒适来□①延罢，我们实在是胆怯于我们所不胆怯的。我们能有许多事情就做好了，比如我们当个金匠，刻木头的，绣花的，磨宝石的……只要能消磨我们就是好的。我们现在所拿来消磨我们自己的全是伤害自己的，不能从其中获得片刻的安宁，这一个不可躲避的庭院，终于又在于其中，立于其中惟有空漠而已。

什么也不合适我们，我们一口所应承的什么好恶嗜喜，无非游戏。我们也像俗人一样厌弃恶人，不齿贫贱者，其实一切于我秋毫无犯。我们离开了世界，不是世界离开了我们。我们想着，有一天，能乘一船，向世界去，住过了所有的旅馆，逛遍了所有的城。

我们适于居住这儿那儿吗？不是，新奇常常能娱乐我们。我们常常装模作样，若有其事的旅行去了，去了还不如不去。总之我们是弄出许多事情来消磨生命。我们想起古代的梭罗门，我们为他的智慧多么悲哀啊。

坐着吧，椅子待我们太好了。然而下午一天一天的变短，我还要再上一层楼去看上官令。②让田宝田安安静静的睡一会儿，③我们的生活太缺乏事变了，虽然如此，我们还能在其中侦察出那改变，也许是毫厘，我们则认之为千里，我们所惶悚的这点也就是我们所认识的。关上门吧，轻轻，不要出一点声。

甬道上，我的软底鞋发出点沙沙声、我的鞋以可④在地上反照出一个不清楚的影子。寂静与休止在这里不算什么，本来也是不算什么的；还有点辽阔的感觉。一个门一个门，一个一个号码，我走过了，我开始爬那有一个曲折的楼梯，走在楼梯上如在廊庑中散步，有栏杆。我找到了一个小门，我的影子及一切在外面消灭。如果这里不是门，我的忽然消失将怎样解说呢？

上官令的脸更苍白了。她的屋子整理得井井有条，不止是秩序，而是一种经过匠心的雅緻的装置。我今天带来的花早已在花瓶里了，是我请护士送

---

① 此处漫漶不清，待查。

② 此处"。"当为"，"之误排。

③ 此处"，"当为"。"之误排。

④ "以可"当为"可以"之误排。

来的，这也表示我每次来以前的通报，花是我的名片。她把它①最爱也是最得意的一幅画在壁上，那题名叫"我来了"的，那充满了蓝色，画着一双含泪的眼睛的，忧郁的②。她把她所蒐集的花瓶也都陈设起来，好像每个花瓶代表一种能想像和不能想像得到的颜色，对画人看起来，也许是有意在其中寻找颜色的和谐，在不懂颜料和画学的人看来一样醒目，且得到一个深刻的印象。她有许多海蚌壳和螺贝，也陈设于床边小凳上。一个艺术的喜好者，往往把许多相当不重要的或奇异的小物件陈设起来，我想，这也许是他们内心的点缀吧。我爱这些，它们表示的是沉静，遐思，记忆与对一事一物的爱心。

我如旧的坐落在一只椅子里，开始了我们的谈话。

我说："我弟弟没有考上大学，住在公寓里，终日闭门，头不剪，衣服也不换，形容憔悴，像个潦倒的文人。"③

"你应当去陪□④他，他除了你谁也不认得，一个人在一座那么大的城里，却孤伶伶的一个人关在一间房子里，该是多么不公道的事。拿些书，衬衣和糖送给他去吧。"她关心的说。

于是，无形中，我成三个人的保护人了。

她又说——

"我想下个星期回城里去；我想到南方去；我想找一个常暖的地方安静的住下来。"

外面鞋匠钉鞋的声音又传了进来。

"我真怕那个鞋匠把丁⑤子钉进鞋子里的声音，有多少人钉鞋呀，一天？"

我一样也是难于计算，也许你们所估计的比我近似一点，详确一点。我明知道这个问题勿庸我答覆，我却计算起每天修补鞋的人数来了。时常，由一个线□⑥牵着我们走出了不知多远。

---

① "它"应为"她"之误排。
② 汪曾祺《自画像》有"刮去了布上那片繁华，/散成碎屑。/飞舞在我的周身。/只留得一双眼睛，/涂过上千种颜色，/又大，又黑，盯着我，教我直寒噤。/也许，也许，/总有一个时候吧，/会凝成星星明灭的金光。"之文句，可参看，见香港《大公报·文艺》第 1184 期，1941 年 9 月 17 日。
③ 汪曾祺《有血的被单》有"昨天得潜弟来信"，言及其生病呕血事，可参看，见《大公报·文艺》第 1149 期，1941 年 7 月 30 日，香港。本诗解志熙先生已于 2011 年 4 月 20 日向《汪曾祺全集》编委会提交。
④ 此处漫漶不清，待查。
⑤ "丁"应为"钉"之误排。
⑥ 此处漫漶不清，或为"头"。

　　暮色深了。这薄薄的幽暗气氛衬得窗更神秘更好看。外面天色却还发亮，一群飞鸟从很远飞回来，在我们房宇周遭盘桓。此时，我们的疗养院有了点喧哗，很可以听见门外护士们推着车子沿病房送晚饭，盘碗的声音历历可听。

　　护士来了，帮着上官令搁饭。

　　"你是要出院吗！到温泉，海滨……暖和的地方去修养也好。"

　　护士很温霭的说。

　　她回答："是，这儿太冷了——我怕冷的。"

　　于是，我同护士一同退出来；我说我明天下午回去，明天还要来的。我把门无声的带上，我们又走在甬道上了。护士推着小车子，宛如在公园小径上推着婴孩的斗车的年轻母亲。

　　"田宝田小姐这几天不大好，病很重了。上官令小姐比较安静一点。她们两个正好是一个外向一个内向。外向的心里是迷误的，好像结了一个死扣，愈来愈死；内向也并不见得好，这好比一座矿床，愈掘愈深，愈深愈蕴含丰富的宝藏。你不要再叫上官令小姐作画吧，那是更深的损害她的心的。田宝田小姐也应该同她旅行去，刘大夫还当心她的肺病呢。"

　　"是的，"我说，"田宝田我简直无计可施，上次我来，你记得，它①非叫我为她预备寿衣不可，我怎么可以呀？还好如今又忘了。上官令，是的，过些日子我要伴她们一同去南方，也许去星加坡。但是，我的话她们一句也不听，刘大夫的话也不听。你不让她作画那会更坏的，她可以不用颜料不用笔作画——这样，我们也是束手无策呀！依我看，让她画画玩玩好了。这话我也和刘大夫商量过。田宝田，唉，真没法，她已经胡涂了！"

　　我想起这些事便烦恼了，我把十指插到头发里去。

　　"田宝田小姐也一同去吗？"

　　"她一个人留在这里没有人照管，那是不行的。一个人仅有两只手。"

　　"是啊，有时我半夜到田宝田小姐屋里去了，时常睡在地下。没有人照应可真不行。说叫她晒晒太阳那是比搬一座山还难，眼睛总是哭，有一天眼睛也会哭瞎的，还爱说话，说不完的话。上官令小姐呢，也叫人怕，她的屋子如同山洞一般，一点声也听不见。"

　　"上官令原是不好说话的。"

　　"不好说话的人常常被耳朵欺骗，他们听见那些无声的声音，那声音是足以致病的呀。能看见就看，能听见就听。有一天，我看见上官令小姐立在

_____

　　①　"它"当为"她"之误排。

房中耸耳细听，也不知听什么，她见了我就指着颜色说：'周，你听，她们唱歌。'多怕人。晚上我自己也怕走在这里。楼下住着一位病人，男性，一天到晚说他和希腊神话里的诸神来往，荒诞极了，他描写的多可怕，他说他的屋子是筑在爱琴海里一个岛上，他是 mazon① 的一个俘虏，刘大夫的听音机的皮管他说是一条蛇……"

"那人是很重了吗？"

"很重了。没有法子，秋季一来，对病人是非常不利的，刘大夫这几天非常忙。"

我们走到甬道尽头，护士把车推向右边甬道去了，我从这里下了楼梯。走过田宝田门前，里面大概正吃饭，我听见羹匙碰击碟子的声，甬道里灯亮了，乳色的长管的灯罩把灯光在墙上做成一个枣核形，远一点看像是猫的缩成长条的瞳孔，我从大门前的凤尾草的盆□②走过，回头看见每个小窗都放了光，只有少数几个黑黑的，那少数之中有一个是田宝田的窗，有一个是上官令的窗。

十月　一九四一

结　婚③

乱七八糟的忙了十多天，配窗纱，绣枕头，试鞋子，刚刚坐下，又忽然跳起来，拉一个人上街。心里没有一刻闲静，心中有事，眼中老似注视甚么，其实甚么也看不见，简直吃饭会落了筷子，连呼吸都差不多要忘记了。直到礼服看定后，头发也卷了起来，一切才彷佛有点眉目。觉得事情越做越多，越做越繁，便是这样，也似乎不少甚么了。宁宁可以斜斜的靠在新椅子上，看看这些天用腿和眼睛的水磨工夫换来的东西，想自己便要生活在这些东西当中了，实在好玩得很！在一条定律未被打破以前，人总得遵从它："动者恒动，静者恒静。"人的惰性与任何物体完全一样：她既那么一靠靠下来，便觉得真懒得动弹了。别人说她忙得像块掉在水里的干石灰，她自己④

---

① "mazon"的本义为"乳房"，"amazon"为希腊神话中的女战士，亦称亚马逊人。

② 此处漫漶不清，待查。

③ 本文刊载于《大公报·文艺》第 183 期、184 期，1942 年 7 月 27、28 日，桂林；作者署名"汪曾祺"。

④ 此处原刊为空格，似漏排"觉得"二字。

白石灰泡了水倒真像她现在。觉得现在随便把她放在甚么地方都行，一切都已准备妥当了，只等待那个日子来到。

房中静静的，一无声息，记得那个座钟买来时曾上足了过，跟手表对对看，是快是慢，一看，长短针正指着昨天子夜！伸过手去想拿来上一上，只差半寸便可到手了，但她两个指头动了动，似乎想钟自己过来，钟既不来，也便无心再向前去，并连手也懒得抽回来了。长长的手臂，长长的指头，指甲上新涂淡白蔻丹，放着香蕉油气味的柔光，便是生在别人身上，也会拿起来吻一下，挤挤眼睛说："不知那个有福！"还想起一首词中的冶艳句子，惹得自己也心动。——这座钟表样子没有上回送表妹的好。这对花瓶也不是那天看中的那对，颜色深了，颈子太粗，连把两个缚在一处（像人与人的关系）的丝带也透着十分俗气，瞧那颜色，粉红的。插甚么花，放在那个几上，衬甚么垫单，本来都有周密打算，（日本女孩子到相当年龄都交给艺伎教育，日文教员说过，那觉得大可不必，但父亲花五万银子买来的姨太太房中的布置摆设又实在令她佩服羡慕。）现在，花瓶不是那个，一切都不是白费？真是，晚了一天，就教人家抢先买了去，这个城里为甚么许多人结婚？若是作女儿时，衣裳腰身大了，谁拿错了她的碗筷，小猫扑黑了绿绒球，她都会大闹一场，即无一事不称心，春天生一片红叶子，也会惹她发一通脾气。年来虽改了不少，可是像今天那么不认真，居然把座钟花瓶轻轻饶过了，那实在是她自己应当觉得奇怪的，问问自己，这是为甚么，也说不出所以然。"人生是个迷，"这句大智若愚的话可以解说一切可疑，产生一切可能。

太阳光艳艳的，从西边半扇窗子照进来，正照着桌上一面小镜子上，镜面很厚，边缘的镜面把太阳分析出一圈虹彩。远远地方有一方白光，若是照在人脸上，不免让人生气，这时却照在那个墙上。（啊，镜面上已落了一层灰！）窗外一丛树，自以为跟天一样高了，便终日若有其事的乱响。百灵鸟在飞，在叫，又收了翅子，歇下舌子，怪难为情的用树叶影子遮住脸。蔷薇花开，在风里香，风里摇。青灰墙上，一叠影子，如水洒在上面，扫之不去，却又趁人不备时干了。一只松鼠，抖着长尾，拂着自己的小脑袋，终日被精力苦恼，不肯在一根枝丫上耗过一分钟，现在正从宁宁窗口掠过去，她甚么也不理会。心想：这是我的事，我的事，不干你们甚么的，似乎自己也不必关心。

宁宁手臂有点酸，才知道已经休息了不少时候。抬起手臂看看，搁在椅背上的一处已经红了一片。天气热，荸荠紫漆桌面上，一时非常清楚的留下一条圆润的汗印，她的眉毛低了低又高了高，待房门一响便立刻放平了，脸上不留甚么痕迹，一如平日被人看到的温靖和斌媚。

　　进来的是他。一个做过"学生"，希望做"学者"的年青人。

　　他学化学，学地质，还学牛顿的符号或赫胥利的表格，外行人看不出。他也许会做一首诗，译个短篇小说，但并不因此忽略了日常生活中应有的手艺，敷头油紧皮鞋带。也许长于理财，在客厅中可不至于尽对女孩子谈公债行情，既然能在这种年头结婚，必不肯穿破了领子的衬衫，破了，一定也把它翻过来穿，把钮子重钉一钉。虽然皮鞋可能也是车轮底，但领带总有十来种颜色。他应当能弹吉他琴，（调风流寡妇一类调子。）打网球，且会喝一点酒，抽一斗板烟，一切在他都有恰到好处时候，因此便常常窃笑善于自苦的人。（那不免有点骄傲了吧。）白脸上的笑证明他也很温和良善，上回学校七七献金他在大门口捐过五块钱，被新生活纪念义卖队的童子军拦住时，他马上就买了一朵鲜花。当着许多人，或独自看书时都不至于丢下那一点自觉的做作，那倒是，我们受教育原就是学习如何"做人"呀！曾有个未老先白头的朋友，差不多急红了脸说："你们为甚么甘愿这么俗气？""俗气"是个不好听的字眼，他心里沉了沉，在脸上尚未表现出甚么时赶先熟练的笑了笑说："老兄，我问你，俗字是怎样写法？——对，人旁！你该明白，俗气也便是人气，人少不了它。没有它，失去人性一半了！你会孤寂古怪像那一半，像个谷！"

　　他究竟是个甚么样的人，也许自己很明白。你若是听了他的话，可别因此判断他是甚么人，他读过许多书，你得记住。总之，他有点聪明，那是一定的。而且时刻不忘记自己的聪明。他善于观察人事与天时的气候，还能适气调节，尽管人事多么复杂，那一天温度是多么忙碌。他早上带大衣出门，预防天变，一进门，放下大衣，等待起风。虽然气候都是那个样子，变不到哪里去。从经验，尤其，从直觉上，他知道这屋子里发生过一点甚么事。

　　"哈，宁宁，你太累了吧。"

　　他把她拥到一张靠窗的沙发上，用感觉搜寻这房子的"过去"，他明白了，她实在累了。

　　"早知道，这些麻烦，真不想结婚。想帮帮忙，又笨手笨脚。这些事情上，一个男人还是呆呆的看着好。除了赞叹之外无事可做。"

　　他用新修过的脸偎着她的小脸，记起戏剧小说中曾有过的对话。

　　"真美，宁宁，你还不满意么，我简直没有做过梦，会有这么好的家。这么些东西，太多了，太美了，我舍得用么？"

　　"宁宁，你得到这些东西，辛苦得正如我得到你一样，你不知道。你知道，我这些年来受了多少折磨！我像个打了胜仗的兵那么疲倦。可是，我如今休息到这个堡垒中了。"

她知道由他一个人像做文章那么说下去好，便不插话，只静静的看着他，那么习惯的听着。想这些东西总要旧的，等不到那时，你便会知道这个仗打得有甚么意思。后来连这类带恐吓性的话也放过了。只看着他头上帽子，笑在心上：好个绅士，进门连帽子都不脱！你大概真有点兴奋，除了结婚，甚么都忘了。及至看到她①的手两次触着帽沿，知道他必然已经发觉，或许在外面就已经想好了不说，好让她明白他是多么爱她！她于是有点厌恶，又觉得这也平常。像这样的事见得多了，反应已经模糊。且心上懒懒的，更不愿往深处想。像闻到他袖口上一点烟味一样，有一丝儿厌恶，"这是男子的习惯，世界上绅士都用这个证明他自己的身份，"那么意识到，过一刻儿工夫，自然便觉不出了。他的拥抱究竟还不单单是形式，而且也令人舒服的！

宁宁忽然想起他应当去演戏，一定可以演得很好，不论风流小生或世故□②人，一切小动作都训练得够了。一个主妇，仿佛天生的，她并无感触，一切都订妥了，只想起报上的启事，千万不要有"国难时期一切从简"，她有点恨这几个，像恨鼻翼里两个小疤点，毫无用处，（又不是痣，可以使明白八世纪法国文学风气的人欣赏，说自己像，ADAME 那个!③）又像是去不掉，因为傍着一个习惯。

婚礼很花簇。两个傧相都是这一行的惯家，一切全在行，这种人并且照例都是学校里漂亮的人，接到那种"美丽的鲁莽"的信，立刻有应付办法，收到小别针小银十字架也会毫不在意的挂起来，如自己买的一样。行礼时不会闹笑话的。男客人说点笑话，不至于板脸扫兴的。

若是有人反对结婚，让他吃两趟喜酒就会不同了吧。好热闹，酒，美好的外形包着的野话，葡萄一样的笑。只要不离礼节太远，放肆一点，不会出乱子的！

宁宁被几个同学陪着，他们④大都觉得自己美丽，能干，懂事，才能陪伴新娘，彼此相得善彰。人家看新娘时，一定也看到他们⑤。而且还可以那么作一点不大端重的猜想："几个人作新娘时候，一定更美艳。谁的主子？

---

① "她"当为"他"之误排。

② 此处原刊漫漶不清，似为"商"字。

③ "八世纪"应为"十八世纪"，"ADAME"应为"MADAME"（法语夫人，女士），均似为原刊漏排。

④ "他们"应为"她们"。

⑤ "他们"应为"她们"。

有了主子？教书的？经理？少爷？"

"宁宁，你今天真太美了。"

"你的披纱真好，我一向喜欢月白，你头发，你头发，哦，太好了，宁宁！在美学上说，这些波折都太和谐了。"

"呵，宁，你今天为甚么那么庄严，圣处女的光辉在你脸上。"

教会学校的教育，唱惯了赞美诗，说的自然不太美，也不太俗。

她第一次穿上这身衣服，有点异样感觉。但是她很平静，又觉得心里有一点小小骚乱，因为不习惯。她还可以限制这点骚乱，不使溶化开来，分散到眼睛里，到头发根，到指尖上。她还可以知道鼻尖有一点极细的汗珠，像从浓雾里带来的，脸是红红的。她稳稳坐着，听着这样即使真心的，也是笨拙的呵①谀，只用微笑作答，微笑中表示："这就叫作结婚。"

他呢，自也有一群人围着，趁人不注意时常常检阅自己衣饰有没有甚么不大方，不合适。谨慎得真如一个老练的演员明知出台必可博得掌声，仍旧在心里反复搬演着一些细微末节，现在的笑一半是应酬，一半是预习。他抽起一支烟，又放下，态度显得有点矜持，在学校里一切书本，在社会上一切经验，都不能去掉那点矜持。他说话清楚，是做作出来的，微笑常在脸上嘴角，也是做作出来的。他稍微有点乱，不习惯！

婚礼极圆满的完成了，俗气的不高明的笑谑，和不动人的演说，甚么都不缺少。客人渐渐散了，她开始意识到今天作了一甚么事。桌上有份报纸，拿起来看看，找寻那个启事，但那个名字似乎不是她的，越看越不像，多了几笔，或是少了几笔，在心里画了一次又一次，还是不能解决。她有点迷惘，好像丢了件甚么东西，好像从报纸上证明这是别人的事情，与自己不相干。

灯亮着，窗外天作钢蓝色，天上有星。

宁宁手碰到衣服上，像触到冰上，忙拿开来，无事可作，把下唇送到上唇以外，又收了回来，一次，又一次，这种小动作使她的意识趋于集中，又易使停逗在某一点上。两唇都涂了一层唇膏，柔滑的接触能给她以舒适的快意。慢慢嘴唇接受这种刺激的感觉已经迟钝，快意渐渐消失。她随手摇了一个花瓣子，从花瓶内两大束玫瑰的一朵上。两个花瓶里都满满的插了花，一个里面是玫瑰，另一个则是红的与白的康如馨②。

花瓣在手，不一会便烂了，于是重新换一片；一片，一片，直到一朵一

---

① "呵"应为"阿"之误排。

② "康如馨"通作"康乃馨"。

朵揉碎在她的手指间，披落在膝头脚边，她忽然发觉了，"这是干甚么！"一点哀怜，一点惋惜，刚想收拾了去，又突然转了念头，抓过瓶子，把一束玫瑰都摘光了，用力揉，揉，红色的汁水浸透了她的掌心，滴到地上（她竟然不让它们溅在衣服上！）有些流到她指甲逢里，干了之后，使自己日后还要看到记起。看①瓶里秃秃的枝子，秃秃的叶子，"看吧，我奈何不了你！"

她们②的婚姻完全像普通人的一样，说不出甚么道理，一切发展到后来，便是结婚。

从前，两人在一个学校念书，上下差两班，不知在一个甚么场合认识起来的。他给自己选中了她，找机会多看见她，到后来便找更多机会与她在一起。她却不十分注意他，不十分理睬他，简直还不十分讨厌他。可是凡是这种事，最后总差不多要变得相离不开的。她回顾前尘，实在应当反省，那时为甚么不发现他一点甚么？后来呢，她当真发现了甚么？她从来不使他失望（小小的自然不过）也从不特别鼓励他。后来，一路同到内地，在路上，他服侍她，到内地后，他奉承她，在一个地方他不愿意她有不如意事，又愿意她有不如意事，使自己有机会为她效力。他有时还希望她遇到一点小小危险，如落水，跌跤，被狗咬，马惊，自己便好尽一个男子的责任来卫护她，救援她，（这点打算也许是看电影得来的暗示）以推动他们的关系。但上天心肠太好，让她平平安安的活，他的英雄表现便无机会成全。然而，她明白，渐渐的他神色举动稍稍改变了。他似乎有自信教她不能缺少他，无形中给自己加上某种名份。他口中虽不明说，却处处暗示别人："朋友，你的举动言语似乎过份一点了。我虽说能欣赏，可是你是不必空费心卖力的好。"他似已经知道先前只是一只钩子搭进一只圈儿，现在却是两节鍊子连着了。她已极明白他的心理，心想：未免超过事实，水里的鱼哪能便是篓里的？她讨厌他自有把握的神情，那种不是喜欢而是满意的笑。想找到个机关嘲弄他一回，扫扫他的兴。

那一天，他邀她到小湖边上看鹭鸶去。她□③鹭鸶未必有，看看湖倒好，便问他："我要不要带④衣？虽然现在有两点钟，太阳也好。"他说"也好"。鹭鸶果然有，但却他⑤一眼也没有看，只一次又一次的买米花喂鱼，一直用

---

① 此处原刊有一空格，似漏排"看"字。
② "她们"应为"他们"。
③ 此处漫漶不清，似为"想"。
④ 此处原刊有一空格，似漏排"大"或"风"字。
⑤ "却他"当为"他却"之误排。

右脚根①踏水边软土，土上渐渐都有了个小小水窪塘了。起初，鱼来吃的很多，可是米花这东西虽然大的好看，味道却没有甚么，吃多了便厌了，大都吻一吻就丢下来，水面上于是漂着不少白点子，恰像菱花。他把最后买来的一捧，整个撒下去，拍拍两手，用手绢把手指头擦了又擦，把早经打好腹稿的话说出来。她怔了怔，可是早知有此一日，应付办法也存在心里许久了。掠了掠头发，稍稍挪动身子，很尖刻的，但并不望着他的脸说："在你左边脸为甚么那么红，右边那么白？"

然而现在却明明结了婚，当着许多人，她不相信。

他那一次也许只是试一试，看果子虽到了时令，却不知熟了没有。果子并没熟，他失败了，没有告诉过一个人，自己也竭力忘记这回事。明天一切还是照常，陪她玩，陪她吃。有一天，他用不很漂亮，其实却非常艺术的方式说："宁宁，我们为甚么不，结，婚？"她一时没说出甚么话，于是一切便算定规。

他有甚么不好么？似乎找不出，一个很有做丈夫的天份的。

往后的日子大概是个甚么样子？一时想不了许多，但可以断定大概不致太坏。

然而她恨，这也许只叫着不高兴。一切都平淡无奇，想不到结婚便是这个样子。

她想把这身衣服撕成一片片的，听花花的响声。想摔破那个花瓶，那个钟。这灯光，讨厌！她想痛痛快快的哭一场，披散涂了许多油的长发，解放那些小圈圈，拉直那些小波纹，奔出去。奔到山上，湖上，天上，随便到哪里，只要不是这里。她想飞，她烦躁得如一个未燃放的烟火。

门开了，他进来了。

她忽然从沙发上跳起来了。

他为她的眼睛而停在门口。

"美，这房子，这墙，这门，这天花板，多美，这老鼠洞，美上天了！"

这样的声音是他从来没有听见过的，一时几乎也烦乱起来，但马上很有把握的明白一切。

"噢，宁宁，你是太累了，你应当休息休息，明天，还有许多人要来！"

他很温柔，但相当用力的抱住她。她实在不明白，为甚么让他的嘴唇放到自己的上面来。

像一块布，虽然以后还会皱折，但现在至少已经熨平了。

---

① "根"当为"跟"之误排。

　　于是，宁宁真的算结了婚。

　　人的惰性完全和一切物体一样，没有惰性，世界当不是这个样子。

　　事过两三年，她看了许多事，懂得许多事，对于人间风景，只抱个欣赏态度。心上也许有一点变动，从所在的地位上动一动，可是那只是梦里翻一翻身，左右离不开床沿。她明白人生是生物，不是观念。明白既没有理由废掉结婚这个制度。结婚是生活的一个过程，生活在这边若是平地一样，那边也没有高山大水；那她也不必懊悔曾经结婚。虽然人一定非结婚不可，实在也没有理由觉得自己真的成熟了。她下结论告诉人，却不说如何得来这个结论。她成熟了，因为她已生了个孩子。

二秋辑[①]

私章

生如一条河，梦是一片水。
俯首于我半身恍惚的倒影，
窗帘上花朵木然萎谢了，
我像一张胶片摄两个风景。

落叶松

虫鸣声如轻雾，斑斓的谎
从容飘落又向浓荫旧处，
活该是豪华的青山作主，
一挥手延纳早秋的晚凉。

尽谟拜自己，庄严的法相，
愿宝殿湮圻于落成之初。
不睁的眼睛，雨夜的露珠，
不变的是你不散的馨香。

---

①　本诗刊载于《生活导报周刊》第 1 期第 4 版，1942 年 11 月 13 日，昆明；作者署名"汪曾祺"。

离绝绿染的紫啄的红爪，
鳞瓣上辉煌的黑色如火，
管春风又煽动下年的花。

终也落下，没有蜜的蜂巢，
而，积雪已抚育谎的坚果。
山头石烂，涧水流过轻沙。

除　岁①

守岁烛的黑烟摇摇的，像一条小水蛇游进黑暗里。烛泪淋淋漓漓的流满了锡烛台的周身，发散着一种淡淡的气味，烛焰忽大忽小，四壁的光影也便静静的变幻着。——说是守岁烛，其实也只是一支普通的赭红土烛而已，光秃秃的，没有甚么装饰。

窗纸上涂了清油，房门被一面厚厚的棉帘子挡着，室内渚积的碳酸过多了，叫人觉得心头沉重。

想不到适当的事情作，随意伸手拿起火箸子，看看烛花并没有长起来——才挟过呀，便又放下了，移移坐在椅子里的屁股，轻轻的虚②出一口气。父亲抬起头来看了我一眼。

算盘珠子刷溜的响着，薄薄的关山纸一张一张的翻过。

过年了。……

收帐的走遍千家万户，回来，摇摇头，说一声又长了不少见识便去睡了。在梦里，他还会看见自己一脸的无可奈何，和层层围着的灰白的眼睛，嗫嚅着的嘴唇吧。我看看桌上一堆散乱的角票和镍币，想起他的话："我知道，我知道，我知道口哀！"不由得鼻子里喷出一个没有声音的笑，但随即止住了，似乎想收回去。

真的，过年了。

天，也真个有意思，几天来，灰里透亮的瓦块云紧紧的压着动都不动，

---

① 本文刊载于《文学杂志》第 1 卷第 2 期（孙陵主编），1943 年 11 月 5 日，桂林；作者署名"汪曾祺"。

② "虚"当为"嘘"之误排。

板滞滞的，像是冰结了，怕就要下雪了吧，想一些蒙馆先生捋柟①着黄胡子说："雪花六出，（是）丰年——之——兆——呵——。"

风呼哨着，括②刷得几根军用电话线鬼一般叫，坐在家里会常常有泥粒掉到颈子里，这时节要出去一趟是须用相当勇气与决心的，可是几天来街上行人不但不稀落，而且更多，更匆忙。

跟往年也没有甚么不同呵，这些。

低郁的炮声破散在风声里，一阵子紧，一阵子松，大概还在老地方，总还隔有几十里地，也轰了不少日子了，今夜都不会过来吧。用这个代替花炮点缀点缀也好，免得教年以为自己来错了日子。

一送了灶，果然有点过年气象了。其实，年自不许人忘记，不必甚么礼俗来装饰。老祖母白发上插上小心收藏的绒花，年青的姊姊修改着弟妹们不大上身的新衣裳，这些，会轻轻带来过年的心情和过年的感觉给驮着家的重量的人。

我若有所思的点上一支烟，目光停在学徒的细心抹拭过挂进来的招牌上。今年，很少店家把招牌加过油漆，飞过金，有大多数还在等着不可知的命运：也许要倚到幽黑的角落休息若干日子，也许在原来的某记上贴上一方红纸，从新改过字样，甚至还供出最后的用处，暖了人的身手，凉了人的心。谁知道呢？但是能挂到旧檐下让风雨吹打一些时的，仍旧要在熟人眼里闪耀着陈年的光辉，怎能不抹拭得干干净净的？

……这字，是祖父一个朋友写的，是个大名家，叫，叫甚么的？……

"还好，亏不了多少，够开消③的了。"父亲推开算盘，移开面前帐簿叠起的小山，摘下黑布护袖，用双手狠狠的抹一下脸，像抹去许多细粉的数目，站起身来。

"不早了吧？"

"嗯？"

他搓搓两手，把指头拉出声音，来回踱着，眉头皱起又放平，是在盘算着甚么。看他的神情，像一个坐了很多时候船的旅客到了家，还似在水上轻轻的摇着。

父亲少年时节完全是个少爷，作得好诗，舞得好剑，能骑人不敢近身的劣马，春秋佳日常常大醉三天不醒，对于生业完全不经意。现在却变成一个老老实实的生意人，教人简直不能相信。我凝视壁上挂着他的照相，想寻出

---

① 应为"拤"，音 nán，义为并持两物。
② 括，音 guā，似通"刮"，亦可能是误排或作者笔误。
③ "开消"通作"开销"。

一点风流倜傥的痕迹。

"你别笑，我知道你要笑的。"我本来一点都没有笑，经他一说倒真忍不住笑了。

"一到天明，你等着瞧吧，多少字号要在公会的名单上抅去了。广源，新丰，玉记，……往年倒一两家铺子，大家心里虽然早都有了个底，可是不能不当椿大事议论着，今年啊，多了。大家反而不大在意了，也不再关心生财铺面之类的事情，只是听到某家还想撑着，倒好像很奇怪。船多不碍港，客多不碍路，兔死狐悲，要是有点办法，谁也不愿援之以手，然而自顾都不暇了，只好眼睁睁看着一只一只的不声不响的倒。我看有弄得米没地方买的日子。"

说着一手抓着茶杯，把杯内的残茶往嘴里倒，大概茶早已凉透了，他用力打了个寒噤，把茶都泼在痰盂里。

"你说，恁们许多铺子，就没有一个有眼光，有手腕的吗？有。可是这年头，有翻江倒海的本领也不行。就只有德太还好些，辅成的流年的确不坏，他今年心血来潮的忽然想代做陆陈（注一）①，谁知竟做上了，这样上下一扯，他大概还挣了点。上板上眼的都不成。一入秋，上河的早食子（注二）② 全教个不见面的人给收了去，三十子，五十子，吓一跳（注三）③，今年一担都没见，你说可怪不可怪？那么只好在下河一带着眼了，冒了多大的危险，收到一点迟食子。路程远，水脚重，蚀斛大（注四）④，当然卖价也就水涨船高了。前天还有人说呢：米卖四千八，扒米店不放（犯）法，我看四万八的时候也不足怪，扒也扒不出甚么油水。说真的，能有法子啊，谁忍有一些小户人家半饥半饱的，天天量米的时候总是吵嘴。吃不起米当然只好带着杂粮吃了。这一来，倒成全了辅成。真的好笑，万安堂的陶老板前天还跟我说：'别的行业不说，民贫则俭，可省的省了，不景气是意中事，你们这一业，食为民天，怎么也不行了？'我望他笑笑，说：'甚么都可以省，病却省不了啊，有钱的或许参汤燕窝吃得少一点，穷人，摆子痢疾更较往年多些，今年吃了些不惯的东西，肠胃里免不了要闹闹，你们大黄芒硝都少不了，有人照顾，你却为甚么也是成天嚷着亏啊折的？'"

恐怕今年材板铺子倒有点赚头，死都还是要死的，万字纹的棺材，三道

---

① 原注一：杂粮生意叫做陆陈。
② 原注二：早稻叫早食子。
③ 原注三：稻。都是早食子。
④ 原注四：运费叫水脚。稻上下，囤晒，粜籴，等事都有减损，谓之蚀斛。

紫金箍（注五）① 究竟不大有人用。我沉吟着，把烧到指边的烟卷丢到痰盂里，哑 ——马上黑了。

炮声又紧了，纸窗沙沙的抖了一阵。也辨不清是敌人的，是我们的。夜来，炮声就没停过，不过到紧的时候才教人一惊。

"这次是抗战，抗战，我们难道不明白吗？为了抗战，商人吃点苦是应该的，只是——"父亲的话说不下去了，沉沉的坐到椅子里，拨弄着算盘，好像那种轻快的声音能给他安慰，能平抑心里的骚乱。

"前天商会慰劳团带了不少煮熟了的腌肉去，原想让弟兄们也知道过年了，也算一点意思，看这样，前线上一定紧张着哩，恐怕他们连这点腌肉也没功夫吃。唉，怕他们连在家怎样过年的心思都没空去想，……"父亲摇摇头，眼睛看那支燃得正旺的守岁烛。

"写春联吧，年，总是要过的。墨已经研好了，在架子上茶杯里，你拿来渗点水，燉在脚炉上，写春联的墨要热，才有光。炉里该还有火，三十夜，要拆夜火烈。纸，——怎么'万年红'买不到？这是本城出的啊！没有就将就省用吧。"父亲把心事推开了一点，想到过年了。

"大门后的联字换换，就用频忧启瑞，多，——多福兴邦。"

"福？"

"福。大年下，用个难字让老太爷看见要不高兴。"

"那，忧字为甚不换一个呢？"

"忧总是忧的，难道不忧么？只要能启瑞就好。哈哈。"

夜深了，寒气愈重了，我拨拨火盆里的炭，炭烧得正炽，红得像是透明的，只是一拨之后，一些白灰飞了起来，落得我一身。

"不行，一会儿就要支不住了，你去再搬点炭来加上去，口哀，回来，索兴拿壶酒来。"

炭火更旺了，我又撒②了些柏叶，一室都是香气。

"喝，我久不同你喝了，今天不是个平常日子，我们爷儿俩守守岁，来，干！"

我近几年都在外县，一年难得回来趟把，回来，也不正赶上过年，今年难得抽空回来，看看一切都变了，心中不知是甚么味道，难得看见父亲这样高兴，我自然是高兴的。

"干。"但是我的杯子停在一个声音里：

---

① 原注五：以芦席裹尸，外束草索。
② "撒"似应作"撤"。

——喤，睡醒些，屋上瓦响，莫疑猫狗，起来望望。……水缸上满，铜炉子丢远些，小心火烛啊，……喤……喤。渐近渐远渐渐走过深巷。铜锣的声音敲破了夜的深沉。

"这是敲岁尾更，每年腊月二十四以后都要敲的，怎么离家才几年，把故乡的风俗都忘了？不记得了吗？你小时候还常当①学着叫呢。铜炉盖子不知被你敲破了多少，不晓得是甚么字眼，一定缠着要妈教你。听，——"

——笃，笃，笃，我看见了，看见啦，躲也没有用，我看见来，墙犄角的影子里，看见啰，别跑，别跑，笃，笃，笃，笃……

"这个我知道了，是冬防局敲梆子的，我还躲在门缝偷看过。他这么一叫，毛贼都吓跑了，会捉得到？"

"也就是吓吓罢了。"

噹……噹，笃，笃，笃笃，笃，……噹……

"哦，抡二爷今儿来找过你一趟，说——"

"我知道了，抡二爷时运也太不济，今年景况很不好，又添了个孩子，真是要他来的，偏不来，不要他的，偏来，他，人又老实无用，一家大小全靠二娘一个人戳针头子戳出点钱来吃饭，这样，那成，他心也太好，又专为别人的事东奔西走的。我已经跟大家商议，把慰劳团募来的棉衣交给二娘做了，这样也免得被人尅扣棉花，你明儿帮忙到商会里取来。他还有甚么事吗？"

"他说詹世善还有甚么事情要拜托您，说告诉您，您就知道千万请您出点力。"

"哦，"父亲用手指把着桌面，一声，一声，很慢。

"又是一个。詹世这人也固执得可以。张远谋说要留他，他偏不肯，却又四处托人找事，人家这都要裁人呢，教我哪儿想法去。"

"是怎么回事呢？"

"是这样的，你知道张远谋是公会主席，今年弄得也不好，但是还不至于倒，他是为了做军米，把铺面拉②了，只留几个师傅和一个老桂（注六）③，别的人都辞了。去年因为军米的关系，大家受的影响也不小，他便代表同业去跟军用代办所交涉，说以后所有军米一概归他一家包做，不要临时摊派各家，耽误营业，两方面都省麻烦，这事原是克己利人的。詹世原是张

---

①　"当"似应为"常"。

②　此处漫漶不清，似为"拉"。

③　原注六：管理机器的人，故乡谓之"老桂"。考（应为老）桂是甚么意思，不得而知。这里的老桂是管轧米机的。

远谋信任的人，看他家累又重，便说我们是多年宾东，我仍旧留你，一切照旧，可是他啊，说是不能做事，于心不安，坚辞要走。真是个淳厚人。"

"那怎么办呢？"

"只好跟辅成说说看了，只怕也没有大希望噢。——往年添个人，算得了甚么，今年守岁酒都吃过了，还没个分晓。"

"敲门。"

"哎？这会儿有谁来？"

父亲掀开棉帘，一步跨了出去，我拿了蜡烛跟在后面。

我们站在门旁，屏着气听着，心里不免有点忐忑，等待着甚么事发生。门环又响。

"那个？"

"是我。"

"哦，是远翁，有甚么事？进来坐吧？"

"不，不，不，我这就要走，你门上封着元宝（注七）①，怎能开，你不用开，不用开。"

"有甚么要紧事吗，前线上怎样了？"

"很好，前线上，冲过去二十几里，扎到小杨村了。小杨村离麒麟坝还有四十多。我就要去，跟王团附一块去，把慰劳品带到团部，一天亮就走。喂，你知道收上河一带稻子的是谁？"

"谁？"

"陈国斌，全是替敌人收的。"

"陈国斌？是去年春上被驱逐出境的？"

"是他，汉奸！"

"现在怎样了？"

"逮到了，他正想把稻子偷运过去，由湖里。在杨林溏就擒的。所有囤粮，全都搜到，明春是没大问题了。我已经在拜年片上写明叫同业能支持的还是支持，市面要紧。"

"对，市面要紧。"

"我大概得过两天回来，这事得拜托您。"

"当然，当然，反正还有几天，大家到初六才会开门哩，明天一早我就去各家走走，商量个办法，单单是裁下这些人也没办法。"

"是啊，教他们都拿甚么吃去。当然现在县里对于那批粮食还没有一个

———————————

①　原注七：故乡风俗，除夕以纸钱粘成元宝形以封门。

处置，不过我想是没多大问题的。开，老板们自然不会有好处，不过只好也看得轻些了。"

"谁也不忍心看先人遗下来的或是自己一手创置的生财器物生虫上锈，我想没多大问题，开。——你呢？"

"我，自然还是做军米。哦，老詹的事情千万您得给帮忙，您把他的事看作我的事吧。我知道辅成差个内帐，他想自己来，你跟他说，老詹做事，克实地道，再，我们坦坦白白的说，薪俸高低总好说。如何？只是这事您决不可告诉老詹，回头他又是不肯。拜托，拜托。"

"好。辅臣①大概也拗不过我的面子。"

"怎么样，你今年？"

"还好。"

"你是百节之虫，——"

"见笑，见笑。"

哈哈哈哈，门里门外一片笑声。一种压抑不住的真正的笑。

"就这么说，我走了，再见。"

"再见，好走。"沉着有力的脚步声渐渐远了。

"干。"

"干。"

父亲和我的眼睛全飘在墨瀋未干的春联上，春联非常的鲜艳。一片希望的颜色。

三月十三日草成。

前　天②

前天，哦，我差一点送了命。

我很难计算这么一句话里的感情。我请你不把它看得太佻达，也不弄得太感伤，我意思本不如此。如果我说"差一点就死"，或"差点儿就送了命"而且语气上更有点……那就不同了。

晚上，十点钟，天很黑，和一个人从城里坐马车回来。马老了，又跑了

---

① 应为"辅成"之误。
② 本文刊载于《经世日报·文艺周刊》第 9 期，1946 年 10 月 13 日，北平；作者署名"汪曾祺"。

一整天，累了。车身太高，重心不稳，车夫吆喝，挥鞭，甚至说话看人都不大在行。"黄土坡！黄土坡。"他把惊叹号用错了！语气加在第一句话上。他走路脚跟离地不多，拖里沓拉的。我断定他赶车时一定老在车下跑，不惯坐在"车夫座"上（后来证明我的观察极正确）。他不会扣点钱喝酒。或来两把"八点，十三！"他一定跟我一样，数票子数得也限①慢。我对于这个绝无近代生活中紧张气味的马车夫很有兴趣（倒不是说马车本身是个过去的东西。昆明一般马车夫都在农民的淳朴笨拙上盖上一层工人式的狡猾与机警，正充分象徵着这个暴发的都市）。高高的坐在前面，从城里的热风中回到乡下，回到清静，在星星底下，回去，睡眠等着我的疲倦。说不定我在床上还可以看一封信……我有时严肃，有时轻扬，想及许多事情，在马蹄郭得郭得声中，柏油路上。路边杨树白天的浓荫，在星光下唤起一份沁人甘凉。

路极热，快了，通过铁道。我知道那个小宝塔立在右边小山上，为无边的夜色所淹没。过铁道了，车子跳一跳。跳出来我的微笑。带我向"过去"那条路走。我想起前年，是冬天，有一个时候，差不多每天早晨，和一个人沿着铁道走，向左，走得相当远。每天心里都觉得就这么走下去，多好。走下去，走到那里②去呢？仿佛看到一幅画，远远的，两个人，那么一直走，一定还轻轻说点甚③，因为远了，听不见。也用不着听。这些话若从那里提出来必会失了颜色，那么娇嫩，摘不得。一直走下去，越走越远，走到那里④去呢？想到那就是我，是她，于是笑了，我今天的笑就还有那种笑的记忆。但是，每次都相视一笑就回来了。而且都在差不多地方（给那里立个界碑吧）。回来时，照例在小车站上看看等火车的人。他们等车，我们等甚么？照例这些人天天改变，又总是如此就从未有印象留下。我常在站旁摊子上买一包烟。

"为甚么到那边买来，这不是有一个。"

"……怎么没看见？明天买这个的。"

"这个塔怎么上不去？"

这怎么回答？好像也无须回答。第一次经过塔时告诉她是个实心的。知道她不满意，塔能上去多好。一同凭塔窗眺望远景，青天，白云，一只鸟，翅膀尖蘸了点天上明蓝，……说到塔，是定得从公路右边，从我马车右边绕回去了。都在差不多时候。

---

① "限"似应为"很"字，可能因形近而误排。
② "那里"同"哪里"。
③ "甚么"通作"什么"，下同。
④ "那里"同"哪里"。

有一天，我们看见一饼圆圆的冰，冰里开了一枝菜花，开得很好，黄黄的，楚楚可怜。结了冰，（昆明）难得的。"这无疑是曾经养在一个洋铁罐里的。也许一时要用那个罐子，便倒在这里了。主人当是个洋车夫，或是打更的……"试捡起那块冰，拈在手里一会儿，走了一段，又好好放在路旁，事前事后都用眼睛微询她，她不说甚么，只看看我，心里似乎这么想："他捡起这块块，他放下。"她似乎总是用这种眼光看我作一切事情。我如果发出一声惊人的大叫？她一定也还是如此。我带了这块冰走了一段，又好好的放在路边。那天霜很大，太阳可极好，也没有甚么风。空气清新扑面，如早晨刚打开窗子。远近林树安静而清洁。她穿一件浅灰色大衣。……

她的手非常非常软和，双手插在大衣袋里。我想我的手也应当插进去。应当的事办不到，自然是不出奇的。我不戴手套。

忽然，全车人大叫起来。惊散了我所含的笑。等我澈底①明白是怎么回事时，事情已经过去。一辆既瞎且疯的大卡车，撞在我们马车上了！车不开灯，行驶极快，又不靠左边走，司机想是个广东人，二十来岁。迎头冲原是一种广东作风！幸而车上人在撞到之前即大叫，那个司机急急转过驾驶盘，我们的外行车夫也出于本能急急向左一闪，全车人差点没给掀出来。结果碰在马车轮子上，汽车一溜烟不见了。像一个顽皮孩子扔石头扎了人脑袋，不敢看看究竟如何，头也不回，马上跑了。

马车夫用外乡口音，不大得体的方式咕咕噜噜骂了几句，用意倒像是给自己听听，末了吼一声"走！"胡里胡涂老马又上了路，得郭，得郭，……

"看一看，那里②坏了，能走么？"

"这不是走了，……"说话的人忽然也怀疑起来，车会不会一下子散了？

轮轴转珠圈裂了，戛戛作响，单调而有节拍。车身更加摇晃。老马喘气声音更重浊。车夫简直不敢坐上来了，只在底下拢住缰辔拖。车上人忽然感到彼此间一种同船共渡的亲近。但是谁也没交谈，也许每个人都各自嚼着一串故事，呼吸声音，了了可闻。

"算了，就慢点吧，莫打它了。"

"靠左边点，又有汽车来了。"

忽然有一个人叫"停了，不坐了，给你钱。"他给了点够到站的钱，大家看着他，不知为甚么③。

---

① "澈底"通作"彻底"。

② "那里"同"哪里"。

③ "甚么"同"什么"。

下来一段路，我跟同伴说，"最多一秒钟，相差。" 錶①声在我心里响了的答一声了。过一会，"如果把腿翘在（车厢）外边？"他说"胳膊也差不多。"

为幸运的偶然，我们笑得非常尽兴。笑得简直有点儿疯。

到了家，同伴说，"奇怪，当时并不怕。"当然，这一点都不奇怪。他说"假如一下子，该开追悼会了。"当时似即已想到种种，看到自己遗像在许多花圈，许多零散的花上面，谁在花旁边默默站立，擦了眼泪。谁记起在那②一椿事情上曾经有负于死者，一直想找个机会说开了，或不著痕迹的冰释了。谁听到一句他生前的口头语，寂寞的微笑。……我们的疲倦好像延误了，我们有些话要谈，虽然说出的话全不是要说的，他把口袋里东西清理一番，一一看过，又一一装进去，连今天的一点紧张一点笑，一点由于回忆而来的谈谈③惆怅。装好时用手揣揣，似乎全部在里边。

"昆明菜花冬天也开。冰结住了，冰在那里④？"

好像没有谁听见我的话。 （三月十九日记，夜二时，想起圣路易之稿⑤。）

五月廿三日重抄增改数处。

昆明草木⑥

序

昆明一住七年，始终未离开一步，有人问起，都要说一声"佩服佩服"。虽然让我再去住个几年，也仍然是愿意的，但若问昆明究竟有甚么，却是说不上来。也许是一草一木，无不相关，拆下来不成片段，无由拈出，更可能是本来没有甚么，地方是普通地方，生活是平凡生活，有时提起是未能遣比⑦而已。不见大家箱椟中几乎全是新置的东西。翻遍所带几册旧书中也找不出一片残叶

---

① 通作"表"。

② "那"应为"哪"。

③ "谈谈"应为"淡淡"之误排。

④ "那里"同"哪里"。

⑤ 圣路易即 Saint Louis，是法国中世纪最有名的君主路易九世；但此处的"圣路易之稿"，不知何所指。

⑥ 本文刊载于《文汇报·浮世绘》，1946 年 12 月 27 日，上海；作者署名"方栢臣"。

⑦ "比"应为"此"，可能因形近而误排。

碎瓣了么。独坐无聊，想跟人谈谈，而没有人可以谈谈，写不出东西却偏要写一点。时方近午，小室之中已经暮气沉沉。雨下得连天连地是一个阴暗，是一种教拜伦脾气变坏的气候，我这里又无一份积蓄的阳光，只好随便抓一个题目扯一顿，算是对付外面呜呜拉拉焦急的汽车，吱吱扭扭不安的无线电罢了。我到①宁愿找这样一本书或一篇文章看看，自己来写是全无资格的。

十二月十三日记

一、草

到昆明，正是雨季。在家里关不住，天雨之下各处乱跑。但回来脱了湿透的鞋袜，坐下不久，即觉得不知闷了多少时候了，只有袖了手到廊下看院子里的雨脚。一抬头，看见对面黑黑的瓦屋顶上全是草，长得很深，凄凄的绿。这真是个古怪地方，屋顶上长草！不止一家如此，家家如此。荒宫废庙，入秋以后，屋顶白蒙蒙一片。因为托根高，受风多，叶子细长如发，在暗淡的金碧之上萧萧的飘动，上头的天极高极蓝。

二、仙人掌

昆明人家门。有几件带巫术性的玩意。门坎上贴红纸剪成的剪刀，锁。门上一个大木瓢，画一个青面鬼脸。一对未②漆羊角生在羊头上似的生在门头上。角底下多悬仙人掌一片。不知究竟是甚么意思，也问过几个本地人，说不出所以然，若是乡下人家则在炊烟薰得黑沉沉的土墙上还挂一长串通红通红的辣椒，是家常吃的，与厌胜辟邪无关，但越显出仙人掌的绿，造成一种难忘的强烈印象。

仙人掌这东西真是贱，一点点水气即可以浓浓的绿下来，且茁出新的一片，即使是穿了洞又倒挂在门上。

心急的，坐怕担心费事，栽花木③活，糟蹋花罪过，而又喜欢自己种一点甚么出来看看的，你来插一片仙人掌吧，仙人掌有小刺毛，轻软得刺进手里还不知道，等知道时则一手都是了。一手都是你仍可以安然作事。你可以写信告诉人了，找④种了一颗仙人掌，告诉人弄了一手刺。就像这个雨天，正好。你披上雨衣。

仙人掌有花，花极简单，花片如金箔，如腊。没有花柄⑤，直接生在掌

---

① "到"或"倒"。
② "未"似为"朱"，可能因形近而误排。
③ "木"似为"未"，可能因形近而误排。
④ "找"应为"我"，可能因形近而误排。
⑤ "柄"或为"柄"，可能因形近而误排。

片上，像是做假安上去的。从来没见过那么蠢那么可笑的花。它似乎一点不知道自己是个甚么样子，不怕笑。咦唷，听说还要结果子呢，叫做甚么"仙桃"，能好吃么？它甚么都不管，只找个地方把多余的生命冒出来就完事，根本就没想到出果子。这是个不大可解的事，我没见过一头牛一匹羊嚼过一片仙人掌。我总以为这么又厚又大的大绿烧饼应当很对它们的胃口的。它们简直连看也不看一眼！

英国领事馆花园后墙外有仙人掌一大片，上多银青色长脚蜘蛛，这种蜘蛛一定有毒，样子多可怕。墙下有路，平常一天没有两三人走过。

三、报春花

"虽然我们那里的报春花很少，也许没有，不像昆明。"——花园

我不知怎么知道这是报春花的。我老告诉人"这种小花有个好名字，报春花"，也许根本是我造的谣。它该是草紫紫云英，或者紫花苜蓿，或者竟是报春花，不管它，反正就是那么一种微贱的淡紫色小花。花五六瓣，近心处晕出一点白，花心淡黄。一种野菜之类的东西，叶子大概如小青菜，有缺刻，但因为花太多，叶子全不重要了。花梗及其伶仃，怯怯的升出一丛丛细碎的花，花开得十分欢。茎上叶上全沁出许多茸茸的粉。塍头田边密密的一片又一片，远看如烟，如雾，如云。

我有个石鼓形小绿瓷缸子，满满的插了一缸。下午我们常去采报春花，晒太阳。搬家了，一马车，车上冯家的猫，王家的鸡，松①与我轮流捧着那一缸花。我们笑。

那个缸子有时也插菜花，当报春花没有的时候。昆明冬天都有菜花。在霜里黄。菜花上有蜜蜂。

四、百合的遗像

想到孟②处要延命菊去，延命菊已经少了，他屋里烧瓶中插了两只百合，说是"已经好些天了。"

下着雨，没有甚么事情，纱窗外蒙蒙绿影，屋里极其静谧，坐了半天。看看烧瓶里水已黄了，问"怎么不换换水？"孟说："由他罢。"桌上有他批卷子的红钢笔，抽出一张纸画了两朵花。心里不烦躁，竟画得还好。松和孟在肩后看我画，看看画，又看看花，错错落落谈着话。

画画完了，孟收在一边，三个人各端了一杯茶谈他桌台上路易士那几句

---

① "松"即为施松卿。

② "孟"应为汪曾祺的友人之一，似乎也是汪曾祺在昆明中学里的同事。

诗，"保卫比较坏的，为了击退更坏的，"① 现代人的逻辑阿②，正谈着，一朵花谢了，一瓣一瓣的掉下来，大家看看它落。离画好不到五分钟。

看看松腕上表，拿起笔来写了几个字：

"遗像某月日下午某时分，一朵百合谢了。"

其后不久，孟离开昆明，便极少有机会去他屋前看没有主人的花了。又不久，松与我也同时离开昆明又分了手，隔得很远。到上海三月，孟自家乡北上，经过此地，曾来过我这个暮色沉沉的破屋里住了一宿，谈了几次，我们都已经走了不少路了，真亏他，竟还把我给他写的一条字并那张画好好的带着？

这教我有了一点感慨。走了那么多路，甚么都不为的贸然来到这个大地方，我所得的是甚么，操持的是甚么，凋落的，抛去的可就多了。我不能完全离开这朵百合，可自动的被迫的日益远了，而且连眺望一下都不大有时候，也想不起。孟倒是坚贞的抱着做一个"爱月亮，爱北极星的孩子"的志气，虽然也正在比较坏与更坏的选择之中。松远在南方将无法知我如今接受的是一种甚么教育。阿，我说这些干甚么，是寂寞了？"雨打梨花深闭门"，收了吧。——这又令我想起昆明的梨花来了。

飞　的③

鸟粪层

常常想起些自己不大清楚的东西，温习一次第一次接触若干名词之后引起的朦胧的响往。这两天我想鸟粪层。手边缺少可以翻检的书，也没有④可以告诉我一点关于鸟粪层的事。

---

① 为英国现代诗人路易士·麦克尼斯，文中所引"保卫比较坏的，为了击退更坏的"，可能出自路易士·麦克尼斯的诗《秋天日记》（from Autumn Journal），英文原作中比较近似的有这样几句——"Think victory for one implies another's defeat, /That freedom means the power to order, and that in order/To preserve the values to the elite/The élite must remain a few." 那两句译文可能是意译，其实，所谓"保卫比较坏的，为了击退更坏的"源自西方政治学的一个常谈，即人类的政治制度总不合人性，但却是人类社会所必需的"恶"，即是一种社会制度比较坏，总比无政府状态好，人类的选择只在较坏和更坏之间权衡而已。此言亦即吾国常言"两害相权，取其较轻"之义。

② 语气词，表示感叹，通作"啊"。

③ 本文刊载于《文汇报·笔会》第 145 期，1947 年 1 月 14 日，上海；作者署名"西门鱼"。

④ 此处似漏排"人"。

书和可以叩问的人是我需要的么？

猎斑鸠①

那时我们都还小，我们在荒野上徜徉。我们从来没有那么更精缴的，更深透的秋的感觉。我们用使自己永远记得的轻飘的姿势跳过小溪，听着风溜过淡白色长长的草叶的声音而（真是航）过了一大片地。我们好像走到没有来过的秘密地方，那个林子，真的，我们渴望投身到里面消失了。而我们的眼睛同时闪过一道血红色，像听到一声出奇的高音的喊叫，我们同时驻足，身子缩后，头颈伸出一点。我们都没有见过一个猎人，猎人缠那么一道殷红的绑腿，在外面是太阳，里面影影绰绰的树林里。这个人周身收束得非常紧，瘦小，衣服也贴在身上，密闭双唇，两只眼睛刻在里边，颊部微陷，鹰钩鼻子。他头仰着，但并不十分用力，走过来，走过去。看他的腿胫，如果不提防扫他一棍子，他会随时跳起避过。上头，枝叶间，一只斑鸠，锈红色翅膀，瓦青色肚皮。猎人赶斑鸠，猎人过来，斑鸠过去，猎人过去，斑鸠过来。斑鸠也不叫唤，只听得调匀的坚持的煽动翅膀声音。我们守着这一幕哑斗的边上。这样来回三五次之后，渐渐斑鸠飞得不大稳了，她有点慌乱，被翼声音显得踉跄参差。在我们未及看他怎么扳动机枪时，震天一响，斑鸠不见了。猎人走过去拾了死鸟，拂去沾在毛上的一片枯叶。斑鸠的颈子挂了下来，一幌②一幌。我们明明看见，这就是刚才飞着的那一只，锈红色翅膀，瓦青色肚皮，小小的头。猎人把斑鸠放在身旁布袋里。袋里已经有了一只灿烂的野鸡。他周身还是那样，看不出那里③松弛了一点，他重新装了一粒子弹，向北，走出这个林子。红色的绑腿到很远还可以看见。秋天真是辽远。

我们本来想到林子里拾橡栗子，看木耳，剥旧翠色的藓皮，採红叶，寻找伶仃的野菊，这猎人叫我们的林子改了样子了，我们干什么好呢？

蝶

大雨暂歇，坟地的野艾丛中
一只粉蝶飞着。

---

① 此节后以"斑鸠"之名，独立刊载于《新路》周刊第 1 卷第 9 期，1948 年 7 月 10 日，北平、上海；已收录于解志熙辑校的《汪曾祺早期作品拾遗》，《十月》2008 年第 1 期，第 19 页，2008 年 1 月，北京。二者文字略有不同，可见战争时局的暗影愈深，而个人爱欲色彩愈隐。

② 此处"幌"当为"晃"之误排，下同。

③ "那里"通作"哪里"。

矫饰

我很早就做假了。八岁的时候，我一个伯母死了。我第一次（第一次么？不，是比较重大的一次，）开始"为了别人"而做出种种样子。我承继给那位伯母，我是"孝子"。吓，我那个孝子可做得挺出色，像样。我那个缺少皱纹的脸上满是一种阴郁表情，这很容易被人误认为是哀伤。我守灵，在柩前烧纸，有客人来吊拜时跪在旁边芦席上，我的头低着，像是有重量压着抬不起来。而且，喝①，精彩之至，我的眼睛不避开烟焰，为的好薰得红红的。我捏丧棒，穿麻鞋，拖拖沓沓的毛边孝衣，一切全恰到好处。实在我也颇喜欢这些东西，我有一种快乐，一种得意，或者，简直一种骄傲。我表演得非常成功，甚至自己也感动了。只有在"亲视含殓"时我心里踌躇了，叫我看穿着凤冠霞帔的死人最后一眼，然后封钉。这我实在不大愿意。但是我终于很勇敢的看了。听长钉子在大木槌下一点一点的钉进去，亲戚长辈们都围在我身后，大家都严肃十分，很少有人接耳说话，那一会儿，或者我倒还挤出一点感情来的。也模糊了，记不大清。到葬下去，孝子例须兜了土在柩上洒三匝，这是我最乐意干的。因为这是最后一场，戏剧即将结束。（我差点儿笑出来。说真的，这么扮演也是很累的事。）而且这洒土的制度是颇美的。我倒还是个爱美的人！

近几年来我一直忘不了那一次丧事。有时竟想跟我那些亲戚长辈们说明白，得了吧，别又来装模作样。

卅六年一月

驴②

驴浅浅的青灰色，（我要称那种颜色为"驴色"！）背脊一抹黑，渐细成一条线，拖到尾根。眼皮鼻子白粉粉的。非常的像个驴，一点都不非驴非马。一个多么可笑而淘气的畜生！彷佛它娘生他③一个就不再生似的，一付自以为是的独儿子脾气。

---

① 嘘气作声，此处为语气词，略有惊叹之意。
② 本文刊载于《经世日报·文艺周刊》第 44 期，1947 年 6 月 15 日，北平；作者署名"汪曾祺"。
③ 应为"它"，可能因形近而误排。

一下套，它吃①一口豆子，挨了顾老板一铜杓把子，（顾老板正舀豆花作乾子）偏着脑袋，一溜烟奔过了那条巷子，跳过大阴沟，来了，奔过来，还没有站定，就势儿即往地上一摔，翻身。这块地教它的驴皮磨得又光又滑了。（若是这里须一地名，可就本地风光名之为"驴打滚"。）翻，——翻不过；翻，——再来一个，好嘛，喔唷喔唷，这一下，——过瘾！我家老王说，驴子不睡觉，站一站就行了；挨了半天磨，累得王八旦似的，也只须翻一个身即浑身过②泰。我相信它。因此，看它翻不过，为之着急，好像我的腰眼里也酸溜溜的了。幸而它每次都一定翻得过的。滚完了，饮水，吃草，丁零当郎摇它的耳朵，忒尔噜噜打喷嚏。——这东西把两个招风耳那么摆来摆去的干甚么呢？世界上有没有一个蜜蜂曾经冒冒失失撞到一个驴耳朵里去过？小时候我老这么想，现在也还对此极有兴趣。唔，唔，唔！它把个软软的鼻子皱两皱，（多不雅观！）忽然惊天动地的呜哇呜哇的大叫起来，问老王它干甚么叫，老王说"闻到驴奶奶气味了，好不要脸的东西！"说时神情好像有看不起它。我于是不好意思看看它自身挂下来的玩艺。晋人多奇怪嗜癖，好驴鸣其一也，有以善作驴鸣得大名者，甚至到新死的朋友坟上去，"鸣"，真是非常的玄了！驴它稳稳重重的时候不是没有，但发神经病时候很多，常常本来规规矩矩，潇潇洒洒的散着步，忽然中了邪似的，脖子一缩，伸开四蹄飞奔，跑起来又跑过去；跑过去，又跑过来。看它跑，最好是俯卧在地上，眼光与地平线齐，驴在蓝天白云草紫芦花之间飞，美极了。跑也听你跑去，没有人管你，侉奶奶细着眼睛看得很有趣呢，可你别去嚼人家种在那儿的豆子，那你就有罪受的！大和二和六丁六甲似的追过来，（你跑，个杂——种！）一把捞住绳头子，拴到那棵踞满了毛毛虫的搜③骨伶仃的榆树上去了。顾家也是，为甚么把绳子弄得什么长呢？散着，它要一脚一脚的踏，抻得它那个鱼脊梁也似的脖子一闪一闪；拴在树上，它会一圈一圈的绕着树转，（生成牵磨的命！）转到后来，摸不着来路了，于是把个驴子头吊了起来，上下不得，干瞪两眼，两眼翻白，斜睃着自己尾毛拂动。牛虻虫，麻苍蝇都来了。这就只有两条后腿还可以活动活动，方不致因为老站着而酥麻。腿膝里是两个黑疤疤就极其显眼的露了出来。老王说这是驴子的夜眼。驴子夜里能作事，瞎眼驴子一样骑，全靠这两个膏药心似的东西然而。他又说驴子生小毛病不吃药，用个小锤子在那里敲两下；重病也只须戳一勺被鍼，放

---

① 应为"吃"，可能因形近而误排。
② "过"似为"通"，可能因形近而误排。
③ 应为"瘦"之误排。

出点紫血就行了。这就不对了：既是眼睛，则不能敲，不能戮。然而这倒底①是个甚么东西？很想去摸摸这个甲虫壳似的尾巴②，用指头弹弹必会八八的响的。还是先把它解下来吧，它腿上肉一牵一牵的跳，筋都涨③起来了。——这畜生真不知好歹！狗咬吕洞宾，驴要踢我。我不知搭救了它多少次了。

　　而且家里一吃粽子，我即把箬叶跟小莲一起来送给它吃。驴特别爱这东西。小莲告诉我，须仔细检④去裹粽子的麻丝，说吃下去要缠住肚肠子。我不信，（当然不通，难道会吃到肠子外头去吗？）小莲说"骗你干什么！大和说你⑤，不信你去问。"我才不问，检去就是了！小莲一片一片的送在它的嘴里，看它吃。小莲喜欢这驴，她日后将忘不了这驴。小莲你嫁给大和得了，嫁过去整天用箬叶喂驴！我心里想，不敢说出来，我怕小莲哭。我看小莲，小莲一条辫子，越来越长了。我说：

　　"小莲，我给它吃。"

　　小莲把盛箬叶的柳条畚箕给我。我想驴一定更愿意我喂。一片一片的，着急死了，我一次就是五六片，塞得它满嘴都是。而远远的叫过来了：

　　"那是我家的驴，踢了你我不管！"

　　"哎唷哎唷，甚么宝贝驴！快来看看，只有一只耳朵了！"

　　这是老王说的。老王总是帮着我。老王来了，老王来挑水，我们一齐看过去，老王，我，小莲，为老王的话逗笑了的侉奶奶：

　　那边大喜鹊窠的老柳树上呢，大和跟二和。

　　大和二和每天下午到这里来。老王一见他们总要说：

　　"怎么着，又来放驴了？"

　　这是陶笑⑥他们的话。只有放牛放羊叫"放"的，驴不能叫"放"。然而该怎么说呢？"看驴"，怕也没有这么说的。老王另有个说法，"陪驴"，这其实最对。他们实在是跟在驴后面也一溜烟跑出来玩玩而已。驴子比他们哥儿俩都懂事些，倒像顾大娘把儿子交给驴，驴子带头，领着他们到荒野里来一样。这时候他们累了半夜，一早上的爸爸要睡一会，他们在家一定闹得不得安生！

---

　　① 通作"到底"。
　　② 以"尾巴"来指驴子的"夜眼"，令人费解，可能是上文"黑疤"的误排，音近而误。
　　③ 通作"胀"。
　　④ 原文如此。
　　⑤ 此处"你"字似误排。
　　⑥ "陶笑"通作"淘笑"。

蝴蝶：日记抄①

听斯本德聊他怎么写出一首诗，随着他的迷人的声调，有时凝集，有时飘逸开去；他既已使我新鲜活动起来，我就不能老是楼息在这儿；而到：

"蝴蝶在波浪上面飘荡，把波浪当作田野，在那粉白色的景色中搜索着花朵。"②

从他的字的解散，回头，对于自己陈义的抚摸，水到渠成的快感，从他的稍稍平缓的呼吸之中，我知道前头是一个停顿，他已经看到这一段的最后一句像看到一棵大树，他准备到树下休息，我就不等他按住话头，飞到另一片天地中去了。少陪了，去计划怎么继往开来吧，我知道你已经成竹在胸，很有把握，我要一个人玩一会儿去。我来不及听他吩咐些甚么；已经为故地的气息所陶融。

蝴蝶，蝴蝶在同蒿③花田上飞，同蒿花灿烂的金色。同蒿花的金色，风吹同蒿花。风搂抱花，温柔的摸着花，狂泼的穿透到花里面，脸贴着它的脸，在花的发里埋它的头，沉醉的阖起它的太不疲倦的眼睛。同蒿花，烁动，旺炽，丰满，恣酣，蹯躃。狂欢的潮水！——密密层层，那么一大片的花，绸④浓的泡沫，豪侈的肉感的海。同蒿花的香味极其猛壮，又夹着药气，是迫人的。我们深深的饮喝那种气味，吞吐含漱，如鱼在水。而同蒿花上是千千万万的白蝴蝶，到处都是蝴蝶，缤纷错乱，东南西北，上上下下，满头满脸。——置身于同蒿花蝴蝶之间，为金黄，香气，粉翅所淹没，"蜜钱⑤"我们的年龄去！成熟的春天多么的迷人。

我想也想不起这块地方在我的故乡，在我读过的初级中学的那⑥一边，从教室到那里是怎么走的呢？我常常因为一点触动，一点波漾而想起这块

---

①　本文刊载于《经世日报·文艺周刊》第 54 期，1947 年 8 月 24 日，北平；作者署名"汪曾祺"。

②　斯本德（Stephen Spender，1909－1995），他和 W. H. 奥登、路易士·麦克尼斯齐名，被称为英国诗坛的"奥登一代"；斯本德的诗论《一首诗的形成》，经俞铭传翻译发表，引文见《文学杂志》（朱光潜主编）第 2 卷第 2 期，第 57 页，1947 年 7 月 1 日，北平。

③　通作"茼蒿"，下同。

④　应为"稠"，可能因形近而误排。

⑤　应为"钱"，可能因形近而误排。

⑥　通作"哪"，下不一一注明。

地，从来没有想出究竟在那里，我相信永远想不出了。我们剪留下若干生活（的场景，或生活本身。）而它的方位消失了，这是自然的还是可惋惜的？且不管它，我曾经在那些蝴蝶同蒿花之间生存过，这将是没齿不忘的事。任何一次的酒，爱，音乐，也比不上那样的经验。

那个时候我们为甚么要疯狂的捕捉那些蝴蝶？把蝴蝶夹死在书里（压扁了肚子）实在是不愉快的事情，现在想起来还有点恶心。为甚么呢？我们并不太喜欢死蝴蝶的样子；（不飞了，）上课时翻出一个来看看不过是因为究竟比我们的教科书和教员的脸总还好玩些，却也不是真有兴趣，至少这不足以鼓励我们去捕捉杀害。我们那么热心的干这个，（一下子功夫可以三五十个，把一未①书每一页都夹一个毫不费力！）完全是表洩我们初生的爱②。就是我们那些女同学，那些小姐们，她们的身体、姿态、脚步，③ 笑声给我们一种奇异的刺激，刺激我们作许多没有理由的事情。这么多的花蝴蝶，蓝天、白云、太阳、风、又挑拨我④。我们一身蓄聚蛮野的冲动，随时就会干点傻事出来。捕捉蝴蝶，这跟连衣服跳到水里去，爬到盤楼房顶上，用力踹一只大狗，光声怪叫，奇异服装完全出于一源。不过花跟蝴蝶似乎最能疏导宣发，是一种最直接，最尽致，最完备遍到的方式。我们简直可以把那些蝴蝶一把一把的纳到，嘴里，嚼得稀烂，骨笃一声咽下去的！（并不须她们任何一个在旁边看见或知道。）都是些小疯子，那个时候我们大概是十三四，十四五岁。

这一下可飘得远了。斯本德刚才说甚么来的？让我想想看。我重新把那篇《一首诗的创造》摊开，俯伏到上面去。稍为有点不顺帖，但不一会儿我就跟上他了。

八月十四日

（此文原为复旦大学《史料与阐释》丛刊而写，提交于"《汪曾祺全集》编辑工作会"，2011 年 4 月 20～21 日，北京；有修改）

---

① 应为"本"，可能因形近而误排。
② 应为"爱"，可能因形近而误排。
③ ","应为"。"之误排。
④ 原文此处有一空格，似脱"们"字。

雅致的恣肆

——汪曾祺早期佚文校读札记之一

我对汪曾祺的阅读，开始于博士论文选题之初，当时《汪曾祺全集》中散文及文论的部分，让我感受到汪曾祺在"草木虫鱼"的随意点染中所散发的"言志派"散文的神韵，他对"文气"说的深湛体悟，以及那种"万物静观皆自得，四时佳兴与人同"的颇具道学与名士味的悠然自适姿态。在我为撰写博士论文而阅读《经世日报》、《大公报》、《文汇报》和《文学杂志》等旧报刊之际，所偶然发现的汪曾祺的早期佚文七篇①——《结婚》、《除岁》、《前天》、《昆明草木》、《飞的》、《驴》和《蝴蝶：日记抄》，给予我一个重新思考早期汪曾祺作品的契机。

汪曾祺在创作之初即有着明确的小说家的自觉，倍受研究者关注的《短篇小说的本质——在解鞋带和刷牙的时候之四》一文，即相当准确地呈现了汪曾祺的文体意识和写作自觉：他企图致力于创造一种融合了诗、戏和散文的某些特点的"纯小说"，使短篇小说从标准化的刻板僵硬的状况中解脱出来，获得文体的现代性。就此而言，年轻气盛的汪曾祺颇有追随废名和沈从文的气度，成为一个不断进行短篇小说文体试验的文体家。汪曾祺的早期作品，均可以看作是这种文体试验的产物，即使是近于散文的作品，在文体上也应归入短篇小说，至于某些作品中看来破坏了叙事完整性的简短议论，正是作者精心构造的一种叙述姿态。研究者不大注意的《礼拜天的早晨》和《绿猫》，正是后一种尝试的代表性作品。

整体看来，汪曾祺可称为一个厌世而又恋世的艺术家。"人性"在他那

---

① 我曾认为《冬天——小说〈豆腐店〉之一片段》也是汪曾祺的一篇散佚小说，因为《汪曾祺全集》（北京：北京师范大学出版社，1998年8月）未收录，后发现它已收入《汪曾祺小说经典》（北京：人民文学出版社，2005年8月），该文初刊于《经世日报·文艺周刊》第47期，1947年7月6日，北平。

里是一个在善与恶之间随时变幻的动态状态，世界如此，汪曾祺自己也是如此。"短篇小说家不断体验由泥淖至青云之间的挣扎"①，的确道出了汪曾祺写作的某种心理状态。由于那种童年的挫败感觉，以及在破碎中重获自信的生命体验，早期的汪曾祺似乎是一直在尝试着对自己和世界作出逼人的凝视，有几分残酷，同时又有几分温情。在发掘伤痛的残酷之际，又用一种淡淡的温情将这种残酷化解，因此抑郁成为主调，不过有时冲破抑郁，偏近于狂躁，有时节制抑郁，展现为温雅。这可以说是汪曾祺早期作品的综合色调。基于这种心理原点，汪曾祺在选择自己的文学谱系时，对所谓"京派"和所谓"现代派"都有着本质的内在亲缘。

汪曾祺的早期作品，呈现着一种"雅致的恣肆"气息。所谓"雅致的恣肆"，其实是通过"艺术的沉酣"，对生活和艺术的"至矣尽矣"的形式感的追求。这种"至矣尽矣"的形式感，是一种混合了京派的古雅、现代派的淋漓尽致，乃至庄子式的"技艺之道"的沉酣的特殊状态。汪曾祺对艺术的痴迷、对艺术极致的追求，有"京派"的气息。但他追求的是雅致中的奇崛与矫饰，是艺术创作与欣赏的沉酣，这与我们所通常认为的京派的"自然"、"传统"是颇不相同的。汪曾祺以一种反叛的姿态，一种对邪恶人性和善良人性并行不悖的发掘和展示，校正了京派"人性善良"的前提，从内部对京派进行了革命。但是却依然保留了京派的雅致外形，存在着对传统京派所挚爱的风俗民情、草木虫鱼，乃至传统文人士大夫"诗酒风流"的怅惘与哀婉。不过，汪曾祺除去了那种过于感伤的乃至陈腐的气息，从而使怅惘情绪得到节制，并注入一种新鲜的情欲，年轻的感觉，结果使传统京派所沉迷的静雅形式与那些怅惘的历史记忆剥离开来，使精致的形式和当下此刻新鲜的生命重新相遇，从而获得了新的生命。进而言之，汪曾祺使对故乡记忆、风土民情的观察，与对自己生命情感的清新感觉和严正思索融合起来。通过将个人内在的生命感觉和外在的民俗风情的融合，汪曾祺使所谓"京派"和"现代派"得到了某种程度的融合、共生。从这点看来，虽然将汪曾祺归入京派有一定的理由，他的存在，何尝又不可以说是传统京派的终结呢？至少，也意味着一种所谓"京派"和所谓"现代派"融合的新形式。显而易见，汪曾祺的那种敏感，那种对痛楚的敏锐感觉和刻骨记忆，都不是惯常采用使之自然化的传统京派所使用的策略。但是，这种痛楚是有节制的，多隐身在一层雅致的形式之下，精纯的语言之中，这也克服了所谓现代

---

① 汪曾祺：《短篇小说的本质——在解鞋带和刷牙的时候之四》，《汪曾祺全集》第 3 卷，北京：北京师范大学出版社，1998 年 8 月，第 29 页。本文初刊于《益世报·文学周刊》第 43 期，1947 年 5 月 31 日，天津。

派的某种生硬之感。这样看来，汪曾祺正处在一个微妙的连接点上，也许正是这预示了其作品的复杂性和生命力。

一　《结婚》、《除岁》及《前天》：
汪曾祺的青春想象及家国怀想

《结婚》、《除岁》和《前天》所处理的是战争和日常危机中的亲情、婚姻与恋情。死亡与危机为这一切似乎平淡无奇的情感镶上了一道超真实的金边，使它们重新变得真切可感。汪曾祺在此所致力呈现的是一种分崩离析中的和谐，一种人情和社会的破碎之后的重造。

汪曾祺的《绿猫》，初看可能被认为是一个纯虚构的作品，其实这篇小说是一篇虚构和真实杂糅的小说，与汪曾祺的众多早期作品有着多重的互文关系。文中所虚拟的来访者和被访者"我"和"柏"，即是作者汪曾祺的两个分身，其中所引用的柏的作品，即是汪曾祺早期作品的片段。因此，《绿猫》正是帮助我们解读迄今还不能确知的汪曾祺早期作品的一把锁匙。在《绿猫》中，谈到柏在昆明的时候，进入一个他暗恋的××的新婚房间："主人新婚，房里的一切是才置的，全部是两个人跑疲了四条腿，一件一件精心挑选来的。"① 即与《结婚》的开头有某种情意上的关联：

> 宁宁可以斜斜的靠在新椅子上，看看这些天用腿和眼睛的水磨工夫换来的东西，想自己便要生活在这些东西当中了，实在好玩得很!②

小说《结婚》，是汪曾祺创作初期的一篇重要作品。在发表时间上虽然较晚，却集中反映了年青的汪曾祺对爱欲和婚姻的颇具绝望色彩的观念，且具有鲜明的写实色彩。与沈从文部分爱欲想象类小说一样，《结婚》也借"花"和"花瓶"的意象来喻指爱欲，不过相对于沈从文《主妇》中默默无言的新娘"她"，汪曾祺笔下的新娘宁宁，虽然具有温庭筠《菩萨蛮》"照花前后镜，花面交相映"般的慵懒而艳冶，却是一个与新郎"他"对等的叙述者。

> 太阳光艳艳的，从西边半扇窗子照进来，正照着桌上一面小镜子上，镜面很厚，边缘的镜面把太阳分出一圈虹彩。远远地方有一方白光，若是照在脸上，不免让人生气，这时却照在那个墙上。（啊，镜面

---

① 《绿猫》，见《汪曾祺全集》第 1 卷，北京：北京师范大学出版社，1998 年 8 月，第 122 页。
② 《结婚》，《大公报·文艺》第 183 期，1942 年 7 月 27 日，桂林。

上已落了一层灰！）窗外一丛树，自以为跟天一样高了，便终日若无其事的乱响。百灵鸟在飞，在叫，又收了翅子，歇下舌子，怪难为情的用树叶影子遮住脸。蔷薇花开，在风里香，风里摇。青灰墙上，一叠影子，如水洒在上面，扫之不去，却又趁人不备时干了。一只松鼠，抖着长尾，拂着自己的小脑袋，终日被精力苦恼，不肯在一根枝丫上耗过一分钟，现在正从宁宁窗口掠过去，她甚么也不理会。心想：这是我的事，我的事，不干你们甚么的，似乎自己也不必关心。①

在镜子、花、鸟和树等景致中，却婉转细腻地呈现了新娘宁宁的若无所主的微妙心理，以及那种青春独具的丰满的生命力。

汪曾祺在这里尝试着以一种"她"和"他"并置的双重视点，来探讨婚姻的浪漫与乏味混合的状态。其间，虽然有对平淡婚姻的恼恨与反抗，却贯穿着对爱欲和婚姻所具有的感觉与理性两方面的透亮理解。而那个自觉的、做作的读书人新郎"他"，则含蓄的呈现了饱受生活折磨的汪曾祺对重建一个辛苦与折磨中的堡垒——自己新家庭的隐秘期盼和迟疑心态。

《除岁》发表于1943年11月5日桂林的《文学杂志》第1卷第2期，文末标注的写作时间是"三月十三日"。据1942年1月10日桂林的《自由中国》新年号（新1卷第5～6期合刊）上所刊载《自由中国》第1～2期合刊的"要目预告"，有汪曾祺的《除岁》；另据1942年5月10日桂林《大公报》广告：1942年5月1日桂林《自由中国》第2卷第1～2期合刊，载有汪曾祺的《除岁》，此外，1943年5月8日桂林《大公报》广告：《文学杂志》创刊号要目也有汪曾祺的《除岁》（小说），不过一直到《文学杂志》第2期《除岁》才第一次刊出，可见《除岁》一文的问世颇为艰难。据上所述，《除岁》的写作时间应该在1941年底之前，或者即是1941年3月13日。《除岁》可能是汪曾祺在沈从文"各体文习作"或"创作实习"课上的作业。此外，在沈从文实际参与编辑的《经世日报·文艺周刊》1947年9月7日第55期上，发表过一篇署名"王震寰"的《岁除》，大概也是西南联大沈从文课上的课卷。

小说《除岁》虽然可以看作是一种思乡之作，但由于将作者的个人身世、对故乡的记忆与写作当时日寇对中国西南江山的攻击糅合在一起，因此也是一篇以家喻国、家国忧患交融的作品。作者选定"除岁"这个中国人特殊的喜庆祥和的节日，来写作者与父亲虽有疏离却终和解的父子情谊。早期汪曾祺的作品中，很少这样正面具体地谈到自己的父亲。

　　父亲少年时节完全是个少爷，作得好诗，舞得好剑，能骑人不敢近

---

① 《结婚》，《大公报·文艺》第183期，1942年7月27日，桂林。

身的劣马，春秋佳日常常大醉三天不醒，对于生业完全不经意。现在却变成一个老老实实的生意人，教人简直不能相信。我凝视壁上挂着他的照相，想寻出一点风流倜傥的痕迹。①

如果说汪曾祺的《复仇》隐晦地处理了对不幸早亡的母亲的情感，那么他的《除岁》则在想象中处理了对依然健在的父亲的感情。那种成年儿子与老年父亲"父子怡怡"共同守岁的情景，在现实中也许从未发生过，却在想象中温暖了颠沛流离的汪曾祺的心灵，使他对"家"、"国"有一种依恋之情，从而超越诸多分歧和伤痛而达成情感和解。

相对于抗战时许多以阶级斗争为主旨的左翼现实主义小说，汪曾祺的《除岁》更为关注的是不同阶级之间的和谐，在叙述宾东之间的关系时，彰显了其间所具有的浓浓的人情味，和他们在抗战危难之中虽位置有别，但各受己份、同舟共济、同仇敌忾的朴素的爱国情怀。汪曾祺以小说《除岁》，抽象处理了早年伤痛与家国之思的关系。这种处理方式，与执着于吟味个人或历史伤痛记忆，并将之扩大为生命的主导情绪的那些作家对待世界的方式是不大相同的。从这点看来，汪曾祺晚年说自己是一个"朴素的人道主义者"、"儒者"，倒也其来有自。

《前天》则涉及了汪曾祺一种隐秘的爱情体验，在一场突如其来的车祸中渗透着对昆明民俗的观察，对自己青涩恋情的记忆和伤悼。在叙述上则颇有意识跳荡之趣。

> 我想起前年，是冬天，有一个时候，差不多每天早晨，和一个人沿着铁道走，向左，走得相当远。每天心里都觉得就这么走下去，多好。走下去，走到那里去呢？仿佛看到一幅画，远远的，两个人，那么一直走，一定还轻轻说点甚么，因为远了，听不见。也用不着听。这些话若从那里提出来必会失了颜色，那么娇嫩，摘不得。一直走下去，越走越远，走到那里去呢？想到那就是我，是她，于是笑了，我今天的笑就还有那种笑的记忆。但是，每次都相视一笑就回来了。而且都在差不多地方（给那里立个界碑吧）。
>
> 她似乎总是用这种眼光看我作一切事情。我如果发出一声惊人的大叫？她一定也还是如此。我带了这块冰走了一段，又好好的放在路边。那天霜很大，太阳可极好，也没有甚么风。空气清新扑面，如早晨刚打开窗子。远近林树安静而清洁。她穿一件浅灰色大衣。……
>
> 她的手非常非常软和，双手插在大衣袋里。我想我的手也应当插进

---

① 《除岁》，《文学杂志》第 1 卷第 2 期，第 26 页，1943 年 11 月 5 日，桂林。

去。应当的事办不到，自然是不出奇的。我不戴手套。①

这里的"她"，是汪曾祺文中常出现的 S 么？那种清新洁静的气氛，并排而有距离的、温静有礼的恋人间的散步，以及弥漫文中的淡淡惆怅，即使在马车遇险之际也未释去。作者在现在的笑与记忆中的笑之间，试图给青春的情爱体验以妥当的归置。汪曾祺在《花·果子·旅行日记抄》有"念 N 不已。我不知道这一生中还能跟她散步一次否？"的句子，倒可以与此参照阅读。② 不过后者中表达了对爱欲、对"明亮的欢情"的感受与期待，即使里面也有一丝失恋的影子，不过其中的"散步"却是一种携手共感的欢悦。

文末提到的"想起圣路易之稿"，不知何所指。法国中世纪最有名的君主路易九世，曾打败英国入侵而又宽大英国，并与西班牙、英国国王签约，奠定了法国的版图，后来又两次组织十字军东征，对宗教极为虔诚，死后被罗马教皇封为"圣路易"。关于他有许多著作，如罗曼罗兰就有一部"信仰戏剧"《圣路易》③，1940 年代被贺之才翻译出版，列为"罗曼罗兰戏剧丛刊"八种之第四，其子贺德新在《罗曼罗兰戏剧丛刊序》中点明罗曼罗兰剧作成功的原因之一在于"人性的、活的、现前的，而不仅是历史的考据，所以能撼动观众底平淡，使他发现自己本来面目，以引起热情与同感"。④

二　草木虫鱼总关情：《昆明草木》等汪曾祺早期佚文

这里有必要交代一下我对《昆明草木》和《飞的》的简单考证。

《昆明草木》发表于 1946 年 12 月 27 日上海《文汇报·浮世绘》，作者署名"方栢臣"。迄今为止，很少发现汪曾祺使用笔名，一开始我只是感觉到该文在风格上有点近似于汪曾祺的作品。要判断它是否是汪曾祺所作，还需要确凿的证据。该文第三节"报春花"开头的引文："虽然我们那里的报春花很少，也许没有，不像昆明。——花园"，与收入《汪曾祺全集》第 3 卷的《花园》的文句"固然报春花在我们那儿很少见，也许没有，不像昆明。"⑤ 大略相同。运用"文本互证"的方法，可以推断出《昆明草木》是汪曾祺的一篇佚文，"方栢臣"也可以证实是汪曾祺的笔名之一。

①　《前天》，《经世日报·文艺周刊》第 9 期，1946 年 10 月 13 日，北平。

②　引自芳菲《汪曾祺早期佚文一组》，昆明《大家》2007 年第 2 期。《花·果子·旅行日记抄》初刊于《文汇报·笔会》，1946 年 7 月 12 日，上海。

③　罗曼罗兰：《圣路易》，贺之才译，上海：世界书局，1944 年 11 月。

④　贺德新：《罗曼罗兰戏剧丛刊序》，载《圣路易》，上海：世界书局，1944 年 11 月。

⑤　《花园》，《汪曾祺全集》第 3 卷，第 1 页。

《飞的》发表于 1947 年 1 月 14 日上海《文汇报·笔会》第 145 期，作者署名"西门鱼"。与《昆明草木》一样，最初我也是从风格上的相近认为这可能是汪曾祺的文笔。解志熙先生发现的汪曾祺佚文《斑鸠》[①]与该文的第二节"猎斑鸠"大致相同，运用"文本互证"的方法，同样可以断定《飞的》是汪曾祺的佚文，"西门鱼"也是汪曾祺的笔名之一。此外据查，"西门鱼"作为汪曾祺笔名，已经收入作家笔名录之中，只是《汪曾祺全集》尚未收录以此为笔名发表的作品。汪曾祺年轻时喜读《庄子》，"西门鱼"笔名既有暂居于昆明西门左近的记实意味，也颇含有自得其乐的庄子式气氛。现在看来，《飞的》一文，颇有原生性，《斑鸠》和《蝴蝶：日记抄》等文均基于此文相关章节而独立发展成篇。

《昆明草木》、《飞的》和《蝴蝶：日记抄》一组佚文，看起来有点近似于散文，特别是接近所谓的"言志派"小品文。汪曾祺晚年所写的以《人间草木》为代表的诸多散文，的确是具有纯正的风土民俗情趣。不过《昆明草木》这一组文章有着精巧严密的叙述策略，其对草木虫鱼的敏锐深细的感觉，与对作者寂寞青春点缀着零散欢情的内在生命体验的叙述，是并行而交融的。因此，我倾向于把它们看作是颇具文体试验性质的散文化的小说。《烧花集》、《斑鸠》、《蜘蛛和苍蝇》乃至《花·果子·旅行日记抄》亦可以归为此类。这种写法，的确是跳荡流动、摇曳多姿的，有的地方兼取"体物小赋"的精细特征，并赋之以新鲜的爱欲气息。

如"报春花"一节：

> 反正就是那么一种微贱的淡紫色小花。花五六瓣，近心处晕出一点白，花心淡黄。一种野菜之类的东西，叶子大概如小青菜，有缺刻，但因为花太多，叶子全不重要了。花梗及其伶仃，怯怯的升出一丛丛细碎的花，花开得十分欢。茎上叶上全沁出许多茸茸的粉。塍头田边密密的一片又一片，远看如烟，如雾，如云。
>
> 我有个石鼓形小绿瓷缸子，满满的插了一缸。下午我们常去采报春花，晒太阳。搬家了，一马车，车上冯家的猫，王家的鸡，松[②]与我轮流捧着那一缸花。我们笑。[③]

---

① 见解志熙辑校《汪曾祺早期作品拾遗》，《十月》2008 年第 1 期，第 19 页，2008 年 1 月，北京；《斑鸠》原文刊载于《新路》周刊第 1 卷第 9 期，1948 年 7 月 10 日，北平、上海；作者署名"汪曾祺"。

② 此处"松"，当为汪曾祺夫人施松卿。

③ 《昆明草木》，初刊于《文汇报·浮世绘》，1946 年 12 月 27 日，上海；作者署名"方栢臣"。

以一种毫不在乎的口吻描述一种伶仃娇怯而欢悦开放的紫色小花，与淡
墨轻描的"我"与"松"捧花而笑的情景，有着一种轻盈飘举的兴奋与快
乐。这里的报春花与《前天》的菜花其实都有着某种爱欲意味，不过在
《前天》里是隐喻镶嵌于叙述之中，而这里则是使情致附属于对花木的描绘，
单纯的故事叙述是压缩到极限的。虽然草木虫鱼有几分"兴"的意味，但又
与对"我"生命体验的叙述真实地存在于一个时空之内，因而兼有写实性。

再如"猎斑鸠"一节：

> 那时我们都还小，我们在荒野上徜徉。我们从来没有那么更精缔
> 的，更深透的秋的感觉。我们用使自己永远记得的轻飘的姿势跳过小
> 溪，听着风溜过淡白色长长的草叶的声音而（真是航）过了一大片地。
> 我们好像走到没有来过的秘密地方，那个林子，真的，我们渴望投身到
> 里面消失了。……猎人赶斑鸠，猎人过来，斑鸠过去，猎人过去，斑鸠
> 过来。……这样来回三五次之后，渐渐斑鸠飞得不大稳了，她有点慌
> 乱，被翼声音显得跟跄参差。在我们未及看他怎么扳动机枪时，震天一
> 响，斑鸠不见了。①

以冷静节制的笔调，叙述猎人与斑鸠在深林中的一场静默无声的紧张对
峙，与轻快的徜徉在荒野偶然闯入林中的"我们"轻飘随意的身姿恰成一种
情绪上的参差对照。这里的猎人射杀斑鸠的场面虽然颇具写实意味，不过由
于斑鸠在叙述中又被指称为女性的"她"，这个猎杀场面遂被赋予了一丝爱
欲意味。明确了这点，再来看处于旁观者地位的"我们"，虽然置身于显性
叙述的边缘，却可能正是本文情绪的核心。"我们"之间蒙昧清浅的爱欲情
绪可能因目睹这个场面而明晰起来。② 这样，这两种或隐或现的情绪之间，
恰成为一种潜抑的相互呼应。这种微妙含混的情绪，萦绕在对猎人和斑鸠精
细传神的描绘之中，使本节成为写实性和隐喻性兼而有之的一种文本。尽管
沈从文曾经在许多作品中以小鹿和小羊喻指美丽的女性，汪曾祺在这里所进
行的文体尝试，将敏锐深切的生命感觉，纳入精致美妙的体物式文字之中，
的确可称为匠心独运，别树一帜。

《飞的·蝶》一节仅有两句话，是一首带有俳句意味的短诗。不过，在

---

① 《飞的》"猎斑鸠"节，《文汇报·笔会》第 145 期，1947 年 1 月 14 日，上海。
② 参看《故乡的食物》"野鸭·鹌鹑·斑鸠·驺"节，"我看见过猎人打斑鸠。我在读初中的
　时候，午饭后，我到学校后面的野地里去玩。野地里有小河，有野蔷薇，有金黄色的茼蒿
　花……在一片树立里，我发现一个猎人。……树林上面飞过一只斑鸠"，《汪曾祺全集》第
　4 卷，北京：北京师范大学出版社，1998 年 8 月，第 28 页。

《蝴蝶：日记抄》中，却发展为独立文章了。《蝴蝶：日记抄》的初始情绪和核心意象，虽然源自作者的生命体验，不过写作过程中，可能受到英国诗人斯本德的《一首诗的形成》的启发，汪曾祺此文，与《一首诗的形成》，呈现出互文关系。至于汪曾祺是否因看到俞铭传在 1947 年 7 月 1 日《文学杂志》第 2 卷第 2 期上的译文，才知道斯本德这篇文章，则还不能确定。因为 1946 年 9 月 8 日《经世日报·文艺周刊》第 4 期上刊登有萧望卿的《战争与蝴蝶》，已与斯本德这篇文章有互文关系，更早在署名"铁马"的《飞翔的蝴蝶——小屋文论之一》，开头有这样的文句：

> 文思好像一只只美丽的蝴蝶，它在金黄的阳光底下，在想象的花丛里，常常生动的翻飞着，这才形成真正的美，如果你把它逮住了，压在一张纸上，它就简化了，枯干了，失去了原来的那种丰富，活泼，跃动，以及配合在一齐，联结在一齐，组成在一齐的条件，它就不美了。①

看来也有斯本德关于蝴蝶与花朵的想象的影子。铁马何许人现在不能确知，或许即是许铁马；不过据此可以推测，汪曾祺应该在西南联大有关课上读过斯本德此文。斯本德这篇文章的英文原文，也可能为西南联大阅读或写作课上的参考读物。不过，汪曾祺的确是个才情过人的人物，接受斯本德文章的激发，却不亦步亦趋地追随。《蝴蝶：日记抄》一文追述作者刻骨铭心的沉酣于万千蝴蝶和茼蒿花丛中的"初生的爱"②。

> 风搂抱花，温柔的摸着花，狂波的穿透到花里面，脸贴着它的脸，在花的发里埋它的头，沉醉的阖起它的太不疲倦的眼睛。茼蒿花，烁动，旺炽，丰满，恣酣，孱孱。狂欢的潮水！——密密层层，那么一大片的花，绸浓的泡沫，豪侈的肉感的海。茼蒿花的香味极其猛壮，又夹着药气，是迫人的。我们深深的饮喝那种气味，吞吐含漱，如鱼在水。而茼蒿花上是千千万万的白蝴蝶，到处都是蝴蝶，缤纷错乱，东南西北，上上下下，满头满脸。——置身于茼蒿蝴蝶之间，为金黄，香

---

① 铁马：《飞翔的蝴蝶——小屋文论之一》，《大公报·文艺周刊》，1945 年 9 月 16 日，重庆。

② 关于"初生的爱"之主题，汪曾祺曾在与林斤澜的对话专栏中坦白："《受戒》，写的是我四十三年前的初恋情感。"《社会性·小说技巧》，载《人民文学》1987 年第 3 期，引文据《汪曾祺全集》第 8 卷，北京：北京师范大学出版社，1998 年 8 月，第 67~68 页。其实，汪曾祺所谓"四十三年前"，或为"五十三年前"，1934 年，汪曾祺十五岁时，《蝴蝶·日记抄》与《斑鸠》，均涉及"初生的爱"之爱欲主题，与《受戒》同。

气，粉翅所淹没，"蜜饯"我们的年龄去！成熟的春天多么的迷人。①

本文以泼墨重彩的笔致，晕染出一种浓郁的年少轻狂的爱欲狂欢气氛。蝴蝶、花和风等构筑的是一个特别的空间，颇具男性气概的"风"穿行抚摸于女性的"花"丛中，"我们"沉醉在猛壮的花香和缤纷的蝶翅的包围之中，深深的喝饮那种气味，犹如身处于一个"豪侈的肉感的"海洋。文中以蝴蝶和苘蒿花为核心意象，夹入花引蝶，鱼戏水等传统典喻；"风"的意象，也充满动感，有一种酣畅淋漓的韵致。置身于苘蒿花、白蝴蝶和春风之间应该是汪曾祺初级中学时候的亲身体验，不过这种青春的迷醉应该源于景致的和爱欲的两种因素。因此，蝴蝶和花也兼有写实与隐喻两种意味。随后作者叙述道：

> 我们剪留下若干生活（的场景，或生活本身。）而它的方位消失了，这是自然的还是可惋惜的？且不管它，我曾经在那些蝴蝶同蒿花之间生存过，这将是没齿不忘的事。任何一次的酒，爱，音乐，也比不上那样的经验。

这段话显然透露了《蝴蝶：日记抄》最初的写作动机。我们也可以稍加推衍，借用它来分析《昆明草木》与《飞的》乃至《驴》等文本，它们均是以所谓"草木虫鱼"为题旨，间寓有个人情愫意味的作品。不过景物、情致与事件等成分所占的比重在文本叙述中各有差别，起兴、隐喻与写实的因素在不同篇章中也各自有其不同的组合。到《驴》中，"驴"的意象所负载的欲望意味虽还存在，不过更为引人注目的是其运用儿童视角，叙述童趣昂然的儿时故事这一方面。

三 从《豆腐店》到《羊舍一夕》：汪曾祺与儿童文学

《驴》和《冬天——小说〈豆腐店〉之一片段》均初刊于 1947 年夏的

---

① 《蝴蝶：日记抄》，《经世日报·文艺周刊》第 54 期，1947 年 8 月 24 日，北平。唐湜在《虔诚的纳蕤思》中称"那篇《蝴蝶》里有他对生活的沉湎的书抒写，他彷佛庄周梦着蝴蝶，'蝴蝶，蝴蝶在同蒿花田上飞，同蒿花灿烂的金色。同蒿花的金色，风吹同蒿花，风搂抱同蒿花，温柔的摸着花，狂泼的穿透到花里面，脸贴着它的脸，在花的发里埋它的头，沉醉的阖起它的太不疲倦的眼睛。同蒿花，烁动，旺炽，丰满，恣酣，孵蜉，狂欢的潮水！密密层层，那么一大片的花，稠浓的泡沫，豪侈的肉感的海，同蒿花的香味极其猛壮，又夹着药气，是迫人的。我们深深的渴饮那种气味，吞吐含漱，如鱼在水。而同蒿花上是千千万万的白蝴蝶，到处都是蝴蝶，纷纷错乱，东南西北，上上下下，满头满脸。——置身于同蒿花蝴蝶之间，为金黄，香气，粉翅所淹没，'蜜饯'我们的年龄去！成熟的春天多么的迷人'"，且辨识出"重要的是作者笔下的肉感（Sensuality）"及汪对生活与艺术的"沉酣"，《新臆度集》，北京：三联书店，1990 年 9 月，第 130 页。

《经世日报·文艺副刊》。《经世日报·文艺副刊》由当时主持北京大学文学院的杨振声主编，汪曾祺的老师沈从文也参与该栏目的编辑事宜。汪曾祺在这里发表了许多作品，收入《汪曾祺全集》中的《艺术家》，即初刊于1947年5月4日、5月11日的《经世日报·文艺周刊》第38、39期。在抗战后所谓"平津新写作"中，《经世日报·文艺周刊》有相当重要的地位——另外《经世日报·经世副刊》也值得关注——朱自清、朱光潜、杨振声、冯至、沈从文、林徽音、卞之琳、李广田、余冠英、穆旦、袁可嘉、金隄、俞铭传、王震寰、邢楚均、杨苡、华滋、毕树棠、傅芸子、闻国新、毕基初、雷妍等人，在此刊发了大量创作及译作。

《驴》和《冬天——小说〈豆腐店〉之一片段》实属同一系列，是小说《豆腐店》的两个片段。《豆腐店》完成了没有，今已不可确知。不过可见晚年犹有意写作长篇小说《汉武帝》的汪曾祺，早年曾尝试过写一系列相关的片段，尝试来组成长篇小说。

《驴》开头是一幅简洁的静物白描，笔触传神而别有生气：

> 驴浅浅的青灰色，（我要称那种颜色为"驴色"！）背脊一抹黑，渐细成一条线，拖到尾根。眼皮鼻子白粉粉的。非常的像个驴，一点都不非驴非马。一个多么可笑而淘气的畜生！彷佛它娘生他一个就不再生似的，一付自以为是的独儿子脾气。[①]

在准确精当的勾勒中，含有亲切的谐趣和童趣，这驴也是有性别的！至此，确立了文本叙述的基调。这驴是顾家豆腐店的驴。下面在描述驴的外形、神态和癖性的时候，并置了文士风流与市井民俗两类关于驴的说法，使"我"关于驴的童年记忆更为丰满。在叙述过驴的春情和儿童朦胧的性觉醒之后，接着谈及驴的"发神经"：

> 驴它稳稳重重的时候不是没有，但发神经病时候很多，常常本来规规矩矩，潇潇洒洒的散着步，忽然中了邪似的，脖子一缩，伸开四蹄飞奔，跑过来又跑过去，跑过去又跑过来。看它跑，最好是俯卧在地上，眼光与地平线齐，驴在蓝天白云草紫芦花之间飞，美极了。[②]

真可谓精致而不纤弱，酣畅而不粗俗，语言纯净而充满丰沛强韧的生命活力。围绕着驴，大和二和放驴、我和小莲喂驴、老王和侉奶奶淘笑逗乐，虽所涉仅寥寥数语，却把那种儿童眼中天真顽皮而不失温情的世界图像呈现

---

① 《驴》，《经世日报·文艺周刊》第44期，1947年6月15日，北平。
② 同上。

了出来。

至于《冬天——小说〈豆腐店〉之一片段》，写冬天蜗居于家中的孩子"我"对豆腐店做豆腐情景的精细记忆，以及大和、二和、侉奶奶、李三等人饱含温情和善意的悬想。笔调中有一种淡淡的、遥远的，带有时间和空间距离的温暖，带着一抹无边夜色中的微红。这里，应含有汪曾祺儿时对人情温暖的最初记忆，同时也表现了汪曾祺笔下人性善良的一面。文章开头相当奇崛：

> 冬天，下雪。
>
> 冬天下雪，大和二和不大出来。冬天的孩子在家里。孩子在母亲膝头，小猫在我的膝头。孩子穿得厚厚的。冬天教人觉得冷，我是觉得不冷。孩子的眼睛圆溜溜的，孩子想。想，看看雪，想。冬天，大和二和睡觉，——我就看见他们睡觉，不睡觉他们做甚么我不知道。我作不出一篇《大和跟二和的冬天》。冬天的荒野就一片白，就只有一个字，雪。要那才叫雪，甚么都没有，都不重要，只有雪。天白亮白亮的，雪花绵绵的往下飘，没有一点声息。雪的轻，积雪的软，都无可比拟。雪天教人也不是想飞，也不是想骑，（马）不是俯卧在上面，教人想怎么样呢，还是走走，一步一步的走。想又不顶想，又似乎想的也不是这个，都说不清。总而言之，一种兴奋，一种快乐，内在，飘举，轻。树皮好黑，乌鸦也好黑，水池子冻得像玻璃。庙也是雪，船也是雪。侉奶奶的门不开，门槛上都是雪。[①]

带着一种冬天的慵懒，犹如雪花的绵绵飘落，文中简短而文意有跳荡的句子，营造出一种雪天独有的奇特的、散碎的空间感，雪天黑白色调的简单对比，犹如绝句一般简洁明快。那种如雪花一般轻盈柔软的叙述方式，巧妙地表现出一种雪天给孩子们带来的兴奋感觉。下文对顾老板做豆腐的神态的描绘，既有汪曾祺许多作品中关于手艺人对庖丁解牛式的技艺之道的沉酣，又点明其脸色发青、眼睛赤红的缺觉状态，具有真切的写实感觉。大和二和，据汪曾祺晚年的回忆，应是以汪曾祺第一个继母的姑母的两个儿子为原型，而小莲，则是以其生母陪嫁的侍女为原型。在喂驴、买豆腐浆等琐屑事情中，也隐现着小莲、"我"和大和之间含混未明的童稚情愫。

简而言之，这两篇童趣横生的小说，实际上是作者自身童年记忆的影像，蕴含着生命最初的诸多感觉，抑制中有丰盈，雅致中有奇崛，安详中有

---

① 《冬天——小说〈豆腐店〉之一片段》，《经世日报·文艺周刊》第47期，1947年7月6日，北平。

骚动。如果用"性心理学"来分析，也有可以下笔之处。

　　相对而言，汪曾祺中年之后写作的《羊舍一夕》，则要净化得多，基本上是以劳动伦理为核心，叙述几个孩子在严肃工作间隙的轻松游戏，语言上也更为朴素。汪曾祺在新中国成立后的儿童文学创作，虽然延续了他早期对儿童的关注，不过其儿童视角和儿童世界的丰富性，已经经过了删减和重塑。在文化和文学格局完全转变之后，这种变化也许是难以避免的。

　　（此文为复旦大学拟议中的《史料与阐释》丛刊而写，提交于"《汪曾祺全集》编辑工作会"，2011 年 4 月 20～21 日，北京；发表于《韩中言语文化研究》第 32 辑，第 243～257 页，2013 年 6 月 30 日，首尔，文字有改动）

生命的沉酣

——汪曾祺早期佚文校读札记之二

2007 年至 2008 年前后，我在阅读民国时期旧报刊时，无意间发现了汪曾祺的七篇小说：《结婚》、《除岁》、《前天》、《昆明草木》、《飞的》、《驴》、和《蝴蝶：日记抄》，证实了汪曾祺的两个笔名"西门鱼"和"方栢臣"，遂撰写《雅致的恣肆——汪曾祺早期佚文校读札记》一文。随后，我在阅读中，更加关注汪曾祺的早年写作，期待能从尘封虫蚀的、日益残碎的旧报刊中，寻找出其日渐湮没的作品，对我们理解那个生活困窘而才情迸发的青年学生作家，及艰危万状而终于扭转中国命运的抗战时代，能有一些亲切具体、丰富鲜活的理解。

2009 年初至 2010 年底，我发现的汪曾祺早期作品主要有《河上》、《匹夫》、《疗养院》三篇小说，及《消息——童话解说之一》、《封泥——童话解说之二》、《文明街》、《落叶松》和《二秋辑》（包括《私章》和《落叶松》两首诗）六首佚诗，汪曾祺的两个笔名"汪若园"和"郎画廊"。因为当时研究的重点是"小品散文"，无暇对这些作品多加阐释，也因为这些作品的相对复杂性，我一时难以完全理解，甚至连文字的辨认也因部分报刊胶片和原刊的模糊不清，而难以确定，阐释的文章，更迟迟难以动笔。2013 年 10 月底，我第二次去昆明查阅原刊，力求使汪曾祺早期的这些文字，能得到相对准确的解读和理解。这次昆明之行，使我认清了所辑录的汪曾祺早期佚文中数百个原来无法辨识的文字，我的心情是非常喜悦的。

同时，随着阅读的进一步推进，我对汪曾祺的早年作品，也有了一点更为深入的理解。

在 20 世纪 80 年代之初，汪曾祺通过写作小说《受戒》而告别自我的

"样板戏作家"时代，实现了写作的新生，从而以"小品作家"①的身份重新跃上当代中国文坛。1987年，汪曾祺在谈到作家的职责是从事精神生产，为读者提供新的"思想感情"时，曾对自己的作品有过这样的论断：

> 我看了自己全部的小说、散文。归纳了一下我所传导的感情，可分三种：一种属于忧伤，比方《职业》；另一种属于欢乐，比方《受戒》，体现了一种内在的对生活的欢乐；再有一种是对生活中存在的有些不合理的现象发出比较温和的嘲讽。我的感情无非是忧伤、欢乐、嘲讽这三种。有些作品是这三种感情混合在一起的。②

当时的文学研究者，主要是以"士大夫文化薰陶出来的最后一位作家"③的视角，来定位汪曾祺，来解读汪曾祺的作品，多认可其作品的淡雅温馨色调，及愉悦抚慰④功能。因此，甚至连林斤澜这样的汪曾祺的多年挚友，也无法理解汪曾祺所说的其作品中的"欢乐"。在"书画萧萧余宿墨，文章淡淡忆儿时"的汪曾祺晚年自我塑造和20世纪80年代文化语境共同塑造的作家形象中，"欢乐"被淡化为"愉悦"，"忧伤"被调整为"温馨"，"嘲讽"则多被漠视，汪曾祺对其一生作品的郑重总结，其作品"忧伤"、"欢乐"与"嘲讽"质素究竟为何，更是无人做出回答。

其实，汪曾祺对其作品的这种分类，可以认为是在晚年对其作品的一次

---

① 汪曾祺：《晚翠文谈自序》，"我的气质，大概是一个通俗抒情诗人。我永远只是一个小品作家。我写的一切，都是小品。就像画画，画一个册页、一个小条幅，我还可以对付；给我一张丈二匹，我就毫无办法"。《汪曾祺全集》第4卷，北京：北京师范大学出版社，1998年8月，第49页，原刊于《天津文学》1986年第11期。

② 汪曾祺：《社会性·小说技巧》，见《汪曾祺全集》第8卷，北京：北京师范大学出版社，1998年8月，第59~60页，原刊于《人民文学》1987年第3期。此外，在《作为抒情诗的散文化小说》中，汪曾祺回答香港作家施叔青关于其作品所传达的"感情"的提问时，也说："归纳一下，可分三种，一种属于忧伤，比方《职业》；另一种属于欢乐，比方《受戒》，体现了一种内在的对生活的欢乐；再有一种是对生活中存在的有些不合理的现象发出比较温和的嘲讽。我的作品无非忧伤、欢乐、嘲讽这三种，有些作品是这三种感情混合在一起的。"见《汪曾祺全集》第8卷，第82页，原刊于《上海文学》1988年第4期。

③ 林斤澜《〈汪曾祺全集〉出版前言》中谈到1987年《北京文学》召开的汪曾祺作品讨论会，"会上很有学术气氛，有的论点经久越见影响。比如北大的几位年青学者，'定'了个'位'，大意是士大夫文化薰陶出来的最后一位作家"。见《汪曾祺全集》，北京：北京师范大学出版社，1998年8月，第9页。

④ 汪曾祺在《七十书怀》和《社会性·小说技巧》中曾自称"文章淡淡"，"我所追求的不是深刻，而是和谐"。见《汪曾祺全集》第4卷第457页、第8卷第60页。《人民文学》编者崔道怡直言"汪老作品给我的感觉是温馨"，林斤澜也说，"我解释你的作品不大用欢乐，而用愉悦。欢乐和愉悦是有区别的。欢乐对你的作品来说太强烈和外露了"。《社会性·小说技巧》，见《汪曾祺全集》第8卷，第60页。

综合性、总体性的审视，大概是涵容了早年与晚期所有个人独创性的重要作品。我们可以此为基点，来尝试勾勒汪曾祺作品的文体，语言乃至独特内涵。

这里所发现的一批汪曾祺早期佚文，为理解其晚年的自我总结，提供了新的参照。

一　何为"生命的沉酣"

在紧贴地面、麻木不仁或淡然超脱的人群中，是很难理解"生命的沉酣"，这种生命飞扬、灵魂飘举的状态的。鲁迅在其散文诗集《野草》的第五篇《复仇》中，曾以深刻痛切的笔致写道：

> 人的皮肤之厚，大概不到半分，鲜红的热血，就循着那后面，在比密密层层地爬在墙壁上的槐蚕更其密的血管里奔流。散出温热。于是各以这温热互相蛊惑，煽动，牵引，拼命地希求偎倚，接吻，拥抱，以得生命的沉酣的大欢喜。
>
> 但倘若用一柄尖锐的利刃，只一击，穿透这桃红色的，菲薄的皮肤，将见那鲜红的热血激箭似的以所有温热直接灌溉杀戮者；其次，则给以冰冷的呼吸，示以淡白的嘴唇，使之人性茫然，得到生命的飞扬的极致的大欢喜；而其自身，则永远沉浸于生命的飞扬的极致的大欢喜中。①

很显然，鲁迅所谓"生命的沉酣"与"生命的飞扬的极致"，乃是在生与死之际，在爱与仇之中，以一种深深的投入、力求完满与极致的凝神状态，来获得一种内在生命的深度、厚度与高度。用《庄子》的话说，就是"深之又深，而能物焉，神之又神，而能精焉"，"精神四达并流，无所不极"，"用志不分，乃凝于神"，"灵台一而不桎"。②

汪曾祺所言其作品中的"欢乐"，是一种"内在的对生活的欢乐"，其本质正与此相近。我在《雅致的恣肆——汪曾祺早期佚文校读札记》中，曾以"雅致的恣肆"来概括汪曾祺早期作品的整体特征，"所谓'雅致的恣肆'，其实是通过'艺术的沉酣'，对生活和艺术的'至矣尽矣'的形式感的追求。这种'至矣尽矣'的形式感，是一种混合了京派的古雅、现代派的

---

① 鲁迅：《野草》，上海：上海北新书局，1935 年 9 月第 10 版，第 15～16 页。

② 见《庄子》"天地"篇、"刻意"篇、"达生"篇，引自王先谦《庄子集解》（一）第 65、88 页，（二）第 7、12 页，北京：中华书局，1954 年 12 月。

淋漓尽致，乃至庄子式的‘技艺之道’的沉酣的特殊状态”。① 而所谓“雅致的恣肆”，其核心正是“生命的沉酣”与“艺术的沉酣”，一种对内在生命的极致状态的感知、一种对艺术的极致之道的体念。这种入乎其内，沉醉其中的高扬飞升状态，是汪曾祺早期作品的核心情绪，也是其“内在的对生活的欢乐”的主导感情；所谓“忧伤”，因了这种基本情绪的支撑，不流于滥俗的感伤；所谓“嘲讽”，也因这种基本情绪作为对照，作为底色，而更为愤激尖锐。这里可略作申述。

比如小说《艺术家》中，汪曾祺即以隐含作者的身份论及“艺术”给予生命的“高度的欢乐”、“内在的飘举”与“狂”，及“欣赏者”与“杰作”在“完全”状态相遇时的生理与心理感觉：

> 只有一次，我有一次近于“完全”的经验。在一个展览会中，我一下子没到很高的情绪里。我眼睛睁大，眯起；胸部开张，腹下收小，我的确感到我的踝骨细起来；我走近，退后一点，猿行虎步，意气扬扬；我想把衣服全脱了，平贴着卧在地下。沉酣了，直是“尔时觉一座无人”。我对艺术的要求是能给我一种高度的欢乐，一种仙意，一种狂：我想一下子砸碎在它面前，化为一阵青烟，想死，想“没有”了。这种感情只有恋爱可与之比拟。平常或多或少我也享受到一点，为这点享受，我才愿意活下去，在那种时候我可以得到生命的实证；但“绝对的”经验只有那么一次。②

这里，汪曾祺使用了“沉酣”一语，作为这种状态的命名，它可以使真正能领略的人的精神“升华到精纯的地步”，达到“狂欢”的境界，早年的汪曾祺甚至将之推为“生命的实证”和“活下去”的唯一意义，与生命的平凡俗常状态截然对立。在面对天才而早亡的哑巴画家留存于世间的唯一杰作、白马庙茶馆内壁的“三丈多长，高二丈许”的大画时，汪曾祺道出了艺术家成就杰作时的融“生命的沉酣”于“艺术的至矣尽矣”的独特状态：

> 笔笔经过一番苦心，一番挣扎。多少割舍，一个决定；高度的自觉之下透出丰满的精力，纯激的情欲；克己节制中成就了高贵的浪漫情趣。各部份安排得对极了，妥贴极了。干净相当简单，但不缺少深度，

---

① 见裴春芳《雅致的恣肆——汪曾祺早期佚文校读札记》，《韩中言语文化研究》第 32 辑，第 244 页，韩国中国言语文化研究会，2013 年 6 月 30 日，首尔。

② 汪曾祺：《艺术家（上）》，刊载于《经世日报·文艺周刊》第 38 期，1947 年 5 月 4 日，北平。

真不容易，不说别的四尺长的一条线从头到底在一个力量上，不踟蹰，不衰竭！如果刚才花坛后面的还有稿样的意思，深浅出入多少有可以商量地方，这一幅则作者已做到至矣尽矣地步，他一边洗手，一边依依的看一看，又看一看自己作品，大概还几度把湿的手在衣服上随便那里擦一擦，拉起笔又过去描那么而①下的，但那都只是细节，极不重要，是作者舍不得离开自己作品的表示而已，他此时"提刀却立，踟蹰满志"，得意达于极点，真正是"虽南面王不与易也。"

"沉酣"于自己艺术世界的艺术家，在将内部生命的"丰满的精力"和"纯澈的情欲"注入艺术对象之中，获得一个完满的形式之际，个人精神一瞬间"得意达于极点"，那种"踟蹰满志"与意气扬扬，也正是"生命的沉酣"的一种表现。②

在《短篇小说的本质——在解鞋带和刷牙的时候之四》中，汪曾祺接着飞行员朋友的话"当你从事于某一工作时，不可想一切无关的事"，而论及小说家写作的精神状态及短篇小说的本质，尤为关注小说家"沉酣"于写作时凝神于一的专注状态：

> 小说家在安排他的小说时也不能想得太多，他得沉酣于他的工作。他只知道如何能不籁不颠，不滞不滑，求其所安，不摔下来跌死了。……③

不能达于此，则写作难于获得成功。而在《绿猫》中，隐含作者汪曾祺分身为"我"与"柏"，进行着自我内部空间之内的交谈。在这场奇特的对话中，"我"倾听"柏"论及写作与阅读的存在本身及写作的快乐，也在于这种"生命的沉酣"：

> 为什么写？为什么读？最大理由还是要写，要读。可以得到一种"快乐"，你知道我所谓快乐即指一切比较精美，纯粹，高度的情绪。瑞恰滋叫它'最丰富的生活'。你不是写过：写的时候要沉酣？我以为就是那样的意思。我自己的经验，只有在读在写的时候，我才觉得自己活

---

① "而"应为"两"之误排。

② 唐湜《虔诚的纳蕤思——谈汪曾祺的小说》中，敏锐地关注到汪曾祺"对于作为艺术的生活理想，对于生活的艺术地沉酣"，及其写作的"踟蹰"，《新臆度集》，北京：三联书店，1990年9月，第130、128、132页。此文写于1948年2月。

③ 汪曾祺：《短篇小说的本质——在解鞋带和刷牙的时候之四》，《汪曾祺全集》第3卷，北京：北京师范大学出版社，1998年8月，第31页。本文刊载于《益世报·文学周刊》第43期，1947年5月31日，天津；文末自注"三十六年五月六日晨四时脱稿，自落笔至完工计整约二十一小时，前后五夜。在上海市中心区之听水斋"。

得比较有价值，像回事。

　　……阅读，痛快地阅读，就是这个境界的复现，俯仰沉浮，随波逐浪，庄生化蝶，列子御风，味飘飘而轻举，情晔晔而更新。……①

这种"沉醉"的境界中，神与物游，物我合一，自我沉浸于万象中，生命得到了充分的舒张扩展，有时甚至可达到更为丰厚饱满、趋于狂放的"恣醉"状态，如《蝴蝶：日记抄》之茼蒿花的"狂欢的潮水"。汪曾祺所谓其作品的内在的"快乐"，所谓"一切比较精美，纯粹，高度的情绪"，其确切内涵，正在于此，并不那么纯然的温馨与愉悦。

二　"欢乐"、"忧伤"与"嘲讽"

　　汪曾祺早期作品的"忧伤"，因这种质感强烈的内在的"欢乐"情绪的支撑，具有一种更为清新敏锐、丰盈鲜润的气息，比如小说《疗养院》。不过，更为值得关注的，是以这种内在的"欢乐"情绪为底色的、与之相对照的"嘲讽"类作品，如《匹夫》。

　　相对而言，《河上》则是一篇沈从文《三三》式的"乡村抒情想象"体小说，以"欢乐"为主导情绪，但个人色彩更浓，内在情绪悒郁渐消，更为舒展。闲居乡下的神经衰弱患者"他"，与天真而娇憨的乡下少女"三儿"，要乘同一条船上城里，快到越娃沟时：

　　　　两岸的柳树交拱着，在疏稀的地方漏出蓝天，都一桨一桨落到船后去了。野花的香气烟一样的飘过来飘过去，像烟一样的飞升，又沉入草里，溶进水里。水里有长长的发藻，不时缠住桨叶，轻轻一抖又散开了。

野花香气的飞扬和水草的缠绵，正如"他"与"三儿"心内渐起的情绪迴溜：

　　　　水轻轻的向东流，可是靠边的地方有一小股却被激得向西流，乡下人说那是"迴溜"。三儿想着一些好笑的事情，她知道自己笑了。一些歌泛在她的心上，不自觉的，她竟轻轻的唱出声了。②

三儿端坐船后梢，"他"在水中推船慢慢前行，浑身湿透的他为听清三

---

① 汪曾祺：《绿猫》，《汪曾祺文集》第 1 卷，北京：北京师范大学出版社，1998 年 8 月，第128 页；文末标注写于"一九四七年七月二日上海"。

② 汪曾祺：《河上（上）》，《中央日报·文艺》第 71 期，1941 年 7 月 27 日，昆明。

儿的歌声而爬上船舷，三儿不许，"小船很调皮的翻了，两个人都落在水里"。在小小的争执与笑骂中，两人去河边草滩上把衣服晒干，重新划船向城里走：

> 两个人都坐向船尾，互相望了望，坐在左边的用左手划右边的桨，坐在右边的用右手划左边的桨。桨的快慢随着大家呼吸的快慢。一路上非常安稳平静除了谁的头发拂上谁的脸，谁瞪一瞪眼，用自己的身体推一推别人的身体，推不开别人，却推近了自己。
>
> 他们互相量着自己和旁人凸出的胸部的起伏也量着自己的。
>
> 绿柳，蓝天，锣鼓，歌声，风，云船，桨，都知趣的让人忽视它们的存在。①

电影特写般的镜头感，使消隐于远景中二人身体的初次接近，异样清晰地呈现在我们目前，如果换个叙述角度，则更易理解，"他"即"我"之变身，"我"实借"他"的身份，在自我的爱欲之河中回溯，所以，才如此切近，如此清晰。如果这点成立，则汪曾祺早年的《河上》，实为其晚年重登文坛的代表作《受戒》的一个底稿，同样有关于汪曾祺的"初生的爱"，一种内在生命的欢乐的摹写，含有汪曾祺初恋的生命体验，《蝴蝶·日记抄》亦同。

而以笔名"郎画廊"发表的《疗养院》，则是汪曾祺早期作品中"忧伤"类的代表。"他"每隔一天，要去探望一次因爱情受伤而神经失常住进疗养院的"田宝田"小姐，与因沉溺于"雅致的和谐"而心灵闭锁住进疗养院的"上官令"小姐。

田宝田小姐似乎是一个清醒的狂躁症患者，沉浸在心造的美妙幻景中，拒绝接受残酷乏味的真实：

> 我每次看她时都是要把那些又厚又重的绒布帘拉开来又关上去。白日总是关闭着，夜间反倒打开：她怕强烈的阳光，爱青的月光和微弱的星光。后来，自从有一次眼含着泪见了光，她像发现了宝藏一般，说她看见了充满了红宝石的屋子，和今天她发现了眼毛是孔雀尾巴制成的。于是，我平心静气的坐下来，说那些好看的东西不过是水和微尘在眼毛上光中的闪烁而已。她发怒了，于是便大声的哭起来，可是她又从泪里看见了那间充满了宝石的房屋。②

---

① 汪曾祺：《河上（续）》，《中央日报·文艺》第72期，1941年7月29日，昆明。
② 《疗养院》，《中央日报·文艺》第108期，1941年12月8日，昆明；作者署名"郎画廊"。

　　封闭在那座幻想的红宝石之屋中，在绚丽如孔雀尾羽般的七色光芒的虹彩中，在如停尸床般堆满了枯死的花朵的床上，流泪的田宝田小姐至为哀伤地对"他"谈起他们自大学时代开始的、以"手织的毛衣"和"朵朵鲜花"为点缀的爱情，甚至明确知道爱情已逝去，但却始终无法接受，不惜明示爱人真诚地欺骗自己，到这也不能实现时，疗养院成了她唯一的避难所：

　　　　"真的，常常，我们自己厌烦起自己来，到了那时候，自己也无能为力。自己怨怼自己，觉得走进了一间屋子，屋子里什么也没有只有诅咒自己不该来这趟。凡事有个理，有个自己全信的理，什么都能继续了。爱情，伤了我的心，我现在就是一只小鹿，受了伤，总逃向有绿叶荫庇的地方。我们总觉得做了件大事，整个生活都给它支配了。我倒愿意住在疗养院里，天天听护士们的鞋丁丁的门外走过……"①

　　他们在静静的回忆中，遥望着逝去的爱情，一个静默无语，一个流泪地谈笑，但这种对爱的共同追怀，并不能使爱重现，并且，快乐和痛苦渐变为茫然与悲凉，沉陷于无限的寂静中。

　　　　我们该觉得什么都有点改变，有点凉意了，任何皆得在记忆中方可成为可以谈说的资料。我们不敢也不愿触动那激动的强烈的部份，怕一下自己受了伤，我们的素质原是纤弱的，只让一些懒散，舒适来□②延罢，我们实在是胆怯于我们所不胆怯的。我们能有许多事情就做好了，比如我们当个金匠，刻木头的，绣花的，磨宝石的……只要能消磨我们就是好的。我们现在所拿来消磨我们自己的全是伤害自己的，不能从其中获得片刻的安宁，这一个不可躲避的庭院，终于又在于其中，立于其中惟有空漠而已。③

　　通过对逝去之爱的光谱"丝毫不苟的分析"，使"他"与"田宝田"小姐区分开来，尽管同样为爱情所伤，却能够保持正常的神智状态，对以"爱"为"消磨"生命方式的"我们"的过去，做出一番冷静的、微带嘲讽之意的反省。其实，"他"和"田宝田"小姐，只不过居于"爱情"的两端而已，一个依旧沉湎在逝去的爱情之内无法自拔，另一个则以"爱情已逝"为起点进行思考，所得自然忧伤、空漠各不相同。

　　而上官令小姐，则是闭锁于沉静的、遐思的"美的雅致"中，对一事一

---

　　①　《疗养院》，《中央日报·文艺》第108期，1941年12月8日，昆明。
　　②　此处漫漶不清，待查。
　　③　《疗养院》，《中央日报·文艺》第108期，1941年12月8日，昆明。

物充满爱心，却无法适应凌乱粗率的现实的重度忧郁症患者。

> 上官令的脸更苍白了。她的屋子整理得井井有条，不止是秩序，而是一种经过匠心的雅致的装置。我今天带来的花早已在花瓶里了，是我请护士送来的，这也表示我每次来以前的通报，花是我的名片。她把它①最爱也是最得意的一幅画在壁上，那题名叫"我来了"的，那充满了蓝色，画着一双含泪的眼睛的，忧郁的。② 她把她所蒐集的花瓶也都陈设起来，好像每个花瓶代表一种能想像和不能想像得到的颜色，对画人看起来，也许是有意在其中寻找颜色的和谐，在不懂颜料和画学的人看来一样醒目，且得到一个深刻的印象。她有许多海蚌壳和螺贝，也陈设于床边小凳上。一个艺术的喜好者，往往把许多相当不重要的或奇异的小物件陈设起来，我想，这也许是他们内心的点缀吧。我爱这些，它们表示的是沉静，遐思，记忆与对一事一物的爱心。③

上官令的心，犹如一口不断开掘的深井，那种不动声色的内向的沉静，那种静默中以做画表达心境的方式，以及那幅含泪的自画像、充满了蓝色的"我来了"，那种对色彩的和谐超乎寻常的感觉，都与青年汪曾祺是如此接近。再回看田宝田，对"逝去的爱"的沉湎、对"花朵"的挚爱，也是汪曾祺的青少年时代的一种心理历程。这样，结果就很奇妙了，"田宝田"、"上官令"与"他"，均是隐含作者汪曾祺不同的分身，是他的不同侧面性格的化身。爱情的或美的"忧伤"情绪，在这种自我的分身中，互相观照，互相质询，形成了一种独特的思想和情绪空间。田宝田小姐和上官令小姐对"爱"与"美"的沉酣，走向与"现在"断裂的境地，其结局均为疯狂，而成为"他"无法直视和难以割舍的心理面相。徘徊于"正常"的清醒与"沉酣"的疯狂之间，频繁出入于心灵的"疗养院"和日常生活时空的"他"，正是汪曾祺青年时代自我内心生活的一种写照。

以笔名"西门鱼"发表的《匹夫》，是一篇一万二千字左右的小说，共六节，它是《汪曾祺早期佚文拾零》十篇小说中最长的一篇，是汪曾祺早期"嘲讽"类作品的代表。这是以"短篇小说家"自居的汪曾祺最具有文体试验色彩的一篇小说。

---

① "它"应为"她"之误排。
② 汪曾祺《自画像》有"刮去了布上那片繁华，/散成碎屑。/飞舞在我的周身。/只留得一双眼睛，/涂过上千种颜色，/又大，又黑，盯着我，教我直寒噤。/也许，也许，/总有一个时候吧，/会凝成星星明灭的金光。"之文句，可参看，见《大公报·文艺》第1184期，1941年9月17日，香港。
③ 《疗养院》，《中央日报·文艺》第109期，1941年12月21日，昆明。

正如《绿猫》中的"我"与"柏"均为隐含作者汪曾祺的分身，在《匹夫》中，拟想作者及人物之一"四门鱼"、故事的主人公"姓荀的学生"及"残象的雅致"画室的主人"郎化廊"，同样是汪曾祺的三个分身。这种精巧的叙事策略，沿袭其师沈从文小说的叙事技巧，而有进一步的发展。

"——我？怎么像那些使用极旧的手法与小说家一样，最先想点明的是时间，那，索兴我再投效于懒的力□①吧，让我想想境地。——夜，古怪的啊，如此清醒，自觉。但有精灵活动我独自行在这样的路上，恰是一个。我与夜都像是清池里升起的水泡一样破了的梦的外面。"

脚下是路。路的定义必须借脚来说明。细而有棱角的石子，沉默的，忍耐的，万变中依旧②故我的神色。藏蕴着饱满的风尘的铺到很远的远方，为拱起如古中国的楼一样的地方垂落到人的视野以外去。可怜的，初先受到再一个白天的踩蹭的还是它们。③

此处，隐含作者及人物合一的"我"，具有极为自觉的现代小说家的意识。以一种故作尖深和顽皮作态的佻达的叙述方式，凸显"我"在夜色中走路时灵敏如精灵般的、充满痛感的心理感觉和自我意识，使小说对现实的批判和嘲讽，更为真切具体，有一种鲜明的肉感④化。在《短篇小说的本质》中，汪曾祺表示在短篇小说中，"我们"可以"不受拘束"地放心说话，"声音大，小，平缓，带舞台动作，发点脾气，骂骂人，一切随心所欲，悉听尊便"；对时间、地点和环境的交待不应游离于故事之外，应该"是故事从中分泌出来，为故事的一个契机，一分必不可少的成分"，短篇小说家应具有诗人"对于文字的精敏感觉"，"散文作者的自在"亲切，以及戏剧的"规矩"，"由戏剧里，尤其是新一点的戏里我们可以得到一点活泼，尖深，顽皮，作态。（一切在真与纯之上的相反相成的东西。）"⑤ 汪曾祺的小说理论，和早期的许多小说，似乎都带舞台意味，虽无强烈的戏剧性的形体动作，但那腔调，那韵味，许多时候是"小生气"十足的。而在"不断体验

---

① 此处漫漶不清，或为"量"。
② 云南大学图书馆藏原刊此处为"蒨"。
③ 《匹夫》，《中央日报·文艺》第 85 期，1941 年 8 月 31 日，昆明；作者署名"西门鱼"。
④ 唐湜《虔诚的纳蕤思——谈汪曾祺的小说》中注意到汪曾祺作品的"肉感"，"重要的是作者笔下的肉感（Sensuality）"，"说明了作者对于作为艺术的生活理想，一种对于生活的艺术地沉酣，一个多敏感的交融一切的心胸！"《新意度集》，北京：三联书店，1990 年 9 月，第 130 页。
⑤ 汪曾祺：《短篇小说的本质——在解鞋带和刷牙的时候之四》，《汪曾祺全集》第 3 卷，第 18、20、26、28 页。

由泥淖到青云之间的挣扎"① 中，种种"作态"正与"真纯"并行不悖，相反相成。

> 他走在路的脊梁骨上，（你可以想像一条钉在木板上的解剖了一半的灰色的无毒蛇。）步履教白天一些凡俗的人的嚣闹弄得愈懒了，于是他的影子在足够的黑阴中一上，一下，秒②秘有如像猫一样的侦探长，装腔作势也正如之。装作给人看，如果有人看；没人看，装给自己看。影子比人懂得享受的诀窍。（这一段敬献给时常烧掉新稿的诗人朋友某先生。）这种享受也许是自觉的，不过在道德上并无被说闲话的情由。

> 他脸上有如挨了一个不能不挨的嘴巴的样子，但不久便转成一副笑脸，一个在笑的范围以外的笑，我的意思是说那个笑其实不能算是笑，我简直无从形容了，于是我乃糊里糊涂的说他笑得很神秘，对，很神秘。③

此处的语言和视角，是电影特写般的描绘与叙述的融合，其间戏剧性的"作态"或"装腔作势"，与高居于故事之上的叙述"嘲讽"口吻融会在一起，使嘲讽的调子愈加高昂刺人，几乎完全偏离了京派传统的温柔敦厚色调。当述及与"生命的沉醉"相对立与隔膜的诸多现象时，这种"嘲讽"呈现为一种愤激尖锐的语调，比如，看到假借"爱"的名义而混在一起的青年男女：

> "这算爱上！不是你需要他，不是他不能没有你，是她需要一个男的，你需要一个女的，不，不，连这个需要也没有，是你们觉得在学校好像要成双作对的一个朦胧而近乎糊涂的意识塞住你们的耳朵，于是你们，你们这些混蛋，来做侮辱爱字的工作了，写两封自甚么萧伯纳的情书之类的纸上抄来的信，偷偷摸摸的一同吃吃饭，看看电影，慢慢地小家小气的成双作对的了，你们去暗就明，嗳赫！

> "你们爱着的人必需每人想一想，我这是不是爱，雷雨里的周萍还有进天堂的资格。"④

这里"嘲讽"的尖锐化，几乎要蜕变为愤世者的谩骂了。在汪曾祺的两

---

① 《短篇小说的本质——在解鞋带和刷牙的时候之四》，《汪曾祺全集》第3卷，第29页。
② 此处国图胶片漫漶不清，似为"秒"，据云南大学图书馆藏原刊辨识。
③ 《匹夫》，《中央日报·文艺》第85期，1941年9月6日，昆明。
④ 《匹夫》，《中央日报·文艺》第88期，1941年9月7日，昆明。

篇疑似小说《"文豪"》①与《罗宋女人——上海情调之 一》②中，"嘲讽"的质素更加复杂化、恣肆化。

署名"华人"的《"文豪"》，叙事态度摇摆于两种极端之间，具有回环往复的结构形式，行文中可见作者焦躁傲岸的神情，其结尾的自我反思则意味着作者在"自私"与"忘我"两种思想边缘徘徊。如果此文确为汪曾祺所作，则可更进一步了解其在上海时期艰窘的生活环境下从事写作的思想状态，与其对当时上海流行的文学作品的看法，及其在解放战争前后的文学道路的变迁动因。

署名"郎乔"的《罗宋女人——上海情调之一》，曲折地记录了作者在进入上海之初，面对沉沦的白俄女性，既有天真的爱欲幻想，也有细致甚至刻薄入骨的分析。从笔调及行文的恣肆看也可能是汪曾祺的手笔。黄永玉在回忆文章中，曾提到与汪曾祺、黄裳在上海的生活情形，以及关于在霞飞路上散步的细节，唐湜也曾提到与汪曾祺在四十年代上海的马路上兜过圈子，"他跟我在南京路上兜圈子，说他很想'进入'上海去，甚至想去会乐里，真正尝试一下'佛入地狱'"③。会乐里在上海福州路上，是旧上海有名的红灯区，汪曾祺既然曾对挚友陈述过自己"佛入地狱"式的尝试冲动，那么，推测其带有类似情绪看待霞飞路上的"罗宋女人"，也不是没有可能的。

对于其作品中的"嘲讽"质素，汪曾祺晚年在《两栖杂述》中有过追忆和解释："我在旧社会，因为生活的穷困和卑屈，对于现实不满而又找不到出路，又读了一些西方的现代派的作品，对于生活形成一种带有悲观色彩的尖刻、嘲弄、玩世不恭的态度。这在我的一些作品里也有所流露。"④

汪曾祺的研究者们，多认同汪曾祺小说的"散文化"和"诗化"，将之纳入"诗化小说"或"中国现代散文化抒情诗小说"的范畴。⑤ 汪曾祺《匹

---

① 《"文豪"》，《文汇报·笔会》第 150 期，1947 年 1 月 26 日，上海；作者署名"华人"。在《绿猫》中，汪曾祺提到"李先生"（当为李健吾），"他还是劝我换个方法写"，并提到"小论文"，或即《"文豪"》："我寄去一篇小论文，后来发现其中有一处很不妥，写信请他暂缓发稿，已经来不及了。后来想想，也无所谓，反正不是什么不刊之论，见《汪曾祺全集》第 1 卷，北京：北京师范大学出版社，1998 年 8 月，第 127 页。

② 《罗宋女人——上海情调之一》，《经世日报·文艺周刊》第 93 期，1948 年 4 月 18 日，北平；作者署名"郎乔"。

③ 见唐湜《虔诚的纳蕤思——论汪曾祺的小说》，《新意度集》，北京：三联书店，1990 年 9 月，第 122 页。

④ 见《汪曾祺自述》，郑州：大象出版社，2002 年 10 月，第 226 页。

⑤ 见吴晓东《象征主义与现代文学》"诗化小说"章，合肥：安徽教育出版社，2000 年 9 月，第 189～191 页；解志熙《创造性的综合——论中国现代散文化抒情诗小说》，《风中芦苇在思索——中国现代文学的现代性片论》，郑州：河南人民出版社，1994 年 2 月，第 6～7 页。

夫》的发现，应当为理解汪曾祺小说理论的戏剧化成分，汪曾祺小说理论和小说创作的复杂性，以及汪曾祺"嘲讽"类小说的特征，提供了重要的基石。

从总体上而言，汪曾祺在小说文体上的诸种尝试，是以其师沈从文的文学实践为出发点的。沈从文四十年代在思想和理论上的探索，为年青的、刚踏入文学领域的汪曾祺，撑起了一角明媚的天空。汪曾祺的文学起点，实是沈从文探索了大半生的文学终点。

沈从文在《真俗人和假道学》中，肯定"于美具有一种本能的爱好"的"真俗人"，"能从古今百工技艺，超势利，道德，是非，和所谓身分界限而制作产生的具体小东小西，来认识美之所以为美"，这种"美"俨然一种"道德"。[①] 汪曾祺的《艺术家》中，那个身处偏僻乡野而沉酣于绘画艺术的"哑巴"，显然就是这种"以美为道德"的"真俗人"之一。沈从文对"不美而道德的"社会现象的愤怒，为汪曾祺在《匹夫》中对那种没有真操守的、混沌而活跃的"社会中坚"分子的批判，提供了根基；而在《疗养院》中，则探索了天真的"因爱而疯"的田宝田小姐和耽美的"因美而溺"的上官令小姐的命运，呈现了"爱"与"美"对人的毁伤，这其实是走到了以"爱与美"为社会重造与道德重造的标帜的老师沈从文未能触及之所在。从某种意义上而言，有青出于蓝而胜于蓝之势。

---

① 见沈从文《真俗人和假道学》，《中央日报·平明》第 1 期，1939 年 5 月 15 日，昆明。

争　斗

——芦焚长篇小说拾遗录

第一章①

"李妈，李妈！"杜兰若坐在火炉前面喊。

杜兰若是瘦弱，憔悴，看起来有三十岁或者三十多岁了，虽然她的实在岁数要小的多。她有一个小小的浅棕色的脸，小小的好看的鼻子，她的各部分——手、脚、头都是小的，比起她的这些部分，她的身个是长了一些。然而，她是瘦得多么可怜啊，她的小耳朵是透明的，她的手是见骨的，她的嘴唇——自然它是红润过——是失去了血色的。当她抬起头来喊的时候，一缕头发从她的干燥的额落下来。她手里拿着一本书，她整整一个下午就拿着这一本书。她是好像怕冷似的缩在火炉前面的椅子里，一匹小猫——一个灰色的小东西在她的脚边打着呼噜。她的眼睛——在不久以前还是澄明的，镇静的眼睛，他②是润湿，发炎，怕光，当它看着她手里的书，它便像一个老婆婆的似的缩拢来。这本书上正说着，至少是在这个时候，它正说着跟她没有关系的话。

"革命之所以能够胜利这样迅速和这样'激进'（表面上，粗看起来），只因为这种完全不同的潮流，完全不同的阶级利益，完全相反的政治和经济的企图，在非常特别的历史环境下融合起来，并且非常亲密的融合起来了。

---

① 本章连载于 1940 年 11 月 2 日香港《大公报·文艺》第 960 期、1940 年 11 月 4 日香港《大公报·文艺》第 962 期、1940 年 11 月 5 日香港《大公报·学生界》第 239 期、1940 年 11 月 6 日香港《大公报·文艺》第 963 期、1940 年 11 月 7 日香港《大公报·文艺》第 964 期、1940 年 11 月 8 日香港《大公报·学生界》第 240 期，作者署名"芦焚"。其中，香港《大公报》"文艺"和"学生界"刊载的《争斗》为裴春芳辑校，上海《新文丛之二·破晓》刊载的《无题》为解志熙先生提供线索、裴春芳辑校。

② "他"当作"它"。

就是说，一方面，英、法帝国主义的阴谋，为着要延长帝国主义的战争，为着要更激烈的坚决的进行战争，为着要烤榨新的千百万俄国工农，以求为古契柯夫（Guchkov）获得君士坦丁；为法国资本家获得叙利亚；为英国资本家获得美索不达米亚等等起见，于是推动了密留柯夫（Miluikov）古契柯夫之流，上去夺取政权。他一方面：广大民众（全体城市和乡村中的最穷苦的农民）为着面包，和平和真正自由，兴起了深刻的革命运动。在某个短促的，时势形成的特殊时期中，只想换掉皇帝的比根宁（Puchanan）古契柯夫、密留柯夫辈底斗争，也给革命的工人兵士以助力；但革命的工人兵士对之并不有所惊喜，他们要把醒酲的沙皇专制政权破坏到底。"①

这说的是多么好啊。这些在报章和杂志上发表过的短论，这些通俗的随时写来的小文章，它们——当初没有人预期它们将成为一本书，没有人（连作者自己在内）去想它们中间将有一个线索，到后来，等到把它们按住时间装订起来，一个奇迹，它们不但成了一个教育人的好材料，并且人们可以看出一个人在他的观察台上怎样忙碌着观察，怎样向别人指示，并且又怎样移转着他的望远镜。它们——这些随时记录下来的符号——画出了一个时代，一个社会，一个巨大的变革的轮廓，同时它们又指出了过去的踪迹和将来的路径。杜兰若整整一个下午就拿着这一本书，她看过已经不止五遍了的，这些充溢着生命的——用她的说法——毫不空疏的果实，常常给她一种从小说里得不到的快乐。

"事情就是这样……"

然而今天是这样不同，她刚看到，她的时常要淌泪来的眼睛刚接触到这里她就很快的翻过去了。

"我写着，读着，细细咀嚼着：'因着革命祖国保卫派的群众代表的广大阶层，怀着善心好意……因他们是受资产阶级之欺，所以应当恳切地，坚毅地忍耐地解释他的错误。'……"②

---

① 研究左翼革命文学的尹捷指出，以上这段话出自列宁《远方来信·第一次革命的第一阶段》，参见乌梁诺夫（即列宁）著、陈文达译《二月革命至十月革命》，华兴书局，1931年7月第2版，第9页（芦焚引文中的"英国"，在陈氏译本中误为"美国"）；译文与《列宁全集》第3卷（上），北京：人民出版社，1962年1月，第6~7页，略有出入。查《二月革命至十月革命》的另一个中译本为列宁著、莫师古译，1938年6月初版，第8页，亦收入"第一次革命的第一阶段（远方来信，第一）"的这段译文，且将陈文达译文中"美国"改为"英国"，与芦焚所引文字一致。列宁原文载于1917年3月21、22日第14、15号《真理报》。古契柯夫、密留柯夫和比根宁是俄国临时政府的政客，主张立宪保皇、反对激进革命。

② 此段引文出自列宁《论目下革命中无产阶级的任务》，见列宁著、莫师古译《二月革命至十月革命》，1938年6月初版，第22页，原载于1917年4月7日第26号《真理报》。

接着她来了一跳：

"不是，先生们，你们欺骗了工人……"①

再接着，她又更快的跳回来：

"危机成熟了。俄国革命的全部将来，置于图上了。世界工人革命的全部将来，也置于图上了。"②

她看了一个下午却连一句都没有记住，这些话是不连接的，高空中那些干燥的破碎的浮云似的，它们偶然把她的脑子遮暗一刻，接着它们，这些灰色的影子又很快的滑了过去，它们没有留下一点影响，没有留下一点痕迹。

于是她合上书，同时她合上眼睛。"他们不能给人民面包"……"他们最多只能跟德国一样使群众受有组织的饥荒"……"谁笑得最后，谁就笑得最好"③ ……这些句子在她的眼里飞动着，在她的耳朵里响着，她不明白它们是什么意思，它们跟她没有关系。实际是她的思想早已一次又一次的飞到大门外面去了，飞到冰冻的街上去了。

杜兰若等着李妈等了好久，然而猫儿在脚下嗯噜着，座钟在台子上平静的喳喳走着，炉子里偶然发出一声爆裂，水壶在炉子上沙沙的唱歌，此外，这个大房子里没有任何声息。

"这些人永远喜欢忘记，将来有一天他们要把自己也忘记在什么地方的。"

她自己这样咕噜着，打了一个呵欠，然后她厌倦的走到房子中间的一个方桌旁边，她倒了一杯开水，用手捧住细细的啜了一口。从她的饮法上可以看出她并不渴，这不过是跟无聊的人嗑瓜子一样，勉强算是给自己找一件事情。

杜兰若依住方桌无聊的向外面望着，她要伸一伸在火炉前面坐得过久因而疲倦了的筋骨。十二月的日脚早已转过去，并且被旁边的房子遮住了。她

---

① 此处引文与列宁《布尔塞维克能否维持政权》有出入，乌梁诺夫（即列宁）著、陈文达译《二月革命至十月革命》中引文为"不是，先生们，你们欺骗不了工人"，华兴书局，1931年7月第2版，第269页，原文载于1917年10月12日第12号《训导》杂志；列宁著、莫师古译《二月革命至十月革命》，1938年6月初版，第254页，引文亦为"不是，先生们，你们欺骗不了工人。"可能是引文漏排了"不"字。

② 此处引文出自列宁《危机成熟了》，见列宁著、莫师古译《二月革命至十月革命》1938年6月初版，第203～204页；乌梁诺夫（即列宁）著、陈文达译《二月革命至十月革命》，华兴书局，1931年7月第2版，第214页，相应的译文为"恐慌成熟了。俄国革命的全部将来，置于图上了。世界工人革命的全部将来，也置于图上了"，可参看；原文载于1917年10月7日《工人之路》第30号。

③ 此处引文出自列宁《远方来信·第一次革命的第一阶段》，见列宁著、莫师古译《二月革命至十月革命》，1938年6月初版，第13、6页。

住的——她租来这个住宅除了她住着的四间大屋而外还有一间厨房，一间和厨房连着的仆人住的小屋，另外，在另一面还有同样的两间，它们始终空着。这个庭院现在是跟杜兰若一样没有生气，它是灰色，寂静，甚至可以说是荒索，没有一株小树，在地面上，在用长砖铺起来的甬路下面，仅仅能看出一些突出来的草梗，一些种过花草的痕迹。

"这些人！"她无益的又说了一遍。

当她这样说的时候她的心里从新又燃烧起来一种急躁，因此呛了，她发出一阵很厉害的咳嗽。水从杯子里泼出来。她把杯子放到桌上，等到咳嗽完了，她直起身来挺了一挺。于是她离开桌子，在房子里来来往往走着，徘徊着。

"三点了！"她说。

三点了。杜兰若是等着她的兄弟和他的爱人来吃午饭的，早晨他们从这里出去的时候，约会下来的。这算是一种什么生活啊，别人——任何人都有他们的事情，都有他们的工作，只有她守在这种地方，没有人过来看她，她自己也不能出去，因为她在害病，她在咳嗽，她的眼睛先前在工厂里中了毒，她的精神和体力都因为先前在工厂里工作因而枯竭了，衰退了。

那么有一天——这一天不久就会来的，她将要在这里，在她的家里，她看着别人在外面工作，在外面生活，一种真正的生活，她自己，养病，养病！于是有一天她就这样在无聊和闲散中死了，在她租来的这个空洞的寂寞的可怕的大房子里死了。哦，死！难道这是可能的吗？她现在还这样年青，她的身体还跟平常人一样能够动，能够说话，并且，她现在还在思想。那么即使要死，既然明明知道自己在最近的将来逃不过这种命运，她为什么不把这有用的现在还在活动着的生命去作一点有用的事情？她为什么只在这里看着别人在冷风中，在泥泞的道路上，在荒山中，在农村中，在工厂里，在矿坑里，在一切黑暗潮湿弥漫着死亡的地方，在审讯、拷打、牢狱、枪毙等等威胁下面作事？

杜兰若想到这里，仿佛整个庞大的事业，整个革命运动的图表都在她的前面，她渐渐兴奋起来，她的心里渐渐的热起来，她的两颊开始微微的红起来了。于是她又回到火炉旁边，她坐下去并且用手支住头。

"别人都在工作，"她想。

一种失意和被遗弃了似的感怀袭击了她。病人的神经往往是弱的，她感到悲哀。因此又很厉害的发出一阵咳嗽。她的肩膀和脊背猛烈的震动着，椅子在下面吱吱的响着，好像有什么东西一下一下的在她的胸中撞击。最后她的颈根也咳嗽红了，她才吐出一点东西，一点带血丝的痰。她把痰吐在一块纸上，然后很小心的把它摺起来，把它抛到炉子里面。

"这样下去人真的要死了。"

她倒在椅子里这样想；她用手掌在脸上抹了一下，闭上眼睛不住的喘着。她的眼里现出散乱的却又像有规则似的浮动着的许多细小斑点。这些灰色的斑点很久很久还在她的闭着①眼睛里浮沉。

她安静的缩在椅里的模样是可怕的，现在所有的力气都离开了她，杜兰若，她好像真的已经死了。但是一个不吉祥的思想，它像一根闪光的线似的，接着，也就闯进来了，闯进杜兰若的还在猛烈的跳动着②心里来了。

"不，"她在心里说，"这是不会的。"

这时候大门发出响声，有人打开并且关上，接着是一个不稳的细碎而又零乱的脚步声。于是她忧惧的想，他们——她的弟弟和他的爱人，他们也许在公园里，不，他们也许在一个朋友家里，在一个生着煤球炉的公寓的小房子里，一直耽搁到这时候，再不然是他们在外面吃饭一直到这时候。虽然她明明知道走来的是李妈的脚步声，她仍然忍不住问道：

"弟弟，弟弟，是你们吗，渊若？"

"不是的，小姐，是我呀。"

李妈高声应着；她已经走进来了。她是一个五十多岁的，一个身量低的，穿得臃肿的，十分臃肿的乡下妇人。她的头发已经花白了；她的脸是皱褶的；她的③蒙着一块皂布券是秃了的；她的鼻子，她的无处躲藏的鼻子是冻得通红，并且，有一滴清水鼻涕闪闪的在上面吊着。当她刚进来的时候她的手是缩在袖筒里面，她的头也往衣领里缩进去，她露着牙齿同时还打着寒战，她的全身却④抖动着缩小了一下，于是她勉强的做出一个笑容。

"这天，小姐，"她吸了一下鼻涕说，"要是下一场大雪也会暖一点；它就给你一直晴，把什么都冻干了，马路，树……水一泼到地下就流漓……它把人也要冻干的。"

杜兰若坐起来。她问道：

"饭烧好了没有，李妈？"

"啊哟，我们的好小姐！"李妈大声嚷。"你看你说这是哪里的话：你当李妈老昏了，晌午饭到现在还没有烧好！"

"你刚才在什么地方？"

---

① 此处似漏排"的"字。

② 此处似漏排"的"字。

③ 此处似漏排"头"字。

④ 此处"却"或为"都"，因形近而误排。

"你喊过我吗，小姐？"

李妈说她刚才是在大门外面，她要看一看有没有少爷跟董小姐的影子。接着她又埋怨年青人。她的在乡下的儿子会吸香烟。她的媳妇喜欢打扮并且懒惰。这些话她大概已经讲过一百遍了，同时又像把这些不幸和烦恼交给了西北风，她说过就完全忘了，因此她永远不觉得自己絮聒，一提起他们就咕噜不休。现在，这个于一生中不知道经历过多少忧患的乡下妈妈，她担心着的是冷，是雪，是庄稼。此外的事她似乎一点都没有想到。至于杜兰若，因为一个人正闷坐在家里无聊，所以并不觉得这老妈妈繁琐。其实李妈却①说过些什么，她根本就没有听到心里。

"你看见他们吗？"她打断李妈说。

"我看见谁？"

李妈说过什么话，现在李妈自己也忘了。她惊讶的望着杜兰若。杜兰若皱了皱眉。

"你刚才不是看过少爷跟董小姐他们吗？"

"喔，他们！你往哪里去看见他们？"李妈说，"我在冷风口里站了老半天，连一个人影都没有。"

接着李妈又活泼起来了。她夸奖杜渊若和董小姐有多么好，他们有多么和气。她的老而枯涩的脸上于是堆出一团笑容，她说——当他们在一块的时候——他们恰恰是不能再好的一对。

"少爷跟董小姐几时结婚哪，小姐？"

这个多言的老妇人现在好像年青了二十岁。她的话匣子一打开是连她自己也作不得主，连她自己也收不住了。她笑着向杜兰若走过来，她把手放到火炉上去。她问将来少爷他们结婚的时候是不是要用汽车；她说汽车是新派人用的，她说花了很多钱连看都不让人家看见，就呜的一阵烟过去了，她自己就不赞成；她说到底是一场大喜，她赞成用花轿。

"可不是吗？你想想看，小姐，吹鼓手吹吹打打的有多么好。要是汽车——"

杜兰若觉得李妈也着实可怜，她操劳了一生——一个人操劳一生便有许多积蓄，从生活中得来许多牢骚，但是在这个寂寞的院子里却没有一个人肯跟她说长道短。杜兰若看她的兴趣很好，便想跟她开一个玩笑。

"李妈，"她打岔道，"当初你出嫁的时候是用轿吗？"

李妈听见杜兰若讲到她，她向杜兰若极有风情的望了望，似乎更年轻

---

① 此处"却"或为"都"，因形近而误排。

了。她的皱褶的老脸上又回复了光辉，她满面笑容的说：

"哟，我的好小姐！我们穷人用不着轿；有钱人跟城里人才用得着；我们是一辆牛车就什么事都办了。"

一个老人最大的缺点恐怕要算他们像一架用旧了的机器，他们从十多岁起就在督责下工作着，转动着，到了他们活到五十岁，他们的意志，他们的发条因为一次一次的伸缩弄松懈了，他们的齿轮，因为长久的磨擦失去棱角，光滑了。这些机器，当没有人拨动他们的时候他们便老老实实，没有一点生气，等到一开起来，便再也没有方法制止他们。李妈从杜兰若的弟弟杜渊若和董小姐的年当谈到她自己跟她丈夫的结婚，接着，她又谈到杜兰若的将来，杜兰若的婚事。她是觉得杜兰若是这等不幸，像她这样二十五六岁的小姐，人家早就出嫁了，并且生过几个小孩子，而她却在家里害病，没有一个青年人，没有一个看起来像是要做姑爷的人来看她。在李妈脑子里，除了她的儿子和媳妇和她自己的琐碎事情，她最担心的，最难了解的就是杜兰若已经到了这种年纪为什么还不嫁人，并且从来不讲起嫁人。这在她看来是一个谜，有时候她甚至为她伤心，虽然她跟这个女主人并没有什么悠久的关系。譬如她自己当少女的时候，她的同伴们在一块的时候，她们在暗中总要谈到她们的那一个人，一个乡下的少年。那时候她们总喜欢讲到他，虽然她们并不知道这个"他"是谁，再不然，有时候她们有时[1]特别大胆了些，放肆了些，她们又喜欢谈一谈她们在暗中中意的小伙子。这时候她们便感到一种幸福、欢乐、和一种激动。她们自然免不了恐惧，嫁人的恐惧，原来人总是希望有一个变动同时又害怕变动的生物，她们是这样希望被吓一吓，即使在这种恐惧中她们也还能顶感到一种说不出来的幸福。

奇怪的是这个小姐，这个二十五六岁的杜兰若，她几乎是一天到头的守在家里，她从来没有怎样发过脾气，在李妈简单的眼中和心里，她是既没有特别高兴过也不曾特别不高兴过；小的责骂有时候自然也免不了的，但人有时候总是要责骂的呀。她——杜兰若永远没有跟李妈谈到这儿女的事情，跟别的男人，她也只谈一些——很正经的谈一些李妈听不懂的话。李妈敬重她这一点，但她不能明白的也就是这一点，一个二十五六岁的小姐不想出嫁这不古怪吗？

"好了，好了，不要再扯疯话了！"

杜兰若嗔怪着说。

"好了，好了，"李妈也打趣着说。"我真是老了；我说这话你不要生

---

[1] 此处"有时"与前文重复，或为"又是"之误排。

气，小姐，李妈哪一天给你跟新姑爷道一个喜她就放心了。"

李妈极有风情的笑着，她的眼睛都快要合起来了。杜兰若有一点害羞，她转过脸去不再去看李妈，并且装着生气的骂道：

"又是疯话，你的疯一扯起来就没有完。算了，李妈，去看看少爷跟董小姐有没有回来。"

李妈答应着走出房子，她满心满意的笑着，她的精神很好，她的动作很轻快，现在她，这个老妈妈还有什么是不称意的呢，她要讲的话都讲完了，这些话是像砖石一样长久的压在她心里的。她在天井里还大声说：

"你这个病，小姐，你要留心一点才是啊。"

杜兰若自己默默的坐了一会。李妈在这里使她生气，又使她觉得好笑，她们谈的是什么呢？她们谈的算甚么呢？她感到一阵悲哀，一种说不出来的悲哀。李妈走了之后的这个房子是这样宽大，这样空虚；她低着头用脚尖轻抚着在地下卧着的小猫，她似乎想着什么，但是她的思想是涣散的，浮动的，无来由的，没有兴趣，没有力量，她甚么都没有捉住，甚至可以说她甚么都①有想。正在这个时候，忽然有一个令她惊异的意念，她想起渊若，今天早晨，当他们出去的时候，他说，"要是我被人家打死，你可不要怪我们爽约。"他是曾经这样说的，他在庭院里回过头来笑着这样说过的。

"不，不会的；他们怎么敢——"

这种事情以杜兰若的经验是不会发生的。但是她不愿意再在火炉旁边坐下去了，她再也忍受不住这种沉闷了；于是她站起来，她走到衣架前面，她从衣架上取下大衣，一件藏青色的大衣，自己慢慢的穿上，然后，她又从台子上拿起一顶蓝色的用绒线编织起来的小帽。

"你也要去吗，小姐？"

当她走到庭院里的时候，李妈在厨房里大声的问。

"是的，"杜兰若答道。"停一刻少爷跟董小姐回来的时候，你跟他们说我到马先生那边去一下，不要他们等我了。"

说了后便走出去。

第二章②

马已吾先生送走了他的学生，他在窗户下的台子前面坐下来，一件无形

---

① 此处似漏排 "没" 字。
② 本章连载于 1940 年 11 月 9 日香港《大公报·文艺》第 965 期、1940 年 11 月 11 日香港《大公报·文艺》第 966 期、1940 年 11 月 12 日香港《大公报·学生界》第 241 期、1940 年 11 月 13 日香港《大公报·文艺》第 967 期。

的东西在他的头顶和心里压着，他呆呆的坐了许久。他的脸色是跟他的心一样沉重。

"这难道是真的吗？"一个声音忽然在他的心里悲愤的这样响，自然他用不着再问别的谁。

这房子——马已吾向一个破落主子租来的——是向东的三间，窗棂上嵌着极大的玻璃，但大概是因为主人不注意这些琐事的缘故，一年中难得有几次揩擦。房子内部布置的也极其简单，用白纸糊了的墙壁完全空着，连一个钉过镜框的痕迹也看不出。其中有一间是用木隔和外面隔开来的，有一个跟木隔同样油漆成朱红色的门，是马先生的寝室。外面的两间，一进门——直冲住门的后墙下面是一张八仙桌，两旁规矩的放着两把椅子，此外，沿着墙壁有几个书架，上面一叠一叠放满了书，那种边沿已经变成了灰色和黄色的线装书。在最里面的角上装着一个火炉。这里是马先生的客室并且是他的书房。

马已吾是那种昼夜不息的在历代典籍中生活，因此永远不会胖起来的瘦人。他大约是将近四十岁了，脸色——这种人的脸色永远不好，它是像蜡渣一样黄的，线条却是像一个艺术家刀下的一般的精确，瞭然，干净，但是毫不勉强。他的剪短了的浓茂的胡子使他的五官方位特别显豁，神情特别澄清。照实谈起来，他是一个教员，一个书生，一个学究。像这样的人在北方并不少；他们在大学里同时又在中学里兼几点钟功课，薪水是可怜的，他们就落着这一点可怜的薪水维持生活。这些新的"犬儒学派"，他们有的还没有结过婚，有的他们的太太是在他们老家的乡下。他们不常在公众的地方出现，他们没有野心，他们也不加入以饭碗为目的的任何派别。他们的一生大概是注定了要在冷落中过去的，他们并不以每月十二元的包饭为粗劣。除了书籍他们也没有别的嗜好，实际也正是只要能够读书他们便觉得已经是无限丰富了。

马先生是善良，温厚，缄默，在他的血管里保有着一种农民性质的，近乎原始的，不可动摇的倔强，他的祖先无疑的是跟任何人的祖先一样，他们是老根深深的伸进泥土里的，直到现在，读书人的血液还没有把它——那种原始天性——冲到十分稀薄。正是这些特性，现在被一个突然传来的消息——一个事变打击得七零八落的了。他在窗下坐了很久很久。外面是静寂的。这个庭院常常是静寂的，它早已陷入一种无声的渐趋灭亡的破落中。这时候房东们大概是听戏去了，再不然就是他们正围着火炉吃小点心，他们还保持着前代的静肃，他们很怕吵闹，甚至很怕高声说话。一个北方的十二月的下午。太阳快要离开这个大的古老的城市，快要落下去了，只有对面的屋脊上还残留一线薄弱的昏黄的光辉。天空是晴朗、干燥、无情的冷。在房子里，火炉在马已吾背后爆炸着。

马已吾坐着坐着，他的心渐渐的——好像他的房子里的光线一样的，越来越沉重了。

"现在他们要用大刀，"他这样在肚子里咕噜着。

这些大刀是驰名的，是被宣传作抵抗敌人。

"现在他们却是用大刀向敌人谄媚，他们镇慑反抗，用青年的血来筑他们的罪恶的交椅！"

一片血肉模糊的场面在他的眼底展开：纵横的尸体，被难者的抽缩，骄纵丑恶的凶悍。于是他从椅子上站起来，他再也坐不下去了。然而这房子里的以及房子外面的各种东西都是沉静的、冷的、和无情的天空一样静默一样冷的。他——马已吾不停的在房子里，在发着霉腐气息的典籍中间走着。哦，世界大而不仁，它是怎样沉闷啊！渐渐的他觉得他所走的不是他的房子，而是一条大街。

"这好像是一个梦，"把手按在太阳穴上，似乎这样想。

然而接着就有一个相同的声音回答他。

"这不是一个梦，马已吾先生：这个罪恶的屠杀完全是真实的。"

这个屠杀完全是真实的，是世界上最丑恶之中的最丑的。虽然在中国它并不是第一次。当那些善良的青年排起队伍来，他们是嘻笑着并且用急遽的调子吹着口哨——他们希望的①什么，他们要求的是什么呢？世界上的每一个正直人，甚至连最邪僻的人，连主持这屠杀的凶手自己，他也不得不承认他们不要地位，不要权利，他们——凡关于自身的他们甚么都不要；他们仅仅想提醒别人，让他们知道在刮割人民之外更知道爱护国家和民族的自由。还有比这更纯洁更美丽的吗？他们就本着这种热情排起队伍来，"中国人总是中国人，"他们想。当他们出发的时候，天气是很冷，他们的肚子是空着，但是单纯的热情使他们忘记了，使他们不顾忌这些痛苦，他们没有想到，任何有头脑的善良的人都不会想到，他们所享受的竟是大刀和枪刺。

马已吾想到这里，他所感到的已经不止是苦闷的重压，一种小东西，这些小东西在里面，在他的心里啮着它了。好像有一种力量推动着他，他很快的，几乎是暴怒的在台子前面坐下去。他索索的摊开纸，然后，他拿起笔来开始在上面写。

---

① 此处似漏排"是"字。

"今天——一千九百年□□□年十二月□日①下午，当我们的青年和平的游行着的时候，就在走着的路上，军警们将他们包围起来并且向他们狙击……"

他的字迹是歪斜的不规正的，看起来像小学生的拙劣的勾涂。

"军警将他们包围起来……"

军警将徒手的群众包围起来，并且向他们袭击。所有的意思都从马已吾的心里涌上来，都堆在他的心里，堆在他的笔头上；他的笔在空中悬着，摇着，它像一辆陷入泥泞中的车子，它载的是过于沉重。这些一起涌上来的字句在他的脑子里吵闹着，当他努力的捉住一个，另外一个，同时许多个都像小孩子似的不平的互相排挤着鳌②拥上来。

"我不能，我不能……"

马已吾先生在心里喃喃着。马已吾抛开笔。他教书的那一家女子中学的几个学生被人家用大刀砍坏并用枪刺戳穿了。这些娇养的似乎是注定了永远不会跟别人动傢伙的少女，无疑的她们从历史上，从俄罗斯和法兰西人学得了勇敢。当示威的群众进行着的时候，她们是一直走在最前列，就在大旗后面，因此当军警动手屠杀的时候，她们也首当其冲。大刀、枪刺、木棒和喊杀声从旁边，从他③们头上落下来，这些少女，她们这时候却显出了意外的坚毅。她们有的被木棒打晕过去，有的是枪刺刺中了她们的脊背和脸，更有的，她们的手臂在她们身上挂着，她们的手臂被砍下来，从肩胛骨那里被砍下来了。原来那是曾经被骄傲过并且侈言将跟日本一拼的大力④呵！

"董瑞莲，董瑞……"

马已吾想着，战慄着，热血像油一样在他的心里沸腾起来。董瑞莲是他的一个学生，一个圆圆的脸蛋的，大而黑的眼睛的少女，据说她是刚才被人家用枪刺刺穿了的。他诅咒的啐了一口吐沫，于是拿起笔来继续往下写：

"屠杀业已开始，青年的热血已经流了，他们为了不甘于坐视国家与民族被人奴役，已经将自己的生命献上祭台。我们的青年并不贪生怕死，事实证明每一次他都站在斗争的前列。然而我们仍旧不能不特别指明这是一种谋

---

① 此处□当分别是"三十五"及"九"，所涉历史事件即北平"一二·九"运动，文中空格当是因港英政府的检查，编者以代替某些违碍字汇。
② 原文如此，音义同"蜂"。
③ 此处"他"当作"她"，当因形近而误排。
④ 此处"力"当作"刀"，或因形近而误排。

杀，和一千九百零五年的'血的星期日'——俄罗斯的沙皇在他的冬宫前面所干的一样。群众们仅仅要求不要出卖自己的国家，并不是要求政权，这种愿望谁也不能——即便是世界上最反动的政府也不能不承认他们有这种权利，谁也不能否认他自己有这种义务。但是他们——这一次屠杀的凶手们已经卑鄙到极点，他们已经残酷到极点……"

马已吾先生用手捧住头毫不动弹的坐着，他好像是刚刚从大风雪中来的，他的两颊，他的头脑，他的手以及全身都在发热。他好像沉思着似的坐了好久好久，许多紫色的斑点在空中浮动着，在他的眼前出现。他觉得血是一直冲上来要溢满他的脑子：他的脑子是沉重的，淤塞的；在他的周围不是爆炸着的火炉，放着《资治通鉴》和《九通》和《四库备要》等等的书架，一个观念——幻象包围着他，他连气都透不出的被围在核心。在上面是高的，清澈的，明亮的，其蓝如冰而又无情的冷天空，地面是完全冻结了的，石头一样冻结了的。在北方任何大的风雪都会使人感到一种温暖，惟独这种晴空都①是使人要诅咒的寒冷。泥土、墙壁、树木都会发出细微的响声，连空气似乎也在凝结起来，也在寒冷中爆裂。就在这样冷的荒凉的所有的门都为了保持温暖关起来，所有的树木都悲伤的弹抖着向天空伸出它们的枯索的手臂的街上，在那坚硬的地面上横七竖八的偃卧着年青人的尸体。他们的脸是在冷风中走了很远的路冻红了的，他们的手是因为早晨去上课冻肿了并且有的龟裂了的，现在是悽惨的好像为了要挽回他们的不幸和国家的不幸在紧紧的抓着地面，他们的头斜倾的搁在街沿上，他们的惊愕的眼睛睁得很大，他们的衣服是破碎了。

血腥包围着马已吾先生，并且像海水似的继续从四周涌过来，很快的淹没了他的头顶。愤怒像一个梦魇在上面压着他，他挣扎着，努力挣扎着，最后他直起身体来深深吸了一口空气。他感到一种要呕吐的憎恶。

第三章②

杜兰若从家里出来，向晚的阳光正照到灰色的墙上和屋背③上。树木在寒冷的空气中，好像大悲者似的默然站着，地面上泼过水的地方便凝结着冰。她在路上没有遇见什么行人；只有两辆要交班的车夫，他们谈着学生示

---

① 此处"都"应作"却"，或因形近而误排。
② 本章连载于 1940 年 11 月 14 日香港《大公报·文艺》第 968 期、1940 年 11 月 15 日香港《大公报·学生界》第 242 期、1940 年 11 月 16 日香港《大公报·文艺》第 969 期、1940 年 11 月 18 日香港《大公报·文艺》第 971 期。
③ "背"或为"脊"之误排。

威。她走的很快，等到她注意去听他们已经向另一面走过去了。

"学生示威又怎样了呢？"她纳罕着想。

这几个无从解释的问题使她感到沉闷。她把大衣领子拉起来，使风不致过于吹痛她的耳朵，接着她缩着身体再往前走。冬天的景象是落寞的，哀伤的，街道上时时卷起一阵尘土，连狗也很少看见。

"'他'又怎样了呢？"杜兰若又接着想。她并不注意周围的景色；她觉得烦闷不安，她两天都没有看见"他"，她觉得很久没有看见"他"，看见那个高大的男人了。渐渐的她走上一条专供载货马车用的泥路；路上的灰土很深，路旁有宽广的空地，好像是在乡下似的，远远的可以望见一个在空中闪耀着的塔的金色尖顶①。她走过大学前面的时候看见那里停着两部救火车，此外还站着几个警察。里面静悄悄的，院子里站着十几个学生，他们并不注意外面，大概是在聚议什么事。另外有两个在追逐着开玩笑。

一个说：

"好，好……"

杜兰若走进一条死巷，她并没有想到大学里的情形有些跟往常不同，她没有想到为什么没有人走出来，为什么没有人走进去，并且，为什么停着救火车。她已经走到一个墙顶上垂着爬山虎的枯藤的，一个朱红棂门的院子前门，然后她推开门悄悄的走进去。院子是宽敞的，清洁的，里面有三座嵌着极大的玻璃的大屋，几间小屋。她轻轻在西边的厢房门上扣了两下，接下去是一阵静寂，里面没有应声。

"马先生。"她低声喊。

马先生在窗户下面写文章。

"为着这一次光荣的流血——无疑的它是将要被写在我们民族的历史上的，为着这一次丧心的屠杀——无疑的它也将要同时被写在历史上的，我们按不住我们的热血沸腾，我们不能不向全世界呼籲②。这种事实不单单使我们憎恶，它并且还兆示我们，世界上③一个爱护他的国家的人，每一个酷爱和平与自由的正义之士，他在这时候都不能沉默。没有人能为这种可耻行为辩护。直到现在头脑还清醒的人应该记住，这次屠杀并非由于我们的敌人之手，而是出自我们的所谓'同胞'自己，出自几个痞棍，几个官僚同军阀！……"

马已吾应了一声，等到他从桌子上抬起头来，一个憔悴的冻得红红的小

---

① 此处之塔，应为北京白塔寺内之塔或北海之白塔。

② "籲"同"吁"，音 yù，义为某种要求而呼喊。

③ 此处似漏"每"字。

脸，杜兰若业已走进来了。

"哦，兰若……"他小小吃了一惊的说。"你来的正好。请你先坐下来。"

杜兰若在马已吾旁边站住，然后又在另外一把椅子上坐下，她不知道她为什么"来的正好"。马已吾把没有写完的稿子推开，走到八仙桌那边替客人倒茶。

"你们学校门口有救火车，你知不知道是做什么的?"杜兰若回过头去问。

马已吾有些惊异，他的脸呆板，冰冷，好像忽然凝结住了。不，他不知道是做什么的，他今天还没有出门。

"此外你还看见什么?"他把茶放到杜兰若面前。

"还有几个警察。"杜兰若说。她看着马已吾的表情，惊异的暗自想到，"究竟有什么事?"

"又是他们，"马已吾挠①着说。"国家弄到这种程度，你还有什么办法?他们在外国人前面都是鼠子，对着中国人比老虎还凶，此之所谓奴才!"

杜兰若望着马已吾，这个先生是很少发牢骚的，她感到有些茫然。

"此之所谓奴才，"他又说了一遍。接着他问："你看见胡文敏吗?你知道刚才出一个乱子。"

杜兰若大惊失色，她坐着好久没有动弹。

"闹出一个乱子?"她的眼珠滚动着，好像要从马已吾脸上寻出什么东西。

这事情有些奇怪。

"你没有看见胡文敏吗?"他第二次问。

"没有……"

"他②刚才到这里来过，我让她去看看你。你知道发生一件事情，警察和军队砍伤很多人。"

"在什么地方?"

"王府井大街。"

一阵深沉的静寂，现在一体③暗淡的，可怕的，人们捉不到的东西要落下来了。马已吾走开一步，好像他正在寻思，接着他又转过来。

"有一个董瑞莲，我好像在你那里看见过她?"

---

① 此处似漏"头"字。

② 此处"他"似为"她"，当因形近而误排。

③ 此处"体"应为"件"或"个"，可能因形近而误排，下文"人们捉不到的东西要落下来了"可参照。

"她怎样？她有什么事吗？"

"不，没有什么大不了。"

没有什么大不了，马已吾先生不过是随便想起来随便说说。他并不知道她们中间的关系。他不过想起他的一个学生——一个圆①蛋的，大而黑的眼睛的少女受了伤了，董瑞莲躺在病院里了。马已吾在房子里走着，不住的徘徊着。那个②暗淡的，可怕的，人们捉不到的将要落下来的东西现在从空中落下来，杜兰若也正跟马已吾一样想起一个圆脸蛋的大而黑的眼睛的少女，她感到的比马已吾更痛切些。不，确当的说应该是当那件人们捉不到的东西落下来的时候，她想起的是刺刀的白光一闪，接着，一阵晕眩，一阵战慄。

杜兰若竭力支持着自己，犹之乎溺水者要捞到一根草梗——她从桌子上拿起马已吾的还没有写完的手稿。

"血已经流了！"她念着题目，文稿在她手里索索的响。接着她想起"他"，想起胡天雄，她有两天没有看见他了。她想起王府井大街，想起大街两边的槐树，想起步道的小小方砖……最后是刺刀的白光一闪。

"你弟弟已经被捕了，你还不知道。"马已吾在心里说。"你还甚么都不知道。他在马路上被两个警察捉住肩膀，刚才有人看见，他们把他推上汽车；有许多人被推上汽车；他们用木棍打他。"

杜兰若拿着马已吾的文稿；文稿在她的眼中是迷乱的，模糊的，她什么都没有看见；她想起"他"，想起胡天雄，她有两天没有看见他了。她又想起王府井大街，想起大街两边的槐树，想起整齐的步道上的小小方砖，杂遝③的奔涌着的人众，接着是刺刀的白光一闪。

"你没有听说渊若发生什么事情吗，马先生？"她抬起头来问，她的手跟手中的原稿都在发抖。

马已吾对着这个损害了健康的女子，他想起她还在做中学生时代，没有人能想到一个用红绒绳扎着发辫，自信力极强，看起来有几分近乎自负的沉静少女有一天会失去青春，变成十分憔悴。在平时，也许在昨天他还赞赏她的意志坚强，这时候——一阵风波刚刚过去，杜兰若的不幸触动他的怜惜心，他为他这个十年前的学生，为这种变化颇有些感慨。

"女人总比男人可怜，"他在一瞬间这样想。在平常他并没有考虑过这种问题，他甚至反对这种见解，现在他却以为在时光没有过去以前——假如她有爱人——一个女子应该及时结婚。

---

① 此处似漏"脸"字，下文"一个圆脸蛋的大而黑的眼睛的少女"可证。

② 此处"件"或为"个"之误排。

③ "遝"同"沓"，义为众多重叠。

杜兰若在等候答覆。

"究竟有什么事吗?"她催促道。

马已吾从自己的思想中清醒过来,他有几分慌乱。

"不;我想,"他支吾着,一面坐下去说。"胡文敏刚才曾经来过——"

"她另外还说什么?"

"没有什么。你还没有看见渊若吗?"

"没有。"

"我想,我想他大概没有什么关系。"

杜兰若怀疑的望着马已吾,仿佛也照样说,"没有什么关系?"马已吾不知道董瑞莲是杜渊若的爱人。杜兰若想起他们早晨从家里出去,他们在庭院里嘻笑叫嚷,他们在门口向她告别,直到现在这些声音都还留在耳边,连他们在小巷里的急促的脚步声都留在耳边。这难道是可能的吗?一个心灵上还没有沾染鄙污思想,充满朝气和生命,一个像一株嫩芽一样纯洁的少女,一个中学的学生,她的思想是世上最美丽的,她的行为是世上最善良的,她不求利益和勋位,从来不想损害任何人;这种思想和侠行每一个国人都应该仿效,现在她却被①的国人用刺刀刺伤或用大刀砍伤,他们杀害爱国青年难道是因为比他们死在战壕里更光荣些吗?她把马已吾的文稿放到桌子上,然后默然拿起手套。

"你现在要作什么?"马已吾问。

杜兰若戴着手套;她发现她戴错了,接着她改换另一只说:

"我想去看看她。"

"你要看胡——"

"我想去看看瑞莲。既然她现在在医院里,我想我应该去看看她。"

杜兰若从椅子上站起来。马已吾看了看天色。

"这时候你怎么能去?况且又这样晚了。"

杜兰若跟着也看天色。外面是静寂的。整个院子都是静寂的。她没有注意黄昏的青灰色的阴影几时已经落到窗纸上,房子里已经有些昏暗。马已吾敲着桌子让她注意,他说董瑞莲的伤势未必十分严重,此外别的事也还没有能弄清楚。现在事情既然业已发生,究竟将要怎样往下发展还不知道,这时候需要耐力,在没有弄明白之前且不要慌张。

"你可以明天上午到医院去,"马已吾勉强笑着说。他要留杜兰若吃饭。

杜兰若没有得到要领,马已吾的闪烁言辞更加使她迷乱。她苍白的茫然

---

① 此处似漏"她"字。

站了一刻。不，她无论怎样都必须到医院看看。她想起了"他"——胡天雄这时候也许正在家里等着她。

第四章①

李妈也感觉到这一天好像有甚么事情发生。她在厨房里埋怨年轻人，他们一出去就不知道回来，就跟没有上笼头的马一样，午饭要人家等候这样久，这样久！她咕噜着正预备到上房里给火炉加煤，就在这时候外面有人敲门。

"彭彭！彭！"

外面站着一位小姐。这个生得胖胖的很有福的，围着一条宽大的几乎把嘴都要包起来的朱红围巾，上面穿着一件毛蓝布罩衫，罩衫被风吹起一角，下面露出紫色缎袍的小姐姓什么呢？李妈欢喜的将这个问题在她的糊涂的脑子里盘算着，她的眼睛吃了一点风，里面涩涩盈着泪，她看不十分明白。她于是用袖口揩了揩眼。前面不远的地方，还站着一个洋车夫，正用手巾在冒着白气的额上揩汗。

"你还回去吗，小姐？"车夫问，他想顺便带一趟生意。

这个小姐并不理会车夫，她嗔怪的向李妈骂道：

"你不认识我了吗？你只管堵住门上上下下的看，也不说让我进去！"

李妈有些不好意思。

"嗳哟，朱小姐，你这是说哪里话！"李妈笑着大声说。"你是朱小姐。可不是吗，我记得的。你知道李妈老了啊。"

李妈的女主人是这样一个女主人，她的女主人不喜欢讲话，这个可怜的多言女仆，她每天都希望来两个客人。现在她还看见朱小姐手上带着露指手套，在围巾上面，并且露出冻得红红的鼻子。这一个将来是有福的，李妈看得出她是有福的，她不像她们小姐，不像杜兰若苦命。李妈一直都满心好意的笑着；她笑什么呢？她一点也不知道。朱小姐胖胖的长的这样好看这样好看！她觉得年轻人十分有趣，"可不是吗，"她想，"他们就跟花一样，跟小树一样，关②起来跟猫犊儿一样，全世界的眼珠都看着他们，巴望他们一天一天长高，长壮。"李妈以为每一个年轻人都应该有福。

---

① 本章连载于 1940 年 11 月 19 日香港《大公报·学生界》第 243 期、1940 年 11 月 20 日香港《大公报·文艺》第 972 期、1940 年 11 月 21 日香港《大公报·文艺》第 973 期、1940 年 11 月 22 日香港《大公报·学生界》第 244 期、1940 年 11 月 25 日香港《大公报·文艺》第 976 期、1940 年 11 月 26 日香港《大公报·学生界》第 245 期、1940 年 11 月 27 日香港《大公报·文艺》第 977 期、1940 年 11 月 28 日香港《大公报·文艺》第 978 期。

② 此处"关（關）"当为"闹"，或因形近而误排。

朱小姐向她皱了皱眉。

"你们小姐在家吗?"她问。

"不,没有,"李妈说杜兰若不在家里,她刚刚出门,她也许是去找少爷他们,杜渊若跟董小姐早上出去到现在还没有回来。

朱小姐有些失望。

"她没有说几时回来吗?"

"不,她没有说……"

朱小姐转回身去走了,李妈在后面说,"你有话跟她说请到里面等一等。"不,朱小姐连头也不回的走了。那么她来做什么呢?这个好老妈妈完全没有想到人家嫌她絮聒。她发见朱小姐穿着黑绒的像靴一样的棉鞋,她想起朱小姐跟董小姐和另外一位胡小姐模样不同,她是胖胖的脸蛋像蘋①果一样好看。

"这个小姐是有福的。一定的,你看着,将来她一定会嫁一个好郎君。"李妈一直望着朱小姐走出夹道,等到只賸②下她一个人的时候她自己喃喃着说。其实这样的话李妈已不止讲过一回,在好多天以前,那时候朱小姐第一次到这边来看杜兰若,她就曾经这样叹息过了。

这个朱小姐的名字叫做朱英;她是杜兰若的一个表妹;她的祖母——这个早已去世的太太是杜兰若曾祖父的女儿,杜兰若父亲的姑母。这个太太的遭遇不十分好,她的丈夫是一个放荡子,一个破落主子的后裔,当她出嫁数年之后她的丈夫便把賸余的财产荡光,因此她不得不带着儿子回到娘家居住,几乎直到去世为止。她的儿子——就是朱英的父亲,现在是一个官吏,一个所谓将要爬上去的第三等货。这个老爷不消说曾经过他的可怕的困难时期,没有人知道他是怎样过来的,连他自己也不知道。最初他离开家乡,仅仅做一名巡警,以至他不得不将自己的太太和女儿寄养在表兄的庄上。不过这个一直在别人屋檐下长大的警察显然并不曾白白受苦,他是有志气的,他并不曾长期的低头于一切人们脚下,显然他从他的困苦中另外还学来一点东西。困苦把他教育成果断,机警并且知道怎样才能使上面人欢心。他利用上司的弱点和政局的不安定很快爬上去,大约在十五年中,他的许多上司都很快的爬上去又很快的跌下来,他却由警长而外调县警察所长,由警察所长而税务局长,由税务局长而县长,现在他是一个得力的科长,他正在谋划他的上司升调,然后他便可以爬上一级,晋升为所谓"第二等"的处长。这个朱

———————————

① 此处"蘋"同"苹"。

② 此"賸"同"剩",下同。

老爷正是这种人，我们常常看见这种人，贫穷使他们变成冷酷，使他们更加知道看重地位。自从他①慢慢发达之后，他们不再看得起过去他们所受的苦，甚至地位比他②低一级的和不善于往上爬的人。他自己觉得他的地位是他赤手空拳打出来的，因此，这是当然的，他以为受苦的人是活该的了。他什么人都不感激，他的所以不尊敬别人是因为他们的地位比他的高，等到他们倒下去的时候，他同样不会再去枉顾他们。他跟杜家很少来往，几乎可以说完全没有来往。

杜仲武先生——连他自己也说不出是什么理由，他自幼就厌恶这个表兄。朱老爷也不以杜仲武和杜兰若的行为为然，他骂他们不走正路，他看不起他们。杜兰若在一年中（大半是她的表叔不在家的时候）去朱家一次，至多两次。但是年青人并无势利思想，所以每当假期之便，朱英仍旧偶然看看她小时候的女伴。她们因为生活不同，平常很少有见面的机会。朱英跟董瑞莲是同学，这一天她也曾经参加示威。她是特地跑来向杜兰若报告消息。

朱小姐不久就回到家里。这个城里有许多这种公馆，几乎完全类似的老宅，它有两进院落，两个地面上铺着长砖的庭院。她正悄悄的预备到自己房子里去，她的母亲在上房里喊：

"英儿！"她的母亲早已听见并且早已等着她的脚步声了。

朱太太正在上房里坐着；她是一个俭朴的中年妇人；她跟她的女儿一样是生着一个圆脸蛋的，靠近鼻子的地方有一个刺瘤，当她说话的时候它便跟着嘴唇移动。这个太太的习惯是吸草烟，此外她的最大特点似乎就在乎③她的眼皮很松。（请不要以为这是嘲笑，先生们，在我们所讲的这个时代的全部中年以上的太太们，她们这样已经够了。）有这种眼皮的太太——她们不一定全部，至少其中的一部，她们大概比较温和，宽大，慈善，对于儿女也能够不过分溺爱，世上的母亲们大半都有一个缺点，一种错误，她们徒然有一颗可怜的好心，她们对于自己的儿女太注意，但是请注意，她太们④注意了。

这个例外的太太现在正捧着水烟袋吸烟，她的脸上满布着愁云。

"什么事，妈？"朱英担心的问道。

朱太太并不马上回答。她吹着纸稔⑤，咕噜咕噜——吸完一袋又是一袋，

---

① 此处似漏"们"。

② 此处似漏"们"。

③ 此处"乎"当为"于"，因形似而误排。

④ 此处"太们"当作"们太"。

⑤ 此处"纸稔"，或为"纸捻"，两者均可通，下同。

好像在筹划某种事情或是思索某种问题。

"一早你就出门,到这时候才回来,你一天都作什么?"朱太太的声调是低的,平静的,她的颜色,她的瞅着女儿的目光有几分严重。

一个女孩子永远知道怎样应付母亲,她们有这样多方法:她们可以撅起嘴来给她看,她们可以扭着嚷着的撒娇,她们可以把一个平常局面弄成十分严重,把一个严重局面弄成一阵哈哈,并且,她们什么不能做什么做不出呢!她们能够一睡三天,直到她们的母亲发慌,使她完全屈服为止。这时候朱英已经编成一个于人无伤的小谎。

"看吗,"她装着生气的嚷道,"你不是明明知道,不是每天都到学校里去的吗?"

"难道你一天都在学校里吗?"

"一天;可不是一天……"

朱英这样支唔着,她很快的就发见她有一个错误。她的脑筋是灵动的;所有年青人的脑筋都是灵动的;当听的人还没有时间从她的言语中捉住空隙,她的话还没有完全出口,她已经想到应该怎样补充。

"上午下了课,"她紧接着说,下课后她在学校门口的小饭馆里吃了一碗麨①,因为下午第一堂就是"大代数",她昨天夜里没有把习题弄完,怕耽误学业。她这样讲着时候,她的一只脚不住的鑽着地面,她的眼睛——不,她并不看她的母亲,她的眼睛是一直望着空中,只在偶然间,短短的一瞬间,她用她母亲不能觉察的速度向母亲一瞥。总而言之,她有充分的理由为自己辩护。朱太太自然也明白她的女儿向她扯谎。然而在中国,扯谎是一种遗传,一种最古最古跟官吏受贿保存得同样完好的文化。朱太太不住的打量着女儿,她并不为这种事情惊异。

"那么,你的书呢?"她终于找出一个破绽。

朱英的脸很快的红了。"真个的,"她自己想,"你的书在什么地方?这事情真糟……"然而,这个小姐,她自然仍旧有她的办法。她砰砰的极有力的顿着脚,好像要哭的样子喊道:

"看吗,看吗,我做了贼吗?你角儿里缝儿里,像小米大的事你都问到!我又不是三岁小孩,就是没有把书带回来,把书忘到学校里,也算不得什么大罪,你也犯不着用这方法考我。"

这个好太太,她的确应该后悔她惯坏了她的女儿。并且不久她就要后悔——并不是为着娇惯,她将想起对于女儿不应该过分放纵。这时候院子里

---

① 此处"麨"即"面"。

站着几个仆人，男的，女的，他们想听一听到底是怎么回事，到底发生了什么。太太觉得女儿大了，当着底下人骂起来不好意思，有些伤她女儿的体面。

"你进来，"她站起来说。

朱英跟着朱太太走进里边耳房，朱太太和朱老爷的卧房。朱太太坐在茶几旁边的椅子上，她有些怕——或者说的好一些，她不忍伤害她的女儿。她的女儿会跟她吵闹。暂时间她们都不说话。朱太太一个人吸着烟，似乎在寻思一件她捉摸不定的东西，她应该怎样开端。

"你看见兰姐吗？"她忽然问。

朱英有些惊异。这是当然的，朱英以为母亲要跟她讲的是一些别的事情，她没有想到她会问杜兰若，一个跟她们现在没有关系，她们平常不大谈起的女子。

"没有，"她用不确定的语气支唔着说，"她不在家。"

"你将来就跟她一样，我一死——没有人管束，也没有依靠。"

朱太太说着时就把纸稔弄灭，把烟袋放到茶几上。一个五十多岁的太太常常有数不清的感触，也许是因为她周旋于女儿与丈夫之间的烦恼；也许是忽然想起过去，想起岁月的增长，世势的变化；再不然，简简单单的，什么都不为，她悽苦着脸深深叹一口气。

朱太太深深叹一口气。

"你也不用瞒我，英丫头，我全都知道。你先听我说完。你跟你的同学——男的女的在街上跑，你们喊打倒□□①主义——"

朱英的嘴是快的；我们应该能想像到，所有像她这样的少女，她们的嘴都比较快。

"难道连打倒□□主义也不准喊吗？"她抢着问。

"不是不准喊，"朱太太向她的女儿做一个手势。她还不知道刚才外面曾经发生过什么事情。她说她当小姐的时候看见一个生人便躲起来，从来没有私自出过门户，到亲戚家去都必须由母亲伴着，都必须坐轿或是坐车。她为她的女儿担心，警察会跟他们打起来，他们很可能被人家打伤。

"你自己说你不是三岁小孩，"她四分责备六分痛惜的对女儿说。"一个小姐不三不四的跟人家满街跑，你想想成什么体统？"

朱英觉得母亲的话不大悦耳，她把脸背过去，望着旁边愤愤的咕噜道：

---

① 此处及下文的两个空格应为"帝国"二字，当是因为港英政府检查，而以空格代替某些日本人曾提出过抗议的字样。

"又是体统！又是体统！"

朱太太惊异的不住打量女儿。她把她喊进来似乎还有别的话要讲，她自己也觉得奇怪，怎么一-扯就扯到这么远。她有些失措，许久都说不出话来。她不明白在学堂里念书为什么就能够不要身分①。

"可不是体统吗？"她惶惑着说。"你爸做着官，不要体统怎能行？"

朱英低着头玩弄围巾，她把它缠到手上，然后再把它放开。她的手指有些动弹。这时候——沉默有时候也是一种武器，她想起来不应该再跟母亲争辩，最好的方法是让母亲一个人说，让她毫无阻碍的把要讲的话讲完，然后她自己就可以无事，就可以坦然的——就像根本就没有听见过她一样——回到自己房子里去了，自然也不必听什么"地位"和"体统"了。

朱英心里觉得母亲好笑。她（朱太太）尽可能的将她想到的话都讲出来，她希望朱英一个字一个字都听进耳朵，一个字一个字记在心里，从她的良言中得到教训。但是可怜的太太，"随她说什么什么②好了！"朱英满意的想。接着她听见母亲叹息。母亲说父亲是在政府里作事的，他们反对政府很使他恼怒。

他上午回来吃饭，拍桌子摔碗的骂母亲管的女儿不好，他有这样一个女儿以后连官也不用做了。渐渐的天色晚了；小雀开始在檐下叫着；窗纸映着霞光，变成浅淡的金色，看起来比先前更加明亮，房子的靠里边的部分和墙角里却显得模糊。朱太太渐渐的讲到朱英的亲事，她说朱英将来的公公地位高，做官比朱老爷做的大。于是一种感情——不快和厌恶升到朱英脸上，朱英毫不动弹的站着，她的脸变得很红很红。

"你想想看，"朱太太在昏暗中继续说道。"你想想你不尽是给我找麻烦吗？人家知道这种事情，纵然他们不说别的，他们也要笑我没有家教。"

朱太太并没有想到她的女儿心里起什么变化。朱英一直在毫不动弹的站着，她想起她未来的新郎，她曾经从像片上看见，所有朱府里的人——连仆人在内都曾经看见，它曾经被她的弟弟拿出去当作嘲笑材料。这个未婚夫是中国文化本位的，一个纯正的东方青年，一个长袍马褂先生，一个现代的怪物。她感到一种气恼，一种说不出的，常常会使她的脑门痛的怨恨。为着这事情——她觉得——她将来要咒骂她的父亲，他们将成为仇敌。现在，这个放纵惯了的，有一点脾气的少女要出汗了，她觉得很热很热。她每一次想起她的未婚夫就觉得像是睡在蒸笼里似的很热很热。她不转睛的茫然望着地

---

① 此处"分"当为"份"之误排。

② 此处"什么"似为衍文，或为作者选用，以强调朱英娇憨无忌的语气。

面，似乎在酝酿一个爆发。

庭院里送过来一阵奔跑声。

"妈呢？妈在什么地方？"这是朱英的弟弟的声音。

朱太太仍旧毫不动弹的在椅子上坐着，随后是一阵静寂。

"亲事不是我订的，我不管！"朱英忽然打破沉闷空气说。

这是一个完全意外。

"不是你订的你又怎样！"一个尖利的要撕裂空气似的嗓音在外面房子里骂。

朱太太和朱英没有想到有什么人在外面，先前她们没有注意。她们惊骇的望着门。朱英的父亲就在这时候从外面冲进来。一个穿着皮袍，大衣，头上戴着土耳其式皮帽的又高又瘦的男子。一个三等官员老爷。他走进来时脚步是沉重的，地面似乎都在他的脚下震动，恐怖在瞬间占领了全部卧房，就像他是一位真正统治着一个国家的皇帝。

朱老爷怒冲冲的一直奔向朱英。

"不是你订的你又怎样？"他第二遍问，恼怒使他的脸变成青色，眼里冷冷的耀着火光，他的近乎兽类的暴乱令人想起他刚才受过从来没有受过的侮辱，比被一个流氓打一个耳光还坏。

朱英看见父亲向她逼上来，她惊懼的向后退开一步，接着她想起——或者更恰当些说——她感觉到无可逃避，她便站住等着横祸落到头上。全个卧房似乎都在一种淫威下面，等待从空中落下来的横祸。回答这个家主的是一片静寂。

朱太太愕然的坐在椅子上张着嘴，大概正在想庇护她女儿的方法。朱老爷已经在朱英前面站住，那么他会不会打她一个耳光，或者，在她身上踢一脚呢？这些猜想自然都是可能的，而且早已不奇怪了。他正像望着一只小羊的刁恶的狼一样望着他的渐渐抬不起头来的女儿，现在可以看出他[①]全身在轻轻战抖。

"不是你订的你又怎样？"朱老爷用一根指头指着朱英第三遍问，"你吃我的，穿我的——你想想谁把你养活这样大？我花钱让你到学校里念书，你却在街上乱跑，反对你老子。你——不是你订的！你以为我就没有办法你吗？"

朱老爷嘴里喷着吐沫。朱英低着头弄手指。他看见女儿弄手指，心里似乎渐渐平静一些，因为她既然不敢当面反抗，可见他还保持着几分权威。这

---

①　此处"他"当为"她"，或因形近而误排。

种权威，别人不满意而又不敢明白反抗，这种力量稍微使他感到安慰。然而人们又往往有一种奇怪心理，一种差不多是愚蠢的，不能琢磨的情感，他们永远不能从别人身上得到满足。有时候并且适得其反，当他们刚刚获得二又二分之一，同时一个倍数，他们心里同时生出五分苛求。同样的心理，朱老爷因为看见女儿毫不声响的弄着手指，忽然间心里比先前更加恼怒，更加热烈，正所谓要打胜就胜到底，他有一种必须朱英说话，必须她承认下错误的欲望。

这个家主自然不会明白这是一种愚蠢欲望。

"亲事不是你订的！"他在另一把椅子上坐下，气的不住的哼着喘着，把吐沫随便唾到地上。接着他——这个官员老爷拍着茶几骂道；"亲事是我订的，你老子订的！我不但给你订亲事——你不满意，嚇，停几天还有你更不满意的，你等着瞧——我还会把你嫁出去。今天我要试试你这个不知廉耻东西的本领，你不高兴你给我滚开，马上从我家里滚开！"

朱太太一直都在担心的望着她的丈夫，她怜惜女儿，觉得丈夫骂得有些过分：太太们一觉得她们的丈夫对待子女过于苛刻，便表明她们已经有偏袒之情。

"你也骂的够了，"她在旁边用平静的声调说。"其实英丫头整整一天都在学校里，她根本就没有出门。"

现在她已经完全站在女儿一边，相信女儿的确是"整整一天都在学校里，根本就没有出门"了。她没有料到这话等于火上加油，她使她的丈夫更加愤怒。

"你看看你养的好女儿吧，"朱老爷转过去喊道。"连你也来骗我，你把她惯的敢反对老子，你要她造反吗？现在你还出来庇护她，瞎了眼睛的东西！"

他说着就用手将茶几上的烟袋扫到地下，接着是一场咆哮，呼喊和争吵。

第五章[①]

胡文敏没有去看杜兰若；她从马已吾的寓所出来天色已经向晚，并且，

---

① 本章连载于 1940 年 11 月 30 日香港《大公报·文艺》第 979 期、1940 年 12 月 2 日香港《大公报·文艺》第 981 期、1940 年 12 月 3 日香港《大公报·学生界》第 246 期、1940 年 12 月 4 日香港《大公报·文艺》第 982 期、1940 年 12 月 5 日香港《大公报·文艺》第 983 期、1940 年 12 月 6 日香港《大公报·学生界》第 247 期、1940 年 12 月 7 日香港《大公报·文艺》第 984 期。

她想起杜兰若有病。那么她现在急于看她做什么呢？她既然不能帮助兰若，难道她能单单告诉她董瑞莲被人家用大刀砍坏，杜兰若①被人家当场逮捕，她能这样跟她——跟一个病人讲吗？如其不然，当兰若问起来的时候她又将告诉她些什么？

"先到学校里看看再讲，"她在心里安然跟自己说。"慢慢的她会知道的，事情不一定都像一开首样坏。"

她于是向另外一条路转过去。这些很少行人，令人想起乡下的街道，它们是空虚的，灰色的，跟往日并没有什么不同；树木向空中伸着空枝；偶然走过一个收旧货的或是一辆洋车，好像这个城里数世纪以来就安于这种平静，从来没有发生过事故。

"你怎么能从这个闲散惯了的，灰色的，没落着的城市里把人们拉出来？"她惘然想道。"这些北京人，他们惆怅的望着天空，怀想着一去不返的盛世景象，以幻想为满足。他们是自负同时又很卑弱，用有兴趣的旧主子的眼色看各种东西；这些自负的北京人，他们以卖他们的女儿和典当为生。"

认真讲胡文敏并不曾仔细思量什么，仅仅是一些不确定的意象在她的脑子里浮动。她替这一天的被捕者担心，为受伤的人们忧愁，接着她又想到他们——学生们将怎样应付。这里她忽略一件事情，她应该到杜兰若家去看一看；她原来——在没有到马已吾的寓所之前，想着去看一看的，仓促间她忘记了。她没有想到有一个关系跟她更密切的人被捕，他同杜渊若同时被人家装在一辆车上。她在路上走的很快，似乎有一种情感把她举到空中，她甚至没有想到这一天她曾经跑过很多路，她的脚放到冰冻的地面上就像踩着棉花一样柔软。

女子中学门口也同样站着几个警察，他们的被派遣到这里正等于所谓"亡羊补牢"。胡文敏在学校里面没有看见什么紧张景象，或者倒可以说是相反，学校里似乎比往日更平静些。她在路上——她走过好几重院落几乎没有看见人，没有听见一点声响；连办公室中也没有声响；仿佛这一天是一个假期。她一直走进寝室。在寝室里，一个小桌旁边，有两个同学正低声谈话。她们中间的一个是壮大的，运动员样的，脸蛋又红又黑，人家都喊她作"大哥"或"闯将军"。当她站起来的时候，胸部便高高的挺出来，好像甚么事都做得出，模样——连说话以及走路都像男人。

她的名字叫刘之英。另一位额部很宽，有一只猫似的充满着野性的但是神经质的眼睛，是刘之英的同乡张小姐。她们看见胡文敏便停止谈话，脸上——尤其是刘之英的脸上留着严重神气。她们对于这个同学的进来似乎有

---

① 据上下文，此处当为"杜渊若"，或为作者笔误，或为误排。

些吃惊。

"胡文敏，"刘之英用一种低抑的声调招呼道。"你先前在什么地方，到现在才回来？我们还以为你被人家捉去了呢。"

刘之英说到最后笑了一下。张小姐原先怪异的张大着眼睛，这时候也笑了一下。胡文敏不看她们，也不马上回答她们。她把绒绳编织的外衣和手套一件一件脱下来抛到床上，一面背着她们淡然说：

"我去看马先生，他听说今天的事情很生气……你怎样，大哥？你没有受伤吗？"

刘之英站起来笑道：

"托福，托福。"

同时张小姐也跟着刘之英走过来。

"你去看哪一个马先生？"她问。

胡文敏气色很不好。先前因为被热情与痛苦鼓动，奔跑着还不觉得什么，这时候她忽然感到疲倦，好像用尽了力气似的软弱，并且脑门隐隐疼痛。

"马已吾，"她倒到床上。她的眼睛空虚的茫然望着上面，说话的声音很低。

张小姐同刘之英走过去，她们坐到胡文敏的床沿上。

"马先生怎样说？"张小姐接着问。她并不等胡文敏回答，随即顽皮的，转过去模仿着马已吾的声调慢吞吞的向之英念道："秦公据殽函之固，拥雍州之地，君臣固守，以窥周室。"

胡文敏向张小姐瞥一眼，接着又马上调开说：

"他也没有讲什么；他说先不必发荒①，不要乱动，先看一看局势怎样发展，然后再决定应付办法。"

"难道就这样完结，白白的让他们砍伤几十个人吗？"刘之英生气的截住胡文敏问道。

"也并不一定就这样完结，"不过胡文敏去看马已吾仅仅是报告一个消息，并不是为着讨论什么问题。马先生也只是发表他个人的意见，他跟学生联合会没有关系，胡文敏也不是什么代表。他是以一个先生的地位跟一个学生说话，无论说什么都不会决定甚至影响他们学生的行动。

"他的意见也有道理，"胡文敏打了一个呵欠，仿佛是问自己似的接着讲。"他们现在只想到做官，所以先来一阵煞威棒，其实他们的大椅子仍旧是放在人民和兵的脊背上面，人民和兵士稍微动一动他们就会头昏目眩。现在他们是

---

① 此处"荒"同"慌"。

预备从一把椅子坐上另一把更高的椅子，为着满足私欲，把我们当作牺牲。"

"那么他怎样来解这个问题呢？那些兵士今天一动手就向我们砍杀。"

"他们自然被欺骗了。你想兵士有不希望打日本的吗？他们回去将会清醒过来，他们会想一想他们所作的事情，我们清白的手上染着自由的血。谁把青年人的血染到他们手上的呢？他们会厌恶他们自己。"

胡文敏说着便无力的合上眼，停了一刻她又含糊的说道：

"组织自然有一种力量；任何腐败的组织都有。现在他们的组织，他们的绳索业已烂了，虽然他①还竭力维护，不过无论怎样，今天他们作的事情是一种失败，兵士和人民已经看见他们的行为，他们没有方法粉饰他们的罪恶。"

张小姐在先听见刘之英说道不愿意被白白砍伤几十个人完结，仿佛在她前面当真从新展开一场屠杀，她的脸上现出恐怖，血色更加少了。这自然不能责备这个少女怯懦，须知道每一个善良的人都喜欢和平，每一个生命都向着快乐，没有一个人愿意就死。到这里，等到胡文敏无力的不连贯的把话讲完，也许她想到她的恐慌是不必要的，他②们现在还可谈话，于是她又放心，脸上现出一丝活气。

"你听她讲，大哥，"她忍不住嘲笑道。"你听她讲的，她现在倒应该做我们的大姐。"接着，她转过去向胡文敏。"真的，文敏，明天我们去见校长，你简直可以做我们的先生。"

胡文敏并不分辩，她连说明刚才的意见并不是她的，大部分是她从马已吾那边听来的力气都没有。

张小姐这时候也看出她的气色不对。

"你受伤了吗，文敏？"她担心的问。"你是不是被人家打在哪里？"

胡文敏在枕上摇了摇头，她没有受伤，不过她觉得好像吃多了什么不容易消化的东西似的，心里十分痛苦。她的同学不明白为什么有这种情形，她们甚至根本就没有想到这里。

"我有一句要紧话跟你说。你起来，文敏，"张小姐拉住胡文敏一只手腕，用力扯了两下却扯不动，她于是要求刘之英帮忙，并且笑着骂道，"你看她懒的，好像在害懒病似的。"

刘之英不耐烦的把手一挥道：

"去，去！不要耽误人家。尽在这里啰唣！"

张小姐放开胡文敏，淘气的把嘴撅起来。

---

①　此处似漏"们"字。

②　此处"他"当为"她"之误排。

"去，去！"她重复着，乜着眼睛说。"人家碍着你甚么？去，去！地皮又不是你的，你管得着人家啰唣，闯将军！"

"你说什么！"刘之英站起来，伸出手去捉她。

张小姐于是猫儿似的向外一跳，她逃到门口，接着又笑嘻嘻的转过来，做一个要打架的姿势，顽皮的站在门限①上大声喊着：

"我说闯将军，闯将军！李闯王！"

刘之英从新在床上坐下去，赌气不再理她，"简直是一个没有办法！"她想。同时她注视着睡在床上的同伴，这放在枕上的是一个鹅蛋样的——用一般的见解说——没有什么大脾气的脸蛋。其实胡文敏并不完全没脾气，假如从外表后面观察，也许恰恰相反，比脾气顶大的人更大一些，只是很不容易看出来。她的脸色几乎是纯净的白色，像牛奶一样；眼睛是长长的，看起来很柔顺；眉毛并不怎样浓，细细的像两条杉木叶；嘴唇并不怎样红，并且常常寂然合着，很难得有笑的时候，人们说这是一个没有什么特色的女人，没有迷人的地方。综合起来，她给人的印象是没有什么大的作为，但是纯洁，沉静，坚毅，不自负也不自卑。这种女人不大会受严重的打击，或者是她们受了，她们忍受得下，不在外面表示出来。她们最惊人的长处人们往往不去注意，她们也很不让人家注意，仿佛她们会因为别人的宣扬害羞。她们按住规定下来的工作，毫不紊乱，毫不讨巧，她们作的往往比别人能想像的还要快还要好些。就是这样一个女子。刘之英看出她比平常更加显得苍白，她的眼睛比平常无力，额部比平常枯燥。

"你被人家打了吗，文敏？"刘之英亲切的问道。

"没有什么，"胡文敏淡然笑了一下，一面转动着眼睛。她没有想到这个男人样的，平常大家都以为"没有人要"的，大概将近二十五岁的女子对人竟会这样体贴，于是她摇了摇头，"没有什么；你怎样？你也挨了打吗？"

张小姐看见她们说话，这时候她也大着胆走过来。

"闯将军今天闯的很痛快，她在一个警察脸上打一个耳光！"大声说。

刘之英向张小姐瞥一眼，她有些不好意思，脸色更加发红。

"我挨一棒，"她惭愧似的笑着说。她的声很低。"不过校长先前派人来请你，你大概还不知道！"

"请我吗？"胡文敏问。

"是的，请你。你刚才在门口看见什么没有？"

"没有看见什么。只是号房里的老头看人看的有些奇怪。"

"你知道学校里曾经发生过事情，在你回来之前不久，许多同学都在办

---

① "门限"同"门槛"。

公室外面，都听见，校长挨了一顿臭骂。"

"额，是的，局长！是，是，是，是……"张小姐在旁边卑躬屈膝的摹仿着校长的声调打岔她们。

胡文敏皱了皱眉。

"那怎样呢？"她停了一刻问。

"现在还不知道，"刘之英担心的瞅着胡文敏，好像等待着她的意见似的停顿着。接着她又补充一句。"事情是有些严重。"

"是，是，是，是，一定照办。局长，一定！"张小姐第二遍说。

胡文敏惊异的，望望张小姐，接着又看看刘之英。她看见刘之英带几分恼怒的瞅着张小姐，这个从来不喜欢考虑什么的女子今天居然会顾忌，居然把事情看的这样严重，她觉得十分可笑。

但是她笑不出。

"没有什么关系，"她在枕头上转动着说。"你们开过会没有？有没有什么决议？"

胡文敏问的是学生会。她们在胡文敏没有回来前业已经过集议。在会议中曾经发生过争辩，有人说他们布置的不十分周密，否则不会有这么多受伤；有的主张马上组织宣传队到农村工厂中去；有的以为应该通电全国各种团体请求他们取一致行动；更有的建议立即筹备第二次示威，要求将军及官僚们释放被捕学生，并且声明他们的错误，承认人民有爱国自由。最后她们决定将这些议案提交学生联合会，等候他们作最后决定。她们没有人以为她们不应该站在游行队伍前面，这显然是从法国学来的，并且是自动的，虽然这一天受伤的大半都是她们，她们仍旧感到进攻巴司底狱时候的荣耀。刘之英简略的报告这开会时候的情形。胡文敏默然听着，她没有表示意见。

"你是怎么了？"刘之英又注意到她的脸色白的奇怪。

胡文敏凄然笑了一下。

"不知道怎样，有些不舒服。"

钟声在空中响着，刘之英和张小姐到食堂里吃晚饭去了。留下胡文敏一个人在床上躺着，她忧愁的望着窗户，天色很快的在黑下来。杂乱的到食堂的脚步声，说话声和嬉笑声从外面走过去，渐渐的走远，渐渐的轻微，最后夜色和静寂从空中落下来遮盖住她。真的，她是怎样了呢？毫无欲望的在床上躺着，额部和两颊有些发热，脊骨却在发冷。她想把棉被拉过来盖到身上，却没有动弹的意思：她把手伸出去，接着是一阵晕眩，仿佛地球就在下面转动，她的手仍旧无力的落下去。随后觉得身体被载在船上似的，无所系属的摇摆着摇摆着，不住的在空虚中浮动。

现在她躺着的已经不是铺着白被单的床铺，而是一条不能名状的无形的海船。波涛汹涌的在她耳边啸着，不住的将她举起来又沉下去。"我们现在是①什么地方去呢？"她自己问。事情有些奇怪，一个仿佛跟她的耳朵隔着一层纸的声音回答她："我们是到我们希望的国里去的。"她感到一种说不出的喜悦，对于这个希望的国她梦想了好几年，现在这个梦要实现了。"那边是很冷的，"她想着似乎有些担心。"不是很冷吗？"接着，在这种时候情形常常是这样的，好像夏季的暴雨袭来，像云一样，空气中忽然布满了不安。再接着，她正在惊异，大火蓬的烧起来了。人们，无数的人们，他们慌张，狼狈，混乱的从黑暗中奔出来，像从失火的房子里奔出来的老鼠。在这些看起来无数的众多，像永远不会停止的奔走的人们中间，警察和兵士用大刀，木棍，枪刺，手枪纵横冲击。人们跌倒，接着人们就从跌倒者的身上踏过去。"他们不让到希望的国去，"她想。"他们在破坏。"于是喊杀声，呼喊声，奔跑声，"打，打！"——"混蛋！"杂成一片，人们逃避着，警察和兵士追袭着，好像被风卷着的落叶一样从一面卷到另一面，接着又乌云似的从另一面压下来，一直压到她身上。

"那边，那边！"她在人的堆积中喊。

有人抓住她的肩膀，用力摇着。

"文敏，文敏！"

胡文敏惊恐的睁眼睛，她出了一身冷汗。灯在房子里亮着。张小姐正站在床前骇异的望着她，手还没有从她的肩上拿开。

"你说什么？"张小姐问。

她并不直接回答。

"我做一个梦，"她含糊的说。"你们刚才吃过饭吗？"

"你真是在做梦，"张小姐笑道，一面拉棉被给她盖上。"你要冻病的。自习课也下过了。"

"我也许要病了。"她好像谵呓似的自己咕噜着。她觉得很渴，嘴里和鼻子里像在燃烧。

第六章②

"有人来过吗，李妈？"

---

① 此处似漏排"到"或"往"字。

② 本章连载于 1940 年 12 月 9 日香港《大公报·文艺》第 985 期、1940 年 12 月 10 日香港《大公报·学生界》第 248 期、1940 年 12 月 11 日香港《大公报·文艺》第 986 期、1940 年 12 月 12 日香港《大公报·文艺》第 987 期、1940 年 12 月 13 日香港《大公报·学生界》第 249 期。

　　杜兰若连着大衣坐在沙发上，一面脱去手套，一面惊慌的仿佛在找寻什么似的往四处瞅着问。其实她并没有确知要找什么。屋子里跟她先前出去的时候一样，仍旧是空空的，令人感到一种近乎在破产世家中感到的空虚。装着淡蓝色遮影的灯在空中亮着，如①出门时随便放在台子角上的书仍旧放在原处，屋子里没有任何变动。大概她早已猜出没有人来过，因此她有些失望。

　　李妈正站在门口的衣架旁边。

　　"没有，小姐，"她用平常用惯的平静声调回答；但是她马上就发觉自己的错误，很快的分辩道："哦，你看我想到哪里去了？来过一个，小姐。朱小姐来过。"

　　杜兰若把李妈打量了一下，接着将手套放到旁边的小几上。

　　"朱小姐没有说什么吗？"

　　"她没有说什么，小姐。"

　　李妈看见杜兰若仍旧瞅着她，以为杜兰若对于她的回答不满意，接着又补充道。

　　"她只在门口站了一下；我让她进来，她说她明天上午再来看你。这个小姐真个有福的。不是我讲疯话，她将来一定会嫁一个好女婿。可不是吗，郎才女貌，将来一定会嫁一分好人家。"

　　李妈痴痴的笑着，好像一架破旧机器，一开动着自己也停不住了。杜兰若皱着眉不说话，"老年人真是又可笑又可怜，人一老像熟透的果子，风吹过来它就动弹着动弹着，不做主的动弹着，等到有一天自己落到地上，便什么都完了。"她在心里想。李妈却像做错了事或者不知道要怎么办似的，杜兰若的皱眉使她抱歉，杜兰若不说话也使她抱歉，仿佛这些全都是她的错误。

　　"你找着少爷他们吗，小姐？"她——李妈笑着问。她自然也知道这是多余的，完全没有这一问的必要，但是现在让她作什么呢？她似乎感到一个空隙，一个可怕的使她不安的空隙。她不知道这是怎么发生的，因为她并不知道有什么发生：只是她感到今天有些特别，她从来没有这种感觉过。真个的，少爷跟董小姐早上出门，现在似乎觉得他们将永远不会回来的一样。

　　"没有，"杜兰若摇着头，接着她从沙发上站起来，走到台子前面将灯开亮，并且思想什么似的站了一刻。

　　"李妈，你到这边来，"她在台子前面坐下去。"我有一封信要差人送到乡下，你找到找不到这样一个便人？"

　　李妈站在台子旁边，就像每天晚上她听杜兰若吩咐她明天买菜。

---

　　①　"如"或为"她"。

"不很远吧，小姐？"她问。"只要路不十分远，总找得到的。"

"出城有二三十里路？"

"出城有二三十里路找得到，小姐。我有一个兄弟……"

"你兄弟是做什么的？"

"做什么的，那可没有准儿。他什么都做。你要是砌个灶台了，糊个墙了，垒个花池了，掘棵树了，您只要盼咐一句……我现在就喊他来好吗？"

"不，你先不要慌，"杜兰若做了一个手势说。"现在你且把饭开上。你自己不是也没有吃过饭吗？"

杜兰若一个人在她的小小的会客室里吃饭。菜是丰富的，中午以前就烧起来的，她吃的毫无意思，好像她的胃口是这样坏，她正患着消化不良。她看见桌子中间摆着一只鸡。这是她特地为她的弟弟和董小姐买的鸡，当她昨天晚上盼咐李妈买菜的时候，她还为他们将有一个热闹午饭快乐，现在她不必等他们了，她从马已吾的谈话中已经隐约猜知渊若被捕了。一股油腻气味冲进鼻子，她皱了皱眉，随即她让李妈将鸡搬开。

"这是什么午饭，"她想。她记得办丧事的人家就是这样不守时刻，午饭常常从早晨开起一直到夜深。现在她的忽然被搅乱的和平空气，她的好像骤然荒凉起来空虚起来的小院子给她的也正是这种丧亡感觉。接着她想起渊若这时候大概还在被人家审问，今天晚上他将跟别人一同饿着肚子。她吃的很少很慢，并且有好几次把正要去夹菜的筷子停在菜盘上面，极注意的听着，仿佛正有一个人急促的在外面敲门。但这仅仅是她自己疑心，仅仅是一种错觉，她每一次得到的都是失望。

最后杜兰若似乎不再等什么人了；也许她连这个问题都不曾想到，只因为一种感觉，只因为她觉得她在食桌旁边坐的太久所以才站起来。假使这时候有人问她有没有吃过晚饭，她定会愕然不知所答。她毫没有主意的走进上房，现在她做什么呢？她在沙发上坐下，接着她想起应该给董瑞莲的母亲写一封信，她预备站起来。

"不，不，"她在心里说。"我几乎弄错了。事情还不知道究竟怎样，应该明天到医院里看看再说。"

杜兰若会拿不定主意似乎是奇怪的。杜兰若是这样一个女人，她有一个这样履险如夷的或是说这样冷的性格。假使这被捕的是她自己，她决不会感到为难或是痛苦。她的心里从来没有过这样孤单，即使当她先前被捕，被人家以枪毙相恫吓的时候也没有过，因为那时候她的责任是等待不幸降临，营救的责任是在别人身上；人们能奔走成功，她自己能获得自由，能少受一点苦楚，她自然欢喜，如果人们是失败了，用她那时的想法，"这是一样的，人们无论给一个甚么结果都是一样的。"支配着她的命运的是官厅；衙门里的人高兴怎样办就怎样办，她自己毫无办法为她自己的命运尽力。现在却是要她营救别人，那么明天她将作些什么？她要给她叔父拍电报吗？或者是像马已吾说的一样，暂时看一看局势怎样发展，或者是托另外一个什么有力者呢![1]

杜兰若自然不免为她的弟弟渊若担忧，她想起这个少年人的种种不幸。他们的父母都已去世，他们的叔父对待他是严的，虽然他十分爱他，董瑞莲又被人家砍伤或是刺伤，现在，平常也是一样，最关心他的只有这个姐姐，他自然应该尽力把他营救出来。不幸她仍旧不能确定她明天要作的事情。这时候她觉得很空虚，如[2]需要一个人的帮助，需要跟他讨论一下。自然她从来就没有想到她需要别人帮助过，她有一种谦虚的但是不能克服的好胜心，同时还有一种她不曾觉察过的东西，一种恋爱着的人常有的情感，幸福的或是说快乐的懒惰情感，并不是她不能决定她应该怎样作，仅仅是这种懒惰，她把她的责任暂时放开，犹之乎一个小孩失落一件玩具，并不是他不会自己从地上拣起来，然而他仍旧望着他的母亲，这就是说她把决定的责任放到别人身上去了。

"真的，"她想，"这究竟是怎么回事，我从来没有拿不定主意过，我记得——就是我在家里做小孩的时候也没有过！"

这种思想似乎有些使她生气。她站起来从台子上把这一天下午她看过的书拿过来；她随便翻过几页，但是她的思想不能集中，她的心情仍旧杂乱的好像许多种不同的色彩泼到一张白纸上面。她的额角在跳动着，脑子有些发痛。于是她又厌倦的把书抛开。

"我疲倦了；疲倦的很。这样的一天……我要休息一会……"

杜兰若烦恼的这样想着，接着就懒懒的把头放到背靠上，把脚稍微伸出去一点，一只脚压到另外一只脚上，同时慢慢的合上眼睛，看起来，她的模样看起来好像真的已经睡过去了。但是，虽然她并没有明确的思想，她仍旧在等待一个人。她以为胡天雄不久就会来的，不管发生什么事情，不管他怎样忙迫，她极有把握的相信他给[3]会来看她的。

"可是朱英来做什么呢？"她自己问。

杜兰若仅仅是毫无来由的偶然这样想起来，如同感到无聊的人常常有许多没有意思的不着边际的问题一样，她的思想不过是被一个偶然的观念打断一下，并没有什么要仔细思索一番的心思。她觉得时间过的比平常慢。

---

① 此处"！"应为"？"之误排。

② 此处"如"或为"她"之误排，或以"如"表示一种虚拟语气。

③ 此处"给"当为"总（總）"，因形近而误认、误排。

"真的，他为什么不会来，为什么还没有来？"

她带几分埋怨的想着，睫毛在淡蓝色的灯影下动弹着，仿佛她预备睁开眼睛，但是这样挣扎过一下之后便不再有别的动静，似乎她暂时间对于这种状态已经感到满足。这以后她为胡天雄解释，或是说她为她自己解释：他当然是很忙的；所有这种情形她都十分清楚，他必须参加会议，凡这屠杀事件引起的问题他都必须参加讨论所谓对策。因此她有些后悔，她经过大学的时候为甚么没有进去一下。她又看见大刀，枪刺，手枪，救火车，奔跑的人众，被砍去的胳膊，受伤者的转侧，"精英，这就是所谓'民族的精英'，所谓国家'未来的主人'……"她很想嘲笑，不幸她没有成功。她的感觉渐渐迟钝起来。这些思想或是说幻象都是不连贯的，它们在她的浑沌的心里慢慢出现，接着又慢慢消灭，然后是第二个，第三个，正像她的将断的知觉一样，像垂熄的煤焰一样。"你怎么知道甚么东西是要来的呢？……当你高高兴兴在路上走着的时候，譬如天气是很好的，树林下边和小路旁边都开着花……你预备出城，空中忽然会落下一片瓦，恰恰打到你的头上……"在平常当她清醒着的时候，她要为这种思想害羞；真的，"为什么会落到①上来呢？"她又含糊的想。

"不，不；我们要永远打下去，一直打下去。"没有任何声回答她，屋子里是一片静寂。所有的声音都渐渐消灭，渐渐静下去了，接着她心里也完全静下去了。

杜兰若正在房子门前的石阶上站着，她看见许多大树，鸟儿在上面叫着，又好像是在树林里了。这时候，一个不能确定的离开她在沙发上坐着究竟有多长时间的时候，一个高大的和善的充满生命与热力的男人正笑着向她走来，仿佛他们已经很久没有见面。

"天雄，"她欢喜的招呼道，"你怎么到这时候才来？"

胡天雄仍旧笑着，仍旧高兴的向她来，并不马上回答。

"小姐，你笑什么？"于是一个声音这样喊。

杜兰若睁开眼，从沙发上坐起来，她看见李妈手里拿着火铳，满脸笑容的正在前面不远的地方站着。接着她的眼睛又向台子旁边和李妈背后寻觅。

"刚才有人来过吗，李妈？"她的眼睛又怀疑的转向李妈问。

"没有人来过，小姐。"

李妈说着向火炉走过去。她说她刚才进来预备把炉子封上，她看见杜兰若在沙发上笑，以为她是醒着，所以喊了一声。

---

① 此处似漏排"头"字。

“你好像在等什么人，小姐？”

“我不等什么人，”杜兰若打着呵欠说。“我刚才做了一个梦。”

“人家说在梦里笑是主喜的？”李妈卖弄风情的笑着向杜兰若瞥了一眼，一面哗啦哗啦的通着炉子。杜兰若却没有注意李妈，她满面睡容的坐着发呆，一面恍惚的想着刚才的梦。

第七章①

同时另外一个少女——朱英也做了一梦。朱英气恼的躺在床上哭着，仿佛她是这样伤心；其实她有什么应该伤心，她自己是一个甚么都不用过问的小姐，吃饭穿衣都有女仆侍候，出门有洋车，此外的各种事情都有母亲，在中国挨一顿骂是平常事。然而每一个少女的心里——世界上最幽密的心里都有许多心思；还有什么是比女人的心更柔软同时更深的呢？阳光偷偷的在她们心里照着；鸟儿在她们心里睡着；花苞顾影自怜的觍然低垂着头，她们把这种心思保留下来。自然她们中间的大部不一定仔细观察过她们自己的宝藏，她们丰富的含着香气的心灵何以有时候快乐，接着，另一个的时候，也许仅仅是和先前难以分拆的同一个时候，何以又毫无来由的忽然感到烦恼。这些在魔洞中被魔②的睡美人，她们在等待她们的英雄，直等到她们遇着她们的英雄，尝到一种解剂，也就是他的呼吸或是接吻，她们心中的阳光才会普照，鸟儿才会鸣啭，花朵才会开放，她们自己才会获得新的生命。

朱英正因为甚么都不过问才莫明其妙的时常有所感触，她觉得十分不幸，一个被娇养的孩子心目中的不幸。为甚么她不能去呢？她的同学们参加示威为什么——她怎么能够不去？为什么只有她必须挨骂？她的无辜和她受的不公道使她怄哭很久。

这些泪大部分是不必要的，浪费的，本来早可止住的，只因为上面所讲的“毫无来由”，它们一直不停的毫无来由的泉水样的滚出来，它们的来源是这样容易，到后来枕头都浸湿了，眼睛和嘴唇肿了，喉咙也干哑了。

---

① 本章连载于 1940 年 12 月 14 日香港《大公报·文艺》第 989 期、1940 年 12 月 16 日香港《大公报·文艺》第 991 期、1940 年 12 月 17 日香港《大公报·学生界》第 250 期、1940 年 12 月 18 日香港《大公报·文艺》第 992 期、1940 年 12 月 19 日香港《大公报·文艺》第 993 号、1940 年 12 月 20 日香港《大公报·学生界》第 251 期、1940 年 12 月 21 日香港《大公报·文艺》第 994 期、1940 年 12 月 23 日香港《大公报·文艺》第 996 期、1940 年 12 月 24 日香港《大公报·学生界》第 252 期、1940 年 12 月 25 日香港《大公报·文艺》第 997 期、1940 年 12 月 27 日香港《大公报·学生界》第 253 期、1940 年 12 月 30 日香港《大公报·文艺》第 1000 期、1940 年 12 月 31 日香港《大公报·学生界》第 254 期。

② 此处“魔”字或为“魇”，因形近而误排，也可能是“被魇”，原指禅修时产生幻觉，神散意乱的状态，这里指着了魔法之意。

这时候，朱英的弟弟从外面跳进来。

"姐姐，你为什么哭？"他气咻咻的喘着问道。从这孩子的嘲笑声调中可以听出他是同样被纵容坏，也许更坏，因为他是一个具备野性的男孩子，他并不觉得别人的不幸应该同情，而且正相反，别人的不幸反足以使他开心。

"哭是我高兴，你管得着吗？"朱英生气的骂。

弟弟嬉皮笑脸的说：

"哭是你高兴，笑是我高兴；你哭你的得了。我管不着有人管得着，爸爸管得着；还有，将来有一个人——你男人——就是像片上的你男人管得着！"

"呀崒！滚，滚！"朱英恼怒的用拳击着床骂道，"谁叫你到我房子里来的？滚出去，快些给我滚出去！"

弟弟看见她这样生气，大概特别觉得快活，他轻蔑的将嘴一瘪道：

"你先别摆大小姐架子。我好意来问你，你可就像吹猪样的，气得圆圆的蹦蹦的了。我高兴来就来，谁稀罕你打躬作揖的说？这房子不是我的，也不是你朱英的；你的房子，你嫁了人才有你的房子！"

朱英转过身去面对着墙，赌气不再看他，一面大声嚷：

"你给我滚出去！滚出去！不滚出去我要喊了。"

"你还是不喊好、老姑娘，"弟弟称意的挖苦道。"你喊咂家①也不怕；你喊也不会有你的便宜，不信咱试试看，挨骂的包管是你不是我。"

朱英虽然恨的咬着牙关，她知道闹起来的确不会有她的便宜，因此便不再作声。弟弟看见她毫不动弹的朝里躺着，知道她已经认输，他目夾了目夾眼睛做一个鬼脸，然后胜利的嘲笑道：

"我说你不做声是你的便宜，你看怎样。我问你为什么哭，其实你不说我也知道。你挨骂是活该。咂家呀——呀——"

朱英已经不再伤心，她听见弟弟一路唱着跑出去，上房里朱老爷和朱太太的声音业已平静下来，好像在商议什么事情，接着有人走进来，这是一个中年女仆。

"把饭给你送到这边来吧，大小姐？"女仆谨慎的问。

朱英的声调干哑，并且还留着一些悲伤。她说：

"不用；"

她停了一刻又添加一句。

"我不饿。"

女仆在房子里站了一会，然后悄悄的走出去了。房子里单剩下厨柜上的

---

① 此处"咂家"似为"洒家"之误排，下同。

小坐钟①的响声，譬如风雨之后，听起来似乎特别平静些。朱英合着眼睛毫不动弹的躺着，她心里觉得疲倦空虚，但是眼泪已经将她所受的委屈洗清，也正犹之乎风雨将空中的尘埃洗清。心里没有积压的情感壅塞，完全是通畅的，和顺的，像清徹②的天空一样平静的了。她没有什么欲望，没有什么不平，彷佛世界也没有什么欲望，什么不平，原是茫茫的一无所有的东西；游游③的广大而安谧的睡眠——正像传说里所讲的一样——轻轻从空中落下来，将无知，混沌，幸福放到她身上，将愚驱放到她脸上，她的④侧着身体，她的脊背落到软软的温暖的床上，手无力的慢慢从胸部滑下去了。

然而现在她站着的这是什么地方？她全身的关节又酸又痛；街道，房屋，空气，人众，各样东西都是灰色的，平面的，没有阴影的，不确定的，浮动的，但是无声的。虽然是无声的，空气并不平静，似乎到处都潜藏着不安。人们不知道从什么地方出来，他们蠕动着，无声的拥挤着。他们是这样多，难以想像的多，大家似乎在等待什么。忽然间，正在人们等待什么的时候，一阵大的混乱，人们波动着向四处奔跑。

"警察，警察！"她恐慌的想。

她于是也夹在众人中逃避。渐渐的，她渐渐的离开别人，她穿过各种小胡同，灰色的无生气的房屋一宅一宅的落到后面。到后来她发见⑤只有她自己的时候，她回过头去。

"警察，警察！"她苦恼的在心里说，一个警察正在后面向她追赶。

现在她要以全力逃避这追捕了。她不再往旁边看，她闭上眼睛，一直逃到家里。在她家的大门外热闹的聚着许多人；她一直冲到人丛中，人们最稠密的地方；现在她不再害怕逮捕，她业已想出为自己辩护的理由，她可以说她是在这里跟别人一样看热闹的。这热闹于是马上吸引住她。这里的人是各式各样的，戴将军帽的军乐队，穿锁金红袍的吹鼓手，穿绿袍的轿夫，穿红罩衫的旗牌⑥，束红束腰的管家，没精打采的马车夫，花枝招展的女眷，胸前佩着纸花的男宾，满头大汗的执客，此外，各种看热闹的闲人。

"为什么要用花轿？"有人低声问。

"轿会从新流行起来的；"另外的人咕噜着回答。"人家说过去的都会流

---

① 　此处"坐钟"，通作"座钟"。

② 　"徹"为"澈"之误排。

③ 　"游游"二字涵义未详，或为"浮游"之误排。

④ 　此处"的"似为衍文。

⑤ 　"见"同"现"，下同，不一一注明。

⑥ 　明清制度，以属有"令"字的蓝旗和圆牌，由政府颁给地方大员（如总督、巡抚或钦差大臣），作为具有便宜行事特权的标志，掌旗牌的官称为旗牌官，也简称旗牌。

行起来，人们有一天要穿蟒袍，戴顶戴，弄成一个四不像。都要从新流行起来，乐要召乐①，舞要八佾，时代要回到三代以前。"

"你没有想你说的有多么丑，先生，我简直要呕吐了。"

"这正是当权者的博学，治国平天下的根本。你要呕吐只是证明你的浅陋，你不明白甚么是文化，甚么是美。"

"那么甚么是文化呢？你所说的复古家们知道什么文化吗？"

"难道只有你才知道吗？你不知道你的胃口有毛病，真的有毛病。我对于中国文化曾经研究过，就是现在提倡着的，这是一桌满汉酒席，你明白吗？你的胃口装不下，所以要呕吐了。但是这是一种无知，你不应该责备别人。"

人们在议论着，闹动着，失望的踌躇着，仿佛是不能决定怎么办才好。

"大小姐呢？大小姐哪里去了？"有人焦急的问。

于是一种沉闷的不安的空气马上散布开来，焦虑的颜色出现在每一个人脸上。

"大小姐呢？大小姐哪里去了？"一个又高又胖的绅士在额上抹着汗，用更高的声音重复着问。

接着一个女人，他们的女仆叹息着说：

"这可怎么办？要上轿的时候大小姐不见了。新娘子不见了！这该怎么办？"

大家用眼睛在人众中搜寻，要上轿的时候却不见新娘子了，接着又毫无主意的面面相觑。

"真的现在怎么办呢？"朱英恐慌的想。现在她正在失望，无援，大焦灼中，她马上要出嫁了。假如这时候人们找着她，人们就马上将她塞进花轿。"过去的都会从新流行起来的，"有人叹息着说。

她要嫁到一个官员人家，嫁给一个她从来没有见过面的没有生气的少爷，她要变成另外一个人，不是现在的朱英，而是厚厚的搽着脂粉的少奶奶。"那么怎么办呢？"她又一遍的想；她的眼睛惊慌的向四处瞅着，汗从她的鼻子上和脊背上冒出来，她希望能找到一个地方躲避。

于是，忽然间有人大声喊：

"这里，这里，我可找着他②了。"朱英愕然睁开眼睛，阳光已经照到窗户上，湖色的窗幔上。窗幔静静的垂着；雀儿在庭院里吵闹着；一切都明亮、和平、轻快，连空气的波动似乎都可以听出。

---

① 此处"召乐"当为"韶乐"。

② 此处"他"为"它"（指子弹）字之误排，或为"她"（指朱英自己）字之误排。

朱英深深透出一口气，侧着耳朵听着。

"找着甚么了？你这个不成材的，到现在——要晌午了还不上学堂！"她的母亲在庭院里骂。

"弹子，弹子，"她的弟弟分辩着说，"我在这里找她①一个早晨，她②却躲在这儿台级底下。"

接着仍旧是母亲的声音。

"你说有什么办法，表侄女，"她叹了一口气说。"生就的这种不争气的东西，你一天气八个死，他也不知道；他仍旧跟没有事的一样。你又不能见天打他。"

再接着是一个低的平静的敷衍的声音，一个年青女人的声音。

"表婶也不要生气，表弟现在还小，正是贪玩的时候，将来大起来就会学好的。"

"哪里还小，已经十来岁了！"母亲也应酬着说，接着她继续讲的大概是先前她们谈着的事情。"你表叔的脾气，表侄女，你是知道的，我跟他一辈子都合不来。关于表侄的事你尽管放心，等到他回来我跟他说，有结果我就打发人来告诉你。"

朱英听出在天井里跟她母亲谈话的是杜兰若，她很快的从③上坐起来，同时喊道：

"兰姐，兰姐！妈，在外面跟你说话的是兰姐吗？"

朱太太和杜兰若答应着，随后就从外面走进来。朱英站起来迎接她们。她的头发是毛乱的，看起来像一窝乱麻，因为她昨天夜里没有脱去衣服，所以罩衫上压出许多皱褶。她的脸上虽然仍旧留着睡容，却已经回复了生气，哭肿的嘴唇和眼皮却④消下去了。

"兰姐，你来的这样早，"她笑着招呼道。接着她忽然惊醒过来似的不好意思的说："唉哟，你看我，我连脸还没有洗！"

朱太太看见女儿精神很好，也笑着责骂道：

"你自己也知道难为情，兰姐来了一早晨，你睡到这时候才爬起来。你自己拿镜子照照，你看看你的样子，活像一个鬼一样。自己害不害臊？"

杜兰若也笑着说：

"表婶跟表妹都不用跟我讲究，我又不是外人。"

---

① 此处"她"为"它"字之误排。
② 此处"她"为"它"字之误排。
③ 此处似漏排"床"字。
④ 此处"却"似为"都"，或因形近而误排。

朱英的弟弟原是跟着杜兰若和朱太太进来的，他望着朱英大声嘲笑道：

"不害臊，不害臊，昨儿哭的跟蜡烛一样，今天笑的跟灯人一样。不要脸！"

朱英不再管旁边的客人，她生气的顿着①嚷道：

"妈，你看你的好儿子，你管他不管？"

朱太太并不生气。这也许是因为所有母亲都爱自己的儿女，有时她们看见儿女吵闹，反而觉得他们更加可爱。因此她的眼杪皱起来，极和善的笑了。

"他说你还说错了？昨天——"他②向杜兰若瞥了一眼，然后转过身去在儿子头上轻轻打了一下，骂道："你也不是长进东西！还在这里做什么？快滚到学堂里去！"

弟弟挤眼伸舌的做一个鬼脸，正预备往外面跑。

"滚就滚，"他忽然收步并且向朱太太伸出手说："不过得给两毛钱？"

朱太太没有理会儿子，她第二遍叹着气向杜兰若说：

"你看这种孩子，表侄女，你说你有什么办法？你有多少不教他们吵闹死？"

不幸她忽然发见儿子向她伸着手。

"做什么？"她严厉问。

"给两毛钱！"儿子仍旧伸着手，同时像债主似的摇着肩膀，淘气的装模作样说。

"今天一早不是给过了吗？为什么又要？"

"今天早晨是早晨的：今天早晨给过现在还得给！"

"那么早晨的呢？"

"肚子里去了。"

朱太太因为碍着客人，所以没有骂。朱英的弟弟讨到钱，一路上唱着，一阵风跑掉了。屋子里开始平静下来。朱太太在心里叹气，她的儿子的吵闹使她失去了兴致。杜兰若因为还有别的事情，所以木然站着，并没有想到这一层。朱英看见她们都站着，便招呼道：

"兰姐，妈，你们为什么不坐下呀？"

"可说的，"朱太太忽然醒悟过来的说道，"我倒忘记了。再坐一会，表侄女。"

杜兰若踌躇着说：

"不坐了，表婶。我已经坐了好久，现在就要走了。"

---

① 此处似漏"脚"字。

② "他"当为"她"，或因形近而误排。

"为什么就要走？"这三个人中间只有朱英的兴致比较好，虽然她们当小女孩的时候感情并不特别亲密，这完全是因为杜兰若难以使别人接近，就实情说，她是很喜欢杜兰若。还有一层是杜兰若不大到他们家里来，杜家的人跟她父亲感情不好，因此她今天特别高兴。她孩子气的娇赖的向她母亲说："妈，你得生办法留住兰姐。她一年难得到咱们家里来两次；你连客都留不住；她要走了我就问你要人！"

她说着把嘴一撇。

第八章①

"……"

"……"

"中国人不打中国人！"

在混乱的咒骂同呼喊声中，这最后的声音比较高些，它孤独的在空中响着，接着却是落在大海里似的一阵静寂，一阵风暴将来之前的沉闷。再接着是从沉默中突然而起的几声枪响，警笛声，靴声和救火车的嘶鸣。警察，宪兵，侦探以及保安队正向群众冲过来，一群一群像出押②的野兽。然后是刀光一闪。

"完了，"杜渊若想，"他们要杀人了！"

杜渊若拉着董瑞莲，其先他们被夹在群众中间不作主的动摇着——这已经是昨天的事了——像在波涛中般波动着，随后，当大刀跟枪刺在他们周围和头顶挥动，他们便开始向下溃退，朝四处冲突。不幸他们是被包围着，袭击者正继续从每一个街口奔出来，他们正陷入人家预先给他们做好的陷阱。人们于是奔过来又奔过去，希望找到一条路，从围击中找出一条缝隙。

"瑞莲！"杜渊若叫了一声，但是他发见这时候他拉着的是另一个人，一个不相识的人。董瑞莲没有在他旁边。他没有想到先前在奔跑中他们被人家冲散，他在纷乱中曾经毫不辨认的拉住一条手臂。他向周围寻觅，（这全是在他叫喊的一瞬间发生的，）他拉着的人从他手里抽出胳膊，很快的便在奔

---

① 本章及下一章原以《无题》之名刊载于"孤岛"上海出版的《新文丛之二·破晓》第 23 ～ 41 页，1941 年 7 月 15 日出刊，作者署名"芦焚"。文末并有编者按语云，"按：本篇为芦焚先生长篇小说中有独立性之两章，今应编者之请，在此发表"。从人物和情节看，《无题》当是长篇小说《争斗》的两章，它们是继香港《大公报》所连载的《争斗》之后发表的，所以它们应当是接续这部小说第七章之后的第八和第九两章——在叙述上则是追叙学生游行、被捕、受讯等情况；《新文丛之二·破晓》在发表《无题》时虽未再分章，但中间却以间隔符号分为两大部分，现在即以此为界区分为第八章、第九章。

② 此处"押"当为"柙"，或因形近而误排。

跑着的众人中消失了。杜渊若看见群众正在很快的分散，像被风吹卷的云，很快的分成许多小片，盲目的在街道上移动。有时候他们无意间碰在一处，两片云便混合起来，向街道的一边卷过去，随后他们又从新分散。

杜渊若这样望着，他什么都不曾想。他在向群众中搜寻一个他熟识的少女。这时候——就在上面所说的同一瞬间，他没有料到忽然从背后飞来一棍，重重的正打在他脊背上，他的领子同时已经被一只大手捉住。一个声音在他后面恶意的骂：

"你妈的中国人不打中国人！"

杜渊若没有想到他业已被捕，甚至没有明白这敲打同咒骂的意思，他只以为应该找着董瑞莲，此外什么都不在他心中。因此他竭力想从抓着他的手里挣开，他每挣扎一次他的脊梁上便挨一棍，随后又加上另外一个人打来的耳光，并且每一次都得到这样一句恶骂："中国人不打中国人！你娘的这就叫做中国人不打中国人！"这好像一个粗卑的嘲笑。他发见他的衣领是被一个警察从背后搌着，另外有一个侦探扭住他的臂膀。原来他并没有逃走的意思，他看出已经没挣脱的可能，渐渐的便安静下来了。他看着他的两个追捕者，两个追捕者也望着他。他们的表情是下流的。不过从他们眼中，他看不出有什么恶意，自然也没有善意。他看见的只是一种他不瞭解的既不兴奋也不快乐，倘使勉强说的明白一些，是一种当人们捕兔子结果却仅仅捉住一只田鼠的失望，简直可以说是一种无聊。他们彼此默然望了一会，随后侦探——杜渊若这是已经看清楚他穿了一件灰布皮袍，两只袖子全卷起来，长长的羊毛露在外面——向空中招了招手，一辆黑色大汽车驶过来，接着就在他们旁边停住，很快的从后面跳下来两个巡警。这是一辆古怪车子，专门供所谓"解差"用的车子。它的内部分成两部分，车门开在后边，中间有一道隔壁，前面是犯人坐的，后面的一部分其实只是一个小龛，是押解者的坐位。中间的门旁边开一个小方孔，上面用铁丝网着，至于它的作用，是为了押解的人监视里面动静还是为了犯人呼吸，却不知道。

杜渊若没有留意车子的构造，他被人家当作一件东西抛进去，只觉得眼前一阵昏黑，他跌到一件软软的什么东西上面，门已经发出极大的响声在后面锁上了。车子里什么都看不见，他听见喊声，知道自己是压在什么人身上。随即有人将他扶起来。他依着车箱①的板壁坐下，觉得头脑里晕眩的厉害，还有脊背，彷佛也有一种热辣辣的东西在里面跳，开始感到疼痛。于是他合上眼，车子震动着，血液像狂风也似在他耳朵里嗡嗡响着，他什么都不

---

① "箱"应为"厢"之误排。

能想了。

但是车子里并不平静。原来杜渊若没有进来之前里面已经有很多人，他们开始嘈闹。杜渊若其先没有留意，分辨不出他们是谁，不知道他们吵的是些什么。忽然有一个人快活的自嘲的却又用胜利的声调喊道：

"中国人不打中国人！"

杜渊若睁开眼睛——他的眼睛已经能够适应车子里的黑暗——藉着从小窗中射进来的薄弱光线，他看出刚才大声喊的是他的一个熟人，一个穿皮上衣的矮小青年，当杜渊若看见他的时候，他还在挥着手兴奋的大声嚷。站在许多同难者中间，就像他刚才吃过酒，正站在旧友中间过一个盛大节期。可惜别人都默然坐在下面，就在底下的车板上，没有人理他。

"这是李文多，"杜渊若想。

同时李文多也看见杜渊若了，其实当他刚被人家推进来的时候，李文多就看见他了。

"小杜，"他嘲弄的招呼道。"你也来了？你来的很好，我们大家全欢迎你，只是稍微委曲了你一点。你看见这些仁兄多会办事，好好的他们全弄起来，把我们装在这辆送丧车子里面……你做什么愁眉苦脸的，你挨了几下吗？嗯！小事情。不要这样婆婆妈妈，好伙计。我们应该感谢他们，你想想，要是我们只有一个人被招待起来，岂不要寂寞死？"

李文多不住的一个人唠叨着，不住的摇摆着身子，好像他吃酒吃醉了，有一种奇妙的不健康的东西在刺激他，在他的血液里流动，又像是在唱一种外国小调，有时候他很滑稽的眩动眼睛做着鬼脸。杜渊若惊异的看着他，想不出他为什么这等高兴。其实杜渊若根本没有想什么；假如他能再平静些，精神能够集中，他会发现他自己正处在一种不可解的心情里面，他的思想是离开他的，好像跟他的肉体没有关联。他的头脑仍旧在发热。仍旧是一团混乱，他对于任何事——即使是一小时后的他自己的命运都不关心，他惟一感觉到的只是厌恶。

"你是怎么回事，小杜？"李文多竭力做出怜恤神气接着问道。（他同情的结果只显得可笑，使他更像一个丑角。）"你看你的样子！你的样子就像睡的太多——这不好，伙计——你是一个有闲阶级！有闲阶级！那些仁兄给弄错了。说真的，他们不应该连你也请来。他们请你做什么呢？我们忙的太很，他们发发慈悲，请我们休养几天。至于你，你可完全用不着这种休养，你平常已经休养的够多了。"

在众人中间有一个少年，大约有十四五岁，他的模样令人觉得应该在中学的课堂上读"代数"。其实他大概也正是一个初中学生。他一直都在仰了脸恐惧的瞅着李文多，显然他是在等待机会，向这个活跃的大勇者有所询问。尤其是他这时的神情，使人发生怜惜，李文多是一个大人他自己则是一个小孩的感想。他的脸色是苍白的，眉宇间蕴藏着忧愁，一种办功课不曾办好，被先生惩罚了的小学生情态。他的神气是孤独的，虽然在许多同伴中间，可怜，无告，彷佛他身临危急，有一个重大问题摆在前面，他自己不知道将会怎样，他没有一个可靠的熟识朋友，没有一个人出来帮他解决。当李文多停止了吵闹——无疑的他把李文多当成一个了不得人物了——他从下面拉了拉他的皮上衣，接着，（他的舌头不大灵便，）他乞乞艾艾的问道：

"我现在是到什么地方去的？"

"我们去什么地方？"

李文多弯下腰，仔细的从上面瞅着他，如同他对着的当真是一个小孩，故意装出惊异神情，大声的这样喊。

"你来作什么，小兄弟？你看你这样年轻，这不是你应该去的地方。不是你应该去的地方，你知道吗？"

那少年脸上显出恐惧和无限悲伤。这是当然的，他想不出他们将被怎样处置，他自己将得到什么结果，也许这时候他还非常渴望回家或回学校，他想念他的亲属们和少年朋友们的亲切容颜。假使人家先前肯放他回去，这时候他定是正跟他的姊妹们或同学们谈笑。可怜的孩子，他怎么知道这是犯罪的呢？他想不起他作的有什么不对，他先前出来参加示威完全本着纯洁的爱国心，这怎么可能，他怎么能想到人家会把他捉起来！他的嘴唇于是痛苦的动弹了一下，泪已经从眼里涌出来，把他的眼珠包起来了。

"并不是我要来，是他们硬把我装到车子上来的。"他差不多哽咽着说。

"我猜的不错，小朋友，我知道是他们硬要你来的，要不你决不肯到这个好地方。"李文多说着极不以为然的在空中打了一拳道："这些仁兄真是混蛋！你们纵然把我们当成小鸡拿去宰，也应该选择选择，他们要你作什么？你连长成都没有长成，就是性儿急也应该再等几年。"

这接着，车子里发出一阵大笑。他们笑的很长久，把先前的少年弄得莫明其妙。他一个一个的向周围的同伴们望过去，想不出他们是笑的什么，更奇怪的是他们毫不顾忌，毫无牵挂，好像他们是往西山作春季旅行，毫不为自己的命运担心。当车子转弯的时候，他们便摇摆着，将身体压到别人身上。

"喂，兄弟们，"李文多向大家喊道。"请不要笑，兄弟们，你们知道我们现在是往什么地方去的吗？"

在先大家都没有想到这个问题，因为李文多的提示，他们于是停止哗笑，想了一想。

"大概是到宪兵司令部去的，"一个好像害着病似的软弱声音说。

"你们有谁记得我们共总拐了几个弯？"另一个人问。

第三个声音比较高些。

"我想是上公安局。"

"不对，你们全不对，"李文多好像很有把握的样子截住他们。"我猜我们是去一个更好的地方，你们不信，我们可以问问后边的几位仁兄。"

他说着向后面的门走过去，可惜他的身个太矮，他竭力把脚提起来，结果仍旧望不见外面。因此他不得不用力敲门，把手拢到嘴上，向上面的小方洞大声喊道：

"外面的好爷儿们听着，我们现在是往那里去的呀？"

至于外面的"爷儿们"——巡警们，这自然不说也能明白，他们没有油水可捞，不大喜欢这趟苦差，对于李文多的玩笑没有兴趣。

"开到天桥枪毙你，等会儿瞧，有你兔小子的乐子！"他们中间有一个愤忿的在后边呪骂。

李文多眣了眣眼睛，回过头来向大家——特别向先前的少年——做一个很悲痛的鬼脸。

"你们听见吗？他们说他们是把我们送到天桥枪毙去的！"

他的声调很轻松，就像他是这种人：他甚么都不放在心上，他一生都在公安局，宪兵司令部，保安队司令部被绑到天桥去枪毙，一生就这样滚来滚去的活着。这使先前的少年更加恐怖，他向李文多怪异的睁大了眼睛，脸和嘴唇全很快的变得跟纸一样，接着他逐一向车子里的人瞅了一遍，想从别人脸上寻出一点希望。但是大家全沉默着，没有人对于这玩笑发生兴趣，也没有人理会他的恐怖。最后，他的目光落到他旁边的一个高大男子身上，彷佛是说：

"我们当真是到天桥去的吗？"

杜渊若在李文多说"到天桥去"的时候睁开眼睛，他已经平静下来，眼睛已经能看清东西，精神比先前好，思想能集中。不过他没有注意他的同伴们刚才谈论什么。他说不出为什么感到奇怪，眼睛因此也跟着那少年的目光在众人脸上搜寻过去，他想从他们脸上捕捉住一种明确表情。他的眼睛最后也落到那高大男子身上，接着感到一种欣慰。

"胡天雄也在这里，"他想。

胡天雄一直都在沉默着，先前没有人注意他。他的样子很平静，彷佛说，"吵是没有用的，事情来的时候我们就解决，我们应该先想一想。"彷佛他正准备做一件工作。这时候他抬起头来，默然望着被李文多吓坏了的少年，不知道他为什么这样恐慌似的。随即他似乎忽然想起来什么，忽然清醒过来了。

"你不要听他胡说，"他向那少年勉强笑道。"他骗你的；他并不比我们胆大；他比我们还害怕天桥，比大家都喜欢活着。"

于是他生气的转过去向李文多骂道：

"你为什么吓唬他？吓一个小孩子，难道你自己觉快乐吗？"

李文多有些难为情，虽然不过开一个玩笑，自知也不应该。因此他装出不屑的样子耸了耸肩膀，又羞涩的眫两眫眼睛，意思是说："这有什么关系？开一个玩笑也值得认真！"他并不分辨，什么都没有讲。接着——显然他是在替自己遮掩，这时候公安局和宪兵司令部都跟他没有关系，到天桥去被枪毙也跟他没有关系，他热情的尽着嗓子大声唱起"伏尔迦的船夫曲"来了。车子里的人也不知不觉的跟着他用鼻子哼，声音渐渐越来越高，最后形成一个盛大的合唱。他们的声音充塞了整个车厢，好像要将车子爆开。但是车子忽然停下来了，他们的歌声跟着也极自然的停下来了。

"到了，"大家全深深吸一口气。

外面一阵杂乱的后跟上钉着铁的皮靴响声，接着车门被打开。

"下来，下来！"一个巡警站在中的间①车门外吆喝。

这停下来的地方是在一座红色房子前面，一片空场上面，地面上铺着三合土，看起来又光又冷，没有一点生命痕迹。同时空场上还停着许多别的汽车，各式各样的，大的，小的，最新式和最老式的，其中也有同样专门供解差用的。此外是一队警察，他们像冻僵的木头似的毫不动弹的站在两边，每一个人手中都提着盒子炮，一直排到大门前面，彷佛是在等待检阅。这空气很快的就影响到被捕者们，他们在严寒中抖着，耸着肩膀，散漫的毫无精神的动着。他们的模样几乎是一律的，既不恐惧也不兴奋，从他们略带倦容的脸上能看出这种意思：随他们怎么办，反正我们准备好了，不过这事情很没趣味。他们没有一个人说话。迎着他们的是几个巡警和一个矮肥巡官。巡官的样子像一个好心人，他吃饭时大概有一种习惯，喜欢浇几盅烧酒，谈起话来喜欢用"这年头儿"开始，然后是一些不关系痛痒的话，一些和善的经验谈。既不会伤害别人也不会影响自己。此外他大概很会笑，并不发出惊人的大声，看起来却使别人满意，因为他两边的眼梢上总现出细小的皱纹，使他的模样又坦白又慈善又和平。

---

①　此处"中的间"应为"中间的"之误排。

这时候他自然并没有笑，他在忙乱着走动指挥。

"好好，站好！排起队来！"他精神充足的叫喊道。

然后他问：

"都在这里了吗？"

"都在这里了。"一个先前押解的巡警回答。

"一，二，三，四，五，六……"他用短短的又白又肥的手①指点着被捕者，极清楚的数着他们的数目。接着他将脚跟一转，朝着里面，将手向空中一挥，喝道："走！往里面走！"

他们于是在监视下面从大门底下走进去，穿过一个天井，（在他们经过的路上，每一个转角上都有专为他们设的岗位，持着步枪的巡警。）最后他们被押进一个破旧老屋。

第九章

一种不幸感觉忽然将被捕者们包围住了。

这是一所悲惨到难以想象的房子，人们一看就知道它是一个犯罪地方。房子里是阴寒彻骨，空中弥漫着一种臭味，一种腐败气息。窗户已经很久——也许自从它被安上就没有揩过，玻璃完全被灰尘，雨迹和夏天苍蝇遗下的粪便遮掩，变成半透明的昏黄颜色。墙壁上被潮湿侵袭，现出重叠的大幅黄斑，有许多地方石灰已经剥落。沿了墙壁是一圈联接长椅，它们按照地位的长短被安起来，预备给被捉来的偷儿，妓女，赌棍以及在街上小便的洋车夫坐的，他们要在这里等候审问。房子的墙壁自然是完全空着，没有装饰，看去特别高，尤其在冬天，使人觉得又空虚又寒冷。它的悲惨情形令人连想②到那种腐烂了的，已经堕落到极点，无人过问的年老娼妇。

先前将他们带进来的巡官走出去了，他们于是等待结果。寒冷使他们不能安静，他们不住的在房子里走，将脚顿的很响。除去巡官刚出去时他们嗡嗡过一阵，他们以后并不曾说话。他们是从许多学校里来的，大家并不完全认识。仅仅从他们态度上能看出他们相信在这里的人都是他们的伙伴。他们时常互相碰着肩膀，因为他们被捕的人很多，有时彼此撞在怀里。当他们交谈起来，他们的语调大都很短，并不加什么称呼，也不问对方的来历。他们谈的大半只限于学校里的情形，间或有人独自埋怨天气。他们夹了肩膀不住走动的情形，很像在火车站上等候火车的旅客。

"我们要被审问吗？"先前被李文多捉弄过的少年捉着一个人问，他的脸

---

① 此处似漏"指"。

② 此处"连想"通作"联想"。

上仍旧带着不安。

"要被审问的，没有什么。"那人回答着，并不看他，随即就夹着肩膀从旁边走开。

第三个人将手插在大衣袋里，也以一般不在意的模样随便说道：

"问的时候随他问，不要理他好了。"

先前出去的巡官就在这时候走进来，他手里拿了笔和纸。说起来奇怪，不知怎的人们并不觉得他怎样讨厌，反而有一些亲切感觉，彷佛他是向他们收房捐的样子。不过因为他进来，大家比较显得安静，有几个人便围住他，他们想知道他究竟给他们带什么办法，究竟怎样处置他们。

"你们这里真冷，"其中有一个人说。熟识他的都称呼他做大杜。他在棉袍上罩了一件蓝布长衫，袖口和领子都已经退色，时常看见他的人总以为他只有这样一件衣服，在夏天他穿着它，当秋天来了他把它罩在袷袍外面，冬天罩在棉袍外面。他的样子很瘦，眼睛很大，很不健康，背有些驼。说话跟走路都很慢很平静，从来没有显出过火气。人家说他太冷，很不容易接近。从整个上讲来，他的模样——言语笑貌全像一个旧式书生。他谈话以前先在喉咙里咳嗽一下，他的神气令人想到他是对着一个乡下亲戚，或是跟一个朋友，毫不显得拘束。

"当然没有你们在学堂里暖和，"巡官的声调是所谓既不冷也不热，以一种"办公事"的态度这样讲，算是他的回答。"你们享福享惯了……学堂里给你们装汽炉子，烤不着也冻不着。这样冷的天气你们不在讲堂上念书，要出来游行！"

"可是国快要亡了，你们都不知道！你们还把我们捉起来。"另外一个人插进来说。

这个好巡官显然是一个老油子，一个所谓"老公事"，他装着没有听见。随即他把拿着纸的手抬起来，（纸是用四个手指夹着，用无名指在下面托着，拿的很平，很大方，一种只有中国人才会的极艺术的拿法。）他仰起头来向所有的人都望了一下，让大家走过来签名。

"为什么要签名？"李文多想是以为这个巡官很和气，因此他抗辩。"我们写下来，为了让你们当小偷样一个一个呼唤吗？这倒很方便。不过我们不干，（他说着瞅了瞅别的伙伴们，）这不是我们的事情，我们不能在你这张'犯罪'的纸上写我们的名字！"

李文多有这样一种习惯，常常以为自己是很能干很值得赞扬的人物，并且也时常这样在暗中欣赏自己。因为他难得看清周围甚而仅止眼前的情势，不大能把握自己。他越说越热烈，彷佛有一种火焰正在他心里燃烧，直到后来他的态度渐渐变成奋激①。这事情——很明白的，他使这个"善良的"巡官不能忍受。（李文多完全不知道这事，他不知每一个当差的人，每一个老公事都有所谓"两面脸"，他们有"好"脸，同时一翻——也有"恶"脸。）巡官的眯眯脸上忽然好像蒙上一层雾，一种不可捉摸的丑恶东西，慢慢变成苍白；他的嘴唇激动的动弹着，眼珠和肚子跟着突出来，彷佛他们马上就会爆裂。

"你就是一个捣乱份子！"他全身战抖着，用他的短而肥的手指指着李文多的脸骂，纸在他手里哗啦哗啦的响。"你不用瞧你神气，我一看就知道你不是一个好家伙！你，你不能在这张'犯罪'的纸上签名，好！你不签——我先跟你说在头里，这里不是你祖宗老家，你到了我们手里，我们就有办法摆弄你。不知名你也该打听打听，看我们干么吃这行饭，看我们是干什么的。不在这张'犯罪'纸上签名，你打量你就能离开这门前三尺地吗？"于是他转过头去向外面喊，"来，来人来！搜一搜他！"

这时候别的人全围上来（其实他们早就围上来了），显然他们想替自己伙伴打开僵局。他们一齐问道？

"为了什么？怎么回事？"

"啐，怎么回事！"巡官气的仍旧发抖。

（他瞅了瞅李文多。李文多知道闯了祸，一转身早已躲到别人背后去了。）

"你们的一个朋友！"他接着说。"他往哪里去了？躲起来了？他说他不能在这张'犯罪'的纸上签名，（他哗啦哗啦将手里的纸上下抖着。）您听听，诸位，这是什么话？我吃公家饭，办公家事，怎么叫做'犯罪'的纸！"

"他是无意的；他并没有坏意思……"大家——有的声音高，有的声音低，一齐杂乱的嗡嗡着说。

巡官仍旧气不平。

"他是无意的呀！"他高声嚷道。"好的，我给你们诸位讲一句俗话：咱们远日无冤，近日无仇，常言道'读书知礼'，不管有意无意，他既然在学堂里念书，就不该开口骂人。"

为了缓和这种无谓争吵，大家于是一齐埋怨李文多。他们说这是一种误会，大家既然素不相识，他决没有理由骂他。最后他们要求那巡官替他们往上边转达，他们游行是出自爱国热情，并没有犯罪，因此他们不愿签名。他们并且特别声明这是他们的公意；他们并不是有意跟他为难，他们相信他个

---

① 此处"奋激"通作"愤激"。

人也正跟他们一样爱国。

巡官对于这话很高兴，因为他们也说自己是爱国的，他们很看得起他。说实话，逮捕他们虽不是他的意思，根本跟他个人没有关系，他心里仍旧不能不感到惭愧。

"你们都是明白人，诸位，"他满意的笑道。"你们都是在大学里念书的，将来要作大事情；至于兄弟我，我混了二十年，奉公守法，眼下还不过是这么一个芝麻大的官儿。不过咱们全是中国人——说到爱国我不配——有话咱得说到理上。你们不签名，这跟我没有关系，我吃这行饭得办这行事。这是一种手续。"

接着他第二次走出去，他答应替他们往上面问问。等到他回来的时候他说这是"破格"，他让他们推举代表。他们拒绝这种办法，因为他们已经受过教训，全国各地关于这种事情已经有无数记载：政府不守信义，他们常常把群众推举的代表当作领导者，用"煽动者"或"捣乱份子"等等罪名加到他们身上，然后将他们惩办。他们说他们大家全是代表，假如有话要问他们，他们要全体去。他们坚持他们的主张，无论怎样办他们都等着领受。

"这样是不行的，诸位，世界上没有这种道理。"巡官热烈的向他们嚷。他跟他们说可一而不可再，他为了签名已经替他们挨过骂了。

这一次他们争执的更加长久。天慢慢的黑下来，他仍旧没有办法。他们人数多，他不能用他平常用惯的手段，同时他又吵不过他们，直到最后他累了一头汗，什么都没有得到，他不得不把他们带进另外一个房子过夜。

这是一所同样破旧的老屋，它的窗户比较小一些，离开地面很高，上面嵌着铁条。在极高极高的顶上，已经变成灰色了的天花板下面，有一盏电灯。暗淡的光线从上面照下来，照着下面的土炕，使房子里看起来像一座古墓。杜渊若想着这一天经过的种种情形，各种嘈杂声响似乎还缭绕在他的耳边。

"你还没有睡着吗？"躺在他旁边的胡天雄忽然问。

"不，没有。"他动了一下回答。

他们全体都在炕上睡着，身上仍旧穿着衣服，很整齐的躺成一排，有的人正在打鼾。夜间空气是平静的，十二月的天气很冷，时常有人被冻醒过来——其实他们的大部分并不曾睡，这想不到的古怪地方使他们不安——有人弹抖的打着呵欠，然后用大衣或棉袍盖住头，将身体更加缩紧，希望得到一点温暖。先前曾被李文多恐吓过的少年早已不再恐慌，他看见别人都很平静，心里便感到安慰，况且什么事都用不着他过问，他可以毫不忧虑的等着结果。他睡的很好，常常很响的在梦中嚼牙齿。守夜的靴声不住在外面院子里响，远远的时常从静寂中传来打更的柝声。杜渊若思念董端莲和他姐姐杜兰若，他想她们这时也许还在家里等他。

"这事情到底怎么办，老胡？你看他们会不会不经审判，就这样装聋作哑的将我们押着？"他忽然不安的问道。

胡天雄却想着别的事情，他在估计这示威的意义，他们在示威中受的损失：受伤的人和被捕的人，许多青年人也许会送掉性命。另一方面，他还考虑一个更远大的问题，他们以后将怎样作的更有意思一些。至于目前他们自己的命运，却是只有所谓"政府当局"知道了。这些除去坐汽车吃洋酒一生中从不曾跟现代文化接触过，从不曾想到世界上还有所谓疾苦，人们还需要自由和幸福的将军们，他们已经神经错乱，做出来的往往出人意料：他们只要有枪在手里什么事都敢做，以为他们自己有绝对权力。然而不管结果怎样，全国比较清醒的人总归会激昂起来，他们做的没有什么不值得。

"现在还不知道，"胡天雄想了一想回答。

李文多也没有睡熟，这天晚上他没有吵闹，也没有跟任何人说话。他的脸和心直到这时还在发热。

"他妈的！"他时常不由自己的在心①这样骂一句。

此外还有许多人不能安睡。倘使这里不妨引证，在我们中国比较大的一些城市中，大都有一个完全类似的传说，并且每年冬天也正有许多这种事件发生。据说有许多乞丐，为了免得饿死希望到监狱里去，因此故意触犯法律。他们跟这种人比起来，应当惭愧，这是很自然的，他们为自己的未决命运担心，不知道将得到什么刑罚。

第二天就这样过去了。坐在高位上的官员们显然正感到为难，他们怕触怒人民，最重要是怕触怒军队，不知道应该怎样办理。接着是第三天，军队普遍的动摇着，时时有爆发一个事变的可能，他们在里面却是什么都不知道，只以为官员们忙着过官瘾，把他们完全忘了。

但是已经没有希望了的第四天，出乎意料，这一天上午他们忽然被释放了。在未释放之前，他们曾经被传到一个有些像公堂的屋子里，在一张桌子前面被轮流审问。

"你是做什么的？"

"学生。"

"你为什么不好好读书，要出来胡闹"

"……"他们不回答，有的装着没有听懂的样子眨一眨眼睛。

---

① 此处似漏排"里"字。

　　他们被询问的问题是各式各样，口供却完全一律，完全根据事前的决定。最后他们每人得到一顿——像印成的布告一样，一顿完全相同的训斥，一篇不关痛痒的官样文章，他们被恐吓，假如他们再出来游行要一律枪毙。只有李文多是一个例外。那个"善良的"巡官报复了他。他出来的时候什么都没有说，没有人知道他碰的是什么钉子，或得到什么侮辱，人们只看见他满面通红，他的模样是恼怒的，丝毫没有为得着释放表示快乐。当他们将要走出大门的时候，远远的有一个人向他招呼。这个人正是那胖胖的巡官。

　　"恭喜您了，先生，"他嘲笑着说，声音很高，听起来好像叫喊。"您以后请记住我，天下就我这么一个坏人，一个没有出息的巡官！"

　　接着他向其余的人点头。

　　（此文提交于"中国现代文学新史料的发掘与研究国际学术研讨会"，2009 年 11 月 1~3 日，北京；收录于《师陀全集续编》，河南大学出版社，2013 年 5 月 1 日，开封）

在人性的温情和生命的对抗之间

——芦焚长篇小说《争斗》校读札记

一 《争斗》的发现与芦焚的"一二·九"运动三部曲

大约四年多以前的冬天，我在阅读中偶然发现了芦焚的《争斗》小说。当我告知我的导师解志熙先生之后不久，他惊喜地对我说，他此前也偶然发现了芦焚一部不知名的长篇小说的两章《无题》。看来，《无题》和《争斗》显然有着主题和情节上的相关性。随后，《争斗》和《无题》两篇小说的校读，断断续续地完成了，确证《无题》正是《争斗》的续篇，这样，两篇小说就合二为一，统名之曰《争斗》。此处就这部新发现的芦焚长篇小说及其更大的"一二·九"运动三部曲，略谈一点校读的体会，希望能够引起学界对它们的关注和研究。

关于芦焚的长篇小说，解志熙先生在《现代中国"生命样式"的浮世绘——师陀小说序论》一文中，曾经说过芦焚"另有两部长篇小说《雪原》、《荒野》只发表了部分章节而未能完稿"；另一位研究者在《生命的挽歌与挽歌的批判——师陀的"果园城"世界》一文中，则认为就其完成的情况看，《雪原》依然可看作果园城故事。不过，作者自己在回忆文章中明确提到过，《雪原》是其所写的北平"一二·九"学生运动三部曲之一。① 从现有的发现看来，作者的这句话是需要研究者认真对待的。

如果将 1940 年 1 月~6 月在上海《学生月刊》上连载的《雪原》，与 1940 年 11 月~12 月间在香港《大公报》"文艺"栏和"学生界"栏发表的《争斗》，以及 1941 年 7 月在上海《新文丛之二·破晓》上发表的《无题》

---

① 刘增杰编《师陀研究资料》，北京：北京出版社，1984 年 1 月版，第 188 页。

放置在一起，则可以清晰地看出芦焚以"一二·九"学生运动为主题所作的系列长篇小说的轮廓。其中，《争斗》应该是第一部，而最早发表，且已经收入《师陀全集》的《雪原》，应该是第二部，至于第三部则还未能确知。至于《无题》，则当是《争斗》一篇违碍于愈来愈严酷的香港文学审查政策的部分文字的残存。由于当时文学环境的错综复杂，要看到芦焚所作的"一二·九"运动三部曲的完整面貌，几乎已经是不可能的。比如，现在所发现的《争斗》本身显然就是未完稿。《争斗》在香港《大公报》停刊不久，该文的编辑者于香港《大公报·文艺》第 1002 期刊发的一则《启事》（1941年 1 月 4 日），是相当耐人寻味的——"《争斗》作者现在病中，续稿未到，此文暂停发表，敬希读者见谅编者。"而且，辗转于战乱中，作者艰窘的个人境遇，也使原稿发现的可能性化为泡影，他看来早已把原稿丢失了。因此1947 年 3 月 9 日，芦焚在上海《文汇报·笔会》第 190 期发表如下启事："师陀启事　长篇小说《雪原》（刊于上海出版之《学生月刊》），《争斗》（刊于香港《大公报》），及短篇《噩耗》（亦刊于香港《大公报》）存稿遗失，如有愿移让者，请函示条件，寄笔会编辑部。"或许因为当时国内解放战争已如火如荼，某些拥有香港大公报的读者，亦未曾充分关注他的这则启事，长篇小说《争斗》遂长期沉埋于旧纸间，成为师陀研究的盲点。

二　宏大叙事中的"人情"与"人性"变奏

如果从创作主题和表现方式来看，师陀的《争斗》、《雪原》乃至《荒野》等作品，与以阶级斗争为主线的典型的左翼叙事方式也不完全吻合，而有着他自己生命体验与情感取向上的独特性。其中，不同的人在其不同生活样式中所濡染形成的不同性情，依然是其关注的焦点，即使是在时代斗争的幕布之下徐徐展开，对"人情"冷暖和"人性"善恶变奏的感受和呈现，依然不脱现世俗常的温情。比如《争斗》中有这样的片段：

"李妈，李妈！"杜兰若坐在火炉前面喊。

杜兰若是瘦弱，憔悴，看起来有三十岁或者三十多岁了，虽然她的实在岁数要小的多。她有一个小小的浅棕色的脸，小小的好看的鼻子，她的各部分——手、脚、头都是小的，比起她的这些部分，她的身个是长了一些。然而，她是瘦得多么可怜啊，她的小耳朵是透明的，她的手是见骨的，她的嘴唇——自然它是红润过——是失了血色的。当她抬起头来喊的时候，一缕头发从她的干燥的额落下来。她手里拿着一本书，她整整一个下午就拿着这一本书。她是好像怕冷似的缩在火炉前面的椅子里，一匹小猫——一个灰色的小东西在她的脚边打着呼噜。她的眼睛——在不久以前还是澄明的，镇静的眼睛，它是润湿，发炎，怕光，当它看着她手里的书，它便像一个老婆婆的似的缩拢来。这本书上正说着，至少是在这个时候，它正说着跟她没有关系的话。

"革命之所以能够胜利这样迅速和这样'激进'（表面上，粗看起来），只因为这种完全不同的潮流，完全不同的阶级利益，完全相反的政治和经济的企图，在非常特别的历史环境下融合起来，并且非常亲密的融合起来了。……"①

处在肺病修养期的瘦弱憔悴的瑟缩的小猫似的杜兰若，手中拿着一本通俗的鼓吹暴力革命的小册子，这本小册子上留着俄国革命的深刻印记，"画出了一个时代，一个社会，一个巨大的变革的轮廓，同时它们又指出了过去的踪迹和将来的路径"，那些曾经强烈吸引着她的粗暴而富有召唤力的语句，在今天"时常要淌泪来的眼睛刚接触到这里她就很快的翻过去了"。"这些话是不连接的，高空中那些干燥的破碎的浮云似的，它们偶然把她的脑子遮暗一刻，接着它们，那些灰色的影子又很快的滑了过去，它们没有留下一点影响，没有留下一点痕迹。"曾经深切投身于革命的杜兰若，此时显示出一种不同寻常的冷淡。她厌倦而无聊，有一种失意和被遗弃了似的感怀。杜兰若是革命的推动者，芦焚却并未将之纳入左翼叙述的那种典型模式中去处理，文字也毫无生硬粗率之感。而是以一种透视人情犹疑和脆弱、温暖和隔膜的广大透彻的笔墨，将之不加夸饰、不做贬斥地温润地呈现出来。在杜兰若身边，参差地设置了一个"李妈"，使这种视角和笔墨呈现得更为充分。

这个多言的老妇人现在好像是年青了二十岁。她的话匣子一打开是连她自己也作不得主，连她自己也收不住了。她笑着向杜兰若走过来，她把手放到火炉上去。她问将来少爷他们结婚的时候是不是要用汽车；她说汽车是新派人用的，她说花了很多钱连看都不让人家看见，就呜的一声一阵烟过去了，她自己就不赞成；她说到底是一场大喜，她赞成用花轿。

"可不是吗？你想想看，小姐，吹鼓手吹吹打打的有多么好。要是汽车——"

杜兰若觉得李妈也着实可怜，她操劳了一生——一个人操劳一生便有许多积蓄，从生活中得来许多牢骚，但是在这个寂寞的院子里却没有一个人肯跟她说长道短。杜兰若看她的兴趣很好，便想跟她开一个

---

①　芦焚：《争斗》（第一章1），《大公报·文艺》第960期，1940年11月2日，香港。

玩笑。

"李妈，"她打岔道，"当初你出嫁的时候是用轿吗？"

李妈听见杜兰若讲到她，她向杜兰若极有风情的望了望，似乎更年轻了。她的皱褶的老脸上又回复了光辉，她满面笑容的说：

"哟，我的好小姐！我们穷人用不着轿；有钱人跟城里人才用得着；我们是一辆牛车就什么事都办了。"

一个老人最大的缺点恐怕要算他们像一架用旧了的机器，他们从十多岁起就在督责下工作着，转动着，到了他们活到五十岁，他们的意志，他们的发条因为一次一次的伸缩弄松懈了，他们的齿轮，因为长久的磨擦失去棱角，光滑了。这些机器，当没有人拨动他们的时候他们便老老实实，没有一点生气，等到一开起来，便再也没有方法制止他们。李妈从杜兰若的弟弟杜渊若和董小姐的年当谈到她自己跟她丈夫的结婚，接着，她又谈到杜兰若的将来，杜兰若的婚事。她是觉得杜兰若是这等不幸，像她这样二十五六岁的小姐，人家早就出嫁了，并且生过几个小孩子，而她却在家里害病，没有一个青年人，没有一个看起来像是要做姑爷的人来看她。在李妈脑子里，除了她的儿子和媳妇和她自己的琐碎事情，她最担心的，最难了解的就是杜兰若已经到了这种年纪为什么还不嫁人，并且从来不讲起嫁人。这在她看来是一个谜，有时候她甚至为她伤心，虽然她跟这个女主人并没有什么悠久的关系。譬如她自己当少女的时候，她的同伴们在一块的时候，她们在暗中总要谈到她们的那一个人，一个乡下的少年。那时候她们总喜欢讲到他，虽然她们并不知道这个"他"是谁，再不然，有时候她们有时特别大胆了些，放肆了些，她们又喜欢谈一谈她们在暗中中意的小伙子。这时候她们便感到一种幸福、欢乐、和一种激动。她们自然免不了恐惧，嫁人的恐惧，原来人总是希望有一个变动同时又害怕变动的生物，她们是这样希望被吓一吓，即使在这种恐惧中她们也还能顶感到一种说不出来的幸福。[①]

在揭示一场即将波及社会各阶层的大争斗之前，以如此多的笔墨呈现一个与争斗无甚关系的老女仆的性情、感怀和梦想，并且饶有风趣地述说这个操劳了一生的老人的唠叨、玩笑和风情，甚至比《果园城记》中的笔调更为柔和有情，批判性的视角也隐匿得更深。在这种无关紧要的闲谈中，展现出不同身份的角色之间的温情，那种虽有隔膜，却真心互相关爱的温情。在失却家庭，且憔悴于革命路途的杜兰若的心境中，这种善良和温情有着怎样的

[①] 芦焚：《争斗》（第一章5），《大公报·文艺》第964期，1940年11月7日，香港。

分量呢？"李妈"身上的这种独特的光辉，与沈从文的《边城》中那个撑渡船的老人倒可以加以对比。

三　"新犬儒学派"的革命视角及青春感伤

芦焚这篇小说中的另一个类似于革命指导者角色的"马已吾"，也与左翼革命叙事中的那种激进的、富有煽动力的形象不同：

> 马已吾是那种昼夜不息的在历代典籍中生活，因此永远不会胖起来的瘦人。他大约是将近四十岁了，脸色——这种人的脸色永远不好，它是像蜡渣一样黄的，线条却是像一个艺术家刀下的一般的精确，瞭然，干净，但是毫不勉强。他的剪短了的浓茂的胡子使他的五官特别显豁，神情特别澄清。照实谈起来，他是一个教员，一个书生，一个学究。像这样的人在北方并不少；他们在大学里同时又在中学里兼几点钟功课，薪水是可怜的，他们就落着这一点可怜的薪水维持生活。这些新的"犬儒学派"，他们有的还没有结过婚，有的他们的太太是在他们老家的乡下。他们不常在公众的地方出现，他们没有野心，他们也不加入以饭碗为目的的任何派别。他们的一生大概是注定了要在冷落中过去的，他们并不以每月十二元的包饭为粗劣。除了书籍他们也没有别的嗜好，实际也正是只要能够读书他们便觉得已经是无限丰富了。
>
> 马先生是善良，温厚，缄默，在他的血管里保有着一种农民性质的，近乎原始的，不可动摇的倔强，他的祖先无疑的是跟任何人的祖先一样，他们是老根深深的伸进泥土里的，直到现在，读书人的血液还没有把它——那种原始天性——冲到十分稀薄。正是这些特性，现在被一个突然传来的消息——一个事变打击得七零八落的了。他在窗下坐了很久很久。外面是静寂的。这个庭院常常是静寂的，它早已陷入一种无声的渐趋灭亡的破落中。这时候房东们大概是听戏去了，再不然就是他们正围着火炉吃小点心，他们还保持着前代的静肃，他们很怕吵闹，甚至很怕高声说话。一个北方的十二月的下午。太阳快要离开这个大的古老的城市，快要落下去了，只有对面的屋脊上还残留一线薄弱的昏黄的光辉。天空是晴朗、干燥、无情的冷。在房子里，火炉在马已吾背后爆炸着。①

---

① 芦焚：《争斗》（第二章7），《大公报·文艺》第965、966期，1940年11月9、11日，香港。

悲愤的马已吾先生在北平寂静的破落的院子里，在"沉静的、冷的、和无情的天空一样静默一样冷的"的氛围中，以一种自甘寂寞的新"犬儒派"的姿态，来对抗"现在他们却是用大刀向敌人谄媚，他们镇慑反抗，用青年的血来筑他们的罪恶的交椅"的沉重现实，马已吾一面想象着屠杀的场景，一面用笔在纸上抨击着屠杀的罪恶。叙述笔调是激烈而内敛的。

　　一个观念——幻象包围着他，他连气都透不出的被围在核心。在上面是高的，清澈的，明亮的，其蓝如冰而又无情的冷天空，地面是完全冻结了的，石头一样冻结了的。在北方任何大的风雪都会使人感到一种温暖，惟独这种晴空都是使人要诅咒的寒冷。泥土、墙壁、树木都会发出细微的响声，连空气似乎也凝结起来，也在寒冷中爆裂。就在这样冷的荒凉的所有的门都为了保持温暖关起来，所有的树木都悲伤的弹抖着向天空伸出它们的枯索的手臂的街上，在那坚硬的地面上横七竖八的僵卧着年青人的尸体。……①

马已吾对这种丑恶的屠杀，感到的是憎恶。当过去的学生杜兰若来看望他，随意地询问时局状况时，马已吾先生对这个积极投身于革命而暂时居家养病的女学生的瞬间感觉，是相当出人意料的：

　　马已吾对着这个损害了健康的女子，他想起她还在做中学生时代，没有人能想到一个用红绒绳扎着发辫，自信力极强，看起来有几分近乎自负的沉静少女有一天会失去青春，变成十分憔悴。在平时，也许在昨天他还赞赏她的意志坚强，这时候——一阵风波刚刚过去，杜兰若的不幸触动他的怜惜心，他为他这个十年前的学生，为这种变化颇有些感慨。

　　"女人总比男人可怜，"他在一瞬间这样想。在平常他并没有考虑过这种问题。甚至反对这种见解，现在他却以为在时光没有过去以前——假如她有爱人——一个女子应该及时结婚。②

只是单纯地哀惋一个少女青春的消逝，并且发出庸常的感叹，这当然是以人性的角度，而非提倡暴力斗争的革命导师的角度所感所发的。简而言之，芦焚在《争斗》中虽然处理的是一个激烈对抗的、涉及宏大的社会斗争的主题，但他所选择的叙事角度和叙事话语，还是更接近于其最初的《果园城记》中的那种个人化的哀惋人性的调式，而非采纳当时所流行的强调阶级

---

① 芦焚：《争斗》（第二章 10），《大公报·文艺》第 967 期，1940 年 11 月 13 日，香港。
② 芦焚：《争斗》（第三章 13），《大公报·文艺》第 969 期，1940 年 11 月 16 日，香港。

斗争、集体意志的调式。其旨趣和效果，显然也是意蕴颇深、独具一格的。

四　芦焚的定位：吸纳左翼叙事的"京派"

这样，芦焚的此类小说叙述，遂呈现出一种介于展示人性温情的个人叙述和揭示生命对抗的阶级叙述之间的独特景观；而作家芦焚的位置，也是在一种两面有缘却无所归属的边缘状态了。有的研究者，比较强调芦焚个人历程的左翼革命性，当然，芦焚和"左联"有过人事上的接近和观念上的共鸣，不过，同时，芦焚与正统"京派"也有着更为紧密的联系，虽然其对京派的某些观念与风格不无反抗之处。如何看待芦焚在二者之间的个人抉择，1934 年 10 月发表于天津《当代文学》上的短篇小说《奈河桥》中的一句话，倒是可以给人几分启示——"从此我知道，真正的同情，是在破碎的地方以及三等慢车里"，在这里，他省悟到"良心"是什么；并且在他眼中，种种永不再见且瞬间消失的善恶世相，是"和谐而且充满着无限生命"。这样，瞩目于诸种善恶世相，描摹那种被践踏后复苏的温暖，便是其作品中顺理成章的主体了。关于芦焚艰苦而成就非凡的作家生涯，以及其与左翼革命相亲近而又未被卷入的处世姿态，《奈河桥》中有一句告白也值得注意倾听："自己虽也经过一些艰苦，毕竟还是一个书生。于是我就恨开初不当读那么两句书。我们这一代读书是最危险的……"①

2009 年 9 月着笔于旅途，2011 年 6 月补作于紫荆公寓。

（本文提交于"中国现代文学新史料的发掘与研究国际学术研讨会"，2009 年 11 月 1～3 日，北京；发表于《汉语言文学研究》季刊 2012 年第 3 期，87～90 页，开封；转载于中国人民大学报刊书报资料中心所编《中国现代、当代文学研究》2012 年第 12 期，2012 年 12 月，北京；收录于《师佗全集续编》，河南大学出版社，2013 年 5 月 1 日，开封。）

---

① 芦焚：《奈河桥》，《当代文学》第 1 卷第 4 期，1934 年 10 月 1 日，天津。

常风先生的佚文两篇

一个知识阶级的心理演变①

一

　　这篇文字应该用这样的标题（虽然有点累赘），《八年来一个知识阶级的心理演变》才恰当，因为我要记述像我这样一个知识阶级中人在八年中自己的心理演变的一些迹象；我逐渐在逃避不过的现实中如何认识了现实，从现实中我得到什么教训，使我对于一切人事有了一个自认为比较真切可靠的看法。

　　二十六年七月八日早晨九点我从西单亚北号搭汽车到清华拜访朱佩弦先生与闻一多先生，这是预先写信约定好的。那时我除了教书之外帮助朱孟实先生编辑《文学杂志》（一个昙花一现的月刊，商务印书馆发行印行，五月创刊，出了四期因事变停刊。）到清华就为得是问朱闻二先生的稿子。朱孟实先生六月二十五号赴沪与商务接洽杂志事，临行前分②我往清华催稿子，我因为学校的事耽搁着，一直到七月八日才到清华去。我在清华园门口下了汽车，我的老朋友在研究院研究庄子的张月如等着我，我们一同先到北院访朱先生，坐了一个多钟头约莫十一点时，辞别了朱先生，出了清华园过了小桥一直往南到新南院闻先生的寓所，闻先生正在候着。在书斋里喝茶喝汽

---

①　本文刊载于《大公报·文艺》津新 2 期和新 3 期，1945 年 12 月 16 日和 23 日，天津；作者署名"常风"。

②　此处"分"似为"吩"之误排，且似漏"咐"字。

水，随便谈话，闻先生答应赶文学第六期一定给文章，题目是《唐朝的宫体诗》，他留我午饭，我因为早已答应了月如坐到快一点，便和月如告辞到成府月如的家。那天我们几个人谈了许多话，在月如家又待了两个钟头，谁都没有想到前一天曾经发生什么事件，和那事件又如何影响到整个国家以后的命运。三点多月如送我到清华园门口上车，那儿已经堆了许多人，却没有一辆车，大家都在谈论什么，遇见一位熟人一打听，才知道前一天晚上在卢沟桥的日本军和我们的二十九军开了仗了，因此关了城门，汽车不能开出来。不过到六点多汽车终于开到，于是我终于回了城。从那天一直到现在我不曾再去过我的母校清华。

从七月八日起情势一天比一天紧张了起来，街上都堆了沙袋①平汉车停驶了。平浦似乎也曾一度停过，后来又开行。完全开行的车只有平绥车。梁思成先生与林徽因女士六月到山西五台山游历七月十五左右才由平绥路返平。在那些天常看见的人有周启明叶公超杨金甫废名沈从文诸先生，谁都说不来时局究将如何，大家以为沙②者再来一个《塘沽协定》。七月十九日午后我和金甫先生从文先生在国祥胡同十二号金甫先生新寓的广廊下商议《文学杂志》第六期的稿子。从文是八号后才搬去与金甫先生同寓。就在那天宋哲元回到北平，时局又有了妥协的传说。孟实先生大约是二十二三四回来的。二十四日以后又紧张起来了！二十六日广安门外不断的炮声，二十七日夜间炮声更猛烈，二十八日午后街上大声喊卖号外"通州，丰台，廊坊，天津车站都已夺回来！打下日本飞机十七架……"，街上满是人。我那时住在西四牌北小拐棒胡同，我到四牌一直往南走，街上的人发狂似的，都是叫喊的声音。可是马路旁到处有零散的疲累不堪的兵与受了伤的兵。那一天下午与晚上我相信北平的市民都是在狂欢中，夜里我相信他们都睡了一个甜蜜的觉。

第二天——二十九日——清晨醒来觉着有点异样，没有那些天来老早就听惯了的卖报人的吆喊声，而且街上也听不到一点声音，特别的寂静。我起了床。报还不来。仍然没有一点声音。我出了胡同口，望见四牌楼跟前冷清清的，以前守在牌楼前面或③袋堆的兵也望不见。我奇怪。我踱到四牌楼，看不见一个兵，也看不见警察。走造④牌楼南挂着吟风醉月的扁的那家酒馆旁的报摊上，不见一张报，但是！围了许多人。于是听见有人低声说昨晚上

---

① 此处似漏"。"。

② 此处"沙"似为"或"之误排。

③ 此处"或"似为"麻"之误排。

④ "造"或为"过"之误排。

汽车的声音没有断过，不知有若干辆，也不知道为什么。等了好久，报来了。原来宋哲元们昨晚已离平，他的职务由张致忠①代理。

八月八日日军进入北平城，入城司令香月椎的布告到处张贴着。北平已经不是我们的了。

从那天起北平的知识分子开始恐怖了。八日我去看乃超②先生不在家，到慈慧殿朱宅，孟实先生和我还有从清华园逃难到城里的住在朱家的王了一先生商谈走的事。商务原有文学杂志移沪编辑的意思，孟实先生拟先到沪商洽。十日午后我又去看乃超先生才知道他已经在当天上午走了。我到慈慧殿，从文在；说金甫先生打算第二天走，他自己还不一定。孟实③先生决定他一个先与孟实先生一道走。第二天我到车站送他们，站内站外那么多的人，都是张张皇皇的，站口与车门都是日本兵把守着。我在站台上我见孟实先生和他的太太，他们告我从文也走，已经上了车，果然我看见他的太太在月台上送他。金甫先生也看见了，车里拥挤的厉害，他挤出来到月台上透气。那天走的一定还有不少熟识的人。

几年来时相过往的师长与朋友都这样陆续走了。

以后我和废名先生还常见面。他对于时局很悲观。走了的和留在这里的一般师友似乎都乐观，以为半年之内战事可以结束，这大概是二十六年八九月间的一般看法。九月里的一天废名先生到朱宅朱太太十月半才离平，那时我每隔一天到朱家照旧办杂志的事。废名先生很愤慨的谈论时局，说不会打得赢的。究竟我们要怎样与敌人打，我从来不曾用过一点思索。似乎大家都以为只有打，而打总可以胜。不过那天废名先生说的那样坚定认真，他那一双深刻而锐利的眼睛盯住我，虽然我只唯唯否否，我至少也感到这件事不是随便说说或随便想想可以了事的。那时我所景仰的一位先辈④谈到战事与一般的舆论时他总说，战事本来应该由军人决定的；能打与不能打只有他们知道的清楚。这话给了我一个启示。我们知识阶级的人都是秀才。

说到废名先生，我曾闹过一个笑话。十一月十三日黄昏他来看过我一次。那时我正在开始译一本书，每天从学校回来差不多已经天黑，他又住的太远，以后不曾去看他。十二月十六日学校遵令，而且那几天发生的变故太大了——十二月十一日报上登出南京失陷的消息，十四日证实了，同时傀儡政权"临时政府"在北平成立；使得我对于废名先生的悲观论注意了。那天

---

① "张致忠"应即"张自忠"。

② "乃超"应为"公超"，下同。

③ "孟实"应为"金甫"。

④ 此"先辈"应即周作人，前文"周启明"是也。

上午我看他去。他大约是在八月和做了和尚的他的一位中学同学同住。这位和尚我以前访废名时曾见过他的背影。那天我在房门口喊废名，打开风门招呼我，告我说，废名先生前两个礼拜得了母丧的信息已经离平了。我向和尚道谢，并请教贵姓。和尚笑而不答只是两手合十，把我呆住了。我当时确实是诚诚恳恳的寒暄。呆了半天我才想到对和尚是不能请教贵姓的，小说上不是常有请教师傅的法号上下么。我明白了自己的冒失不由得红了脸吞吞吐吐请教他的法号，不顾他殷勤的让我进屋子，赶快告别走出。实在说在这以前我不曾和和尚接谈过。

二

从七七事变之后我是待在北平的，一直到现在。南行的师友们对我的关注，在南方给我找了各式各样的工作，又因为我不能走，给我想方法使得我在这座死城中能够苟延残喘到今日，我的感激无法用言语表示。我变做他们忆北平的一个"象徵"。他们尽量告诉我，散在各地的朋友们的情形，他们也问讯这里的熟识的人们的情形。这种通讯直到所谓"大东亚战争"发生以后，我为了避免惹起意外的麻烦，除了必须要答覆的信回覆之外，就都一概不覆，因之这四年来他们的信也差不多没有了。他们的信总被待在这里的熟识①传观着，我们称之为我们的"精神的食粮"。来信最勤的是从文。他从武昌珞珈山，长沙，沅陵，昆明自二十六年九月到达武昌起至三十年冬寄给我的信总有六七十封②，每封信极长，写满几张竹纸。三十一年他来信，我没有回信。他的长信太引检查人注意，而寄去之信那时又规定须先检查，并且香港告陷一信投递需时甚久，所以我未覆。三十二年他又来这一封信，以后就没有了。

但是，我还有我的工作，我还有存在的意义。我二十四年夏天再来到北平，在一个私立中学里教书。我是二十二年从大学里毕业的还没有举行毕业考，平津情形就紧张到最高度。每天空中有日本飞机成队飞翔。有名的《塘沽协定》签字的前一天下午北平城内外各大学接到北平最高当局的通知，说与日本交涉决裂，我们政府决定被城借一③，学生的安全不能担保。于是各大学连忙招集学生报告。当局的这个办法很成功。自从九一八之后两年之内我们教育界演过的许多**热闹的剧**④——大学生卧轨呀，徒步到南京请愿呀，

---

① 此处似漏"者"字。

② 如此处常风所言"从文信"能发现，当是抗战时期沈从文研究的重大发现。

③ "背城借一"意指在自己城下和敌人决一死战，多指决定存亡的最后一战。

④ "热闹的剧"一词，可见常风对当时民众"抗日救亡"运动的基本态度，是冷漠的，其基本的政治态度，是赞成"主和"的，他们把国民党当局的"战略撤退"，统称为畏惧战争苦难的"逃跑"，而将自己的"蛰居"，视作勇敢接受命运的"坚持"。

组织义勇军呀，大学教授三个五个给政府打激昂慷慨的电报，大学校长绝食，大学教授带上太太向北平的当局请愿，继又被送到南京见最高当局。现在当局说，我们要打了。于是大家都跑了。第二天《塘沽协定》正式签字。我想当时大家，不论是拍过通电的，或卧过轨的，对于代表我们国家签字的长官的感激与欢迎并不亚于巴黎与伦敦的市民欢迎参加慕尼克会谈的张伯伦。

我也几乎做了"都跑了"的之中的一个。听到学校通告的第二天早晨我进了城预备和我的亲戚一同逃跑。将要上车到站时，我的亲戚的同院是在报馆做事的，恰好回来。他说要不是打算回老家，只为逃难，可以不必走。已经签了字，天下又太平了。结果我又回到学校，在那顿时清凉下来的校园里徜徉了好些日子，才回到故乡教了两年书。

我又来到北平了，当时的情势并不比我离开时好。我住下来之后，时局一天紧似一天。我是一个中学教员。我已不是大学生了。学生的爱国运动开始了。这个运动恰好不能为政府所容。学生游行与二十九军冲突。中学的教员不同大学的教授。学生问你要主意；他要问你应不应该作爱国运动。我那时还是二十几岁的青年，我虽然不曾卧轨，不曾请愿，并且在四年大学生活中似乎也明白所谓开会，请愿是一回什么事，十七年以前在北京，十七年以后在南京这种举动所发生的效果，与造成的成绩，但是对于那些热诚纯洁的孩子我不能不理睬。我应该怎样回答他们！我怎样回答才能对得住我自己的良心？他们的热情是压不住的，他们的愤怒也是抑制不下的。外交方面运用的奥妙技巧他们理解不来。他们要作为他们的师表的教师指示。我在那时开始感到说不出来的苦闷。不是我自己彷徨无所，而是为了学生彷徨无所。学生最后分裂了：赞成参加爱国运动的，停课作救国工作的是一派，反对停课而于课余做救国工作的又是一派。两派恰好平分了学生。于是前一派的学生请你去出席会议与指导；后一派的学生便请你上课，不要荒废学业。你上课时停课派来请开会，你回答上课。他就要说，我们不是一样的学生，我们的工作岂不更重要？先生们常训教我们师生合作，难道先生不爱国？作为先生的能说不应该爱国么？能说不应该有爱国运动么？凭我们的良心该如何回答他们，或者指示他们？我们也不能否认在一切学生运动的背后不免有人在操纵。但是他们还大都是十几岁的孩子，他们都是纯洁天真的。我们对于他们不能预存成见，虽然他们是有极强烈的成见。在这样的情形中我一点方法没有，我只有苦闷；我的良心在责备我。所以在二十六年正月我接受朱孟实先生之约帮他编辑文学杂志时，我就把我在北平教了两年书的苦闷告诉了他，决意至学期结束辞去。我是要逃过我的良心中的隐痛。

二十六年暑假前我又向我们的校长提出辞职，他不答应。暑假中发生了那么大的变动，他在七月二十九日就离开学校，将学校交给我们几个人负责。他在七七以前奔走救国运动甚力，当然是日本人要逮捕的对象。在那样的情形中我不能离开我的几位朋友和那个学校。

到了开学的时候学校照常开学。学生少，教员也少。大家见了面都黯然无论。在相互的沉默中都明白眼前的现实。大家消除了一切精神上的隔阂，在彼此一瞥目光相遇的顷刻发现了信赖，无言的情感交流交流①在一起。大家都是一群羔羊。以后的日子我们谁也不肯舍弃了谁；我们要相依为命去经受命运为我们安排着的苦难。

以后的情形我不详细叙述。现在从我在那个时期记过的简略日记中摘录几则在下面：

　　二十六年十月十九日星期二
　　二时半在学校开会。下周起遵令添授日语与国术，公民改为修身。
　　十一月七日星期日
　　今日报载占领榆次，且占领太原东北门云。街上扎起彩牌楼，想像庆祝。
　　十一月八日星期一
　　今日为最痛心之一日。十一时半赴中央公园参加游行。出发前在礼堂招集学生，皆泫然泪下。先到府右街，继往公园，二时余出。
　　十二月十日星期五
　　早在校开会，社会局训令筹备庆祝南京陷落也。
　　十二月十一日星期六
　　今日报载南京陷落。
　　十二月十四日星期二
　　南京陷落。临时政府今日成立。
　　十二月十五日星期三
　　今日奉令游行庆祝，天安门前如闹市。不知何人致词，何时开会。最后蚁散，遍地残破之纸旗与楷②秆，脚下沙沙作响，亦一点缀也。晚西四牌楼西单牌楼放烟火。时闻观者狂欢呼舞之声。

北京被敌人占领之后，人们都说，南口方面有如何的布置而且是天险，保定在军略上是重要的据点，由中央军驻防，一定丢不了。但是南口丢的，保定也丢了。又说太原东有娘子关，北有雁门关，而且守住山西可以控制华

---

　　①　此处第二个"交流"或为衍文。
　　②　"楷"或为"稭"之误排。

北，一定要以任何代价死守的但是"铁骑"毋需"飞机"，太原也失守了。在太原失陷之前前门里有一位算卦的先生说，日本人在山西一定大败无疑，因为是"日落西山。"所谓西山是山西的阎锡山。从这我们可以知道北平一般市民的心理。第二年春天北平的人们都说战争在端午可以结束，因为北平有正阳门中华门故宫有端门午门北上门，这不是明明白白说"中正端午北上"？事情没有如此顺乎天意与人意，反而徐州在端午之前也陷落了，可是北平市民的渴望与焦急都由这种阿Q精神表现出来。

每逢丢了一个地方，大家对于第二个有可能被敌军进攻的城池如捍卫那城池的军队怀了莫大的期望。每个这种期望虽然很快变成失望，但是每个失望对于在将来证实了要丢掉的地方又燃着了希望。地方尽管丢；丢，丢，丢，丢了一个又一个；而我们的期望也是随着每个丢失而萌生。

中国的土地是广大的，我们相信纵然丢了重庆也绝对不会灭亡。这点信心支持了被国家所遗弃下的人民——永远要自由的中国人民，永远要他被①称为"重庆政权"的中国人民——八年。

但是南京的陷落在当时确实给了北平的市民一个极严重的打击。虽然是知②期间的，他们陡然觉察到濒于死亡的边缘。南京的陷落在他们看来太突兀，出乎情理，不可相信。我们的政府告诉我们说南京一定要守住的。我们都如此相信。至少南京可以支持相当时日，比方说一年或半年。南京终于像北方的许多城市，大的与小的，一样陷落了。

由于南京的陷落促成北方傀儡政权临时政府的成立。

在傀儡政权成立之前后在北平有过许多次为我们城市被敌军攻克占领举行的庆祝典礼与游行。在那个时期曾经在北平中学与小学教书的朋友可以完全了解我在上面抄来的我自己关于这些的记载，虽然这些记载简单而毫无感情。每次我都和我的老朋友们率领上我们的学生去参加。许多人劝我不去；我知道我一个人不去也没有什么关系，但是我仍然谢绝了他们的好意去出席。在冷风里，低了头，寞寞无声走着，在广场里鹄立着，噙着泪珠，忍着心头的酸痛，手里拿着敌人的国旗，与五色旗。我们是中华民国的国民，但是我们却听从着征服者敌人的命令。我们这群羔羊。每次出发之前我们先在学校集合了我们的学生讲话，让他们明白我们眼前的现实，蒙受了眼前的现实所加与了我们的一切，如是我们才能有希望达到最后了③那个目的。每次讲话时大家都唏嘘相向。泪珠流在颊上，然后低了头，拿上那不愿拿的纸

---

① "他被"似为"被他"之误排。

② "知"似为"短"之误排。

③ "最后了"当为"了最后"之误排。

旗，一步一步走去。在途中或在广场中我们还要抚慰学生们，眼看着一群天真纯白的孩子嚥下泪珠面孔上浮出一丝微笑。我们还要防范他们不要把敌人的纸国旗撕破或践踏免得引起意外。就在十一月八日那一天有一个高中的学生（他的名字是甘华廪）走到中南海西墙底往府右街走的时候痛哭出声原①来不能再走。我们几个老师留②着泪替他用手帕擦泪哽咽着声音劝慰他，让他一个人离开队回去。我们继续领着我们的一群羔羊向命运注定的道路走。（甘君以后回到江西原籍，希望他在这几年之中在我们自由的国土尽了一个所应与所能尽的责任。）

这些，这些，是为了什么？只有曾经参加过的人才能了解。

《新约》里有基督显灵给圣徒彼得的一个神话。波兰的显克微支曾写在他的小说《你往何处去》中，非常的生动：

太阳从一个山峰底下浮出来，并且有一个奇怪的情景来刺激那位圣徒的眼睛。但觉得那个微黄的珠，不升到天上反倒在山顶上滚，并且顺着那条路的侧面。

彼得停着说：

"你看见向我们前进的那个光明么？"

纳赛尔回答：

"我什么全没看见。"

但是彼得用手蔽着他那眼睛的上部去看，一会儿以后：

"有一个人在太阳光线以内向着我们来。"

虽然这样，耳朵却听不见步履的声音。周围是绝对的寂静。纳赛尔正看见那些树在远处打颤，好像被一个看不见的手摇动似的，并且在那平原上面，那个光明愈来愈散布宽阔。

他很惊异转身向着那位圣徒。

他用一种忧闷的声音大叫："拉毕！那么你怎样了？"

那个长杖从彼得手里滑掉在路上面！他的眼睛直看着他的前面，他的嘴半开，并且他的面孔反射出来些恍惚，愉快，迷幻！

"基督：基督"

他伏在地上，直对着地，好像他给不可见的脚接吻。寂静的时候很长。嗣后那个老人的声音高起来，并且大哭着：

"Quo Vadis domine？……"（你往何处去，主人？……）

---

① "原"或为"起"之误排。
② "留"或为"流"之误排。

至于答辞，纳赛尔都没听着。但是一种忧闷和温和的声音到了那位圣徒的耳朵里，他说：

"因为你放弃了我的人民，我上罗马去：教他们再钉我上十字架一次。"

那位圣徒停着，僵卧在路上，面孔在尘土里面，没有一句话。纳赛尔已经觉着他失了知觉或者断了气。但是归结他起来了，又把巡礼人的手杖拿到他那打颤的手里面，并且不说话，转回身来向着那七个小山走去。

那个少年在那时候，好像一个反音重说：

"Quo Vadis' domine？……"

那位圣徒很温和的说："往罗马去。"

他向着罗马回去。（借用徐炳昶齐曾敬二氏的译文。）

以前读过的这段故事浮现在那时候我的心境中。一个不可避免的命运，羞辱或酷刑，不应避免，只有坦然接受。整个民族的羞辱每个人都分摊着。个人逃避的一分而这羞辱仍然是整个民族的。个人纵然逃避的过，而和我们一样的人，我们骨肉却在蒙受那屈辱。基督说："你放弃了我的人民……教他们再钉我上十字架一次。"我们都是不离弃我们的骨肉同胞，要与他们分担那降给我们民族的苦难与屈辱。

那末，这是为了什么！我们甘心来接受敌人横加与我们耻辱有什么意义？

我们的生存——个人的也同时是民族的生存。

从菲希脱到伯夷叔齐①

七七事变后我就在一个不得不接受的现实的重重限制之下，这样的心理逐渐蜕变之中，做我的工作：教一群十几岁的孩子并且管理他们。我是一个懒散的人，眼前的现实不容我推卸我应负的责任。每天在街上看见的是敌国的军人与人民，听见的是异族的声音，报上刊载的是敌人炮火的胜利与大规模"开发"的消息。这一切，八年来我们在这个都市内所看见的一切给了我们不少的刺戟。因这些刺戟我们生了许多情感。但是情感是无用的，它很快就会消灭。惟有我们用理智，因此种刺戟而思索而反省我们自己，我们才会得到教训。我们生活在自己的国土，然而也可以说是在异邦。我们在敌人之面前是整个民族的代表。我们要在冷静与沉默之中表现出我们民族的不可侮。我们在我们的行

---

① 本文刊载于《大公报·文艺》津新 5 期，1946 年 1 月 6 日，天津；作者署名"常风"。

为上要绝对的严肃。我们处处遇见敌国人，甚至在中夜也被马路上清亮的木屐声与狂歌声惊醒来，这使得我们每个人更需要"知道你自己！"，"知道他人！"这是现实给了我们的两个功课。我们在以前，对于敌人究竟知道多少？沦陷区的人民八年之中除了饱受敌人之肉体的蹂躏同精神的迫害之外究竟对于敌国与敌人有了多少真正的认识？我们真不敢说。七七以后各级学校都添了日语，学生们因为情感上的原因没有一个肯认真去学的。当然八年来有不少人如颜氏家训所说，"齐朝有一士大夫尝语吾曰：我有一儿，年已十七，颇晓书疏。教其鲜卑语及弹琵琶，稍欲通解，以此伏事公卿，无不宠爱，亦要事也。"但这毕竟少之又少。爱国的热情使我们仇视鄙视憎恶敌人的一切，这种热情也淹没了我们的理智。我鼓励我的学生们学日文，不惟让他们了解敌人深刻一点，并且可以藉此为学习科学的工具。因为英语的钟点即已削减，我们不应再受双重的损失。但是在八年后的今日他们毕竟受了双重的损失。

我们要绝对的严肃，要有坚定的信心：中华民族绝对不会灭亡，这应该使①在沦陷区教育者训练学生的最高信条。这个在珍珠港事件发生后使得我更增强我的信心。我们相信日本确实是在他所踏进的泥沼中更踏深，而且将要拔不出来了。然而香港失陷不免给我们心理上投了一个黑暗的影子。这战争无疑是要长期下去。我们与内地的方便连系因香港失陷切断了。香港失陷后的第二三天，心情非常抑郁的时候，偶然从书堆中翻出张君劢先生节译的《菲希脱对德意志国民演说》。菲希脱在序论中说，在一个国家军事力量完全被敌人击灭，政治组织完全崩溃的时候，惟一的最有力的最可靠的最永久的力量就是民族的自信力与道德力。若人民因为军事政治经济都失败，都被握在敌人的掌握之中而就绝望流于颓荡放弃，这才是自暴自弃。这段话给了我莫大的启示。我四年来从现实的教训中摸索到的一点真理也就是如此。我记得九一八后许多人作文章介绍引证菲希脱，我也曾到学校图书馆借来菲希脱这一部大讲演的英译本翻阅过。序论的前几页无疑是曾经读过的，但是当时我不曾感到什么，并不以为他这演讲有何可贵。平时听见人们讲道德教育人格教育我们以为是教育家无话可说造出来的呓语，至少也是书生们不切实际的迂阔论调。但是，现在是事实摆在前面。痛苦的不可否认的与无力量抗拒的现实逼迫着我拔②这几句话一次一次读，翻来覆去的咀嚼。菲希脱使得我更坚定我四年来的信心，使我认识的更透彻更清楚。这个发现对于我好像是定命似的。但是从惨痛的现实而获得，这是多么可怕而苛酷的代价。

---

① "使"或为"是"之误排。
② "拔"或为"把"之误排。

同时我也明白了菲希脱之所以为，他之所以伟大，以及德意志以后所以能够复兴。菲希脱在普鲁士大败之后，柏林城里到处是法国军队，居然能对他的同胞大声疾呼地讲演，发表他的《告德意志国民书》，而且居然一连讲演了三四个月。他能够不被敌人逮捕，能够从从容容演讲，就因为他不做铁一般的现实之下无所补益的抗争——这样当然可以造成不少壮烈的牺牲。他认清了现实，认清了敌人，更认清楚自己。他认清楚在眼前这一个短暂的黑暗的现实的后面，有一个光明的永久的将来——自由独立的德意志。而在目前的现实中他所能做的，他应该做的是鼓励德意志认永远保持住他们的民族道德与民族的自信心。只要他们不因亡国流于放荡邪侈颓废绝望，他们就能够拯救自己。恢复他们民族的光荣。① 当时法②国的统治者恐怕也是把菲希脱当作一个迂阔的书生哲学家。我们中国正需要这样的书生哲学家。

三十年十二月的十一日或十二日我读了菲希脱的这段文字，第二天我在教室里朗读并且解释给我所教的一班高三学生听。他们把我的那本书拿去传阅一直没有还我。那一班的学生一共十八个人。毕业后就我所知有五个学生陆续到了大后方。

民族的道德力与自信心是一个民族最后的武器，也是一个民族永不能被摧毁的力量。

光复以来我们不断在报纸上，政府的公令上，最高教育行政长官的演说中，最高学府校长的谈话里看见民族气节士林表率，忠贞爱国这样的字眼。有不少的人被誉为伯夷叔齐。古代的伯夷叔齐据说是饿死于首阳山上的。现在的伯夷叔齐却能够从七七事变一直熬煎到现在重见山河光复，躬亲参与国家最高长官的慰劳茶会，得到政府的褒扬与馈赠，这实在是值得我们为我国的民族庆幸。现代确实是异于古代。

我在事变之后和一切读书人一样常在故书中古人的言行中寻求自己的心境的印证。古人每在更换朝代之际在以前的朝代亡国的时候的人中找寻知己。讲中国近代历史与近代学术的人对于明清之际的黄梨洲和顾炎武特别提倡，就因为他们在异族侵入中国能够有节有守，作了千古中国人的"人范"。七七以后我也常翻阅顾亭林顾亭林③的集子，看到他对潘次耕说的"自今以往常思中材而涉末流之戒，处钝守拙；孝标策事，无俟博闻；明远为文，常多累句。务令声名渐灭，物缘渐疏，庶几免于今之世矣"一句。不禁悚然肃

---

① 常风的这一论点，虽然有其理性的清醒，但似乎与沦陷期间的日本人和伪政权"复兴中国"论调甚为合拍。
② "法"当为"德"。
③ 此处第二个"顾亭林"当为衍文。

然。我给内地友人的信中曾屡次引用过这几句话，特别是那句"庶几免于今之世矣"一句。然而在今之世实在是难于庶几免了的。梨洲亭林虽然耻事异族，却并没有不食周粟。一个既要明夷待访，一个又要守失待后。这两位古人的行事很值得我们的深思。他们二人虽然清高，但是并非仅清高就了事的，他们都知道清高并不足救亡。他们的道德人格我们钦佩。他们虽然是独善其身的个人主义者，但是他们并没有忘记了民族，忘记了大众。① 以前的人批评他们的行事时，见到两个人都异口同声的"以待后王"，似乎发觉他们人格上的矛盾，无法解释。实则他们的伟大与他们所以配作我们的人范，就在他们的这点表面上看来似乎是人格上的矛盾。他们一方面要作一个"自了汉"（如傅青主所说），实在是为他们的现实所限，所以只可以"穷则独善其身"，同时他们并没有一时一刻忘记"达则兼济天下"。所以黄梨洲不惟要著书明夷待访，而且在他自己辞谢史馆的聘请之后还要打发他的儿子到馆应聘。顾亭林虽然一再说他的母亲为"三吴寄节，一闻国难，不食而终，临没丁宁，有无仕异朝之训"，"故人人可出而炎武必不可出矣"，但是他仍然著了日知录"以待抚世宰物者之求"，希望"有王者起，将以见诸行事，以跻斯世于治古之隆，而未敢为今人道也。"

古代传统的道德观念是各人忠于各人的时代，各人交代了各人就算十全十美。自己出来仕新朝是大逆不道，自己的儿子却不妨。自己不仕新朝不为新朝画策，可是却希望有人在大乱之后造成一个郅治的局面；顾亭林甚至直率的说"有王者起，将以见诸行事"。这种矛盾就是独善其身之后仍然明白那些不能独善其生的芸芸大众应该有个安排。他们要活着，要他们活着，而且要好好活着。这是古代志士仁人之用心。

现在确实是异于古代，八年来的沦陷地区又有一番特别的情形。我们对于传统的道德观念应该有新的认识，至少要有一番清楚的认识，不要拿几个空洞的观念来施判断。大众是要生存的，民族的生命是要延续，永久延续的。我们应该引导民族于生，而不是引导民族于死。八年的苦痛经历应该启示我们一个新的道德观念非个人主义的道德观念，建立新的道德，民族道德，培养民族道德力——这是我们全民族在这八年应该得到的教训。

（此文发表于《名作欣赏》2011 年第 1 期，第 129～135 页，2011 年 1 月 1 日，太原；收录于《常风先生诞辰一百周年纪念文集》，太原：三晋出版社，2011 年 11 月）

---

① 常风此处对顾黄的理解，似乎与周作人所谓的"大乘佛教的救世心"如出一辙。

且容蛰伏待风雷

——从常风先生的两篇佚文谈起

一 "南渡"或"困守"：乱离时代的艰难选择

卢沟桥事变后，日寇占领北平，致使中国爆发了全面抗战。山河破碎，大批新旧文人学者纷纷在日本人占领北平前后选择抛别故园，仓皇南渡。"南渡"者，何时"北返"实属未知。流寓昆明的陈寅恪先生诗中有"读史早知今日事"、"家亡国破此身留"、"南渡自应思往事，北归端恐待来生"①之句，抒发此种深忧；冯友兰先生笔下也袒露出此中况味："稽之往史，我民族若不能立足于中原，偏安江表，称曰南渡。南渡之人，未有能北返者：晋人南渡，其例一也；宋人南渡，其例之二也；明人南渡，其例三也。'风景不殊'，晋人之深悲；'还我河山'，宋人之虚愿。"②

前路坎坷，兴废未知。在此动荡飘摇的乱离时代，既有选择远走高飞，决然"南渡"者；也有选择困守故园，坦然忍辱者；还有先选择远走而复选择困守者。常风先生即属于选择困守的第二类。常风的选择有点类似于冯至小说《伍子胥》中伍子胥哥哥的选择，承担到父亲身边去、同父亲一起被敌人杀死的命运。冯至的作品，显然是一番痛苦思考之后才成形的，有着现实的隐喻。但是，冯至自己的选择，显然不是此类隐忍被征服的痛苦，而是属于类似于伍子胥式的复仇。

---

① 见陈寅恪《残春》（二首）与《蒙自南湖》，诗作于 1938 年 5 月，引自胡文辉《陈寅恪诗笺释》，广州人民出版社，2008 年 6 月第 1 版。陈氏此言论，在抗战时的昆明，曾有相当大的影响，清华同人闻一多即对这种饱含悲观的观点表示过非议。

② 见冯友兰《国立西南联合大学纪念碑碑文》，转引自田文军著《冯友兰传》，北京：人民出版社，2003 年 3 月第 1 版，第 209 页。

二　"困守"者的思想根基与暧昧姿态

为何作此含垢忍辱的选择？仅以常风先生的自述而言，可知在北平抗战前后的妥协氛围里，"主和派"的思想根基相当深厚，常风的思想显然是倾向于主张妥协、以隐忍而维持"和平"残局的主和派，与武力抗战派是格格不入的。并且，由于其对学生爱国运动背后政治操纵力量的警觉，便自觉地与群体性的抵抗势力产生了疏离。于是，仅凭单独的个人的力量，即使内心深处有深切眷恋中国的情感，有无限的隐痛，在日寇全面占领北平的铁硬事实下，常风先生也只能甘心承受敌人横加的种种屈辱，"不做铁一般的现实之下无所补益的抗争"。① 他并且认为"一个不可避免的命运，羞辱或酷刑，不应避免，只有坦然接受。整个民族的羞辱每个人都分担着。个人逃避的一分而这羞辱仍然是整个民族的。个人纵然逃避的过，而和我们一样的人，我们骨肉却在蒙受那耻辱。……我们都是不离弃我们的骨肉同胞，要与他们分担那降给我们民族的苦难与屈辱。"② 纵然，为了生存（个人的或民族的），坦然忍辱也非易事，常风的选择，既是某种境遇中弱者遭遇困境之后自我图存的一种反应，也是一种需要巨大的坚忍和牺牲的抉择。值得注意的是，常风这种甘愿忍受屈辱的选择，背后似乎隐含着某种基督教心理，这是有待于常风的研究者进一步探明的。

不惮于忍受侵略者给予中国人的种种屈辱而获得自己和中国人民的生存，可以说是选择留在沦陷区的许多中国人的心理底线。文中对顾炎武黄宗羲等人在乱世中"出处"的解释——"他们虽然是独善其身的个人主义者，但是他们并没有忘记了民族，忘记了大众"③，既是常风这种忍辱负重心理的展示，进而显示了常风等人的自我期许，希望自己既能独善其身又承担了无告大众的悲悯命运。不光常风如此，周作人沦陷之后文中常常出现的所谓大乘佛教的救世心，同样隐含着此种尴尬忍辱之下的自我期许。他们的这种姿态，显然迥异于不食周粟、清白自守、悲壮"南渡"的现代的伯夷叔齐们④。

不过，在日寇在沦陷区的统治策略中，对这种隐忍退守的选择，未始没

① 见常风《从菲希脱到伯夷叔齐》对德国哲学家菲希脱《告德意志国民书》的理解一节。
② 见常风《一个知识阶级的心理演变》结尾处。
③ 见常风《从菲希脱到伯夷叔齐》述及"在故书中古人的言行中寻求自己的心境的印证"一节。
④ 参见常风《从菲希脱到伯夷叔齐》论及"现代的伯夷叔齐"一节。

有可以限制利用之处。承认"短暂的黑暗的现实"①，不妨说是暂时认同日伪在沦陷区的统治。所谓保持"民族的自信力与道德力"②，如果其中不包含反抗黑暗现实的因素的话，是很可以与日伪所望于中国承担责任的论调合拍的。

历史是复杂的，处身其中的人往往很难认清自己个人行为的复杂意义。历史又是难于苛求的，每一种抉择都承担了不同的境遇和命运。面对常风及他这一类曾经在沦陷区的中国土地上挣扎过的知识者，我一度感到无话可说。因为我无法明白说出他们这样行事的根源和意义。尽管并不缺乏关于他们的自我言说及相关传闻，但事情真相依然处在若明若暗的状态里，呈现出某种期待阐释的焦灼，也焕发着一层无畏浮议的淡然。

钱钟书曾在一首旧诗中，宽慰有志于死的挚友常风说："埋骨难求干净土，且容蛰伏待风雷。"③ 常风走出个人的生命危机之后，在北平困守期间，在赴死与偷生两不愿之际，应该对"且容蛰伏待风雷"这句话，怀有深深的共鸣。

（此文发表于发表于《名作欣赏》2011 年第 1 期，第 128～129 页，2011 年 1 月 1 日，太原；收录于《常风先生诞辰一百周年纪念文集》，太原：三晋出版社，2011 年 11 月）

---

① 见常风《从菲希脱到伯夷叔齐》对德意志命运的分析。
② 见常风《从菲希脱到伯夷叔齐》自我总结四年来的教训处。
③ 见钱钟书《得风璪太原书才人失路有引刀自裁之志危心酸鼻予尝云有希望死不得而无希望又活不得东坡曰且复忍须臾敢断章取义以复于君》，原刊于《国风》第 4 卷第 11 期，1934 年 6 月 1 日，南京。

湘西、文化展演与沈从文的文学文本：
田野调查之一种

湘行日记

2000 年 7 月 ~ 9 月

2000 年 7 月 13 日

昨夜赶写《早期现代中国的性别变动研究》，但仅写了开头、内容提要：一、所谓"文化研究"，二、"视界的框架（《良友画报》）"，三、"迁徙与变动"未能写完，已 1：30，只能等湘西之行后再写了。罗钢老师，对不起了。

在湘行之前，赵丽明老师提醒我做田野调查的参与意识，与当地人的关系，这是非常需要注意的。

晨 5：00 起床，6：30 离开宿舍，忘记带小磁带，赵夏竹骑车送我，把自行车钥匙借给了吴虹飞。

6：50 到人大东门（特 6），等何向炎到 7：20。她打洋伞穿短裙款款走过天桥，北京的早晨阳光如注，车如流水般在天桥下流过，静静地掀起铁灰色的或银白色的波浪。我借到了她的微型采访机，但没有买到小磁带，因为人大附近的音像商店门还紧紧闭着，太早了。登上特 6，7：45 到达西客站。

走来走去，跑上跑下，在雷同的千篇一律的火车站商店中，还是看不见采访机的小磁带。还是到了之后再买吧。

9：30 分"芙蓉王"号（417，从北京到怀化）缓缓地离开北京西。

邻座一个湖南常德澧县的一个中华社会大学（国防大学 2 号院）二年级计算机专业的学生，白色紧身无袖衣，月白色中裤，微黑而瘦，双眼皮，眼神炽热而清澈，一开一阖之间，透露着难以言喻的坦荡与温情。那飞动的眼神，黑白分明的长长的眼睛，也许就是所谓的凤眼吧？对面一个男人，长得和我认识的某个小女孩的眼睛和神情非常相似，双眼皮，眼睛大，眼睛闭上时有点凸出，神情无意中倔强而冷漠，皮肤更黑。

列车平缓地驶过卢沟桥，驶过如一段正在展开的华章的绿色田野，玉米正在生长。

晚 6：00，车过我的家乡詹店，未停。水稻，柳树，田田的荷叶，绿白色的荷花刚刚出水，在湿润的暮气中宛转如过去。火车很快过了黄河，在邙山，黄河不太宽，水也不很多，沙与水平，水色泥黄，几乎凝滞。

黄昏 7：00 左右，"芙蓉王"号过海棠寺（黄河南一小站）。这小而寂寞的车站有着如此美丽动人的名字，它曾经历过什么？真的有纤弱的海棠如醉的斜卧盛开的那个唐或宋的春天吗？一个介于洛阳和大梁之间的黄河南面的小山上，海棠丛中的那个小小的寺院，驿路旁的马蹄声哒哒地接近又消失，怀抱经书和诗文华章的学子们怀着脱离有限的地域的束缚，融入更大的更高的秩序的愿望，执着而又轻飘的脚步声接近又远去。"三苏"骑驴经过泥涂（人生到处知何似？应是飞鸿踏雪泥。泥上依然留指爪，鸿飞那复计东西）、秦观的"海棠诗"和"女郎体"也许和海棠寺有着某种神秘而不易觉察的联系。唐的壮丽盛大如日中天的气息，宋的繁盛、靡烂、精致、奢华而淫逸的情调，凝定在海棠寺。

19：30，车从郑州返向北，转入陇海路。京广路与陇海路交叠处一片浩大的湖沼，暮色中是暗绿的荷叶与白色的莲花，没有一朵红莲的粉饰与娇柔，在眼前急速退去。

20：00 穆沟——巩义、虎牢关。陇海路与郑洛高速公路基本平行。穿过九个山洞，车过虎牢关，一面是逼人的高山，一面是如烟的展向大河的高崖，淡蓝色的暮霭，盛夏的浓绿的草木，大块的姜黄色，青灰色的山岩，不断在山洞的黑暗和天光的晦暗之中展示着中原山川的粗砺与温润兼具的形态，大地粗大坚实的骨骼，却展现无遗了。这是楚汉相争的古战场，鸿沟如大地张开的大嘴巴，不知咀嚼了多少人的血肉，不知掩埋了多少洁净的白骨与绚烂的血肉。

车过洛阳，累得不能支撑，开始伏身睡觉。白马寺在黑暗中，我无缘见到。佛经第一次深入中土，就在此地。一座寺院，一个佛塔，一只白马驮着来自西方的经书；轻逸而浪漫中，一个佛教时代的中国开始了。于是有了后来的卢氏陈氏西天取经的事情。《大唐西域记》，一个赤裸的男孩在木桶中顺水漂来，与那个在圣经中顺水漂来的草筐中的男孩如此相似，都在孤寂中接近了神，在无助中获得了神助，在八十一难中和十字架上，抵达了西天极乐世界和天国。此处开始出现不同。一个是重返"东土大唐"，对凡俗生活和乡邦之国的拥抱和复归，一个是圣父圣子圣灵的三位一体及末日降临，天国对尘世的审判。"白马寺"那绿、白、蓝的色调的清寂，与"唐三彩"的黄、红、棕、绿的绚烂形成有意味的对比。

7月14日 转入焦柳线

车过宜昌时，是清晨，有许多人上车兜售去葛洲坝、三峡和洞庭湖的船票。如果不是有考察目的，我真想坐船去三峡。这也是沈从文《从文自传》中当兵时的一个梦想，和《长河》中一个结构性因素，从三峡隐然通向洞庭湖，一种潜而未发之势。

长江在晨雾与青山间，浑黄的身躯从桥下流过，江水不是很宽。听不见涛声，也许是火车封闭的缘故。

汉水从这一段注入长江。

《诗经》中的"汉有游女，不可求思"，《楚辞》中的高塘神女，在这座红砖和灰石、煤烟和石油的宜昌市附近早已不见行迹。

列车高速行驶的速度，车窗外的饱含铁质的红土，遍生于高岗的白茅、芦苇的飞絮与长穗，高大舒展的芭蕉与棕榈，红白花开灿烂如笑的夹竹桃（杨桃），洁白的栀子花，隐秀幽深的南竹林，都使我心情爽快，如电在飞，沉醉而快乐，引起一种近于飞翔的想象，飞翔在空中的身体感觉。古人云"真乃痛快之至"，有郦道元和徐霞客纵情山水之乐也。戴斗笠，赤胸，赤足的农人在赶着小小的黑牛，在犁水田，在插秧，在割谷。

两个邻座分别在湖北荆门和湖南澧县下了车。

火车进入湖南是清晨。

7月14日下午2：30，湖南慈利—（苗市）—张家界，过了36个山洞。

午睡醒来，我数了一下，从苗市到张家界穿行了36个山洞。与在河南虎牢关的穿越山洞不同，在湖南的穿越山洞大多是从山洞中冲出，便驶上一座长长的铁桥，下面是清澈碧绿的江水，山是青山，上面有更多的绿色植被：苔藓、草和树致密地结成一层绿色的毯子，很少有泥土和岩石裸露着；水是碧水，清澈无比，可见水中巨大的岩块，柔波荡漾，或沉静无波，只见青山青色的倒影，这才是江南水的本色，而长江的黄浊已与黄河同流合污了。山水相交错的景致，山洞和长桥不断重复的出现，似乎是一个乐音的反复，高潮前"力与感觉"的积聚；又如诗经中的"复沓"，一唱三叹中的柔婉、舒缓、淡远与深致。但这种山水的反复中，不断点缀着从路边叠级而上的石阶，通向山顶林木深处，通向草顶竹栏木壁的楼居。它们似乎保留着"楼"的起源时的样子，作着楼的"本义"的"注解"。带着原始的穴居向楼居突破时的奢华与绮丽，和风雨的剥蚀中青竹、白木、黄草的色泽，鲜丽褪尽而独遗苍然的姿态，与铁道的砖屋——"现代化在中国的象征"的砖石结构的笨拙而傲然的楼房——并立。这些小小的楼居，曾经在圆月下，击响铜鼓的热烈而慌乱的鼓点，奏响芦笙的清脆而缠绵的曲子吗？多少纷乱的脚步在这种与生俱来的节律中踏舞，跳月。与江浙一带山水的温润雅致不同，这里的山水的交错、重叠与反复中，袒露着几分清丽之中的蛮野，秀美之中的艰险与狞厉。

穿过三十六个洞，跨过三十六重山，越过三十六道水，过了三十六座桥。

桥旁停了多少只船，那些方方的、宽大的、有棚有顶的，像漂流的房屋一样可以抵御风雨的船。

7月14日17：20，猛洞河　溶溪—古丈，一山夹一溪，不断复现，十分险峻。

7月14日18：30，到达吉首。当晚住在吉首大学招待所101房间，40元一晚，三人同住，还夹进了一个穿着粉紫色衣服的招待小姐样的人物，两人一床，这样房间共住了四人。被褥有一股潮气。

吉首是湘西苗族土家族自治区的首府，在两个山脉夹峙的一片坡谷中建市，空气清新，城市狭长，呈东西方向展开，南北不宽。吉首，在苗语中是"很美、很好"的意思。

时间在这里似乎放慢了步伐，还保留许多20世纪五六十年代的中国的痕迹。宽大而堆满杂物、似乎应有尽有的奇妙的杂货铺，铺门口蹲着衣着随意、动作缓慢的卖货人，矮凳矮桌的小饭店，放满辣子的菜饭，城市中洋溢着一种不经心的悠闲、平静与散淡。

吉首大学新校区建在"砂子坳"的一段山脉的北坡上，有高大的南竹林和像眼睛一样的风雨湖。南竹上用小刀、石块或指甲刻了许多"××与××，××日在此××"或"××，我爱你"之类的词句，饶有趣味。门口有费孝通题写的校名。

7月15日，吉首

晨6：00起，昨晚晾在室外走廊边的衣裙还未干，我只好湿的穿在了身上。找不到人，决定直接去中文系。等到7：00中文系有人来，刘晗（即将毕业的一学生）与刘一友联系，刘正在准备一书稿，建议我去凤凰。见到值班的李荣光，他是汉化很深的苗人。结识刘晗。7月15日晨9：30，他将我送上去凤凰的汽车。

阳光很好，均匀地洒满了这个小小的山城。

车从吉首颠簸着到了乾州，在一辆卡车上，我向凤凰进发。坐在卡车司机后排的一个座位上，旁边是一对从浙江打工回家的青年夫妇，女人肤色极黑，眼睛大而圆，脸、额、鼻子、嘴唇的轮廓从侧面看很美，两颊有点鼓鼓的，眼睛亮闪闪的，头发乌黑繁茂、浓密柔长，如黑丝一样束在脑后，稍微有一些天然的卷曲。沉默而无言。穿一件湖蓝色人造缎质的窄袖尖领上衣，一件弹力紧身黑裤，显得灵巧敏捷又淳朴健康。她的丈夫紧靠在她身旁，会讲带几分土腥气的普通话，穿蓝色背心，深绿色短裤，浸透了汗水与尘土。"做生意吗？""连饭也没得吃，做什么生意。是去打工。"卡车的车厢里，不断有人带着背篓上上下下，一会儿人已坐得满满的，还有人带了两只黑黑的胖胖的小猪在背篓里。在小猪的吱吱叫中，卡车突突奔向前方，离开了尘土飞扬的、满是尖顶竹斗笠竹编背篓、衣着蓝布裤褂或白布短上衣黑布裤褂的男女、新鲜的红色李子、金色香瓜和碧绿黑纹的大西瓜的乾州集贸市场。

在起伏很大的新修的柏油路上，卡车载着满车的普通的男女和他们小小的坚实的生活的愿望驶向凤凰城。路随山而转，一直伸向目不可及的远方。夹路而植的树婆娑有致，稻田在两旁平平的展开，新插的禾苗充满了油然的生机，山风吹到脸上，很爽快，很惬意。触目是流动的绿色，让眼睛感觉到鱼在水中游戏般的快活。山路渐渐攀升，有类似的卡车从对面驶来，连车厢后面的横杠上也站满了人，令人叫绝中又不禁有几分担心。一只竹背篓斜挂在车前，令人感到人类的智能的无处不在。

2000 年 8 月 6 日追记

路在吉首去凤凰的途中一路曲折上升，隐现在路旁深陷于山谷中的一条小河一直伴路并行。路旁堆有白粉般弥漫的石灰，紧靠路旁民居的山墙上，不断有"少数民族地区，也要讲计划生育"的字样。

路与一条河平行而行，一直深向大山深处。翠竹与青石板，卧在泥涂的牛，在树阴下的黑色泥水中自得的浮沉，以求阴凉。

河溪旁会间或有一台井，围以方方的石井栏，身着红色、蓝色、白色的妇人和少女在洗衣、洗菜，金色的阳光在水波中流动跳跃。

路旁的房屋多是黑瓦粉墙，或黑瓦泥墙，也有粗大的石块垒成的高大坚固的堡垒式小屋，或倚河临路，或独立山头，也许有着诸多不为人知的秘密。但他们静默无言，似乎要将其保守到世界的最后一天。

有浓郁的麻油香从某个隐蔽的山坳飘来，但汽车依然飞奔，穿行在山间溪旁。我不能看见那堆满饱满的芝麻、贮满金红色液体的浓香四溢的油坊，《阿黑小史》中"五明"的家也许就在附近的某个山坳里。

山也显得更高，溪也陷得更深，在 70 年前乘船从河面舟中看去，一定会感觉更加险峻。"黄罗寨"三个字从眼前闪过，进入了一片浓密的山居，我知道《龙朱》中的黄罗寨到了。溪水中忽然站起几个赤身的男子，有一个身着红裤衩，另外的几个一丝不挂，腰胯间的毛浓密，湿淋淋的，纤毫毕现。他们在河水中沉醉，像在自己的家里一样神态自若。令我十分震惊。所谓"羞耻"观与对身体的遮盖，是不是在中原地区过于发达了？这里的对身体的自然袒露似乎与都市的寻求乃至制造、假造"性感"、"裸露的刺激"是不同的，所面对的是自然山水，而不是引起欲望的人。

无论如何，这是我生平第一次所见的类似景象。看来沈从文作品的天然感与对"爱欲"的强烈关注是有着深厚的生活根源的。但仅从他个人的经历去解释也许过于薄弱。

山形愈高大，临路街衢有由清寂转向繁华之感，我知道凤凰到了。

2000 年 8 月 8 日追记

2000 年 7 月 15 日　11：30 ~ 12：10

当与路平行交错的河面陡然开阔，河水深陷，两岸高隆之时，汽车驶上一座大桥，一座巍峨的城门迎面而来，我们从南华门进了闻名遐迩的凤凰城。

汽车停在路旁，路旁摆满了小吃摊子。我从那辆蓝色的卡车的车斗中下来，在路东侧铁黑色树干、深绿色丝状树叶的不知其名的树下的小吃摊子旁站定。

米粉的香从一只小煤球炉上的铁锅中飘来，细嫩花白的米粉线条在红色辣椒下翻腾、游动，如无数条刚蜕皮的小蛇自如游动、相互缠绕，带着无限的柔韧与灵动、缠绵与惊蛰的苏生感。

我要了一碗撒满辣子的米粉，又要了一碗白水。摊主用一只粉色水勺慢悠悠地从一只小红桶中舀出清凉的白开水，我用小勺一点一点地品尝，如品香茗，如饮茶，如饮淡酒。水质绵软，有一种若有若无的甜香，这凤凰的第一杯水。

在街上徘徊，有点找不着方向。青绿、鲜红、金黄的水果摆在街脚，叫卖声如潮水。行人和三轮车、卡车来来往往，许多人穿着蓝色的中山服和青色的布衣，也有人衣着时髦如都市。太阳当空，我从未离它这么近。阳光毫无遮拦，一泻无余。我拦住一辆机动三轮车，让它载我至沈从文故居。

车在青石板路上颠簸了许久，在一个窄窄的小巷口停下来，司机告诉我，向里面走 50 米，沈从文故居就到了。

我在惶惑与平易中，走向中营街 10 号。

路北侧，先经过一个幼儿园，无数的花朵在这里成长。沈从文故居在小巷的南边，建于 1866 年，深红色的漆，弥漫在木结构的房屋和院落里。院内有一个大大的水缸，盛满了阳光和半池水，还有一小块假山石。院很小，正南是三间的正屋，布局很简单，中间是厅堂，两旁是室，东侧的室内摆了沈从文写《边城》的有着白色大理石桌面的一张巨大的书桌，一张沈从文出生时的床（有修复），上铺巨大的蓝花白地印染织物；西室摆放了 30 年代沈从文使用的笨重沉实的老式唱片机，一张浅色圆几，一把沈从文晚年使用的白色藤椅，还有一张巨大的钢丝双人床，两个书架（格式的、箱式的）。床、书架、花格窗与木质墙壁，都蒙上了一层黯淡的朱红色的油漆，如凝固的血。我不知道以前是不是这样？

厅堂摆放的是沈从文的半身石膏像和侧面画像，两旁是沈从文妩媚润妍的墨迹，淡远有古意。厅堂后面也有窄门，门内有梯，可上去进入顶棚的贮物间。

这一个小小的长方形的院落，是临街的屋子，中间是门和通道，西边是纪念品和售票处，东边是沈鸿女士对沈从文的追忆性条幅。黯淡的玻璃框内还有一些年代久远的代表沈从文一生掠影的放大的黑白照片与其他物象。格局严谨、制作精巧，处处蕴涵着习惯而成的精巧与别出心裁的巧思。但绝非大气磅礴。我有点明白沈从文作品的某种隐秘根源和气质的所在了。

看见一个小女孩，黄衣、黑发、大眼睛如黑白水晶球，非常可爱，大约三岁。我不禁心有徜徉，不易言明的动摇。

7 月 15 日　下午 3：00，城隍庙

我在沈从文故居看了竹编的、织锦的、蜡染的人物风景工艺品，拒绝了一个老人 20 元钱载我坐船去沈从文墓地的建议。我决定用脚走路，接近那个沉睡的老人的灵魂。

颓败而充满生活气息的街景，有的房屋已摇摇欲坠了，黑色的即朽的屋瓦和坚实的灰色砖墙石墙，蜿转的小巷，反复延伸的光滑如砥的青石板和红砂岩石板是小城的恒久的叙事元素，在正午时分沉默无言。寂静的蓝天在重重的电线的分割后依然蓝得沁人心脾。

我在小巷东侧买了一支当地的红黑豆棒冰含在口中，随意而行。我向南走，走进沱江区。

没走几步看见一个卖苗衣的小铺，铺内大多是依照流行衣裙的款式用蜡染的方法，唤醒一些苗族衣饰旧有图案，并将其时髦化的女式衣裙。也有一些从箱底翻出的旧鞋、帽、衣、裤、裙、褡裢、胸前饰布，做工精细，刺绣精致稚拙，淳朴中有憨态可掬的天真，古典的繁饰冗余与奢华。

当地对银饰的珍爱与普及是令人惊叹的。有中国最为普遍的响铃，上有

"福、禄、寿、财"等汉字，也有奇妙的凤形、龙形、三角形的银钗和头饰。沉重的项圈、胸饰、头饰、手镯或手链，曾在跳月或赶场中的盛装都被放在旅游纪念品的店铺里。当地的苗人和土家人，早已穿上了汉族的衣饰，汉化已很深了，从衣饰上几乎看不出来了。他们会说苗语，也会说汉语，可算"双语民族"。更有金发碧眼的白人骨骼的塑料模特穿上了苗人的传统衣饰，令人觉得《芭比娃娃》一文中的观点不无令人同情之处。而这种模特与着装的抵触与分离，奇异的具有模仿中的模仿，背离中的背离的意味，几乎是西方文化、中国现代主流文化和中国少数文化的暧昧关系的物质现身。

　　苗人改穿汉装，他们自己有三种看法。一种认为，在汉人为主的地区，"苗装"不好看，"汉装"才好看。"人少了穿不好看，人多了穿才好看"（沈从文墓地看守老人语），所以自动的改装。一种观点认为"苗装"也好看，但"汉装"便宜，街上几块钱就可以买到，而"苗装"做起来很费工夫，做好了可以卖钱，所以穿苗装的少了。卖"苗衣"的小铺店主是这种观点。另一种认为"苗装"与"汉装"是一种"新"与"旧"的关系，"我们年龄大了，如果再年轻一点，也改装了。我们衣服不好看，像你穿得才好看"。（两林一个约60岁、会说汉话的苗族妇人的谈话）许多年轻的苗人女性都"改装"了，这是"现代"的魅惑，她们在节日或赶场会穿"苗装"，平时已习惯穿汉装。接受学校教育的苗人女性多这样。

　　但穿苗人服装的不会说汉话的中老年女性，一定认为穿"苗装"也好看吧？我不知道。这种汉化、现代化的倾向，已在他们心中造成了一个价值观的改变，认为"苗语"叽哩哇啦像英语一样，不好听，不好懂；"苗歌也不好听，流行歌曲好听，简单，易懂；或认为苗歌虽然好听，但很难，懂的人很少，也就不好听了。"不会唱苗歌，不是苗家人。"但会唱的年轻人很少，只有中年以上的人会唱。

　　在黯淡飘忽的光线中，摇摇摆摆的山村的电视画面播完了新闻，转到了麦当娜那狂歌劲舞中的几乎全裸的镜头。在这娱乐传媒的无所不在的强大的威力之下，苗人文化会彻底消失吗？

2000年8月12日追记

　　在"银"字铺里，向一个姓"付"的彪形大汉的银匠买了花形手链，龙凤戒指，虎头戒指，水波纹项链，做工精细，吸引我的更多的是那纤细的胶皮管中喷射出的蓝白色的和红黄色的长长的散开的火焰，火焰中白银坚硬闪亮的宁静的特殊质感。

忽然在街的西侧看见"城隍庙"三个字，红色已剥蚀，露出灰白的墙，字仍清晰可辨。走进一个小巷，是"沱江文化站"（？）。城隍庙已倾颓，空荡荡幽暗的大殿中有一股年深日久的陈腐气息，七八户人家寄居在此，平凡的行进着充满人间气息的吃、睡、生和死。

小孩从屋里跑出，一个八岁的小男孩，一个七岁的小女孩，还有一个赤身的胖胖的小女孩，他们依偎并立于在竹竿上的白色衣物和城隍庙的厚重阴影之间跳荡的阳光下，很可爱。

走过城隍庙，在快近东门街角的一个小饭铺吃了一碗透明如水晶的凉粉，放有红糖，很好吃。又喝了一碗熬得烂烂的大米红枣粥，放有白糖，也很好吃。

走过正在修的城门，走过正在修的"虹桥"，到沱江的对面，在街东侧的一个小铺买了一双稻草鞋，2元钱。用细线缚住双足，穿它走上湿滑的虹桥，上面是竹板铺在铁索上，颤颤摇摇。下面是深深的江水，碎玉般的向东流。

再走过去是"回龙巷"黄永玉——据说是中国最有钱的画家的新居，在路回峰转之处，一个骑楼式的建筑，有典雅的朱漆的红色门和围廊，长长的弧形的青石楼梯。

6：00，到了东关，凤凰的东门。

江心禅寺（准提庵）有白衣的观音，黄永玉的佛本生画廊（地狱、取经），香火依然繁盛如昔。我有点明白沈从文的作品中为什么会把观音作为最喜爱的带有神性的女性的象征了。他在人生之初，就沉浸在这种暮鼓晨钟的节律中，呼吸，成长，在莲花宝座前瞻仰膜拜这个独一无二的遍洒雨露的白衣女神，美与爱之神。

我沿沱江北岸的青石板路向西行，接近那一脉青山。

有人在江干散步。一对鬓发斑白的老人，布衣布鞋，沐浴江风。对面的青山在江中形成青色的倒影，非常美，一种温柔静谧的黄昏之美，空气清冽，天空中有一抹橙黄色的淡淡的霞光，让人清醒，又让人陶醉。

7：00，在薄暮中，我踏上了通往沈从文墓地的石阶，曲折而上。

先见绿树丛中，立着一面高大的青石碑，上有朱红色字迹："一个战士，不是战死在沙场，就要回归故乡。"是沈从文的表侄，大名鼎鼎的画家黄永玉与他的妻子所立。

再向上，有一条细细的小溪从绿树间的斜坡潺潺流下，一个冒着寒气的灰色石洞，一个面色惨白，骨骼清癯的蓝衣老人手拿着青竹斗笠坐在洞口的石上，静听着山泉滴石的清音，静听着生命的黄昏临近时那无名无声的"大音希声"，让灵魂颤栗、宁静与消隐于空无的声音，静听着一个柔和而坚韧的长眠者的沉寂。夜气开始弥散了。

转向右方，走过坡度陡峭的台阶，又见一面镶嵌在山崖上的白色大石壁，上有秀美的绿色字迹：

照我思索，能理解我，照我思索，可认识人——沈从文

这是沈从文的自撰墓志铭了。山崖下有一块不大的平地，立有一个小小的石碑，没有隆起的坟丘。有一束黄色花在墓前开放，在黄昏的风中轻轻的摇曳。

回来的路上，走在沱江边的青石板路上，夕阳金红色的余晖和暗绿色的有着巨大的丝状树冠的树影在天空中、在江水中交融，两种色泽间的互相接纳与吸收，具有画布和调色板不可比拟的迅疾与自然，这一切渐渐溶化，溶化为和谐的不可分割的一体。

忽然跳过来三个花团锦簇的小女孩，一个五岁的小女孩叫桃子，一个六岁的小女孩叫杨露，一个七岁的小女孩叫九菊。她们怯怯的跟着我，一个风尘仆仆的异乡人，在江干的青石板上走路。一会儿，母亲叫她们回家吃饭的声音在身后响起来，杨露和桃子飘然离去。九菊紧紧跟着我，她穿着黄色的衣裙，有点脏，但在黄昏的天光中，有一种不可言喻的美，很美。她紧紧跟着我，替我拎着装在袋里的鞋子，小小的手紧紧握着我的手，一种罕见的依恋与倔强。这让我想起沈从文笔下的那些提着父兄的脑袋在筐篮里走山路走夜路的无依无靠的小孩，那么的大胆无畏。黑色塑料袋的细带子一定勒疼了她的手，但一定走到"江心禅寺"，她才放手，让我拎。

夜已完全黑下来了，有犬在街边吠，有赤膊的男子走来走去，有挑粪的老人走过去，有扫泔水的妇人走过去，有平板的菜车走过去。有家的一切都已归家了，小小的九菊，始终伴随着我。

我问她，"你知道家在哪儿吗？你能走到自己家吗？我送你回家"。

她说，"我能找到自己家"。

我在下午吃茶点的街角饭铺请她吃红枣白米粥和西瓜，送她回家。沿一条黑黢黢的小巷，接近一片废墟，脚边是模糊不清的碎砖瓦。再向里走，没有灯光，没有人声，我惊呆了，一丝惧意生起。这就是她的家吗？

她说："我爸爸死了，我妈妈走了，出去打工了，GAGA（哥哥）会做饭给我吃，我回的晚，他打我。我不上学，没有钱。"她爸爸在她两岁时死了，哥哥十八九岁了，妈妈也不在。她承受一种什么样的暴戾的生活呢？现在哥哥也不在，去外边玩了，破屋中空无一人。

去外边找，在路边灯光下，传出一声凶暴的断喝，"别打她！""不打

她，看我不打断她的腿！"一个满脸凶相的中年男人"老鹰捉小鸡般"扑过来，捉住了她的胳膊。

我拦住一辆机动三轮车，驶往凤凰县政府招待所，住在309房间。

7月15日　晚7：00

沈从文墓地姓廖的苗族老人认为，"因为苗族少，所以不穿'花盖盖'，不说苗话，人少，苗衣不好看；人多就好看，在'山江'就是女人穿'花盖盖'，男人会说汉话，也会说苗语……"他有一个孙女，在长沙读大学，后做导游，会说汉语和英语，但说苗语，是"有一腔没一腔的"。

这老人的眉目神情都透露着一种柔和与妩媚，有一种经过生活历炼的平淡的智慧，如冬夜中的淡蓝的静静的炉火和灰烬。蓝衣，保守，依循传统与本色中有矜持。他在泉水边上曾手扶竹笠照过一张相，非常可惜，大半卷完全曝光了。让我心疼了好一阵子，因为相机忽然出了故障。

晚上在309房间宽大的两头有"雕栏"，有高大的白色蚊帐的雕花朱红大床上，做一回"假想的孤独的新娘"。这种独特的精致宽大的红床，本来是充满象征意味的婚床吗？

在浴室，我用凤凰的温水沐发浴身。水质很好，恍惚迷离间，我有"温泉水滑洗凝脂"的感觉。清洁的毛巾浴巾，贴在身上，非常舒适。

我打开包，摆弄着一些流汗跑腿搜集来的零碎，在临窗的如银的月光下，给远方一位朋友写一封信。这是如水的月光，十五的圆月，非常明亮，大而圆满。不久，我倦了，摸摸戒指和项链，特别是那个栩栩如生的威武的虎头，蜷在大床上，紧紧地抱住了自己，睡着了。夜非常静，空气如水，如蜜。

7月16日　凤凰　山江

清晨5：00多，在一阵繁盛如花的鞭炮声与鼓乐声中醒来，我不明白声音来自哪里。

又走到沱江边，原来是来自"江心禅寺"。朱门红墙，烟火缭绕中，众多的善男信女们跪在空阔的佛堂里，叩首，默念。那种繁花如锦般灿烂的鼓乐，没有我在八大处听到的沉着与阴森，却有一种反复咏叹中的轻灵、飘荡、模糊与难以把握的单纯。

阳光斜射在这临江的山寺，后院白衣的观音像前异常地寂寞，仅有几个"俗装"的中年妇女和一个小孩，在点燃手中一炷香，火光映照着观音两旁求子多福的祈愿的纸条。这是一种单纯而真挚的信仰。当沈从文作品中反复出现的以"白衣的观音"作为他女人之美形象的极致，似乎与当地的这种依旧绵延的习俗和信仰密不可分。

东侧的长廊满是黄永玉的色彩浓烈、笔力遒劲的画，画的是唐僧故事与地狱景象。

雾气从江上升腾起来，一切静止变化如永恒。

沿江漫步走去，南岸有田家祠堂，陈设旧物悉去，现在是一个学美术画的地方。空空的屋子，阳光在细细的灰尘中舞蹈，绿色和灰色的色块在雪白的纸上展开，摊在油画架上，可以辨别出是对面河街与吊脚楼的风景，那一抹浓重或轻快的绿色是沱江。也有石膏像的碳笔素描。昨天曾看见有许多美术学院的学生来沱江边写生作画，但这显然是当地的子弟的拙手涂鸦。门洞开着，并没有人在，只留下画在江边，散发着几许自在的神秘。

有许多人在江心洗衣洗菜，斗笠和蓝衣依旧触目可见。江水清澈见底，无数细小的波纹在阳光下闪烁如一地碎金。十数个圆圆的红色砂岩的石墩隐现在碧水中，老人、妇人和孩子们赤足在很浅的江水中，拿着竹筐或色彩鲜艳的塑料小桶，汲水，弄出很小的波纹。柔美的绿草在江干水边静静的生长，谁能感觉和想象，这是百年前的砍头行刑之地呢？

2000 年 7 月 16 日　10：30～13：50　阿拉营　"黄丝桥"古城

城建于唐，在清康乾年间曾重修，城墙是宽大的灰色方砖砌就，高大而坚固，但现在荒芜颓丧地立在黄土和稻田间，已无一兵一卒了。城墙内爬满了花草，城门下有非常主动的卖票人，兼卖纪念品，刺绣、衣帽等。这已完全是一个旅游景点了。墙内有一些住家。守着这废弃的古城的是什么人呢？他们的心是不是一起苍老，单是那衣物上的鲜艳的印染与精致的刺绣，能表达他们的内心生活吗？而这，也多是在工厂中大规模制作，他们只是一个小小的销售点，只是卖出罢了。

一切都很平和，带有一点狡诈与阴险平和，太阳正炽热。

2000 年 9 月 5 日追记

返回的路上，看见从"黄丝桥"浮水而过的一群群白色的、黄黑杂色的鸭子，散在碧绿的溪水上。水浅而清，鸭子排水而下，如船顺流而下的情形。还有鸭子一样在炎日与暑热中嬉水的孩子。男孩与女孩各有自己的群体。男孩"赤身鼓腹"漂浮在清冷如玉的水面上，女孩身着一条色彩鲜艳的小短裤，裸露着水淋林的光滑闪亮的未发育的肢体，也"鼓腹而游"。还有的孩子拿着自行车胎和救生圈在浅水处停留。

这水充满了不可言喻的活力，充满了温热与宁静之美。我有点理解为什么"鸭子"成了沈从文作品中的道具，主题，主人公乃至书名了。

湘西的鸭子都有一种浮水而下的悠然情致。

2000 年 7 月 16 日　2：00～5：00　山江　两林

乘车去禾库。出南华门，去"山江"，又去"两林"。白色中巴在布满绿树和青草、被白云和蓝天紧紧依偎的高高的山腰间沿着如乌炼蛇一般盘旋缠绕伸展跳荡的灰光闪烁的山间公路，以近乎飞翔的速度依着山的韵律向前奔跑。苗家的小伙子——车主兼司机对山路与景色熟悉亲昵的如自己的身体的每一根枝节，柔和而短促的语音不断地从他们的口腔中发出，在飞跑的车上相应共鸣汇合，融入山间的清如泉水的空气，消散，融入无边的寂静中，不激起一点动的波纹。

下午 4：00 到达"两林镇"。只有一条倾斜的街，一种有限的喧闹的街市。穿"苗衣"的中老年妇女，大袖镶边，宽脚管，以青色与翠色为主，也有青色与黑色，头包青色头帕，戴银耳环与其他小巧或笨重的银饰，每个人都背着竹编背篓，里边是物品或孩子。她们来赶场或做生意。这依旧是一种古老的习俗的绵延。这些沉默机警的面孔似乎在说着什么。她们三三两两走过，看看摊上的物品，又走去，或买下一个小物件。欢笑的言谈着，说的是当地的苗语，低沉而柔和的发音，我不懂是什么。在当地，苗语与汉语似乎并不是两种语言，它们之间的关系似乎是一种方言和通用语之间的关系，苗语降格为一种与地域结合、妇女和儿童天然会说的一种母性的第一语言——"方言"，汉语升格为具有官方色彩和教化意义的、青春期之后才在学校里学会的或终生异己的（对一些女性而言）一种"父性"的第二语言——普通话。20 世纪 50 年代的"民族语运动"到现在的影响是非常复杂的，并且已渐进尾声，淹没在奔向四化的希望和狂热中。另一方面，一种更为久远的意识也正在复苏，随着浮沫般的旅游市场的双刃剑在渐渐成长，恢复力量，寻找突破口。而现在，是一种内敛的隐忍的状态。在沉默中。

卖食品的妇人要更活泼一些，她沉浸在自己的操持中，与来来往往的客人寒暄，笑容流溢，不断地端出一碗一碗的小吃，撒着红红的辣子的小吃，收回几角几角的一点一点的小钱。木架玻璃食品柜在黑黑的煤堆旁静静地立着，小小的铁皮炉火在地上，食物的香气散发出来，吸引着本地人和远客。这是一个流动的"家"了，我想。

有苗人的瘦瘦的黑衣男子担松枝与树干停在街脚的旁边，在静待买主的到来。墙上有"少数民族地区也要计划生育"的字样。这是"卖柴"了。只有在唐诗里熟稔的"卖柴的樵夫"还在这里延续着他的千年一日的生活，在深山里用锋利的斧头打柴，唱歌，呼吸只有仙人可以享受的清新如醉的空气；流汗，流血，负担子女日益沉重的学费，望着他们远离家乡，走入喧嚣混乱如有魔力的迷宫般的城市，离自己越来越远，去独自承担动荡生活的苦难与艰辛，沉重与欢欣，而樵夫的隐士般的轻逸色泽和仙人般的神秘光彩也悄然褪尽了。"仙界"已转为偏远乡村，中国社会等级结构的底层，一具赤裸的、无助的、诱人的、等待金钱和权力的鞭子来抽打的肉体，伸展在山间原上，水间船上。

年轻的女人、小孩与男人们穿着已大多汉化，穿行在花花绿绿的街市中。

身穿苗衣的老年妇人也穿行在花花绿绿的街市中，她们步履迟缓而轻盈，走过来，走过去，走过来，走过去，最终走出街市，只留下蓝天白云下的小小的背影，消逝。

街的另一边。这两位老人如永恒般的静默地对坐着。世事如浮云过眼，对他们而言，一切都已知晓，一切都已过去，小镇里小凳上的老人的沉默与书斋里哲学家的沉默又有什么区别呢？

走过一个斜坡，下去不远便是"两林村"。泥土小路，一条非常清澈的沟渠通向村里，这便是水源了。房屋是干栏式与地基式的结合，泥墙或砖墙，竹木的屋顶，上有瓦或者茅草。显然是一种"苗汉过渡"状态。

从这时起，我的心由平静、好奇和安然转为恐惧，一丝不安如牛尾上的苍蝇，死死的叮在我的心上。

太阳西斜，水稻碧绿已转为暗绿，路西侧"两林村"的阴影遮蔽了整个田野。我，一个陌生的年轻女人，已引起了村人的注意。原先静无一人的小路上已蹲踞了四五个青年男子，他们神情诡异，在紧密地盯着我看，间或问我"到我们这里干什么？"

一个粉衣黑裤的少女，在稻田边的水沟里洗完她的浓黑的长发和红红的衣裙，唱着柔和悦耳的歌向东走去。

2000 年 12 月 7 日追记

黑褐色块渲染而成似的水牛与放牛人在路边怡然自得，背后是疯狂地吐着无尽的绿色的柔软洁净如发丝般的大片禾苗。

我下意识地尾随着这个少女，沿着那条水沟边的窄窄的土路，远远地向东走去。跨过几个水坑，越过一片稻田，走进一片村落。这是"两林村"的另一半。

地很潮湿，房屋里到处都闪烁着异常黑亮的窥探的警觉又胆怯的眼睛。屋多是泥草做墙，原木为柱，白茅铺顶，间或也有屋瓦零零落落地停在房面，仿佛不是为了遮风挡雨，而是一种随俗的装饰和摆设。泥草的墙非常薄，屋子结构却高大异常，给人一种过于脆弱，难以抵御自然或外力侵扰的感觉。也许，这样的墙只有一种隔绝内外的象征意义，或许是因为他们的家园随时向外界开放，已成了习惯，强力是不可阻挡的，所以也无须阻挡。就像风暴中的鸟窠，它的安危只能交给狂暴的风雨了。这一片房屋在暮色中呈现出一种无动于衷的灰黄的色调，背靠着平缓的青山，安然地憩息在那片绿树林中。地上，青草和草虫散发着夏日的芬芳和繁细的音响，寂寥而喧嚣。

对面一个小男孩走过来，迈动着小小的柔软的腿脚，晃动着鲜艳圆润的面庞，他离我越来越近。过一个一块木板做的"小桥"时，他忽然看见了我。我说"别怕"，他还是恐惧地看着我——一个外来者，掉下了污水沟。我赶忙抱起他，这个胖胖的，大眼睛纯洁如黑水晶的小男孩。他大约有两岁半了。他的就在附近的妈妈，听到他的哭声飞快地出现了。忽然，几十个孩子全围了过来。几个十岁左右的男孩子大叫着"我是少林寺和尚！"冲过来，他们很是威风，也很可爱，并且顽皮的很。他们说："你很漂亮，我们，我们省这么多男人都喜欢你。"我真是有点害羞，纠正他说："不是男人，是小孩。"他们坚持说，"不是小孩，是男人。"还大人气十足的频频地抛飞吻给我，团团地围着我，无数条纤细清脆的嗓音在喊着，说着，笑着，嚷着。一种生命的活气，一种朝露，蓓蕾般的气息瞬息间产生了，扩展了开去。这种生气盎然的时刻，对我来说，真是一种极为美妙的体验，因为我已经在学院的冷藏箱里待了太久了，覆盖了厚厚的尘土。

夜就要来临了，阳光在禾苗上的金色已经变得浅淡，正在褪去。他们在房前、树林里、坡上围着我，我说："给你们照相吧！""要不要钱？""不要！""那就照吧！"几个男孩顽皮地又男子气概十足地飞快地爬上树梢，做出英勇无畏的样子，让我分别给他们照相。他们又下来打拳，吵嚷着说，"看我的少林拳！""看我的少林拳！"一个非常可爱的胖胖的小女孩追着我，问我"是不是北京人？"我说不是，但我是从北京来的。"你不会骗我们吧？"我说"不会"，答应把照片寄给他们小学。他们中间最大的孩子也只有12岁。望着他们兴奋的面孔和炽热的童稚的目光，我这个被看作"北京人"的北京的漂泊者感到非常困惑了。我似乎成了一种"双重的镜面"，既是反映者，也是被反映者。我在他们的眼中，反映出的形象是他们内心向往却不可触及的那个遥远而繁华的陌生的山外世界；同时，我的双眼又呈现出他们这个具有神秘色彩的边地世界的瞬间影像。但是，我知道，镜面的冰冷平滑的公允，对于我是相距太远了，我来到这里是因为不可见的焦灼、莫名的背离和不可言的渴望，我知道。

也有一个挑着粪桶、身着灰衣、脸盘黑亮精瘦的中年男子走过，脸上透着邪邪的笑，要我给他照相，被孩子们轰笑而去。还有一个头发粘结的中年妇人，散乱着衣襟走过来，痴痴地笑着，说着我不懂的话，要我给她照相，也被孩子们笑得回了头。看来，这似乎是他们的惯常待遇，他们只是稍微摇摇头，远去了。

这里是乡下人对"北京人"的好奇、恐惧与仰慕。而我不是"北京人"，我只是从北京来的，但是我却知道他们都认为我是"北京人"。我明确地感觉到了沈从文在"城里人"与"乡下人"两个范畴间的尴尬处境。这两个概念是沈从文小说的空间结构、时间结构与价值结构的关键，而今，它宛如一把钥匙，冷冷的闪着光，就在那里，触目可见，却又令我倍加困惑了。

他们送了我很久，我说"不要送了！再见！"他们还是把我送到一个土坎下，村外的稻田边，才告别。夜色已经完全降临了。

2000 年 7 月 16 日　晚 8：00　凤凰县"两林村"

女人们早已经头顶着洗过的衣衫从水塘边返回家里，小孩和男人们也赶着牛羊从草坡返回牛栏和羊栏。女人们已经在黑黑的小屋里转动这石磨和木槌，剥去了稻米的谷壳。饭的香味从有灯光的房屋内溢出。身着宽袖管、宽脚管式绣边描花苗衣，头包花帕，黑黑的脸黑黑的手、饰满闪亮的银饰的苗族女人已经做完了日复一日的劳作，家家亮起了红红的如豆的灯光，人们的黑影在地上飘来又荡去，接近又分离。晚饭上桌了，清清的甜甜的米酒，粒粒透明的白米饭，黄黄绿绿的酸菜，炒的干焦的扁豆，从红陶坛子里取出的干腌小鱼，还有特地为我做的金黄的圆圆的煎鸡蛋。人们围坐在木质矮桌前。

火塘里的稻草燃起来了，先是滚滚的牛乳色浓烟摇曳着直上屋顶，又迅速地在屋内弥散开来，尔后，一团火苗从稻草上腾起，瞬间膨胀为巨大的火焰，吞噬了枯黄的稻草堆，发出明亮而炽热的金红色光芒，照在屋内阴影里静默的苗人们的脸上。他们衣衫破旧，神情沉静，黎黑的或白皙的面容上不时闪过一丝疏离、友好和好奇的神情。

火塘的上方，吊挂着一个篮状铁筐，可以把食物烧熟。燃稻草不是为了取暖，而是为了驱除飞舞在屋角塘前成群结队的长脚细翅黑蚊。

在黑暗中，麦当娜的狂野的歌声与舞蹈的镜头在惨白粗糙的电视机中播放，几个苗人男青年（专为看我而来）不时地盯着她看，这个后工业文化时代风靡世界的梦幻般的性感明星，会取代他们的来自历史源头的诸多神性的、巫性的女人吗？她的被作为商品打造的充满欲望的诱惑力的歌声，会取代他们吟唱了无数世代的娱神娱人的歌声吗？

我想听他们的歌声，但他们沉默，他们说苗语歌声只能在特定的场合来唱。他们的歌声并不是商业性的或艺术性的表演，他们的歌声并不游离于他们的生活之外，而是与他们的生活交织在一起，与礼神娱神的祭仪交织在一起的则具有某种神圣性，与跳月或赶场交织在一起的则具有听歌者的具体性。在他们的心中，歌声也不是一种单一的艺术类别，而是与巫舞、赶场的喧闹、与跳月的迷人的氛围融合在一起的。没有纯粹的抽象的、被动的听众，他们是歌声的发出者，也是歌声的接受者之一。听者与歌者并没有那种明确的区分界限，他们的意义有所不同。当然，时间和外力已经剥蚀了这歌声的神圣意义，但是，流传下来的歌声依然是与他们的生活交织在一起的，他们的内心世界并没有那种我们习以为常的那种"歌声的概念"。因此，我作为旁观者，是无缘听到他们的动人的歌声了。除非我依循着四时的更替，融入他们的生活，才可能不仅听到他们的歌声，也领会到歌声中蕴涵的真挚单纯的动人的意义。他们说，我既然能从那么遥远的地方来到这里，相信我一定可以学会苗语，可以做到自己想做的事，听懂他们的歌声。这种信任，令我非常感动。

他们都认为流行歌曲好听，苗歌不好听；或流行歌曲简单，苗歌难，不好学会唱，唱出来也没人懂。苗歌他们也喜欢，"不会唱苗歌，不是苗家人"。但年轻人会唱的已经很少了，许多人去外面打工或读书，或读书后再打工，漂泊在外，与城市同化。就像服装一样，"苗歌"也只有老年人做文化的载体了。

现代汉语教育也正是"双语化的苗民"产生的根源。在这两种语言、思维方式与世界的分裂、转换、交错与冲突中，苗民会产生一种什么样的感觉呢？他们有什么样的未来呢？一些人，例如留在村里的苗民，他们的汉语水平是很有限的，他们自己也说不能完全表达他们的意思，有些意思用汉话说不出，而我与他们的对话中，言词的引导可能揭示或误导了他们的思维与表达。但他们的审美观已经发生倾斜，认为"流行歌曲、西式服装、都市生活"好，"苗歌、苗服、乡村生活"不好。一些女人，根本不会说汉话，她们是如何想的呢？我不知道。但她们的神态是安详的、平静的、亲切的、柔和的，静静地做饭，推磨，守屋，下田。我为不能留下她们的只言片字而愧疚。

2000 年 7 月 16 日　8：00　月全食　十六的月亮

晚 8：00，我忽然想起今天的月全食。走出屋外，看见东南方向亮如白银的十六的月亮，忽然消失了，只留下满天灿烂的星斗。这里地势高耸，空气清新，如奶如蜜，澄清的大气透明如万丈水晶；因此，远隔无数光年的群星悬挂在天上，却有近在头顶之感。星子快乐地闪烁着，发出银色、金色或淡蓝色的光芒，无言的低语着。山寨陷入如水般的温柔与沈寂，沉入黑夜之母广阔无涯的宽厚的怀抱里。大地四周有或浓或淡的黑暗，我从未感觉内心如此宁静。北京那汽车尾气与塞外黄沙"云蒸霞蔚"的灰蒙蒙的天空，离我已经很远了。我从它的重重包裹中脱离开来，变得晦暗干涩如一片枯叶的自己似乎在这里，瞬间得到了如水般的大气的浸润与清洗。尘埃与喧嚣在此刻似乎离我都很遥远。

我从背包里拿出借来的理光相机，对着星空，模拟星空摄影。我明白，镜头里一定是一片空白，我的设备太简陋了，那种星空的深邃浩渺也许只能停留在我心里，我知道。

夜已深，邻人们都已经散去。主人家的小女孩引导我走上悬空木制的楼梯，来到他们的"晒楼"。楼上很宽敞，四周有一面只有低矮疏朗的竹木栏杆，上面一片空旷，与远山与夜空连为一体。因此，我可以很欣悦地看到明月又出现在云间。雪白的及地的厚纱布蚊帐，如一顶帐篷撑在床上方，土布制的被褥厚厚的，非常舒适。空气凉爽而清冽，月光如水，山色如黛，村落朦胧如烟，我很快安心地沉入睡眠。

但是，一束手电光忽然照在我的脸上，一只手突然向我伸来。我蓦地惊醒。看见主人站在床前。看我醒来，他又说，"我想要……"也许我惊讶的面容明白无误地表达了我的拒绝和恐惧，他说，"别怕，好好睡吧！"拖着手电筒走下了"晒楼"。

我内心非常恐惧，再也难以入睡。雪白的及地的蚊帐、舒适的床、凉爽的夏日天气，顿时对我如坐针毡。月光如水，山色如黛，村落朦胧如烟，一瞬间充满了宁静的杀机。我听到了一声犬吠，主人家的门在响动。

我是一个触媒（孤身一人走进一个陌生的疆域，走进他们的土地，对他们而言，也许是一种冒犯，激发了隔离的人群中的好奇、善意与恶意），体验到了平生未有的危险与恐惧。

从12：00~2：30，我辗转反侧，在月光与黑暗交互的光影中"度时如年"，努力思索眼前发生的一切，是有意的伤害，还是一种民族性的礼节、习惯。但我无法确定。

2：30，在黑暗中摸索走下活动木楼。

虽然月光很好，繁星满天，星子大而明亮，但一想起那只在黑暗中熟稔地伸向我的手和异常坦率的"我想要……"，便再也不能入睡。起来下了梯子，来到潮湿的墙角，主人的床，罩着黑色的蚊帐，就在眼前。

我无声地走向窗前。月光如水，倾泻到灶台前，静寂中可以听到他们睡梦中的呼吸声。

两种不同文化的冲突具体到我的身上，还是仅仅因为我是一个单身闯入的年轻女性？或者两种原因兼有？我紧紧地贴着靠窗的墙角，背着我的可怜的棕色革背包，抱着我的浅土色布书包，静静的踩在苗家人的土地上。为了尽量地缩小我的身体，我又蹲在了墙角。我不断听到门外有响动，预感到或有大不幸可能在逼近这个茅屋与瓦屋的混合体。我不能在床上等待不幸的发生，我静静地站在窗前的墙根下，月光照在我的肩上，是那么的冰冷，无助地等待着该来的一切。我可以隐匿自身而达到安然无恙吗？天终于亮了。

2000 年 7 月 17 日　晨 6：30 ～ 7：30，离开两林

主人天亮之后解释说，昨晚他是出于当地对远方客人的礼节，才上"晒楼"的。并且，执意让我给他和他的一双小女儿照相后，平静地送我离开"两林村"。

2000 年 7 月 17 日　10：～ 11：00 回到凤凰县，在街边饮食摊上吃肉汤粉，在汽车站候车

11：00，坐车去怀化。车过沱江之后，很快是镇篁（huáng），石羊口，胜利桥，辰水，辰溪，麻阳，高溪，芷江，怀化。白色的大巴奔驰在一片绿色的森林里。

胜利桥是一个小小的麻石砌就的拱形桥，紧靠山岩。青色如蛇形的公路在这里拐了一个大大的 S 形，向南伸去。森林润泽的绿漫过连绵的群山，温润而明朗。这是亚热带的常绿针叶林。我的心从昨夜的黑暗中恢复过来，被森林的绿色洗濯净化，变得异常舒展，并有一丝兴奋。空气实在是太好了，令人沉醉。阳光不断地透过树叶撒下金色的斑点，在视野的尽头，是宁静的淡蓝色天空，和无限伸展向远方的山峦，那是大地恣肆的肢体，凝固的天然雕塑。

地势渐渐从高耸的群山，狭长的溪谷变为丘陵与平地的连绵。忽然一片山岗呈现在眼前，点缀着茶树模样的腊叶植物。"那是桔家！"我听见车上有人在低低地叫喊。《天天》与《长河》的主要场景就是这些桔园了。一条通往桔园的路被命名为"田茂金路"。田茂金是不是桔园昔日的主人？

车沿着公路，如飞翔的箭一般轻快。公路沿着小河。小河里有鸭子。鸭子恬然自在地在水中游着，聚而又散，如亘古不变的隐士，散淡地披着白衣，或黑黄相间的深衣，在这一片广阔的山野间静静地守着自己内心的神秘。

水依然是清澈的，但有时会有纸浆沫漂过。辰水的船，沿着公路，在水中静静地行驶着。有穿着深蓝色布衣的人赶着牛，慢慢地从田野走上公路。斗笠依然是尖尖的斗笠，牛是大模大样地沉浸在它的哲学沉思里，全不理汽车的飞驶，也不顾公路的青色褐色的石块硌脚。地是异常广阔的。收割过稻米的土地呈现出一点慵懒，带湿气的红褐色土壤裸露着发白的稻草根。但同时人们在准备插秧，开始又一个生命的轮回。

我有点明白余华《活着》里的"福贵"和沈从文作品中"牛"与"人"相依相近的散淡的抒情格调的来源了。

地大天高兮，山如星辰。

史远事艰兮，吾将长叹而掩泣。

车过麻阳，街边之屋矮而狭，有一丝破败与停滞之感。

车过辰溪，与麻阳近似，但空气清冽。

怀化快到了。越过一条长长的坡。在火车站吃了米粉。1：00 坐 4 路车到达三角坪（原怀化镇），今天的怀化镇是多年前的榆树湾。三角坪深棕色的木墙竹顶的小屋曾经历了多少风雨呢？现在正在被拆除。站在一堆破旧的白色的竹木片前，我看到了历史的尾巴，那房屋的残骸。

买了一支当地的红豆沙棒冰含在嘴里，走过炽热的阳光曝晒的沅水大桥。江水很绿，波涛滚动着向东北方向流去。

这是《三个男人和一个女人》中的士兵，豆腐店老板和商会会长的女儿的故事发生地。

2000 年 7 月 17 日　1：40　怀化—芷江　天后宫

经过下神祝，进入侗族自治县。

潕水平缓而开阔，有人划小舟捕鱼，江水呈豆绿色，江干有树，比凤凰的树多了些平缓阔大之气象。这里也有鸭子。这江水令我感动而无言，虽然没有起伏跌宕之势。

离怀化很近的地方，向西行有地名"桃树湾"。春季，这里应该桃花烂漫吧？

有同车者皮肤斑驳，像有白癜风的样子，极为可怖。

芷江城小而旧。有米酒厂，路边植满藤状花和夹竹桃。路面平坦。旧房顶瓦多黑色，经风雨之故，墙多为竹木板壁。阳光明媚，云如薄纱，浮在天际。徒步走了 30 分钟，过风雨桥。桥上有楼，翘脊飞檐，青瓦竹墙，屋顶相连，达数百米，十分壮观。桥内相通，形如走廊，以竹木分隔开来，摆放着衣物、发饰、鞋帽、革包，款式新巧，非常时髦。因此，桥已成市。这是很奇特的现象。风雨桥为新修，也是侗家传统的复苏。整体来看，风雨桥有长桥卧波之势。

对岸桥头有一个小铺子，卖大而圆、发出深棕色亮光的陶器。一个大人，一个十四五岁的男孩，从暗而黑的屋内，伸出头来，非常惊讶地望着我。

沿江一条石板路，向北走，到达天后宫。鸭子无处不在，在潕水中自由嬉戏。天后宫据说是内地最大的妈祖祭祀地，在三百多年前由福建客商捐资修建而成。有精美神异的石刻牌坊、戏楼和庙宇，可以想见当时香火的繁盛，和"侗戏"上演的情形。牌坊北边的小室，是沈从文写《芷江县的熊公馆》时居住过的地方。小室临江，透过一孔圆窗，可望见汤汤流淌的极美的江水、船和对岸的吊脚楼。

一个五十余岁的老者非常热情地为我讲述天后宫的情况，请我为重修天后宫捐钱，我说，那就尽尽心意吧，把一元纸币投进了红色的捐款箱。

这地方八十年前是什么样呢？

回返的时候，走到潕水东岸，在风雨桥下的游船上喝了一碗侗家油茶和一杯"节骨茶"。油茶放有新鲜的玉米粒和油炒的香米，漂着一层金黄色的浮油，有一点咸味，热乎乎的，很好喝。"节骨茶"是一缕青涩的苦味。船上整洁而雅致，摆放着淡黄色的竹木器具。主人服装以翠绿色为主调。在这里，江水触手可及，红色的夕阳已接近碧绿的江水，天快要黑了。

返回怀化的车上，有两个小女孩用当地柔曼而热烈的语言一路交谈，如音乐一般悦耳动听。

晚7：00，在怀化市鹤城区招待所203房间入睡。同屋是一个参加药材交流会的年轻女人。屋内闷热异常，好在有电扇。蚊帐与凤凰县的四四方方的宽大蚊帐不同，是一个圆环垂下一段长长的白纱。我看见那个女人拉开白纱，用它罩住了全身，很快安然入睡。我在想着，沈从文的作品，写的是土人与武人的结盟，汉族与苗族的和解与争斗。

2000 年 7 月 18 日　晨 7：30　在汽车站坐车开往沅陵

在汽车站吃了两元钱的早餐——红枣核桃大米粥与冰糖莲子粥，盛在白瓷小碗里，色味俱佳，给人很精致的感觉。

经过重重山脉，经过辰溪，车在午前11：00抵达沅陵。游凤凰寺。那里有已经有352年历史的凤鸣塔，有高大的凤尾竹。竹上刻满了小字，有龙吟凤鸣，佳乐森森之感应。公园精致。布局中心是一小山，山上交叉着四条石阶小径，小径通向塔基。塔是白色的七层宝塔，塔顶有蓝色琉璃瓦。我想象这是《边城》中的白塔。后来知道错了，茶峒也有白塔；看来，白塔是湘西普遍存在的现象，就像存在于当地人心灵中的观音一样，有一种共通的神性和美。

对面是抗日纪念馆，是"西安事变"后张学良被囚禁的地方，赵四小姐陪伴他在这里度过一段时间。与曾经为张学良将军划船的杨姓舟人的后裔，游抗日纪念馆内的凤凰寺。现在它已经改成了尼姑庵，内有张学良的居室，和他英气逼人的青铜全身坐像。英雄已垂暮，白发如雪；佳人已老，化为一抔黄土。无言的感慨由何而发呢？

在山坡上可以看见尼姑焚身的圆圆的灰色建筑物，被茂密的灌木和草丛掩埋，山上寂静得很。看来，塔和寺是一体的，也许后来才被沿桥而过的公路分开。山路旁还有与张静江有亲缘关系的张叙丞的墓地。他死于民国二十四年，是现在的319国道的开启者。

江边有台湾的军长戴锷的别墅，二层小楼，一个小院，红色花岗岩围墙，黑色铁门紧锁，似乎坚如磐石。

2000 年 7 月 18 日　12：30 ~ 17：30 游沅水中"河涨洲"上的龙吟塔。寺院已废，人迹稀少

天色已暗。有江水漫上沙洲的痕迹，有大的卵石和孤零零的羊群，废弃的小学校，爬满藤状植物的房屋。淡青色的藤蔓，闪闪发亮的圆叶，纷披而妖娆。上面缀满青黄色的梨形果子。当地人把它叫做"无花果"。我请人给我摘了一枝，非常满足的拿在手里，摩挲着它那饱满馨香的果实。后来，我从《本草纲目》上知道，这就是富有神秘色彩的"薜荔"，"被薜荔兮带女萝"、"清风乱点芙蓉水，密雨斜侵薜荔墙"，那情景是非常美丽的吧。

洲上有一两户人家。塔已被围起。塔是白色的，有微凸的黑色"龙吟塔"字样，在暮色中依稀可辨，字体舒展而润泽，有一丝娟秀之感。围绕着塔的北墙，做了羊栏。五六头羊正在羊栏中跳跃和休憩。羊异常高大而洁净，毛色雪白而长，犄角硕大而微曲，淡灰色的眼珠，透明而有灵性。岛上似乎有淡淡的蓝色雾气，我们的船停泊在沙洲南面的水面。

夜晚在舟中，可以看见变成青黑色的江水，电光中的鱼鹰，站在船头和船尾，身体笔直地保持着一种奇异的平衡的渔夫，绵长起伏舒展有致的青山，可以听到附近夏夜山村的犬吠，一切都似乎在随着江水浮动、漂荡、流转。薄纱一般的黑暗笼罩了大江，万物沉睡了。

2000 年 7 月 19 日，晨6：30 离开沅江　7：20 坐车离开沅陵，前往吉首。11：00 到达吉首。时间很紧张，未能在吉首看"侗戏"，匆匆赶往花垣，又从花垣转车往茶峒

茶峒是一个湘黔渝三省交界的小城。房屋年久而色黑，瓦顶，砖石墙或木板墙。一条青灰色小径，向下行一直伸向大河，我在河边站立。这就是《边城》中的白河了，也叫酉水，下行与"猛洞河"交汇，再向下是凤滩水库，在沅陵注入沅江。当地人把这条河叫做"大河"。有一个白发白衣的老人，沿着一条系于大河两岸的铁丝，在操作一条渡船，摆渡来往与秀山和茶垌两地的客人。这不是《边城》中的老船夫张横吗？"翠翠"似乎也在这条船上。我跳上渡船，船行很稳。江水碧绿，波光粼粼，一会儿是青绿色，一会儿变成铅灰色。有小孩子在大河中自由地凫水，光溜溜的小身子沉在水下，只有头调皮地露出水面，一个个黑色的小点。

有几个小女孩子在江边洗澡，她们用色彩鲜艳的塑料水盆舀水浇在自己身上，还有小女孩在江边洗衣。她们都非常可爱，其中有一个七岁的小女孩，圆圆的脸，大大的眼睛，柔软的肢体，更是非常可爱。她正在把水往身上浇，看见我走过来，立刻害羞地拿过一条白毛巾，围在腰间。"小仙女们"飞快地穿上了衣裙。一只巨大的白牛，怡然自得地在江岸的草坡上低头吃草，轻轻到摇晃着拂尘一般的尾巴。这个叫"泥旋"的小女孩，长大以后一定是当地的第一美人，她会有"翠翠"那样的命运吗？

忽然狂风乍起，雷雨大作，半个小时后天青雨霁。

当地人告诉我，翠翠是"桂塘村"人，"桂塘村"又名大水沟，是一个汉族人的寨子，现在在大河和一条溪水分割开来的小岛上，是一个孤村，现在已经没有人居住，只留下几间青瓦白墙的房屋，孤寂地伫立在繁茂葱郁的树林中。翠翠有父母，是家中的独生女。白塔在这边靠近茶垌的山崖边，不在那个岛上，《边城》中白塔被移置到了"翠翠"家的屋后。白塔在 20 世纪 60 年代大河涨水的时候已经被冲毁，后来重修，后来又被冲毁。现在我只能看到那塔的原址，大河边一条小径，小径另一面是陡峭的山崖，崖上爬满了绿油油的虎耳草。大河中是一道水坝拦截河水，河边一个砖砌的小屋，里面有水冲木轮转动的声音。屋旁的铁柱上拴一条黄黑斑斓的狼狗，身形修长，姿态矫健。不久前有人在这个坝前的深潭里游泳洗澡，被淹坏了。水是非常亲近人的，刚才我还想沿着水坝走到对岸的岛上去。不禁后怕。

当地人说，翠翠等的是一个国民党军官，她等待的年轻人始终未回来，父母死了之后，她与一只黄狗度日，孤独一生。"翠翠人才好呵！"但那是许多年前的事了，连 70 岁的老人也没有清晰的记忆了，如果算来，她都快一百岁了，至少也有九十多岁了。但是，翠翠痴情地等待的是谁呢？哈佛大学的李欧梵教授似乎已经注意到翠翠等待的是一个国民党军官，但究竟是谁呢？

但沈从文为什么要写《边城》呢？为了心中的郁结与自我记忆，那国民党军官是不是沈从文自己呢？文学的真实与虚构的关系是什么？沈从文所谓的"写作就是说谎"，究竟袒露了什么，掩蔽了什么？通过"天保沉水"与"傩佑出走"，小说完成了爱的悲剧。祖父的死亡，父母亲的缺席，是否意味着翠翠父亲的死亡？叙述者与主人公的分身，使小说家完成了"自我疗伤与解脱"的过程。这是沈从文客观写作的主观抒情之根源，自传与散记中似乎也有翠翠原型的影子。

当地没有关于翠翠母亲的传说，也有可能是沈从文将"翠翠"分身为二，变为母亲与绿营屯防军人的命运，翠翠与水手的命运，通过"本地化"从而对国民党军官网开一面。这是一种奇妙的写作策略。

晚上，已经快70岁了的老人吕功华，带我去普泰寺。他白发覆盖的头，在我前面晃动，穿着草鞋的脚踏在雨后湿滑的石阶上，在黑暗中，领着我吃力的向上行。走了很远，渐渐地登上一个山坡。忽然，许多孩子们手持点燃的香烛从山上飞奔下来，他们纷纷把手中的蜡烛和线香插在山路的两旁，闪动着的红红的火苗和红色的小点在黑暗中划了一个非常优美的弧形，老人告诉我普泰寺快到了。

一个70多岁的老尼——释明清，身着黑衣，在讲观音菩萨的故事。她说，观音菩萨和文殊菩萨、普贤菩萨是三姐妹，观音菩萨是三妹。"观音菩萨的家，离成都西南只有五里路……"在长长的孝道、苦难与佛法的考验中，观音菩萨最终得到了父亲的认可，出家修行，而非像通常的女人出嫁生子，从而由凡俗走向神圣。更令我吃惊的是她惊人的记忆力和滔滔不绝的演述才能，其声音响亮，目光炽热，语妙如珠，神采飞动，显然是全部身心沉浸在自己的演述中。她的一生就这样在青灯古佛旁度过了，在礼佛的钟鼓声中与人们的香烟膜拜中一寸寸消失了。她最后赠我一串佛珠，并且说，如果有合适的小尼姑，可介绍到这里来。

2000年7月20日　离开茶峒

黄素英妈妈眼含泪水，在车门口紧紧地握着我的手，我非常感动。一会儿吕功华老人也来了，送我一包"油粑粑"。他们保护了我，像保护他们自己的女儿一样。似乎他们有一个女儿像我这么大时遭遇了不幸，茶峒现在还有拐卖和强奸妇女的阴影，就在他们的家附近，漂动在那条大河上的一条船和一群人，就在从事类似的勾当。在宁静动人的《边城》里，也轻描淡写地提到"吃河码头饭的""真真成为他们生意经的，有两件事：买卖船只，买卖媳妇"。

我有点害怕了。我决定就此结束这次考察。因为我单身一人，实在是太危险了，两位老人也说，哪怕与一个女孩一起来，也要安全地多。

从茶峒至花垣的路上，我目睹了仪态万千的云的变幻。青灰色的天空，瞬息万变的云，变幻成壮观的城池，变幻成层叠的千山万水。我目不转睛地看这车窗外会生长的云，看着它们水墨山水般的黑白与银灰的色调，高贵而眩目，令我心醉神迷。这奇美壮丽的景象，持久地震撼着我的心灵。我平生从未见到如此景象，可能今后也再也无缘看到了。我也为美而伤心不语，只求记在心里，沉入心底。我有点明白沈从文写《看虹录》、《看云录》、《看虹摘星录》等作品时的心境了。

我感觉到这是湘西与我的临别赠礼。这美的终结，意味着旅途的结束。

2000 年 7 月 20 日下午 2：00，回到吉首，购买晚上 18：30 的火车票，返回北方。

2000 年 7 月 21 日晚 9：30，抵达郑州。2000 年 7 月 26 日，返回北京。

2001 年 4 月 23 日追记

（本文是为撰写硕士论文而作的考察记，曾以《湘西日记》之名发表于《广州文艺》2002 年第 6 期，第 56～62 页，2002 年 6 月，广州；收入格非、戴锦华主编《笔锋上的较量：北大清华学生作品大擂台·清华卷》，北京：新世界出版社，2002 年 10 月，第 140～156 页）

民歌 2001

1. 莫学花椒黑良心

郎在高山打一望，妹在河下洗衣裳，
几步跑到妹身边，郎想妹来妹想郎。
东风没有南风浪，家花没有野花香，
家花有风香千里，野花无风千里香。
旱菜红来韭菜青，红红青青到如今，
要学旱菜红到老，莫学花椒黑良心。

2. 妹盼哥进门

高山砍柴柴拥柴，岩头烧出石灰来，
二人相恋情意深，莫花银钱恋就来。
高山砍竹竹织筛，妹盼情哥进门来，
来了不得薄待你，甜酒当作清茶筛。

3. 日想郎来夜想郎

日想郎来夜想郎，好似春蚕想嫩桑，
春蚕想桑日子短，情妹想郎日子长。
小菜园边一堵墙，苦瓜丝瓜种两行，
郎种苦瓜苦想姐，姐种丝瓜想情郎。

4. 那有姨妹配姐夫

高山落雨雾沉沉，女婿打伞接丈人，
你的女儿得了病，莫把姨妹许别人。
黄毛公子讲天话，莫把老客想偏达，

甑子只有一道箍，哪有姨妹配姐夫。

5. 冷水泡茶慢慢浓

韭菜开花细茸茸，有心恋郎莫怕穷，
只要二人情谊好，冷水泡茶慢慢浓。
童子开花碗碗红，有心恋郎莫怕穷，
有朝一日时运转，冷水泡茶茶更浓。

6. 单单要爱妹一人

郎一声来妹一声，好似花线配花针，
哥似花针朝前走，妹似花线随后跟。
油菜开花黄金金，芝麻开花共条心，
千花万花我不爱，单单要爱妹一人。

以上是湘西西北地区的土家族山歌，张家界原来属于吉首地区，20 世纪末才从吉首地区分离出来，原来为大庸县。吉首是中华人民共和国成立之初的建制，它们都属于沈从文笔下的湘西。土家族山歌多为七言四句或八句，或更多，最接近七言绝句、七律或排律的体式。在沈从文的眼界中，悠扬婉转，呈现着一种不断升腾的旋律，大开大阖的气势，不经然包裹着一种坚硬内核的土家族山歌，往往被置换成飘荡、轻灵、悲苦低沉、回环往复于不可止之处接续的苗歌。土家族山歌的歌声短暂的飞跃之后，会有一种奇异而短促的回旋式上升，在几秒钟之内，宛如在高山对面轻轻地打一个尖利的穿破空气的呼哨，清亮流丽如银铮乍弹，飞遍远山近谷的歌声顿然作结，对歌的歌者心浸在柔情的水中，沉默了。此外还有一种颇类似于长短句的体式的山歌，所见为吟咏闺怨相思之情，抒发情愫要婉转很多，也更为雅致，有可能是土家族文人拟仿长短句的体式而作，似乎更适于在小庭深院浅吟低唱，不会有四句头山歌这么风靡民众之口。并且我在张家界也只是见过它的歌词，并没有听人演唱过。土家族的山歌可以配合少女舞者柔曼的身段来演出。大红、粉绿或粉红绸缎的衣裤勾勒出干净利落的风神，嫩藕般的手臂舞动血红的绸巾，绣花鞋在地上轻轻的跳跃，对舞者始终在围绕着一个无形的圆环在舞动。血红的绸巾微微绽开在雪白的嫩藕般的手臂上，如出水的荷叶；又一瞬间静立在玉琢般的手指间，如倦飞的小鸟收拢双翅沉入睡眠。动静之间皆展示着一种柔曼的风姿，"小垂手处柳无力"，也许就是这样吧？狂野热烈的"毛古斯"很遗憾我不曾见到，男人们赤身披拂着白茅，少女们围绕着他们纵情跳跃着，袒露着圆圆的双乳、纤细的腰肢，天真的、沉迷的而充满蛊惑力的面孔，和纯洁而炽热的眼睛。这是性的媚惑，也是神的媚惑，这两种都是真的。在王村的桐油抹过的土家族木楼上，我看见一幅巨大的织锦"毛古斯"图，绿地象征着丛林和草地，中央熊熊的篝火在燃烧，红红的火焰在随风跳动，篝火即是核心，是初民和丛林山洞生活的核心，是神圣祭奠的核心，亮白微红的人体在篝火周围陷入一种狂热的舞蹈中，男人们头上尖尖的饰物，那是茅草，"毛古斯"的本原，女人们的乳房和乳头异常清晰，他们的肢体、手和脚掌都处在一种异样灵动与狂放的动作中，线条夸张而稚拙。虽然成了挂在墙上的织锦，那种群体的炽热、沉醉、亢奋与痉挛，依然可以强烈地感受到。但是，现在她们在山头以甜美动人的歌声、柔曼温和愉悦游人，他们在小径间以强健的双肩扛动悠长的竹竿抬着竹轿，寻觅游客。那种狂野和蛮力，那种令人沉醉与振奋"毛古斯"，只能在图片与织锦图案上感受了。当然，这有"汉化"与"进化"的双重力量，使"毛古斯"的丛林和山洞也逐渐褪去神秘的色泽。寻访仙女与仙人，寻求世外桃源的"武陵源"，在陶渊明的《桃花源记》中"黄发垂髫，并怡然自乐"中的非历史的仙境和昔日湘西土匪们的乐园，已经丧失了与历史的现实相对照或相对抗的地位，成了"化内之地"，以其残存的蛮野与清新成为都市繁华的补充，一种规范的盆景，只是更大、更险峻罢了。不知不觉之间，"仙境"已然蜕变成"公园"了。

而青山在正午的阳光下默然不动，阳光不能进入的"黑森林"就在不远处，可以目及而不可手触。"一把菜刀闹革命"的建国元勋贺龙就在不远处的山上林中盘旋，晃动雪亮的菜刀，挑起革命的猎猎红旗。令人敬畏的湘西土匪也就在这里的山上林中盘踞，过其传统的"落草为寇"生活，隐入合法社会的背面，树起叛逆的大旗，在奔波、血战、歌酒与女人中抛掷绝望而疯狂的灵魂，向隐约可见的黑色大鸟飞奔，千万次与之擦身而过，或者很快被它吞噬。那是死亡，谁都知道。山上的翠竹修篁在夏风拂过时微微颤抖着，土匪上山的一线脚印已经被红色的砂岩石板覆盖，有极年轻的土家族男子，赤裸着光洁健壮的上身，抬着在长长的竹竿上晃动的简易竹轿，追在我的脚边反复问我，想不想做土家族的新嫁娘？想不想先尝试一下花轿的滋味？只有窄窄的峡谷和石门依然展示着那土匪时代的山势险峻。一个吕姓的土家族老人走在我身边，用暗痖而低沉的歌喉给我轻轻地吟唱着土家族四句头山歌那简洁动人的调子，皱纹已爬满了他的脸颊，他快要干枯成一段枯树的身躯，已经不容许他用尽全身的力气来把炽烈如火的歌声从胸腔中吐出了，他只能低低的哼着，让未曾充分展开的旋律在胸腔里低低回荡，只有脚下的山石和草木可以听见。而这歌声，本应该长上翅膀，飞越高山和深涧，拂过绿树和野花，飞进一位纯洁如鸽子的少女的心中。那是一首地道的情歌："天上起云云起花，包谷丛中种豆荚，豆荚缠坏包谷树，娇妹缠坏后生家。"也许他顺着自己的歌声已穿越了时光的隧道，看见了最初让自己心动的梳着辫子的少女，重新感到了青春的生命的灼热气息，他黧黑如岩石的面庞上的纹路变得柔和起来，他的眼睛竟然有一点湿润，有一点火。

2001 年 9 月 9 日，从腊尔山绕禾库，经篁子坪返回吉首。日中为市，在腊尔山听苗人老妇向年轻苗女传授声音悠扬，晦涩难解的苗歌。我在茶垌与凤凰也分别听了苗歌，茶垌的苗歌独树一帜，在中元节的月夜之中，听来清寂低沉，可以让人的灵魂飞起来，却让人的心沉下去，里面有一种难言的伤痛与悲哀，月亮在天空游荡，月光如银，黑黑的屋瓦覆盖着一个静谧而深不可测的俗世的大海，黑暗中善良的老人木雕般亲切而痛楚的、低垂而抽泣的脸。凤凰的苗歌更多地融入了表演的成分，我在箭道坪小学 2001 年 9 月 7 日听到的是这样，但是场地周围三个高耸的柱子顶端的红布映照的跳动的火焰与场地中心、场地边缘的松木篝火，使歌声挣脱了舞台演出的冰冷和拘谨，观众与演员的界限分明，当人们围绕着蓦然具有某种蛊惑力的火堆跳舞时，我似乎有点明白，半坡陶盆上的简洁而神秘的图像了，那是列队的舞者在暗夜中围绕旷野的篝火在翩然起舞，与舞者的身影。影子还在，而歌声已经渺不可闻了。谁能够听到几十万年前的歌声呢？我在黄河边上的家中曾经看过无数次除夕与元日的旺火，在家家庭院门边的石灰围住的木根与木枝引燃的旺火更多地展现了被除与祝福的意味，就像《诗经·溱洧》"蕑"、"芍药"与河水的被除与祝福的意味一样。但这里的篝火的热烈让我想起了更多，想起了人们的山洞生活。

腊尔山的苗人老妇美而艳，她面庞上纤细的纹路泄露了岁月的隐秘，但是她的眼睛是清亮的、皮肤是细腻的，风韵是浑然天成的，让人惊叹。她正在路边向一位年轻的苗女低低的、婉转地传授苗歌，一边摆出五彩蜡笔画就的图像，以使歌的涵义更为显豁明晰，那是"女书"的一种语言吗？她的脚下摆了数百张彩画，精心地折叠起来，放在一张展开的白布上，每一张画就是一首苗歌了。布上还堆了几十粒白米，是用来"米卜"的吧？她坐在西下的日光中。沿墙坐了长长的一排同道者，垂老的女人脚下是一堆折叠的纸片，彩色或黑白的稚拙的画就是苗歌无言的歌词，垂老的男人脚下是双鱼环绕组成的八卦图形、日书、麻衣相法。很显然，女人是苗巫，赫赫有名的会放蛊、会唱苗歌媚人，也会毒死背叛的恋人的苗女巫、"山鬼"，男人则更多地借重了主要为汉人掌握的"易"与"八卦"的法术。这种族内的性别文化分配可能是苗人面临强大的汉文化的压力，不得不采取的一种自我压抑与自我保存策略吧！我感到宽慰，跋山涉水数千里，我终于看见了苗巫的身影。虽然她们是坐在风尘里，坐在日光下，在喧嚣的集市的边缘一个冷寂的墙根，但她们的面前是无垠的青山与透明的蓝天，她们的背后是数千年的沉入黑暗的历史，而现在是日光照耀，虽然尘土飞扬。小猪在猪篓里睁眼蹬腿吱吱叫着，大猪被一只陌生的手拽着耳朵向前走，走向它的宿命。它们的毛色发白，纤尘不染，在炽热的阳光下根根如银针。鸭子在鸭蟓①里伸展着稚柳般轻黄的鸭掌和阔扁的嘴，毛色白如雪，黑如漆，在有限的空间里舒展自如。鸡被竹索缚住双脚，金鸡独立般地随着穿行在市镇人流中的主人的步伐，在空中游荡，沉默无言。糯米糕只要五毛钱三个，地瓜的薄皮撕掉就是很好的水果，有一种半透明的质感，非常解渴，但有一点怪异的余味，它也许就是葛根，凤凰的透明如水晶、凉甜可口的冰粉就是用它做成的。刚切下的猪脚被放在一个松木台上，汗水湿透了紧身深蓝色背心的中年男子正在把从一个罐子中喷出的一束细长的淡蓝色火焰对准它，猪脚蓦地吱吱冒出清油，表皮变成金黄，赭红，酱紫，最后完全变成了炭黑，一刀切开，黑白分明，散发出非常诱人的香气，很快被一对夫妇用鱼鳞袋子装走了，只有熙攘的集市上只留下一丝猪脚的余香。一个头发结成毡片的小女孩正在睁大眼睛看她的父母如何处置鸡们。鸡被轻率地扔到一只浮着白沫的沸水锅里，很快被捞出，又被扔进一只盛着浓稠的黑色液体的沸腾的铁锅内，昔日眩目的毛羽完全没入漆黑的液体中不可辨识。几分钟后，又被捞出扔到一只清水盆中，小女孩也开始为这只"黑鸟"除去羽毛了，剥出洁白如处子的身躯的鸡的胴体，放进粗瓷盘内。

在人流的脚下，一个摊子上摆着几十只挖有小洞的棕红色竹管，长短不一，粗细各别，从竹管中流泻出的音色也浏亮、柔婉各不相同。这是笛子和萧。牧童驴背上怡然吹笛，弄玉高台上寂然对空吹箫，均已渺不可及。卖笛和萧的老人低头轻轻捻起一根箫管，枯瘦的手指拂不经意地弄着光洁的萧身，古老而忧伤的旋律便流溢出来，回荡在尘土飞扬、人声喧嚣的集市上空，与人们亲切而凡俗的笑脸分离开来，逐渐地升腾、凝聚，呈现出古典的优雅与柔情，一种微微的淡漠，一种淡漠与柔和浑融的灵魂所独具的表情。

宽脚管，宽大衣袖，在脚口或袖口附近绣着一道宽宽的写实写意花鸟的苗装的女人们背着背篓，背着孩子、辣椒、白米或小猪，在浮尘的街道上躬身低头地走着，间或也延颈看一眼从异地转运到这里的各色粗笨或精巧的物

---

①　鸭蟓，湘西方言，为一种装鸭子的竹编小笼。

品，它们懒散地排列在石子大街的两边，延伸至目不可及的天际。男人们多躲在背阴的小店里或阳伞下歇息饮茶，呆呆地看着骤然热闹的流动的街景。竹编的尖尖斗笠被摘下放在脚边，几乎清一色的蓝色衣裤，传达着这个民族对蓝色的异常迷恋。因为连女人的衣裤，虽然有写实写意花鸟图案作装饰，其底色也多为蓝色主宰。当然，有深浅明暗之分，最美的是一种翡翠般的蓝色，清淡宜人，也有白色做底，袖口、裤口与胸前饰以纤细生动的墨色图案，但是历史上酷爱红色的楚人影响很深的红苗，与大红的夺目的红苗服装似乎已经消失了，无影无踪的遁入了历史的轨道。我不禁骇然。

芝麻与玉米长在高山上，映照着蓝天，白云如海洋中绽开的花朵，引人无限遐想。一个小女孩背着小小的竹背篓，里面是嫣红的干辣子，衣衫褴褛地走在山道上，走在汽车飞驰而过荡起的尘土里，当我乘坐的汽车驰过她身边的一瞬，她站在悬崖边上，近靠着一丛淡蓝色的野花，眼神警觉而痴呆般地望着我，恍如一头受惊的小鹿，蒙尘的黑发向两边飞散，像要带着她飞走，逃离这个尘世一般。

白色的公山羊、母山羊与小山羊悠然地走在山路边，寻觅着它们的青草与泉水，黑色或白色的尖角牦牛或弯角牦牛慢慢地走在山路上，睁大着鼓鼓的眼睛，似乎在沉思冥想，汽车和尘土更不能使它们分神。车接近水滨，偶然有一只白鸭子擦着车轮飞过了，没入路边的草丛中不见了。我觉得，豹子为媚金寻找的那只小羊也许就在这里的山羊中。看，那只羊群后的小小白羊，茸茸羊毛如初雪覆身，红红如宝石的眼睛半闭着，像新生的婴儿一样，被弃置在路边，那不是将要染上豹子和媚金胸口的鲜血的小羊吗？为什么，你在这里迷途？

2001 年 9 月 5 日下午三点录于张家界，2001 年 9 月 15 日抄

"女书"与湘西文化

2001 年 9 月中旬，在凤凰县阿拉镇的一次"赶场"上，我看见在集市的西北角，通往德夯的碎石路西侧，几座黑色瓦、黄泥墙的民居的墙角，蹲着十几个老人。他们的神情是安详宁静的，带着一丝淡淡的落寞，与熙熙攘攘、人流拥塞的喧闹相比，这里飘荡着一种异样的寂静的神秘气息。它使得这一线墙根下的泥石地面，似乎成为尘世的声色喧嚣之中的一个岛屿，大海的旋流中一块隐匿的礁石，风中飞翔的群鸟倦极而憩的一根树枝。我下意识地为之驻足。

最初我看见的是他们的衣饰。垂老的男人们身着黑衣黑裤的汉装，或蓝衣蓝裤的汉装，他们低头看着他们的脚下，堆放着麻衣神相、周易八卦之类粗劣的印刷品，我明白他们是在持一种汉文化的"迷信"语言，为一些乡民们占卜流年顺逆，福祸灾厄，预言着一个凡人的生死哀乐。但是，光顾他们的摊子的人非常稀少，他们的闭目养神，或冷眼看世就有了一分游离与自得其乐的意味。垂老的女人们则不同。出现在这里的有从中年到老年的各色各样的女人，她们的领地与男人们的领地毗连着，但是决不相混。她们大多身着苗装。亮蓝、深蓝或青黑色的宽衣长绣，长长的脚管，袖口和脚管口绣有繁复的红绿花鸟花边，几粒原色盘花扣，轻巧的钉在胸前的斜襟上，松松的扣拢。有的在胸前带一块绣花肚兜，再上面是绕着脖子的沉重硕大的银项圈。项圈上花纹奇特，装饰着小小银铃，会随着主人脚步的移动发出清脆的声响。但是这些中年女人或老年女人，大多减去了花肚兜和银项圈，似乎它们只属于身材如青草般婀娜柔软的年青女人。她们最多用几枚球形或甜瓜形银扣，扣在胸前，在松弛的耳朵戴上银质的、式样古朴的耳环，在日见脱落、变得灰白的发鬓上斜插一把银簪子，就算很风流了。风流已经随时光流去。但是，她们还在唱歌。我看见一个头发灰白的女人在开口唱一首绵长飘荡的歌，她的面孔令人惊诧的细腻丰润，线条柔和，眼睛像孩童般的天真明亮，黑白分明，丝毫没有老年人的浑浊。只有嗓音，音域宽广、微带沙哑的嗓音，流溢出她的老年的智慧。她的脚下放着一块手织白布，上面摆放着红红绿绿的彩色画片，有官、大房子，财神和大山，也有一条小青蛇，和其他种种费解的事物，以象形的图案记录着复杂悠长的事情。她手中拿起一张画片，对身旁一个身着粉色上衣的年轻女人用苗语低声地说着什么，然后极其动人的歌声从她的口中飞出来，在她头上轻轻地回翔着，持续了很久，她的神情宁静而沉醉，似乎在回想某一件年深日久的愉快事情。那粉衣女子在静静地听，在喃喃地合着，学着适应它复杂的旋律。然后，歌声突然间戛然而止，四周是听歌的人们淳朴的、黝黑的脸，似乎顿然从梦中醒来。头发花白的女人在几十张、上百张的画片中，再拣出一张，重新吟唱起来。

这显然是记录着她们苗族历史记忆的一种载体，画片和歌声。据说她们衣上的花纹和头上身上的发饰，也隐藏着某种令人骄傲也令人悲伤的民族记忆的密码，记述着她们的祖先从遥远的中原一路败退，跨越的条条江河，座座高山。据说他们的远古文字在渡过长江的一次撤退中失手落水沉入江心，只能以这种极简的象形或抽象的符号来记录、象征复杂的意思了。

在开口唱歌的苗人老妇的身旁，还有一些在静静地听她唱歌的老妇人，她们的脚下同样摆放着彩色或黑白的画片，看起来像儿童的小手信手涂鸦一样稚拙，但实际却是唱歌和故事的原始底本。还有的脚下放着一个竹编篮筐，里面凌乱地放着小孩的绣花鞋，女人的绣花帽子，小小的棉衣棉鞋，穿旧的绣花肚兜，零散的银饰。无一例外，这些生活中的艺术品都用五彩丝线装饰，上面有象形的花鸟图案或神秘难解的抽象图形。

这究竟是什么呢？这属于女性生活圈子里的东西，也是一种特殊的记忆方式，一种记录手段，这些抽象或具象的符号，会不会与盛传一时的"女书"有着某种联系？

一般而言，"女书"指的是湖南江永县上江圩乡为中心的一种记录当地口语、流传在女性中间的成体系的文字，字形倾斜修长、笔画秀丽，共有600多个字。目前的研究者多认为是记录汉语方言的"借源文字"（《女书——一个惊人的发现》第70页：女书的形体从发生学看不是一种独立创造发展起来的文字，是一种借用和参照汉字形体建立起来的文字。当然我们也可设想它是由秦以前保存下来的南方某国古文字演化而来的，也可设想是一种汉字的变体。但就目前的资料和现状说：女书是一种不同于汉字而又借源于汉字的文字）。

《女书——一个惊人的发现》作者的结论："消江土话虽然是一种与中古音有较明显对应关系的汉语方言，但是它曾受到过苗瑶语或其他南方语言的影响。总之，女书记录的是汉语湘南方言中的一种土话。从这个意义上讲，女书也属于汉字的范畴。"

"女书是音节文字"单音节的表音文字。"属于湖南的汉语方言文字。"这是颇可进一步讨论的。"江永县历史上曾经是少数民族的居住区，因此不能排除这样一种可能，即女书最初是记录少数民族的语言的文字。但是现在，江永县主要的居民是汉族，主要流通的语言是汉语。这种当地妇女专用的特殊文字，记录的是那一地区的一种汉语方言土话。女书是一种表音的单音节文字。"

但是，女书为什么不出现在汉族其他地区呢？它的记音性质是否由于后来迁入的汉族把女书从被驱逐的苗瑶等少数民族手中夺来，在继承了他们的民俗和祭祀仪式之后，在注意到他们的绣饰技巧之后，把记录一个民族精神的文字也据为己有，但因为有汉文字这种成熟而精美的文字，怪异的女书只被弃置在一旁，放置在家中。由于女红这种载体，当汉族的女性在发现了女书后，采用它来记载当地汉语音节。在原来女书创造时，它并不是简单的记音符号，它有自己的特殊涵义，是形音义兼有的。只是在被掠夺之后，它的性质才发生了这样的改变。在苗瑶少数民族创造这种文字体系时，它也不是"女书"，它也不一定是女性创造的，只是现在的使用者为女性。它源自远古陶器、木片和骨头上的神秘符号，那时人类刚刚出现，民族的分化还不清晰，原始部族几乎各自创造着，也分享着近似的符号。后来汉民族发展加快，理性化增强，强大起来，不断向外扩张，苗瑶等民族保持更多的神话和神性的色彩，在音乐、漆器和刺绣技艺方面卓有建树，文字也保留了较多的原始性。后来在汉文化的强大压力下，他们不断南迁，男人们要应付外界的生存压力，学要学习汉字和汉文化的礼仪，这样"汉化"就开始了；他们的文字也逐渐地只有女人来学习，他们的文化也逐渐地主要由女人来体现，来传承。这样，"女书"（由女人来使用）的现象就出现了。再后来，汉族的压力进一步加剧，由外部侵入到他们的内部，他们的家园也渐渐地有汉族人来居住，他们的祖居地也住满了汉人，他们不得不开始向新的陌生地迁徙。由于不断的残酷的屠杀和匆忙的逃亡，他们的精致文化产品不断地遗失，只有少数的符号和存留在他们身体内部的生存技能、感知方式和思维模式跟随着他们，还有就是对汉人的恐惧、疏离甚至艳羡，自身的压抑。他们不断地向大山深处走去，能带走的有什么呢？能失去的都失去了。那些在江永县（瑶族千家峒祖居地）遗失的就是很长时期发展起来的独特的文字。后来汉族的女性因为封闭的家居生活及教育机会的丧失，就从历史的灰尘中拣起了这种"弱势文字"，在自己的生活和交游圈子内使用，表达个人的苦闷与欢欣，并且仿照原有的体式，加以扩展、取舍。于是"女书"就定型了。由于在清代那里还居住着大量的瑶族，因此，而"女书"这种带原始痕迹很多的文字又找不出在清代后期才创造的理由，因此，我们可以推测，至晚到清代，这种文字体系还掌握在瑶族的手中，与他们的生活息息相关，密不可分。

现在，关键是找出证据，证实推论。并且不能局限于江永县这个区域，应该与苗瑶的广大的地域文化和民族文化联系起来，寻找它背后的东西，找出不曾擦抹干净的蛛丝马迹。但是，即使一切证据在历史的滚滚波浪和硝烟中都遗失了，都不见了，使得这种前因后果的本相无法显现，但是，我们就能因此仅仅根据现存的"民俗化石"，认定"女书"的汉族语言性质和"湖南方言"性质吗？似乎并不能这样。

是否这里有民族迁徙的因素需要考虑呢？也许唐时的九江，苗瑶的文化还有相当地影响力，到后来才逐渐向西南方向退却。但到底是白居易受少数民族民间歌谣的启发，还是少数民族歌谣接受了白居易的诗歌体式，也是需要考虑的问题。

2001 年 11 月 28 日

在真实与虚构之间：
批评及随感

"私典探秘"的独创与偏至

——评李天明《难以直说的苦衷——鲁迅〈野草〉探秘》

    鲁迅先生的《野草》一直是令人目眩心惊而又困惑不解的钻石般的凝练与晦涩之作,"我以这一丛野草,在明与暗,生与死,过去与未来之际,献于友与仇,人与兽,爱者与不爱者之前作证"。大约二十年前,著名学者孙玉石先生的《〈野草〉研究》确立了《野草》研究的里程碑,他在"革命"、"象征"与"散文诗"的范畴下审视过"这一丛野草"。孙玉石先生认为"《野草》和鲁迅一样,是时代和历史的产物","要用历史来说明鲁迅,而不能用鲁迅来判断历史"①,因此他努力把《野草》研究同政治话语对鲁迅作品的权威判定和以鲁迅话语判定历史真实的通行方法区别开来,从而为《野草》研究开拓了更为宽广的阐释空间。孙先生用很大精力,试图回到《野草》产生的历史背景,并且尝试把23篇"野草"及《题辞》分为"韧性战斗精神的颂歌"、"心灵自我解剖的记录"与"针砭社会痼疾的投枪"三大类,具体探索《野草》的意蕴。同时,孙先生从"诗情"、"哲理"、"梦境"、"象征"与"绘画美"、"韵律美"等方面初步归纳了《野草》的艺术特征。为了把《野草》放置在文学史的框架内加以考察,孙先生细致地辨析了《野草》在"中国现代散文诗"这一独特文体成长中的位置,并详尽地总结了"《野草》研究五十年"的成果。公正地说,孙先生的研究做出了很大成就,可称继往开来之作。毋庸讳言,孙先生的《野草》研究并未完全脱离"革命话语"的潜在制约,在开拓学术空间的同时,也不无拘谨之处。

    现在,加拿大华裔学者李天明先生的这本《难以直说的苦衷——鲁迅

---

① 孙玉石:《〈野草〉研究》,北京:中国社会科学出版社,1982年6月第1版,第1页。

〈野草〉探秘》则堪称继孙著之后的又一部《野草》研究的专精之作。李先生详尽地参照中国内地与海外中国学界的鲁迅研究成果，完备地引用、驳正了几乎所有的具有影响力的《野草》研究者的观点，在富有创意的多层次的阐释框架里，试图把各有所见而又不无抵触的诸多观点加以整合。著者不仅在《野草》各篇主题的具体分析上广泛引用了诸多海外学者的研究成果，而且在书后附有《英语世界的〈野草〉研究简介》，简洁而精当地梳理了"英语世界"的《野草》研究谱系——从施瓦兹、夏济安、查尔斯·艾伯、西蒙·利斯、普实克到李欧梵。李先生的研究显然较为自觉地承袭了这一海外研究谱系，并对其发展有显著的推进。相对而言，中国内地现当代文学研究界的方法和观点，则如血液一样溶解在各个篇章内部，零散地成为著者所引述与校正的对象。比如在《复仇》与《复仇（其二）》的分析上，就存在这种情况。著者既肯定了苏雪林洞悉鲁迅建立在个人话语与启蒙话语的分裂之上的"消极的复仇"的断语，又认可了查尔斯·艾伯对《复仇》感官上是"色欲"的，而《复仇（其二）》感官上是"暴虐"的[①]判断，最后归结为李欧梵的"个人主义"与"人道主义"的判定。在《失掉的好地狱》的分析上，著者重点反驳冯雪峰以"废弛的地狱"象征"帝国主义和北洋军阀统治下的北京"的观点[②]，与王瑶先生所谓的"人类"象征国民党的"英雄们"的见解[③]，而提出"有别于以上论者将天神、魔鬼和人解释为喻指'清政府、北洋军阀和国民党'，我视其喻指中国社会不同的历史阶段，即汉人建立的封建王朝、满族建立的清朝即辛亥革命以后的共和政体"的新见[④]。

应该说，李先生对《野草》的新探索，为内地与海外的鲁迅研究界提供了一个颇为难得、又真实具体的交流与对话的契机。尤其是对海外学者观点的援引与介绍，足资借鉴、启人深思，为扩展学术研究的视野，进一步推进《野草》研究，乃至改变鲁迅研究的格局，提供了不可或缺的参照。但对国内的研究者来说，本书最大的启发在于作者着力运用的"私典探秘"与"文本互证"的阐释方法：这种方法上的自觉与统一，使得对诸多观点的参照与整合，不流于琐屑或芜杂，而具有鲜明的个性和内在的统一性，显示了相当娴熟的驾驭材料的能力，以及一个成熟学者的学术创造性。正如加拿大学者杜迈可所言，"凭借大量现代材料和传统上公认的诗歌典故，李天明对

---

① 李天明：《难以直说的苦衷——鲁迅〈野草〉探秘》，北京：人民文学出版社，2000年12月第1版，第19页。
② 同上，第21页。
③ 同上，第22页。
④ 同上，第23页。

鲁迅单一的篇什以及整部诗集……都提供了许多新颖的、独创性的阐释。最重要的是，李天明由此而发现了鲁迅与许广平的恋情，以及与他妻子朱安的离弃之间的未曾被充分探讨过的关系，同时也揭示了鲁迅散文诗的隐秘主题。"① 如果说，《难以直说的苦衷》的前两章分别从"社会政治"与"自我人生"的常见视野上整合前人的研究成果，"情爱道德"只是一种潜在视点的话，那么该书的第三章——"情爱道德"层面的主题研究，则是作者的独具匠心之处，决定了该书能够成一家之言。在这里，李先生明确地把《秋夜》、《影的告别》、《我的失恋》、《复仇》、《复仇（其二）》、《希望》、《好的故事》、《过客》、《死火》、《墓碣文》、《腊叶》归入"情爱道德"主题，并认为各篇所写的均是鲁迅在对许广平的情爱与对朱安的道德责任之间徘徊抉择的心路历程。借助于"私典探秘"和"文本互证"的方法，（准确点说，"私典探秘"的方法是主导性的，"文本互证"则服从于"私典探秘"）著者从这些篇章中揭示出不少以往的研究者们未曾意识到的或未曾明确阐发过的种种隐秘涵义。如认为《秋夜》中的两株分别描绘的枣树，是"鲁迅困窘夫妻生活的象征"，"枣树与小粉红花的亲和关系"则是鲁迅对情爱的渴望；《影的告别》暗含着"诗人潜意识里希图离异妻子的意愿"；《我的失恋》中的"我"有鲁迅本人的影子，"所爱"则隐喻朱安，该诗在深层次上"是诗人对自己不幸婚姻的自嘲"，"是鲁迅不和谐的夫妻关系的真实写照"；《复仇》折射出鲁迅与朱安"夫妻间的对抗"，以及在有名无实的婚姻中鲁迅的压抑——"写《复仇》时的鲁迅还没有经历过性爱"；《复仇（其二）》是"借宗教题材突现现实普通人的世俗的痛苦，'无爱情结婚的恶结果'"，是鲁迅"个人情感痛苦和性苦闷的淋漓尽致的形象化表达"；《希望》中的"身外的青春"所展现的"诗人的希望"，"非指当时青年的进步言行，而是指生命力、爱或合理的生活"；《好的故事》亦有"思乡"与"渴望情爱"两个主题；《过客》中的"她"并非"小女孩"，而暗指朱安，"过客"则是鲁迅自我的象征；《死火》中的"死火"，喻指许广平，"我"是鲁迅的象征；《墓碣文》中的墓主人是鲁迅"一系列自我形象的一环"，其死亡是"鲁迅道德自省的一种隐喻"，"指向诗人的道德谴责"；《腊叶》中的"腊叶"是鲁迅的自况，其中"葱郁的叶"喻指许广平，该诗包含着鲁迅对他们二人的感情能否持久的担心……最后，著者总结道："《野草》中的部分散文诗是鲁迅渴望情爱心理被激发以后的产物，爱的渴望就是这些散文诗创作灵感的触媒"；"《野草》的创作与朱安有着密切的关系，没有朱安也就没

---

① 李天明：《难以直说的苦衷——鲁迅〈野草〉探秘》，杜迈可《序》。

有这束奇诡瑰丽的《野草》。鲁迅说它‘大半是废弛的地狱边沿的惨白色的小花’，不过是说它是不幸家庭生活和个人情感痛苦的产物”；“在鲁迅与许广平浪漫交往的一开始，鲁迅似乎就尽了一切努力维护朱安合法妻子的地位，而只将许广平作为一个情人”；“按照西方的观点，她只是鲁迅的同居者”。

　　著者的上述分析，有许多的确是发前人之未发，即使别人曾经隐约其词地提及，也从未如此系统地作过阐释。这正是著者的独创之处。这些分析不仅增进了我们对《野草》的理解，而且揭示出一个不同于神圣化的“革命家”的鲁迅形象，恢复了鲁迅作为一个肉身的、具有新旧混杂的情爱与道德观念的具体存在。这种研究思路，无疑是 20 世纪 80 年代以来中国内地学界的“文学人性化”研究新思维的继承与发展；同时考虑到包括鲁迅在内的“五四”一代新文人在“性道德”问题上新旧混杂的分歧的实际状况。这显示了一个海外学者比内地学人更注重个人性的研究视野。

　　如上所述，李先生在本书中把《野草》文本依照（A）社会政治指向、（B）自我人生指向与（C）情爱道德指向分为三类。当然，著者也认为难以截然划分，所以部分篇章又重出、互见。如《秋夜》、《复仇》、《复仇（其二）》重出于（A）与（C），《影的告别》、《希望》、《过客》、《死火》互见于（B）与（C）。这一主题的分类构成了《难以直说的苦衷——鲁迅〈野草〉探秘》的研究框架，而“私典探秘”与“文本互证”成为著者运用的非常大胆而精彩的研究方法。我们已经看到，这种研究方法和思路既赋予了这本著作独特的光彩；但同时我想说，它也为著者的阐释埋下了偏至与牵强的隐患。

　　我们可以从著者在（A）与（C）两部分中对《秋夜》的分析入手，来触及这个问题。著者非常敏锐地从叙事学的“人称分析”开始，探索自然景观的象征意义——“花园的梦幻性质与主要形象的拟人化手法”。“枣树、小粉红花、小青虫”与“夜空、月亮、星星”在（A）部分被分为相对峙的两组，著者认同学术界对《秋夜》中的“枣树”（诗人的清醒和不屈个性的自我）、“小粉红花”（中国当时青年）与“夜空”（外部现实重压）的象征意义的共识；对有争议的“恶鸟”与“小青虫”则赋予“反抗与叛逆”和“知其不可为而为之”的涵义，作者甚至模糊地说是鲁迅精神的体现。在处理这类有争议的意象时，著者使用了“文本互证”的方法，广泛地在鲁迅的小说、杂文与散文诗之间寻找意象的象征涵义的关联。这种努力固然是可嘉的，但是，著者似乎模糊了《秋夜》中的“枣树”在“落叶的梦”与“小粉红花的梦”之间徘徊不定的特殊感觉，而简单地认为“枣树”、“小粉红花"与"小青虫"有着近似的涵义。而在（C）部分，著者又以鲁迅在朱安与许广平之间的抉择与徘徊——"情爱与道德责任的两难"——来解释《秋》的主题。这是以"个人私典"解读作品的范例。著者颇为肯定地认为，鲁迅天真到直至新婚之夜，才对朱安失望，而忽视鲁迅自身肺病的"早丧预兆"对他这次婚姻的潜在影响；著者同时认定"在其后漫长的二十年时间里，他们尴尬地维持着夫妻的名分而没有实质的夫妻生活"①。在这种假定的基础上，著者明确地把鲁迅、朱安与许广平的关系判定为"夫、妻与妾"或"夫、妻与情人"的关系。这种以"旧道德中的不道德"或以"新道德中的不道德"的框架，来框定曾经说过"我敢将唾沫吐在生长在旧道德和新的不道德里，借了新艺术的名而发挥其本来的旧的不道德的少年的脸上"②的鲁迅的一生，让人感觉到著者的价值判断体系的游移与混乱。其实，无论以哪一种道德框架来框定鲁迅，都是对鲁迅的一种简单化。进而言之，由于"个人私典"的微妙难言和文本诗意的含混朦胧，因而著者由此出发既开拓了独特的阐释空间，也不时陷入难以自圆其说的窘境，令读者亦有不知所从之感。我无意非难著者的这一判定："散文集中半数篇章是写在许广平与鲁迅交往之后，从而蕴含着鲁迅最私密的情感。我甚至认为在某种意义上，正是许广平的爱激发了鲁迅写作部分《野草》散文诗的灵感。"③ 但要用"文本互证"与"私典探秘"去"坐实"上述判定，无疑是一件困难的因而必须慎重从事的工作。在这方面著者固然有不少令人信服的发现，但有时也给人"大胆假设，粗略求证"的印象。诚如著者所说："花、花园和树都是《野草》散文诗阐释过程中必须破译的私典"，但当著者推而广之，把《野草》中与"野花草"相类似的意象——"暗中的花"、"野百合、野蔷薇"、"野蓟"、"草木"、"野花"、"大红花"、"曼陀罗花"、"山茶花"、"梅花"、"杂草"——等的意义也说成是"婚外恋情的隐喻"时④，就未免有些联想过于丰富而证据颇嫌不足了。诸如此类的"泛性化"解释固然有力地消解了"革命"的隐喻笼罩一切的正统阐释，但这种殊难确证的私密化解释对《野草》是真的贴切抑或只是著者的预设与想象的附加？当著者把这种泛性化的隐喻"坐实"到鲁迅与许广平的情爱上时，这种解释就更为牵强了。因为我们也可以把这种"以'个人私典'解读作品的方法"运用得更为彻底，特

---

① 李天明：《难以直说的苦衷——鲁迅〈野草〉探秘》，第111页。
② 《看了魏建功君的〈不敢盲从〉以后的几句声明》，《鲁迅全集》第8卷，北京：人民文学出版社，1981年版，第116页。
③ 同上，第113页。
④ 同上，第120页。

别是如果借用《鲁迅日记》与《两地书》的时间参照与情感参照，就可以发现他的这一前提与结论未必那么"确定不一"了。因为在许广平之前还有许羡苏等新女性以及一个神秘的"H君"（很可能是女性）出现在鲁迅的生活中。许羡苏是许钦文的妹妹，"女高师"的学生。而"H君"是谁呢？"她"至迟在 1924 年 2 月 8 日，已经到砖塔胡同 64 号访问过鲁迅；此后频频来访，直到 1925 年 7 月 1 日，"H君"来别；此后，变成了书信来往。①由此可以推测，鲁迅在日记中如此讳莫如深地称为"H君"的人有可能是另一个新女性，并懂得日文，在许广平真正介入鲁迅的生活之后，H君就辞别而去……这也就意味着从《秋夜》到《过客》的主题未必只能以鲁迅和许广平之间的恋情（1925 年 3 月 11 日许鲁开始通信）来解释，只是在《死火》之后，许鲁关系才有可能成为《野草》创作动机的一个可证实的因素。

　　在这里指出著者的胶着与偏执，并不意味着否定"私典探秘"与"文本互证"的方法，我只是以此为例，说明著者对此方法的运用，有某些牵强之处。这并非偶然的失误，因为著者初始设定的阐释前提——"'野花草'等同于许广平的情爱"，几乎主导了著者的全部求证。事实上，著者瞩目于鲁迅的"私生活"和"私典探秘"的研究思路，与他所从事的"文本互证"的工作，近乎循环论证或"阐释的循环"。

　　其实，著者无须如此作茧自缚。"野花草"之类的意象无疑是《野草》中的一个具有重要意义的意象系列，但把它们理解成与"驯服的家"之外的"荒野的世界"相连，进而从鲁迅先生一贯推崇的"野性"的角度加以解释，也许更为妥当。在《野草》中，"野草"、"野花草"、"野花"、"野百合"、"野蔷薇"、"野外"、"野兽"、"荒野"构成一个鲁迅所钟爱的世界，一个生气充沛的、不同于斫去血性的"家园"的世界。如果仅仅用脂粉气浓郁的甚至不无轻佻暗示的"路边的野花不要采"解读这个世界，似乎是过于狭隘与猥琐了。更切题地讲，《秋夜》中的"野花草"、"小粉红花"是与古典中国反复咏叹的春花秋月等短暂而美的感伤连在一起的，而鲁迅又赋予了它们不同于传统的力与美。鲁迅喻称它们为"身外的青春"，与"身中的迟暮"相对，具有丰富的喻义。在我看来，这一系列的意象有两个基本的涵

---

① 关于 H 君来访，在《鲁迅日记》（《鲁迅全集》第 14、15 卷，北京：人民文学出版社，1981 年版）中从 1924 年 2 月 17 日到 1925 年 7 月 1 日有相当频繁的记载。关于与 H 君书信来往的记载，初步统计有 1925 年 8 月 26 日、9 月 12 日、10 月 13 日三则。《鲁迅全集》的编注者认为"H君"是羽太信子的弟弟羽太重九，详见《鲁迅全集》第 15 卷，第 407 页。1981 年人民文学出版社的《鲁迅全集》书信部分（第 11、12、13 卷）并未收录鲁迅与 H 君往来的书信，因此在相关的书信资料披露以前，"H君"是谁，还难有最终定论。

义。其一是"野性"，朴野不羁又遭受践踏与忽视，象征着不丧失内在的骨性而被压抑、被放逐的一切生命，这是鲁迅赋予"野草"的一种主要意义。但也是其来有自，是鲁迅对正统知识话语体系之外的某些传统文化资源的承袭与扩展，星星"野火"，汇聚成一个"荒野的世界"。这个世界与"革命"话语，有着更密切的亲缘，但不等同。其二是"身外的青春"，可溯源于古典中国诗词中那些带有感伤意味的"春花秋月"系列印象，及其传达的那种四季循环逝如流水的时间感觉，后来它们已经从对时间流逝的敏锐感觉与对生命长度及价值的内在焦灼，蜕变为诗词中的陈词滥调，并被传奇与小说以"世俗情爱、功名、寻仙故事"所取代后，鲁迅又一次恢复了它的原初意义，并且在"小粉红花"的希望与"落叶"的绝望之间保持有距离的审视。这个"身外的青春"的世界，与"个人私典"有更密切的亲缘，但也不完全同一。这个世界自有它的尊严与价值，虽然一向可以任人践踏和蔑视，却是不容亵渎的。所以，如果我们不局限于"社会革命"与"个人私典"这两种解释，而把目光扩展到鲁迅对中国古书阅读与批判并存的现象，也许可以为《野草》研究提供一种可能。也就是说，将"文本互证"的方法扩大到鲁迅的作品与他所着意颠覆却隐秘对话的古典传统上，我们可能从中清晰地看出鲁迅的写作策略，从而更准确地理解他。

附记：答陈漱渝先生

　　本文发表于《中国现代文学研究丛刊》2002 年第 3 期，第 288 ~ 296 页，2002 年 7 月，北京。本文发表后，陈漱渝先生在《如此"私典探秘"——从鲁迅日记中的羽太和"H"君谈起》中，认为"H"君即是日本人羽太重久，且申辩鲁迅与"H"君的交往"毫不蕴含鲁迅'最私密的情感'和'婚外恋情的隐喻'"，并对李天明著作加以评论，"为了摆脱'革命话语'的潜在制约，他用'私典探秘'的新方法曲解本文，把社会性、批判性、战斗性极强的散文诗《秋夜》、《复仇》、《希望》等名篇通通归纳为'情爱道德'主题，他提供的'新颖的、独创性的阐释'是：《秋夜》中的枣树象征'鲁迅困窘的夫妻生活'，《影的告别》表达的是鲁迅'希图离异妻子'的意愿，《我的失恋》中的'我'其实就是'鲁迅本人'，《复仇》折射出的是鲁迅与朱安'夫妻间的对抗'，而《野草》中大量出现的与'野花草'相类似的意象则是'婚外恋情的隐喻'。在这位著者眼中，《野草》不是时代和历史的产物，而是'鲁迅渴望情爱心理被激发以后的产物'。他的结论是：没有朱安也就没有这束奇诡瑰丽的《野草》"；且对本文提出批评："李天明的著作很快在国内找到了知音。有一位年轻的研究生在一家国内现代文学的权威刊物上发表书评，认为这部'私典探秘'的'专精之作'是《野草》研究史上的又一块里程碑，'显示了相当娴熟的驾驭材料的能力，以及一个成熟学者的学术创造性'，'揭示了一个不同于神圣化的革命家的鲁迅形象'。当然，这位年轻的研究生也批评了李天明先生的'偏至'：表现为李著以个人私典解读作品时不够彻底，还忽略了一个罗曼蒂克的情节：'在许广平之前还有许羡苏等新女性以及一个神秘的 H 君（很可能是女性）出现在鲁迅的生活中。而 H 君是谁呢？她至迟在 1924 年 2 月 8 日，已经到砖塔胡同 61 号访问过鲁迅；此后频频来访，直到 1925 年 7 月 1 日，H 君来别，此后变成了书信来往。可以推测，鲁迅在日记中如此讳莫如深地称为 H 君的人有可能是一个新女性，并懂得日文，在许广平真正介入鲁迅的生活之后，H 君就辞别而去……'"且斩截地判定"事实上，这位 H 君就是本文开头提到的羽太重久"，且认为因鲁迅与周作人决裂，不愿"在日记中出现羽太字样，于是'讳莫如深'地将'重君'改写为'H 君'"，"所以'H 君'辞别而去，与鲁迅跟女人的关系风马牛不相及。这位年青的学者在《鲁迅日记》已经注明 H 君即羽太重久的情况下，仍然以想入非非来解释《野草》的创作动机，恐怕只会亵渎鲁迅，同时也使自己在学术上走入更为'偏至'的歧途"；且对"私典探秘"的文学研究方法予以根本的质疑："我不知那些'私典探秘'专家看到我援引的这封信之后，是面色发黄？还是面色发红？抑或是'面不改色心不跳'？""近些年来，解构革命话语，颠覆鲁迅作为革命家、思想家乃至于文学家的形象，已成为文艺界、学术界的一种时尚。只不过颠覆者各有各的绝招，各有各的路数。如果一定要把颠覆者分为九流，那么'私典探秘'的勇士处于哪一流呢？"言下之意，陈先生似把本文作者与李天明同视为"私典探秘"的"专家"和"勇士"，且认为此方法是"解构革命话语，颠覆鲁迅"的下流招数，因此在鲁迅研究中万不可用，否则即有学术品格"趋于下流"之虞。（文见《书屋》2002 年第 11 期，第 25～26 页）

不过数年之后，陈先生似乎并不忌惮运用"私典"（其称之为"本事"）来对胡适作品提出"新解"，"胡适特别爱写'本事诗'，并为这类诗写了不少序跋"，"胡适本人的这种提示，对于研究他的创作历程以及跟同时代人的关系极有裨益"，且认为并非所有诗词"本事"胡适都在"诗词序跋"中予以说明，"很多确有'本事'的爱情诗一律没有序跋性质的文字"，"更值得注意的是，那些涉及婚外恋的诗作，序跋文字不仅闪烁其词，而且声东击西，有意隐瞒真情，误导读者"，"他创作的情诗不但内容隐晦，而且常在诗题或序跋上做手脚，声东击西，故布迷魂阵，有意将读者引入歧途"，且力驳《留恋》为"纪念北大"的成说，称其表达了对朱毅农的"真情"，将这种方法上升为"以史解诗文"的"胡适研究新路径"，且推至鲁迅散文诗《野草》的解读，以鲁迅与许广平的爱情交往来解读《蜡叶》的主旨，承认"爱情与文学"的紧密关联："恋爱的方式虽然各有不同……但无论如何，都是作家记忆空间中最为刻骨铭心的那一部分"，"能够包容从情爱角度研究文学现象的社会是合理的社会"。（参见《胡适特别爱写"本事诗"》，《民主》2013 年第 5 期，第 47、48、49 页；《朱毅农：为胡适发疯至死的女子》，《世纪》2012 年第 4 期，第 60、64 页）前后变化，适可玩味。

　　至于"H 君"是否即是羽太重久，则现存的证据还不足以论定。依陈氏所言，鲁迅因与周作人决裂，不愿"在日记中出现羽太字样，于是'讳莫如深'地将'重君'改写为'H 君'"。查《鲁迅日记》，参照相关研究者观点，可知鲁迅与周作人决裂于 1923 年 7 月 19 日至 1924 年 6 月 11 日前后，查 1923 年 7 月 19 日《鲁迅日记》："上午启孟自持信来，后邀欲问之，不至。"1924 年 6 月 11 日《鲁迅日记》："下午往八道湾宅取书及什器，比进西厢，启孟及其妻突出骂詈殴打，又以电话招重久及张凤举、徐耀辰来，其妻向之述我罪状，多秽语，凡捏造未圆处，则启孟救正之，然终取书、器而出。"但鲁迅并未因此而完全回避直接提及羽太家之人，比如《鲁迅日记》1924 年 8 月 13 日："往山本医院视三太太疾。赠重君葡萄干一合。"1925 年 8 月 1 日："得重久君信，二十六日东京发。"1926 年 1 月 11 日："下午得重久君明信片。"1926 年 7 月 31 日："得重久君信，廿四日本东京发。"1926 年 10 月 31 日："上午得重久信，二十三日发。"1929 年 4 月："午后得羽太重久信。"1929 年 7 月 13 日："以重久信转寄三弟。"再者，细察《鲁迅日记》，亦可知羽太重久和"H 君"二人与鲁迅的关系是颇不相同的。诚然，羽太重久作为羽太信子和羽太芳子的兄弟，与周家有着复杂而深厚的关系，也是鲁迅所长久接触过的日本人，但重久和鲁迅的关系并不特别亲密，且也很少夜访鲁迅。《鲁迅日记》所记唯一的重久夜扰鲁迅的情形，是因有急事，如 1920 年 5 月 25 日："夜半重久来，言沛病革，急复驰病院。"而"H 君"的频访鲁迅，显然与此不同，似乎亲密无间，可以自由进入鲁迅的生活空间和心理空间，其踪迹亦可细察。"H 君"最初出现于《鲁迅日记》1924 年 2 月 8 日："上午 H 君来。"此时鲁迅并未与周作人彻底决裂，即使依照陈氏自己的"回避说"，似亦无以"H 君"隐指"羽太重久"的必要。

1924 年 2 月 17 日："下午……H 君来。"1924 年 2 月 25 日："夜 H 君来。"1924 年 3 月 4 日："微雪。上午 H 君来。"1924 年 3 月 8 日："夜 H 君来。"1924 年 3 月 20 日："夜 H 君来。"1924 年 4 月 15 日："晚 H 君来。"1924 年 5 月 5 日："上午 H 君来，付以泉十二。"1924 年 5 月 21 日："晚……H 君来。夜雷电而雨。"1924 年 6 月 5 日："买威士忌酒、葡萄干。夜 H 君来。"1924 年 6 月 19 日："夜 H 君来，假泉十。"1924 年 8 月 21 日："晚 H 君来。"1924 年 8 月 29 日："夜……H 君来，假去泉廿五。"1924 年 9 月 7 日："晴。星期休息。夜 H 君来。"1924 年 9 月 19 日："夜 H 君来。夜半小雨。"1924 年 10 月 11 日："晚得伏园信。夜 H 君来。"1924 年 10 月 23 日："晚 H 君来，交以泉十。"1924 年 10 月 27 日："晚 H 君来并交所代买《象牙の塔を出て》、《十字街头を行ク》，共泉二元四角。"1924 年 10 月 28 日："晴。上午 H 君来。"1924 年 10 月 30 日："晴。上午 H 君来并交线衫一件，托寄去泉五。"1924 年 11 月 23 日："晴，风。星期休息。午后 H 君来。"1924 年 11 月 26 日："晚 H 君来。"1924 年 12 月 2 日："H 君来，付以泉十，托其转交。"1924 年 12 月 12 日："晚 H 君来，付以旅资泉卅。"1925 年 2 月 14 日："晚 H 君来。"1925 年 4 月 30 日："夜小酌来。H 君来。"1925 年 6 月 26 日："晴。晚 H 君来。"1925 年 7 月 1 日："晴。午后得许广平信。晚 H 君来别。"1925 年 8 月 26 日："夜寄 H 君信。"1925 年 9 月 12 日："收《ツアラツツヌトラ解释びに批评》一本，H 君所寄。"1925 年 10 月 13 日："夜得钦文信。得 H 君信。"

　　"H 君"究竟是谁？现在难有定论。不过，在《鲁迅日记》中似亦有些微线索，可做研究者的参考。比如，这一时期的"胡萍霞"，就是一个值得关注的人物。《鲁迅日记》1924 年 10 月 13 日："晴。午吴（应为"胡"）萍霞女士来。"1924 年 10 月 16 日："午得胡萍霞信并文稿，午后复，又代发寄晨报社信片。"1924 年 10 月 19 日："晴。星期休息。上午得胡萍霞信。"1924 年 10 月 26 日："晴。星期休息。上午得胡萍霞信。"1924 年 10 月 24 日："晴。上午 H 君来。……下午寄胡萍霞信。"1924 年 10 月 31 日："晴，风。上午得胡萍霞信。"1924 年 11 月 4 日："晴。上午得胡萍霞信。"1924 年 11 月 6 日："晴。上午得胡萍霞信并文稿一篇。夜风。"1924 年 11 月 8 日："晴。风。午后寄胡萍霞信。"1924 年 10 月 29 日："晴。上午得胡萍霞信。午后昙。"1924 年 12 月 18 日："晚往南千张胡同医院看胡萍霞之病。"1924 年 12 月 20 日："下午访胡萍霞，其病似稍瘥。"1925 年 2 月 18 日："译《出了象牙之塔》讫。"1925 年 2 月 23 日："晴。上午得吴（胡）萍霞信，十九日孝感发。"1925 年 11 月 7 日："晴。

上午季市来。得胡萍霞信，三日孝感发。"1925 年 11 月 17 日："晴。上午转寄胡萍霞信于王剑三。"

　　若"胡萍霞"与"H 君"有关，则我们对《野草》及鲁迅这一时期的创作和翻译的中心情绪将会有新的理解，这并非仅有关于"私典探秘"，我以为。

于北大承泽园

2013 年 11 月 22 日

关于张充和女士的生日、假名及其他

——答商金林先生

一　缘起：《摘星录》的发现、阐释及批评

2008 年元宵节前后，我在国家图书馆的旧报刊阅览室，偶然发现了沈从文发表在香港《大风》杂志上的两篇文章，其中包括《沈从文全集》未曾收录的《摘星录》一文，及已被收入《沈从文全集》，却被改名为《新摘星录》与《摘星录》的《梦与现实》。以此为据，我整理了佚文，并试写校读札记《虹影星光或可证——沈从文四十年代的爱欲内涵发微》。文章刊发后，沈从文先生的佚文被确认无疑，我的校读札记却引起了一些非议。其中，最为坦率直言的是北大的商金林先生。

商先生的这篇文章是一篇驳论文章，他想在我的文章中寻找出几个细节性的漏洞以建立自己的论点：为名人讳，否认名人情感的复杂性，否认作家情感经历与作品创作间复杂联系的研究价值。这是一个研究方法的选择问题，传统的纯文学研究以及英美新批评方法，都主张切断作家与作品的联系，这种选择自然不失为一种可行的研究方法。不过，我所要揭示的，还是作家私密生活与文学作品之间的诸种微妙联系，那种看似完全独立纯粹虚构的作品具有的真幻交织的性质：作家是如何将自己的私密经验幻化入文学作品，使那些个别的、琐细的东西变为普遍的、人类的印痕。

商金林先生的文章，所指出我文中的漏洞主要有两个：一个是张充和先生的生日，一个是张充和先生的肤色和假名。这是具体的问题，这里我可以稍作回应。

二　传记、追忆与档案的佐证

关于张充和的生日，商金林先生甚为看重金安平著，凌云岚、杨早译的《合肥四姊妹》中曾引用的张允和撰写的《王觉悟闹学》中的一句话："1920 年的春天，小四妹才七岁，回到了苏州。"认为这"小四妹"就是张充和，间接说明她生于 1913 年。其实关于张充和的生日问题，《合肥四姊妹》一书始终是摇摆不定、含糊不清的，作者并未给予一个明确的说法。比如第 69 页"充和八个月大的时候离家，十六岁时才回家，并住了下来，此时她母亲去世已经九年了。""充和最后一次见到自己的母亲是 1920 年春，当时她六岁。"（张充和 1930 年回到家中，此段话间接证明她生于 1914 年（周岁六岁的算法），或 1915 年（虚岁六岁的算法），这句话与商先生所举的《王觉悟闹学》中的记述有出入，孰是孰非，待考）参照《合肥四姊妹》第 97 页张家长子张宗和在母亲陆英十周年忌日前的两天所写日记注释："1931 年 10 月 22 日，刊于《水》第 1 期"，陆英的去世日期应该是农历 1921 年九月十四，公历 1921 年 10 月 14 日。如果这两段话可信，则可知，张充和女士应该是 1930 年 10 月 14 日或 11 月 4 日（农历九月十四）之后才回到家中，这时她已经十六岁。那么，可以进一步推测，张充和应该生于 1913 年九月十四至 1914 年九月十四（农历）之间，或 1913 年 10 月 14 日至 1914 年 10 月 14 日（公历）之间。不过，关于张充和的生日，《合肥四姊妹》一书中还有另外的暗示，如第 159 页："一九三六年，充和与南京的一个大曲社有往来，该社集结了很多社会名流并以此为傲。那年春天，充和刚满二十三岁，只是曲社中的小辈，但是她不肯屈服。"这段话，则暗示着张充和出生在春天，生于 1913 年（周岁算法）或 1914 年（虚岁算法）。

细察《合肥四姊妹》一书，则可以发现作者对张充和的生年生日虽付诸阙如，但也提供了一个大概的轮廓，有可能生于 1913 年、1914 年、1915 年。

对于我札记所引用的张充和夫婿傅汉斯撰、张充和译的《我和沈从文初次相识》中的材料，证明张充和生于 5 月 20 日，商先生似乎认为洋人自有洋习气，不可过于当真。但此文译者为张充和女士自己，也不可过于轻忽，况且此文最初发表在纽约华文杂志《海内外》第 28 期，时间是 20 世纪 80 年代初，更早于《乙酉正月肥西张公荫毂后裔谱简料汇编》。我之所以采纳这段话中关于充和生日的说法，并不是认为她的生日是在阳历 5 月 20 日，而是因为一些中国人有将阴历生日在阳历此日过的权宜之计。

　　关于张充和的生日，近年来张氏主持的家谱资料和授权的访问记等资料，当然相当权威，并且很可能更接近历史的真实。不过金安平女士在张充和生日上的闪烁其词，也许别有苦衷。我曾查阅过北京大学和清华大学的相关档案资料，发现《国立北京大学二十三年度学生一览》（注册组编，二十三年十月一日，北京大学档案馆，档案编号：MC193401：1）第106页"试读"名单中有如下记录：

　　　　系别：中国文学系　年级：一年级　姓名：张旋　别号：充和　性别：女　年岁：一九　籍贯：宁夏中卫　经过学校：甘肃省立第一中学毕业　在平通讯处：沙滩新开路龙兴公寓　永久通讯处：北平西单十八半截中半壁街一号

　　《国立北京大学二十三年度新生名册》（1934～1935）（北京大学档案馆，档案编号：MC193401：3，材料形成时间：1934年）第11页有如下记述：

　　　　姓名：张旋　年龄：一九　院系：文学院国文系　备考：试读生

　　《国立北京大学1934年度各省学生一览》（手抄本）（二十三年十月编，北京大学档案馆，档案编号：MC193401：2）第51页第六条"本册附注本校全体女生及蒙藏生名单"中记录宁夏省唯一一名学生的资料如下：

　　　　姓名：张旋　县别：中卫　系级：国一　入校年月：廿三年九月年岁：一九　备考：试读生

　　该页眉批：二十四年四月：改旁听。

　　该册第90页附注"本校全体女生名单"中有如下说明：

　　　　张旋　籍贯：宁夏中卫　系级：国一　年岁：一九　入学日期：廿三年九月入学

　　据上述档案资料披露，张充和的生年该在1915年（以周岁计）或1916年（按虚岁计），虽以"张旋"之名入学，却同时以"充和"之别号示人。

　　至于商先生文中作为张充和生日参照的"大弟宗和"的生日，我也找到了一条线索，与《乙酉正月肥西张公荫毂后裔谱简料汇编》的说法不大相同，不妨在此呈上，以供研究者参考。据清华大学档案馆收藏的《学校历年分省毕业学生名册（第一至九级）（1929年6月～1937年6月）》（清华大学档案馆，卷宗号1-2：1-082　文件页数80页）第9页籍贯为安徽的学生资料披露：

姓名：张宗和　性别：男　籍贯：合肥　年岁：二十三　系别：历史　级别：八　毕业年月：廿五年六月

据此推测，张宗和的生年应该是在1913年（周岁）或1914年（虚岁），据商先生所引用的张氏家谱资料披露，张宗和的出生时间应该是在1914年5月18日。

而张充和的出生时间可能在1913年、1914年或1915年的5月份，据说与其大弟的出生时间相差仅一天。至于这五月某日是阴历，还是阳历，现有的材料虽众说纷纭，但难有定论。

这里时间似乎出现了错位，令人费解的是，颇重视子女教育的张家，其季女张充和虽年较长却晚于大弟宗和两年进入大学。如果是采纳商氏主张的充和女士生于1913年，则充和进入北大试读的时候已经21周岁、22虚岁了，与北大档案资料所披露的十九岁，相差过远。当时充和虽颇受旧学熏陶，但并非名人，在出生年月中造假的动机实在难以揣测。如果充和的生年是1914年，周岁20岁，压低一岁报名入学倒也较易理解。不过，晚年张充和曾承认的时间是生于1913年。这里面是否有刻意隐瞒的东西，现在无法判断。正是充和女士在不同时期对其生日有不同说辞的这种游移不定的做法，才给研究者造成了理解上的混乱。在这些迷雾未廓清之前，在此问题应持谨慎态度。

商先生进而以《合肥四姊妹》中关于张充和的面貌经历的记述为根据，认为我误把"张黑女"之名"兆"冠"充"戴，并且把张充和入北大时的名字"张旋"误写成"张玄"。他忽视我的文中所说的"张黑女"，是汪辟疆与张充和在重庆唱和往还时对张充和的戏谑之称，且与张充和同在重庆礼乐馆供职的江南才子卢冀野明确指出"张玄"就是"张黑女"，"她也许因为皮肤有一些黑，所以她袭了黑女之名。"此外，据说沈从文的得意弟子汪曾祺在言谈中，也曾提到张充和因肤色较黑，而被人昵称为"黑凤"[1]。况且，人的肤色是会变的，纵然张充和女士的肤色较白，也不能完全排除云贵高原的阳光会将她的皮肤晒黑。是的，张充和在报考北大时的假名是张旋，但商先生说："《证》（《虹影星光或可证——沈从文40年代小说的爱欲内涵发微》一文简称——编者注）文作者把'张旋'误写为'张玄'，望文生义，把'玄'解读为'袭了黑女之名'，进而肯定小说中的女主人公就是张充和，这真的是'自说自话'"，则是误把卢冀野所指出"张玄"就是"张黑女"也就是"张充和"之判断归入我的名下，这是我不敢接受的。至于

---

① 舒非：《汪曾祺侧写》，见《生命乐章》，杭州：浙江文艺出版社，1999年12月，第7~8页。

卢冀野所说的"张玄"虽然不是张充和进入北大时的假名，但"张玄"是否是张充和女士的一个笔名呢？因为我对她在抗战前后的散文写作缺乏研究，也难以遽然判定。不过，据卞之琳的意见，张充和曾经有一个笔名为"陆敏"，有其他的笔名也不是不可能的。

商先生的文章后面的部分，主要以《合肥四姊妹》一书为根据，并且根据中国家族关系的人情之常，推测张充和、傅汉斯与沈从文夫妇的感情一贯融洽无间，其间不可能有我在论述时所涉及的沈从文对张充和的恋情。这自然是我的一家之言，事实真相还有待于相关记述的进一步问世才能得知。不过，商先生文中也有几处疏漏，比如将沈从文去世时张充和亲笔书写的挽联"不折不从亦慈亦让，星斗其文赤子其人"误作傅汉斯的，如将在六七年前已经去世的傅汉斯称为迄今"健在"。

三 《看虹摘星录》的文学史定位："色情文学"、"桃红色文艺"或"性心理的美妙传奇"？

关于沈从文《摘星录》系列作品，虽然许杰和郭沫若分别斥之为"色情文学"和"桃红色文艺"，不过在当时也不是没有知音者。沦陷时期活跃于上海文坛的柳雨生所写的一批小说已部分地模拟了沈氏上世纪40年代的此类作品；1949年春天的上海，一位署名杨和的作者，明确肯定了《摘星录》对性心理的完美描绘。他在《漫谈文学研究会——从茅盾·郑振铎·丁玲·沈从文到巴金·靳以》中称赞道，"沈从文却不免有时多用了点幻想力，因而他的小说虽是更完美更纯粹的艺术品，有时却不免太传奇化了。他是斯蒂文生那样的徒步旅行家与风土猎奇家。""的确，他的文字有时也会流于浮泛，甚至走火入魔，可是，大部分他的作品仍然有一份凝定的自持，愈晚近他的雕塑似的特质也就愈坚定不移。在中国，坚贞的纯粹艺术家并不多见，他应该是最虚心也最固执的一个。他是我们的最主要的文体家之一，但却与巴金不同，他是不可模仿的，因为他有一种野草闲花式的野气，primatie manner，一种真淳的生命力无可模拟。""他的手法颇似传奇中神仙的点化，一种点石成金的魔术，说穿了其实也只是一点真诚，一点灵巧的安排后的真挚的呈现。他很少低徊摇曳，只自觉地远离自我，可把自我的生命充沛在人物的心理生活里，完全融合无间。""他有一种神奇的抽象，或者说一种人性的提高……"，他的人物"往往只是一种光耀的象徵，一种心理意态的象徵，单纯光洁得出奇，也就落入了不多的几个类型。""我爱好最近发表的曾为一些迂阔的批评者骂为色情的《摘星录》与它的一些姊妹篇……《摘星录》

有性心理的完美的描绘，性生活在这里完全是清纯的'人'的自然生活。但我更喜欢《虹》这样的短篇，有一种苍茫的成熟气象，一种坚忍的深思在郁结着，仿佛一山青草，风来就会有洪大的声响。还有《绿魔》、《白魔》、《黑魔》① 这些试笔（Essay）似的不成故事的故事，那里凝结着一些沉思者的美妙成熟的思索与意态，晶莹闪光，使我想起了归田后的蒙田与手挥五弦的渊明那样的俯仰自如的姿影。"②

虽然我在《虹影星光或可证》一文中初步探究了沈从文四十年小说中的爱欲内涵，提出沈从文曾对妻子张兆和的妹妹张充和有着深挚的爱恋，不过这并非我写此文的初衷和主要目的。我写此文主要是想引起大家对沈从文存废未明的小说《看虹摘星录》进行深入研究的兴趣，可惜商先生的文章并未涉及这个问题。在 2009 年 11 月份的现代文学史料会议之前，我一直在尝试，也零星找到《看虹摘星录》系列作品最初产生的一点相关资料，比如沈从文于 1938 年 9 月，曾分别在香港《星岛日报·星座》和《大公报·文艺》上以"朱张"的笔名，发表了两篇短文，题目为《读书随笔》与《梦和呓》，即可堪称为其长期以来存废未明的集子《看虹摘星录》的先声。

2010 年 5 月 26 日

（本文发表于《名作欣赏》2011 年第 28 期，第 84～87 页，2011 年 10 月 1 日，太原；为回应商金林《沈从文果曾"恋上自己的姨妹"？》与《关于〈摘星录〉考释的若干商榷》而作）

---

① 应为"《绿魔》《白魔》《黑魔》"，即沈从文的《七色魇》之分题，参见解志熙《沈从文佚文废邮钩沉》与《"乡下人"的经验与"自由派"的立场之困窘——沈从文佚文废邮校读札记》，《中国现代文学研究丛刊》2008 年第 1 期。

② 见《幸福》第 25 期，第 33～34 页，春秋出版社，1949 年 3 月 1 日，上海。

真幻之间：游书琐语七则

一 《红楼梦》之梦的幻与真

石头长安皆虚空，至今纷纷说红楼。花开花落有情痴，泪水甘露古今同。

> 少年哀乐过于人，歌泣无端字字真。
> 既壮周旋杂痴黠，童心来复梦中身。
>
> ——龚自珍《己亥杂诗》

乾隆年间，一本小说在中国大地上以手抄本的形式流传，一时洛阳纸贵，抄者可获数十金。这是一本以儿女柔情为血肉，以家族故事为骨骼的小说，它艳情传奇与自传逸史杂糅的体式，它风流蕴藉与追神蚀骨的笔力，它与康乾盛世若有若无的隐喻关系，它假中隐真，真中寓假，在真假之间，在真实与虚构之间摇曳不定的姿态与策略，宛如一股寒冬的潜流，不动声色地冲击着明清之际白骨如山与血水成河的历史变故之后重建的明晰、冰冷而繁华的尘世。乾嘉考据学的学者们已出离现世、皓首穷经于书斋，文人士子们正断章取义、沉溺于以"圣人"之心为己意而敷衍成篇的八股科考的文字牢笼，攘攘尘世，朗朗乾坤，中华帝国的最后一个盛世的顺民们正沉浸在一个繁华梦境的尾声中。这本小说，却如一段缥缈的钟声，遥遥地传入大梦沉酣的人们的耳鼓。它就是《红楼梦》（时名《石头记》，亦名《情僧录》、《风月宝鉴》、《金陵十二钗》）。

当然，沉醉者依然沉醉，而清醒者也许只有片刻清醒。先觉者鲁迅先生曾说"悲凉之雾、遍布华林，然呼吸而领会者，独宝玉而已"，宝玉周旋于诸有情人之间"昵而敬之，恐拂其意，爱博而心劳，而忧患已日甚矣"。真是"大梦谁先觉，平生我自悲"呵！

最初对《红楼梦》最为关切的有"脂砚斋"等人，清代朴学家对于红楼梦的流传也间有记载，20世纪王国维先生的《红楼梦评论》、蔡元培先生的《红楼梦索隐》、胡适先生的《红楼梦考证》、俞平伯先生的《红楼梦辨》各为红学丰碑，而文坛奇女子张爱玲二十年的心血之作《红楼梦魇》则将一个小女子的才情默默编织进坚实的《红楼梦》考据学，或者说是用才女的敏感与痴情重新拆解《红楼梦》的"情痴"，这是非常耐人寻味的。

《红楼梦》中的诗词在正文中的穿插，一方面沿袭明传奇和明代长篇章回小说如《金瓶梅》等诗文交错、抒情与叙事交织的惯例，具有其写人传情与叙事的综合功能，有效地丰富小说的内蕴；另一方面，《红楼梦》的诗词也是词句警人，读来余香满口，包蕴着一个春花秋月的微型古典中国。

今日，滚滚红尘已是"美女写作"与"天才写作"的世界了，在爱欲的沉醉与伤痛之中，在天才的诞生与夭亡之际，"都云作者痴，谁解其中味"，曹雪芹式的柔肠与痴心还有谁能懂得呢？

2002年7月26日

二　《聊斋志异》的寂寞与"夙缘"

寂寂坐书斋，狐来梦复来。世事流如水，佳人影翩翩。

落第书生蒲松龄孤坐书斋，看日出日落，云起云飞，看明月临窗，青灯如豆，光去而又来，他孤寂的身影在地上投下浓淡不一的黑暗。但光来而复去，像人世的欢乐幸福一样脚步匆匆、不可捉摸，包裹他单薄身躯的终将是永恒的黑暗。风在山谷中飞翔，松林在远处低低地回应，言词如风，过耳即灭，他的心声有谁会聆听？读书是寂寞的，讲书是寂寞的，悒郁的一生，就这样寂寂地过去了么？

他看见了手中的一支秃笔，好吧，就让这只秃笔来说话吧。墨迹写在纸上，纸封在尘土中，连自己的声音也是无言的了，寂寞更深更浓了。

但古书中的人物纷纷从坟墓中醒来，冰冷的白骨又化为倾城红颜，重新开始说话、哭泣、欢笑，娇羞脉脉、肌肤相亲，欢聚又分离。耳闻目睹的杀伐声也向着他的笔下奔去，凝聚成纸上的墨痕，寂静无声，散发着不可言喻的恐惧。那是死亡，尘世的欢愉是一层薄纱，悲欢离合的风吹开这层薄纱，露出的总是失去血肉的骷髅。

如何既有尘世的欢愉，又避免死亡的痛苦呢？仙境中时间总是流逝的很慢，人们不会变老，如花红颜不会凋零，白发和皱纹不会出现，据说仙境是这样的，人们可以像石像一样永远保持着青春的容颜。既然扰扰红尘中无知我者，为何不到仙境去寻找超凡脱俗的仙姝呢？屈子曾经上天求女而不得，蒲松龄在清梦中、在醉梦中，是常常可以留恋仙境、乐而忘返的。

但是，"生我者父母，养我者故乡"，仙境虽好，难敌书生的思乡情缘。恋恋于红尘的书生，并非隐士和教徒，他们寻找仙境的热诚只是追求尘世幸福的放大，是执着于爱欲功名，而非悟到红尘的虚幻。因此，纵然可以对仙境匆匆一瞥，留在回忆与向往中，书生们最终还回到凡俗的尘世，回到父子妻妾的伦常中，享受梦幻般的爱欲欢乐。更有一种想法是采取分身术，既在仙界，又在尘世，同时经历两重佳人环绕、诗酒风流的生活。

这种完满结局的前提，是存在一种冥冥中的宿缘，凡人、鬼物、狐仙的世界因之而相互关联、变幻不定。这种以夙缘为粘合剂的故事结构方式，也是《聊斋志异》的一个核心特质。

这也许是古典书生最狂妄的想象了吧，谁知道？

2002 年 8 月 8 日

三　纳兰词：我是人间惆怅客，人间何处问多情

阅读纳兰词，我久久沉迷于纳兰容若的"三重身份"，不得解脱。

"翩翩浊世佳公子"。纳兰容若既秉承海西女真桦屋鱼衣、金戈铁马之沛然血气，复沉醉于关内汉族朱门雕阁、绿鬟红袖之堂皇温柔，深深地啜饮华夏之诗酒风流。因此，其《侧帽》、《饮水》二集可以径入婉约词的堂奥：哀感顽艳、真切自然、宛如天籁，一洗南宋之后词之雕琢过甚、纤巧浮薄的弊端。王国维《人间词话》曰："纳兰容若以自然之眼观物，以自然之笔写情。此由初入中原，未染汉人风气，故能真切如此。同时朱（彝尊）、陈（维崧）、王（士禛）、顾（贞观）诸家，则有文胜则史之弊。"纳兰容若在中国词坛上的词人身份是难以忽视的。

但纳兰公子哀伤地说："我是人间惆怅客"、"人间何处问多情"。其人生逆旅的欢欣和隐痛显然并非纸上的泣血之词可以完全容纳，在可以言说之外，还有不可言说或说也无益的部分沉默着。一个生活优渥之世家公子，倍受歆羡的权相之子，为何会在三十岁的盛年"病不汗出"而亡呢？纳兰词为我们呈现了一个多情多病、徘徊于夕阳小楼中的词人形象。"夕阳谁唤下楼梯"、"一半残阳下小楼"、"独背残阳上小楼"，看如血残阳溶入茫茫黑夜，词人心中的无限怅惘可以得到几分缓解吗？以"瘦郎消瘦"自比的纳兰公子，其内心的自我定位显然是一位才华绝代的落魄文人。但现实中，纳兰容若却任宫廷侍卫长达八年之久，陪伴与他同年的康熙皇帝左右，虽享有恩

宠，却彻底丧失了文人的悠然自在心态，出于时时刻刻被趋驰的境遇中。有武之豪侠本可为军中将帅，有文之才情本可为红尘才子，各适其性，各得其宜。但侍卫与皇帝——海西女真与建州女真的两位后裔的身份对比，却长久地噬啮着处于征服者和被征服者之间、同样分享了对汉人的统治权力的纳兰容若的心灵。当自我想象中的词人身份与现实中的侍卫身份的冲突难以缓解之时，其精神的伤痛是佳人美酒都难以消释的。这种难言的伤痛应一直持续到他生命的终结。

《红楼梦》诞生之后，纳兰公子的另一重身份出现了。人们传说纳兰公子是贾宝玉的原型，书中诸美人却是攀附明珠府的"渡江名士"，前清俞曲园，民国蔡元培均持此说，其论虽与王国维之《红楼梦评论》、胡适之《红楼梦考证》相抵触，亦可聊备一说。即使《红楼梦》确为曹雪芹之自传，也不妨碍宝玉身上有纳兰容若的影子，因为他们本身就有近似的人生处境，有同样过人的才情，承袭了相同的诗文谱系，痴迷于知己情缘，在"多情"与"薄情"之间难以定位，虽然结局非一，但其悲剧性的命运是相同的。这样，纳兰可以是宝玉的影子，宝玉也可以是纳兰的影子，在两重影子相对时，一种奇幻而真实的景象就出现于我们心中了。

我去过京华的渌水亭，那时还不知道它与纳兰的因缘。山石上的朱红亭子，亭亭如盖，旁边是一株古树，不远处是西府海棠的一树繁花。蓝莹莹荡漾着的北海，就在墙外；还有，发丝般柔长的垂柳，在春风中飞舞。

我去过西郊的翠湖，长堤如带，茂柳如墙，一汪清澈的湖水，浩森悠远，无声地消融在天空里。青山极为淡远，如隔着丝丝春雨般朦胧，但没有雨，只有闪烁的太阳，并且现在已然是秋天了。水边有红蓼黄花，湖里有白芦银鱼。一尊线条粗犷的巨大的石虎，依然静静守卫着什么，皂荚屯的纳兰墓地，早已夷为平地了。

纳兰的词在我手上，纳兰之人，离我有多远呢？

2002 年 10 月 4 日

四　丰子恺的画与文：童心慧眼菩提结

丰子恺的画和文是可爱的，它们常常散发出一种莫名的亲切情味，召唤着具有童心和慧根的人们。

丰子恺很爱以天真自然的儿童之眼，来观照纷繁多彩的世相百态。他将种种童心浓郁的感触，融入稚拙淳朴的线条，在纸上随手勾勒出一个又一个微型儿童乐园。孩子们睁着清明无邪的大眼，摆动着嫩藕般白白的小手，在这里自由徜徉，微笑、惊诧或暗暗流泪。大人的世界是多么奇怪呵，与这个单纯无邪的儿童世界相比。

他常常用朴实自然又充满禅意的文字，来描绘儿童的黄金时代，重释东方古国至今犹存的闲逸平和意趣。因此，他的一支笔，似乎是浸润在江南温雅靡丽的空气里，似乎饱蘸了令人迷醉的六朝金粉，但又有一种不沾不滞的超然与明慧。他的文章中，你可以品出一种醇厚的甘甜丰美，一种淡然的慵懒闲适，有时也有一丝无法释怀的"生之苦闷"。他的文章，是具有几分骨力和执着的，相对于周作人的柔韧和林语堂的疏离。

丰子恺同样也要应对附着在人世间的"苦痛、愤怒、叫嚣、哭泣"等俗念，但他喜爱放弃俗念，"暂时脱离尘世"。他的画和文，仿佛是白日梦后的遗痕了。他在儿童游戏和湖山风光之间，静静地画着、轻轻地写着，经营着一个快适的、安乐的、健康的乌托邦。这些微细事的幻影组成的乌托邦，使"冰炭满怀抱"的人们长久地萦心注目，感怀不已。

这种"暂时脱离尘世"的想法，和《草枕子》的作者夏目漱石的想法，倒息息相通呢。也许是他们都处在静美超逸的东方空气里吧。

当然，品丰子恺这杯茶，正如"踏进人生这条河"，也是"如鱼饮水，冷暖自知"，各人感受自有不同。

丰子恺是可爱的，正如他的画和文。当他垂垂老矣时，仍具有一颗不泯的童心，一双慧眼，则于世情了然如水了。

我无缘相识其人，但睹文如面晤，文字亦结缘，斯无憾矣。

2002 年 11 月 22 日

五　林语堂：飘离中的守望

在 20 世纪的中国作家中，林语堂的飘离姿态，是耐人寻味的。

他怀抱着古典中国"闲适"、"自然"的理想精神，穿行在欧美现代的钢筋铁骨间，经受了一生的"颓废"、"理性"交加的洗礼。这确实是一种"怀抱璞玉"的漫游与漂泊。

在精神成长的历程中，林语堂经历着另一种漂泊。他是一个牧师的儿子，在上帝和基督的辉光照耀下，度过了一个充满神学思维和祈祷仪式的童年。刻板地谨守对天国的祈望，儿童天真与自然的生活，大概是无法享受的。

青年时期才接触到的古典中国的诗文，对于他就具有了某种别样的吸引力。当"五四"先行者们饥渴地啜饮着西方文明的乳汁，在其间寻求个人解放的营养时，林语堂却沉浸在庄子、老子、陶渊明、袁中郎的世界里。他借明慧达观的中国精神，消解他身上板滞严苛的神学桎梏，以淡淡的宽容和淡漠的嘲讽，保持一种自由平和心态。进而，他沉醉在闲适的、精致的日常生活中，享受宛如"秋日的况味"般的人生乐趣了。

具体言及其为文姿态，林语堂则是重新面对"吾国吾民"，吸纳先秦道家的"率性而为"、魏晋玄学的"旷达自然"和晚明公安派文人的"独抒性灵"，从近代中国"古／今"、"中／外"的焦灼和困惑中解脱出来。他倡导一种"闲适"、"自然"的行文风格，找到了一种相应的文体——"小品文"。于是，一种经过西方绅士文化的节制与幽默的熏陶，以中国士大夫文化的静穆超然为底色的叙述方式和行文风格确立起来了。

这一点，与周作人《自己的园地》、《雨天的书》的"闲适"、"自然"颇有相近之处。他们对"晚明"小品文的激赏，也如出一辙。

周作人偷生于北京，林语堂终老于欧美。可见有时这种"闲适"、"自然"也能成为一种"我执"。但他乡非故乡，林语堂"怀抱璞玉"的漫游形象，因之染上了几分幽默和荒唐的意味。

文如其人，也许漫游和漂泊的姿态，才正是其"闲适"、"自然"、"超脱"风格的真正根源吧。一种对多种文化和生存方式的品尝和游离。

《孤崖一支花》返本归源，以极为简洁跳脱的方式自道语堂小品文"闲适"、"自然"精神之底色。因此，姑且以之代跋文。

2002 年 11 月 22 日

六　徐志摩：我是天空的一片云

徐志摩是一位"布尔乔亚"诗人，"他是跳着溅着不舍昼夜的一道生命水"（朱自清语）。

是的，徐志摩的生命形式本身是多姿多彩、万象纷呈的。辗转于张幼仪、林徽因、凌叔华、陆小曼等蜚声一时的美女才女之间，享有种种让灵魂飞升或让身心沉醉的浪漫情缘，诗人徐志摩，也是 20 年代京沪两地别无二致的"情圣"了。他的春风得意，恐怕连今日影视明星等"大众情人"，也无法比拟吧。

"我是天空的一片云"，这天空果真是博大无边，任我东西了？也不尽然。渴望总是喃喃自语"想飞"的诗人，在济南附近山巅的云端化为一团火球、冉冉上升之际，也许触摸到了飞行的边界吧？谁知道！也许，他所触摸到的不是飞行边界，而是一种越界飞行的无限自由和狂喜。

志摩的诗柔波荡漾、婉转多姿，如水中静静开放的白莲，散发出一种超越时空的清新动人的芳馨。志摩的散文词采华艳，奇境纷呈，呈现出一种浓烈繁复的时空混莽之气象。但更为动人的是诗和散文中的志摩，他风流潇洒又多情痴情的自我形象。好像是每个人生命中如水般流过的年少情人，他出现，与你我共品青春的甘醇，又轻挥衣袖，悄然作别，悠然退出青春的地平线。

是的，志摩曾说，"我只要草青人远，一流冷涧……"；他也许是从爱怨交缚、扰攘不息的尘世，退到了一处与此相类的清幽之地去了。

许多年前，我曾经看见一位鬓发如银的老人，一手剥去瑞士巧克力糖的彩纸，另一只手轻轻翻开藏匿在书桌一角的徐志摩诗集，那小心翼翼的、深孕甜蜜的情态，仿佛回到了少女时代……

2002 年 11 月 22 日

七　《倾城之恋》：张爱玲的小说世界及幽闭心灵

张爱玲 1943 年在《紫罗兰》上以《沉香屑——第一炉香》而崭露头角，1944 年杂志出版社出版了她的小说集《传奇》，最终奠定了她在文坛上的地位。但是《倾城之恋》是张爱玲最为引人注目的作品，其叙述的故事和张爱玲辗转漂流的个人经历都已经成为"传奇"。因此，审视《倾城之恋》，也许正是开启张爱玲小说世界和她幽闭心灵的一把绝好的钥匙。

崩解的文明

《倾城之恋》是中国颇有争议的小说家张爱玲的成名作，不同于其处女作《沉香屑——第一炉香》着眼于葛薇龙的青涩对梁太太的老辣的失败，上海的纯情对香港的放荡的失败，中国上海的礼教与拘谨对殖民地香港的欲望的金钱的失败；也不同于她的代表作《金锁记》着眼于姜公馆的颓败骄矜的没落中以黄金和门第吞没压抑了小家碧玉曹七巧的青春与情欲，而曹七巧又承袭了其颓败骄矜，自己因悲剧性的命运化为一块黄金的石头，滚动着裹挟着击碎了女儿长安的"幽娴贞静的中国闺秀形象"和人生出路。

这两篇小说，分别以霉绿斑斓的铜香炉中一炉袅袅的沉香燃烧中对香港故事的追叙和朵云轩信笺上泪滴般的三十年前的月亮的照耀与沉落中对上海故事的追叙，奠定了叙述的格局。《沉香屑》的魔力在于空间的交错和转换，是女孩个人梦想的破碎和人生在堕落中的延宕，是欲望的丰盈与意义的缺失所造就的无根的生命漂流，是一种与母体分离的断裂之痛；《金锁记》的契机则是时间的绵延，是文明转换之际缺乏更生能力的家族内部代际的争斗与剥夺，沦为欲望客休的七巧封锁了女儿的青春与生命，并以鸦片腐蚀了古国文明的优雅，以母权牵制了生命的自然成长，是一种与母体承接的延续之痛。但结局是相同的：无爱，生命意义被抽空，肉体存活，欲望存在，但却无力建造形成新的生命格局，生命在漂浮动荡之中堕落，毫无希望。在张爱玲的视野中，婚姻对于女性无疑具有建构形成新的生命格局的意义，是一个事件，是一种体验，也是一种新生的契机，一种至为神秘的仪式，已被小说的女主人公置于生命的核心，但最终没有获得，连家的外壳也形存实亡，或没有形成，或破碎畸形。

《倾城之恋》是不同的。这个爱情传奇讲的是一个女人在旧式婚姻失败之后，绝处逢生，开拓人生新境界的故事。一个女人命运获得转机的背后，是一个多世纪以来，中国文明文化价值体系的败落和西方文明文化价值体系在中国的登场。白流苏的生命被婚姻所框定，白流苏凭藉的是白公馆衰颓的声望与门第，和她自己的倾国倾城。张爱玲罕见地从少女成长小说与家族故事的追忆笔调中解脱开来，用现在时来叙述，虽然同样伴随着生命胡琴的咿呀，胡琴上故事的光艳与拉胡琴的时地的阴沉的不协调。

小说以白公馆宝络小姐的议婚为开端，实际讲述的却是离婚返家的六小姐白流苏的归宿问题。白公馆的门铃响了，白流苏离过婚的丈夫得肺炎死了，白家的风声是劝流苏回去守寡。白母的话很清楚地显示了这一点。"天下没有不散的宴席，你跟着我总不是长久之计。倒是回去是正经。领个孩子过活，熬个十几年，总有你出头之日。"这是旧中国婚姻制度为女性安排的归宿。

> 白流苏冷笑道："三哥为我想的真周到，就可惜晚了一步，婚已经离了这么七八年了，以你说，当初那些法律都是糊鬼不成？我们可不能拿着法律闹着玩哪！"
>
> 三爷道，"你别动不动就拿法律吓人，法律呀，今天改，明天改，我这天理人情，三纲五常，可是改不了！你生是他家的人，死是他家的鬼，树高千丈，叶落归根——"

这是中西两种社会制度的精神——天理人情与法律的冲突，白流苏依靠法律的护身符，从失败的婚姻中解脱，现在她的母家却要依照中国古式的天理人情，劝她重返故地，"熬到出头"。这冲突的背后，是更为致命的金钱之争，是婚姻的囚笼中女性何以为生的问题，也是鲁迅先生所反复提及的女性的经济权的问题。鲁迅在《伤逝》中所关切的是"爱情是有所附丽的"，在《娜拉走后怎样》论及女子自由如果没有经济权作保障，很容易为金钱而卖掉，张爱玲同样触及这一点，而且更深的揭示了女性在婚姻内外停留的爱与生存的无奈。爱与金钱难解难分的缠绕，是如此痛苦灼人，以致门第高贵，神韵优雅，丰姿绝世，只是佳人的外衣和武器。

张爱玲剥开了这层内核，但同时在人的生命历程的诸现象间沉醉与清醒，白流苏把针扎了手也不觉得痛，"这屋子里可住不得了！……可住不得了！"人与人之间隔着无形的玻璃，而她"所祈求的母亲与她真正的母亲根本是两个人"。被家放逐之后，二十八岁的白流苏该如何重开一条生路呢？

加入游戏

"她开了灯，打在穿衣镜上，端详她自己。还好，她还不怎么老。她那一类娇小的身躯是最不显老的一种，永远是纤瘦的腰，孩子似的萌芽的乳，她的脸，从前是白得象磁，现在由磁变为玉——半透明的轻青的玉。上颌起初是圆的，近来渐渐的尖了，越显得那小小的脸，小得可爱。脸庞原是相当的窄，可是眉心很宽。一双娇滴滴，滴滴娇的清水眼。阳台上，四爷又拉起胡琴来了，依着那抑扬顿挫的调子，流苏不由得偏着头，微微飞了个眼风，作了个手势。她对镜子这一表演，那胡琴听上去便不是胡琴，而是笙箫琴瑟奏着幽沉的庙堂舞曲。"张爱玲以镜子与胡琴声使白流苏从白公馆的尴尬处境中超脱出来，使她的卧室幻化为戏台，幻化为庙堂，而白流苏也藉她的倾国倾城的角色重新获得了信心，她已完成了从失意的小女子到绝世佳人的转变。

广州华侨和伦敦交际花的非正式婚生子范柳原，被徐太太作为宝络的议婚对象引见给白公馆，张爱玲一支笔将诗礼人家的嫁女鄙俗写得入木三分。流苏"她是个六亲无靠的人，只有靠她自己了。""流苏的父亲是一个有名的赌徒，为了赌而倾家荡产，第一个领着他们往破落户的路上走。"流苏以自己的前途为赌注，目标是众人虎视眈眈的人物范柳原，遂有了香港之行。

在范柳原眼中的流苏，"你的特长是低头"，是"一个真正的中国女人，永远不会过了时"；展现的是古中国文明对洋派与新派的吸引力，背景是华洋杂处的香港，漫天的野火花的香港。流苏对范柳原而言，是家乡与中国的象征，他需要东方文明的接纳，而以流苏为中介——"我自己也不懂得我自己——可是我要你懂得我！我要你懂得我！"在东方、南洋与西方之间漂流的范柳原在寻求着东方母体的认同。

但流苏在此时回想的是她周围的人，她的月光中美的不近人情的脸，缓缓地垂下头去。范柳原的精神恋爱没有得到真正的回应，流苏的目标只是结婚。范柳原因流苏的罗曼蒂克气氛与京戏的做派而受到吸引，流苏却想从戏中走向生活。

张爱玲对情的真假是异常关注的，这是她的短篇小说的核心。

范柳原与印度女人萨黑黄妮鬼混着，白流苏在旅馆待着，伤风，范柳原用吃醋的战术试流苏的真意；范柳原月夜电话告诉白流苏："我爱你。""死生契阔，与子相悦，执子之手，与子偕老。"倾诉人面对命运的脆弱，而流苏的反应是"初嫁从亲，再嫁从身"。两人在爱情的层面与婚姻的层面交错而过。但范柳原的策略在流苏看来，是逼她当他的情妇，除此之外没有第二条路，就此决定回上海，归家。

范柳原几个月后拍电报"乞来港"。白流苏一个秋天老了两年，第二次离家赴港。"内中掺杂着家庭的压力——最痛苦的成分"，"他爱她，这毒辣的人，他爱他，然而待她也不过如此！她不由得心寒"。"她承认柳原是可爱的，他给她美妙的刺激，但她跟他的目的究竟是为了经济上的安全。"于是达成同居的妥协，流苏留在香港，一周后范柳原赴英，同去是不可能的。她的出路呢？打牌，看戏，姘戏子，抽鸦片烟，或者发疯？

结局或收场

这难题因 1942 年 12 月 8 日的战争在香港爆发，范柳原滞留香港得到象征性的解决。男女主人公在共同承担战争之生死中，在文明的黄昏，平凡的相依为命，在香港结婚，有一个圆满的收场。最后是胡琴的咿呀，说不尽的苍凉。

张爱玲为小说安排了一个稳妥的收场，使爱情的传奇归结为婚姻的日常。流苏的新婚姻对白公馆的婚姻秩序产生了极大的冲击，而这种对旧的反叛是以对新的妥协为代价的，解构中漂流的欲望对象——中国文明破碎的象征符码，与漂流于西方和南洋世界的被放逐的范柳原的返乡冲动，共同造成了一种新的婚姻格局。

而战争，被小说理解为一种文明的破坏力量，并阻止了男性无止境的漫游，生命在文明颓败之中依然延续着，并可能有新的转机。因此，"香港的陷落成全了她"。

概而言之，在那一只巨大奢华的船顷刻燃烧之际，张爱玲优雅的匆匆逃离，抬脚登上最近的即将扬帆远行的新船，在两只船上都是乘客，但对废弃之船的乘客守则直言不讳，对新船的乘客守则只有自觉遵守，虽然内心并非没有反省和怅惘。

这是《倾城之恋》的叙事姿态，也是张爱玲的人生姿态。

2002 年 10 月 20 日

后 记

转瞬之间，我进入中国现当代文学领域已近十五年。

我最初的专业是古典文献，但在专业之外，我所醉心的是现当代文学，因此，在北大中文系读本科的时候，选修了几乎所有和现当代文学有关的课程。

1999 年 9 月，我考入清华大学中文系，开始做中国现当代文学的研究生，入蓝棣之先生门下学习。大约两年后，硕士论文开题时，改由解志熙先生担任我的指导老师。

在清华的第一学期，在王中忱老师的课上，我对"沈从文为何被称为'文体家'"这个问题产生了兴趣，王老师鼓励我自己来找到这个问题的答案，并且亲自从家中搬来十二卷本的《沈从文文集》，和台湾出版的夏志清的《中国现代小说史》，以及本尼迪克特·安德森的《想像的共同体》等书，借给我阅读；同时，王老师还引荐我认识日本的沈从文研究者福家道信先生，让我领略日本人解读文献的细密谨慎，以及在山水人文之间相互感印的"踏察"精神。前者与清代考据学的文字考辨功夫一脉相承，后者与中国古代士人"读万卷书，行万里路"的广阔胸怀、宋明理学家的"格物致知"和社会学、文化人类学的"田野调查"有着内在的相通。在王老师的期待和引导下，我开始了对沈从文小说的研究。为理解沈从文小说的地域语境，曾于 2000 年和 2001 年暑假，两次前往湘西考察。计算语言学专业的曹自学老师，也非常支持我前去考察，并慷慨提供了资金支持。

我的硕士导师蓝棣之先生，在课堂上下，常常谈起弗洛伊德理论，以及他独创的"症候式分析"方法，给我以潜移默化的影响。

刘禾先生的《语际书写：现代思想史写作批判纲要》刚由上海三联出版，罗钢先生开始在清华课堂上给我们开"文化研究"和"后殖民理论"的课程。当时学界的研究风气，似乎正处于从注重"文学性"的英美新批评、俄国形式主义、法国结构主义与叙事学，转向关注文本"语境"的"文化研究"的关节点上。

本书所收录的《"互观"与"反复"的交织——论沈从文小说的叙事话语及其文化内涵》及《湘西、文化展演与沈从文的文学文本：田野调查之一种》，均写于1999～2002年，是我硕士期间的稚嫩尝试。其中，《〈边城〉版本与"反复的诗学"》受到古典文献学的版本校勘方法与俄国形式主义的"诗学"理论的双重影响，《"女书"与湘西文化》受到赵丽明先生对西南民族地区"女书"研究的激发。

本书所收录的《"文本发现"的文学与文献学释读》，均写于2008～2011年，一方面是我硕士期间的"沈从文小说研究"的延续，另一方面是我博士期间开始"知性散文研究"，在阅读浩如烟海的原始报刊时，偶然注目之所及。这之中，我的硕士和博士导师解志熙先生的导引，无论如何是不能忘怀的。他在文献发掘考释的方法和实践上，都为我们这些后来者提供了可以参照的典范。随着阅读的深入，我的目光从沈从文扩展至芦焚、常风和汪曾祺，这四人大致属于"京派文学"范畴，芦焚是吸纳了左翼叙事的"京派"中坚，常风是"京派"批评家且是"沦陷区文学"的重要见证者，汪曾祺则是"京派"和"现代派"融合的承袭者。

本书所收录的《在真实与虚构之间：批评及随感》，是我初入门径后一点感想和批评。《真幻之间：游书琐语七则》写于2003年，是硕士之后博士之前的一些读书感悟，《"私典探秘"的独创与偏至》写于2001年，是一则书评，也是我对鲁迅研究、对"私典探秘"和"文本互证"方法的最初理解。《关于张充和女士的生日、假名及其他》写于2010年5月，那时我对沈从文小说《摘星录（绿的梦）》的发现和解读，引起了较大关注和争议，为答复商金林先生的商榷文章，我在清华的读书会上做过一次发言，这是发言的文字稿。

感谢我的爱人刘福祥的陪伴和支持，与我走过无数人生的艰难时刻，与我共度生命的快乐时光，使我能在拥有温馨家庭的同时，心无旁骛地投身于自己的学术研究。

裴春芳

2014 年 1 月 21 日

图书在版编目（CIP）数据

经典的诞生：叙事话语、文本发现及田野调查/裴春芳著.
— 北京：社会科学文献出版社，2014.4
ISBN 978 - 7 - 5097 - 5738 - 3

Ⅰ. ①经…　Ⅱ. ①裴…　Ⅲ. ①中国文学 - 现代文学 -
文学研究②中国文学 - 当代文学 - 文学研究　Ⅳ. ①I206.6

中国版本图书馆 CIP 数据核字（2014）第 039879 号

经典的诞生
　　——叙事话语、文本发现及田野调查

著　　者/裴春芳

出 版 人/谢寿光
出 版 者/社会科学文献出版社
地　　址/北京市西城区北三环中路甲 29 号院 3 号楼华龙大厦
邮政编码/100029

责任部门/社会政法分社（010）59367156　　责任编辑/郑凤云　杨桂凤
电子信箱/shekebu@ssap.cn　　　　　　　　责任校对/李文明　吴修勇
项目统筹/杨桂凤　　　　　　　　　　　　　责任印制/岳　阳
经　　销/社会科学文献出版社市场营销中心（010）59367081　59367089
读者服务/读者服务中心（010）59367028

印　　装/三河市尚艺印装有限公司
开　　本/787mm×1092mm　1/16　　　　　印　张/29.25
版　　次/2014 年 4 月第 1 版　　　　　　　字　数/540 千字
印　　次/2014 年 4 月第 1 次印刷
书　　号/ISBN 978 - 7 - 5097 - 5738 - 3
定　　价/99.00 元